CHRISTOPHER W. GORTNER

Die vatikanische Prinzessin

GOLDMANN
Lesen erleben

Buch

Glamourös und gefährlich – im 15. Jahrhundert, einer Ära voll blendenden Prunks und mörderischer Intrigen, steht die gewissenlose Familie Borgia auf dem Höhepunkt ihrer Macht. Die wunderschöne Lucrezia Borgia, uneheliche Tochter Papst Alexanders VI., ist als skrupellose Verführerin bekannt. Doch ist sie in Wahrheit nur das Instrument ihrer grausamen, machthungrigen Familie? Um seine Chancen bei der Papstwahl zu erhöhen, zwingt Rodrigo Borgia sie bereits mit dreizehn Jahren, den einflussreichen Giovanni Sforza zu heiraten. Diese Ehe wird nach wenigen Jahren aufgelöst, da sie nicht vollzogen wurde. Doch Lucrezia ist sehr wohl schwanger, allerdings von ihrem kaltblütigen Bruder Juan. Und auch als aus der nächsten Zwangsheirat tatsächlich Liebe wird, verstehen die Borgias Lucrezias Glück zu zerstören. Wird es ihr gelingen, gegen ihr Blut und ihr Schicksal anzukämpfen?

Weitere Informationen zu Christopher W. Gortner
sowie zu lieferbaren Titeln des Autors
finden Sie am Ende des Buches.

Christopher W. Gortner

Die vatikanische Prinzessin

Historischer Roman

Aus dem Amerikanischen
von Peter Pfaffinger

GOLDMANN

Die amerikanische Originalausgabe erschien 2016 unter dem Titel »The Vatican Princess« bei Ballantine Books, a division of Penguin Random House LLC, New York

Dieses Buch ist auch als E-Book erhältlich.

MIX
Papier aus verantwortungsvollen Quellen
FSC® C014496

Verlagsgruppe Random House FSC® N001967

1. Auflage
Deutsche Erstveröffentlichung September 2016

Umschlaggestaltung: UNO Werbeagentur, München
Umschlagmotiv: Arcangel/Stephen Mulcahey;
FinePic®, München
Redaktion: Ilse Wagner
MR · Herstellung: Str.
Satz: omnisatz GmbH, Berlin
Druck und Bindung: GGP Media GmbH, Pößneck
Printed in Germany
ISBN: 978-3-442-48396-9
www.goldmann-verlag.de

Besuchen Sie den Goldmann Verlag im Netz

Se gli uomini sapessino le ragioni della paura mia,
capir potrebbero il mio dolor.

Würden die Menschen die Gründe für meine Angst kennen,
könnten sie meinen Schmerz verstehen.

Lucrezia Borgia

1506

Schande ist nichts als ein Versehen des Schicksals.

Das war einer der Lieblingssprüche meines Vaters. Er verkündete ihn auf seine sorglose Art und wedelte dabei lachend mit seiner mit dem Fischerring geschmückten, fleischigen Hand, als genüge ein bloßes Fingerschnippen, um jene abscheuliche Wolke aus Beschuldigungen zu vertreiben, die ständig über uns hing, jenes giftige Geflüster über Laster, widerwärtige Korruption und ruchlosen Missbrauch.

Und ich glaubte ihm. Ich glaubte, er wisse alles.

Inzwischen habe ich dazugelernt.

Wie sonst könnte ich das Chaos in unserer Hinterlassenschaft erklären, die verwüsteten Leben, die geopferte Unschuld und das vergossene Blut? Wie sonst den unverhofften Pfad meines eigenen Lebens rechtfertigen, auf dem ich für immer durch das Labyrinth irre, das aus den skrupellosen Machenschaften meiner Familie entstanden ist?

Eine andere Ursache kann es nicht geben. Schande ist kein Versehen. Sie ist das Gift in unserem Blut.

Sie ist der Preis dafür, eine Borgia zu sein.

1

»Lucrezia, *basta*. Hör auf, dieses schmutzige Vieh zu verwöhnen!«

Die Hand meiner Mutter schoss vor, jeder ihrer dicken Finger von einem Ring eingeschnürt. Blitzschnell wich ich einer Ohrfeige aus und beugte mich schützend über meinen geliebten Kater Arancino, der fauchend die Ohren anlegte, während seine zu Schlitzen verengten Augen all die Verachtung ausdrückten, die ich empfand. Ich wusste, warum Vanozza bei uns war. Schon seit Papst Innozenz kurz zuvor gestorben und das Konklave, die Versammlung der Kardinäle, zur Wahl eines neuen Heiligen Vaters einberufen worden war, hatte ich erwartet, dass meine Mutter, einer Unglücksbotin gleich in Schleier und schwarze Röcke gehüllt, in meinem Zuhause, dem Palazzo Orsini auf dem Monte Giordano, auftauchen und sich bei uns einnisten würde.

Nun, da sie bei uns war, wollte ich nur noch eines: sie bald wieder verschwinden sehen.

»Raus!« Sie stampfte mit dem Fuß auf und brachte jäh Leben in Arancino. Mit einem mächtigen Satz sprang er von meinen Armen herab und schoss durch die offene Tür in den halbdunklen Korridor.

Den Kratzer an meiner Hand spürte ich erst, als ein dunkelroter Blutstropfen herausquoll. Während ich an der Wunde saugte, starrte ich meine Mutter wütend an. Sie machte eine gebieterische Geste. »Also wirklich, Adriana«, knurrte sie. »Wie kannst du ihr erlauben, ein solches Vieh im Haus zu halten? Das ist doch ungesund. Katzen sind die Ausgeburt des Teufels. Und jeder weiß, dass sie einem Neugeborenen die Luft zum Atmen stehlen können.«

»Zum Glück haben wir keine Neugeborenen im Haus«, erwiderte Adriana mit einer Stimme so glatt wie die graue Seide ihres Kleides. »Und gelegentlich hat der Kater durchaus seinen Nutzen« – sie erschauerte – »vor allem im Sommer, wenn es hier von Ratten wimmelt.«

»Pah! Wer braucht schon eine Katze, um Ungeziefer loszuwerden? Ein bisschen Gift in den Ecken genügt, und schon hat man seine Ruhe. Ich erledige das eigenhändig, und zwar jeden Juni. Das macht den Biestern den Garaus.«

Der Gedanke an überall im Haus ausgestreutes Gift, mit dem mein Kater in Berührung kommen konnte, ließ mich zittern. Unterdessen meinte Adriana spitz: »Vielleicht hast du es noch nicht bemerkt, meine liebe Vanozza, aber hier in Rom gibt es Ratten in allen Gestalten und Größen.« Auch wenn Adriana meinen dankbaren Blick nicht erwiderte, war dies wie ein Versprechen, dass sie das leichtsinnige Ausstreuen des weißen Todes niemals dulden würde. Mein Arancino, den ich davor bewahrt hatte, von den Stallburschen ertränkt zu werden, war in Sicherheit.

Meine Mutter richtete ihre Aufmerksamkeit wieder auf mich. Als man mich aus ihrer Obhut genommen hatte, war ich erst sieben Jahre alt gewesen. Sie hatte gerade zum zweiten Mal geheiratet, und mein Vater holte mich aus ihrem Palazzo in der Nähe von San Pietro in Vinculi, um mich hierher zu Adriana, der verwitweten Tochter seines ältesten Bruders, zu bringen. Seitdem kümmerte sie sich um meine Erziehung, was auch den Unterricht im Kloster San Sisto umfasste. Für mich war sie weit mehr eine Mutter, als es diese dicke, ständig schwitzende Frau je gewesen war. Als mich Vanozza nun musterte wie eine Hausfrau irgendeine Ware auf dem Marktplatz, fragte ich mich nicht zum ersten Mal, wie sie es geschafft hatte, sich Papas Zuneigung für so viele Jahre zu erhalten.

Von ihrer einst gerühmten Schönheit vermochte ich nur wenig zu entdecken. Jetzt, da sie sich ihrem fünfzigsten Geburtstag näherte, hatten mehrere Geburten und übermäßige Tafelfreuden die Figur meiner Mutter unförmig werden lassen, sodass sie jetzt eher wie eine gewöhnliche Matrone wirkte. Ihre graublauen Augen – die ich von ihr geerbt hatte, auch wenn die meinen blasser waren – lagen wie Perlen in tiefen, zerklüfteten Schatten, und die rot geäderten Wangen verliehen ihr, zusammen mit der Hakennase, einen stets grimmigen Ausdruck. Auch wenn sie sich in teuren schwarzen Samt kleidete, entsprach der Schnitt ihrer Röcke nicht mehr der Mode, vor allem dann nicht, wenn sie dazu auch noch eine von diesen veralteten schweren Schleierhauben aufsetzte, unter denen graue Locken hervorlugten, deren Goldton längst verblasst war.

»Isst sie genug?«, fragte Vanozza, als spüre sie, welcher kritischen Begutachtung ich sie meinerseits unterzog. »Sie ist immer noch dürr wie ein Straßenköter. Und so weiß! Fast könnte man meinen, sie käme nie in die Sonne. Und ihr erstes Blut hat sie auch noch nicht verloren, wie ich annehme?«

»Lucrezias natürliche Blässe ist dieser Tage durchaus in Mode«, entgegnete Adriana. »Und sie ist noch nicht mal dreizehn Jahre alt. Manche Mädchen brauchen einfach etwas mehr Zeit, bis ihr Körper sich entwickelt.«

Vanozza schnaubte. »Sie hat keine Zeit. Immerhin ist sie schon verlobt, oder hast du das vergessen? Wir können nur hoffen, dass sie sich dieser überteuerten Ausbildung als wert erweist, die Rodrigo ihr unbedingt zukommen lassen will, auch wenn mir nicht einleuchtet, wozu Mädchen Bücher und dergleichen benötigen.«

»Ich liebe meine Bücher!«, protestierte ich, wurde aber unterbrochen, als Adriana die Hand nach der silbernen Glocke ausstreckte und mit dieser läutete. Gleich darauf trippelte Murilla, meine geliebte Zwergin, die mir Papa zu meinem elften Geburtstag geschenkt hatte, mit einem Wasserkrug und einem Tablett voller Käse herein. Sie war eine perfekte Miniatur von ebenholzschwarzer Hautfarbe. Von Anfang an hatte sie mich mit ihrer exotischen Art verzaubert, zumal ich wusste, dass sie aus einem weit entfernten Land, wo die Eingeborenen nackt umherliefen, hierher gebracht worden war. Umso fassungsloser beobachtete ich nun, wie meine Mutter nach ihr schlug, als wäre sie eine Mücke. Mit einer Geste forderte Adriana Murilla auf, das Tablett auf dem Tisch abzusetzen. Seit Vanozza ohne jede vorherige Ankündigung eingetroffen war, ignorierte Adriana beharrlich die unverhüllt abschätzige Art meiner Mutter, mit der sie die Bediensteten ebenso wie die Wandteppiche, die mit frisch geschnittenen Blumen gefüllten Vasen und die in den Ecken aufgestellten Statuen musterte – alles Zeichen von Papas Gunst, die Adriana einst genossen hatte.

»Die Nonnen versichern mir, dass Lucrezia eine hervorragende Schülerin ist«, fuhr Adriana fort. »Sie tanzt voller Anmut und beweist Talent für die Laute. Außerdem wird ihr Geschick beim Nähen sehr bewundert, und sie hat sich sogar Lateinkenntnisse …«

»Latein?« In ihrer Erregung fielen Vanozza einige Brösel aus dem Mund und auf den Tisch. »Es reicht wohl nicht, dass sie sich mit dem vielen Lesen die Augen verdirbt! Soll sie jetzt auch noch einen Sprechgesang anstimmen wie die

Priester? Sie geht zum Heiraten nach Spanien, nicht um die Messe zu lesen.«

»Ein Mädchen von Lucrezias Rang kann gar nicht genug Kenntnisse haben«, erwiderte Adriana. »Schließlich kann es sein, dass sie das Anwesen ihres Gemahls leiten muss, wenn er nicht zu Hause ist. Selbst du, meine liebe Vanozza, hast lesen und schreiben gelernt, nicht wahr?«

»Ich habe es gelernt, weil ich meine Tavernen zu führen hatte. Sonst hätten mich meine Lieferanten an den Bettelstab gebracht. Aber Lucrezia? Als sie geboren wurde, habe ich ihr Horoskop berechnet. In ihren Sternen steht, dass sie als Ehefrau sterben wird. Und keine verheiratete Frau hat eine Verwendung für Latein – es sei denn, Rodrigo glaubt, sie könne ihren Mann mit ihren Kenntnissen unterhalten, bis sie alt genug ist, um die Beine breit zu machen.«

Adrianas Lächeln gefror. Sie wandte sich mir zu. »Lucrezia, meine Liebste, möchtest du Donna Vanozza nicht die Stickerei zeigen, mit der du gegenwärtig beschäftigt bist? Sie ist besonders schön!«

Widerstrebend trottete ich zum Fenstersitz. Vanozzas gefühllose Ankündigung meines Todes hatte mich verstört. Und der Anblick der Mulde, die Arancino auf dem Kissen hinterlassen hatte, versetzte mich in Wut, als ich den Bezug an mich nahm, den ich für Papa genäht hatte. Er hatte das komplizierteste Muster, an das ich mich bisher herangewagt hatte. Für das Borgia-Emblem, den wilden roten Stier neben einem maulbeerfarbenen Schild, hatte ich Gold- und Silberfaden verwendet. Ich hatte vor, das Kissen mitsamt Bezug Papa bei seiner Rückkehr aus dem Konklave zu schenken, und schnappte darum entsetzt nach Luft, als Vanozza es mir aus der Hand riss, als wäre es eine verschmutzte Serviette.

Absichtlich grob fuhr sie mit den Fingern darüber. Prompt

verfing sich einer ihrer Ringe in einem Stich in der Darstellung des Stiers, an dessen Vervollkommnung ich stundenlang gearbeitet hatte.

»Zufriedenstellend«, kommentierte sie. »Auch wenn er eher an Juno als an den Minotaurus erinnert.«

Ich entwand ihr den Bezug. »Suora Constanza sagt, dass meine Stickerei besser ist als die jedes anderen Mädchens in San Sisto. Sie meint, ich könnte Lumpen für die Armen machen, und selbst dann würde die Heilige Jungfrau weinen, weil sie so schön sind.«

Vanozza lehnte sich in ihrem Stuhl zurück. »Glaubst du? Ich würde meinen, die Heilige Jungfrau sollte besser weinen, weil du so frech zu deiner eigenen Mutter bist.«

»Schsch«, beschwichtigte Adriana. »Nicht streiten. Wir sitzen ohnehin wie auf Kohlen wegen dieser ewigen Warterei auf das Ende des Konklaves – und dazu diese schreckliche Hitze! Da brauchen wir doch keine bösen …«

»Warum?«, flüsterte ich, den Blick immer noch auf meine Mutter gerichtet, und unterbrach damit Adriana. »Warum hasst Ihr mich so sehr?«

Meine unerwarteten Worte bewirkten eine Veränderung in Vanozzas Miene. Für einen flüchtigen Moment bemerkte ich, wie sie weicher wurde und die Andeutung eines verborgenen Kummers zu erkennen gab. Dann löste sich alles wieder auf, und sie presste ihre Lippen zu einem Strich zusammen.

»Wenn du noch in meiner Obhut wärst, würde ich deinen Kopf gegen die Wand schlagen, bis du den richtigen Respekt vor den Älteren gelernt hast.«

Ich hatte keinen Zweifel daran, dass sie das tun würde. Mir waren meine von ihren Ohrfeigen brennenden Wangen noch in lebhafter Erinnerung. Sie war schon immer schnell in Wut geraten, oft wegen belangloser Missgeschicke wie Grasflecken am Rocksaum oder einem aufgerissenen Ärmel. Ich hatte ihren Zorn fast genauso gefürchtet wie ihre Befragungen von Wahrsagern und Astrologen und ihr nächtliches Ritual mit den Tarotkarten, vor denen mir besonders graute, waren sie doch mit dem Makel der Hexerei behaftet und von unserer heiligen Kirche verboten.

Adriana seufzte. »Lucrezia, was, um alles in der Welt, ist nur in dich gefahren? Donna Cattanei ist unser Gast. Du entschuldigst dich auf der Stelle.«

Mir den beschädigten Kissenbezug an die Brust drückend, murmelte ich: »Vergebt mir, Donna Vanozza«, und wandte mich sogleich an Adriana. »Darf ich gehen?« Meine Mutter erstarrte. Sie wusste genau, dass meine Bitte eine Provokation war, eine Erklärung, dass sie keine Macht über mich hatte. Und es befriedigte mich unendlich, ihr wutverzerrtes Gesicht zu sehen, als Adriana sagte: »Natürlich, mein Kind. Diese Hitze setzt uns allen zu.«

Schon war ich bei der Tür. In meinem Rücken hörte ich Adriana murmeln: »Du musst ihr das nachsehen. Das arme Kind ist verstört. Ich habe sie erst vor zwei Tagen aus San Sisto geholt und damit ihren Tagesablauf durcheinandergebracht. Und das alles nur wegen dieser unerwarteten Sache mit dem Konklave. Sie fehlt im Unterricht und …«

Vanozza fiel ihr ins Wort. »Unsinn! Ich weiß nur zu gut, dass ihr Vater daran schuld ist. Er hat sie immer nach Strich und Faden verwöhnt, obwohl ich ihm ständig gepredigt habe, dass das nicht klug ist. Töchter wachsen heran; sie heiraten und verlassen uns. Sie bringen ihre eigenen Kinder auf die Welt, und von da an kommt bei ihnen ihre eigene Familie an erster Stelle. Aber Rodrigo will nichts davon hören. Nicht seine Lucrezia, sagt er, nicht seine *farfallina*. Sie ist etwas ganz Besonderes für ihn. Seit sie auf der Welt ist, vernachlässigt er alle anderen. Ich wage sogar zu behaupten: Nach unserem Sohn Juan ist sie das Einzige, das er wahrhaft liebt.«

Das Gift in ihrer Stimme fraß sich in mich hinein. Ohne einen Blick zurückzuwerfen, rannte ich hinaus. Bei der Treppe angekommen, musste ich mich an der Balustrade festhalten. Zitternd stieß ich einen Seufzer der Erleichterung aus.

Ich konnte mich nicht an einen einzigen Tag erinnern, an dem meine Mutter mir nicht ihre Verachtung gezeigt hätte. Gegenüber meinen älteren Brüdern Juan und Cesare war sie die Fürsorglichkeit in Person gewesen. Für sie hatte sie immer ein Lächeln und Worte der Ermutigung übriggehabt. Vor allem Cesare hatte sie in einem Ausmaß angebetet, dass sie zum Steinerweichen geheult hatte, als Papa ihn ins Priesterseminar von Pisa schickte. Das waren die einzigen Tränen, die ich sie je hatte vergießen sehen. Sogar mein jüngster Bruder, Jofré, der bisher nichts Nennenswertes geleistet hatte, hatte bereits jetzt von ihr weit mehr Zuwendung erfahren als ich in meinem ganzen Leben. Ich war ihre einzige Tochter, die sie eigentlich unter ihre Fittiche nehmen sollte; stattdessen war sie stets kalt und fordernd gewesen, als wäre meine bloße Existenz in ihren Augen ein einziger Stein des Anstoßes. Verstanden hatte ich das nie, obwohl ich mich meine ganze Kindheit über danach gesehnt hatte, ihrer Verachtung und Ignoranz zu entgehen. Dann plötzlich wurden meine Gebete erhört, und ich kam bei Adriana unter. Sie verstand es, mir zu vermitteln, dass ich wichtig und es wert war, angebetet zu werden, ja, dass ich tatsächlich etwas so Besonderes war, wie Papa immer behauptete.

Plötzlich überkam mich Sehnsucht nach ihm. Er besuchte uns, sooft er konnte; hier, bei Adriana, brauchte er sich nicht mehr zu verstellen. In Vanozzas Haus hatten wir ihn unseren

Onkel nennen müssen, weil Vanozza verheiratet war und der Anschein gewahrt werden musste. Hier dagegen waren diese Notlügen nicht nötig. Nach dem Abendessen nahm mich Papa gern in seine kräftigen Arme, streichelte mir übers Haar und ließ mich auf seinem Schoß sitzen, während er mich mit Geschichten über unsere Vorfahren unterhielt. Denn dass wir keine Italiener waren, durften wir nie vergessen. Auch wenn sein Onkel Papst Calixtus III. gewesen war und unsere Familie seit Generationen ihren Sitz in Rom hatte, waren wir immer noch von katalanischem Geblüt und stammten aus dem Ebro-Tal im Königreich Aragón. Unser spanischer Nachname war Borja; unsere Ahnen hatten in den Kreuzzügen gegen die Mauren gekämpft und Titel, Ländereien und königliche Gunstbeweise angehäuft, die es uns ermöglicht hatten, in die Dienste der Kirche zu treten, dort weit nach oben zu kommen und sogar im Bistum St. Peter in Rom Einzug zu halten.

»Aber eines muss du immer im Gedächtnis behalten, meine *farfallina*«, erklärte mir Papa häufig. »Wie hoch hinauf wir auch kommen oder wie reich wir auch werden, wir müssen einander stets beschützen wie Löwen in einem Rudel, denn die Italiener betrachten uns als Fremde, die sie nie als Einheimische akzeptieren werden.«

»Aber ich bin hier geboren und sehe Euch überhaupt nicht ähnlich«, wandte ich einmal ein, den Blick in seine magnetischen dunklen Augen versenkt und die Hand auf seine fast schwarze Wange gelegt. »Und trotzdem bin ich hier eine Fremde?«

»Selbst wenn du von deiner Mutter die helle Haut der Italiener hast, bist du dennoch eine Borgia, mein Schmetterling«, schmunzelte er. »Danke Gott dafür. Du willst doch nicht wie ich einem spanischen Ochsen gleichen!« Er zog mich fester an sich. »In deinen Adern fließt mein *sangre*: das Blut der Borja. Das ist alles, was zählt. Unser Blut ist das Einzige, dem wir trauen können, das Einzige, das es wert ist, dafür zu sterben. Blut ist Familie, und *la familia es sagrada*. Die Familie ist heilig.« Er gab mir einen Kuss. »Du bist meine geliebte Tochter, die Perle in der Auster. Vergiss das nie. Eines Tages wird dieses erbärmliche Land, das uns so sehr verachtet, auf die Knie sinken und uns ein Loblied singen. Und du wirst sie alle verblüffen, meine schöne Lucrezia.«

Auch wenn ich nicht begriff, wie ich es je schaffen sollte, dass Italien vor mir kniete (es war schon schwierig genug, die Nonnen von San Sistino zufriedenzustellen), brach ich in Lachen aus und zwickte ihn in die große Hakennase, denn ich wusste, er hatte zwar noch andere Töchter, die er mit anderen Frauen gezeugt hatte, aber keine davon – dessen war ich mir ganz sicher – hatte je solch zärtliche Worte von ihm gehört. Ich erkannte es in seinen Augen, dem strahlenden Lächeln, das sich auf seinem Gesicht ausbreitete, und an seiner Umarmung, die noch fester wurde. Der große Kardinal Borgia, der von so vielen um seinen Reichtum und seine Hartnäckigkeit beneidet wurde, der als der vertrauenswürdigste Diener der römischen Kirche galt, liebte mich mehr als jeden anderen Menschen. Ich räkelte mich auf seinem Schoß, weil ihm das behagte und sein Lachen dann wie hervorquellende Lava brodelte, bis es mit einem Donnern aus ihm hervorbrach, sodass die Mauern des Palazzo zu beben schienen – überschwänglich und stolz, grob wie ungekämmter Samt und getränkt mit einer ansteckenden Lebensfreude. In diesem Lachen klang seine Liebe mit; eine Liebe, die ich auch spürte, wenn er mich mit Küssen überschüttete und neckte. »Was für ein kokettes, kleines Ding du doch bist! Wie deine Mutter in ihren jungen Jahren: Sie konnte auch die Augen in die meinen versenken und mich dahinschmelzen lassen.«

Ich konnte mir kaum vorstellen, dass Vanozza die Augen in die von irgendjemandem versenkte. Schlimmer noch, bei ihr genügte ein böser Blick, eine höhnische Bemerkung, um jedes freudige Gefühl zu Pulver zerfallen zu lassen.

Allerdings begriff ich jetzt zum ersten Mal, warum sie mich hasste.

Seit sie auf der Welt ist, vernachlässigt er alle anderen …

Ich hatte etwas, das Vanozza nicht mehr besaß: Papas Liebe.

Ein klägliches Miauen riss mich aus meiner Träumerei. Ich bückte mich und lockte Arancino hinter einer der zerbrochenen antiken Statuen auf dem Treppenabsatz hervor. Als ich ihn hochhob, hörte ich Schritte über den *cortile* hallen. Meinen Kater in den Armen, spähte ich über die Balustrade zum Innenhof hinunter und sah Adrianas Schwiegertochter, Giulia Farnese, hereineilen.

Im Gehen nahm sie ihr Cape ab und warf es ihrer Zofe zu. Hastig fuhr sie sich mit den Händen durch die zerzausten Haare, ehe sie die Treppe zum *piano nobile* hinauflief, wo unsere Gemächer lagen. Ihre mit Korallenformen gemusterte Seidenrobe klebte an ihrer schweißnassen Haut. Ihr Gesicht war gerötet. In ihrem Bemühen, kein Geräusch zu verursachen, bemerkte sie mich erst, als sie mir fast auf die Zehen trat. Mit einem erstickten Aufschrei blieb sie stehen. Ihre dunklen Augen loderten.

»Lucrezia! *Dio mio*, hast du mich erschreckt! Was schleichst du hier herum?«

»Psst!« Ich hielt mir den Zeigefinger an die Lippen und schielte zur Tür des Gemachs hinüber, in dem Adrianas Murmeln gelegentlich vom Stakkato der Kommentare meiner Mutter unterbrochen wurde.

»Vanozza?«, fragte Giulia lautlos. Ich nickte und unterdrückte ein Kichern. Sie und meine Mutter hatten sich vor zwei Jahren kennengelernt, als Vanozza zu Giulias Hochzeit mit Adrianas Sohn Orsino geladen war. Nach der Zeremonie, die von meinem Vater abgehalten wurde, gab es ein Bankett. Mit zornig blitzenden Augen beobachtete meine Mutter, wie Papa Giulia einen Rubinanhänger schenkte. Als er ihr die Kette um den Hals legte, stieß Giulia ein entzücktes Lachen aus, das durch den ganzen Saal hallte. Da ich direkt neben meiner Mutter platziert worden war, konnte ich nur zu deutlich sehen, wie ihre Miene sich verfinsterte. Und als wenig später Giulia ihren Mann Orsino auf die Tanzfläche führte und ihn mit ihrer mühelosen Anmut wie eine an zerrissenen Fäden hängende Marionette aussehen ließ, hörte ich meine Mutter fauchen: »So weit sind wir also schon gekommen, dass du mich wegen eines Mädchens fallenlässt, das noch keine Haare an der Spalte hat?«

Papa starrte sie böse an. Das fiel mir besonders auf, da er in der Öffentlichkeit normalerweise seinen Ärger nie zeigte. Zwischen zusammengepressten Zähnen zischte er: »Vanozza, gleichgültig, zu welchen Höhen ich dich erhebe, du wirst immer in der Gosse bleiben.«

Verstohlen hatte ich mich daran geweidet, wie sich der Schock über Vanozzas Gesicht ausbreitete. Bald danach rauschte sie, ihren willfährigen Gemahl im Schlepptau, davon. Im Gehen warf sie jedoch einen verzweifelten Blick über die Schulter, nur um Giulia im Takt der Trommel und der Fiedeln durch den Saal wirbeln zu sehen, während mein Vater sie vom Podest aus anstrahlte und den Rhythmus auf der gepolsterten Armlehne seines Sessels mitklopfte.

Während ich nun Giulia, Schweißperlen auf der Stirn und mit von verbotener Erregung leuchtenden Augen, betrachtete, fiel mir wieder ein, wie Papas Hände an ihrer Kehle verweilt hatten, als er ihr jene Halskette mit den Rubinen anlegte, und der Widerschein seiner juwelenbesetzten Ringe ihre Haut zum Leuchten brachte …

Giulia war jetzt achtzehn Jahre alt. Sie war kein Kind mehr.

»Wo warst du?«, wollte ich wissen. »Adriana hat geglaubt, du würdest oben ein Nickerchen halten.«

Zur Antwort ergriff mich Giulia an der Hand und zerrte mich die Treppe hinauf ins zweite Stockwerk, wo unsere Bettkammern lagen. Arancino ließ es sich gefallen, dass ich ihn an mich presste, als wir in mein Gemach traten und über die Binsen und frisch ausgestreuten Kräuter stapften. Die Wände waren in meinen Lieblingsfarben, Blau und Gelb, gestrichen. In der Nische, wo mein schmales Bett stand, flackerte eine Votivkerze vor einer byzantinischen Ikone mit der Heiligen Jungfrau und ihrem Kind, ein Geschenk meines Vaters. In einer Ecke stapelten sich in Leder gebundene Bände, die mir Cesare von seiner Universität in Pisa geschickt hatte – Sonette von Petrarca und Dante, die ich bei Kerzenlicht bis spät in die Nacht hinein verschlang.

»Gott im Himmel, das ist ein Inferno dort draußen!«, stöhnte Giulia und deutete auf die Wasserschüssel und die Karaffe auf dem Seitentisch. »Sei so lieb und bring mir ein nasses Tuch. Ich schwöre dir, ich falle sonst in Ohnmacht.«

Ich setzte Arancino ab und tat, worum sie mich gebeten hatte. »Du warst auf der Piazza, nicht wahr?«

Sie seufzte. Die Augen halb geschlossen, tupfte sie sich Kehle und Dekolleté ab. Ungeduldig wartete ich, bis sie sich endlich erfrischt fühlte.

»Und? Warst du auf dem großen Platz vor der Peterskirche?«

Sie öffnete die Augen. »Was glaubst du?«

Ich sog scharf die Luft ein. »Du bist ohne Erlaubnis ausgegangen, obwohl Adriana uns eingeschärft hatte, im Haus zu bleiben.«

»Natürlich«, erwiderte Giulia beiläufig, als wäre es völlig normal, dass junge Edelfräulein ohne Begleitung oder Anstandsdame durch die Straßen flanierten, während die Stadt gespannt auf das Ergebnis des Konklaves wartete.

»Und … hast du etwas gesehen?«

»Und ob. Horden von tobenden Rüpeln, die Rache geschworen haben, wenn Kardinal della Rovere nicht gewählt wird.« Sie schnitt eine Grimasse. »Sie haben auf der ganzen Piazza ihren Dreck hinterlassen und die dort versammelten Gläubigen ausgeraubt. Die päpstliche Garde musste sie vertreiben. Was für eine Schande!«

»Adriana hat uns ja gewarnt. Sie hat gesagt, auf den Straßen ist es gefährlich, wenn ein neuer Papst gewählt wird.«

Giulia grinste. »Verrate mir doch bitte eines: Ist Adriana bei uns? Oder spreche ich mit meiner Lucrezia?« Als sie aber meine Bestürzung bemerkte – denn sosehr ich Adriana liebte, wollte ich doch gewiss nicht sein wie sie –, fügte sie hinzu: »Natürlich war es gefährlich, aber wie hätte ich sonst irgendwelche Neuigkeiten erfahren? Es ist ja nicht so, als ob Adriana uns das verraten könnte.« Aufgeregt fuhr sie fort: »Im Konklave herrscht ein Patt. Keiner von den Kandidaten hat bis jetzt genügend Stimmen auf sich vereinigen können. Aber ab morgen bekommen sie nur noch Wasser und Brot.«

Ich vergaß meine Verärgerung und setzte mich aufs Bett. Je mehr Zeit die Kardinäle für die Wahl eines neuen Papstes benötigten, desto beschwerlicher wurde ihnen die Klausur in der Sixtinischen Kapelle gemacht, das wusste ich bereits. Blieb der päpstliche Thron zu lange leer, breitete sich in der

Stadt Gesetzlosigkeit aus, und von der Beschneidung der Privilegien für die Kardinäle versprach man sich eine Beschleunigung der Wahl. Nun, da vier Tage ohne Ergebnis vergangen waren, saß ganz Rom wie auf glühenden Kohlen.

»Sie müssen alle ziemlich ausgehungert sein«, fuhr Giulia fort. »Abgesehen davon werden sie dort drinnen bei lebendigem Leib gebraten, weil sämtliche Türen und Fenster zugemauert sind. Aber keiner von den Kandidaten kann gewinnen – außer deinem Vater, und er ist dabei, die Unentschiedenen auf seine Seite zu ziehen.« Sie hielt inne, um ihren Worten mehr Gewicht zu verleihen. »Wenn alles nach Plan verläuft, wird Kardinal Borgia unser neuer Heiliger Vater.«

Ich widerstand dem Drang, die Augen zu verdrehen. Giulia konnte schrecklich dramatisch sein.

»Papa hat schon ein Mal verloren«, hielt ich ihr entgegen. Dass er sogar zwei Niederlagen erlitten hatte, erwähnte ich nicht. Ich war damals noch zu jung gewesen, um seine Rückschläge verstehen zu können, doch die Geschichte seiner Enttäuschungen war oft genug in meinem Beisein wiederholt worden. Mein Vater hatte nie aufgehört zu erklären, dass er sich bei Gott eines Tages einfach die Ehre verdienen musste, als erster Borgia in die Fußstapfen seines verstorbenen Onkels, Calixtus III., zu folgen. Aber seitdem hatte es andere Päpste gegeben, darunter den gerade erst verschiedenen Innozenz, dem Papa treu gedient hatte. Allerdings konnte man bisher nicht erkennen, dass ihm seine Loyalität die längst fällige Belohnung einbringen würde.

»Das war einmal«, belehrte mich Giulia. »Jetzt ist alles anders. Also wirklich, Lucrezia, bringen dir die Nonnen in San Sisto denn gar nichts über die Welt außerhalb ihrer Mauern bei?« Sie wartete meine Antwort nicht ab und ignorierte meine böse Miene, während sie sich das Haarnetz herunterzupfte und die feuchten kastanienbraunen Locken über ihre Schultern fallen ließ. »Lass es mich dir erklären: Lorenzo di Medici von Florenz ist tot, und Mailand wird jetzt von Sforza regiert, diesem Tyrannen, den sie Il Moro nennen. Venedig hält sich heraus, während das königliche Haus in Neapel zwischen Frankreich und Spanien zerrieben wird, die beide ein Recht auf den Thron beanspruchen. Allein der Papst kann ein größeres Chaos verhindern. Mehr denn je braucht Rom jetzt einen Führer, der die Pfade der Macht kennt und unsere ... Ach, du willst das ja gar nicht hören!« Sie unterbrach sich verärgert, denn aus Langeweile angesichts ihres selbstgerechten Gebarens hatte ich meine Aufmerksamkeit Arancino zugewandt, der in der Ecke einer Fliege auflauerte. »Ich weiß nicht, warum ich mir so viel Mühe mit dir gebe. Du bist ja noch ein richtiges Kind!«

Ihre Spitze ließ mich alle Vorsicht vergessen. Bis zu diesem Moment hatte ich es nie gewagt, an Giulia zu zweifeln. Immer hatte ich sie als meine viel weltgewandtere, wenn auch bisweilen irritierende ältere Schwester betrachtet. Die letzten fünf Jahre hatten wir hier als Gefährtinnen verbracht, aber sie war bereits verheiratet und in Roma als *la bella Farnese* bekannt – wohingegen ich immer noch das stille Mädchen mit der flachen Brust war, das noch nichts von den Geheimnissen der Weiblichkeit zu wissen brauchte. Etwas hatte ich heute jedoch erfahren: nämlich dass ich eine Gabe besaß, um die mich sogar meine Mutter beneidete. Und ich hatte nicht vor, mich noch länger wie ein dummes Mädchen behandeln zu lassen.

»Wenn ich noch ein Kind bin«, verkündete ich, »dann kann mir wohl kaum jemand die Schuld geben, wenn ich mich verplappere und alle erfahren, dass du heute unerlaubt in der Stadt gewesen bist und riskiert hast, dass die Leute sich den Mund über dich zerreißen.«

Die Finger noch immer in den Haaren, erstarrte Giulia. Lange musterte sie mich schweigend, bis schließlich ein Lächeln über ihr Gesicht kroch. »Sind das etwa Worte der Erpressung, die ich da höre? Du bist in der Tat eine wahre Borgia.«

Wilde Freude stieg in mir hoch. »Nun, wenn deine Behauptung zutrifft und Papa tatsächlich im Begriff ist, der neue Papst zu werden, dann verdiene ich es gewiss, zu erfahren, inwieweit das mich betrifft.«

»Allerdings.« Sie benetzte sich die Lippen. »Was genau möchtest du wissen?«

»Alles.« Zu meiner Überraschung meinte ich es genau so, wie ich es sagte, obwohl mich all die Intrigen bisher nie interessiert hatten. Da mich der Unterricht in San Sisto zur Genüge beschäftigte, setzte ich nur selten einen Fuß in den Vatikan. Jetzt aber vollzogen sich vor meiner Haustür bedeutende Veränderungen, und mitten in ihrem Herzen stand mein Vater. Plötzlich schien meine ganze Zukunft in der Schwebe zu sein und mich mit ungeahnten Möglichkeiten zu locken.

Giulia beugte sich zu mir vor. »Nun, bei ihrem Einzug in die Kapelle waren sich die Kardinäle sicher, dass Kardinal della Rovere gewinnen würde. Schließlich führt er seine Kampagne um die päpstliche Tiara schon seit Monaten und besticht so gut wie jeden, der nicht völlig abgeneigt ist. Es geht sogar das Gerücht, dass König Charles von Frankreich höchstpersönlich zwanzigtausend Dukaten gezahlt hat, um della Rovere die Wahl zu sichern. Aber als die Fenster zugemauert und die Türen mit Ketten versiegelt waren, hatte della Rovere es auf einmal doch nicht mehr so leicht. Er hat mehr Feinde, als er dachte. Kardinal Sforza von Mailand beispielsweise widersetzt sich ihm. Il Moro möchte keinen französischen Speichellecker auf dem Thron haben, und …«

Ich fiel ihr ins Wort. »Woher weißt du das alles?« Arancino sprang auf die Matratze und begann zu schnurren. Die Augen weiter auf Giulia gerichtet, streichelte ich ihn. »Ist im Konklave denn nicht jeder Verkehr mit der Außenwelt verboten, weil der Ablauf der Wahl nur auf diese Weise heilig bleiben kann?«

Damit wollte ich ihr beweisen, dass ich nicht so unwissend war, wie sie glaubte, doch sie fegte meinen Einwand mit einer ungeduldigen Geste beiseite. »Ja, ja, heilig – für die Meute vielleicht, die sich auf der Piazza drängelt, aber nicht für diejenigen, die mit den Abläufen im Vatikan vertraut sind. Papst Innozenz war schon Monate vor seinem Tod krank. Das hat Rodrigo reichlich Zeit verschafft, Verbündete zu gewinnen, auch wenn ihm niemand den Sieg zutraute. Auf die gleiche Art wird übrigens auch ein *palio* gewonnen. Niemand achtet darauf, wie das langsame Pferd aufholt, man sieht es erst, wenn es als Erstes durchs Ziel galoppiert.

Rodrigo …

Zum ersten Mal hörte ich sie den Vornamen meines Vaters aussprechen, und die Vertrautheit in ihrem Ton klang geradezu nach Blasphemie. Bis dahin war er stets Kardinal Borgia für sie gewesen, unser gutmütiger Wohltäter. Der Verdacht, der in mir gekeimt hatte, als ich ihr auf der Treppe begegnet war, kehrte zurück. Schlagartig klang meine Stimme schärfer. »Heißt das, dass Papa dir all das gesagt hat? Hat er etwa dich in seine Pläne eingeweiht?«

»Das nicht unbedingt, aber selbst wenn das Konklave von der Welt abgeschnitten ist, müssen die Bediensteten immer noch ihre Arbeit verrichten. Sie müssen Nachttöpfe leeren und Botschaften überbringen. Und Diener sind wie Kardinäle: Man kann sie bestechen.«

Mir verschlug es die Sprache. Mit ein paar Worten hatte Giulia mir offenbart, wie wenig ich in Wahrheit wusste.

»Und …?«, fragte ich schließlich.

Nun sprudelte es förmlich aus Giulia heraus. Aufgeregt beschrieb sie Ereignisse, von denen sie eigentlich nichts hätte wissen dürfen, ganz so, als wäre sie selbst zusammen mit meinem Vater und den anderen Kardinälen im Vatikan eingemauert gewesen. »Nach dem dritten Wahlgang war klar, dass della Rovere nicht gewinnen konnte. Auch Kardinal Sforza fehlten die nötigen zwei Drittel der Stimmen. Dein Vater hielt eine Rede, mit der er ein paar Männer auf seine Seite ziehen konnte. Und dann machte er seinen entscheidenden Zug. Er versprach Kardinal Sforza sein bisheriges Amt als Vizekanzler.« Ein triumphierendes Lächeln spannte sich über ihr Gesicht. »Damit gewann er Sforza für sich, das steht fest. Der Mann steckt bis über beide Ohren in Schulden, und das Amt des Vizekanzlers ist das lukrativste im ganzen Vatikan. Bis morgen könnte die Wahl also vorbei sein. Deinem Vater fehlt nur noch eine Stimme. Eine! Und wie ich ihn kenne, wird er tun, was auch immer nötig ist, um sie sich zu sichern.«

Aufgeregt ließ ich mich nach hinten fallen. Die Frage, wie es Giulia gelungen war, sich derart privilegiertes Wissen zu verschaffen, beschäftigte mich nicht mehr. Stattdessen hatte ich nur noch ein einziges Bild vor Augen: mein Vater, ganz in Weiß und Gold gekleidet, an seinem Finger den Fischerring des heiligen Petrus.

»Papa könnte Papst werden«, ächzte ich ungläubig.

Giulia klatschte in die Hände. »Stell dir das nur vor! Es wird so viel zu genießen geben, so vieles, das unsere Tage von Sonnenaufgang bis Sonnenuntergang ausfüllt. Du wirst die begehrteste Frau am Hof deines Vaters sein, die geliebte Tochter Seiner Heiligkeit.« Sie umarmte mich. An sie gepresst, hörte ich sie flüstern: »Morgen, Lucrezia. Morgen wird alles anders.«

Ich schloss die Augen und gab mich ihrer Begeisterung hin, obwohl mich zugleich auch ein Angstschauder überlief. Ich war mir nicht sicher, ob es wirklich so erstrebenswert war, die Tochter des Papstes zu sein.

2

Beim Abendessen war es vorbei mit Giulias Zurückhaltung, und sie platzte mit den Neuigkeiten heraus. Dafür handelte sie sich ein missbilligendes Schnauben von Adriana ein, ebenso von meiner Mutter, die es zweifellos verdross, dass ihre Tarotkarten bei einer derart bedeutenden Kunde versagt hatten. Gleichwohl konnte die Tragweite dieses Ereignisses nicht ignoriert werden. Vanozza und Adriana zogen sich zu einer dringenden Debatte in den großen Saal zurück, während Giulia und ich nach oben in unsere Gemächer liefen, wo wir eine schlaflose Nacht verbrachten.

Als der fünfte Tag des Konklaves anbrach, verkündete Adriana, dass wir uns zum Vatikan begeben mussten. Wenn mein Vater tatsächlich Papst wurde, wie Giulia behauptete, mussten wir dort sein, um von der Entscheidung an Ort und Stelle zu erfahren. Doch bevor wir aufbrachen, scheuchte Giulia Adriana, Vanozza (die die Nacht in einem freien Gemach verbracht hatte) und mich in die Kapelle, damit wir für Papas Wahl beteten.

Mit vor Schlaflosigkeit brennenden Augen kniete ich mich vor den Altar. Noch immer dröhnten mir die Ohren von Giulias Geplapper über all den Schmuck, die Kleider, Pelze und sonstigen Zeichen des Reichtums, die bald unser sein würden. Ein Teil in mir schien allerdings eine Strömung zu spüren, die sich zu einer Sturzflut auswachsen und uns mitsamt unserer Vergangenheit mitreißen konnte, nur um uns eine Zukunft zu bescheren, von der wir keinerlei Vorstellung hatten.

Darüber hinaus hatte ich es nicht nötig zu beten. Papa würde so oder so gewinnen, davon war ich überzeugt. Wie Giulia gesagt hatte: Er würde alles tun, um sein Ziel zu erreichen. Nach dem Gang in die Kapelle legten wir mit Hilfe der Bediensteten unsere Umhänge an und verbargen unsere Gesichter hinter Schleiern. Niemand durfte uns erkennen. Darum verzichteten wir auch auf Kutsche oder Sänfte. Als wir durch die Straßen eilten, achtete ich nicht auf die vor uns davonlaufenden wilden Hunde und ungehemmt kopulierenden Schweine und spürte kaum die Pflastersteine unter meinen Füßen, so begierig war ich darauf, den Vatikan zu erreichen. Sogar die bösartigen Seitenblicke meiner Mutter vermochte ich zu ignorieren.

Du wirst die begehrteste Frau am Hof deines Vaters sein …

Nachdem wir die Brücke Ponte San' Angelo überquert hatten, führte uns eine schmale Straße den Berg hinauf zum Vatikan. Der heilige Staat bestand aus einem gewaltigen Ziegelbau, dem Apostolischen Palast, wo die Päpste residierten, und einem verwirrenden Durcheinander von Gebäuden, Durchgängen und Innenhöfen. Alles war irgendwie mit der heiligen Basilika verbunden, die über der Kreuzigungsstätte des heiligen Petrus errichtet worden war, dem Gründer unserer Kirche.

Wir befanden uns mitten im Herzen Roms, vor uns die altehrwürdigen Bilder unseres Glaubens. Vielleicht lag es daran, dass ich nicht so oft in den Vatikan kam, jedenfalls verblüffte es mich, wie schlicht und verfallen hier alles wirkte: So weit das Auge reichte, nichts als rote Ziegeldächer und abbröckelnde Fassaden, geschmückt von zahlreichen, durch Schimmelflecke verunstalteten Steinengeln und gesichtslosen Heiligen, die grübelnd auf das Kopfsteinpflaster des Platzes hinabblickten. Von meiner Warte aus vermochte ich den riesigen Springbrunnen im Atrium des Palastes kaum auszumachen, der nicht nur die angrenzenden Häuser mit Trinkwasser versorgte. Als Kind hatte ich oft die Füße hineingestreckt. Was ich sehen konnte, war der offene Säulengang um den Palast herum. Normalerweise boten dort Scharen von Hausierern billigen Schmuck feil, und Straßenhändler verkauften die köstlichen gerösteten Kichererbsen – aber heute herrschte gähnende Leere, denn Soldaten der päpstlichen Garde versperrten jeden Zugang.

Es war noch früh am Morgen. Eine seltene kühle Brise wehte, doch dessen ungeachtet brach ich unter meinem Umhang in Schweiß aus. Mir knurrte der Magen. In ihrem Eifer, uns hierher zu bringen, hatte Adriana unser Frühstück vergessen. Was hätte ich jetzt für eine Tüte geröstete Kichererbsen gegeben! Wir hatten uns als fromme Frauen ausstaffiert, die gekommen waren, um zu erfahren, ob wir bald einen neuen Heiligen Vater hatten, aber noch lag der Petersplatz verlassen da. Nur ein paar Dunstschwaden hingen über den unebenen Pflastersteinen. Noch mehr Wächter bemannten die äußeren Treppen, lehnten gegen die abblätternden Mauern und hatten die verquollenen Gesichter von Männern, die zu wenig geschlafen und zu viel gezecht hatten.

Dann brach die Sonne zwischen den Wolken durch. Nach und nach tauchten Leute auf – schwarz gekleidete Witwen, die ihre Rosenkränze durch die Finger gleiten ließen; abgehetzte Mütter mit verschmutzten Kindern an den Händen; Männer, die respektvoll den Hut in der Hand trugen; Händler und Straßenverkäufer und schließlich die Bewohner der Unterwelt – die Huren in leichten Kleidern und knappen Miedern, Diebe mit lauernden Blicken und Beutelschneider mit flinken Fingern und winzigen Messern. Binnen Minuten donnerte das Fußgetrappel Tausender über den Platz – ganz Rom schien sich in Windeseile südlich der verfallenden Basilika vor dem von Säulen umstandenen Eingang zum Vatikan zu sammeln und drängte sich so nahe heran, wie es nur möglich war, ohne die Wachen auf den Plan zu rufen. Alle blickten zum Fenster der Sixtinischen Kapelle, das nur behelfsmäßig zugemauert worden war, damit die Ziegel schnell und mühelos eingerissen werden konnten, wenn es daran ging, den neuen Papst auszurufen.

Umringt von unseren Dienern, die eine regelrechte Barrikade um uns herum bildeten, mischten wir uns unter die Leute.

Die meisten Frauen sanken auf die Knie. Giulia warf mir unter ihrem Schleier einen konsternierten Blick zu, der mich fast zum Kichern brachte. Sie hatte Angst, ihre prächtige tiefblaue Robe zu beschmutzen, auf der sie heute mit Macht bestanden hatte. Damit wollte sie verhindern, dass Adriana uns in einer ihrer häufigen Anwandlungen von Frömmigkeit befahl, uns ebenfalls hinzuknien. Es konnte noch Stunden dauern, bis eine Kunde aus dem Konklave drang, sofern das heute überhaupt geschah. Ein kritischer Blick auf die uralten Pflastersteine, an denen in Jahrhunderten angesammelte Abfälle klebten, genügte mir, um Giulias Abneigung zu teilen, obwohl meine Robe nur aus schlichtem Leinen bestand. Angesichts meines Hungers und des Schmutzes um mich herum wünschte ich mir allmählich, ich wäre, Arancino auf dem Schoß, zu Hause geblieben, weit entfernt von diesem Gesindel …

Meine Mutter fasste mich am Arm. »Bilde dir nur nicht ein, irgendetwas davon könnte noch dein Schicksal ändern, gleich, wie. Du bist verlobt; komme, was wolle, du wirst nach

Spanien gehen, weit weg von Rom und von ihm. Er wird nie dein sein.«

Ich wandte mich zu ihr um. Ihre Augen bohrten sich in die meinen. »Er ist mein Vater«, erklärte ich. »Also ist er ja schon mein.«

Mit vor Zorn verzerrtem Mund fauchte sie: »Nicht mehr lang. Glaubst du, er kann seine unverheiratete Tochter vor den Augen aller Leute hierbehalten? Söhne – ja; ein Papst kann immer etwas für seine Söhne finden, diskrete Posten mit Einfluss, sodass sie seine Ziele fördern können. Aber eine Tochter muss an einen Ort verheiratet werden, den er für angebracht erachtet.«

Ein eisiges Gefühl befiel mich. Adriana und Giulia drehten sich mit fragenden Mienen zu uns um. Bevor sie eingreifen konnten, kam Bewegung in die Menge, alle drängten nach vorn, und ein Freudenschrei ertönte. Meine Augen folgten den nach oben weisenden Fingern, und schon fegte wie ein Windstoß ein Flüstern aus allen Mündern über den Platz: *»Habemus papam!«*

Benommen beobachtete ich, wie die Ziegel vor dem Fenster herausgeschlagen wurden. Hinter einer Wolke aus rötlichem Staub flog schließlich die Scheibe auf. Ich erhaschte einen Blick auf schattenhafte, in Roben gehüllte Gestalten in der Kapelle, ehe eine davon ans Fenster trat und eine Handvoll wunderschöne weiße Federn hinauswarf. Langsam trieben sie durch die Luft, bis sie auf den Pflastersteinen landeten. Erneut regte sich die Menge. Jeder preschte vor, um eine der Federn zu ergattern. Erst jetzt, als auch Giulia nach vorn sprang, erkannte ich, dass es gar keine Federn waren, sondern kleine, in der Mitte gefaltete Papierschnitzel.

Ohne sich um Schmutzflecken auf ihren Röcken zu kümmern, erbeutete Giulia einen dieser Fetzen. Gespannt spähten ihr Adriana und meine Mutter über die Schulter, als sie ihn entfaltete und den Inhalt vorlas: »Wir haben einen Papst, Kardinal Rodrigo Borgia von Valencia, von nun an Alexander VI.«

»*Deo gratias!*«, rief Adriana. Tränen strömten ihr über die Wangen. Um mich herum waren alle Menschen auf dem Platz in Jubel ausgebrochen, aber ich hörte nichts. Weder bekam ich das aufgeregte Ringen der Leute um die letzten Papierschnitzel mit, noch die panischen Schreie derer, denen Hände und Finger zertreten wurden.

Erst nach einer Weile nahm ich wieder Laute wahr, einen Sprechchor: »*Deo gratias, Roma per Borgia!*«

Die ekstatischen Rufe verscheuchten die Tauben von ihren Nistplätzen auf den Dachsparren der Basilika. Und dann wurde auf einmal nur noch mein Familienname skandiert. In betäubter Verwunderung blickte ich mich um, als Giulia nach Luft schnappte. »Schau nur! Da ist er! Am Fenster!«

Unsere Diener schlossen den Kreis um uns, als die Menge angesichts von Papas sich silhouettenhaft abzeichnender Gestalt in begeistertes Gebrüll ausbrach. Nun hob Papa zum Zeichen der Segnung die Hand. Die Leute sanken auf die Knie. Adriana und meine Mutter taten es ihnen gleich und murmelten Dankesgebete. Aufgeregt zupfte mich Giulia am Rocksaum. »Du musst dich hinknien und deine Verehrung zeigen!«

Schon ganz taub von dem Begeisterungssturm, der meinen Vater bei seinem ersten Auftritt als Papst Alexander VI., unseren neuen Stellvertreter Christi, empfing, ließ ich mich taumelnd auf die Knie nieder.

»*Roma per Borgia!* Rom für Borgia!«

Die kehligen Rufe der Gläubigen drangen weit über den Platz hinaus und hallten in der Stadt wider. Ganz Italien musste sie hören, dessen war ich mir vollkommen sicher. Am liebsten hätte ich laut gelacht; und obwohl ich Papas Gesicht hinter dem Fenster, wo er mit erhobenen Händen stand, nicht sehen konnte, wusste ich, dass auch er sein unbändiges Lachen unterdrücken musste.

Er hatte triumphiert.

Wenige Augenblicke später näherte sich uns das Donnern von eisenbeschlagenen Hufen. Hastig rappelten wir uns auf, als auch schon eine Gruppe von Männern in Maulbeerrot und Gold, den Farben der Borgia, auf den Platz galoppierte. Da der Mann an der Spitze des Trupps offenbar nicht daran dachte, Rücksicht auf die immer noch knienden Gläubigen zu nehmen, krochen sie in panischer Angst zur Seite.

Unmittelbar vor mir zügelte der Anführer sein Pferd und riss sich die Kappe vom Kopf, sodass eine Kaskade aus dunkelbraunem Haar auf seine Schultern fiel. Mit einem Freudenschrei rannte ihm meine Mutter entgegen. »Juan, *mio figlio!* Wir haben den Tag gewonnen!«

Mein Bruder Juan ließ ein selbstsicheres Grinsen aufblitzen, und seine glitzernden blaugrünen Augen brachten das dunkle Gesicht zum Leuchten. Mit seinen sechzehn Jahren war er bereits ein Mann, dessen Samtwams sich um die muskulöse Brust spannte. Dank seiner markanten Züge und der Adlernase strahlte er ungezügelte Männlichkeit aus. Von uns allen ähnelte er unserem Vater am meisten, äußerlich zumindest.

»Wir mögen vielleicht den Tag gewonnen haben«, sagte er, »aber wenn Ihr bleibt, werdet Ihr sein Ende nicht erleben. Papa hat sich schon gedacht, dass Ihr hierherkommen werdet, obwohl er Euch befohlen hat, im Haus zu bleiben. Er hat mich hergeschickt. Ich soll euch alle zurück in Adrianas Palazzo scheuchen, bevor die Meute völlig außer Kontrolle gerät. Spätestens wenn es dunkel ist, wird es in ganz Rom keinen Platz mehr geben, der nicht vollgeschissen oder geplündert worden ist. Schon jetzt hat sich vor seinem Palast eine Horde zusammengerottet, um alles, was nicht niet- und nagelfest ist, an sich zu raffen.«

Ich starrte ihn entsetzt an. »Doch nicht seinen Palazzo!« Auf dem Grund einer alten Münzprägestätte errichtet, war das Haus unseres Vaters an der Via dei Bianchi berühmt für seinen Glanz; er selbst hatte jeden seiner mit Fresken geschmückten Räume mit erlesenen Wandteppichen aus Flandern und im Forum Romanum ausgegrabenen Antiquitäten gefüllt, und häufig hatte er dort Botschafter, Kardinäle und Könige bewirtet. Er verkündete gern, dass der Palazzo Borgia nach seinen Kindern sein am meisten geliebtes Besitztum war.

Juan zuckte mit den Schultern. »Da lässt sich nichts mehr machen. Wir haben Soldaten ausgesandt, damit sie wenigstens das Schlimmste verhindern, aber es ist nun einmal Brauch, die Meute an einem solchen Tag gewähren zu lassen. Der Heilige Vater hat weltliche Eitelkeiten nicht nötig. Jetzt ist er Gottes Diener und muss sein Eigentum der Herde zurückgeben.« Er warf einen verächtlichen Blick auf die Menschenmenge, aus der niemand es wagte, sich uns zu nähern. »Welche Vergeudung! Dieser erbärmliche Haufen wird alles in Brennholz verwandeln oder seine rotznäsigen Bälger darin einwickeln.«

»O nein!« Adriana wurde leichenblass. »Mein Haus! Wir müssen sofort zurück.«

Juan deutete auf seine Männer. »Sie werden Euch begleiten. Eine von euch werde ich auf meinem Pferd mitnehmen.« Schon drängte Giulia an mir vorbei, als seine Augen sich verengten. »Dich nicht.«

Sein eisiger Ton ließ sie erstarren. Er zeigte mit einem gekrümmten Finger auf mich. »Lucrezia, komm.«

Juan und ich waren uns nie nah gewesen. In unserer Kindheit hatte er mich gnadenlos geärgert und mir Würmer in die Schuhe gestopft und lebendige Frösche unter die Kissen gelegt, bis ich mich regelrecht davor fürchtete, in meine Kleider zu schlüpfen oder mich ins Bett zu legen. Unser Bruder Cesare meinte, dass Juan mich um die Aufmerksamkeit beneidete, mit der unser Vater mich überschüttete, denn vor mir war immer er Papas Liebling gewesen.

In diesem Moment überwog jedoch der Drang, der Menge zu entkommen, alles andere, sodass ich mich widerstandslos von einem der Söldner hochheben und hinter meinem Bruder in den Sattel setzen ließ. Juan ritt ein mächtiges Schlachtross, und als ich ängstlich die Hände um seine Taille legte, flüsterte er mir zu: »Halte dich nur gut fest, Schwester.« An seine Männer gewandt, befahl er: »Setzt meine Mutter und Adriana in eine Sänfte. Djem, du kümmerst dich um die Farnese!« Ich hörte meine Mutter entzückt kichern und sah, wie alle Farbe aus Giulias Wangen wich.

Der türkische Prinz Djem löste sich aus dem Kreis der Männer um Juan. Er ritt einen kleineren Araberhengst. Auf seinem Kopf türmte sich ein gewaltiger Turban, und um seine Mundwinkel kräuselte sich ein verächtliches Lächeln. Mit seinem dunklen, kantigen Gesicht und den verblüffenderweise blassgrünen Augen hätte man ihn für gut aussehend halten können, wäre ihm nicht ein übler Ruf vorausgeeilt. Nach Rom war er als Geisel gekommen, weil sein Bruder, der Sultan, ihn verbannt und sich bereit erklärt hatte, den Vatikan für seine Aufnahme zu entgelten. Mit seiner exotischen Tracht und seinem Hang zum Anrüchigen hatte er in Rom wiederholt Anstoß erregt. Gerüchten zufolge hatte er bei Schlägereien mehrere Männer umgebracht und dann auf ihre Leichen gespuckt. Aber er war Juans Lieblingsgefährte und wich nie weit von dessen Seite.

Giulia war entsetzt. »Du willst mein Leben diesem … diesem *Heiden* anvertrauen?«

»Besser einem Heiden als der Meute«, entgegnete Juan.

Im nächsten Moment wendete er sein Pferd. Mit einem Schlachtruf und einem Tritt in die Seiten seines Tieres brachte er uns im Galopp fort von der Piazza. Bürgern, die uns im Weg standen, blieb nichts anderes übrig, als sich zur Seite zu werfen.

Während wir an den Menschenmassen vorbeiflogen, die sich voller Vorfreude auf die baldigen Plünderungen zusammenrotteten, warf ich einen Blick über die Schulter zu Giulia. Die stand regungslos da und beobachtete Djem, der sie langsam umrundete. Wie ein Picador, der ein hilfloses Kalb peinigt, dachte ich.

Ich hatte einen ersten Vorgeschmack von meiner Macht bekommen, die ich laut Giulia bald besitzen würde. Ich war die Tochter des Papstes, sie dagegen nur die Gemahlin eines Orsini.

Sosehr ich mich bemühte, dieses Gefühl beiseitezuschieben, genoss ich die plötzliche Veränderung durchaus.

3

Juan und ich erreichten Adrianas Palast vor allen anderen. Dort drängte sich bereits eine Menschenmenge vor dem massiven Tor. Wütend schlug Juan mit seiner Peitsche auf die Leute ein und verschaffte sich so eine Schneise durch die Horde, durch die er sein Schlachtross weiter vorantrieb. Ich duckte mich hinter ihn, das Gesicht zwischen seine Schulterblätter gepresst, voller Angst, dass wir jeden Moment einer Gewalttat zum Opfer fallen würden.

»*Marrano!*«, fluchte ein Mann. »Spanisches Schwein!«

Etwas flog über mich hinweg und prallte mit einem dumpfen Schlag gegen das Tor. Was für ein grässlicher Laut! Unwillkürlich sah ich auf. Vor dem Eingang lag der blutbesudelte Kopf eines Schweins. Hastig wandte ich mich ab und sah mich einer Menge von hassverzerrten Gesichtern gegenüber. Mir war, als würden tausend Hände nach uns greifen, begierig darauf, uns zu zerfetzen.

Sie würden uns töten. Just in dem Moment, da unser Vater, der neue Papst Alexander VI., die Stadt segnete, schickte sich eine wütende Meute an, seinen Sohn und seine Tochter von ihrem Pferd zu zerren und …

Juan sprang aus dem Sattel. Kaum auf dem Boden gelandet, riss er sein Schwert aus der Scheide und brüllte: »Wer hat das gesagt?« Wild schwang er die in der Sonne aufblitzende Klinge. Die Menschen in unserer unmittelbaren Nähe wichen panisch zurück, sodass sie gegen die hinter ihnen

Stehenden prallten und ins Straucheln gerieten. »Zeig dich!«, forderte Juan. »Komm her, du erbärmlicher Feigling, und spuck mir deinen Dreck ins Gesicht, wenn du es wagst!«

Ein Riese von Mann stapfte nach vorn und wischte sich die schaufelgroßen Hände an seinem Lederwams ab. Über sein Kinn zog sich eine hässliche Narbe. Sein glatt rasierter Schädel war übersät mit Spuren von Läusebissen. »Ich war's«, knurrte er. »Und ich sag's dir noch mal in deine widerwärtige Spanierfratze. Kein katalanischer Jude ist es wert, Papst zu sein.«

Ich griff nach den herabhängenden Zügeln des Pferdes und umklammerte sie mit aller Kraft. Juans Gesicht lief dunkelrot an. »Wir sind keine Juden«, sagte er mit bedrohlich leiser Stimme. »Wir waren auch noch nie Juden. Wir sind von edlem spanischem Blut. Unser Onkel, Calixtus III., war vor uns Papst, du erbärmlicher Scheißhaufen.«

Der Mann brach in dröhnendes Hohngelächter aus. »Kalixt war wie der ganze Rest eurer Sippe ein Schwein, das den Juden in den Arsch gekrochen ist. Dass deine Familie sich für adlig hält, heißt noch lange nicht, dass sie es auch ist. Ihr seid Abschaum. Da ist mir doch der mit Eiterblasen gespickte Schwanz eines Bettlers auf dem Heiligen Stuhl tausendmal lieber als der eines Borgia.«

Die Meute murmelte aus rauen Kehlen ihren Beifall, auch wenn die meisten sich ein gutes Stück zurückgezogen hatten, um jederzeit fliehen zu können.

»Das wirst du bereuen!«, fauchte Juan. »Wer immer dich dafür bezahlt hat, das zu sagen, wird es bereuen.«

Die Hand des Mannes glitt zu seinem Wams. »Bezahlt? Mich bezahlt keiner, damit ich die Wahrheit sage, du Hurenso…«

»Juan!«, schrie ich.

Mein Bruder reagierte so schnell auf meine Warnung, dass die Bewegung fast nicht zu sehen war. Hatte er gerade noch den Mann angestarrt, so stieß er jetzt mit dem Schwert zu und riss es mit tödlicher Präzision nach oben.

Die Kehle des Mannes klaffte auseinander. Er schnappte nach Luft, seine Augen traten hervor, aus seinem Mund quoll Blut. Die Menge schrie auf, als Juan den Mann erneut traf, diesmal mitten in die Brust. Gurgelnd sackte der Kerl zu Boden. Das Schwert mit beiden Fäusten hoch erhoben, rammte Juan ihm mit einem tierischen Schrei die Klinge in den Körper, bis dunkelrote Fontänen aufspritzten.

Verängstigt vom Geruch frischen Bluts, warf das Pferd wiehernd den Kopf zurück und drohte durchzugehen. Hektisch packte ich die Zügel fester und stemmte mich in die Steigbügel, konnte aber nicht verhindern, dass ich allmählich seitlich abrutschte.

Panisch stob die Menge davon. Beim Anblick meines Bruders, der wie ein Dämon mit dem Schwert auf den Toten einstach, verging den Leuten jeder Gedanke an Schmähungen oder Raub. Als Juan schließlich wie betäubt aufsah, war er über und über mit Blut bedeckt. Inzwischen näherten sich auch die übrigen Mitglieder unserer Gruppe. Kaum hatten sie unsere Diener und Juans Fußsoldaten bemerkt, nahmen auch die letzten Möchtegernplünderer die Beine in die Hand und flohen.

Die Riegel an den Toren unseres Palazzo wurden zurückgeschoben, und unser Haushofmeister stürzte heraus. Er fing mich gerade noch rechtzeitig auf, bevor ich vom Pferd kippte. Juan sah mir in die Augen. Ich blickte auf den verunstalteten Haufen zu seinen Füßen hinab, der nichts Menschliches mehr an sich hatte.

Vanozza, die aus ihrer Sänfte spähte, stieß einen gellenden

Schrei aus. Ungelenk kletterte sie heraus und hastete zu Juan hinüber. »Was ist geschehen?« Ohne auf die Blutspritzer in seinem Gesicht zu achten, fasste sie ihn unterm Kinn und zwang ihn, zu ihr aufzuschauen. Dass sie praktisch auf einer Leiche stand, schien sie nicht zu bemerken.

»Er … hat uns beleidigt«, stieß Juan keuchend hervor. Jedes Wort schien ihn unerträgliche Überwindung zu kosten. Immer noch hielt er das Schwert umfasst, von dessen Klinge Blut auf seine Stiefelspitzen tropfte. »Er hat uns als *marranos* beschimpft!«, knurrte er.

»Und er wollte gerade sein Messer ziehen«, mischte ich mich aufgeregt ein, auch wenn ich mittlerweile fast bezweifelte, dass der Mann nach irgendetwas hatte greifen wollen. »Ich habe ihn …«

Meine Mutter schnitt mir das Wort ab. »Das ist jetzt nicht so wichtig.« Mit einem Taschentuch wischte sie Juan das Blut aus dem Gesicht. »Jemand muss diesen … Haufen da durchsuchen«, befahl sie.

Die Bediensteten wechselten bestürzte Blicke. Von der Sänfte aus rief Adriana: »Vanozza, *per favore!* Kann das nicht warten, bis wir im Haus sind?«

»Nein!« Meine Mutter funkelte sie wütend an. »Dieser Köter ist dafür bezahlt worden, dass er bellt. In seinen Kleidern könnte irgendetwas stecken, das uns zu seinem Herrn führt. Durchsucht ihn, habe ich gesagt!«

An Tomasso gewandt, murmelte ich: »Tu besser, was sie sagt.«

Zögernd wich der Haushofmeister von meiner Seite. Jäh hörte ich Röcke rascheln und sah Giulia auf mich zumarschieren. Sie war kreidebleich, wirkte aber durchaus entschlossen. Sie nahm mich bei der Hand, als Tomasso sich über den Toten bückte und vorsichtig die zerfetzten Teile seines Wamses zurückschlug. Eine hilflose Grimasse schneidend, versuchte er, jede Berührung der aus dem verwüsteten Bauch des Mannes hervorgequollenen Eingeweide zu vermeiden.

»Idiot!« Wütend stieß Vanozza ihn zur Seite und begann, selbst in den Kleidern des Toten zu wühlen. Dass die Säume ihrer schwarzen Röcke in der Blutlache schwammen, schien sie gar nicht wahrzunehmen. Erleichtert atmete ich auf, als sie Tomasso einen schmalen Dolch zuwarf. Im nächsten Augenblick richtete sie sich auf und wedelte mit einer Geldbörse. *»Eccola!«* Eilig riss sie den Riemen auf und schüttete den Inhalt auf ihre Handfläche – Silberdukaten, viel zu viele für einen gewöhnlichen Strauchdieb.

Juans Augen glühten. »Wer?«

»Denk nach«, sagte Vanozza. »Einen Wahrsager brauchen wir dafür bestimmt nicht. Wer wollte denn unbedingt auf den Papstthron? Wer hat ein Vermögen an Bestechungsgeldern ausgegeben, nur um von Rodrigo übervorteilt zu werden? Ein Borgia hat die Schlüssel zum Reich des heiligen Petrus gewonnen. Jetzt sinnt sein Feind auf Rache. Dieser Hurensohn hat es nicht gewagt, sich auf andere Weise mit dir anzulegen. Der Kerl ist kein anderer als Giuliano della Roveres Hund.«

»War.« Mit einem gespenstischen Lächeln bleckte Juan seine blutroten Zähne. »Jetzt ist er Hunde*futter*.«

»Es wird noch mehr geben. Köter rotten sich immer zu Rudeln zusammen.«

»Können wir bitte ins Haus gehen, bevor die Meute zurückkehrt?«, rief Adriana.

Auf Vanozzas knappes Nicken hin stürzten alle ins Innere des befestigten Palazzo.

Nur Juan, Giulia und ich rührten uns erst von der Stelle,

als Vanozza auf Tomasso deutete. »Du da: Kümmere dich darum. Wirf ihn zusammen mit dem Schweinekopf in den Tiber. Und säubere dann die Straße. Heute Abend erwarten wir Gäste. Ich werde nicht dulden, dass sie sich den Saum ihrer Kleider am Dreck der Rovere beschmutzen.« Sie wies mit dem Finger auf Giulia. »Bring sie nach oben, und lass sie baden.«

Gehorsam führte mich Giulia die Treppe hinauf zu meinem Gemach. Beim Überschreiten der Schwelle überkam mich auf einmal Schwäche. Mit Hilfe meiner Dienerin Pantalisea entkleidete mich Giulia. »Hol Wasser«, befahl sie dann Pantalisea. Die lief sofort los, die sanften braunen Augen weit aufgerissen. Pantalisea, nur drei Jahre älter als ich, war die Tochter eines Kaufmanns, der meinem Vater einmal einen Gefallen erwiesen hatte, und das hatte ihr einen Platz in meinem Haushalt eingebracht. Gemeinsam mit mir hatte sie mein behütetes Dasein geteilt, und jetzt hatte sie offenbar von einer der Loggias aus mitangesehen, wie Juan diesen Mann abschlachtete.

Mit einem verzweifelten Aufstöhnen drängte sich Adriana in mein Gemach. »*Zia!*«, stöhnte ich ungeduldig, »Ihr braucht Euch nicht zu sorgen. Mir ist nichts geschehen.«

»Nichts geschehen?«, wiederholte Adriana ungläubig. »Ausgerechnet am Tag der Erhöhung eures Vaters hat Juan eine Todsünde begangen. Das ist ein schreckliches Vorzeichen! Ein weiterer Schandfleck auf seinem Pontifikat.«

»Ihr klingt ja wie Vanozza!«, rief ich erbost. »Dieser Mann hat uns beleidigt, und er hatte ein Messer! Juan hat unsere Ehre verteidigt. Wieso sollte Papa dafür bestraft werden?«

»Das verstehst du nicht. Dein Vater hat …« Sie unterbrach sich, weil Pantalisea in diesem Moment mit einem überschwappenden Eimer voll Wasser zurückkehrte. Adriana biss sich auf die Lippe. Zugleich wechselten sie und Giulia einen Blick. Ich spürte, dass irgendetwas zwischen ihnen hin- und herging, eine Art unausgesprochene Botschaft.

»Bitte begleite Donna Adriana zu ihren Gemächern!«, forderte ich Pantalisea auf, die Adriana sogleich ihren Arm reichte. Diese klammerte sich an sie, als stünde der Weltuntergang bevor.

Sekunden später waren Giulia und ich allein. Als ich mir das Unterhemd auszog und mich mit einem nassen Lappen abwusch, betrachtete mich meine Freundin nachdenklich. Unvermittelt blickte ich auf meine Füße hinunter und bemerkte, dass sich das Wasser in der Schüssel rosa gefärbt hatte. Irgendwie mussten auch mich einige Blutspritzer getroffen haben. Wie merkwürdig. Ich hatte doch gar nichts gespürt …

»Deine Robe«, sagte Giulia. »Sie liegt auf dem Bett. Zieh sie an, sonst erkältest du dich noch.«

Zitternd hüllte ich mich in den Samt. Auch wenn draußen die Sonne strahlte und ihr Licht in blendenden Strahlen durch das Fenster fiel, fühlte ich mich wie in eisiges Wasser getaucht.

Schweigen breitete sich aus.

»Du warst sehr tapfer«, meinte Giulia schließlich.

»Tapfer?« Ich hatte nicht das Gefühl, tapfer gewesen zu sein. »Ich … ich habe nur Juan gewarnt. Dieser Mann … er hat in sein Wams gegriffen und …« Ich verstummte.

Sie nickte nachdrücklich. »Ach, sei nicht so bescheiden. Juans Pferd ist größer als jedes Tier, auf dem du je geritten bist. Und dazu all diese finsteren Kerle um dich herum. Und trotzdem hast du es fertiggebracht, ihn zu warnen. Du hast ihm wahrscheinlich das Leben gerettet oder ihn zumindest vor einer schweren Verwundung bewahrt. Du solltest stolz auf dich sein. Wenige Mädchen wären so geistesgegenwärtig gewesen wie du.«

Ich musterte sie schweigend. In ihrem Gesicht erkannte ich den Ausdruck von Respekt. Und das überraschte mich. Zu früheren Zeiten hätte sie mir vorgehalten, ich sei ein albernes, hilfloses Kind.

»Was wollte Adriana über Papa sagen?«, fragte ich. »Was verstehe ich nicht?«

Giulia seufzte. »Ich weiß nicht, ob das der richtige Moment ist, Lucrezia.«

»Warum nicht?«

Sie schaute in meinen Spiegel. »Dieser Mann hat deine Angehörigen *marranos* genannt.« Sie beobachtete mich im Spiegel. »Weiß du, was das Wort bedeutet?«

»Ja, natürlich. Ein *marrano* ist ein zum Christentum bekehrter Jude. Aber wir sind doch keine Juden, oder?«

»Nicht mehr als die sogenannten Adeligen hier in Italien. *Marrano* ist aber auch ein Schimpfwort für jeden Spanier, vor allem für die Borgia, weil dein Vater sich nicht damit begnügt hat, um ein bedeutungsloses Stück Land oder eine triste Burg zu feilschen. Er wollte den Heiligen Stuhl und hat ihn bekommen. Das ist der Grund, warum sie euch beleidigt haben: Sie verabscheuen den Ehrgeiz deiner Familie. Vanozza hat recht – sie rotten sich zu Rudeln zusammen. Was sie brauchen, ist eine starke Hand, die sie lehrt, bei Fuß zu gehen. Rodrigo wird sie alle bald genug an die Leine legen, auch Kardinal della Rovere.«

Ich spürte, dass sie mir nicht alles verriet. »Aber Adriana hat von einem weiteren Schandfleck auf seinem Pontifikat gesprochen. Das muss bedeuten, dass es mehrere gibt.« Ich starrte sie ebenso eindringlich an wie sie mich und hielt die Luft an, als ihre Lippen sich zu einem Lächeln kräuselten.

»Das dürfte ich sein«, murmelte sie schließlich. »*Ich* bin der andere Schandfleck.« Ihr Lächeln wurde breiter. »Wenn ich dir ein Geheimnis anvertraue, versprichst du mir dann, keiner Menschenseele ein Wort zu verraten?«

Ich zwang mich dazu zu nicken, obwohl ich mir nicht sicher war, ob ich es wirklich wissen wollte.

»Na gut. Rodrigo und ich sind …« Ein Lachen staute sich in ihrer Kehle. »Wir sind ein Paar. Und ich trage sein Kind in mir.«

Ich starrte sie mit offenem Mund an. Bevor ich mir auf die Zunge beißen konnte, platzte ich heraus: »Aber du bist verheiratet!«

»Ja, und? Glaubst du, ich könnte mir keinen Liebhaber nehmen, bloß weil ich verheiratet bin?«

Darauf fiel mir nichts mehr ein. Natürlich hatte sie recht; auch wenn ich in dieser Hinsicht keinerlei Erfahrung hatte, nahm ich an, dass bestimmte Frauen ihr Ehegelübde durchaus brachen. Und hatte ich nicht etwas in dieser Art bereits geahnt, als sie mir von den Machenschaften meines Vaters im Konklave erzählt hatte? Immerhin waren das vertrauliche Angelegenheiten, die eine Privatperson nie hätte erfahren dürfen. Aber einen Verdacht bestätigt zu bekommen, das ließ ihn um keinen Deut weniger beunruhigend erscheinen.

»Weiß Juan davon?«, fragte ich, woraufhin ein Schatten über ihr Gesicht zog.

»Wieso willst du das wissen?«, fragte sie scharf. Doch bevor ich eine Antwort geben konnte, schnitt sie eine angewiderte Grimasse. »Könnte sein. Rodrigo hat es ihm vielleicht gesagt. Damit wäre erklärt, warum er sich mir gegenüber wie ein Bauer verhalten und mich der Obhut seines wilden Türken überlassen hat. Dein Bruder ist ein eifersüchtiger Mann. Er will, dass euer Vater allein ihn liebt. Einmal hat er mir sogar Avancen gemacht, aber ich wollte nichts von ihm wissen. Ich glaube, das war das erste Mal, dass er zurückgewiesen wurde – zumindest von einer Frau.«

Sie wandte sich wieder dem Spiegel zu. Und als sie so dastand, den Rücken durchgestreckt, um ihren Bauch inspizieren zu können – der mir so flach vorkam wie immer –, erkannte ich auf einmal, dass ich sie nicht mochte.

»Aber Adriana muss davon wissen«, beharrte ich. »Es kann gar nicht anders sein, wenn sie dich einen Schandfleck genannt hat.«

»Richtig, sie weiß Bescheid.« Giulia wirkte kein bisschen bestürzt. »Sie hat ja geholfen, alles für uns zu arrangieren. Kurz nach unserer Hochzeit hat sie meinen Mann, ihren Sohn, zu seiner Familie nach Basanello geschickt.« Sie lachte. »Rodrigo hat darauf bestanden. Er meinte, er wolle nicht, dass ihm irgendein Ehemann im Weg steht und ihn schief anblickt, wenn er …«

»Aufhören!« Mir wurde ganz kalt ums Herz. »Hör auf, so über ihn zu reden! Er ist unser Papst!«

»Giulia drehte sich zu mir um, eine Hand in die Hüfte gestemmt. »Ach, mein liebes Kind, auch der Papst ist ein Mann. Rodrigo wird sich nicht verändern, nur weil er jetzt den Fischerring trägt. Im Gegenteil, er hat mir erzählt, dass er vorhat, uns in einem neuen Palazzo ganz in der Nähe des Vatikans unterzubringen, damit er uns besuchen kann, wann immer ihm der Sinn danach steht.«

»Uns?«

»Ja, uns. Mit anderen Worten: dich und mich. Ich habe es dir ja schon gesagt: Du wirst die begehrteste Frau an seinem Hof sein. Aber wenn ich die Mutter seines Kindes werde, dann ist ein eigener Palazzo gewiss dass Mindeste, was ich verdiene.« Sie bedachte mich mit einem prüfenden Blick.

»Du solltest dich ins Bett legen und ein wenig ruhen. Du bist kreidebleich, und heute Abend müssen wir doch an dem Festmahl teilnehmen. Da solltest du in bester Verfassung sein.«

Sie ging zur Tür. »Ach ja, diese spanische Verlobung … Darauf brauchst du nun keinen Gedanken mehr zu verschwenden. Irgendein kleiner Adeliger aus Valencia wird jetzt nicht mehr genügen. Nicht für die Tochter Seiner Heiligkeit. Schon jetzt schickt sich jedes italienische Fürstenhaus an, um deine Hand anzuhalten. Begehrt, in der Tat. Ehe du weißt, wie dir geschieht, bist du eine Braut.« Sie ließ mit einem flüchtigen Lächeln ihre Zähne aufblitzen. »Stell dir nur vor, was für eine Hochzeit das wird! Du musst heute Abend unbedingt deine grüne Seidenrobe tragen. Rodrigo sieht dich so gern in dieser Farbe.«

Wie erstarrt stand ich da, während sie hinauseilte.

Sie hatte meinen Vater verführt. Ich hatte geglaubt, ich sei der Mittelpunkt seines Lebens, seine geliebte Tochter, in Bälde die Prinzessin an seinem Hof, doch jetzt hatte sie ihn mir gestohlen! Sie trug sein Kind in sich; jeden meiner Schritte würde sie überschatten. Ob ich den Valencianer heiratete oder nicht, war völlig gleichgültig. Sie würde dafür sorgen, dass ich auf Schritt und Tritt hinter ihr hertrottete, bis eine andere Verbindung für mich bewerkstelligt war. Hilflose Wut stieg in mir auf. Ich war tatsächlich noch ein Kind – und so machtlos wie eh und je.

Allerdings war ich jetzt einer Frau verpflichtet, der ich nun wohl nicht länger trauen konnte.

4

Fackeln leckten am Abendhimmel, und ihr mit Citrus parfümierter Rauch vertrieb die Mückenschwärme, den Fluch unserer Sommer. Die Überreste von dem am Spieß gebratenen Lamm mit Kräutern, von Wild, von Pfauen- und Wildschweinfleisch wurden – zusammen mit Wein und Marzipan, das genügt hätte, um eine ganze Legion zu sättigen – von den Tischen abgeräumt. Danach wurden die vormals blütenweißen und jetzt mit Rotweinflecken verschmutzten venezianischen Leinentücher von den Bediensteten eingesammelt, damit sie in der Waschküche in Fässern, die mit kochendem Urin gefüllt waren, gereinigt werden konnten.

Kurz nach Sonnenuntergang waren die ersten Gäste in Adrianas Palast eingetroffen. Daraus war ein regelrechter Ansturm geworden: von nahen und entfernten Verwandten, von denen ich noch nie gehört, geschweige denn einen einzigen gesehen hatte, und natürlich auch von Adeligen, die darauf aus waren, am Reichtum unserer Familie teilzuhaben. Jetzt, nach dem Festmahl, ruhten sie auf Kissen in der Loggia und genossen die vom Tiber hereinwehende kühle Brise oder flanierten durch den Garten.

Obwohl ich Giulia neuerdings ablehnte, war ich ihrem Rat gefolgt und trug meine Robe aus grüner Seide und mit gelben Samtärmeln. Pantalisea hatte mir rings um das Gesicht Locken gedreht und den Rest meines langen, schweren

Haars mit einem Netz gebändigt, das mit einer einzelnen Perle geschlossen wurde. Pflichtgemäß versicherte sie mir, ich sähe wunderschön aus. Zwar waren meine Wangen zu voll, mein Mund zu breit, mein Körper vom Kinderspeck zu rundlich und Brüste noch nicht zu erkennen, doch ich tröstete mich damit, dass ich für mein Alter wohlproportioniert war und meine Kleider mir standen.

Sobald ich meinen Platz neben Adriana eingenommen hatte, begrüßte ich mit ihr die eintreffenden Gäste. Gründlich gewaschen und gekleidet in schwarzen Samt mit Bahnenrock und Gürtel mit Goldquasten, von dem die Imitation eines türkischen Degens herabhing, hatte Juan links von Adriana Stellung bezogen. Auch er nahm die überschwänglichen Huldigungen der Gäste entgegen und verzauberte sie mit seinem hinreißenden Lächeln, das er nach Lust und Laune aufsetzen konnte, als hätte er nicht erst wenige Stunden zuvor einen Mann zerstückelt.

Zu meiner Erleichterung versuchte Giulia diesmal nicht, mich hinter sich herzuzerren, während sie in ihrer prachtvollen, mit Seidennelken besetzten Robe und mit einem Diamantencollier um den Hals zwischen den Gästen hin und her huschte.

Meine Mutter, bekleidet mit einer schwarzen Samtrobe, die ihr zu eng war, zog es vor, mich zu ignorieren. Sie hielt sich im Hintergrund und befehligte die Bediensteten. Das Eintreffen ihres Gemahls, Signor Canale, der meinen zehnjährigen Bruder Jofré mitbrachte, schien sie nicht zu bemerken.

Der kleine, stämmige Jofré, dem das rotgoldene Haar in geraden Fransen in die mit Sommersprossen übersäte Stirn fiel, stapfte in gelbbraunem Wams und dazu passender Strumpfhose durch den Saal. Kaum hatte er mich erkannt, grinste er von einem Ohr zum anderen, und ich rannte zu ihm hinüber, um ihn fest an mich zu drücken. Von da an behielt ich ihn an meiner Seite, während die Gäste nach und nach ihre Plätze einnahmen.

»Kommt *Zio* Rodrigo auch?«, fragte Jofré aufgeregt.

Hinter einem Lächeln verbarg ich den Stich, den mir seine Worte versetzten. Er lebte bei Vanozza, die ihn bisher noch nicht darüber aufgeklärt hatte, dass sein geliebter »Onkel«, den er vergötterte, in Wahrheit sein Vater war. Immer wieder hatte er gehört, dass ich Rodrigo »Papa« nannte, mich allerdings nie darauf angesprochen, warum er nicht »Papa« sagen durfte. Er musste etwas ahnen, doch ich nahm an, dass Vanozza ihm erklärt hatte, wir hätten dieselbe Mutter, und sich zu seinem Vater nicht weiter äußerte. Das alles musste schrecklich verwirrend für ihn sein.

»Er soll bald hier sein, habe ich gehört«, antwortete ich. »Darum erwarte ich von dir, dass du dich von deiner besten Seite zeigst. Keine Jagd auf Arancino und kein heimliches Hundefüttern unter dem Tisch, verstanden?«

Er gelobte es feierlich, doch der Sicherheit halber setzte ich ihn an meine Seite, damit ich das Fleisch für ihn schneiden und seinen Wein mit Wasser verdünnen konnte.

Entgegen meiner Zusicherung, dass Papa jeden Moment erscheinen musste, ließ er sich bis zum Beginn des Festmahls nicht blicken. So übernahm Juan an seiner Stelle die Aufgabe, einen Toast auf Papas Wohl auszubringen. Seine Ansprache über eine neue Ära, die in Rom angebrochen sei, eine, in der die Korruption beseitigt und die Ordnung Christi wiederhergestellt werden würde, geriet etwas langatmig.

Mit einer Botschaft wie dieser hatte man schon gerechnet, wenn auch nicht mit der Art und Weise ihrer Überbringung. Juan ließ seine Blicke drohend über die Versammelten wandern, als wolle er sich schon jetzt die Gesichter möglicher Feinde einprägen. Ich ahnte, dass einige Gäste, die von seinem Wüten vor unserem Tor gehört hatten, erschauerten. Obwohl Tomasso die Befehle meiner Mutter ausgeführt hatte und die Straße zu unserem Palast keine Spuren mehr von der Bluttat aufwies, hatte ich keinen Zweifel daran, dass, wäre es nach Juan gegangen, das Haupt des verhinderten Mörders als grausige Warnung die Tafel geziert hätte.

Nach stundenlangem Feiern wurde es uns schließlich gestattet, uns von der Tafel zurückzuziehen. Das nutzte ich sogleich und nahm Jofré mit in die Gartenanlage. Dort fanden wir Zuflucht vor dem unvermeidlichen Klatsch der Damen und dem verschwörerischen Gebaren der Herren. Es ging schon auf Mitternacht zu. Jofré und ich setzten uns auf den Rand des Brunnens, ließen die Hände ins Wasser hängen und vergnügten uns damit, nach dem Spiegelbild der Sterne zu haschen, als sich plötzlich – ähnlich der sprichwörtlichen Ruhe vor dem Sturm – eine eigenartige Stille ausbreitete.

Ich sprang auf. »Jofré, schnell. Trockne dir die Hände ab.« Und schon rannte ich mit ihm aufs Haus zu. Meine Hände wischte ich mir an meinem Rock ab. Wir hatten die äußere Terrasse kaum erreicht, als in der Galerie eine große Gestalt erschien und mit dröhnender Stimme rief: »Und wo ist meine *farfallina*?«

»Hier!« Ich rannte auf Papa zu, Jofré mir auf den Fersen. Er schloss mich in seine Arme. Zusammen mit seinem salzigen Geruch nach Schweiß umfing mich der Duft nach Moschus und Weihrauch, mit denen seine Gewänder getränkt waren. Ich genoss seine Nähe, und erst jetzt gestand ich mir die schreckliche Angst ein, die mich am Nachmittag vor dem Tor befallen hatte. Mit Papa an meiner Seite konnte mir nichts und niemand etwas anhaben.

»Ach, mein Kind!« Er presste mich an sich, bis sich mir das Mieder in die Rippen grub und ich keuchte: »Papa, ich kriege keine Luft mehr!« Widerstrebend ließ er mich los, und ich sah, wie er die braun gebrannte, breite Stirn in Falten legte. Ständig vergaß er, eine Kopfbedeckung aufzusetzen, obwohl er mit seinen bald einundsechzig Jahren fast keine Haare mehr hatte und seine Glatze so auffällig leuchtete wie ein Rotkehlchenei. Seine Augen waren zwar klein, doch sie sprühten vor Leben – auch jetzt, da er mich nach Wunden absuchte.

»Adriana hat mir alles erzählt. Wenn ich nur daran denke, was hätte passieren können …« Er ballte die Faust. »Ich hätte diese Stadt niedergerissen und den Kerlen mit den Trümmern ihre widerwärtigen Schädel eingeschlagen!«

»Es ist ja nichts geschehen.« Ich zwang mich zu einem Lächeln. »Juan hatte alles im Griff.«

»Ja, auch das habe ich gehört.« Sein Gesicht verfinsterte sich. »Ich muss eine Entschädigung mit den Angehörigen dieses Kerls vereinbaren, wer immer sie sind. Und dann gilt es auch noch, den Kardinälen unseres Kuriengerichts glaubhaft zu versichern, dass mein Sohn nicht vorhat, Querulanten willkürlich aufzuspießen. Wirklich eine schöne Aufgabe – und das am Abend nach meiner Wahl. Bei allen Heiligen, Juan ist zu schnell mit der Klinge. Hätte er den Taugenichts nicht einfach mit Gebrüll vertreiben können?«

»Er hat es zu meinem Schutz getan, Papa«, widersprach ich, obwohl mir die Ironie daran nicht entging, dass ich ausgerechnet denjenigen meiner Brüder verteidigte, den ich am wenigsten mochte. »Dieser Lump hatte uns geschmäht und wollte gerade ein Messer zücken.«

»Ein Messer ist einem Schwert nicht gewachsen. Und Schmähungen sind nichts als Worte. Wir können doch nicht gleich jeden umbringen, nur weil er uns beleidigt.« Er stieß ein trockenes Lachen aus. »Wäre das der Fall, gäbe es im ganzen Land keinen einzigen Adeligen mehr. Irgendwann haben uns doch die meisten – wenn nicht sogar alle – verunglimpft.« Er seufzte. »Aber das Wichtigste ist, dass niemand Schaden erlitten hat, zumindest keinen, der sich nicht mit ein paar hundert Dukaten beheben ließe.«

Plötzlich fiel mir mein kleiner Bruder wieder ein. Ich drehte mich um und schob ihn nach vorn. »Papa, Jofré ist da. Er wartet schon den ganzen Abend, um Euch zu sehen.«

Sein Gesicht wurde zu einer ausdruckslosen Maske, als Jofré sich mit peinlicher Sorgfalt verbeugte. »Müsstest du nicht längst im Bett sein?«, brummte er.

»Gewiss, *zio*. Es ist nur so, dass Lucrezia … Sie hat gesagt, dass wir in den Garten rausgehen können, bis Ihr kommt. Und ich … Ich wollte Euch doch …«

»Ja? Du wolltest was? Hör auf zu stammeln und sprich lauter.«

»Ich wollte Euch gratulieren«, platzte Jofré heraus. »Und dann wollte ich Euch fragen, ob ich jetzt bei Lucrezia bleiben darf. Ich vermisse sie schrecklich, und sie sagt, dass sie sich gern um mich kümmert.«

Mein Vater blickte mich scharf an. »Hast du ihm das gesagt?«

Ich kniff verunsichert die Augen zusammen. Es war mir ein Rätsel, warum er auf einmal so unwirsch reagierte. »Ja, warum? Wir sehen einander kaum noch, und da habe ich mir gedacht, wenn ich jetzt meinen eigenen Palazzo bekomme, wird genügend Platz da sein, um …«

»Du hast falsch gedacht.« Er starrte wieder Jofré an. »Das kommt nicht infrage. Du bist zu jung, um das Haus deiner Mutter zu verlassen. Vanozza würde das nie billigen. Außerdem wird Lucrezia bald bedeutende Aufgaben übernehmen.«

»Aber …«

Er gebot Jofré mit erhobener Hand Schweigen. Dabei fiel das Fackellicht auf einen schweren Goldring, der an seinem rechten Finger prangte und in den die gekreuzten Schlüssel des heiligen Petrus eingraviert waren. Ich wusste, dass nach dem Tod eines Papstes dessen Ring zerbrochen und für seinen Nachfolger ein neuer geschmiedet wurde. Papa musste sehr zuversichtlich gewesen sein, da er sich schon vor seinem Sieg bei der Abstimmung einen solchen Ring hatte anfertigen lassen.

»Ich habe nein gesagt.« Er streckte Jofré die Hand entgegen. »Und jetzt lauf zu Vanozza und bitte sie, dich nach Hause zu bringen. Die Straßen sind unsicher, und ich will nicht, dass noch ein Unglück geschieht.«

Niedergeschlagen blickte Jofré zu mir herüber, dann küsste er meinem Vater gehorsam die Hand und verbeugte sich noch einmal, wenn auch nicht mehr so kunstvoll. Auf dem Rückweg zum Palazzo ließ er den Kopf hängen – wie ein kleiner Junge, der mit den Tränen kämpft.

Papa wandte sich an mich. »Für die Zukunft muss ich dich bitten, dem Jungen keine Flausen in den Kopf zu setzen. Ich weiß, du hast es gut gemeint, aber Vanozza wird es nicht schätzen, wenn ihr auch noch ihr letztes Kind weggenommen wird.«

»Er ist auch Euer Kind«, entgegnete ich. In meinem ganzen Leben hatte ich Papa noch nie offen widersprochen, aber ich konnte einfach nicht verstehen, warum er Jofré mit solcher Geringschätzung behandelte. »Ich sehe keinen Grund, warum Jofré nicht bei mir leben sollte. Es ist ja nicht so, als ob sie sich um ihn kümmern würde und …«

»Lucrezia, *basta.*« Er verfiel ins Spanische, unsere eigene Sprache, wenn wir unter uns waren. Unwillkürlich blickte er über die Schulter zur Terrasse, wo sich die Kardinäle seines Hofes versammelt hatten. »Es reicht«, wiederholte er mit gesenkter Stimme. »Ich dulde keinen Widerspruch. Jetzt bin ich der Papst und muss meine Geschäfte mit der gebotenen Vorsicht führen, vor allem die, welche meine Familie betreffen. Ich habe genug Ärger. Da brauche ich nicht auch noch einen Jungen zu verhätscheln, bei dem ich nicht sicher bin, ob er überhaupt von mir ist.«

»Nicht von Euch?«, fragte ich verblüfft und stellte mich schon auf eine weitere der unerfreulichen Offenbarungen ein, mit denen diese Woche gespickt zu sein schien.

Mit einem gequälten Seufzer atmete mein Vater aus. »Ich nehme an, dass ich dir eine Erklärung schulde.« Die Hand auf meinen Arm gelegt, führte er mich den Weg hinunter zu einer Steinbank. »Ich bin in der Tat nicht davon überzeugt, dass Jofré ein Borgia ist«, brummte er nach längerem Schweigen. »Es tut mir im Herzen weh, das zu sagen, aber deine Mutter war verheiratet, als sie ihn gebar, und schon damals war meine Liebe zu ihr nicht mehr so … nun, innig, wie sie es einmal gewesen war. Wie kann ich mir da sicher sein, dass er nicht von ihrem Mann stammt?«

Das war also der Grund, warum Vanozza Jofré nichts von Papa erzählt hatte. Es hatte nichts damit zu tun, dass er immer noch unter ihrem Dach lebte. Zweifelte auch sie an Papas Vaterschaft? Mir schoss in den Sinn, wie mein jüngerer Bruder immer nach einem Zeichen von Zuneigung in Papas Augen suchte, so wie das auch Cesare getan hatte, als er in seinem Alter gewesen war und Papa nur immer Augen für Juan hatte. Aber Cesare hatte nie daran gezweifelt, dass er Papas Sohn war, wohingegen man dem armen Jofré …

»Aber Ihr braucht ihn doch nur anzuschauen, dann wisst Ihr, dass er ein Borgia ist. Er sieht mir gleich.«

»Und du siehst deiner Mutter gleich. Da haben wir's. Natürlich habe ich die Absicht, für Jofré zu sorgen, als wäre er mein eigenes Kind. Und dass er erniedrigt wird, werde ich nicht dulden. Aber ich kann ihn nicht in deinem Haushalt leben lassen …« Ich setzte zum nächsten Protest an, doch mit erhobenem Finger gebot er mir Schweigen. »Und das führt mich zu einer anderen Angelegenheit.«

Er musterte mich mit ernster Miene. Auf der Kante der Bank kauernd, beobachtete ich ihn, wie er sich auf die Unterlippe biss. Er war müde, das konnte ich sehen. Unter den Augen hatte er tiefe Schatten, und seine Haut wirkte teigig. In seinem schlichten schwarzen Rock, der Strumpfhose und den abgewetzten Stiefeln, die seine kräftigen Waden umschlossen, sah er aus wie immer, wenn er kein offizielles Ornat trug: wie ein genügsamer Händler. Ich hatte seit jeher seine Art bewundert, Gepränge zu vermeiden. Zwischen den in protzigen roten Satin gehüllten Kardinälen und den lila gekleideten Bischöfen ragte er in seiner Einfachheit heraus. Doch unerklärlicherweise störte mich diese Schlichtheit jetzt auf einmal, als hätte ich nach seiner Berufung auf den Heiligen Stuhl so etwas wie eine äußere Verwandlung erwartet, die ihn deutlich von allen anderen abhob und das Göttliche an ihm kenntlich machte.

Mir fiel wieder ein, wie Giulia erklärt hatte, dass auch ein Papst immer noch ein Mann war, und ich verkrampfte mich jäh, als Papa sagte: »Giulia hat mir von dem Gespräch erzählt, das sie heute Nachmittag mit dir geführt hat. Sie glaubt, bei dir Missbilligung zu spüren. Mehr noch, dein Ton hat sie bekümmert.«

Ich verkniff mir die Bemerkung, dass Giulia angesichts

ihres eigenen Verhaltens kein Recht hatte, sich verletzt zu fühlen. So murmelte ich nur: »Sie hat sich getäuscht. Ich würde Euer Handeln nie missbilligen, Papa.«

Er hob die Augenbrauen. »Nicht meines. Sie glaubt, dass du *uns* grollst.«

Ich sagte nichts.

»Ich verstehe.« Er seufzte. »Es muss für dich sehr schwer gewesen sein zu erfahren, dass dein Vater zum Pontifex maximus erhoben wurde, nur um gleich darauf zu hören, dass Giulia und ich … dass wir …« Er unterbrach sich. Das Schweigen steigerte die Spannung zwischen uns, ließ sie schier unerträglich werden.

»Ist das wahr?«, fragte ich schließlich. »Trägt sie Euer Kind in sich?«

Er nickte. Plötzlich erhellte der Ausdruck von Freude seine Züge, und seine Augen leuchteten wie immer, wenn er mich betrachtete. Allerdings spürte ich diesmal einen Knoten in der Brust. Er war glücklich. Er wollte dieses Kind. Vielleicht bekam er eine Tochter, ein Töchterchen, eine neue *farfallina* …

Diese Vorstellung bestürzte mich so sehr, dass ich ihn fast gefragt hätte, wie er sich bei Giulia so sicher sein konnte, wenn er schon bei Jofré an der Vaterschaft zweifelte. Auch wenn Giulias Gemahl weit entfernt von uns lebte, hielt ich es nicht für ausgeschlossen, dass er trotzdem der Vater sein konnte. Doch ich behielt meine Frage lieber für mich, zumal ich spürte, dass, was immer ich sagte, bei ihm den Verdacht nähren würde, ich würde nur nach einem Anlass für noch mehr Streit suchen.

»Ich dachte, ihr wärt Freundinnen, du und Giulia«, murmelte er. »Sie sagte mir, sie sehe in dir eine Schwester. Es würde mir wehtun, wenn du nicht dasselbe empfändest.«

»Doch, doch«, erwiderte ich beklommen, denn ich wollte ihn nicht anlügen, »nur, als sie mir erzählt hat …« Ich schluckte. Das war das ernsthafteste Gespräch, das ich je mit meinem Vater geführt hatte … wie zwischen Erwachsenen. Erst vor Kurzem hatte ich einen Kissenbezug für ihn bestickt, und jetzt diskutierte ich mit ihm über seine Kinder und seine Liebe zu einer Frau, die, wie ich befürchtete, in seinem Herzen an meine Stelle getreten war. Wie gern hätte ich den Lauf der Welt angehalten, um noch einmal zu jenem Nachmittag zurückkehren zu können, als ich Giulia nach ihrem Ausflug in die Stadt hatte eintreten sehen! Wie gern hätte ich alles vergessen, was ich erfahren hatte. Wenn so etwas zum Erwachsenwerden gehörte, wollte ich lieber ein Kind bleiben.

»Lucrezia, es ist mein größter Wunsch im Leben, dich vor der Grausamkeit dieser Welt zu schützen«, beschwor er mich. »Aber jetzt sagt mir Giulia, es sei an der Zeit, dass du den für dich bestimmten Platz im Leben einnimmst.«

»Habe ich das nicht längst getan? Bin ich denn nicht Eure Tochter?« Es gelang mir nicht, das Zittern aus meiner Stimme herauszuhalten. Verzweifelt wünschte ich mir, von ihm zu hören, dass er mich immer noch mehr liebte als jeden anderen Menschen. Aber ich hatte die Worte meiner Mutter im Ohr: *Bilde dir nur nicht ein, irgendetwas davon könnte noch dein Schicksal ändern* – und sie lösten schreckliche Angst in mir aus. Was, wenn er mich nicht mehr so lieben konnte wie bisher, weil er jetzt der Papst war, und mich weit weg nach Spanien schicken musste, damit ich einen spanischen Adeligen heiratete?

Er blickte mich erschrocken an. »Ach, meine *farfallina!* Glaubst du etwa, ich würde jemals aufhören, dich zu lieben!«

Ich wich seinem Blick aus. »Ich weiß nicht, Papa. Ihr liebt

Giulia und das Kind in ihrem Leib. Vielleicht sind sie Euch jetzt wichtiger.«

Er hob mein Kinn mit den Fingerspitzen an. »Wenn du das glaubst, bist du doch nicht so schlau, wie mir die Nonnen von San Sisto versichern. So sehr wie dich könnte ich niemals jemand anderen lieben.« Er lächelte. »Aber ich bin eben nicht nur dein Vater. Ich bin auch ein Mann. Und Männer brauchen verschiedene Arten von Liebe.«

Sein Echo auf Giulias Worte versetzte mir einen Stich ins Herz. »Bin ich denn nicht genug?«

»Ach, mein Kind, natürlich bist du das. Zweifle nie daran. Aber unsere Liebe ist rein. Sie ist nicht die Leidenschaft eines Mannes für eine Frau. Diese Leidenschaft gibt mir Giulia, ohne dafür etwas von mir zu verlangen, wie das vor ihr Vanozza getan hat. Sie bereitet mir Freude. Du willst doch, dass ich glücklich bin, nicht wahr?«

Was er sagte, konnte ich nicht recht glauben. Giulia war in nichts wie meine Mutter. Mich beschlich sogar der Verdacht, dass sie sich nie damit zufriedengeben würde, so wie Vanozza von ihm getrennt zu leben. Gleichwohl behielt ich diesen Gedanken für mich, denn eine Leidenschaft, wie er sie beschrieb, hatte ich noch nie empfunden. Das Einzige, was ich wusste, war, dass er mich gezwungen hatte, ihn in einem neuen Licht zu sehen: nicht mehr als den Beschützer, der immer für mich da war, sondern als jemanden mit eigenen Bedürfnissen, die ich weder verstand noch jemals zu befriedigen hoffen konnte.

»Giulia hat mir gesagt, dass Ihr mein spanisches Verlöbnis widerrufen werdet«, bemerkte ich unvermittelt und hielt ängstlich den Atem an, als von ihm keine Antwort kam. Angespannt wappnete ich mich gegen das Schlimmste, die Mitteilung nämlich, dass er nun doch beschlossen hatte, mich nach Spanien zu schicken. Aber schließlich wandte er sich mir wieder zu.

»Ich denke, für einen Tag hast du genügend Überraschungen erlebt.« Sein Tonfall war zärtlich. »Überlass es mir, mich um die Zukunft zu sorgen. Außerdem wirst du in den nächsten Tagen genug zu tun haben, denn du wirst mit Giulia und Adriana in Kardinal Zetos Palazzo Santa Maria in Portico ziehen.« Er grinste – wie immer, wenn er mir etwas schenkte. »Ich habe die Renovierung des ganzen Palastes angeordnet, für meine *farfallina* wird nur die prächtigste Residenz von ganz Rom genügen. Du wirst deine eigenen Gemächer haben mitsamt einem Gefolge, das dich bedienen wird.« Er beugte sich augenzwinkernd vor. »Papst zu sein bringt durchaus Vorteile mit sich. Dazu gehört, dass ich tun kann, was ich will, solange es innerhalb der Grenzen der Vernunft bleibt. Zudem werde ich im Vatikan neue Gemächer für all meine anderen Kinder einrichten.«

Bei Giulia hatte es so geklungen, als wäre der neue Palazzo für sie allein gedacht, aber wenn ich meine eigenen Räume bekommen sollte, wollte Papa offenbar auch mir seine Ehre erweisen.

»Kann ich auch Arancino, die kleine Murilla und Pantalisea mitnehmen?«, fragte ich.

»Deine Katze, deine Kammerfrau und was immer dein Herz noch begehrt. Sprich deine Wünsche aus, und sie werden dir erfüllt. Du kannst auch all die Bücher mitbringen, die du in deinem Gemach versteckst, wie mir Adriana berichtet hat, und derentwegen Vanozza sie rügt, weil sie dich so etwas lesen lässt.«

Ich lachte vor Entzücken, bis mir plötzlich mein anderer Bruder im weit entfernten Pisa einfiel: Cesare. Papa spürte mein Zögern. »Bedrückt dich noch etwas anderes?«

»Ihr habt gesagt, all Eure Kinder. Bedeutet das, dass Ihr auch Cesare heimholt?«

Sein Lächeln erstarb. »Letztendlich, ja. Aber vorher muss er sein Studium des Priesteramts beenden. Wie ich wird er Freude im Dienst der heiligen Kirche finden, aber zuerst muss er sich in die Opfer fügen, die das erfordert.« Er setzte einen gespielt strengen Blick auf. »Das bedeutet: Es werden keine Tauben mit Geheimbotschaften oder irgendwelchen Neuigkeiten zu ihm ins Seminar geschickt. Ich weiß genau, wie nahe ihr euch steht. Ihr wart schon immer wie zwei verwandte Seelen. Aber Cesare darf sich jetzt nicht von seinen Studien ablenken lassen.«

»Es ist nur so, dass ich ihn schrecklich vermisse. Ich habe ihn seit über zwei Jahren nicht mehr gesehen, Papa.«

»Gewiss, aber er schickt dir doch immer noch diese Bücher, oder?« Papa stieß mich sachte mit dem Ellbogen an und entlockte mir damit ein Kichern. »Verbotene Werke, die Vanozzas Zorn erregen.« Er musterte mich. »Bücher und die Liebe einer Schwester sind etwas Schönes, aber du musst mir schon zutrauen, dass ich das Richtige tue – für ihn und für dich.« Er streichelte mir über die Wange. »Versprichst du mir das, meine *farfallina*?«

Ich nickte, woraufhin er mich auf die Stirn küsste. »Schön, und du wirst lieb zu Giulia sein?«

»Ja, Papa«, flüsterte ich.

Er zwickte mich liebevoll in die Nase. »Und keine weiteren Streitereien mit Vanozza. Niemand weiß besser als ich, was für eine Zuchtmeisterin sie sein kann; nicht umsonst hat sie ihre Gasthäuser in Goldminen verwandelt. Aber sie will nur dein Bestes. Und ich will mir nicht anhören müssen, du hättest ihr nicht den gebührenden Respekt erwiesen.«

»Ja, Papa.«

»*Bien.*« Er erhob sich und warf einen Blick auf den von Fackeln beleuchteten Palazzo, von dem Gelächter und Musik zu uns herüberdrangen. »Mich wundert, dass sie mich so lange in Ruhe gelassen haben. Ich schwöre dir, den ganzen Tag habe ich nicht einen Moment für mich gehabt, nicht einmal, um meine Blase zu entleeren!« Er breitete die Arme aus. »Gib jetzt deinem alten Papa einen Kuss. Es ist spät, und du musst schlafen. Wir sehen uns sehr bald wieder.«

Ich drückte ihn fest an mich, sog seinen unverkennbaren Geruch ein und labte mich an seinem geflüsterten »Ich liebe dich, Lucrezia« – es war wie Balsam in meinen Ohren. Dann ließ ich ihn los und ging in mein Gemach hinauf.

Vielleicht war es ja doch nicht so schlimm, die Tochter des Papstes zu sein.

5

Die nächsten Wochen vergingen wie im Flug. Wir waren damit beschäftigt, unser Haus auszuräumen und Truhen und Kisten vollzustopfen. Adriana führte die Aufsicht, gab den Bediensteten Anweisungen und zeigte ihnen, wie Teppiche zusammengerollt und die Tassen, Teller und Statuen mit Heu umwickelt und so vor dem Zerbrechen bewahrt wurden.

Giulia und ich konnten einander nicht aus dem Weg gehen, da unsere Besitztümer quer über ihre und meine Gemächer verstreut waren. Freilich kamen wir beim Auseinandersortieren kaum dazu, mehr als die nötigen Nettigkeiten auszutauschen. Stets gingen die Debatten darüber, ob dieser ausgeblichene Ärmel bewahrt oder jener ausgetretene Pantoffel weggeworfen werden konnte, bis Adriana unangemeldet hereinplatzte und ihren kritischen Blick über unser Werk wandern ließ.

»Habt ihr Lavendel in die Leinentruhen gegeben? Wenn nicht, wird beim Auspacken alles verfault sein und stinken.« Sie riss den ersten Deckel auf. Wie ein Blitz sprang ihr etwas Pelziges entgegen. Vor Schreck kreischte sie wie am Spieß.

»Arancino, du ungezogener Kerl!«, schimpfte ich, während mein Kater sich aufgebracht fauchend unter meinem Bett verkroch. Verlegen drehte ich mich zu Adriana um. »Er muss da drinnen gefangen gewesen sein. Ich wusste nicht …«

Hinter mir unterdrückte Giulia ein Kichern, und plötzlich musste auch ich die Lippen aufeinanderpressen.

»Du wusstest nichts?« Adriana fasste sich ans Herz. »*Dio mio!* Stell dir nur vor: Wir packen in Santa Maria aus und entdecken zwischen deinem Leinen ein ersticktes Tier!«

»Es ist doch nur ein kurzes Stück über den Fluss«, meinte Giulia. »Da wäre er wohl kaum erstickt. Allerdings hätte er alles vollpissen können, ob mit oder ohne Lavendel.« Sie zwinkerte mir verschmitzt zu, und plötzlich schüttelten wir uns beide vor Lachen. Während Adriana uns überrascht anstarrte, musste ich daran denken, wie Papa mich gebeten hatte, doch etwas freundlicher zu Giulia zu sein, und flüsterte: »Bitte verzeih mir.«

»Ach was. Wenn jemand um Verzeihung bitten muss, dann ich. Nach diesem schrecklichen Vorfall mit Juan bin ich wirklich gefühllos mit dir umgegangen.«

Adriana räusperte sich. »Wieder Freundinnen, hm?«

»Ja!«, rief Giulia und ergriff meine Hand.

Ich hatte zwar um Papas willen beschlossen, einen Schritt auf Giulia zuzumachen, war mir aber immer noch nicht ganz sicher, ob ich ihr trauen konnte. Adriana beendete kurzerhand meine Grübelei. Sie befahl uns, die Truhe auf der Stelle zu leeren und das Leinen mit Lavendel – »und ohne Katze!« – neu zu packen, ehe sie hinausmarschierte und, begleitet von Giulias Gelächter, die Tür zuschlug.

Ich lachte ebenfalls, wenn auch nicht so herzlich.

Anders als Giulia war ich nicht bereit, so schnell zu vergessen und zu vergeben.

Am 27. August, dem Tag des heiligen Alexander, luden unsere Bediensteten die letzten Möbelstücke für den Transport nach Santa Maria auf die Karren. Wir eilten unterdessen, in Brokat gehüllt und verschleiert, in die Stadt, um Papas Krönung zum Papst Alexander VI. mitzuerleben.

An der eigentlichen Zeremonie in der Basilika durften wir nicht teilnehmen. Frauen waren von der heiligen Weihe ausgeschlossen, in deren Verlauf der Papst auf einem besonderen Hocker Platz nehmen musste. Wie Giulia mir brühwarm berichtete, hatte dieser »ein Loch in der Sitzfläche, damit man seine Männlichkeit überprüfen kann«.

»Überprüfen?«, fragte ich. »Wozu denn? Das sieht doch gewiss jeder, dass er ein Mann ist.«

»Das sollte man meinen. Aber vergiss *la Papissa* nicht. Jeder hielt Päpstin Johanna für einen Mann, und denk nur daran, wie die Sache ausging! Seitdem verlangen sie von jedem Papst einen Beweis seiner ... na ja, du weißt schon ...« Sie unterbrach sich, denn Adriana warf uns einen strengen Blick zu.

»Wollt ihr den ganzen Tag wie die Fischweiber klatschen?«, blaffte sie. »Oder möchtet ihr euch endlich auf das wichtigste Ereignis in der Geschichte unserer Familie besinnen?«

Gehorsam wandte ich meine Aufmerksamkeit wieder dem Geschehen in der Straße unter uns zu. Wir saßen auf einem uns zugewiesenen Balkon mit Blick auf die Route der Prozession durch die Via Papale zum Lateranpalast, in dem Papa als Bischof von Rom und Oberhaupt des Kirchenstaates inthronisiert werden sollte.

Der Ausblick war atemberaubend. Die Gerüche allerdings nicht minder: Tierkot, aus Lederbeuteln verschütteter Wein, der in der Hitze zu Essig geworden war. Unter dem Jubel der Massen, die die Straßen verstopften, wand sich die Prozession dem Kolosseum entgegen, in der Vorhut Rattenfänger mit Hunden an straffen Leinen, die darauf abgerichtet waren, die sumpfigen Wiesen von den widerwärtigen Nagern zu befreien. Händler, die ihre Verkaufsstände in den unteren Rängen der mächtigen Ruine betrieben, entrollten bunte Banner. Auf einmal erwachte der verwüstete Rumpf der Arena zu neuem Leben, nachdem man vor Langem ihren Marmor und Travertin geraubt hatte, um vornehme Paläste damit zu zieren. Und wenigstens für eine Weile kehrte eine Ahnung ihres – seit der Antike nicht mehr erlebten – Ruhmes in die höhlenartigen Bogengänge zurück. Aus den Emporen ragten mit Bronze übergossene Gipsengel empor, um gebieterisch die Straße zu mustern. Und verdeckt von einem Meer aus flatternden Wimpeln in unseren Farben Maulbeerrot und Gold war der Himmel kaum noch zu sehen.

So weit das Auge reichte, überall wurde meinem Familiennamen gehuldigt.

Giulia wies mich auf die bedeutendsten Personen in dieser Prozession hin. »Das dort ist Kardinal Ascanio Sforza.« Sie deutete auf einen kleinen, gepflegten Mann mit Froschaugen, der mit Hermelin besetzte Roben trug und, umgeben von zwölf in karmesinrote und lila Gewänder gehüllten Pagen, auf einem Maultier ritt. »Laut Gerüchten soll Rodrigo ihm nach dem Konklave sechs mit Silber gefüllte Truhen geschenkt haben, aber das ist eine Lüge. Der Palazzo deines Vaters auf dem Corso ist Belohnung genug für wen auch immer, selbst wenn er so gierig ist wie dieser Sforza.«

Als Sforza mit den anderen Kardinälen in ihren purpurnen Roben und den jeweiligen Dienern und Angehörigen vorbeiritt, fiel mir wieder ein, wie mir Giulia erzählt hatte, dass er im letzten Wahlgang die entscheidende Stimme zugunsten meines Vaters abgegeben hatte. »Ich dachte, die Meute hätte Papas Palazzo geplündert?«, wandte ich ein. »Dann muss er ja ein Trümmerfeld geerbt haben!«

Giulia schmunzelte. »Der Pöbel hat nichts angerührt. Sobald er erfuhr, dass der Palazzo ihm gehört, hat Sforza seine

Leibwache losgeschickt. Er hatte nicht vor, sich auch nur einen Teller entgehen zu lassen. Über Nacht ist er der mächtigste Mann in der Kurie geworden und natürlich auch der reichste. Und dank ihm hat sich dein Vater mit den Sforza von Mailand verbündet. Das bedeutet, dass …«

»Sei still!«, brauste Adriana auf. »Du erzählst ihr immer nur Unsinn!«

Giulia verstummte beleidigt. Ich wollte weiter in sie dringen, doch in diesem Moment kündigte ein Raunen der Menge die Ankunft der vornehmsten römischen Familien an, die ihre seit Generationen bestehende Fehde wenigstens für heute beigelegt hatten, um ihren Wohlstand zur Schau zu stellen.

Angeführt von ihrem Patriarchen Virginio, dem Kommandanten der päpstlichen Wache, trugen die stolzen Orsini mit Gold besetzten Siena-Samt. In sicherem Abstand folgten – nicht minder pompös ausstaffiert – die Colonna, die Erzfeinde der Orsini. Als ihre Diener durch die von den Reitern aufgewirbelten Staubwolken trotteten, beugte sich Giulia plötzlich bedenklich weit über die Balustrade und rief: »Alessandro! Schau hoch! Wir sind hier oben!«

Adriana fuhr entsetzt zu ihr herum. »Bei allem, was heilig ist, hör sofort mit dem Geschrei auf! Du benimmst dich ja wie eine gewöhnliche Gerbersfrau!«

Ich musste lachen, als ich sah, wie Alessandro sich verwirrt umdrehte und die Menge nach der Ruferin absuchte. Schließlich erspähte er die ihm unentwegt winkende Giulia. Ich war ihrem älteren Bruder ein Mal begegnet, kurz bevor er an die Universität von Pisa gegangen war. Im Vergleich zu Giulia hatte ich ihn für ziemlich gewöhnlich gehalten, auch wenn er mit ihr einiges gemeinsam hatte: die langen Wimpern, die spitze Nase, den …

Plötzlich erstarrte ich. »Wann ist Alessandro eigentlich eingetroffen?«

»Vor drei Tagen.« Giulia blickte mich von der Seite an. »Habe ich dir das nicht gesagt? Ich dachte, ich hätte es erwähnt. Rodrigo … ich meine, Seine Heiligkeit … hat versprochen …« Sie bemerkte meinen Gesichtsausdruck und unterbrach sich. »Du darfst das nicht einmal *denken!* Er ist nicht hier. Du *weißt* doch, dass es Cesare ausdrücklich verboten worden ist, nach Rom zu kommen.«

Doch ich hörte ihr nicht mehr zu. Stattdessen hielt ich über die vielen Köpfe hinweg nach meinem Bruder Ausschau. Er musste auch hier sein, irgendwo dort unten. Wie hatte ich glauben können, er würde sich dieses Ereignis entgehen lassen, gleichgültig, was Papa ihm befohlen hatte? Dies war ein Höhepunkt für unsere Familie, die Krönung jahrelangen Bemühens. Zudem gehörten Cesare und Alessandro demselben Seminar an. Wenn also unser Vater Giulias Bruder erlaubt hatte, Rom zu besuchen, musste auch Cesare davon Wind bekommen haben. Bestimmt wollte er die Gunst der Stunde nutzen.

»Lucrezia!« Giulia fasste mich an der Schulter. »Dort drüben ist Juan! Oh, er ist ein Tier. Aber so wahr mir Gott helfe, heute gibt es in der ganzen Menge keinen Mann, der ihn in den Schatten stellt.«

Ich löste den Blick von den Tausenden winkenden Händen und Gesichtern mit den weit aufgerissenen Mündern. Eine Kaskade aus Rosenblüten, die scheinbar aus dem Nichts auftauchte, lenkte mich ab. Und unter diesem Regen aus Rosa und Weiß ritt Juan im maulbeerfarbenen Samtwams, auf dessen breitem, gelb gestreiftem Ärmel unser mit schwarzem Faden aufgenähter Wappenstier prangte und das am Kragen mit zahlreichen, im Sonnenlicht glitzernden

Edelsteinen besetzt war. In der Faust hielt er eine Kappe mit Feder, und als er sie schwenkte, brüllte die Menge: »Borgia! Borgia!« Daraufhin warf er den Kopf zurück, sodass sich seine Locken bis über die Schultern ergossen und die Frauen an den Absperrseilen verzückte Schreie ausstießen. Als er das hörte, ließ er seinen Wallach eine Kruppade springen, die so präzise war, dass das Pferd kaum ein Staubkorn aufwirbelte.

Ich musste lächeln. Jetzt gerieten die Menschen nahezu in Ekstase und drängten gegen die Barrikaden. Grinsend griff Juan in einen an seiner Hüfte hängenden Seidenbeutel und warf eine Handvoll Silbermünzen in die Menge. Während die Leute eine Münze zu ergattern suchten, ritt er, gefolgt von seiner Leibwache, in leichtem Galopp weiter.

»Schön mag er ja sein«, bemerkte Adriana, »aber aus Fehlern gelernt hat er noch nie. Vor zwei Wochen wäre er fast getötet worden, und jetzt nimmt er es in Kauf, dass seine Possen eine Massenpanik auslösen.«

Für mich war mein Bruder einfach großartig, ob mit oder ohne Possen. Juan hatte ein einnehmendes Wesen, und das war einer der Gründe, warum Papa ihn am liebsten mochte. Niemand verstand es besser, sich bei dem launischen Volk beliebt zu machen. So hatte er auch diesmal seinen Glanz und seine Freigiebigkeit im genau richtigen Moment eingesetzt und dem Makel der Wildheit, der ihn seit der bestialischen Tötung jenes Mannes vor Adrianas Palast begleitete, die Spitze genommen.

Doch dann stockte mir der Atem, als unmittelbar nach Juan mein Vater auf einem weißen Streitross erschien, über dessen Sattel eine weiße Decke gebreitet war. Eskortiert von der päpstlichen Garde, trug Papa seine Tiara zur Schau, eine himmelblau glasierte, dreistufige Krone, besetzt mit Perlen, die Tränen gleich herabzutropfen schienen. Seinen robusten

Körper bedeckte eine elfenbein- und goldfarbene Kasel, die um ihn herumschwebte wie eine Wolke.

Das Volk sank auf die Knie. Papa hob eine weiß behandschuhte Hand. Plötzlich füllten Federn und ein ohrenbetäubendes Gurren die Luft, als die neben Papa einherschreitenden Pagen die Käfige, die sie mit sich trugen, öffneten und die darin gefangenen Tauben in die Freiheit entließen. Frauen begannen zu beten, auf den verhärmten Gesichtern ein verzücktes Leuchten. Männer nahmen ihre Kappen ab, und Kinder reckten sich, um besser verfolgen zu können, wie die Vögel in den Himmel aufflogen. Gleichzeitig erhob sich das Läuten sämtlicher Kirchenglocken in der Umgebung. Begeistert flüsterte ich Giulia zu: »Er kündigt ein neues Zeitalter an« – doch natürlich hätte sie die Botschaft auch so verstanden.

Rodrigo Borgia war unser neuer Papst. Alles würde sich ändern.

Viele Adelige, päpstliche Höflinge und deren Gefolge schlossen sich dem Zug an, bis er schließlich in einer Staubwolke verschwand. Als der Staub auch uns erreichte, erhob sich Adriana von ihrem Hocker. »Kommt, wir müssen gehen. Heute Abend nehmen wir an der Feier im Vatikan teil, und wir haben nur wenige Stunden, um uns vorzubereiten.«

Widerstrebend stand ich auf und löste die Finger von der Brüstung. Dass ich sie mit aller Kraft umklammert hatte, fiel mir erst jetzt auf. Noch einmal ließ ich die ganze Szene auf mich wirken, bemerkte, wie sich die Zuschauer gegen die Wachsoldaten schoben, begierig darauf, loszustürzen und herabgefallene Knöpfe, verlorene Handschuhe, Fetzen von Bändern oder Glitter, einfach irgendetwas zu erbeuten und als Andenken nach Hause zu tragen.

Giulias Augen folgten meinem Blick. »Lucrezia«, seufzte sie, »ich habe es dir doch gesagt. Er ist nicht hier.«

»Das sollte er aber sein«, murrte ich, ohne sie anzusehen. »Ich begreife nicht, wie Papa darauf bestehen kann, dass er in Pisa bleibt, wenn sich die ganze Welt hier versammelt.«

»Weil Cesare womöglich nie wieder nach Pisa zurückgekehrt wäre, wenn er ihn eingeladen hätte. Du weißt doch, mit welchem Widerwillen er dorthin gegangen ist.« Giulia spielte an ihrem Schmuckanhänger herum. »Außerdem ist Vanozza auch nicht eingeladen worden. Glücklicherweise hat sie kein Theater gemacht. Nun, immerhin hat sie all ihre Tavernen zu beaufsichtigen, und bei den Horden von Besuchern in der Stadt winken ihr gute Einnahmen.«

»Es ist ja nicht so, als ob sie die Gäste selbst bedienen würde«, erwiderte ich, obwohl ich nur zu froh darüber war, dass meine Mutter ausgeschlossen worden war.

»Das stimmt zwar, aber so kann sie sich wenigstens keine neuen Methoden ausdenken, uns das Leben zur Hölle zu machen.« Und mit einem selbstgefälligen Lächeln fügte Giulia hinzu: »Sie war außer sich, als sie bemerkte, dass sie Rodrigos Wahl nicht vorhergesehen hatte.« Es behagte ihr sichtlich, dass sie selbst als eine der Ersten von dem bedeutenden Ergebnis erfahren hatte.

»Glaubst du denn, dass es wahr ist?«, fragte ich zögernd. Mit einem Schaudern erinnerte ich mich wieder daran, wie meine Mutter meinen Tod vorausgesagt hatte. »Kann sie wirklich in die Zukunft schauen?«

Giulia zuckte mit den Schultern. »Jedenfalls nicht, was deinen Vater betrifft. Vanozza mag ja wie eine *strega* wirken, aber das Einzige, was sie im Moment sieht, ist ihre Wut darüber, dass jetzt endlich unsere Zeit gekommen ist, während sich niemand mehr um sie kümmert.«

Ich war mir da nicht so sicher. Schließlich hatte ich bei ihr gelebt und konnte mich gut an die Winternächte erinnern, als sie am Tisch gesessen und die Karten gelegt hatte. Auch wenn sie nicht in die Zukunft blicken konnte, glaubte sie doch fest daran, dass sie dazu in der Lage war.

»Da haben wir's!« Giulia stöhnte gereizt. »Du bist aufgebracht. Vergiss Cesare und deine Mutter, und lass uns lieber unseren neuen Palast bewundern. Er soll herrlich sein. Ganz Rom beneidet uns darum.«

Als wir endlich unsere Kutsche erreichten, waren wir schweißgebadet. Es hatte Stunden gedauert, uns durch die jubelnden Menschenmengen zu drängen. Der Lärm legte sich jedoch schlagartig, sobald wir durch das Tor von Santa Maria in Portico traten.

Der Palast, ein Pantheon aus poliertem Holz und rosafarbenem Marmor, war riesig, mindestens doppelt so groß wie der von Adriana. Vom großen *cortile* aus, dem Innenhof mit seinem hübschen Springbrunnen und einer zum inneren Garten hin offenen Arkade, traten wir in einen beeindruckenden *sala*, der den Mittelpunkt eines Labyrinths aus Gängen und intimen Kammern bildete. An allen Ecken und Enden stapelten sich unsere Besitztümer, und die Bediensteten hatten alle Hände voll damit zu tun, jedes Stück an seinen vorgesehenen Platz zu bringen. Der feuchte Geruch frisch angebrachter Freskenmalereien kitzelte mich in der Nase. Während Giulia mich die Treppe hinauf ins *piano nobile* führte, das Stockwerk, in dem sich unsere Gemächer befanden, und ich mich voller Ehrfurcht umblickte, stieß sie bei jeder Entdeckung einen entzückten Aufschrei aus.

»Ach, sieh nur, Lucrezia! Ein Abtritt mit Kissen auf dem Sitz *und* Abflussrohren!« Sie spähte in den gepolsterten Toilettenstuhl. »Kein Gestank mehr, und mit dem Entleeren der Nachttöpfe ist es auch vorbei! Welch ein Luxus!«

Ich musterte sie. »Für die anderen und mich vielleicht. Du dagegen erwartest ein Kind. Müssen Frauen in deinem Zustand nicht recht oft auf die Toilette?«

Sie kniff mich in den Arm – »Freches Mädchen!« – und zerrte mich ins nächste Stockwerk hinauf. Dort stießen wir auf noch mehr *appartamenti*, Privatgemächer, von denen eines in das nächste überging, getrennt nur durch eine aus Zedernholz geschnitzte Tür. In jedem waren Wände und Decke bemalt, und wir stellten fest, dass unsere Betten, Frisierkommoden und sonstigen Vorrichtungen für unsere Bedürfnisse bereits aufgestellt waren.

In meiner goldfarben und blau gestrichenen Kammer fiel mein Blick als Erstes auf Arancino. Er hockte in seinem Korbkäfig und miaute kläglich. Sofort stürzte ich auf ihn zu und kauerte mich vor den Käfig, um ihn zu befreien. »Lucrezia, nein! Er läuft dir davon!«, rief Giulia mit gellender Stimme, als ich den Riegel löste. Arancino sprang heraus, geriet auf dem polierten Boden ins Schlittern und schoss unter mein Bett.

Triumphierend blickte ich zu ihr auf. »Siehst du? Er weiß, wohin er gehört.«

»Hoffentlich lässt sich über deinen neuen Verlobten dasselbe sagen«, erwiderte sie.

Langsam erhob ich mich. »*Was* hast du gesagt?«

In diesem Moment kam Adriana hereingestürzt. »Das ist eine Katastrophe! Es wird Wochen dauern, unsere Sachen voneinander zu trennen. Und die Wohngemächer sind noch gar nicht fertig! In den Vorräumen stehen noch die Gerüste, und die Arbeiter stapfen herum! Was hat sich Seine Heiligkeit nur dabei gedacht, dass er uns schon jetzt hierher bringen lässt? Wir hätten doch gewiss warten können, bis alles fertig ist.«

Ich warf Giulia einen Blick zu. Ihre Miene war jäh versteinert, während Adriana weiterjammerte. »Allein schon die Treppe ist eine Herkulesarbeit. Und dann die Farbe und der viele Staub in der Luft! Das ist einer Frau in deinem heiklen Zustand doch nicht zuträglich!«

»Ich kann selbst beurteilen, wie heikel mein Zustand ist«, erklärte Giulia kühl. »Und ich finde diesen Palazzo perfekt. Aber wenn du meinst, dass er dir solche Unannehmlichkeiten bereitet, kann ich ja Seine Heiligkeit bitten, dich in dein Haus auf dem Monte Giordano zurückkehren zu lassen.«

Die Erkenntnis traf mich wie ein Blitzschlag, und mich erfasste ein flaues Gefühl. Adriana hatte gar nicht umziehen wollen. Dieser prächtige Palast … gehörte Giulia. Er war Papas Geschenk an sie. *Sie* war hier die Hausherrin, nicht ich.

»Und das Kind bei dir lassen?«, fauchte Adriana. »Gott behüte.«

Giulia funkelte sie an. Bevor sie etwas sagen konnte, trat ich dazwischen. »Wir wollen doch nicht streiten. Sicher werden wir uns hier bald zu Hause fühlen. Und das ist doch Papas Wunsch, nicht wahr?«

Adriana senkte den Kopf. »Allerdings.«

Triumphierend reckte Giulia das Kinn vor. Im Gehen murmelte Adriana: »Zumindest diese Räume hier scheinen in Ordnung zu sein. Aber wo steckt deine Zofe? Ich habe sie doch eigens angewiesen …«

Wie aufs Stichwort kam Pantalisea hereingestürzt, die Wangen vom Treppensteigen gerötet, die Arme beladen mit emaillierten Kisten, in denen sich mein Schmuck und meine Körperpflege-Utensilien befanden. »Vergebt mir«, keuchte sie und machte einen Knicks. »Ich habe mich verlaufen. Dieser Palazzo ist ja so groß und …« Sie bemerkte den offenen Käfig. »O nein! Ich habe ihn nur kurz abgestellt, um

Eure Kisten zu holen … vergebt mir. Ich fürchte, er ist entkommen …«

»Nein. Er ist unter dem Bett.«

Während ich ihr einen Teil der Kisten abnahm, stöhnte Pantalisea auf. »Ich hätte ihn besser im Auge behalten sollen. Aber ich wollte doch nicht, dass diese Kisten verloren gehen.«

»Mach dir keine Sorgen«, beruhigte ich sie. »Er ist ein Kater. Die tun immer, was ihnen gefällt.«

Giulia gähnte. »So aufregend das alles ist, ich bin erschöpft und sollte mich hinlegen.« Sie zwickte mich sanft in die Wange. »Ich bin ja so froh, dass du unseren Palast magst. Das musst du unbedingt auch Rodrigo sagen, wenn du ihn heute Abend siehst.«

Adriana starrte ihr nach. »Allmächtiger«, murmelte sie. »*Unser* Palast. Schon jetzt zerreißt sich ganz Rom den Mund über sie.« Sie schüttelte den Kopf. »Genug. Auch du musst dich vor der Feier ausruhen. Lass Pantalisea deine Robe für den Abend herrichten. Und du« – sie fuchtelte mit dem Finger vor meiner Zofe herum – »verlauf dich bloß nicht noch einmal. Du bist nicht unersetzlich. Wir haben hier in Rom Hunderte von adeligen Mädchen, die sich nichts sehnlicher wünschen, als der Tochter Seiner Heiligkeit zu dienen.«

Damit rauschte sie davon. Sobald die Tür hinter ihr zugefallen war, flüsterte Pantalisea ängstlich: »Ihr werdet mich doch nicht ersetzen lassen, Herrin?«

»Natürlich nicht. Achte nicht auf sie. Du weißt doch, wie sehr sie Unordnung hasst.« Ich lächelte sie an. Ich mochte Pantalisea. Sie war meine einzige Dienerin und mir treu ergeben. Und Treue war eine Eigenschaft, die ich gerade jetzt gar nicht hoch genug schätzen konnte, denn allem Anschein nach würden wir ab sofort tatsächlich unter Giulia Farneses Dach leben.

»Oh, danke, Herrin! Soll ich Eure Robe lüften?«

Ich lachte auf. »Wenn du sie findest.«

Wir nahmen uns die in allen vier Ecken des Gemachs aufgestapelten Truhen vor und begannen, sie eine nach der anderen auszupacken. Meine Kleider ordneten wir sorgfältig und hängten sie in den *cassones* aus Zedern- und Walnussholz auf, die die wertvollen Stücke vor Motten und Feuchtigkeit schützten. Gerade mühten wir uns mit dem Behang für den Baldachin ab, als die kleine Murilla eintraf. Mit vereinten Kräften gelang es uns, den schweren Damast aufzuspannen, bis Murilla, die sich auf einen Hocker gestellt hatte, bedenklich ins Schwanken geriet, den Hocker zum Kippen brachte und stürzte. Lachend sprangen wir zu ihr aufs Bett und lieferten uns eine Kissenschlacht, bis wir alle drei ineinander verknäuelt dalagen.

»Ich habe Hunger«, verkündete ich, den Blick auf den völlig schiefen Baldachin über mir gerichtet. Sofort lief Murilla los, um mir etwas aus der Küche zu holen, während Pantalisea und ich meine Kleider nach den zu meiner Robe passenden Ärmeln durchwühlten und endlich fündig wurden.

Doch trotz aller Ausgelassenheit hatte ich weder Giulias beiläufige Bemerkung über meine Verlobung vergessen noch das mulmige Gefühl, dass sie wieder einmal mehr über meine Zukunft wusste als ich selbst.

Wie lange sollte ich noch in ihrem Schatten leben?

6

Der *Sala Reale*, der große Empfangsaal des Vatikans, wo Papas Wahl zum Papst gefeiert wurde, war zum Bersten gefüllt. Heitere Lautenmusik schwebte über den Versammelten, und Hunderte von Lüstern ließen alles erglänzen. Beherrscht wurde der ganze mit Safran übergossene Traum von meinem Vater, der in seinen weißen Kleidern auf dem Podest saß und die Glückwünsche all der von Venedig, Florenz, Neapel, Mailand und so gut wie jedem europäischen Königreich entsandten Botschafter entgegennahm. An den Rändern des Saals standen wie versteinert die Soldaten der päpstlichen Garde, die die miteinander bestens vertrauten Adeligen mitsamt deren Familien gar nicht zu registrieren schienen. Mit Leinen bedeckte Tische bogen sich förmlich unter dem saftigem Wildschweinbraten in Apfelsoße und Rosmarin, den pochierten Fasaneneiern in süßer Sahne, dem eingelegten Wildbret, gespickt mit Gewürznelken, und den mit Trüffeln gebackenem Pfau. Pagen gossen aus großen silbernen Krügen Wein aus der Toskana oder der Lombardei in bemalte Majolikakelche. Ich beobachtete, wie eine Reihe von adeligen Damen in unverhüllter Habsucht ihre geleerten Kelche als Andenken in ihren Röcken verstauten.

Papa zeigte sich bestens gelaunt. Jetzt, da er die Inthronisierung hinter sich hatte – ein schrecklich ödes Ritual, das sich so sehr in die Länge gezogen hatte, dass er irgendwann in Ohnmacht gefallen war und damit unter den Gläubigen eine Panik ausgelöst hatte –, war er umgeben von all dem, was er am liebsten mochte: Wein und reichhaltige Speisen, Musik, Gelächter und angenehme Gesellschaft.

Giulia dagegen wirkte, als würde sie nie wieder lächeln können. Sie hatte Stunden vor ihrem Spiegel verbracht und endlose Debatten über die Wahl ihrer Garderobe geführt, ehe sie sich schließlich für malvenfarbene Seide und Rubine entschied. Doch obwohl sie wirklich atemberaubend aussah, war sie mit dem Auftrag, meine Anstandsdame abzugeben, in den Hintergrund verbannt worden, während Adriana mit den älteren adeligen Damen plauderte. Nicht dass Giulia sich mit mir abgegeben hätte, denn sie konnte keinen Moment den Blick von meinem Vater abwenden, und als er den Saal verließ, marschierte sie unruhig auf und ab, bis er in schwarzem kastilischem Wams und einem Bahnenrock zurückkehrte, der ihn größer und schlanker wirken ließ. Nun beobachtete sie, wie er mit Juan durch den Saal schlenderte, Kardinälen auf den Rücken klopfte und Gäste namentlich begrüßte, die sich ob seines verblüffenden Gedächtnisses entsprechend beeindruckt zeigten.

»Sieh ihn dir nur an!« Giulia schäumte vor Wut. »Stolziert in seinem spanischen Samt herum, und diese römischen Säue dienen ihm ihre Töchter an, als ob er einen Harem bräuchte.«

»Er ist eben ein aufmerksamer Gastgeber«, erwiderte ich und sah Papa dabei zu, wie er nachsichtig nickte, während ihm eine weitere errötende Opfergabe entgegengeschoben wurde, um zu seinen Füßen in einer Lache aus Seide niederzusinken. An seiner Seite stand Juan, prächtig mit blauem Damast herausgeputzt, und begutachtete die Mädchen ebenfalls mit geübtem Auge. Juans Freund, Prinz Djem, der sich hinter ihm befand, leckte sich die Lippen, als dächte er darüber nach, eines der Mädchen zum Abendbrot zu verzehren.

»Hübsch?« Giulia stieß ein raues Lachen aus. »Wirklich, Lucrezia, nicht einmal du kannst so naiv sein!«

Was mochte sie nur damit meinen? Verunsichert runzelte ich die Stirn. Ich hatte meinen Vater und Juan schon zahllose Male ganze Säle verzaubern sehen. Sie hatten etwas, das den meisten anderen Männern fehlte und dem die Frauen unweigerlich erlagen. Giulia schien das jedoch anders zu interpretieren. Ohne jede Vorwarnung kreischte sie plötzlich vor Lachen und schrie: »Ach, Lucrezia, meine Liebe, wie *amüsant* von dir!«

Ich glotzte sie mit offenem Mund an. Ich hatte doch gar nichts gesagt! Ihr Ausbruch war jedenfalls so schrill gewesen, dass alle Umstehenden zu uns herumfuhren. Dem Kamm einer unsichtbaren Welle gleich, plätscherte ein Raunen durch den Saal und erreichte über die Bischöfe, Adeligen und Wachmänner hinweg auch Papa.

Er hob die Augenbrauen. Jetzt war es Juan, der böse dreinschaute, wohingegen Giulia eine Unschuldsmiene aufsetzte, als Papa sie mit gekrümmtem Finger zu sich befahl.

»Ich glaube, er hat dich gehört«, flüsterte ich. Mit einer Geste, die Überraschung ausdrücken sollte, wirbelte sie herum, ergriff meine Hand und begann, sich mit mir durch die Menge zu Papa durchzudrängen. Inzwischen musste ich die Zähne aufeinanderpressen, um nicht laut über ihr absurdes Verhalten zu lachen. Schließlich sanken wir vor ihm auf die Knie, wie es das Protokoll verlangte. Papa wirkte entzückt. Übers ganze Gesicht strahlend, bedeutete er uns, wieder aufzustehen. Als er mich küsste, schlug mir der Geruch von schwerem Wein entgegen. Giulia legte ihm ihre an jedem Finger mit Juwelen geschmückte Hand auf den Arm und flüsterte ihm etwas ins Ohr, während er sie zur Seite führte. Ich blieb zurück und wechselte ein paar Worte mit Juan.

»Er hätte die Schlampe in ihrer Hundehütte einsperren sollen«, knurrte Juan. »Müssen wir sie sogar am Abend des größten Triumphs unserer Familie erdulden?«

Ich schielte zu Djem hinüber, der mich bitterböse anfunkelte. »Manche könnten dasselbe über deinen Türken sagen«, erwiderte ich.

»Djem ist mein Leibdiener«, entgegnete Juan. »Er begleitet mich überallhin.«

Ich hatte schon die Replik auf der Zunge, dass Papa zweifellos dasselbe über Giulia dachte, als ich aus den Augenwinkeln eine Gestalt wahrnahm, mit der ich überhaupt nicht mehr gerechnet hatte. Der Mann lehnte so reglos an einer Wand, dass es aussah, als wäre er in seinen von Rauch verdunkelten Kleidern direkt aus der mit Fresken bedeckten Mauer gestiegen.

Mein Herz machte einen Satz.

In meiner Nähe ertönte lautes Gelächter und übertönte sogar die Musiker auf der Galerie. Der Saal war zum Bersten voll mit Gästen, sodass einige in den Hof hinausschlenderten. Während sämtliche Geräusche von einem bizarren Rauschen verfremdet an meine Ohren drangen, als befände ich mich im Inneren einer Muschelschale, und ich versuchte, den Blick weiter zwischen den vorbeihuschenden Röcken und Roben hindurch auf die Erscheinung zu richten, sagte ich mir, dass ich mir das nur eingebildet haben konnte. Doch dann stach sie mir wieder ins Auge, immer noch gegen die Wand gelehnt, die Züge von einer breiten Kappe überschattet. Und noch bevor die Gestalt die Hand hob, um die Kappe zurückzuschieben, drang sein Name über meine Lippen. »Cesare.«

Er drehte sich auf dem Absatz um und entfernte sich rasch.

Juan unterbrach sich. »Hast du etwas gesagt?«

»Nein. Ich dachte nur … ach, das war nichts.« Ich fuhr mir mit der Hand über die Stirn. »Es ist so heiß hier drinnen! Ich glaube, ich gehe für eine Weile hinaus. Kommst du mit?«

»Jetzt?«, blaffte er. »Ich überlasse Papa doch nicht dieser Wölfin!«

»Dann bleibe ich nicht lange, einverstanden?« Und bevor er mich zurückhalten konnte, tauchte ich in der Menge unter.

Ich schlängelte mich vorbei an Gruppen von plaudernden Beamten und betrunkenen Adeligen, ohne wirklich zu wissen, wohin ich ging, bis ich durch die Schwingtür des *sala* in einen von Fackeln beleuchteten Durchgang trat. Als ich in der Dunkelheit vor mir die schlanke Gestalt erspähte, beschleunigte ich meine Schritte. Er bewegte sich wie immer – unbeirrbar und zügig auf ein bestimmtes Ziel zu. Um nicht abgehängt zu werden, musste ich fast laufen, was mir wegen der schweren Röcke nicht gerade leichtfiel.

Er durchquerte die Gartenanlagen, wobei er immer wieder den von Flechten verschmutzten Statuen längst gestorbener Kaiser auswich, die hier völlig willkürlich verteilt herumstanden. Der Widerhall der Geräusche aus dem hufeisenförmigen Apostolischen Palast hinter mir wurde mit zunehmender Entfernung schwächer. Mit weit ausholenden Schritten eilte der Mann über den Kiesweg, und ich blieb ihm auf den Fersen.

Nahe der äußeren Mauer blieb er unter einer Gruppe knorriger Zypressen stehen. Jetzt endlich riss er sich die Kappe vom Kopf und drehte sich zu mir um. Wortlos starrte er mich an, als wäre ich eine Fremde. In seinen schlichten Kleidern wirkte er zu mager; dennoch war ich glücklich über den Anblick seiner grünen unergründlichen Katzenaugen unter den rotgoldenen Brauen, seiner weichen Lippen und der langen Nase, seiner blassen, wie Seide über die hohen Wangenknochen gespannten Haut. Dort, wo einst seine üppigen, kupferfarbenen Locken wild wucherten, bedeckten nun kurze Stoppeln seinen Schädel.

»Du hast dir ja deine schönen Haare abgeschnitten!«

»Wir haben Läuse in Pisa.« Seine Stimme klang sanft, sein Blick war durchdringend. Auf einmal fühlte ich mich von meinem Bruder gnadenlos geprüft. Ich hatte mich beim Ankleiden für blaue Seide mit einem goldenen Mieder entschieden. Auf Giulias Drängen hin hatte ich auf das leicht verhüllende Unterhemd verzichtet, wie es von heranwachsenden Mädchen gern getragen wurde, um meine mit einer Perlenkette geschmückte Kehle besser zur Geltung zu bringen. Als ich mich im Spiegel bewunderte, hatte ich sogar insgeheim Freude über eine leise Andeutung von Brüsten unter dem Mieder verspürt, doch jetzt musste ich unter dem strengen Blick meines Bruders den Drang unterdrücken, die bauschigen Ärmel weiter zu den Schultern hinaufzuschieben.

»Fast hätte ich dich nicht erkannt. Wohin ist meine *meva petita* Lucia gegangen?« Er benutzte meinen katalanischen Spitznamen, den er mir gegeben hatte, als wir klein waren, und der mir jetzt ein erleichtertes Seufzen entlockte. Gerade noch hatte er so wütend ausgesehen, dass ich schon geglaubt hatte, er wolle mich züchtigen.

»Du hast mich auf der Stelle erkannt, so wie ich dich. Es ist nicht *so* lange her, Cesare.«

Er trat einen Schritt näher. »Lange genug. Ich habe auf einen Brief von dir gewartet. Als keiner kam, habe ich das Schlimmste befürchtet. Jetzt sehe ich, dass ich allen Grund dazu hatte.«

Ich lachte. »Was hast du denn befürchtet?«

»Dass Papa dich verheiratet und nach Spanien geschickt hat.«

»Und du dachtest, ich würde fortgehen, ohne dir Bescheid zu sagen?«, fragte ich ungläubig.

»Warum nicht? Was Familienangelegenheiten betrifft, bin ich anscheinend immer der Letzte, der eingeladen wird – sofern ich überhaupt davon erfahre.«

Ich starrte ihm in die Augen. Eigentlich erwartete ich, Schmerz über eine Kränkung darin zu entdecken, echte Trauer darüber, dass er ignoriert und in Pisa sich selbst überlassen worden war. Doch stattdessen sah ich seinen gewohnten Schalk aufblitzen.

»Du ziehst mich auf!«

Er konnte jenes besondere Lächeln nicht unterdrücken, das er sich für mich allein vorbehielt. Er hatte nie viel gelächelt, auch nicht als Junge. Papa hatte oft geknurrt, er müsse ein untergeschobenes Kind sein, so wenig hätte er mit ihm gemeinsam. Aber wenn er mit mir allein war, zeigte er sein Lächeln oft, und es war warm und einladend und verwandelte sein Gesicht von kühler Strenge zu jungenhafter Verschmitztheit, die ihn jünger als seine siebzehn Jahre wirken ließ. Als ich heranwuchs, war Cesare mein Magnetstein gewesen, derjenige, zu dem ich immer rannte, wenn meine Mutter mich wegen irgendeiner Missetat beschimpft oder Juan mich an den Zöpfen gezogen hatte, bis mir die Kopfhaut schmerzte.

»Hast du wirklich geglaubt, ich würde zulassen, dass sie dich verheiraten, ohne dass ich davon weiß?«, fragte er. »Man mag mich vielleicht ignorieren, aber ich habe meine Quellen.«

»Gewiss. Und Mama ist bestimmt die ergiebigste davon.«

Aber auch ich lächelte jetzt, außer mir vor Freude, weil wir wieder zusammen waren. »Es tut mir leid, dass ich nicht geschrieben habe, aber Papa hat es mir verboten. Er hat gesagt, dass ich dich in Ruhe lassen soll, bis er dich persönlich nach Rom befiehlt.«

Er griff unter sein Wams und zog ein Päckchen hervor. »Ich vergebe dir. Aber wenn du dich nicht über ein Verbot hinwegsetzen kannst, dann darf ich dir wohl auch das hier nicht geben.«

Ich schnappte nach Luft. »Was ist da drin? Lass mich sehen! Sind es mehr Gedichte von Petrarca?«

»Besser«, antwortete er, doch als ich danach griff, sprang er elegant zurück und hielt das Buch hoch über mich. »Erst musst du es dir verdienen. Weißt du noch, wie wir als Kinder immer gefeilscht haben? Ich habe dir ein Buch geschenkt, und du hast … was hast du mir geschenkt?«

Ich bekam einen Lachanfall. »Einen Tanz.«

»Richtig. In Pisa haben wir außer Läusen nichts als altes Brot und Gebete … eine Unmenge von Gebeten. Mich freut das Leben kaum noch, und ohne meine schöne Schwester ist es noch trauriger.« Die Finger vor der Brust ineinander verhakt, mimte er einen Verzweifelten. »Willst du mit mir tanzen, Lucia?«

»Hier?«, fragte ich, spähte aber bereits über die Schulter und schätzte blitzschnell ab, ob wir weit genug vom Palast entfernt waren, um nicht zufällig gesehen zu werden. »Wenn ich mit dir tanze, gibst du mir dann das Buch?«

»Ja!« Er ergriff meine Hand. »Ja, das werde ich, obwohl du und alle anderen es vorgezogen habt, mich zu ignorieren.« Die Arme um meine Taille geschlungen, bugsierte er mich weiter unter die Bäume. Und während altes Bruchgestein unter unseren Sohlen knirschte, führte er mich durch die

Schrittfolge einer *pavane.* »Keiner hat einen Gedanken an mich verschwendet«, klagte er, »weder, als ich gezwungenermaßen in einem Priesterseminar lebte und meine Zelle mit einem furzenden Medici teilte, noch« – er hob die Stimme, da ich erneut lachte – »noch, als unser Vater Alessandro Farnese dank der Gunstbeweise von dessen lüsterner Schwester einen Kardinalshut aufgesetzt hat, während es mir, einem geborenen Borgia, verboten worden ist, einen Fuß auf römischen Boden zu setzen.«

Ich blieb abrupt stehen. »Du weißt … von Papa und Giulia?«

»Leider. Wie gesagt, ich habe meine Quellen.«

Ich hob die Hand und strich über den noch zarten Bartansatz an seiner Wange. »Macht dich das wütend?«

Er blickte mich nachdenklich an. »Sollte es das?«

»Nein«, sagte ich, obwohl ich mir eine andere Reaktion erhofft hatte. Wenn es mich empörte, wie konnte es dann nicht auch ihn aus der Fassung bringen?

Cesare streckte mir das Päckchen entgegen. »Willst du dein Geschenk nicht öffnen? Ich habe es den ganzen Weg von Pisa bis hierher geschmuggelt und bei meiner Ankunft sogar vor Mama verborgen gehalten. Sie hat wie immer mein Gepäck durchsucht und darauf bestanden, meine schmutzige Strumpfhose eigenhändig zu waschen.«

Sofort riss ich die Verpackung auf, warf das zerfetzte Papier achtlos zu Boden und hielt ein in aufwändig verziertes und rotes Leder gebundenes Buch in Händen. Hastig klappte ich den Deckel auf, und als ich den Titel sah, ächzte ich atemlos: »Das *Decamerone!*« Ich hob den Kopf. »Im Kloster ist das verboten! Die Nonnen sagen, dass Boccaccio ein Heide ist, der die Vergnügungen des Fleisches vor die Tugenden des Geistes stellt.«

Cesare schnitt eine Grimasse. »Wir sprechen nicht ohne Grund von der ›Mutter Kirche‹. Genauso wie Vanozza liebt sie nichts mehr, als uns jedes Wissen zu verbieten. Verbirg es besser auch vor Adriana. Sie wird es nicht billigen.«

Überglücklich umarmte ich ihn. »Danke, Cesare! Ich werde es in Ehren halten.« Auch wenn er in seinen Kleidern hager wirkte, spürte ich darunter einen muskulösen, sehnigen Körper. Trotz der angeblichen Langeweile in Pisa hatte er die Ertüchtigung seines Leibes keineswegs vernachlässigt.

Er schien in meinen Armen zu schmelzen und drückte mich fest an sich. Unvermittelt sagte er: »Weißt du, dass nichts von all dem, was geschehen ist, mein Schicksal ändern kann? Selbst wenn Papa jetzt auf dem Thron des heiligen Petrus sitzt, wird er trotzdem Juan alles gewähren, was von Rechts wegen mir gehören müsste.«

Mir wurde flau im Magen. Ich löste mich von ihm. »Ist das der Grund, warum du gekommen bist?« Als keine Antwort folgte, fügte ich hinzu: »Cesare, du darfst Papa keinen Ärger bereiten. Du weißt doch, was er gesagt hat …«

»Ja, ja. Das spanische Herzogtum Gandia gehört nicht mir. Königin Isabella und König Fernando haben es unserem ältesten Bruder für seine Tapferkeit übereignet, aber dann ist Pedro in dem ersten Kreuzzug gegen die Mauren gefallen, und jetzt kann Papa es nach Gutdünken vergeben. Das habe ich alles schon gehört.«

»Wirklich? Du hast doch nie dein Einverständnis erteilt.«

»Das habe ich auch nicht. Aber Mama hat mir erzählt, dass Papa Königin Isabella gebeten hat, den Titel Juan zu verleihen.« Seine Stimme klang auf einmal belegt. »Fünf Jahre lang warte ich nun schon, seit dem Tag, als Pedro erschlagen wurde. Fünf Jahre, in denen Papa Zeit hatte, sich zu besinnen und anzuerkennen, dass das, was Pedros Recht als

Erstgeborener war, auf mich als seinen zweitältesten Sohn übergehen muss. Er nimmt einfach nicht zur Kenntnis, wie unwürdig Juan irgendwelcher Privilegien ist, wie wenig er es verdient, ein spanischer *Grande* zu werden. Das Einzige, was er sieht, ist, dass Juan verhätschelt werden muss, während ich gezwungen werde, mich der Kirche zu opfern.«

»Du bist also gekommen, um Juan das Herzogtum streitig zu machen?«, fragte ich entsetzt.

Meine Brüder waren von Anfang an wie Feinde gewesen, und ihr unaufhörliches Gezänk hatte unsere Kindheit getrübt. Cesare war ein Musterschüler gewesen, wohingegen Juan, sich seiner geistigen Schwächen sehr wohl bewusst, sich der Meisterschaft im Kampf mit Schwert und Bogen gewidmet hatte. Allerdings tat sich auch Cesare in den Leibesübungen hervor, sodass sie einander unaufhörlich herausforderten, Knüppel schwangen oder miteinander rangen, bis ihre Rivalität außer Kontrolle geriet und es zu Schlägereien mit ernsthafteren Verletzungen kam. Oft genug hatte unsere Mutter die Streithähne trennen müssen, während ich mein Bestes tat, um einen wenn auch unsicheren Waffenstillstand herbeizuführen, indem ich sie anbettelte, mit mir zu spielen. Ich hatte gedacht, ich wäre schuld an ihrem Zwist, weil Juan wusste, dass ich Cesare mehr liebte als ihn. Doch als ich älter wurde, begriff ich, dass ihre Feindseligkeit tiefer wurzelte. Sie waren einander fremd, Gegensätze in jeder Hinsicht, Rivalen, die nicht aus demselben Mutterleib zu stammen schienen.

Cesare bedachte mich mit einem bitteren Lächeln. »Juan zu bekämpfen würde mir nichts einbringen. Was ihn selbst betrifft, hat er keinen Ehrgeiz. Dieses Herzogtum an sich ist ihm völlig gleichgültig. Wenn es nach ihm ginge, würde er in einem fort Dirnen auf den Rücken legen und sich bis zur

Bewusstlosigkeit betrinken. Er tut nur das, was Papa ihm befiehlt.«

»Dann wirst du nicht für Ärger sorgen?« Ich achtete auf seine Mimik. Er hatte sich die Kunst, seine Gedanken zu verbergen, bis zur Vollendung angeeignet. Von uns dreien war Cesare der Erste gewesen, der begriffen hatte: je weniger man von sich preisgab, desto weniger Angriffsflächen bot man. »Du weißt doch, wie sehr Papa es hasst, wenn du und Juan euch in den Haaren liegt. Und er ist jetzt unser oberster Hirte. Da kann er sich keinen Skandal leisten.«

»Das war noch nie anders«, knurrte Cesare, womit er mir den Wind aus den Segeln nahm. »Und da wir schon beim Thema sind: Behagt es dir wirklich, den Palast mit der Farnese zu teilen? Brennst du etwa so wie Papa darauf, ihr Neugeborenes in unserer Familie aufzunehmen?«

Er wusste also von Giulias Zustand? Nun, natürlich! Vanozza hatte es ihm brühwarm erzählt. Ich konnte mir eine sarkastische Antwort nicht verkneifen. »Papa sagt, dass er sie liebt. Er will, dass ich sie als eine Schwester betrachte.«

»Ah. Und tust du das?«

»Eine Weile war es so. Aber in den letzten Wochen … sie hat etwas an sich, dem ich nicht traue …«

»Das solltest du auch nicht. Trotz deiner sorglosen Art hast du immer auch Scharfsinn bewiesen, meine Lucia.« Plötzlich hob er das Kinn und schaute an mir vorbei. »Wir bekommen Gesellschaft.«

Ich wirbelte herum. Trotzig durch die Mondstrahlen stapfend, näherte sich uns Juan. Cesare trat ihm entgegen. »Bruder, was für ein unerwartetes Vergnügen.«

Juans Augen verengten sich zu Schlitzen. Er stank, als wäre er kopfüber in ein Weinfass getaucht worden. »Djem hat mir gesagt, dass Lucrezia dich im Saal erkannt hat. Ich wollte es zuerst nicht glauben. Du hast Glück, dass Papa *mich* geschickt hat, damit ich sie hole, und keinen von den Dienern. Er würde toben.«

»Wer?«, fragte Cesare. »Papa oder der Diener?«

»Du weißt, was ich meine. Oder hast du Papas Befehl, in Pisa zu bleiben, nicht bekommen?«

»Ach, den habe ich erhalten. Aber ich sah keinen Grund, mir selbst einen Besuch zu verbieten, noch dazu bei diesem Anlass.« Cesare verzog den Mund zu einem kalten Lächeln. »Du hast doch gewiss jeden Grund zur Freude. Unser Vater ist jetzt Papst, und du sollst bald zum Herzog von Gandia erhoben werden, wie ich höre. Glückwunsch. Heißt das, dass wir uns auf das Privileg freuen dürfen, dich nach Spanien zu begleiten?«

»Wer hat dir das gesagt?«, wollte Juan wissen. Dann, als Cesare ihn anstarrte, schweigend und ohne mit der Wimper zu zucken, fuhr er mit einem spöttischen Grinsen fort: »Natürlich, Mama. Sie hat ja noch nie den Mund halten können. Und ja, ich werde zum Herzog ernannt, sobald die Urkunde aus Kastilien eintrifft. Und, was ist damit? Bist du hier, um mich herauszufordern?«

Als Juan die Schultern straffte, kam mir eine beängstigende Erinnerung daran in den Sinn, wie Juan jenen Mann vor Adrianas Palast zerfetzt hatte. Er war größer und muskulöser als Cesare. Meine Brüder waren einander, was ihre Kraft betraf, nicht mehr ebenbürtig; mehr noch, neben dem strammen Juan wirkte Cesare geradezu unterernährt. Doch was Cesare an Stärke fehlte, glich er durch Intelligenz aus.

Ich machte mich schon darauf gefasst, dass einer von ihnen eine Waffe zücken würde, als Cesare in ruhigem Ton sagte: »Wenn Papa es für angebracht befunden hat, dir diese Ehre zu erweisen, wer bin dann ich, das anzuzweifeln?«

Ich erkannte sogleich, dass seine Worte Juans Misstrauen nur noch mehr schürten. Juan mochte faul sein und geistig nicht allzu wendig, andererseits war ihm genauso klar wie mir, dass das Herzogtum Gandia Cesares letzte Gelegenheit gewesen wäre, dem Priesteramt zu entgehen. Mit seinen weitläufigen Ländereien in der Nähe von Valencia, wo unsere Familie ihre Wurzeln hatte, würde der Titel jeden, dem er zugesprochen wurde, zu einem reichen und mächtigen Grande machen, der unter den Fürsten Spaniens eine bedeutende Rolle spielte.

Juan schob etwas zwischen den Zähnen hin und her, bis er Cesare schließlich ein Stück Knorpel vor die Füße spuckte. »Willst du mich für dumm verkaufen? Die Tage sind vorbei, da du mich auf irgendwelche Grammatikfehler hinweisen konntest! Nicht für den Bruchteil einer Sekunde glaube ich, dass du nach all den Jahren bereit bist, auf Gandia zu verzichten.«

»Glaub, was du willst«, knurrte Cesare. »Ich habe es nicht nötig, mich vor dir zu rechtfertigen.«

Als sie einander wütend anstarrten, trat ich besorgt dazwischen. »Ihr dürft euch nicht schlagen.«

»Es liegt mir fern, einen Kampf anzuzetteln«, murmelte Cesare. »Ich möchte nicht der Grund für Zwistigkeiten in unserer Familie sein, schon gar nicht in diesen glorreichen Tagen.«

»Als ob ein Kleriker im Priesterrock irgendetwas anzetteln könnte«, höhnte Juan.

»Noch trage ich keine Soutane.« Cesare wandte sich zu mir um und küsste mich mit kalten Lippen auf die Wange. »Gute Nacht, Lucrezia.« Er warf Juan einen eisigen Blick zu. »Ich nehme an, du wirst sie sicher zurückgeleiten?« Eine Antwort wartete er nicht ab, zog sich seinen Umhang fester um die Schultern, entfernte sich und war bald in der Dunkelheit verschwunden.

Mich überwältigte ein trostloses Gefühl. Er war ganz allein. Nicht einmal einen Diener hatte er, der ihn zurück zum Haus unserer Mutter auf dem Esquilin begleitete. Noch dazu musste er erst die Altstadt durchqueren, wo es von Betrunkenen, Dieben und Raufbolden wimmelte.

Mit vor Sorge schriller Stimme fuhr ich Juan an: »Hoffentlich bist du jetzt zufrieden.«

Er glotzte mich benebelt an. »Was?«

»Du hast mich schon verstanden. Hoffentlich bist du jetzt zufrieden, da ihr ihn mit diesem Herzogtum gedemütigt habt. Es hat euch wohl nicht gereicht, dass ihr ihn gezwungen habt, Priester zu werden. Nein, jetzt muss er hier herumschleichen, weil ihn niemand in den Vatikan eingeladen hat, damit er mit uns feiert, wie es sich gehört.«

»Das ist doch nicht meine Schuld! Habe etwa *ich* ihm befohlen, sich fernzuhalten? Das war Papas Entscheidung. Er befürchtete, Cesare würde die Gelegenheit beim Schopf packen und sein Studium im Priesterseminar aufgeben.« Juan starrte in die Richtung, in die Cesare gegangen war. »Eines muss ich zugeben: Er hat es mit Fassung getragen. Vielleicht hat unser stolzer Bruder am Ende begriffen, dass er nicht besser ist als wir anderen auch und tun muss, was ihm aufgetragen wird.«

Wortlos verdrehte ich die Augen. Wie immer hatte Juan etwas Wichtiges vergessen. Gleichgültig, wie er sich benommen haben mochte, Cesare hatte nichts mit Fassung getragen. Schlimmer noch, ich hatte die Befürchtung, dass die heutige Begegnung meiner Brüder ihre Rivalität weiter verschärfen würde. Diese Sorge löste sich allerdings in Luft auf, als Juan sich wieder mir zuwandte und mich mit kalten Augen anstarrte. Ich bekam eine Gänsehaut, denn unvermittelt wirkte er überhaupt nicht mehr betrunken.

»Du hättest ihm nicht folgen dürfen. Fürs Erste mag Papa dich ja bei seiner Hure einquartiert haben, aber du bist immer noch seine Tochter. Was würde dein Verlobter von dir denken, wenn er wüsste, dass du dich in den Gärten des Vatikans herumtreibst wie eine streunende Katze?«

»Es war doch ganz harmlos«, entgegnete ich. »Außerdem bin ich nicht mehr verlobt.«

»Oh? Papa mag einen Adeligen aus Valencia vielleicht nicht länger für dich in Betracht ziehen, aber du hast sehr wohl noch einen Verlobten. Sein Name ist Giovanni Sforza, Graf von Pesaro.«

Ich erstarrte. »Davon … habe ich nie etwas gehört.«

»Weil es noch keiner weiß – außer Papa, mir und dieser Farnese-Schlampe. Das war Teil der Vereinbarung, die wir mit Kardinal Sforza getroffen haben, im Gegenzug für seine Unterstützung im Konklave. Er hat die entscheidende Stimme für Papa abgegeben. Diesen Gefallen müssen wir jetzt erwidern.«

Ich taumelte benommen zurück. War es *das*, was Giulia gemeint hatte?

»Solange mir nichts Gegenteiliges gesagt wird, bin ich immer noch ohne Verlobten.« Ich hob das Kinn. Juan hatte es schon immer genossen, mich zu ärgern. Ich konnte mich noch lebhaft daran erinnern, wie er einmal ein neugeborenes Kätzchen vor meinen Augen mit dem Absatz zermalmt hatte, nur um zu sehen, ob ich weinen würde. Cesare hatte dann auf ihn eingeprügelt, bis unsere Mutter herbeigestürzt kam. Juan trug immer noch eine Narbe über der linken Augenbraue, wo ihm Cesare mit bloßen Knöcheln die Haut aufgerissen hatte.

Juan lachte schallend. »Unsere wertvolle jungfräuliche Schwester hält wohl große Stücke auf sich!«

Ich wollte davoneilen, doch er verstellte mir den Weg. »Allerdings neige ich allmählich zu der Annahme, dass du gar nicht so jungfräulich bist, wie wir alle denken. Es hat dir ja neulich große Freude bereitet, mir beim Töten zuzuschauen, nicht wahr? Es muss dich sehr erregt haben: All das Blut …«

Auf einen Schlag wirkte er übergroß, ein lebender Turm zwischen dem Palast und mir. Wir waren ganz allein, wurde mir blitzartig klar, zu weit von den Gästen entfernt, als dass jemand meine Schreie hören würde. Dennoch wusste ich, dass ich mir die Angst nicht anmerken lassen durfte. Das hätte ihn nur provoziert.

»Papa wartet auf mich. Er hat dich losgeschickt, damit du mich holst, weißt du noch?«

»Lass ihn warten.« Die Hände in die Hüften gestemmt, ragte er vor mir auf. »Ich habe dich vor der Meute gerettet; dafür schuldest du mir eine Belohnung. Cesare hat immer einen Tanz von dir verlangt. Nun, ich fordere einen Kuss.«

Trotz seines Drohgebarens erleichterte es mich, den vertrauten verärgerten Ton in seiner Stimme zu hören. Es war nur eine Variante des ewig gleichen Spiels – es ging ihm lediglich darum, einen weiteren Punkt in seinem Dauerduell mit Cesare zu erzielen. Aber den wollte ich ihm nicht überlassen. »Du bist ein Bauer.« Ich wandte mich ab. »Dann gehe ich eben allein.«

Er packte mich von hinten an der Schulter und riss mich zu sich herum. »Einen Kuss«, knurrte er, »oder ich verrate Papa, dass Cesare hier war und du zu ihm hältst.«

Ich funkelte ihn an. »Du kriegst bestimmt keinen. Küss doch von mir aus eine Dienstmagd, wenn du in solchen Nöten bist.«

Er verstärkte den Griff, fletschte die Zähne. Diese Fratze hatte ich schon einmal gesehen, unmittelbar bevor er den Mann vor Adrianas Palast getötet hatte. Weil ich es für klüger hielt nachzugeben, biss ich die Zähne zusammen und stellte mich auf die Zehenspitzen, um ihm einen Kuss auf die Wange zu geben. Doch er drehte den Kopf und presste mir seinen nach Wein stinkenden Mund auf die Lippen. Wütend riss ich mich los und schlug ihm, ohne nachzudenken, mit aller Kraft mit der flachen Hand ins Gesicht.

»Du Bestie! Wenn du mich nicht auf der Stelle in Ruhe lässt, bin *ich* diejenige, die Papa alles erzählt.«

Der Abdruck meiner Finger prangte rot auf seiner Wange. Ich wappnete mich schon gegen seine Raserei, doch er trat mit einer Verbeugung zurück. Und während ich mich an ihm vorbeidrängte, sagte er: »Du solltest nicht zu viel Mitleid mit unserem Bruder haben. Hat er erst einmal sein Gelübde abgelegt, beabsichtigt Papa, sein eigenes Amt als Kardinal von Valencia auf ihn zu übertragen. Da er jetzt Papst ist, kann er es nicht länger behalten, und wir brauchen jemanden aus unserer Familie in dieser Position, damit wir die Pfründe bewahren können. Vielleicht können wir Cesare ja bald nach Spanien verabschieden.«

»Um Kardinal zu sein, braucht er nicht nach Spanien zu gehen«, erwiderte ich eisig. »Papa hat das auch nie getan.«

Und ohne ein weiteres Wort setzte ich meinen Weg zum Palast fort. Zwar blickte ich kein einziges Mal zurück, doch ich spürte, dass Juan mir nachstarrte, und hörte sein raues, spöttisches Lachen.

Ich hoffte, dass er sich getäuscht hatte. Ich hoffte, er würde derjenige sein, der nach Spanien entsandt wurde.

Und ich hoffte, er würde nie zurückkehren.

7

Donna Lucrezia, Ihr müsst stillhalten. Wie sollen wir Euch dieses Mieder anziehen, wenn Ihr nicht aufhört zu zappeln?« Mit einem verzweifelten Stöhnen winkte die Schneiderin ihre zwei Lehrmädchen herbei. Ich hockte in meinem Unterhemd auf einem Schemel, während sich die Mädchen zögernd näherten, jeweils mit den Teilen meines halb fertigen Mieders und mit Nadeln gespickten kleinen Satinkissen bewaffnet.

»Ja«, seufzte Giulia, »lass sie doch endlich ihre Arbeit machen. Ich habe Kopfschmerzen.« Sie lag auf einer Polsterbank; in ihrer Nähe gab die Milchamme Giulias zwei Monate alten Tochter Laura die Brust. Seit der Geburt im März des neuen Jahres – nach schier endlosem Warten auf das Kind – war Giulia in eine Mattigkeit verfallen, die sie an ihr Bett in Santa Maria fesselte. So musste sie immer auf Papas Besuche warten, der freilich derart viele Pflichten zu erfüllen hatte, dass er oft nur Symbole seiner Liebe senden konnte, statt selbst zu kommen. Giulia wurde mit Gürteln, Schuhen und Juwelen überhäuft, die sie dann einfach überall herumliegen ließ, womit sie Adriana zur Weißglut reizte.

»Es ist Mittag.« Mit knurrendem Magen beobachtete ich, wie das Wickelkind sich an der Brust der Amme labte. »Ich sterbe vor Hunger! Und überhaupt: Was kümmert es Giovanni Sforza, was ich trage? Wir sind ja schon verheiratet.«

»Nur über Stellvertreter. Das Wichtigste ist immer noch

dein eigentlicher Hochzeitstag. Und da willst du doch sicher so schön wie nur möglich aussehen, und sei es auch nur deinem Vater zuliebe. Halte dir nur vor Augen, was …« Giulia löste den Blick von ihrem Kind und sah mich an. »Hätte Seine Heiligkeit nicht diese neue Ehe mit Sforza für dich ausgehandelt, wärst du jetzt vielleicht schon mit einem der Söhne von König Ferrante von Neapel verheiratet und müsstest unter Leichen leben.«

Ich erschauerte. Geschichten über König Ferrantes Verderbtheit überschwemmten Rom seit dem Tag, da der neapolitanische Gesandte mit einem Heiratsantrag eingetroffen war. Die in Neapel herrschende Dynastie entstammte dem spanischen Königreich Aragón und regierte mit Unterstützung von Königin Isabella und König Fernando, denen Papa erst kürzlich den Titel »Katholische Monarchen« verliehen hatte. Doch dann hatte König Ferrante sich bei der Papstwahl auf die Seite von Kardinal della Rovere geschlagen und sich damit als Feind meines Vaters zu erkennen gegeben. Als Neapel nun vor Kurzem um Versöhnung ersucht hatte, war della Rovere in heller Panik in seine Burg bei Ostia geflohen – ein Exodus, der Papa hochwillkommen war. Gleichwohl galt Ferrante nach allem, was über ihn gemunkelt wurde, als ein von Grund auf böser Mensch, der die einbalsamierten Leichen seiner hingerichteten Feinde in einem Keller tief unter seinem Palast aufbewahrte, wo er sie gern besichtigte, um sich an ihrem Zustand zu weiden. Als Giulia mich mit der Kunde neckte, Papa würde sich fragen, ob ihm nicht doch besser gedient wäre, wenn er mich mit Neapel verlobte, versetzte mich das in einen solchen Schrecken, dass ich sofort losstürzte, in seine Amtsgemächer eindrang und ihn bei der Erledigung seiner Korrespondenz störte.

»Ich dachte, ich würde einen Sforza heiraten!«, platzte ich

heraus. »Habt Ihr jetzt trotzdem vor, mich nach Neapel zu schicken? Was, wenn ich König Ferrante nicht gefalle und er mich in seinen Keller sperrt?«

Papa lachte laut auf. »Ach, meine *farfallina!*« Er klopfte auf seinen Schoß, obwohl ich eigentlich schon zu alt für solche Kindereien war. Dennoch setzte ich mich auf seinen kräftigen Oberschenkel und starrte ihn vorwurfsvoll an, während er mit meiner Halskette spielte und murmelte: »Du darfst nicht auf gewöhnlichen Klatsch achten.«

»Aber wenn dieser gewöhnliche Klatsch trotzdem wahr ist? Alle sagen, dass er Leichen im Keller aufbewahrt.«

Er seufzte. »Hat Giulia dich wieder aufgezogen? Junge Mütter! Sie müssen in ihrem Gemach ruhen, langweilen sich und vertreiben sich die Zeit mit billigen Vergnügungen. Sorge dich nicht: Du wirst einen Sforza heiraten. Ich habe nicht die geringste Absicht, dich nach Neapel zu schicken. Gott behüte! Ferrante ist ein alter Geier, der nur deshalb um Unsere Gunst buhlt, weil Wir den Thron gewonnen haben, aber er wird sich sofort wieder gegen Uns wenden, sobald er woanders einen Vorteil wittert. Du darfst dich nicht grämen. Eher würde ich Luzifer küssen, bevor ich einem wie ihm ein Kind von mir anvertraue. Das ist Politik. Es muss so aussehen, als würden Wir seine Gesandten willkommen heißen, auch wenn das in Wahrheit überhaupt nicht zutrifft.«

Und in diesem Moment fiel mir wieder ein, wie leicht sich mein erstes Verlöbnis hatte lösen lassen. Das beruhigte mich, und umso leichter fiel es mir nun, stillzuhalten, damit die Schneiderin und ihre Lehrmädchen mir endlich das Hochzeitskleid anpassen konnten. Besser, sich ein paar Stunden stechen und im Kreis drehen zu lassen, als zu riskieren, durch eine Heirat König Ferrantes Schwiegertochter zu werden.

Draußen vor dem Fenster lockte der Frühling. Der Winter

war milde gewesen, auch wenn wir die Weihnachtswochen vor Kohlebecken kauernd verbracht hatten, da die Kamine im Palast zwar schön anzuschauen waren, aber keinerlei praktischen Nutzen hatten. Giulia hatte in ihrem üppig ausgestatteten eigenen Zuhause überwintert. Die Zeit ohne sie hatte ich unendlich genossen, denn auf einmal war ich allein und konnte so der Öffentlichkeit als die Tochter meines Vaters vorgestellt werden.

Entgegen der Behauptung meiner Mutter, ein Papst könne keine unverheiratete Tochter in seiner Nähe dulden, hatte es meinen Vater entzückt, mich als seine inoffizielle Botschafterin auftreten zu sehen. Zusammen mit Adriana – die wegen Giulias Zustands wieder die Aufsicht über mich führte – hieß ich jetzt immer Gesandte aus ganz Europa und den italienischen Stadtstaaten willkommen, die mir Geschenke überreichten und mich bei dieser Gelegenheit um Hilfe ersuchten. Manchmal begehrten sie ein Kirchenamt für einen zweiten Sohn oder eine Kardinalsmütze für einen Neffen. Dann wieder musste ich in Streitigkeiten um Ländereien oder Rechtsansprüche schlichten. Natürlich besaß ich nicht die Vollmacht, irgendetwas zu bewilligen, doch Adriana fertigte sorgfältig Notizen an, die sie später Papa überreichte. Bald machte das Wort die Runde, dass das Tor von Santa Maria in Portico dasjenige Portal war, das man passieren musste, wenn man die Gunst Seiner Heiligkeit begehrte. Gleichzeitig wuchs mein Stapel an Schätzen. Das war auch nach Giulias Rückkehr so weitergegangen und nahm solche Ausmaße an, dass Giulia sich schließlich dazu bequemte, ihre Trägheit zu überwinden.

Eines Abends, kurz vor der Geburt ihres Kindes, war sie in den großen Saal geschlendert, als ich mich gerade mit Alfonso d’Este unterhielt, dem Sohn des Herzogs von Ferrara – ein verdrießlicher Jüngling mit grotesk hässlicher Nase und groben Zügen, der mir einen Falken mitgebracht hatte. Misstrauisch beäugte ich den Vogel; er kauerte mit verhülltem Kopf auf einer Stange, die von einem Pagen gehalten wurde. Da der Diener gepolstertes Leder und Handschuhe trug, malte ich mir sogleich aus, was ein derart scharfer Schnabel mit meinem Arancino anrichten konnte, und fragte mich, ob dem hohen Herrn von d'Este überhaupt klar war, dass erwachsene Frauen zwar durchaus auf die Jagd gingen, aber doch nicht Mädchen meines Alters. Als ich nun mit ihm plauderte und versuchte, ihm auf höfliche Weise mitzuteilen, dass ich sein Geschenk auf keinen Fall annehmen konnte, kam Giulia in den Raum. Sie hatte ihren schon recht prallen Bauch in burgunderroten Samt gehüllt und ihr hochgestecktes Haar mit einer juwelenbesetzten Haube bedeckt.

Alfonso d'Estes Augen weiteten sich. Giulia, die sich sogleich zu dem von rosafarbenem Marmor eingefassten Kamin flüchtete (einer der wenigen, die tatsächlich Wärme spendeten), begann zu frösteln. »Oh, ist das kalt! Ich fürchte, es gibt bald Schnee.«

Mir lag schon die Entgegnung auf der Zunge, dass es in Rom nur selten schneite, doch dann verschlug es mir die Sprache, als sie unvermittelt die Haube abnahm und ihr Haar auf die Schultern fiel. »Ich habe es heute Morgen gewaschen«, erklärte sie mit einem einfältigen Lächeln, »aber es dauert eine Ewigkeit, bis es trocken ist.«

Ich stellte mir vor, was für ein herrliches Gefühl es wäre, sie ins Feuer zu stoßen. Adriana, die meine Anstandsdame spielte und ganz in meiner Nähe in einer Nische saß, keuchte entsetzt auf. Verheiratete Damen, noch dazu wenn sie guter Hoffnung waren, durften nicht wie Kurtisanen ihre offenen Haare zur Schau stellen!

Der Hohe Herr von d'Este starrte sie interessiert an. Nun, Interesse war weit untertrieben. Er blickte drein wie eine Katze, die eine köstliche Beute entdeckt hatte. Dabei war doch *ich* der Grund seines Besuchs gewesen. Ich entschuldigte mich und stürmte zu meinen Gemächern hinauf, wo ich zusammen mit Pantalisea in meinen Truhen wühlte. Binnen einer Stunde kehrte ich zurück, um Giulia und den Sohn des Herzogs kichernd bei einem Kelch Wein anzutreffen. Gemessenen Schrittes trat ich in dem frisch angelegten violetten Rock ein, dessen Saum mir um die Knöchel raschelte, während meine eigenen dichten blonden Locken unter einem mit Rubinen besetzten Haarnetz herabfielen.

Der Sprössling des Herzogs seufzte. »Es kann keinen Mond geben ohne Sonne«, verkündete er unerwartet galant, woraufhin Giulia ein finsteres Gesicht zog. Von da an bestand sie darauf, bei jedem Besuch an meiner Seite zu sein, gleichgültig, wie öde er sein mochte, und ließ buchstäblich alles über sich ergehen, von der Präsentation ganzer Ballen von Samtstoffen aus dem Heiligen Land, über die Entgegennahme von Fässern voller Amontillado aus Spanien bis zur Verköstigung von frischen Karpfen aus dem Gardasee. Schließlich jedoch setzten die Wehen ein, und sie musste sich in die Gebärkammer zurückziehen. Ihr Kind vor den Augen unserer Gäste auf die Welt bringen, das wollte nicht einmal sie.

»Sie beneidet dich bloß«, erklärte Adriana mir, als alles vorbei war. »Sie hat Angst, ihre Schönheit und die Zuneigung deines Vaters zu verlieren. Jetzt ist sie eine Mutter wie Vanozza, wohingegen du, mein Kind, immer noch rein bist wie ein Engel.«

Beim Gedanken an Giulias Eifersucht glomm ein dunkler Funke in mir auf. Doch inzwischen war meine eigene Verlobung mit Giovanni Sforza angekündigt worden, und seitdem ließ Papa Besucher von seinem Sekretär in seine Amtsräume bringen, während ich auf meinem Hocker kauerte, die Arme und Beine schon ganz wund von den Zugriffen der übereifrigen Schneiderin. Und was machte Giulia? Obwohl ihre Erholung sich in die Länge zog, zeigte sich, dass sie nicht das Geringste von ihrem Reiz verloren hatte.

Schritte näherten sich über den Korridor, und ich wandte mich zur Tür. Wir wussten bereits, wer es war, allen voran Giulia. Noch bevor er einen Fuß über die Schwelle setzte, schaffte sie es, der Milchamme das Kind zu entreißen und auf ihren eigenen Schoß zu setzen.

Papa hatte einen geheimen Durchgang zwischen der Sixtinischen Kapelle und unserem Palazzo bauen lassen, um uns jederzeit unbemerkt besuchen zu können, doch inzwischen war es schon Wochen her, dass er ihn benutzt hatte. Seine Ankunft wirkte auf mich wie ein Sonnenstrahl, der eine Wolkendecke durchbrach – sein hermelinbesetzter Umhang, die Schuhe, der Talar und sogar sein Pileolus, das Scheitelkäppchen, waren allesamt aus elfenbeinfarbenem Satin, sodass sein olivfarbener Teint rötlich und seine Augen ebenholzschwarz schimmerten. Er schenkte der Schneiderin und ihren Lehrmädchen, die allesamt in einen tiefen Knicks gesunken waren, ein strahlendes Lächeln, tätschelte Murilla den von einem Turban bedeckten Kopf und beugte sich dann über Giulia, um sie zu küssen. Sogleich streckte sie ihm die kleine Laura entgegen; der Moment dafür war freilich schlecht gewählt, denn die Kleine stieß einen markerschütternden Schrei aus.

»Sie ist seit Eurem letzten Besuch gewachsen«, meinte Giulia.

»Sieht so aus.« Papa zögerte. Zu meinem Erstaunen gab

er dem Säugling keinen Kuss, sondern deutete nur vage eine Segnung an. Das wunderte mich, nachdem er sich bisher immer so überaus glücklich gezeigt hatte. Hatte er sein Interesse verloren? Bereute er die Sache mittlerweile? War er am Ende enttäuscht, weil Giulia ihm ein weinerliches Mädchen geschenkt hatte? Sosehr ich das einerseits hoffte – bedeutete es doch, dass ich weiter seine einzige *farfallina* blieb –, war das dennoch eigenartig, denn Papa musste dieses Kind sicherlich lieben, oder? Nicht zum ersten Mal wünschte ich mir, Adriana wäre hier und könnte es mir erklären. Aber sie war kurz nach der Geburt mit der Begründung, sie hätte ihren eigenen Palazzo vernachlässigt, nach Monte Giordano zurückgekehrt. Ich für meinen Teil fand es wahrscheinlicher, dass sie Giulias Gehabe überdrüssig war.

Papa breitete die Arme für mich aus. »Was? Kein Willkommen für deinen alten Vater?« Und schon sprang ich ihm an die Brust. »Meine *farfallina*«, murmelte er. »Sieh dich nur an: Bald bist du eine Braut. Wie schnell die Zeit vergeht. Es kommt mir vor wie gestern, als du noch mit Kätzchen gespielt hast.« Während er mich an sich drückte, spähte ich an seiner massiven Gestalt vorbei zur Tür, hinter der sich seine allgegenwärtigen Lakaien versammelt hatten. Bei ihnen allen bemerkte ich einen eigenartig irritierten Gesichtsausdruck. Schließlich eilte der Lieblingsdiener meines Vaters herbei, der stattliche, dunkeläugige Pedro Calderon, den Papa liebevoll Perotto nannte, barg meine Robe, die zerknittert auf dem Hocker lag, und drapierte sie mir um die Schultern.

»Ach, danke, Perotto«, sagte ich in aller Unschuld. Erst als mein Vater mich losließ, bemerkte ich, dass Giulia mich anstarrte. In plötzlicher Verlegenheit schlang ich die Robe fester um mich und hakte sie auf Höhe der Taille am Verschluss zu. Soeben hatte ich meinen Vater mit nichts als meinem Hemd zwischen meiner Haut und seiner heiligen Person berührt.

Von der Schwelle her machte sich nun Kardinal Ascanio Sforza mit einem Schnauben bemerkbar. Er war der Onkel meines Bräutigams, ein geschmeidiger Mann in makellosem rotem Satin. Seine braunen Augen blickten auffallend milde, doch der Eindruck trog. Ich hatte das Gefühl, dass er brutal sein konnte und viel mehr sah, als er die Leute wissen ließ.

»Und welchem Umstand verdanken wir dieses Vergnügen?«, hörte ich Giulia fragen. Sie übergab Laura wieder der Milchamme, erhob sich mit einem honigsüßen Lächeln und hängte sich bei Papa ein. »Es ist ja so lange her! Ich darf annehmen, dass Eure Heiligkeit zum Abendessen bleiben können? Wir speisen auf der Terrasse an der frischen Luft. Unsere Gärten sind jetzt fertig und wunderschön, nicht wahr, Lucrezia?« Sie blickte mich beim Sprechen nicht an. Außer Papa schien in diesem Moment nichts zu existieren. »Ihr solltet mit eigenen Augen sehen, was Eure Großzügigkeit ermöglicht hat. Ich habe Melonen und spanischen Schinken, eigens für Euch importiert.«

»Oh?« Papa benetzte sich die Lippen. »Ein feiner Schinken wäre hochwillkommen. Aber leider bin ich nur hier, um Lucrezia zu sehen. Ich habe ihr versprochen, heute mit ihr spazieren zu gehen.«

Er hatte nichts dergleichen versprochen, und Giulia wusste das genau. Sie erstarrte, als hätte er ihr gerade verkündet, sie würde aus dem Palast geworfen. Doch bevor sie etwas sagen konnte, erklärte Kardinal Sforza: »Es wäre mir eine Ehre, wenn ich Donna Lucrezia begleiten könnte. Dann müssten Eure Heiligkeit nicht auf den Schinken verzichten.« Und mit einem Nicken in Giulias Richtung fügte er hinzu: »Oder auf die entzückende Gesellschaft der Dame, natürlich.«

»Das klingt gut.« Giulia verstärkte ihren Griff um Papas Arm. »Lucrezia versteht das. Nicht wahr, meine Liebe?« Erneut blickte sie mich nicht an. Ohne wirklich zu wissen, was ich sagte, murmelte ich: »Ja, Ihr müsst bleiben, Eure Heiligkeit. Ihr habt ja noch keine Gelegenheit gehabt, mit …«

»Dann ist das geregelt.« Mit einer gebieterischen Handbewegung schickte Giulia alle hinaus, außer Perotto und mich.

Perplex ließ sich Papa von mir in die Wange kneifen, fasste sich aber schnell wieder. »Ich entschädige dich später«, flüsterte er; dann folgte ich den anderen in den Korridor.

Draußen wandte ich mich sogleich an den Kardinal. »Danke für Euer Angebot, Eminenz, aber Ihr habt doch sicher wichtigere Angelegenheiten zu regeln.«

»O nein«, widersprach er, »ich muss darauf bestehen. Bitte zieht Euch Kleider an, die für einen kurzen Ritt durch die Stadt geeignet sind, Hohe Dame. Perotto, Ihr begleitet Donna Lucrezia und achtet darauf, dass sie uns in … sagen wir … einer halben Stunde im Hof trifft.« Sein Lächeln erreichte seine Augen nicht. »Seine Heiligkeit hat eine besondere Überraschung für Euch vorbereitet.«

Aufgeregt rannte ich in meine Gemächer, um mich umzukleiden. Natürlich musste ich Pantalisea mitnehmen, denn Adriana bestand darauf, dass ich den Palast niemals ohne sie verlassen durfte. Hastig hüllte ich mich in eine Robe aus leichter Seide und einen Kapuzenumhang, dann eilten wir auch schon mit Perotto in den *cortile*.

Vom nahe gelegenen Apostolischen Palast, den Papa seit Kurzem renovieren ließ, drangen lautes Hämmern und die Rufe von Arbeitern herüber. Der Kardinal saß bereits auf seinem Pferd. Neben ihm machte ich eine bedeckte Sänfte und eine bewaffnete Eskorte aus. Als uns Perotto half, in die

Sänfte zu steigen, warf ihm Pantalisea einen verstohlenen Blick zu. Er errötete bis zu den Wurzeln seines zerzausten schwarzen Haars und wandte hastig den Blick ab.

»Er mag dich«, neckte ich sie, als wir uns auf den Kissen niederließen und die Sänfte mit einem Ruck angehoben wurde.

»Er sieht nicht schlecht aus.« Pantalisea spähte durch einen Spalt zwischen den Vorhängen. »Ist er von guter Geburt?«

»Das nehme ich an«, antwortete ich zerstreut, obwohl ich es in Wahrheit nicht wusste. »Schlag die Vorhänge etwas weiter zurück.« Auch ich wollte mehr sehen, wenn auch nicht von Perotto, der neben uns herritt. Mir ging es um den Blick auf Rom. Gelegenheiten, die Stadt ohne einen ganzen Tross von Begleitern zu betrachten, gab es nur selten und so gut wie gar nicht, seit mein Vater über sie herrschte.

Nachdem wir den Vatikan verlassen hatten, mieden wir den schmutzigen, nach dem vielen Regen im Winter angeschwollenen Tiber und nahmen stattdessen die neben der alten Stadtmauer verlaufende Straße. Jede Biegung wurde von Glockentürmen und Kirchturmspitzen markiert. Dann, beim Eintauchen in das Geflecht von engen, mit Kopfsteinen gepflasterten Straßen, umgab uns plötzlich eine wirre Kakophonie. Über uns hing ein regelrechtes Spinnennetz aus den zwischen Balkonen aufgespannten Wäscheleinen, an denen unzählige Kleidungsstücke trockneten. Um uns herum bildete das unablässige Brüllen der zum Schlachter getriebenen Rinder eine Lärmkulisse, vor der Hausfrauen lautstark von Haustür zu Haustür miteinander redeten, Kinder beim Spielen schrien, an allen Ecken postierte Bettler um Almosen flehten und Verkäufer von allerlei Krimskrams, von Reliquien bis hin zu Geschirr, ihre Waren feilboten. Hohe Geistliche und von ihrer Leibgarde umgebene Adelige, allesamt beritten, galoppierten in gebieterischer Pose vorüber, ohne darauf zu achten, ob sie jemanden zertrampelten. Rudel von verwilderten Hunden kämpften um weggeworfene Essensreste, während frei herumlaufende Schweine munter in den Gassen kopulierten. Der Gestank von Abfällen und fauligem Wasser in Trögen stieg als wahrer Pesthauch in die Luft. Alles hier war laut, widerwärtig und gefährlich.

Kurz: Ich war begeistert.

Rom war meine Stadt. Meine Heimat.

Vorbei am Markt, der am Westufer abgehalten wurde, ging es weiter, mitten hinein in den Irrgarten des Trastevere-Viertels, wo wohlhabende Kaufleute in ummauerten Palästen und in der Nachbarschaft von Gerbereien, Weinhandlungen, Gasthäusern und Bordellen lebten. Und während die Träger die bedenklich schwankende Sänfte durch die schmalen Straßen bugsierten, fragte Pantalisea unvermittelt: »Wieso, um alles in der Welt, werden wir ausgerechnet hierher gebracht? In diesem Viertel leben ja nur Juden und Diebe.«

»Und die Reichen«, belehrte ich sie. Wir blieben vor einem der Paläste stehen – ein abweisend wirkendes Gebäude mit vielen Zinnen, einem imposanten Turm und einem messingbeschlagenen Tor. Perotto half uns beim Aussteigen, und Kardinal Sforza stieg soeben von seinem Pferd ab, als das massive Tor aufschwang und einige Pagen entließ, die sich sofort um die Pferde und die Sänfte kümmerten.

Eine mit herabhängenden Glyzinien bepflanzte Loggia fasste den großen *cortile* ein, in dem kunstvoll beschnittene Bäume in Keramiktöpfen über einen Springbrunnen wachten. Ich schob meine Haube zurück und musterte dieses Bild des Wohlstands und der gezielten Vernachlässigung, bevor mir die Gruppe von Männern auffiel, die in der Loggia herumstand. Einige drehten sich um und starrten mich an. Mein geübtes Auge erkannte schnell, dass sie das Gebaren von gedungenen Banditen hatten, genau wie die Kerle, mit denen Juan sich umgab. Meine Beobachtung sollte sich sogleich als zutreffend erweisen, als einer zu mir herüberschlenderte und sich verneigte.

»Donna Lucrezia, *benvingut*.«

Er sprach katalanisch – welche Überraschung! Gekleidet war er nach der typischen Art der Söldner. Sein Lederwams endete auf Höhe der Taille an einem Gürtel mit mehreren Laschen, an denen eine Dolchscheide und ein Geldbeutel baumelten. Sein Hemd zierte an Kragen und Manschetten ein betont auffälliges Spitzenmuster. Die Stiefel wiesen am Schaft breite Schlitze auf, die als Verstecke für kleine Waffen dienten. Er hatte merkwürdige Augen, weder blau noch grau, sondern von einem unbestimmbaren Farbton irgendwo dazwischen, der an die Abenddämmerung erinnerte. Unter seiner Kappe quollen dunkle Locken hervor, und eine Narbe, die fast einer Hasenscharte glich, verzerrte seinen Mund. Schön war er wahrlich nicht – dennoch haftete ihm ein flüchtiger Zauber an, als er sich vorstellte. »Ich bin Miguel de Corella, frisch aus Valencia eingetroffen, um meinem Herrn zu dienen. Ihr könnt mich Michelotto nennen. Ich stehe Eurer Hoheit zur Verfügung.«

Er war ins Italienische gewechselt, womit er Sforza verärgerte. »Und wo ist dein Herr?«, blaffte der Kardinal. »Bitte sei so gütig, mir das zu verraten! Unsere Ankunft wurde im Voraus angekündigt.«

»Er wartet oben«, erklärte Michelotto, doch als der Kardinal zur Treppe strebte, fügte er hinzu: »Allerdings möchte er kurz vertraulich mit der Hohen Dame sprechen. Im Saal stehen Erfrischungen bereitet, Eure Eminenz.« Mit einer Geschmeidigkeit, die derjenigen des Kardinals in nichts nachstand, führte Michelotto mich an Sforza vorbei zur Treppe. Dabei berührte er mich nur so leicht am Arm, dass ich seine Hand fast nicht spürte.

Ich schenkte Pantalisea ein ermutigendes Lächeln und winkte Perotto zu mir. »Achte darauf, dass sie nicht allein bleibt«, schärfte ich ihm ein. Er errötete, und damit wusste ich es endgültig: Er hatte eine Schwäche für meine Dienerin.

Gefolgt von Michelotto, stieg ich ins obere Stockwerk, wo eine Galerie mit bemalten Dachsparren an den Wohnquartieren vorbeiführte. Es war deutlich zu erkennen, dass wer immer hier lebte, erst vor Kurzem eingezogen war. Überall standen leere Truhen, umgekippte Kisten und zum Schutz der Gegenstände verwendete Strohbündel herum. Außerdem schien dies alles einer sehr wohlhabenden Person zu gehören. Dafür sprachen zumindest die Gobelins, die halb ausgerollt an den Wänden des Empfangssaals hingen, und die handgewebten türkischen Teppiche auf den Tischen und Anrichten.

Michelotto schenkte mir aus einer silbernen Flasche Rotwein ein. Als er mir den Kelch reichte, brach ich mein Schweigen. »Darf ich fragen, wem ich diese Ehre verdanke?«

Er verzog die Lippen zu einem Lächeln, so weit die Narbe das zuließ. Mit einer leichten Verbeugung verließ er, rückwärts gehend, den *sala*.

»Lucia.«

Ich wirbelte herum – und traute meinen Augen nicht, denn kein anderer als Cesare trat auf mich zu.

Der runde Ausschnitt seines Hemdes spannte sich um seine Kehle, und sein schwarzes Samtwams schmiegte sich an seinen Körper. Er hatte zugenommen, wie ich auf den ersten Blick erkannte. Außerdem ließ er sich die Haare wachsen.

Kurze rotgoldene Locken standen von seinem Kopf ab wie bei einem Cherubim von Botticelli.

»Du bist wieder in Rom?«, rief ich. »Warum hast du mir nichts gesagt?«

»Ich wollte dich überraschen.« Er deutete mit einer weit ausholenden Geste auf den Empfangssaal. »Gefällt dir mein neuer Palazzo?«

»Er benötigt noch ein paar Verbesserungen«, hörte ich mich sagen und schnitt eine Grimasse. Santa Maria in Portico war das jedenfalls nicht, wie auch ihm klar sein musste. Der geflieste Boden wies an mehreren Stellen Risse auf, und an der Decke prangten in den Ecken Feuchtigkeitsflecken.

Cesare schmunzelte. »Allerdings. Bist du enttäuscht?«

»Nein«, sagte ich hastig, »er ist sehr schön. Aber wie lange lebst du schon hier?«

»Fast einen Monat …« Er duckte sich blitzschnell und wich so meiner Ohrfeige aus. »Na, na«, sagte er grinsend, »ich wollte es dir ja viel früher sagen, aber Papa wollte unbedingt, dass ich es geheim halte, bis alles in die Wege geleitet ist.«

»In die Wege geleitet?« Ich stampfte wütend auf. »Was genau war denn so geheim, dass ich nicht erfahren durfte, dass mein eigener Bruder einen Palazzo in Rom hat?« Ich funkelte ihn an, doch mein Zorn verrauchte, als er den Kopf senkte und mir seine Tonsur zeigte.

»Du hast … das Gelübde abgelegt?« Unerklärlicherweise wurde ich von Trauer überwältigt.

»O nein, nichts dergleichen! Ich musste nur den Erfordernissen Genüge tun, die an mich gestellt wurden, weil ich mein neues Amt als Erzbischof und in Papas Nachfolge als Kardinal von Valencia übernommen habe. Da muss ich wenigstens würdig *wirken*, die heilige Mütze aufzusetzen.«

Ich blinzelte die Tränen zurück. »Bist du glücklich?«

Er zuckte mit den Schultern. »Wenn Glück ein Einkommen von vierzigtausend Dukaten im Jahr bedeutet, kann ich mich nicht beklagen. Und immerhin hat mir das« – er breitete die Arme aus – »einen etwas abgenutzten, aber ansonsten herrlichen Palast im Herzen von Roms buntestem Viertel eingebracht, mit dem ich machen kann, was ich will. Er stellt schon etwas dar, nicht wahr? Ich werde ihn in den Stolz der ganzen Stadt verwandeln. Jeder Adelige wird um eine Einladung in Cesare Borgias Haus betteln, sobald ich mit dem Umbau fertig bin.«

»Du hast also eingewilligt?« Ich konnte nicht anders als an seiner Gleichgültigkeit zweifeln. Ich fühlte mich wie damals, als Juan uns im Garten nachgestellt und ich gespürt hatte, dass Cesare seine wahren Gefühle verbarg und nur die von ihm erwartete Fassade präsentierte. »Du willigst also in das ein, was Papa von dir will?«

»Ich habe wohl kaum eine Wahl.« Er trat an den Tisch, auf dem die Karaffe stand, und schenkte uns beiden nach. »Das ist mein Schicksal, Lucia. Wir kommen gegen unser Los nicht an, sondern können nur versuchen, es zu erahnen und – wenn wir Glück haben – es nach unserem Willen zurechtzubiegen.« Er senkte die Stimme. »Ich beabsichtige allerdings, sehr viel Glück zu haben.«

Das klang eher nach ihm, obwohl ich mir nicht vorstellen konnte, wie er es bewerkstelligen wollte, der Kirche zu entkommen. Am Rotwein nippend, der mir bereits zu Kopfe stieg, sah ich ihm dabei zu, wie er durch den Raum schlenderte und die Finger über seine Möbel gleiten ließ. Er liebte schöne Dinge und hatte ein untrügliches Auge dafür. Ich wollte ihn fragen, wie er gedachte, die Dornenkrone zu ertragen, die Papa für ihn bestimmt hatte, wie er es bewerkstelligen würde, seine Leidenschaft für die Welt einzudämmen.

Er war so voller Leben, voller Jugend und Kraft – nie würde ihn ein Dasein im Vatikan befriedigen, das geprägt war von Mühsal, von Zank und Intrigen der anderen Kardinäle in der Kurie. Die Gelübde waren dabei noch das Wenigste; Kirchenmänner hatten Geliebte und zeugten mit ihnen Kinder – daran ließ unser Vater keinen Zweifel aufkommen –, aber Cesare unter das Joch der Unterwerfung zu zwingen … da konnte man ebenso gut einen feurigen, wilden Hengst einem Ochsen gleich die Felder umpflügen lassen.

Ich behielt meine Meinung für mich. Was hätte es auch geholfen, sie auszusprechen? Cesare hatte recht: Er hatte keine Wahl. Keiner von uns hatte eine Wahl. Wir waren Borgias. Wir mussten unsere Bedürfnisse dem Wohl der Familie opfern.

»Ich habe noch eine Überraschung für dich«, sagte Cesare abrupt und riss mich aus meinen Gedanken. Er blieb vor dem Fenster stehen. Die dicken, grünlichen Scheiben ließen ein wenig Licht herein, waren aber zu verschmiert, um hindurchschauen zu können. Gerade wollte ich das Glas mit dem Ärmel abwischen, als er flüsterte: »Psst, wir wollen doch nicht unsere Beute erschrecken«, und einen am Rahmen angebrachten Hebel umlegte. Sogleich schwang die Scheibe auf, und der Duft von feuchtem Grün wehte mir um die Nase.

»Du hast einen Garten?«, fragte ich entzückt. Erneut hielt er sich den Finger an die Lippen und bedeutete mir hinauszuschauen. Zunächst hatte ich nur Augen für die Silhouette von Trastevere, für den mit Wolken verhangenen und von Kirchtürmen durchbohrten Himmel. Dann senkte ich den Blick auf den privaten Garten, der sich bis zur Außenmauer erstreckte. Dort bildeten ungepflegte Hecken einen Kreis um ein Vogelbad und eine Venus ohne Arme, der man im Nachhinein Kleider auf den fleckigen Marmor graviert hatte.

Und an dieser Stelle sah ich ihn zum ersten Mal den Weg hinunterschreiten, einen Mann, der sich unbehaglich zu fühlen schien. Er trug einen schenkellangen, plissierten blauen Mantel mit hochgekrempelten Ärmeln, dessen Saum er unordentlich unter den Gürtel gestopft hatte, sodass das Innenfutter seines Wamses herauslugte. Seine Strumpfhose war von einem Schneider nach Maß angefertigt worden, saß aber nicht so straff wie die meines Bruders. Oder vielmehr: Seine Beine waren nicht besonders wohlgeformt, und um seine dürren Waden flatterten die Schäfte blau gefärbter Stiefel. Auf dem Kopf thronte ein lächerlicher kegelförmiger Hut mit breiter Krempe. Sosehr ich mich auch anstrengte, sein Gesicht konnte ich von meiner Warte aus nicht sehen, nur sein kastanienbraunes Haar, das auf Höhe der Schultern gerade abgeschnitten war. Als er um das Vogelbad herumschlenderte und Kieselsteine lostrat, flatterte ein badender Sperling mit den Flügeln und verspritzte Wasser. Erschrocken sprang er zurück und fuchtelte aufgeregt mit der Hand, um den Vogel zu vertreiben. Jäh schnürte sich mir die Brust zu, als mich eine Ahnung befiel, um wen es sich handelte. Im nächsten Augenblick flüsterte Cesare mir ins Ohr: »Giovanni Sforza fürchtet um seine Kleider. Er musste sich von Verwandten Geld leihen, um sie überhaupt bezahlen zu können, verstehst du? Die goldene Halskette zum Beispiel gehört mir. Er brauchte irgendetwas aus Gold, das sich von diesem schrecklichen Blau abhebt.«

Ich taumelte entsetzt zurück. »Giovanni Sforza, mein … *Verlobter*?«

Cesare nickte.

Ich strich meine Röcke glatt, als könnte er sie ansonsten rascheln hören, und wagte erneut einen Blick auf ihn. Inzwischen war Giovanni stehen geblieben und starrte zu unserem

Fenster herauf. Mir gefror das Blut in den Adern. Aber es erleichterte mich, dass seine Züge zumindest aus der Ferne nicht verunstaltet oder vernarbt wirkten, auch wenn sie von der Hutkrempe überschattet wurden.

Abrupt wandte er den Blick ab und richtete ihn auf den Palast. Soeben trat ihm Kardinal Sforza entgegen.

Ich schloss das Fenster wieder und trat ein Stück zurück.

Cesare betrachtete mich neugierig. »Und?«

Ich schluckte. »Warum ist er hier?«

»Um dich zu heiraten, natürlich.« Cesare zögerte. »Er gefällt dir nicht.« Und bevor ich antworten konnte, schlug er sich mit der Faust in die Handfläche. »Ich wusste es! In dem Moment, als er ankam, habe ich Papa gesagt, dass das unmöglich ist. Nicht nur, weil er der Bastard eines einfachen Söldners und bloß ein Cousin der Sforzas, sondern obendrein auch bettelarm ist und noch nicht einmal in Mailand lebt. Er ist ein unbedeutender Graf, Herr des Fischerstädtchens Pesaro und abhängig von Mailand. Außerdem ist er zu alt für dich und bereits verwitwet. Du brauchst dir keine Sorgen zu machen. Wir werden jemand anderen für dich finden – einen, der schönere Beine und einen besseren Geschmack für Kleidung hat.«

Ich hörte ihm schweigend zu. Schließlich wagte ich zu fragen: »Wie alt ist er denn?«

»Achtundzwanzig. Seine erste Frau war die Schwester des Markgrafen von Mantua. Sie ist im Kindbett gestorben. Wie übrigens auch das neugeborene Balg. Selbst seine Saat ist schwach.«

Ich fragte mich, was Giovanni Sforza, Graf von Pesaro, über mich sagen mochte. Gewiss hatte auch er Zweifel an meiner Eignung – eine Heranwachsende frisch aus der Klosterschule, die keine Gonzaga, d'Este oder Medici war, auch wenn mein Vater den Papstthron bestiegen hatte. Mir fiel wieder ein, wie Papa mir in meiner Kindheit erklärt hatte, dass wir in Italien immer als die aus Spanien stammenden Ausländer betrachtet werden würden.

»Wie hoch ist sein Einkommen?«

Cesare stieß ein kaltes Lachen aus. »Für ihn ist es ein Vermögen. Aber du brauchst dir wirklich keine Sorgen zu machen. Nichts ist versprochen worden, das sich nicht rückgängig machen ließe. Ich werde Papa sagen, dass du ihn für unpassend gehalten hast und …«

»War es nicht Kardinal Sforza, der die entscheidende Stimme abgegeben und Papa zum Papst gemacht hat?« Ich blickte zurück zum Fenster. »Ich nehme an, er wird nicht hören wollen, dass ich seinen Neffen für ungeeignet befunden habe.«

»Wen kümmert denn schon, was er will? Wir haben dieser Viper ohnehin mehr als genug gegeben. Er hat unseren ehemaligen Palazzo am Corso bekommen und das Amt des Vizekanzlers, ganz zu schweigen von den Pfründen und so vielen Knaben, dass man einen ganzen Stadtstaat damit bevölkern kann. Zum Teufel mit diesen Sforzas!«

Schweigend erwiderte ich den glühenden Blick meines Bruders, um dann nach meinem Kelch zu greifen und den Rest des Weins zu trinken. »Trotzdem …«, murmelte ich. »Vielleicht sollte ich ihn erst mal kennenlernen. Deswegen wurde ich schließlich hierher gebracht, oder?«

Cesares Augen verengten sich zu Schlitzen. »Du bist zu nichts verpflichtet. Papa hat lediglich darum gebeten, dass man dir erlaubt, ihn zu sehen. Du kannst in deinen Palazzo zurückkehren, ohne Anstoß zu erregen.«

»Ach ja? Sind auf einmal alle blind geworden?« Ich brachte ein Lachen zuwege. »Sein Onkel weiß, dass ich hier bin, und ich glaube, Giovanni hat mich soeben entdeckt. Also bitte, Cesare.« Ich streckte die Hand aus. »Ich will, dass du es bist, der mich meinem zukünftigen Gemahl vorstellt.«

Der Kardinal und Giovanni standen vor der Venus. Giovanni nickte zu dem, was sein Onkel ihm zumurmelte. Was gesagt wurde, konnte ich nicht verstehen, doch es musste wichtig sein, denn sie fuhren erschrocken zusammen, als Cesare und ich plötzlich aus der Galerie auftauchten.

Nur kurz entglitten dem Kardinal seine Gesichtszüge und strafften sich sofort wieder zu seiner üblichen Maske. Er schritt auf uns zu. »Donna Lucrezia, wie entzückend, dass Ihr Euch zu uns gesellt!« Sein Blick streifte Cesare. »Und Ihr ebenfalls, Exzellenz.« Einen Wimpernschlag lang senkten sich seine Augen auf die Hand meines Bruders, dann fasste er mich am Ellbogen. Geschmeidig löste ich mich von ihm und zauberte ein einladendes Lächeln auf mein Gesicht, als der Kardinal sagte: »Gestattet mir, Euch meinen Neffen, Giovanni Sforza, Signore von Pesaro, vorzustellen. »Er freut sich schon darauf, Euch begrüßen zu können.«

Auf eine Geste des Kardinals hin trottete Giovanni näher, die schmalen Schultern hochgezogen, als wollte er betonen, wie schmächtig die Brust unter dem plissierten Überwurf war.

»Hoher Herr, ich bin geehrt.« Ich senkte die Augen, wie ich es des Öfteren bei Giulia in der Gegenwart meines Vaters beobachtet hatte, vor allem dann, wenn sie etwas von ihm wollte.

Einen Moment lang schwieg Giovanni. Als er endlich den Mund aufbrachte, zitterte seine Stimme. »Auch ich bin geehrt, Bekanntschaft mit Euch … ich meine … mit Eurer Hoheit zu schließen.«

Cesare schnaubte.

Ich blickte auf und bemerkte, dass Giovannis Gesicht sich rötete. Er sah ziemlich gewöhnlich aus – bis auf einen Spalt im Kinn, der von seiner großen Nase und den nahe beieinanderliegenden Augen ablenkte. Alles in allem wirkte er jünger, als ich erwartet hatte, zumal mich sein ernster Blick an meinen kleineren Bruder Jofré erinnerte. Nachdem wir endlich, wenn auch mühsam, einige Worte gewechselt hatten, schien seine Anspannung nachzulassen. Dennoch spielte er weiter an der goldenen Halskette meines Bruders herum, als könnte er sich nicht so recht an ihr Gewicht gewöhnen.

Ich war erleichtert. Er schien seinem manikürten Onkel in keiner Weise zu ähneln.

»Wollen wir ein wenig durch die Anlage spazieren?«, schlug ich vor. Es war recht forsch von mir, selbst die Initiative zu ergreifen, aber ich wollte mit ihm allein sprechen, ohne dass Cesare und der Kardinal uns wie Falken belauerten.

Giovanni sah seinen Onkel fragend an. Der nickte knapp und zog sich mit Cesare in die Galerie zurück. Mein Bruder blickte finster über die Schulter, als Giovanni und ich den ausgetretenen Pfad um das Vogelbad herum entlangschlenderten.

Das Knirschen der Kieselsteine unter unseren Sohlen dröhnte mir in den Ohren, so still war es hier. Erst dachte ich, Giovanni hätte meine Anregung allzu wörtlich genommen und wollte sich auf wortloses Flanieren beschränken, doch als ich einen Blick auf ihn wagte, schien er auf seiner Unterlippe herumzukauen. Seine Zurückhaltung beruhigte mich. Es war ja nicht so, als ob man ihm bezüglich unserer Verbindung eine Wahl gelassen hätte. Im Gegenteil, ihn hatte es noch schlimmer getroffen als mich, denn ich bezweifelte, dass seine Familie ihm gestatten würde, mich für unpassend zu erklären.

Zu guter Letzt brach ich das Schweigen. »Ihr habt nicht erwartet, mir heute zu begegnen, edler Herr.«

Seine Augen weiteten sich. Fast hätte ich gekichert.

Hielt er mich für ein Kind, das nicht verstand, was um es herum geschah? Hastig den Kopf schüttelnd, nuschelte er: »Seine Eminenz, mein Onkel, und Seine Heiligkeit … haben mir lediglich die Kunde gesandt, dass ich mich zur Sext in meinen besten Kleidern im Garten einfinden soll. Und, nein, ich dachte nicht, dass wir uns begegnen würden. Mir war gesagt worden, dass Ihr mich von oben sehen würdet. Das ist alles.« Er verstummte wieder, nur um wenig später hinzuzufügen: »Ich bin schon seit über einer Stunde hier. Schaut nur …« Er nahm die Kappe ab. Das Haar klebte ihm schweißnass am Kopf. Am Scheitel wurde es bereits dünn. Barhäuptig war ihm sein Alter sehr wohl anzusehen. »Ich befürchtete schon, in der Hitze ohnmächtig zu werden. Diese Kleider sind … schwer.«

»Es tut mir leid wegen der Unannehmlichkeiten.« Ich beobachtete, wie er sich die Stirn abwischte. »Ganz offenbar seid Ihr das Wetter hier in Rom nicht gewohnt. Dabei ist es erst Mai. Wartet nur ab, bis der August kommt, wenn die wirkliche Hitze beginnt. Wer eine Villa in den Bergen hat, flieht dorthin, bevor die Fiebermücken sich ausbreiten.«

Er starrte mich entsetzt an. »Fieber? Von Mücken?«

»Äh, ja. Ich weiß nicht genau, wie das vor sich geht, nehme aber an, dass man sich ansteckt, wenn sie einen stechen. Mücken plagen uns zwar das ganze Jahr über – das liegt wohl an den Sumpfgebieten –, aber Fieber droht nur im Sommer.« Ich zuckte mit den Schultern. »Wie auch immer, der Leibarzt meines Vaters, Dr. Torella – ein Jude, der bei den Mauren in Spanien Medizin studiert hat und in solchen Krankheiten bewandert ist –, glaubt, dass bestimmte Mücken das

Fieber übertragen. Ganze Stadtviertel erkranken im Sommer daran und …«

Ich unterbrach mich. Er war besorgniserregend bleich geworden. »Ist Euch nicht wohl?«, rief ich und fragte mich, ob er vielleicht in letzter Zeit von einer Mücke gestochen worden war.

»Von … von so etwas habe ich noch nie gehört. In Pesaro haben wir keine Insekten, die eine Seuche übertragen.«

»Keine Insekten?« Jetzt konnte ich mein Lachen nicht länger unterdrücken. »Wie gut für Pesaro. Ich bekomme immer Quaddeln, wenn sie mich stechen – meine Haut ist sehr empfindlich. Aber eine Seuche ist das eigentlich nicht, meistens nur Fieber, und in den seltensten Fällen tödlich. Wenn, dann trifft es nur sehr alte Menschen oder Säuglinge. Lästig kann es allerdings mitunter sein. Mein Bruder Cesare hatte es einmal, und es dauerte Wochen, bis er sich so weit erholte, dass er aufstehen konnte …«

Meine Stimme verlor sich. Während ich vor mich hin plapperte, wirkte er nicht nur alles andere als beruhigt, sondern erweckte den Eindruck, als wolle er die Beine in die Hand nehmen und in seine mückenfreie Stadt zurücklaufen, um nie wieder hierherzukommen.

»Es gibt keinen Grund zur Sorge.« Begütigend tätschelte ich ihm den Arm. »Wie gesagt, es ist ja erst Mai, und …«

»Bis August werden wir fort sein.« Er entriss mir seinen Arm, als wäre er ihm versengt worden.

Ich erschrak. Ich hatte einen Fehler gemacht. Einen Spaziergang vorzuschlagen, das war schon ungehörig gewesen, aber ihn zu berühren, bevor wir den Segen eines Priesters hatten, musste den Eindruck erwecken, als wäre ich … eine in Spanien geborene Ausländerin.

»Unsere Hochzeit ist im Juni«, hörte ich ihn sagen. »Darum besteht nicht der geringste Anlass zur Sorge. Im August werden wir längst in Pesaro residieren.«

»Oh.« Es wäre ungehörig gewesen, ihn darauf hinzuweisen, dass er sich getäuscht haben musste. Papa würde mich nie von Rom fortschicken! Erst musste er Juan die Reise nach Spanien genehmigen, was er ständig hinausschob. Sein Zögern rechtfertigte er mit dem Ausbleiben der Urkunde Ihrer Majestäten, die ihm den Titel Herzog bestätigte. Freilich wusste jedermann, dass er sich schlicht nicht dazu überwinden konnte, seine Kinder ziehen zu lassen.

Giovanni wich einen weiteren Schritt zurück. »Ihr werdet Pesaro als sehr angenehm empfinden. Es liegt an der Küste, nicht weit von der Via Flaminia. Wir haben mehrere prachtvolle Kirchen und Piazzas. Ich verfüge über einen Palazzo, und meine Burg, die Rocca Constanza, bietet auch viel Platz: vier massive Türme und einen Wassergraben.«

»Ihr habt einen Wassergraben? Und trotzdem keine Mücken?«

Seine Haltung versteifte sich. »Den größten Teil des Jahres ist der Graben trocken. Im Winter läuft er mit Meerwasser voll. In Pesaro haben wir es nicht nötig, uns zu verteidigen, denn mein Cousin, Ludovico Il Moro, Herzog von Mailand, ist unser Lehnsherr. Sollte es doch nötig werden, würde er zu unserem Schutz eine Armee entsenden. Dafür stehe ich in seinen Diensten und bin ihm zu Treue verpflichtet.«

»Ich verstehe.« Cesare hatte ihn als bettelarm bezeichnet, und gerade hatte er den Fehler begangen, Il Moro einen Herzog zu nennen, obwohl Ludovico Sforza keinerlei Anrecht auf diesen Titel hatte. Er trat nur als Regent in Vertretung des wahren Herrschers über Mailand auf, seines Neffen Gian Galeazzo, den er gefangen hielt.

Freilich war eine erste Begegnung wohl kaum dazu geeignet, Kommentare über derlei Verwicklungen abzugeben. Abgesehen davon schickte es sich nicht für jungfräuliche Bräute in spe, Gespräche über schmutzige Machenschaften wie die Einkerkerung von Neffen durch ihre räuberischen Onkel zu führen.

»Eure Heimatstadt ist bestimmt wunderschön«, zwitscherte ich. Sofort hellte sich seine Miene auf, was mir meine Vermutung bestätigte: Er wollte vor allem Zustimmung und Lob hören. Nun setzte er sich wieder in Bewegung. Ich meinerseits tat mein Bestes, um Schritt zu halten, obwohl ich plötzlich den Drang hatte, die Angelegenheit so schnell wie möglich hinter mich zu bringen. Nach nichts sehnte ich mich mehr, als in meinen Palazzo zurückzukehren, eine Siesta zu halten und dabei den an mich geschmiegten Arancino zu spüren, ehe ich mir irgendwann überlegte, was ich bei der Abendgesellschaft tragen würde. Und dieser Gedanke brachte mich auf Giulia: Sie würde gewiss jedes Detail meiner heutigen Begegnung erfahren wollen. Ich würde ihr also aus dem Weg gehen müssen, bis …

Wie aufs Stichwort kehrte Cesare in den Garten zurück. »Das muss genügen.« Er schaute Giovanni an. »Seine Eminenz erwartet Euch in der Vorhalle, Signore.«

Giovanni erstarrte. Bevor Cesare den Hinauswurf bekräftigen konnte, wandte ich mich an Giovanni. »Es war mir eine Ehre, edler Herr. Vielen Dank für das Gespräch und den Spaziergang mit Euch.«

Giovanni beugte sich über meine Hand. »Hoheit, die Ehre war ganz auf meiner Seite.« Dann huschte er vorsichtig um Cesare herum und hastete davon.

»›Die Ehre ist ganz auf meiner Seite‹«, äffte Cesare ihn nach. »Es ist nicht nur diese unerträgliche Armut, sondern es fehlt ihm auch eindeutig an Empfindungen.«

»Oder an Fieber bei ihm zu Hause«, sinnierte ich.

»Von was sprichst du?«

»Ach, es ist nichts.« Ich gähnte. »Ich bin müde. Kannst du Pantalisea holen und mich heimbringen?«

Er nahm mich bei der Hand und begleitete mich ins Haus. »Ich lasse deine Eskorte rufen und …« Plötzlich unterbrach er sich. »Du hast mir ja noch gar nicht gesagt, wie du dich fühlst, jetzt, da du ihn kennengelernt hast.« Er musterte mich mit einem prüfenden Blick, ohne ein einziges Mal zu blinzeln, als wolle er etwas ergründen, das ich ihm beharrlich vorenthielt.

Ich zögerte. Was konnte ich schon sagen? Cesare schien von mir zu erwarten, dass ich kein gutes Haar an Giovanni von Pesaro ließ, obwohl ich in Wahrheit keinen Grund fand, ihn zu verunglimpfen. Er mochte nicht eben stattlich oder fesselnd sein, wirkte aber auch nicht grausam oder dumm auf mich. Tatsächlich hätte ich es wesentlich schlimmer treffen können, überlegte ich, wenn ich mir Ferrante von Neapel und seinen Keller voller Leichen vor Augen hielt. Und waren wir erst einmal verheiratet, würde man Giovanni natürlich erklären, dass Rom zu verlassen überhaupt nicht infrage kam. Bei der bloßen Vorstellung, ich würde fortziehen, nur um dabei zuzusehen, wie sich irgendein Burggraben mit Meerwasser füllte, würde Papa Tränen lachen.

»Er soll mein Gemahl werden«, sagte ich schließlich. »Wer fragt da schon nach Gefühlen?«

Cesare betrachtete mich nachdenklich, bis er unvermittelt ein ironisches Auflachen ausstieß. »Aber natürlich! Was für ein Tölpel ich doch bin! Er wird ja nur dein Gemahl sein. Und Ehemänner haben schließlich nichts zu sagen.«

8

Weniger als einen Monat später – der Juni puderte den Tiber mit Goldstaub, und die Obstbäume in unseren Gärten warfen zerfledderte Blüten ab – stand ich mit Giulia und meinen Dienerinnen in der Säulenhalle, als Giovanni in berittener Begleitung eintraf, um sich mir in aller Form vorzustellen.

Auch wenn mir nicht einleuchtete, wieso der Schein gewahrt werden musste, sollte dies unsere erste offizielle Begegnung werden. Aus sicherer Entfernung lächelte ich anmutig, während er sich im Sattel seines Streitrosses – eines der fünf Tiere, die ihm meine Familie geliehen hatte – verneigte und sich die Kappe mit einstudierter großer Geste vom Kopf riss. Einmal mehr trug er teuren Schmuck – alles auf Kredit gekauft, wie mir Giulia brühwarm berichtete, sobald ich in Windeseile zurück in den Palazzo gebracht worden war, um mich für die Trauung im Vatikan vorzubereiten.

»Alles, was er trägt, ist geliehen. Dieser Anhänger aus Gold und Rubinen ist ein Erbstück der Gonzagas, das ihm sein früherer Schwiegervater, Seine Hoheit von Mantua, geschickt hat.« Während das alles aus ihr heraussprudelte, zupfte sie sich ein verirrtes Haar vom Ärmel. Mittlerweile wieder vollständig von ihrer Müdigkeit genesen, trug sie edlen nektarinenfarbenen Brokat mit einem Längsstreifen aus lila Samt, der sich exakt ihrer Figur anpasste. »Und wie ich gehört habe, musste Il Moro bei seinen Bankiers ein Darlehen aufnehmen, um die Kosten für Giovannis Gefolge und die sonstigen Aufwendungen zu begleichen.« Sie stieß einen gequälten Seufzer aus. »Ich hoffe nur, dass er sich nicht am Ende noch als *condottiere* verdingen muss, weil es für deinen Haushalt nicht reicht.«

»Das wird er nicht!«, rief Adriana, die mit einem Ohr zugehört hatte, während sie Pantalisea und meinen anderen Dienerinnen erklärte, wie sie mir mein kompliziertes Hochzeitskleid anzulegen hatten. Kaum war meine Vermählung verkündet worden, war sie aus Monte Giordano zurückgekehrt, fest entschlossen, wieder die Verantwortung für mich zu übernehmen. »Jetzt, da er ein Mitglied der Familie ist, wird er über mehr als ausreichende Einkünfte verfügen. Seine Heiligkeit hat sogar sein eigenes Amt in der päpstlichen Armee an Signore Giovanni abgetreten. Und Il Moro wird ihm seinen gegenwärtigen Posten als Feldherr im Mailänder Heer als Teil des Hochzeitsvertrags zusichern.«

»Ach ja?« Giulia lächelte. »Das könnte peinlich werden, falls es zu einem Krieg mit Mailand kommen sollte.«

»Hüte deine Zunge! Willst du ausgerechnet am heutigen Tag ein Unglück heraufbeschwören? *Du* magst das Sakrament der Ehe vielleicht nicht ernst nehmen, aber an einem solchen Festtag einen Krieg zu erwähnen, das ist Blasphemie!«

Giulia lachte, mich dagegen kostete es große Mühe, nicht angewidert mit dem Fuß aufzustampfen. Das ständige Gezänk zwischen ihr und Adriana plagte uns schon seit Wochen. Adriana tat alles dafür, dass ich die Geliebte meines Vaters überstrahlte, während Giulia mit der gleichen Entschlossenheit ihre triumphale Rückkehr in die Gesellschaft just am Tag meiner Hochzeit plante.

Seit Wochen schon unterzog sie sich hinter verschlossenen Türen allen möglichen Prozeduren zu ihrer Verschönerung, während Adriana mich Waschungen mit Asche und Zitronensaft unterwarf, die das Gold in meinem Haar betonen und den Stich ins Kupferfarbene eindämmen sollten. Was meinen Teint betraf, versicherte sie mir, hätte ich keinen Grund, mir Sorgen zu machen, aber sicherheitshalber verbot sie mir, auch nur einen Fuß vor den Palast zu setzen, wenn ich keinen Schleier trug. Am liebsten wäre es ihr freilich gewesen, ich wäre überhaupt nicht ins Freie gegangen. Die meisten meiner Besuche im Vatikan erfolgten durch den Geheimgang in der Sixtinischen Kapelle. Nur ein einziges Mal, als ich das Gefühl hatte, zwischen den Mauern zu ersticken, ignorierte ich alle Vorsicht und auch den Schleier und strebte zu den Gärten. Prompt bekam Adriana einen Wutanfall.

Giulia sorgte offenbar mit Absicht für Unruhe. Immer wieder schaffte sie es, Adrianas Absichten zu hintertreiben, bis es im Haus vor Feindseligkeit knisterte und ich mich genötigt sah einzugreifen.

»Ist meine Hochzeit für dich denn kein Anlass zum Feiern?«, fragte ich eines Nachmittags, Giulia kritisch beäugend, die nackt auf einem ungebleichten Leintuch lag, auf der Haut einen dünnen Film Rosenöl. Die kostbare, zu einem exorbitanten Preis aus Frankreich importierte Essenz belebe angeblich die Haut.

»Äh … doch«, sagte sie. »Wieso fragst du?«

»Weil Adriana mir gesagt hat, dass deine Damen gestern eine Lieferung Seide aus Alexandria an sich gerissen haben, die eigentlich für mein Hochzeitsbett bestimmt war.«

Giulia schnippte eine verschrumpelte Rosenblüte von ihrer Brust. »Da muss sie sich getäuscht haben. Rodrigo hat diese Seide für mich aus Venedig kommen lassen. Ich habe die Rechnung selbst überprüft.«

Ich konnte sehen, dass sie log, aber die Sache war mir keinen Streit wert. Seide konnte nachbestellt werden. Gleichwohl musste ich mir angesichts der gereizten Stimmung im Haus eine sinnvolle Beschäftigung für sie einfallen lassen, ansonsten trieb sie Adriana noch zum Äußersten.

»Na gut«, lenkte ich ein, »etwas anderes: Da Adriana ohnehin schon so viel für mich tut, möchtest vielleicht du mir dabei helfen, meine Geschenke zu sortieren? Sie stapeln sich im Saal. Ich habe die Sorge, dass das die Bediensteten in Versuchung führen könnte.«

Wie erhofft, stimmte Giulia auf der Stelle zu. Das Einzige, was sie noch mehr begehrte als meinen Vater, waren Prestige und Dinge, die davon zeugten. Und inzwischen harrte tatsächlich eine ganze Pyramide von Geschenken meiner Inspektion. Die Verantwortung für all die anderen Einzelheiten meiner Hochzeitsplanung nahm Adriana derart in Anspruch, dass sie diese wichtige Aufgabe völlig vergessen hatte.

So saß ich am Abend mit Giulia zusammen. Mit dabei war auch Murilla, die uns half, eine verblüffende Vielfalt von Schätzen auszupacken, die mir die gekrönten Häupter Europas gesandt hatten. Und es war bei diesem Anlass – als wir gerade goldene Löffel vom Sultan der Türkei, silberne Zwillingsbecher vom polnischen König und verzierte Steigbügel von Ihren spanischen Majestäten sichteten –, dass ich endlich die eine Frage aussprach, die zu stellen ich bisher nicht gewagt hatte.

»Wird es … wehtun?«

Giulia unterbrach ihre Untersuchung der bestickten Handtücher aus Paris. »Wehtun?« Einen Moment lang hielt sie inne und überlegte. »Ich denke, schon. Aber wenn er weiß, was er macht, wird es nicht allzu schlimm.«

Obwohl ich mein Bestes tat, mir nichts anmerken zu lassen, sprach ich mit vor Angst atemloser Stimme. »Wie schlimm?«

Giulia verscheuchte Murilla aus unserer Hörweite, ehe sie mir zuflüsterte: »Das kommt darauf an, wie lange er für das, was er tun muss, braucht. Männer können sonderbare Begierden haben.«

Ich musterte sie nachdenklich. »Ich dachte, du wüsstest Bescheid.« Wohlweislich verschwieg ich ihr, dass ich inzwischen hinsichtlich der Ansprüche, die an eine Ehefrau gestellt wurden, nicht mehr ganz unwissend war. Um mich herum gab es zu viel Tratsch, als dass ich völlig unschuldig hätte bleiben können, aber die Einzelheiten und die von mir erwartete Rolle dabei waren mir immer noch ein Rätsel.

»Natürlich weiß ich Bescheid. Aber wie ich das sehe, will Rodrigo bestimmt nicht, dass ich …« Sie unterbrach sich. »Du!«, bellte sie und deutete auf Murilla, »trag das hier als Geschenk der Königin von Frankreich ein.« Dass meine Zwergin weder des Lesens noch des Schreibens mächtig war, hatte sie offensichtlich vergessen. Demonstrativ wischte sie sich die Hände an einem der Tücher ab, bevor sie beide Murilla zuwarf und nach dem nächsten Gegenstand griff. »Aber das ist auch gar nicht so wichtig«, fuhr sie fort, wieder an mich gewandt.

Das vermochte mich nicht zu überzeugen. »Nicht?«

»Nein. Solche Fragen sind unnötig. Das alles liegt in der Hand eines Höheren. Gott im Himmel.« Sie klappte eine mit Samt bezogene Schachtel auf. »Was hat Adriana eigentlich die ganze Zeit getrieben, wenn sie dich nicht unterwiesen hat?«

»Sie hat die Arbeiten im Hochzeitsgemach beaufsichtigt, die Anfertigung meiner Robe, die Zusammenstellung meines Gefolges.« Ich war nicht bereit, das Thema jetzt schon zu beenden – nachdem es all meinen Mut erfordert hatte, es anzuschneiden. »Was meinst du damit: ›Das liegt in der Hand eines Höheren‹? Ich verstehe nicht …«

Jäh schrie Giulia auf und wedelte mit Ohrringen aus Topas und Diamanten vor meinem Gesicht herum. »Sind die nicht erlesen? Von Isabella d'Este, der Markgräfin von Mantua! Alle sagen, dass sie einen untrüglichen Geschmack hat, auch wenn sie nicht annähernd so schön ist wie ihre Schwester Beatrice.« Sie hakte die Ringe an ihren Ohren fest. »Für dich sind sie ganz offensichtlich nicht geeignet; dein Hals ist viel kürzer als meiner! Was meinst du: Stehen sie mir?«

Ich seufzte. Es hatte keinen Sinn, weiter in sie zu dringen. »Hervorragend. Du musst sie behalten.«

Sie hatte wohl auch bereits entschieden, dass die Perlen besser zu ihr passten als zu mir. Zumindest ähnelten sie verdächtig denjenigen, die mir der König von England geschickt hatte. Aber ich war zu aufgeregt, um mich um derlei zu kümmern. Nur zu gern hätte ich sie meine ganze Mitgift plündern lassen, wenn sie meine Fragen beantwortet hätte.

Nun, da der große Moment immer näher rückte, löste sich jene Gleichgültigkeit, die ich so lange gepflegt hatte, zusehends auf, und nach dem Abend mit Giulia nahmen meine Sorgen in einem solchen Maße zu, dass ich mich an Pantalisea wandte. Freilich musste ich ihr lang in den Ohren liegen, bis sie widerstrebend einen Teil dessen preisgab, was ich so dringend wissen wollte.

»Aber«, fügte sie hinzu, als sie mir mein Entsetzen anmerkte, »wie ich gehört habe, soll es nicht vollkommen unangenehm sein. Und wenn Ihr erst einmal ein Kind erwartet, wird damit Schluss sein, zumindest bis nach der Geburt. Kein Ehrenmann würde seiner Gemahlin unter diesen Umständen weitere Schmerzen zumuten. Dafür sind dann Frauen wie die Farnese da.«

Mir war übel. Ich konnte mir einfach nicht vorstellen, dass ich träge auf dem Rücken lag, während Giovanni … *das* mit mir anstellte. Fast wünschte ich mir, ich hätte meine Mutter um Rat bitten können. Da sie mehrere Kinder zur Welt gebracht hatte, *musste* sie doch eine gewisse Erfüllung dabei gefunden haben. Andererseits war mir klar, dass Vanozza mir nur ins Gesicht lachen würde.

Das alles, die Vorbereitungen, die Ängste, lag nun schon Tage zurück. Jetzt stand ich auf der Schwelle zu einer ungewissen Zukunft. Nach dem heutigen Tag würde ich nicht einfach nur die Tochter Seiner Heiligkeit sein: Ich würde Giovanni Sforzas Gemahlin sein, die Gräfin von Pesaro und die mutmaßliche Mutter seiner Erben. Ich würde ihm gehören.

»Lucrezia, du siehst ja ganz krank aus«, hielt mir Giulia vor. »Du könntest etwas Rouge vertragen. Warum hast du nicht auf mich gehört? Ich habe dir ja gleich gesagt, dass karmesinroter Satin nicht zu deinem Teint passt.«

»Eine Braut mit Rouge?«, rief Adriana entsetzt.

Bevor der nächste Streit ausbrach, trat ich schwankend zwischen sie. Schwer wie eine Rüstung lastete meine Robe auf mir – das Ergebnis Hunderter Arbeitsstunden, ganz zu schweigen von Tausenden Dukaten. Aber es war nicht das Gewand allein, dazu gehörten auch das mit Rubinen gespickte, mit karmesinroten und goldfarbenen Bändern eingefasste Mieder, die geschlitzten Ärmel, die wie Flügel aus meinen Schultern sprossen, und mein aus rauer Seide gefertigtes Hemd. Mein von einer perlenbesetzten Haube geziertes Haar hing in einem Zopf bis zur Taille herab. Das alles trug ich mit Fassung und ignorierte sogar die mich gnadenlos drückenden neuen Schuhe, denn die Tränen, die Adriana in die Augen schossen, beseitigten die letzten Zweifel: Selbst wenn ich mich wie in Gips gefangen fühlte, mein Erscheinungsbild war außerordentlich ansprechend.

»Wollen wir weitermachen?«, fragte ich Giulia. Als meine erste Ehrendame würde sie meine Eskorte in den Vatikan anführen – ein weiterer Zankapfel zwischen ihr und Adriana, die sich am Ende Papas Machtwort hatte fügen müssen. Giulias ungeduldiges Nicken entlockte mir ein Lächeln. Ihr Neid war meine Belohnung für all die endlosen Anproben, Gesichtssalbungen und Haarspülungen, die ich erduldet hatte.

Heute würden die Augen aller Anwesenden auf mich gerichtet sein.

Giulia wirbelte zur Tür, unsere Damen hasteten an ihren Platz in der Prozession. Im letzten Moment zog mir Adriana noch den Schleier übers Gesicht. Dann nahmen die Wachposten polternd ihren Platz links und rechts von uns ein, und endlich rauschten wir in unserem Juwelenglanz in die Korridore des Palastes. Der hinter mir gehenden Pantalisea fiel die Aufgabe zu, meine Schleppe in die Höhe zu halten, damit sie nicht über den Boden schleifte.

Es war früh am Nachmittag. Draußen verdampften die letzten Überbleibsel des Frühlingsregens in der Junisonne. Ich hatte vom warmen Wetter nichts gehabt und mich schon eine ganze Weile nicht mehr im Freien bewegt. Auch deshalb erwies sich die Prozession in den Vatikan als wahre Prüfung meiner Ausdauer. Erst als wir Papas Gemächer erreichten, wo aus Feuerschalen Weihrauchschwaden aufstiegen, wurde mir eine kurze Pause für letzte Korrekturen an meiner Person gegönnt.

In seinem Bemühen, das Göttliche an unserer Familie zu verherrlichen, hatte Maestro Pinturicchio keine Kosten gescheut. Voller Ehrfurcht hatte ich bei einem meiner seltenen Besuche beobachtet, wie ein Bataillon von Künstlern unter seiner Aufsicht ausschwärmte, um die erhabenen Fresken zu vervollständigen, die jetzt überall die Wände, Decken und Böden schmückten. Giulia hatte damals die älteren Kardinäle ausgelacht, weil sie diese Art von Kunst missbilligten und angesichts von Isis und ihrem Bruder und Geliebten Osiris einen Hang zum Heidentum feststellten. Es war aber auch ein herrliches Deckengemälde, dessen Grashalme sich mit den von Stuckarabesken umrandeten päpstlichen Schlüsseln verwoben. Wie auch immer, nach ihren höhnischen Bemerkungen konnte Giulia ihr Ansehen auch nicht damit verbessern, dass sie darauf bestand, für eine Darstellung von Madonna und Kind mitsamt Heiligenschein und Putte Modell zu stehen.

Was Papa betraf, hatte er unabhängig vom Urteil der Kardinäle darauf geachtet, das Traditionelle nicht zu vernachlässigen. So starrten von den Mauern des *Sala dei Pontifici* zehn Päpste düster auf mich herab, darunter auch Nikolaus III., der Begründer der vatikanischen Gärten. Dahinter zeigten miteinander verbundene Suiten Szenen aus dem Alten und Neuen Testament. Allerdings gab es auch einen Raum, der für unsere Familienporträts reserviert war, in denen wir als höchst heilige Erscheinungen an den Wänden prangen sollten. Ich hatte Pinturicchio schon mit einer sehr unhandlichen Krone auf dem Kopf Modell gestanden. Juan und Cesare ebenfalls. Als Cesare mir später davon erzählte, verdrehte er theatralisch die Augen und meinte, der Maestro hätte in seinem Eifer, Papa zufriedenzustellen, sein begrenztes Talent übermäßig strapaziert.

Gern hätte ich mehr Zeit gehabt, durch diese Räume zu wandern, um das Unvermeidliche hinauszuschieben, doch schon breiteten meine Damen wieder meine Schleppe aus und nestelten noch einmal an mir herum, bevor es an den Einzug im *Sala Reale* gehen sollte, wo der päpstliche Hof wartete. Nur mein Bruder Juan fehlte. Er würde mich hier abholen und in den Saal führen.

Unangekündigt kam plötzlich ein Türke hereinstolziert.

Während Adriana aufschrie und meine Dienerinnen entsetzt nach Luft schnappten, zog ich unter meinem Schleier eine böse Miene. Der scheinbar Fremde war natürlich kein anderer als Juan, der sich schon jetzt als Seine Hoheit von Gandia gebärdete, obwohl die offizielle Bestätigung immer noch nicht eingetroffen war. Allerdings hatte er heute darauf verzichtet, sich als spanischer Grande oder wenigstens als italienischer Adeliger zu verkleiden. Stattdessen hatte er sich einen Vollbart wachsen lassen, der immerhin zu seinem bizarren knöchellangen Kaftan aus Goldbrokat, dem mit einer Reiherfeder geschmückten Turban und dem mächtigen, mit Goldstücken und Saphiren besetzten Kragen passte.

»Um der Liebe Gottes willen, Juan!«, stöhnte ich. »Was trägst du denn da? Jetzt ist doch nicht Karneval!«

Er winkte meine Damen zur Seite und ergriff mich am Arm. »Du musst wissen, dass mich allein der Kragen achtzigtausend Dukaten gekostet hat – mehr als deine gesamte Mitgift.«

»Als ob irgendjemand das Geld zählen würde«, entgegnete ich. Im nächsten Moment war das Geld vergessen und mein Mund wie ausgetrocknet, als ich die Menschenmenge im Saal sah.

In seine liturgischen Gewänder gehüllt und den Kopf mit einer scharlachroten Tiara bedeckt, thronte Papa auf dem Podest. Über ihm schwebte einer Sturmwolke gleich ein mit Fransen versehener Baldachin aus Brokat. Auf den Stufen vor ihm lagen bunte Kissen. Sie waren eigentlich für illustre Gäste gedacht, doch das hinderte Giulia und ihre Damen nicht daran, dieses Privileg mit dreister Selbstverständlichkeit für sich zu beanspruchen und darauf Platz zu nehmen. Dabei ließen sie sich nicht einmal dazu herab, Seiner Heiligkeit mit einer Geste ihren Dank zu bekunden. Ich sah, wie der Zeremonienmeister unseres Hofes, der Deutsche Johannes Burckard, der die Durchführung aller offiziellen Veranstaltungen im Vatikan beaufsichtigte, sie mit offenem Mund anstarrte. Der Bruch sämtlicher am Hof bestehender Regeln hatte ihm regelrecht die Sprache verschlagen.

Geführt von Juan, stakste ich vorbei an den tuschelnden Frauen und erklomm das Podest. Bevor ich meinem Vater die Hand küssen konnte, bekam ich noch einmal zu spüren, mit welcher Macht die Schleppe mich nach unten zog.

»Meine *farfallina*«, seufzte Papa. Sein Atem roch sauer – was bei ihm kaum je vorkam –, und seine normalerweise klaren Augen waren gerötet. »Nie hätte ich erwartet, den Tag zu erleben, an dem ich meinen kostbarsten Schatz einem anderen Mann überlassen muss.« Seine Stimme brach, und einen lähmenden Augenblick lang befürchtete ich, er würde gleich in Tränen ausbrechen. Papa hatte seine Gefühle noch nie zurückgehalten; aber ebenso wenig hatte er mit Worten oder Taten zu erkennen gegeben, dass meine Ehe vielleicht doch mehr sein würde als eine politische Vereinbarung, die kaum etwas am bisherigen Muster meines Lebens ändern würde. Nachdem ich bislang stets Kraft aus seiner Gelassenheit geschöpft hatte, geriet ich jetzt ins Wanken und wandte mich hilfesuchend zu Juan um. Als mein Bruder vortrat, was Papa mit einem fahlen Lächeln zur Kenntnis nahm, spürte ich, dass noch jemand anderer uns beobachtete.

Wie von einer unsichtbaren Schnur gezogen, wanderte mein Blick vorbei an den neben dem Podest aufgereihten Kardinälen, an den mit versteinerten Mienen vor der Mauer postierten Palastwächtern und an den miteinander plaudernden Höflingen, immer weiter bis zu einer Nische unter den hohen Fenstern, wo eine einsame Gestalt stand – genau wie am Abend von Papas Bankett, nur dass Cesare diesmal im Purpur seines ihm frisch verliehenen Kardinalsamts einem aus gefrorenem Blut gehauenen Wandpfeiler glich.

Seine Lippen bewegten sich. Sagte er meinen Namen?

Mit einem energischen Händeklatschen schreckte Burckard uns alle auf. Gezwungenermaßen wandte ich mich zu Giovanni um, der mittlerweile zum Fuß des Podests getreten war. Unvermittelt befiel mich Nervosität, und fast hätte ich hysterisch aufgelacht, als ich sah, dass mein Bräutigam ebenfalls eine türkische Robe trug. Juans Feixen verriet mir, dass er selbst Giovanni dazu angestachelt hatte. Zweifellos hatte er ihn noch tiefer in die Verschuldung treiben wollen und sich nebenbei auf seine Kosten amüsiert. Obschon Giovanni der Bräutigam war, wirkte diese Tracht bei ihm lächerlich, wohingegen Juan darin bei aller Unangemessenheit Würde bewies.

Ich stellte mich neben Giovanni. Unter seinem Turban musste ihm schrecklich heiß sein. Ein Schweißtropfen rann ihm über die Schläfe, als wir uns vor Papa niederknieten, um seinen Segen zu empfangen.

Dann hielt der Hauptmann der päpstlichen Garde in einer symbolischen Warnung vor dem, was uns im Fall des Bruchs unseres Gelübdes erwartete, sein Schwert über unsere Köpfe, während Papas Notar, ein Bischof, uns fragte, ob wir bereit wären, in den heiligen Stand der Ehe zu treten. Nachdem wir dies beide bejaht hatten, schob der Bischof goldene Zwillingsbänder jeweils über den Zeige- und Ringfinger unserer linken Hand, von denen Adern direkt zum Herzen führten. Zum Schluss neigten wir die Köpfe, woraufhin das Schwert zurückgezogen wurde. Allerdings verharrten wir weiter auf den Knien, denn nun folgte eine Predigt über die Tugend unseres neuen Standes, die sehr lang zu werden versprach, bis Papa sie abrupt mit einer Geste unterbrach.

Anscheinend unvermittelt sprangen Giulia und ihre Damen auf, griffen mit beiden Händen in die Körbe vor ihren Kissen und ließen Blüten aus weißer Seide auf uns herabregnen. Mit immer noch pikierten Mienen reihten sich die erhabenen Gäste, denen Giulia und ihr Gefolge die Sitze weggeschnappt hatten, in eine lange Schlange ein, um Giovanni und mir die obligatorischen Geschenke zu überreichen und anschließend das Podest zu erklimmen und Papa den mit einem Schuh aus Samt bekleideten Fuß zu küssen.

Alle Übrigen im Saal spendeten Beifall.

An der Seite meines Gemahls begrüßte ich endlose Stunden lang, wie es mir vorkam, die Gratulanten und nahm ihre Gaben entgegen, während ich mich insgeheim fragte, was ich mit all diesen Geschenken machen sollte. Als uns endlich der letzte in der langen Reihe seine Aufwartung gemacht hatte, drehte ich mich sofort zur Seite und blickte zu jener verdunkelten Nische unter dem Fenster.

Cesare war verschwunden.

An seiner Stelle kehrte Juan zu mir zurück. »Zeit fürs Bankett. Wir alle sind ausgehungert.« Er fasste mich am Arm. Als ich ihn abschüttelte, schmunzelte er. »Du brauchst nicht zu warten. Cesare ist zu Beginn der Feier gegangen. Er hält das nicht aus. Alles daran ist ihm zuwider: die Hochzeit, der Sforza. *Alles!* Er hat das Herzogtum verloren, seine Freiheit, seine geliebte Schwester.«

»Er hat mich nicht verloren! Ich würde ihn nie verlassen.«

»Das hast du schon«, erwiderte Juan und schob mich in den angrenzenden Saal, wo vor zwei mit Girlanden behängten Podesten Tische aufgestellt waren, jeder mit kostbarem Leinen bedeckt. Schweigend nahm ich mit Giovanni meinen

Platz auf dem größeren Podest ein. Mein Vater setzte sich auf das Podium daneben.

Das Festmahl begann – eine endlose Folge von gebratenem Geflügel, iberischem Räucherschinken, Wildschwein und Wildbret, dazu frische Salate und Berge von Früchten, Wein aus Karaffen, die ständig von Pagen in Borgia-Livreen hereingetragen wurden. In dem Maße, wie unsere Gäste zugriffen, schwoll ihr Gelächter an. Ein ohrenbetäubender Lärm, von dem mir regelrecht schlecht wurde. Ich brachte kaum noch einen Bissen hinunter. Unablässig suchte ich den Saal nach Cesare ab. Vergebens. Meine Niedergeschlagenheit wuchs sich zu Fassungslosigkeit aus. Wie konnte er mich ausgerechnet heute im Stich lassen? Ihm musste doch klar sein, wie dringend ich ihn brauchte, wie abhängig ich von der Gewissheit war, dass sich nichts zwischen uns ändern würde, gleichgültig, was geschah.

Als Stunden später eine Komödie in der Mitte des Saales aufgeführt wurde, mussten die Schauspieler nach Leibeskräften schreien, um ihre Verse überhaupt zu Gehör zu bringen. Spätestens jetzt verließen die älteren und die gebrechlicheren unter den hohen Geistlichen den Saal. Die Gesprächsthemen wurden gewagter, die Scherze derber. Insbesondere Papa hatte seine ursprüngliche Vorsicht Giulia gegenüber aufgegeben und flüsterte ihr Dinge ins Ohr, die sie vor Lachen kreischen ließen. An einem Tisch ganz in ihrer Nähe hielt Juan Hof. Sein Gefolge bestand aus Raufbolden in übertriebenem Aufzug, dazu Djem und eine grell gekleidete Frau, die meinem Bruder regelrecht an den Lippen hing.

Wann immer ich konnte, warf ich einen verstohlenen Blick zu Giovanni hinüber. *Ihm* war der Appetit nicht vergangen. Im Gegenteil, er hatte bereits drei gebratene Kapaune verzehrt. Und während er sich immer wieder die Finger an einer fettverschmierten Serviette abwischte, die er sich unter den geliehenen Gonzaga-Kragen gestopft hatte, löste er geschickt das gebratene Fleisch vom Knochen des nächsten Vogels. Sein Mundschenk ließ seinen Kelch nie leer werden. Doch obwohl der Wein nicht verwässert war, wirkte mein neuer Gemahl keineswegs betrunken, nur geistesabwesend. Einmal erwiderte er meinen Blick mit einem vagen Lächeln, als hätte er vergessen, warum wir hier waren.

Ich verging vor Angst, ihn dagegen schien überhaupt nicht zu bekümmern, was uns erwartete – dabei rückte die gefürchtete Hochzeitsnacht immer näher. Er hatte eine Unmenge gegessen, schien jedoch keineswegs genug zu haben, als mit kleinen silbernen Bürsten bewaffnete Pagen die Knorpel und Knochen von den Tischdecken fegten und die Nachspeisen ankündigten. Er richtete sich erwartungsfroh auf, denn ein weiterer livrierter Trupp kam hereinmarschiert, diesmal beladen mit Tabletts voller süßer Köstlichkeiten: überzuckerte Mandeln, Marzipan und Bonbons, begleitet von mächtigen Flaschen mit süßem Madeira-Wein. Wie konnte er sich nur so gebärden, als würde dieses Fest ewig dauern, als hätte er keine andere Aufgabe, als sich den Bauch vollzuschlagen, und bräuchte keinen Gedanken daran zu verschwenden, dass er sich gerade eine neue Frau genommen hatte.

Plötzlich hörte ich Giulia schrill aufschreien. Erschrocken fuhr ich herum. Nicht nur ich, alle Anwesenden im Saal starrten sie an. Papas Faust war von den beringten Fingern bis hin zur Handwurzel in ihrem Ausschnitt verschwunden. Schon fischte er eine Praline heraus, steckte sie sich in den Mund und verzehrte sie unter genüsslichem Schmatzen. Augenzwinkernd blickte er dann in die Runde am Tisch, an dem die Kardinäle saßen, und verkündete: »Fürs Anwärmen der Zunge geht eben nichts über den Schweiß einer Frau.«

Der ganze Saal brüllte vor Lachen. Sämtliche Kardinäle folgten seinem Beispiel und platzierten ihre Pralinen im nächstbesten Mieder. Die Frauen kreischten wie am Spieß, schlugen aber nur halbherzig nach den grapschenden Fingern.

Papa lehnte sich in seinem Stuhl zurück. »Gebt die Reste dem Gesindel«, befahl er Burckard, der nach Luft schnappte, als wäre er angewiesen worden, sein eigenes Bein zu servieren. Diener öffneten sämtliche Fenster und ließen die wohltuende Abendluft hereinströmen. Hatten die draußen auf der Piazza versammelten Leute soeben noch friedlich dagestanden, brach nun ein jubelnder Tumult aus, als die Pagen die Tabletts mit den Nachspeisen kurzerhand zum Fenster hinauskippten und sich ein Regen aus Zuckerwerk über die Pflastersteine ergoss.

Papa fing meinen Blick auf und zwinkerte mir zu. Unvermittelt rief er dann mit lauter Stimme: »Musik!«, woraufhin die Schauspieler verwirrt innehielten. »Es ist Zeit für den Brauttanz! Wer begleitet meine Lucrezia?«

Hastig liefen die Schauspieler zur Seite. Die Requisiten ihrer von niemandem beachteten Darbietung blieben auf dem Boden zurück – eine weiße Maske, mehrere ausgefranste Schnürbänder, ein vergoldetes Spielzeugschwert. Schon stimmten die Musiker ihre Instrumente. Und als sich die klirrenden Saiten zur Melodie einer spanischen *moresca* zusammenfanden, drehte ich mich zu Giovanni um. Der Tanz war genau das, was gefehlt hatte: ein wenig Schwung, um Bewegung in die abgestandene Luft zu bringen und die Erstarrung nach der Ausschweifung zu durchbrechen. Vielleicht würde mein Gemahl mir beim Tanzen sogar Zärtlichkeiten ins Ohr flüstern, um mir die Angst zu nehmen.

Er schüttelte nur den Kopf. »Ich kann nicht«, murmelte er, die verschmutzte Serviette immer noch um den Hals.

»Ihr *könnt* nicht?« Ich war wie vom Donner gerührt. Selbst der ärmste Adelige konnte tanzen. Diese Kunst war ebenso notwendig wie die Fertigkeit, im Sattel zu sitzen oder ein Schwert zu führen.

»Nein. Ich meine, ich *kann tanzen*. Aber diese Kleider …« Er deutete auf sich selbst. »Dieser Kragen, das alles ist zu schwer! Ich lasse mich doch nicht vorführen!«

Das war jetzt schon das zweite Mal, dass er sich über seine Tracht beklagte. Allmählich beschlich mich der Verdacht, dass es nicht ihr Gewicht war, das ihn bekümmerte, sondern eher die Sorge, dass er sie beschädigen könnte. Musste er später alles zurückgeben? Gehörte das zu den Bedingungen des Kredits?

Eine Stimme ertönte. »Ich werde dir die Ehre erweisen!« Zu meinem Entzücken stolzierte Cesare mit einer frechen Unbekümmertheit durch den Saal und zog alle Blicke auf sich. Seine kupferfarbenen Locken reichten ihm mittlerweile bis zum Kragen. Beim Durchqueren des Durcheinanders aus zurückgelassenen Requisiten fiel ihm eine der halben Masken ins Auge. Er bückte sich danach und hielt sie sich ans Gesicht. Die aus weißem Stoff gefertigte Hülle schmiegte sich ihm an Stirn, Augen und Nase, betonte sein markantes Kinn und die geschwungenen Lippen. Seine Kardinalsgewänder hatte er mit weltlicher Kleidung vertauscht: einer hautengen Strumpfhose, einer mit silbernen Spitzen besetzten Schamkapsel und einem schmal geschnittenen Samtwams, das seine schlanke Taille zur Geltung brachte. Sein Hemd war aus Seide von derart dunklem Rot geschneidert, dass es fast schwarz wirkte; die bauschigen Ärmel waren mit spanischen Mustern bestickt. An seiner Brust hing sein einziger Schmuck, ein Kreuz, dessen goldene Ketten sich wie Schlangenschwänze über seine Schultern wanden.

Vor dem Podest unseres Vaters neigte er den Kopf.

Papa starrte ihn böse an. »Eure Eminenz haben das Festmahl versäumt.«

»Zu meinem größten Bedauern. Ich bitte um Vergebung, Eure Heiligkeit, aber ich wurde in letzter Minute gerufen, um einem Sünder die Beichte abzunehmen.«

Jetzt wusste ich, warum er diese Maske aufgesetzt hatte. Diese Verhüllung seines anderen, nicht geistlichen Gesichts drückte feinen Spott aus – ebenso wie sein Tonfall. Auch Papa verstand. Seine Miene verfinsterte sich. »Eine faule Ausrede. Wie auch immer, ich erachte es für unpassend, wenn du jetzt mit …«

Ich sprang auf. »Bitte, Eure Heiligkeit, erlaubt uns dieses Vergnügen. Es könnte der letzte Anlass für einen gemeinsamen Tanz mit meinem Bruder sein.«

»Ja«, bestätigte Cesare lächelnd, »das ist gut möglich.«

»Das sehe ich nicht so«, knurrte Papa, aber ich hatte mein Podest bereits verlassen, ohne auf das gedämpfte Raunen zu achten, das sich im Saal ausbreitete.

Schon ergriff ich Cesares Hand und ließ mich von ihm in die Mitte des Saals führen, wo das Schwert und die Bänder auf dem Boden lagen. Dort stellten wir uns Handfläche an Handfläche so dicht voreinander auf, dass ich die Hitze spüren konnte, die er verströmte.

»Ich dachte schon, du hättest mich verlassen«, flüsterte ich.

Im Kerzenschein funkelten seine Augen wie Topase. »Ich musste mich umziehen.«

»Aber etwas hast du anbehalten.« Ich wies mit den Augen auf das Kruzifix.

Sein Lächeln wurde breiter. »Das Küken kann seine Federn erst dann verlieren, wenn es das Nest verlassen hat.« Er drehte sich zur Seite, den Fuß vorgestreckt, eine Hand in die

Hüfte gestemmt und begann mit den Bewegungen, die den Moriskentanz einleiteten.

Das Gewicht meiner eigenen Kleider spielte keine Rolle mehr, als ich mich von ihm durch das komplizierte Schrittmuster wirbeln ließ, das wir in meiner Kindheit so viele Male aufgeführt hatten, miteinander vereint durch die Musik unseres Heimatlandes.

Als es vorbei war, schnappte ich nach Luft, denn mein Mieder presste mir wie eine eiserne Rüstung die Brust zusammen. Aber als wir uns nun immer noch Hand in Hand vor dem Podest präsentierten, sah ich, dass mein Vater uns mit Tränen in den Augen betrachtete. Giulia feixte, wohingegen Juan zu meiner Überraschung vor Begeisterung brüllte. Er war der Erste, der klatschte, woraufhin die ganze Versammlung in einen übertriebenen Beifallssturm ausbrach, in den sich sogar ein paar *Bravissimo!*-Rufe mischten.

Cesares schweißbedeckte Hand glitt aus der meinen. Verwirrt über die abrupte Trennung unserer Finger, wandte ich mich wieder zu ihm um. Leise sagte er: »Erkennst du jetzt die Macht, die du besitzt, Lucia?« Er trat einen Schritt zurück und verneigte sich vor mir, ehe er weiter zu Juans Tisch schlenderte, wo unser Bruder ihm einen Kelch reichte.

Cesare hob das Kristallglas. »Auf den Signore und die Signora von Pesaro! Mögen sie lange und glücklich leben und viele Früchte hervorbringen! *Buona fortuna!*«

Kelche wurden in die Höhe gehoben und eine Unmenge von Wein verschüttet. Benommen kehrte ich zu Giovanni zurück. Sein Gesichtsausdruck war verschlossen, seine Finger waren um den Becher gekrallt.

Mit einer Handbewegung gab Papa die Tanzfläche frei. Als Erster nahm Juan das Angebot an. Er zog seine grell geschminkte Begleiterin hoch und stürzte sich mit großem

Überschwang, wenn auch wenig Feingefühl, in den Tanz, um sie wild herumzuwirbeln, bis sie hysterisch lachte und ihre falschen Perlen über den Boden kullerten.

Erst jetzt beugte sich Giovanni zu mir herüber. Seine Stimme klang schüchtern. »Du tanzt gut, Weib.«

Die Uhr schlug Mitternacht. Die Stunde, vor der mir gegraut hatte, war angebrochen. In einer ernsten Ansprache hatte Papa jegliche derben Scherze und auch jedes Eindringen in die Brautkammer verboten, wie es eigentlich bei Hochzeiten Tradition war. Außerdem durften nur er selbst und eine kleine, handverlesene Gruppe von Kardinälen Giovanni und mich zurück nach Santa Maria in Portico begleiten.

Mein Herz hämmerte zum Zerspringen. Und ich befürchtete, in Ohnmacht zu fallen, als wir in das für uns vorbereitete Brautgemach im ersten Stock eines noch leer stehenden Flügels des Palastes traten. Beherrscht wurde der Raum von einem riesigen gepolsterten Bett, von dessen Baldachin rote Seide herabhing und dessen Kissen unter Blüten aus Seide fast völlig verschwanden. Ich wandte mich voller Angst zu Papa um. Sein Gesicht verriet keine Regung. Und er erwiderte meinen Blick nicht einmal dann, als Giulia mich hinter einen bemalten Wandschirm führte und mich zusammen mit meinen Dienerinnen entkleidete. Das Aufschnüren der Bänder und das Abnehmen des Mieders sowie der Über- und Unterröcke schienen Stunden zu dauern, und die ganze Zeit über fiel kein Wort. Als mir schließlich das seidene Nachthemd mit dem aufgestickten Blumenmotiv über den Kopf gestülpt wurde, musste ich die Tränen zurückkämpfen.

Unter der Bettdecke wartete bereits Giovanni, sein Nachthemd oben am Hals aufgeschnürt. Während Giulia mich anwies, mit Hilfe eines Schemels in das übergroße Ungetüm von Bett zu klettern, konnte ich den Blick nicht von dieser merkwürdigen zwiebelförmigen Erhebung abwenden, die sein Adamsapfel sein sollte.

Ein Page reichte Papa einen Weinkelch. Damit trat er vor. Hinter ihm scharwenzelten, roten Vollmonden gleich, die Kardinäle herum. Nacheinander drückte er Giovanni und mir den Kelch an die Lippen und bedeutete uns mit einer Geste, daraus zu trinken, während der Page uns ein Tuch unters Kinn hielt.

Der Rotwein schmeckte sauer. Ein Tropfen sickerte mir über die Lippen und breitete sich auf dem Tuch aus wie Blut.

Papa schlug das Kreuzzeichen über uns. »Was Gott vereint, soll der Mensch nicht trennen«, psalmodierte er – dann wich er ohne jede Vorwarnung zurück und schnippte mit den Fingern.

Giulia trat vor. »Lucrezia, komm mit.«

Ich zögerte, vollkommen verwirrt. Als ich mich ratsuchend Giovanni zuwandte, starrte dieser geradeaus ins Leere. Benommen kletterte ich aus dem Bett. Der Boden unter meinen Füßen war kalt, und ich begann zu zittern. Giulia legte mir einen Schal um die Schultern, dann kniete sie sich vor mich und streifte mir Hausschuhe über die Füße. Ich war immer noch derart überrascht über die Geschwindigkeit, mit der dieses offenbar von langer Hand geplante und eingeübte Unternehmen ablief, dass ich nicht einmal auf die Idee kam, einen Abschiedsgruß in Richtung meines Gemahls zu stammeln, bevor ich eilig aus dem Gemach geführt wurde. In der Tür warf ich einen Blick zurück. Giovanni war im Bett geblieben. Papa hatte mir den Rücken zugewandt, aber ich sah ihm die Anspannung an.

Dann zog mich Giulia weiter, den Durchgang hinunter und über den Innenhof zu unseren Gemächern. Pantalisea und meine anderen Damen trotteten mit meiner zerknitterten Hochzeitsrobe hinterher. Auf einmal fiel mir siedend heiß ein, dass ich nicht den Schimmer einer Ahnung hatte, wo Adriana sein mochte. Ich hatte sie während der Abendunterhaltung aus den Augen verloren und später nicht mehr an sie gedacht.

Und noch eine andere Frage brannte mir auf den Nägeln. Beim Erklimmen der Treppe zu meinen Gemächern nahm ich all meinen Mut zusammen. »Habe ich etwas falsch gemacht?«

»Nein.« Giulia blieb vor meiner Bettkammer stehen. »Zumindest nichts, so weit es deinen Gemahl betrifft. Aber dieser Tanz heute Abend mit Cesare ...« Ihr herablassendes Glucksen kratzte mir in den Ohren. »Der war zwar bezaubernd, meine Liebe, aber wohl kaum schicklich. Du musst dich von nun an in Diskretion üben. Auch wenn du es nur auf dem Papier bist, trotzdem bist du jetzt eine verheiratete Frau.«

»Aber er ist mein Bruder!« Ich war nach der plötzlichen Wende meines Schicksals immer noch zu durcheinander, um mich über Giulias Anmaßung zu ärgern, obwohl ich sehr wohl hätte entgegnen können, dass ihr die Rolle der Ratgeberin gewiss nicht zustand, nachdem sie den halben Abend damit verbracht hatte, sich Pralinen aus dem Mieder pflücken zu lassen. »Er hat mich um den Tanz gebeten. Was ist so schlimm daran? Und da Giovanni nicht wollte, habe ich ...« Meine Rechtfertigung erstarb mir auf der Zuge, als ich sah, mit welch eigenartiger Miene sie mich musterte. »Was ist? Was habe ich getan?« Nun ging ich natürlich davon aus, dass mein Tanz mit Cesare Papa so sehr missfallen hatte, dass er mich zur Strafe aus dem Brautgemach geholt hatte. Aber das ergab doch keinen Sinn! Er musste gewusst haben, dass ich unendlich erleichtert sein würde. Hatte Giovanni sich womöglich beschwert? Ich suchte in meinem Gedächtnis. War

Giovanni irgendwann im Verlauf der Feier an Papa herangetreten? Gewiss nicht. Er war die ganze Zeit an meiner Seite gewesen – mit Ausnahme des Tanzes. Und danach hatte er mir sogar ein Kompliment gemacht.

Mit gepresster Stimme erklärte Giulia: »Seine Heiligkeit erwartet Gehorsam von dir. Diese …« Sie unterbrach sich. Obwohl es eine milde Nacht war, zog ich den Schal fester um mich. »Diese Zuneigung …« Sie stellte sich meinem Blick. »Diese Zuneigung, die zwischen Cesare und dir besteht, darf deine Beziehung mit deinem Gemahl nicht berühren. Es ist von größter Bedeutung, dass wir Mailand nicht beleidigen.«

»Beleidigen?« Jetzt regte sich doch der Zorn in mir. »Dann hätte man mir ja wohl gestatten müssen, bei meinem Mann zu bleiben. Ist das denn nicht alter Brauch bei frisch Vermählten?« Ich fragte mich, ob sie selbst nach ihrer Hochzeit mit Orsino zusammengeblieben war. Oder war sie gleich nach der Zeremonie zu Papa ins Bett gehüpft?

Giulia bedachte mich mit einem kalten Lächeln. »Was weißt du denn schon von solchen Dingen? Du bist erst dreizehn. Solange du nicht dafür bereit bist, kann es keinen Vollzug geben. So steht es auch im Ehevertrag. Verstehst du das?«

»Aber wenn ich zu jung dafür bin«, wandte ich ein, »warum werde ich dann überhaupt verheiratet?« Ich wusste, wie wichtig es war, Kardinal Sforza Genugtuung zu verschaffen, aber war das alles wirklich notwendig gewesen? Die immensen Ausgaben für das Fest, meine Robe, all das Gepränge. Ich empfand das eher als gewaltige Last.

»Ich sehe schon, du hast tatsächlich nichts verstanden.« Giulia stieß einen gequälten Seufzer aus. »Du hattest noch keine Blutungen. Das heißt: Du bist noch keine Frau. Eure Ehe kann erst vollzogen werden, wenn du so weit bist.«

Wie demütigend! Zwar hatte sie recht – ich hatte immer

noch nicht mein erstes Blut verloren –, aber mit der Art und Weise, wie sie darüber sprach, schien sie mich nur daran erinnern zu wollen, dass sie mir haushoch überlegen war. Es klang fast so, als genösse sie es, mich aus meinem Ehebett gerissen zu haben und mir unter die Nase reiben zu können, dass ich selbst schuld daran war, wenn ich noch nicht dazu in der Lage war, meine Verantwortung als Ehefrau zu übernehmen. Ich verabscheute sie dafür, obwohl mir sehr wohl bewusst war, dass Heiraten lediglich ein Mittel zum Zweck war, etwas, das zwischen zwei Familien vereinbart wurde. Falls daraus Liebe entstand, war sie ein Geschenk, nichts, was man erwarten durfte. Papa musste meine Mutter früher einmal tatsächlich so geliebt haben, wie er heute anscheinend Giulia anbetete, und doch hatte es ihn nicht gestört, Vanozza anderweitig verheiratet zu sehen. Natürlich war er an sein Gelübde gebunden und konnte deswegen nicht heiraten – gleichwohl war mir eine Ehe nie wie etwas vorgekommen, das auf Sehnsucht beruhte, sondern eher wie eine Notwendigkeit, ein Zustand, mit dem die meisten Frauen sich abzufinden hatten. Allein schon Giulia zu beobachten hatte mich gelehrt, wie wenig die Ehe bedeutete.

»Du hättest mich vorbereiten müssen!«, ereiferte ich mich. »Als ich dich über die Hochzeitsnacht ausfragen wollte, hast du mir nichts von all dem gesagt, obwohl du es hättest wissen müssen.«

»Ich wusste ja auch nichts. Noch war nichts entschieden. Seine Heiligkeit musste bis zum Schluss warten. Erst dann konnte er die Klausel hinzufügen. Hättest du deine erste Blutung vor dem heutigen Abend bekommen, wäre die Sache ganz anders ausgegangen. Dein Ton wundert mich, Lucrezia. Ich hätte gedacht, du bist froh darüber, dass Seine Heiligkeit das alles bedacht hat.«

»Trotzdem hättest du mich aufklären müssen. Du hattest den ganzen Tag lang dafür Zeit.« Ich provozierte sie mit voller Absicht, denn ihre unerträgliche Selbstgefälligkeit reizte mich bis zur Weißglut. »Was geschieht denn nun, wenn ich für erwachsen erklärt werde? Wie du gesagt hast, ich bin dreizehn. Da fange ich doch sicher bald an zu bluten …«

Sie gebot mir mit erhobener Hand Schweigen, den Blick an mir vorbei auf meine Dienerinnen gerichtet. In den Wandleuchtern flackerten Kerzen, meine Bettdecken waren gewendet worden. Das konnte nur eines bedeuten: Adriana war hier gewesen. Sie hatte den Prunksaal irgendwann während der Feier verlassen, um meine Schlafkammer für meine Rückkehr vorzubereiten.

Also hatte sie gewusst, dass ich nicht bei Giovanni bleiben würde. Alle hatten es gewusst. Nur ich nicht.

»Wenn du auch nur einen Blutstropfen entdeckst, musst du es mir sofort sagen.« Giulia beugte sich so nah zu mir vor, dass ihre Züge vor meinen Augen verschwammen. »Aber nur mir und sonst niemandem, nicht einmal Adriana. Dein Vater befiehlt es so.«

»Aber was ist, wenn es passiert, während Pantalisea mir aufwartet oder eine andere von den …?«

»Seit wann haben denn Bedienstete etwas zu sagen? Wenn sie zu viel reden, wird ihnen die Zunge herausgeschnitten. Du solltest dich glücklich schätzen, dass Rodrigo sich so sehr um dein Wohlergehen kümmert. Andere Väter sind nicht so fürsorglich.« Sie schob mich in die Schlafkammer. »Es war ein langer Tag. Du musst müde sein.«

Das war ich tatsächlich. Still saß ich da, während Murilla mir das Haar bürstete, und spürte, wie die Anspannung von mir abfiel. Unterdessen sammelte Pantalisea meine Sachen ein und verwahrte den Schmuck in einer Schatulle. Die Einzelteile meiner Robe plättete sie mit einem auf dem Herd erhitzten Eisen; die kleineren Teile – Strümpfe, Stoffschuhe, Ärmel und Unterwäsche – legte sie zusammen, um sie in den Truhen zu verstauen. Erschöpft kniete ich mich schließlich vor meine Ikone der Heiligen Jungfrau und sprach meine Gebete, auch wenn ich nicht wusste, was das heute noch bewirken sollte. Meine dringendste Bitte war ja schon erhört worden: Fürs Erste blieb ich verschont. Allerdings hatte ich keine Erfahrung, anhand derer sich ermessen ließ, was mir damit verwehrt worden war. Giovanni dagegen musste es wissen, denn er war schon einmal verheiratet gewesen. Dennoch hatte er nicht protestiert. Und wenn *er* sich nicht empört hatte, dann hatte gewiss auch ich keinen Grund dazu.

Bei aller Erleichterung darüber, dem Ehebett entronnen zu sein, verübelte ich es freilich Giulia immer noch, dass sie in die Intrige eingeweiht gewesen war, aber nicht daran gedacht hatte, mich aufzuklären. Das war ein weiteres Beispiel dafür, dass sie über Dinge im Bilde zu sein schien, von denen sie eigentlich nichts wissen durfte. Würde sie sich in alle Ewigkeit in meine Angelegenheiten einmischen?

Während Murilla ihren Strohsack auf dem Boden ausbreitete, steckte mich Pantalisea ins Bett. »Soll ich bleiben?«, fragte sie, denn irgendwie hatte sie meine Unruhe gespürt. Als ich nickte, schlüpfte sie zu mir unter die Decke.

Wie ein Kind schmiegte ich mich an ihre Brust, während sie mir über die Haare streichelte und ein Wiegenlied sang.

Beim Einschlafen wurde mir klar, dass sich im Grunde nichts geändert hatte.

Ich war immer noch mehr die Papsttochter als die Gemahlin irgendeines Mannes. Doch jetzt war ich entschlossen, Giulias hartnäckigen Einfluss auf mich zu durchbrechen.

9

Auch wenn Giovanni jetzt in den verwaisten Flügel auf der anderen Seite des Innenhofs zog, sahen wir einander nicht sehr häufig. Meistens begegneten wir uns am Vormittag, wenn er bereits das Nachtfasten gebrochen hatte und in Begleitung seiner Diener vollständig bekleidet aus seinen Räumen trat. Sobald wir einige Artigkeiten ausgetauscht hatten, brach er zur Jagd oder zu einem Ausritt auf, es sei denn, Papa benötigte ihn für einen offiziellen Anlass.

Einer dieser Anlässe bestand in der Ankunft einer königlichen Gesandtschaft aus Spanien. Im Jahr der Erhebung meines Vaters zum Papst hatte sich ein genuesischer Seefahrer mit dem Namen Cristofero Colombo die Gönnerschaft Königin Isabellas für die Überquerung des Ozeanischen Meeres gesichert. Voll des Triumphs kehrte er zurück, um die Entdeckung einer neuen Welt zu verkünden. Ich hatte diese Kunde zwar vernommen, aber kaum darüber nachgedacht, bis Papa von uns verlangte, dass wir dem Empfang für die spanische Gesandtschaft beiwohnten, bei dem endlich die lang erwartete Urkunde zur Belehnung Juans mit dem Herzogtum von Gandia übergeben werden sollte.

Wie immer lag Spanien mit Portugal im Streit. Diesmal ging es um die Inbesitznahme der noch nicht vermessenen neuen Welt, in die der portugiesische König eilig seine eigenen Erforscher entsandt hatte. Nun überbrachte der spanische Botschafter Königin Isabellas Gesuch um einen päpstlichen Kompromiss. Vor allen Anwesenden studierte Papa die grob skizzierte Landkarte, die ihm der Botschafter vorlegte, und sprach die Gebiete westlich und südlich von Colombos Entdeckung Spanien zu und die übrigen denjenigen Ländern, die dort zuerst anlandeten. Damit war der Botschafter ganz und gar nicht einverstanden, doch Papa ließ ihn nicht zu Wort kommen.

»Bei aller Wertschätzung für Ihre Katholischen Hoheiten«, verfügte Papa, »kann ich ihnen nicht das Recht zubilligen, etwas in Anspruch zu nehmen, das ihnen nicht gehört.« Damit zog er sich auf sein Podium zurück, um in einer feierlichen Zeremonie Gottes Segen für Juans Erhebung zum Herzog zu erbitten.

Mich beschlich das Gefühl, dass der Botschafter, hätte es in seiner Macht gestanden, Juan den Titel entzogen hätte. Aber dazu war er nicht befugt, sodass er zähneknirschend zusehen musste, wie mein Bruder zur Feder griff und schwungvoll seine Unterschrift auf die Urkunde setzte, ohne sich die Mühe zu machen, sie auch nur flüchtig zu lesen. Mit einiger Anstrengung konnte ich mein Grinsen verbergen. Schon in der Kindheit hatte Juan sich um das Lesen gedrückt und Cesares und meine Liebe zu Büchern als »weibische Ziererei« abgetan. Und heute verhielt er sich trotz der Bedeutung des Anlasses um keinen Deut anders. So schickte er sich gerade an, sich zu einem Granden und Mitglied des kastilischen Hochadels auszurufen, als der Botschafter kurz angebunden erklärte: »Ihre Majestät Königin Isabella wäre hocherfreut, Don Juan Borgia, Herzog von Gandia, persönlich auf seinen Ländereien in Kastilien willkommen zu heißen. Sie hat nur eine Bitte.«

Stille senkte sich über die Versammelten. »Eine Bitte?«, knurrte Papa auf seinem Podest. »Haben Wir Ihrer Majestät nicht gerade das Recht auf Gebiete jenseits des Ozeanischen Meeres zugesprochen?«

»Dafür sind wir auch äußerst dankbar, Eure Heiligkeit«, erwiderte der Botschafter, und ich spürte schon, wie sich Cesare neben mir wegen des salbungsvollen Tonfalls des Mannes versteifte. »Nun hat Ihre Majestät jedoch von einem beunruhigenden Gerücht gehört, wonach Eure Heiligkeit beabsichtigen, den ins Exil verbannten Juden Zuflucht zu gewähren. Das bereitet ihr Sorge, da diese Personen sich ihrem Edikt widersetzt haben und in Euer Hoheitsgebiet geflohen sind, obwohl sie ihnen die Rückgabe ihrer Güter zugesichert hat, sofern sie ihrer Bitte nachkommen.«

»Mit anderen Worten: wenn sie ihrem Glauben abschwören«, knurrte Papa. »Uns ist das Edikt Ihrer Majestät bekannt. Es zeugt von ihrer glorreichen Verehrung unserer heiligen Kirche. Doch wie mir scheint, muss sie daran erinnert werden, dass sie nicht auch hier die Herrscherin ist. Wie ich in meinem Hoheitsgebiet mit den Juden verfahre, ist meine eigene Angelegenheit.«

»Sie sind Häretiker, Verfluchte, die unseren Erlöser ermordet haben!«, donnerte der Botschafter mit einer solchen Leidenschaft, dass seine Worte im ganzen Saal widerhallten. »Eure Heiligkeit sind der geweihte Stellvertreter Christi. Da könnt Ihr ihnen gewiss nicht Einlass in die Ewige Stadt gewähren.«

»Habt Ihr sie denn gesehen?« Jäh war Cesare in seinen purpurnen Gewändern aufgesprungen. Der ganze Saal fuhr verblüfft zu ihm herum, auch Papa, dessen Gesicht sich nun immer dunkler färbte.

Der Botschafter schnaubte. »Sie *gesehen*?«, wiederholte er in einem Ton, als hätte er sich verhört.

»Ja«, bekräftigte Cesare. »Habt Ihr sie persönlich gesehen?

Sind Euch die Umstände, unter denen sie leben, bekannt? Ich denke nicht. Denn wäre das so, würdet Ihr wissen, dass Ihre Majestät keinen Anlass zur Klage hat. Vielmehr sind wir diejenigen, die sich beschweren sollten, denn sie hat sie aus Spanien verbannt und vor unserer Tür ausgesetzt. Ich habe das Lager der Juden in der Via Appia gesehen, Señor. Einen erbärmlicheren Anblick werdet Ihr nirgends finden. Wie die Tiere drängen sie sich auf den Feldern aneinander und haben nicht genug, um Leib und Seele zusammenzuhalten. Ein Teil von ihnen ist seit beinahe einem Jahr hier. Von allen Häfen, wo ihnen erlaubt wurde, an Land zu gehen, haben sie sich hierher nach Rom geschleppt. Wir versuchen nur, ihre Not zu lindern, denn sie leiden an Fieber, und ihre Abfälle verschmutzen sämtliche Gewässer, die nach Rom abfließen. Oder ist es Ihrer Majestät lieber, wenn jeder Christ hier an der Pest dahinsiecht?«

»Mir leuchtet nicht ein, warum sich Ihre Majestät damit befassen sollte«, entgegnete der Botschafter. »Seine Heiligkeit hat die Juden hereingelassen. Liegt darum nicht auch ihr Wohlergehen in seiner Verantwortung?«

Aufgebracht trat Cesare einen Schritt weiter vor. »Wie Ihr sehr wohl wisst, Señor, haben wir in dieser Angelegenheit schon einige Boten zu Ihrer Majestät gesandt, stets mit der Bitte, sie möge aufhören zu klagen und uns das Recht zugestehen, Verantwortung für die Juden zu übernehmen. Doch Ihre Majestät beharrt darauf, dass die spanischen Juden ungeachtet ihres Edikts weiterhin ihre Untertanen bleiben und sich ihrem Diktat zu unterwerfen haben.«

Der Botschafter hob sein spitzes Kinn. »Ihre Majestät hat recht. Doch wenn Euch die Juden solche Sorgen bereiten, braucht Ihr sie nur zu uns zurückzuschicken. Wir haben eine Lösung. Sie wird Inquisition genannt. Es war der Vorgänger Eurer Heiligkeit, der Ihre Majestät ermächtigt hat, sie durchzusetzen.«

Cesare stieß ein bellendes Lachen aus. »Will sie denn jeden verbrennen, der sich nicht ihren Wünschen fügt?«

Papa fuhr ihm über den Mund. »Es reicht!« Und mit leiserer Stimme wandte er sich an den Botschafter. »Ich fürchte, Seine Eminenz von Valencia hat sich von seinem Mitgefühl mitreißen lassen. Sagt Ihrer Majestät, dass Wir ihre Sorgen in Unsere Überlegungen mit einbeziehen werden.«

Der Botschafter verneigte sich. »Danke, Eure Heiligkeit. In Anerkennung Eurer Rücksichtnahme möchte Ihre Majestät ihren Dank ausweiten und Seiner Hoheit von Gandia die Hand von Doña Maria Enríquez, Cousine des Gemahls Ihrer Majestät, König Fernando, anbieten.«

Schlagartig hellten sich Juans Züge auf, bot sich ihm nun die Aussicht, über den Titel hinaus auch eine Braut zu gewinnen. Cesare indes starrte unseren Vater über den Saal hinweg fassungslos vor Entsetzen an.

Nach der Zeremonie zogen wir uns zurück, um in familiärem Rahmen zu speisen.

Als der erste Gang aufgetragen wurde, erklärte Cesare: »Wir können es uns nicht bieten lassen, dass dieser Wurm von einem Botschafter uns Vorschriften macht. Königin Isabella hat die Juden per Edikt verbannt. Wer sich weigerte zu konvertieren, wurde gezwungen, das Land zu verlassen, und durfte nur mitnehmen, was er tragen konnte. Sie hat das Eigentum dieser Leute einbehalten und sie in leckenden Schiffen aufs Meer hinausgeschickt. Da *müssen* wir ihnen unseren Schutz gewähren.«

Juan, der zu Papas Rechten saß, funkelte ihn an. »Wieso sind dir diese verlausten Hebräer eigentlich eine solche

Herzensangelegenheit? Sie vermehren sich wie die Ratten. Wir haben schon jetzt viel zu viele hier in Rom. Wenn die Königin sagt, sie müssen nach Spanien zurückkehren, dann wird ihnen nichts anderes übrig bleiben. Sie hat mich zum Grande gemacht; wir haben Erwartungen zu erfüllen. Juden zu verteidigen, das fällt nicht darunter.«

Cesare wandte sich an Papa. »Würdet Ihr bitte meinem Bruder, diesem Idioten, mitteilen, dass Rom nicht unter die Befehlsgewalt von Königin Isabella oder irgendwelchen anderen Monarchen mit befristeter Amtszeit fallen kann?«

Einen spannungsgeladenen Moment lang schwieg Papa. Schließlich knurrte er: »Ich schätze die Einmischung der Königin nicht. Sie ist zu überheblich. Der Aufruhr, den sie in ihrem Reich verursacht hat, wird auf alles, was sie erreicht hat, einen Schatten werfen. Aber in einem hat dieser Wurm von Botschafter, wie du ihn nennst, recht: Mein Vorgänger, Papst Innozenz – möge er in Frieden ruhen –, hat ihr tatsächlich die Vollmacht erteilt, die Inquisition einzusetzen. Und ihre Juden haben sich gegen sie aufgelehnt. Darüber hinaus« – er hob die Stimme, um einem Einwand Cesares vorzugreifen – »wird diese Heirat mit der kleinen Enríquez, die sie uns anbietet, sicherstellen, dass Juan Teil der Familie von Isabellas Prinzgemahl Fernando wird, dessen Mutter eine Enríquez war. Sosehr mich das auch bekümmert, es ist unumgänglich, dass wir uns erkenntlich zeigen. Isabella hat es zu einer Bedingung dafür gemacht, dass Juan nach Spanien aufbrechen kann und Zugang zu den herzoglichen Pfründen erhält. Ich werde nicht zulassen, dass mein Sohn in Kastilien ein Dasein wie ein Bauer führt.«

»In Kastilien leben alle wie die Bauern«, spottete Cesare und rammte sein Messer in den Räucherschinken. »Wegen des zehnjährigen Kreuzzugs ihrer Majestäten gegen die Mauren sind sie dort bettelarm. Ihr habt doch den spanischen Botschafter gesehen. Seine Ärmelbündchen sind abgewetzt. Hinter allem, was Isabella tut, steckt die Gier, ihre Schatzkammer neu aufzufüllen. Das ist der Grund, warum sie den Zugang zu den Einkünften aus dem Herzogtum mit Hindernissen pflastert. Sie würde uns nur zu gern jeden Juden in Europa verhätscheln lassen, wenn das hieße, dass sie Juan nicht mehr überlassen müsste als nur den Titel. Wenn sie uns verbietet, den Juden Asyl zu gewähren, dann geht es ihr lediglich darum, uns daran zu erinnern, dass wir Spanien verpflichtet sind und in Frankreich einen gemeinsamen Feind haben. Vergesst nicht, dass die Franzosen sich mit Mailand verbündet haben, mit dem Ziel, Neapel an sich zu reißen. Isabella weiß, dass wir den Mailänder Intrigen ausgeliefert sind, falls sie uns ihre Unterstützung entzieht.«

Ich konnte förmlich sehen, dass Cesare den Finger auf eine wunde Stelle gelegt hatte. Das Gesicht zu einer zornigen Grimasse verzerrt, reckte Papa seinen Kelch in die Höhe. Und seine Wut ließ keineswegs nach, als Perotto nachschenkte. Nicht einmal Giulia, die, in teure Seide gehüllt und mit zu viel Schmuck behängt, links neben ihm saß, schien in der Lage, ihn zu besänftigen. Als sie sich zu ihm hinüberbeugte, um ihm etwas ins Ohr zu flüstern, winkte er unwirsch ab.

»Du maßt dir an, mir, dem heiligen Pontifex, einen Rat darüber zu erteilen, wie ich meine Angelegenheiten zu regeln habe?«, blaffte er Cesare an.

Mein Bruder ließ sich nicht beirren. »Nur wenn mein Rat es wert ist, gehört zu werden.«

Wie zwei Kämpfer starrten sie einander über den Tisch hinweg an. Die Spannung zwischen ihnen war mit Händen zu greifen. Bisher hatte ich angenommen, dass Cesare sich mit seinem Schicksal abgefunden hatte, denn er hatte den Kardinalshut akzeptiert und auch keinen Streit wegen Juans Erhebung in den Fürstenstand angezettelt. Doch jetzt wurde mir klar, dass er sehr wohl gegen die Seile aufbegehrte, mit denen er gefesselt war.

»Du bist eigensinnig«, hielt Papa ihm vor. »Die guten Beziehungen zu Spanien müssen gepflegt werden. Königin Isabella fordert das. Und, wichtiger noch, *ich* fordere es.« Er kippte seinen Wein in einem einzigen Schluck hinunter und ließ sich von dem Pagen sofort wieder nachschenken.

Vorsichtig spähte ich zu Giovanni hinüber. Er schien ganz auf seinen Teller konzentriert und kaute schweigend vor sich hin, als höre und sähe er nichts anderes.

Cesare riss mich aus meinen Gedanken. Kalt und mit kalkulierter Präzision sagte er: »Wenn Ihr tut, was sie fordert, werdet Ihr das noch bereuen. Sie wird ihre Versprechen niemals halten. Ich würde meinen Palazzo darauf verwetten, dass Juan zwar mit all unserem Geld in der Tasche nach Kastilien geht, aber spätestens nach einem Monat einen Brief mit der Bitte um mehr senden wird, weil ihm die Schulden über den Kopf wachsen. Ihre Majestät wird alles tun, um ihm Einkünfte aus diesem Herzogtum zu verwehren.«

»O ja, Bruder!«, zischte Juan, die Faust um sein Messer gekrampft. »Uns allen ist bekannt, wie wenig *dir* Versprechen bedeuten. In deinem Gelübde bei der Weihe hast du Gehorsamkeit und Bescheidenheit versprochen, aber davon sehe ich hier nichts – obwohl die Pfründe aus deinem kirchlichen Amt für die Restaurierungsarbeiten an deinem kostbaren Palast mehr als genügen, und die kosten nicht wenig, wie ich gehört habe. Worin unterscheiden sich deine Bedürfnisse also von den meinen?«

Ich wagte kaum zu atmen und beobachtete Cesare, der

sich langsam zu Juan umdrehte. Ich stellte mir schon das Chaos vor, das ausbrechen würde, wenn die beiden in den Privatgemächern unseres Vaters aufeinander losgingen.

»Meine Bedürfnisse sind deshalb anders, weil das, was ich tue, uns allen dient«, erklärte Cesare. »Mein Palazzo legt Zeugnis vom Ruhm unserer Familie ab. Ich denke immer zuerst an die Borgia und dann erst an mich selbst.«

Papa stieß ein sarkastisches Lachen aus. »Allerdings. Wir haben deine Selbstlosigkeit ganz vergessen – während ich die Renovierung des Vatikans vorübergehend unterbrechen musste, um deinem Bruder die Reise nach Spanien bezahlen zu können.« Seine Augen verengten sich zu Schlitzen. »Du hast anscheinend vergessen, wer der Papst ist und dass der Palast, für den du so viel von meinem Geld verschwendest, nicht mehr dir gehört, falls es mir in den Sinn kommt, dir die Unterstützung zu entziehen.«

Cesare presste die Zähne aufeinander. »Ich habe es nicht böse gemeint, aber angesichts der gegenwärtigen Lage wäre es doch sicher besser, all die Kosten und Mühen, die bisher in Juan gesteckt wurden, für die Stärkung unserer Verteidigung zu verwenden.« Er wurde lauter. Mir verriet das, dass er im Begriff war, die Beherrschung zu verlieren, so wie das zuvor im Disput mit dem spanischen Botschafter geschehen war. Am liebsten hätte ich ihn warnend am Ärmel gezupft. Wenn er jetzt versuchte, Papa Vernunft einzureden, würde das unseren Vater nur in noch größere Wut versetzen. Doch Cesare schien inzwischen alle Besonnenheit hinter sich gelassen zu haben. »Während wir mit Isabella feilschen und Juans aberwitziges Vorhaben den letzten Dukaten aus unserer Schatzkammer saugt, betreiben unsere Feinde unseren Sturz.«

»Ach ja?«, spottete Papa mit gefährlich leiser Stimme. »Bitte klärt uns auf, Eure Exzellenz.«

Erneut verkannte Cesare die unter Papas trügerischem Tonfall schwelende Wut. »Ihr wisst doch, dass Kardinal della Rovere seit dem Tag, da er den Heiligen Stuhl an Euch verloren hat, unablässig gegen Euch intrigiert. Er bezeichnet Euch als Usurpator, der den Thron gestohlen hat, der von Rechts wegen ihm gehöre. In diesem Moment ist er auf dem Weg nach Mailand, um Il Moro zu einem Rachefeldzug gegen uns zu überreden. Mein Kundschafter am Mailänder Hof hat mir die dringende Botschaft gesandt, dass auch König Charles von Frankreich zur Teilnahme an dieser Verschwörung aufgefordert werden soll. Frankreich und Spanien streiten um Neapel. Es würde mich nicht wundern, wenn Charles sich von Mailand zu einer Invasion anstacheln ließe, sobald ihm zu Ohren kommt, dass Ihr Isabella nachgegeben habt. Euch wollen sie absetzen und den Rest von uns in den Kerker werfen oder gleich umbringen.« Cesare machte eine Kunstpause. »Ist das Aufklärung genug, oder soll ich fortfahren?«

Als der Name »Il Moro« fiel, der Name seines Verwandten, blickte Giovanni abrupt auf. Mit einem Schlag war er leichenblass geworden. Doch bevor er ein Wort sagen konnte, schlug Papa mit solcher Wucht auf den Tisch, dass das Geschirr klirrte. »*Basta!* Wie kannst du es wagen, mich zu belehren? Bei Gott, habe ich nicht ohnehin genügend Verdruss, ohne dass mein eigener Sohn an meinem Urteil zweifelt? Du bildest dir ja reichlich viel auf dich ein, Cesare Borgia. Du hast mir nichts voraus, und ich schlage vor, dass du das nicht vergisst. Und jetzt geh mir aus den Augen.«

Juan grinste schadenfroh, als Cesare verärgert seinen Stuhl zurückschob und hinausstolzierte. Ich wollte ihm folgen und war auch schon drauf und dran, meinen Vater um die Erlaubnis dafür zu bitten, doch dann sah ich, dass er vor Wut zitterte, und der Mut verließ mich.

Schweigend aßen wir weiter. Sobald die Bediensteten abgeräumt hatten, verließen Giovanni und Juan, die eine unerklärliche Verbundenheit entwickelt hatten, gemeinsam den Raum. Bevor Giulia aufstehen und mich zu meinen Gemächern begleiten konnte, entschuldigte ich mich und rannte hinaus in die Gärten.

Dort sah ich ihn im flackernden Licht von den mit Citrin parfümierten Brandfackeln auf und ab marschieren. Seinen Pileolus trug er in der Faust; seine dichten Locken ergossen sich über sein schmales, bleiches Gesicht.

»Man könnte meinen, er hätte den Verstand verloren«, knurrte er, als ich ihn atemlos vom Laufen erreichte. »Königin Isabella *fordert* es? Diese Frau fordert alles und gibt nichts. Sie ist nicht unsere Freundin. Viel lieber sähe sie Juan irgendwo anders auf der Welt, nur nicht in ihrem Reich, und das weiß Papa genau. Sie verachtet ihn dafür, dass er seine Bastarde, wie sie uns nennt, vor aller Öffentlichkeit begünstigt, auch wenn sie es nicht wagt, das laut zu sagen.« Er stieß ein barsches Lachen aus. »Nicht, dass das Juan kümmert. Wusstest du, dass er eine Leibgarde für Djem angefordert hat? Er plant tatsächlich, den Türken nach Kastilien mitzunehmen. Stell dir nur vor, was für ein Gesicht die Königin machen wird, wenn unser Bruder mit seinem gottlosen Freund im Schlepptau vom Boot herabsteigt.«

»Und die Juden? Warum sind sie dir solch ein Anliegen?« Ich brannte vor Neugier, denn seine leidenschaftliche Parteinahme für sie im Streit mit Papa hatte mich verblüfft. Bis dahin hatte er nie besonderes Interesse an den Juden gezeigt. Ich wusste, dass sie unter uns lebten, wenn auch größtenteils in ihren eigenen Vierteln, und dass Papas Leibarzt ein spanischer *converso* war, ein zum Christentum bekehrter Jude. Doch seit wir alt genug waren, um unseren Katechismus zu lernen, war uns eingebläut worden, den Juden aus dem Weg zu gehen, weil sie ein ungetauftes und häretisches Volk waren, das unseren Erlöser gekreuzigt hatte und heidnische Kulte pflegte.

»Die Juden an sich sind mir gleichgültig, erklärte Cesare gereizt. »Hast du mir beim Essen überhaupt zugehört? Woran mir liegt, ist, dass wir Isabella nicht nachgeben. Sie hat die Juden ins Exil verbannt. Da kann sie uns nicht vorschreiben, was aus ihnen werden soll. Als Nächstes sagt sie uns, wie wir Rom zu regieren haben! Sie will für alles ihre Bedingungen aufstellen und uns auspressen wie eine Zitrone, nur um damit Vorteile für ihren eigenen Klerus herauszuschinden.«

»Aber was wird denn nun aus ihnen?« Ob ich wollte oder nicht, seine Beschreibung der Notlage der Juden hatte mich bewegt. Mir behagte weder die Vorstellung, dass sie aneinandergedrängt vor unseren Stadtmauern kauerten, noch die Bedrohung einer durch sie ausgelösten Seuche.

»Wenn sie sich entscheiden zu bleiben, werden sie einen Preis für die Zuflucht zu zahlen haben. Papa wird nicht einen Finger für sie krümmen. Eher im Gegenteil: Er wird die Hand ausstrecken – um das Lösegeld anzunehmen, das ihm unsere Rabbiner für ihre spanischen Brüder bieten werden. Du hast ihn doch gehört: Er musste die Renovierung seiner Gemächer unterbrechen, um Juans Aussteuer zahlen zu können. Diese Juden sind jetzt ihr Gewicht in Gold wert, und Papa wird dafür sorgen, dass sie bis zur letzten Münze bezahlen.«

»Eine Aussteuer ist doch etwas für Mädchen.« Ich kicherte und handelte mir einen wütenden Blick ein. Schnell wurde ich wieder ernst. Erst jetzt wurde mir klar, welch übler Laune Cesare war. »Und diese Intrige des Kardinals della Rovere?«, fragte ich unvermittelt, als mir Giovannis eigenartige

Reaktion wieder einfiel. »Stellt er wirklich eine Gefahr für uns dar?«

»Uns droht immer Gefahr. Das müsstest du inzwischen eigentlich wissen, zumal du gesehen hast, wie Juan einen von della Roveres Hunden abgeschlachtet hat. Aber es ist wohl leicht, so etwas zu vergessen, wenn man den ganzen Tag abgeschieden von der Welt mit Adriana und der Braut Christi in einem Palazzo sitzt.«

»Ist das dein Spitzname für Giulia?« Um nicht schon wieder loszukichern, bohrte ich mir die Fingernägel in die Handballen.

»Ich habe viel schlimmere für sie«, fauchte er. »Und dieser eine ist noch harmlos im Vergleich zu den Beleidigungen, die auf den Straßen im Umlauf sind.« Er setzte sich wieder in Bewegung, noch schneller als zuvor. Um mithalten zu können, musste ich meine Röcke raffen. »Braut Christi. Heilige Hure. Kurienschlampe. Sie hat sich diese Verachtung redlich verdient. Manche nennen ihren Bruder Alessandro den Unterrockkardinal, weil er seinen Hut ihren Gefälligkeiten verdankt. Trotzdem ist Papa drauf und dran – so wie bei Juan –, sein Vermögen und seine Zeit mit ihr zu verschwenden, weil er die Augen davor verschließt, dass wir von einem Rudel Wölfe gejagt werden, die nur ein Ziel haben: uns zu Fall zu bringen.«

Ich ergriff ihn am Arm und zwang ihn, stehen zu bleiben. »Cesare, *was* für Wölfe? Was sagst du da?«

Ein Schatten glitt über sein Gesicht. Schweigend musterte er mich, bis er schließlich erklärte: »Was ich Papa gesagt habe, ist wahr. Ich habe wirklich einen Emissär am Mailänder Hof. Er hat mir gemeldet, dass Kardinal della Rovere mit Il Moro ein Komplott schmiedet, um die Franzosen nach Italien zu holen und Papa zu stürzen.«

Ich bekam vor Schreck zittrige Knie. »Aber das kann er doch nicht tun! Papa ist gemäß dem heiligen Gesetz gewählt worden. Das Konklave hat ihn zum Papst bestimmt. Das ist der Wille Gottes!«

»Nicht, wenn es nach della Rovere geht. Er beschuldigt Papa, den Heiligen Stuhl durch Bestechung an sich gerissen zu haben. Außerdem behauptet er, Papa sei des Ämterkaufs schuldig, der Vetternwirtschaft und … was habe ich vergessen? Ach ja: zügellose Fleischeslust dank der Farnese. Ich habe Papa davor gewarnt, diesem Sforza zu vertrauen. Sie sind so verräterisch wie die Viper auf ihrem Wappen. Schon jetzt macht sich unser Freund, Kardinal Sforza, rar. Er schützt eine Erkrankung vor. Und dein Gemahl … na ja, es genügt zu sagen, dass wir diesen Köter ohne Rückgrat nicht in deinem Bett haben wollen, falls sich Il Moro della Roveres Rachefeldzug anschließt.«

»Er ist nicht in meinem Bett«, erklärte ich, bevor mir bewusst wurde, was ich da preisgab.

Cesare erstarrte. »Was hast du gesagt?«

»Er … er ist nicht in meinem Bett.« Meine Stimme bebte. Ich war bestürzt über den gierigen Ausdruck in seinen Augen. »Giulia hat mit erzählt, dass Papa eine Klausel in unseren Ehevertrag eingefügt hat. Giovanni muss warten, bis ich für … reif genug erklärt werde.« Ein rätselhaftes Gefühl zeichnete sich auf dem Gesicht meines Bruders ab. »Wusstest du das nicht?«, fragte ich. »Obwohl du Spitzel in Mailand und weiß Gott wo sonst noch hast?«

Ein winziges Lächeln ließ kurz seine Schneidezähne aufblitzen. »Nein, das ist mir völlig neu. Ich hatte nur gehört, dass Papa so eine Klausel in Erwägung zog, als er den Ehevertrag aufsetzen ließ. Aber dann sagte ich mir, dass die Sforza sich so etwas nie bieten lassen würden.« Sein Lächeln wurde breiter. »Nun gut, es geschehen also doch noch Zeichen und Wunder. Papa ist nicht so vergesslich, wie ich befürchtet habe. Zumindest hat er für dich Vorsorge getroffen, falls wir uns geirrt haben.«

Ich runzelte verwirrt die Stirn. »Giovanni und ich sind verheiratet. Was kann Papa da noch tun?«

»Nach dem Kirchenrecht ist der Nichtvollzug einer Ehe ein Grund für ihre Auflösung«, belehrte mich Cesare, und bevor ich meine Verblüffung kundtun konnte, schob er seinen Arm unter den meinen und führte mich wieder Richtung Palast. »Aber du darfst dich nicht davon beunruhigen lassen. Folge einfach unserem Rat und …«

»Hör auf!« Ich riss mich los. »Hör auf, mich wie ein Kind zu behandeln. Ich weiß: Alle wollen mich nur beschützen, aber solange sie das tun, bin ich nur dem Namen nach eine verheiratete Frau.«

Seine Stimme nahm einen kalten Ton an. »Ich dachte, Giovanni bedeutet dir nichts?«

»Das tut er auch nicht. Aber man wird doch sicher nicht von mir erwarten, dass ich in alle Ewigkeit so lebe wie jetzt!«

»Nein, ewig bestimmt nicht«, murmelte Cesare. »Das kann ich dir versprechen.«

Beunruhigt kehrte ich in meinen Palazzo zurück. Cesares Andeutung, dass die Klausel in meinem Hochzeitsvertrag mehr als eine vorübergehende Möglichkeit darstellen mochte, mich bis zu meiner Geschlechtsreife zu verschonen, verstörte mich fast genauso sehr wie die Vorstellung, dass der französische König sich von Mailand aufwiegeln ließ und in Italien einmarschierte. Seit Hunderten von Jahren hatte es keine Invasion mehr gegeben. Gewiss, im eigenen Land waren immer wieder Unruhen aufgeflammt, Scharmützel um Gebiete und Titel, Familienfehden und generationenübergreifende Rivalitäten, die zu Gewalttaten geführt hatten, aber seit Hannibal hatte keine fremde Macht mehr die tückischen Alpen überwunden – und laut den historischen Quellen war es ihm in Italien nicht gut ergangen.

Obschon es mir gelang, meine Ängste zu ignorieren, nagten Cesares Worte über meine Ehe weiter an meinem Seelenfrieden. Als ich endlich einschlief, träumte ich davon, mit bluttriefenden Händen einen endlosen Korridor hinunterzulaufen. Mit einem Aufschrei fuhr ich hoch, geweckt von einem Donnerschlag, der einen Sturm ankündigte. Ein säuerlicher Geschmack stieg mir in die Kehle, als hätte ich faulige Muscheln gegessen. Hektisch tastete ich auf dem Seitentisch nach Feuerstein und Kerze und fegte dabei alles zu Boden. Benommen kroch Pantalisea von ihrem Strohlager neben meinem Bett und entzündete die Flamme. Dann beugte sie sich im flackernden Lichtschein über mich und flüsterte besorgt: »Hoheit, ist Euch nicht gut?«

»Es ist so heiß hier drinnen, und ich habe Bauchschmerzen.« Ich schlug mein dünnes Laken zur Seite und kletterte aus dem Bett. »Ich kann kaum atmen. Ich gehe wohl besser ins Freie.«

»Was? Um diese Stunde? Es ist mitten in der …«

Ich scheuchte sie zur Seite. »Um diese Zeit wird mich niemand sehen. Außerdem bleibe ich ja in der Loggia.«

Damit streifte ich mir meine leichte Samtrobe über und schlüpfte in die Pantoffeln mit den flachen Absätzen. In dem Moment, als ich die Schlafkammer verließ, erfasste mich der nächste Krampf. Die Gänge und der Innenhof waren in Dunkelheit gehüllt. In der schwülen Luft trieben Dunstschwaden heran. Die Hitze des Tages war einer unangenehmen Feuchtigkeit gewichen, und selbst hier oben stieg mir der stechende Geruch des Tibers in die Nase. Schweißtropfen perlten mir über die Haut. Mit tiefen Atemzügen versuchte ich, meinen Magen zu beruhigen. Erneut war ein Donnergrollen zu vernehmen. In Erwartung der ersten Regentropfen senkte ich den Blick auf den unteren Säulengang. Während ich der Explosion über mir harrte, grübelte ich über die Bedeutung von Cesares Worten nach.

Wenn sein Emissär recht hatte und Giovannis Familie ein Komplott gegen die meine schmiedete, war mein Gemahl nicht im Bilde gewesen. Das hatte mir sein Erschrecken heute beim Essen verraten. Auch wenn er in mir ebenso wenig auslöste wie ich in ihm, was Liebe auch nur ansatzweise nahe kam, musste er inzwischen aufs Äußerste besorgt sein. Und das aus gutem Grund, sofern er die Klausel in unserem Ehevertrag kannte, wovon ich ausging. Papa hatte es in der Hand, unsere Ehe für nichtig zu erklären. So oder so, diese Ehe berührte mich nicht. Dann fiel mir wieder der alte Ferrante von Neapel mit seinen Leichen ein. Auf keinen Fall wollte ich ins Ehebett eines seiner Söhne verschlagen werden. Giovanni von Pesaro mochte nicht der Gatte meiner Träume sein, aber wenigstens war er meiner Familie verpflichtet, wohingegen ich bei einem neuen Gemahl möglicherweise mit ganz anderen Bindungen zu rechnen hätte.

Du musst dich in Diskretion üben. Auch wenn du es nur auf dem Papier bist, du bist jetzt eine verheiratete Frau.

Giulias Tadel in den Ohren, beschloss ich, mit Giovanni zu sprechen. Schließlich war er weder grob noch unfreundlich zu mir gewesen, und außerdem waren wir Mann und Frau. Vielleicht konnten wir gemeinsam zu einer Übereinkunft finden, die uns dabei helfen würde, uns aus den Verwicklungen unserer Familien zu befreien. Zweifellos wünschte er eine Annullierung unserer Ehe genauso wenig wie ich.

Ich zog meine Pantoffeln aus und huschte auf Zehenspitzen zum Säulengang hinunter. Mir war klar, dass ich einer momentanen Laune folgte, und ich wäre beinahe umgekehrt, als der nächste Donnerschlag krachte und mich die Sorge ergriff, jemand könne mich beim Bespitzeln ertappen. Ich sollte mich wirklich wieder ins Bett legen! Was immer über mich und meine Ehe entschieden wurde, ich hatte es zu akzeptieren. Dennoch schlich ich weiter. Es ist ja bloß ein Gespräch, redete ich mir ein. Zumindest hatte ich ein Recht darauf, die Meinung meines Mannes zu hören!

Am Eingang zu Giovannis Flügel blieb ich stehen.

Auch wenn er hier schon seit Monaten residierte, wirkte sein Teil des Palastes unbewohnt. Die gähnende Leere schien von dem Geruch nach Farbe und Gips zusätzlich verstärkt zu werden. Nicht eine Wand war geschmückt. Die Böden waren kahl. Nirgends sah ich Tische oder Stühle. In den Wandleuchtern brannten keine Kerzen. Am verstörendsten aber war das Fehlen von Dienern. Wo steckten die Pagen mit ihren Tabletts, die vor der Tür ihres Gebieters Nachtwache haltenden Kammerherren?

Beim Erklimmen der Treppe in den ersten Stock, wo ich Giovannis Privatgemächer vermutete, hörte ich den Widerhall meiner eigenen Schritte. Warum hatte dieser Mann niemanden angestellt, warum auf jegliche Einrichtung verzichtet? Zog er es vor, hier wie ein ungeladener Gast zu hausen, oder war er schlichtweg zu arm, um sich auch nur ein Mindestmaß an Komfort leisten zu können? Auch das war etwas, was mir überhaupt nicht gefiel. Musste mein Gemahl wirklich am Hungertuch nagen, während Giulia über einen ganzen Palast verfügte?

Ich erreichte das obere Stockwerk, wo seit der Renovierung immer noch nicht aufgeräumt worden war und Holzbalken, ein schmutziger Eimer, zerbrochene Hämmer und Maurerkellen kunterbunt durcheinanderlagen. Ich konnte mich nicht mehr genau an den Raum erinnern, in dem unsere kurze Hochzeitsnacht stattgefunden hatte, aber als ich mich einem von einer flackernden Fackel beleuchteten Korridor näherte – endlich ein Licht! –, kehrte eine vage Erinnerung zurück, dass Giulia mich in besagter Nacht durch genau diesen Gang geführt hatte.

Ich blieb stehen. Was tat ich hier nur? Als ich mir erneut meine Vermessenheit vorhielt, vernahm ich aus einem Gemach gedämpftes Lachen. Dieser Laut weckte etwas in mir: Das Wissen um zu viele Geheimnisse, die man vor mir verborgen hielt. Und obwohl mir klar war, dass es das Klügste gewesen wäre umzukehren, damit ich noch etwas länger das unwissende Kind bleiben konnte, das ich in den Augen aller anderen war, trat ich vor.

Es war an der Zeit, dass ich mich wie die Frau verhielt, die ich bald sein würde.

Die Tür war unversperrt. Vorsichtig öffnete ich sie und schnitt eine Grimasse, als sie in den ungeölten Angeln quietschte. Doch niemand schien das Geräusch gehört zu haben. Ich schlich weiter und trat in eine verdunkelte Kammer, die immerhin ein paar Möbel aufwies. Hier musste mein Gemahl leben. Ich erkannte ausgebleichte Wandbehänge, offene Truhen, Stühle, einen langen Tisch und einen unbeleuchteten Kandelaber. In einer Ecke lagen ein Pfeilköcher, Handgelenkschoner aus Leder und anderes Jagdzubehör herum.

Wieder erklang das eigenartige Lachen, lauter jetzt. Es drang hinter einer weiteren verschlossenen Tür hervor. Dort musste sein Schlafgemach sein. Ich fragte mich, was ich vorfinden mochte, wenn ich auch diese Tür öffnete.

Ein lautes Ausatmen hinter mir ließ mir die Haare zu Berge stehen.

»Sind Hoheit sicher, dass Ihr das sehen wollt?«

Ich wirbelte herum. Gerade noch vermied ich es, nach Luft zu schnappen, als ich Djem gegenüberstand, der wie aus dem Boden gestampft aufgetaucht war. Seine blassen Augen glitzerten in seinem dunklen Gesicht, der Rest seiner Gestalt wirkte so schwarz wie die Schatten hinter ihm.

»Ihr ... ich wusste nicht, dass Ihr ...« Mehr brachte ich nicht hervor, denn er drückte mir den Zeigefinger auf die Lippen. Eine aggressive Geste war das nicht, eher beinahe eine freundschaftliche von der Art, wie sie Cesare gemacht hätte, um zu verhindern, dass ich mehr sagte, als ich sollte.

»Wenn ihr zu laut sprecht, hören sie Euch«, flüsterte Djem. Er beugte sich so dicht zu mir vor, dass ich seinen Moschusduft riechen konnte, die Ausdünstungen seiner Haut und dazu einen Hauch Sandelholz, der an seinen Kleidern haftete. Ich hatte kaum Gelegenheit gehabt, Djem näher kennenzulernen. Er war Juans Gefährte und immer an seiner Seite wie ein treuer Hund. Schon früh hatte ich aufgehört, ihn als etwas anderes wahrzunehmen. Jetzt, da ich ihm gegenüberstand, sah ich zwischen seinen vollen Lippen für einen kurzen Moment raubtierhaft die Zähne aufblitzen. Schlagartig begriff ich, dass es mehr als töricht von mir gewesen war, mich unbegleitet hierher zu wagen.

Er war ein Ungläubiger. Ein Türke. Seine Landsmänner hatten unsere Küsten geplündert, unser Blut vergossen und unsere Frauen und Kinder geraubt und versklavt. Er war nicht nur Juans Hund. Er war sein *Wolf.*

»Ich muss gehen«, flüsterte ich und machte Anstalten, mich an ihm vorbeizuzwängen. Ohne jede Vorwarnung packte er mich am Arm. Bis auf Juan hatte niemand es je gewagt, mich derart grob anzufassen. Entsprechend wütend blitzte ich den Kerl an, doch der ließ sich nicht beeindrucken.

»Ihr seid gekommen, um zu schauen. Es gibt viele Arten, zu schauen, Hohe Dame.«

Er wandte sich zur Tür um und schob einen Metallriegel zurück, der ein Loch verdeckt hatte.

Wie von einer unsichtbaren Hand gezogen, beugte ich mich vor. Es war ein Türspion, der auf Augenhöhe in das Holz gebohrt worden war, damit ein gewissenhafter Kammerdiener über seinen schlafenden Dienstherrn Wache halten konnte.

»Ihr müsst sehr leise sein«, warnte Djem. »Es sei denn, Ihr wollt sie auf Euch aufmerksam machen.«

Ich konnte der Verlockung seines verschwörerischen Raunens nicht länger widerstehen. Begierig drückte ich ein Auge an das Loch. Zunächst sah ich nur einen kreisförmigen Ausschnitt mit flackerndem Licht und pulsierendem Dunkel. Nach und nach kristallisierten sich Einzelheiten heraus: eine Anrichte mit einer Karaffe und Kelchen darauf, an deren Rändern sich das Rot des Weins im Kerzenlicht spiegelte, und einen auf einem Stuhl zusammengesackten Betrunkenen. Nein, keinen Menschen, nur einen Haufen aus wahllos hingeworfenen Kleidern.

Als ich weiter nach links schaute, erkannte ich das übergroße Bett, auf dem ich kurz neben Giovanni gelegen hatte. Die roten Damastbehänge waren einladend zurückgeschlagen. Die ganze Szene war in das Licht eines mit Kerzen bestückten Dreifußes getaucht.

Hätte Djem nicht so dicht hinter mir gestanden, dass mir sein Atem ins Ohr wehte, wäre ich zurückgewichen.

Das Tableau vor mir ergab keinerlei Sinn. Ich blinzelte. Eine Träne, vielleicht von einem Sandkorn in meinem Auge, rann über meine Wange. Und plötzlich löste sich alles zu einem derart klaren Gesamtbild auf, dass mir schier das Herz stehenblieb.

Auf dem Bett kniete eine Frau mit hochgerecktem Hinterteil und wild ins Gesicht hängendem dunklem Haar. Hinter ihr stand ein Mann, den ich trotz seiner schockierenden Nacktheit auf Anhieb erkannte: Giovanni. Und als ich unter seinem Bauch etwas hervorragen sah, musste ich mir die Hand auf den Mund pressen, um nicht in Lachen auszubrechen. Noch nie hatte ich ein erigiertes Glied gesehen. Es ähnelte einem übergroßen Pilz.

Jetzt berührte er die Frau mit den Händen. Stöhnend wölbte sie den Rücken. Giovanni wieherte. Denselben Laut hatte ich ihn auf dem Weg hierher ausstoßen hören, nur hatte ich ihn nicht identifizieren können, da ich Giovanni noch nie hatte lachen hören. Als er der Frau zwischen die Schenkel fasste, wand sie sich. Gleich darauf bannte eine Bewegung hinter dem Bett meinen Blick.

Mit grauenerfüllter Faszination sah ich Juan vortreten. Seine Brust war entblößt, jeder Muskel unter seiner Haut wie gemeißelt. Fassungslos verfolgte ich, wie er sich zu Giovanni hinabbeugte und an seiner Kehle saugte. Mein Gemahl warf jäh den Kopf zurück, als Juans Hände über seine schmale Brust glitten und ihn in die Brustwarzen kniffen. Giovanni stöhnte auf und begann, die Frau fester zu reiben. Juan biss ihn in den Hals und knurrte: »Sag mir, was du willst, Sforza-Schwein.«

Wie verzweifelt schaukelte die Frau auf dem Bett vor und zurück.

»Was war das?« Juan biss erneut zu, fest genug, um einen Abdruck zu hinterlassen. »Ich habe dich nicht gehört!«

»Euch!«, brach es aus meinem Gemahl hervor. »Euch will ich, Herr!«

Aus Djems Kehle drang ein leises, grausames Lachen. Selbst wenn ich gewollt hätte, ich hätte mich nicht bewegen können. Wie zur Salzsäule erstarrt, verfolgte ich, wie Juan seinen Hosenbeutel aufschnürte. Zitternd beugte sich Giovanni über die Frau. Und plötzlich entdeckte ich zwischen ihren üppigen Locken die alabasterfarbene Haut ihrer Wange. Mit geschlossenen Augen, wie in verzückter Ekstase, drehte sie ruckartig den Kopf und offenbarte ihr unverkennbares Profil, als Giovanni sich an sie drängte.

Voller Grauen dachte ich an den Tag zurück, als Juan vor Adrianas Palast jenen Mann abgeschlachtet hatte, und daran, wie Giulia ihn der Eifersucht bezichtigte. Und dann fiel mir wieder ihre verschämte Vertraulichkeit ein, mit der sie mir von dem Kind in ihrem Bauch erzählt hatte. Das wiederum weckte die Erinnerung an Papas merkwürdiges Verhalten in jenen Tagen. Und plötzlich entstand ein ganz anderes Bild vor meine Augen, eines, das die letzten Spuren meines Vertrauens wegfegte. Warum ignorierte Papa ihren Säugling, obwohl er doch all seine Kinder vergötterte? Das konnte nur einen Grund haben: Er bezweifelte, dass Giulias Tochter von ihm stammte, so wie ihm auch hinsichtlich Jofrés Vaterschaft das Vertrauen fehlte.

Plötzlich kochte ich vor Wut. Sein Leben lang war Juan verwöhnt worden; man hatte ihn gelehrt, nur immer an sich selbst zu denken. Also tat er, was ihm naturgegeben erschien, so abstoßend es auch auf mich wirken mochte. Giulia dagegen – sie schuldete uns alles. Alles, was sie hatte, verdankte sie Papa und seiner Liebe zu ihr. Ohne ihn war sie nichts. Und wie vergalt sie es ihm? Mit Lug und Trug. Mit der Schändung all dessen, was ihm heilig war. Was bei ihm Hingabe war, wurde bei ihr zu Asche, sobald sie ihm Koseworte ins Ohr flüsterte, nur um gleich darauf von seiner Seite zu weichen und ihn mit seinem Sohn und meinem Ehemann zu betrügen.

Den metallischen Geschmack von Hass im Mund, verfolgte ich, wie Giovanni in Giulia eindrang, während Juan sich hinter ihm in Stellung brachte. Ich wollte mich bereits abwenden, denn mehr brauchte ich wirklich nicht zu sehen, doch dann wurde aus Giovannis Keuchen ein Schrei aus tiefster Kehle, als Juan ihn von hinten nahm, und mit einem Schlag stand für mich fest: Wohin ich auch floh, diesem Anblick würde ich nie mehr entkommen. Die Erkenntnis durchbohrte mich wie eine Klinge. In dieser Sekunde drehte Juan den Kopf und starrte zur Tür.

Zum Guckloch. Mir in die Augen!

Seine Lippen verzogen sich zu einem lüsternen Grinsen. Er wusste, dass ich zusah.

Ich prallte zurück und stieß gegen Djem. »Nun, Hoheit«, sagte der Türke, »ist es manchmal nicht besser, nichts zu wissen?« Blind stieß ich ihn zur Seite, lief durch den Korridor und stolperte die Treppe hinunter zum Säulengang, wo mich die schwüle Nachtluft umfing wie ein durchnässter Mantel.

Ein Blitz zuckte, und im nächsten Moment prasselte der Regen herab, hämmerte auf die Terracottatöpfe ein. Ich selbst spürte nichts von den herabpeitschenden Fluten, die Dampf aus den erhitzten Mauern aufsteigen ließen. In meiner Vorstellung sah und hörte ich nur eines: das Klatschen von Fleisch auf Fleisch und den Schrei aus Giovannis Kehle.

Ein weiterer Krampf raste durch mich und traf mich mit solcher Wucht, dass ich aufschrie und mich vor Schmerz krümmte. Wie aus weiter Ferne nahm ich Pantalisea wahr, die herbeigestürzt kam und erschrocken rief: »Hoheit, Ihr blutet ja!«

Ich starrte hinab auf meine Hände. Sie waren blutverschmiert – genauso wie in meinem Albtraum. Die Bänder meiner Robe hatten sich gelöst; mein tropfnasses Nachthemd klebte mir an den Beinen, und mitten darauf prangte ein roter Fleck. Tiefste Scham erfüllte mich, und dann dämmerte es mir.

»Niemand erfährt davon«, warnte ich Pantalisea. »Ein Wort, und ich schneide dir die Zunge heraus.«

Sie schüttelte den Kopf. »Keine Menschenseele. Das schwöre ich Euch, Hoheit.«

Ich wandte mich ab und trottete zu meinen Gemächern zurück, im Bewusstsein meiner erwachten Fraulichkeit und das Herz voll brennender Rachegefühle.

10

Im September versammelten wir uns vor dem Petersplatz, um Juan nach Spanien zu verabschieden.

Papa hatte ihn wie einen gesalbten König versorgt: ein Gefolge von beinahe dreihundert Personen, dazu Fuhrwerke, beladen mit Kleidern für jede Jahreszeit, mit Teppichen, Geschirr und Wandbehängen. Ein Schiff, das in Mantua in See stechen würde, sollte zehn weiße Hengste nach Spanien bringen, obwohl die Spanier in dem Ruf standen, die prächtigsten Pferde der Welt zu züchten.

Im *Sala Reale* kniete sich Juan nieder, um Papa den Schuh zu küssen. Unser Vater weinte hemmungslos, ohne sich seiner Tränen zu schämen. »Du musst uns Ehre machen«, mahnte er stockend. »Trage beim Reiten immer Handschuhe, denn unser Volk schätzt gepflegte Hände. Höre auf Ihre Katholischen Majestäten und sei zärtlich zu deiner Frau, denn sie ist von edler Geburt.«

»Vielleicht sollte er besser sagen: ›Behandle sie nicht wie deine Dirnen‹«, flüsterte mir Cesare ins Ohr, als Juan auf uns zustolzierte. Er hatte sich einen mächtigen Bart wachsen lassen, der ihn wesentlich älter als seine zwanzig Jahre aussehen ließ. Als er halbherzig die Arme um Cesare legte, musste ich das schreckliche Bild von ihm und Giulia mit aller Macht verscheuchen.

»Ich werde dich nicht bitten, mich zu vermissen«, sagte Juan und löste sich aus seiner Umarmung.

Cesare lächelte schief. »Sehr gut, denn ich würde nur ungern lügen.«

Juan wandte sich mir zu. Als er meine Wange mit den Lippen berührte, flüsterte er: »Wir können dich nicht in alle Ewigkeit *immacolata* halten, Schwester. Wenigstens nehme ich an, du weißt nun, wie du deinen Gemahl am besten beglücken kannst.«

Ich prallte zurück. In sein anzügliches Feixen hinein sagte ich laut: »Kacheln aus Sevilla wie diejenigen, die Papa in seinen Gemächern hat; und Kalbsleder aus Toledo. Dafür wäre ich dir sehr dankbar.«

»Kacheln und Leder«, antwortete Juan. »Ja, das kann ich wohl bewerkstelligen.« Er schritt weiter zu Papa, der bereits darauf wartete, ihn zu seinem Gefolge zu geleiten. Unter den Zuschauern bemerkte ich nun auch Djem, der das Geschehen mit wutverzerrtem Gesicht verfolgte. Weil die Bedingungen seines Exils es so bestimmten, hatte Papa ihm verboten, Rom zu verlassen.

»Was hat dir dieser Narr zugeflüstert?«, zischte Cesare.

Ich bemühte mich um einen leichten Ton, obwohl ich mir in diesem Moment nichts sehnlicher wünschte, als mir die feuchte Spur von Juans Lippen von der Wange wischen zu können. »Du hast mich doch gehört. Er hat mich gefragt, ob ich mir irgendetwas aus Spanien wünsche.«

Das geschnitzte Tor des Apostolischen Palasts schwang auf. Auf der Piazza erhob sich ein Gebrüll, denn die Volksmassen durften mit Wein feiern, der heute durch die Wasserleitungen floss und die Brunnen speiste.

»Lebe wohl, Bruder«, murmelte ich. »Mögen wir uns nie wieder begegnen.«

Der Herbst brachte Stürme und seltsame Omen. In Siena weinte die Statue der Heiligen Jungfrau Blut. In Florenz prophezeite ein asketisch lebender Mönch namens Savonarola von seiner Kanzel herab, ein Eroberer würde Italien erlösen, ohne jemals das Schwert zu ziehen. In unserer Ewigen Stadt schleuderten schwarze Wolken Blitze auf die Straßen, die Kirchtürme in die Luft sprengten und das baufällige Dach der alten Petersbasilika im Vatikan zum Einsturz brachten, was Papas ohnehin schon verdrießliche Stimmung nicht gerade besserte. Jetzt war er gezwungen, Geldmittel für die Reparatur zu beschaffen und die Verschönerung seiner Privatgemächer noch länger auszusetzen.

»Seit Juans Abreise ist er niedergeschlagen und wird ständig von neuen Plagen heimgesucht.« Giulia, die es sich auf einer Ruhebank im Innenhof bequem gemacht hatte, seufzte. Adriana und ich saßen auf Stühlen im Schatten der Säulen und nähten Leintücher für das Kloster San Sisto, in dem ich zur Schule gegangen war. Wir alle schwitzten in unseren Roben. Wiederholt hatte es Stürme mit Hagel und Windböen gegeben, die ganze Häuser abdeckten, doch die Hitze ließ einfach nicht nach. Die Luft stand drückend über der Stadt und nährte die Angst vor der Pest. »Und jetzt wagen es sogar die Kurienkardinäle, Rodrigo wegen Cesares Erhebung anzugreifen«, fügte Giulia hinzu.

Sie verstummte, um zu sehen, ob wir überhaupt zuhörten. Säuerlich bemerkte ich: »Mir will nicht in den Kopf, was es da zu kritisieren gibt. Cesare ist seit über einem Jahr der Kardinal von Valencia.«

Giulia zog ihren Ausschnitt weiter nach unten und entblößte ihre Kehle. »Sie haben das bemängelt, weil das Kirchenrecht es verbietet, uneheliche Söhne in den Kardinalsstand zu befördern. Nur der alte Kardinal Costa scheint sich mit Rodrigos Dekret zufriedenzugeben, dass Cesare der Sohn von Vanozza und ihrem ersten Gemahl ist. Die anderen Kardinäle dagegen verlangen die Annullierung dieser Entscheidung. Als ihre Pläne Seiner Heiligkeit zu Ohren gekommen sind, hat er gedroht, so viele neue Kardinäle zu berufen, dass ganz Italien ihm verpflichtet ist.« Sie lachte. »Wir sollten uns glücklich schätzen, dass die Kardinäle nichts von Rodrigos anderem Dekret wissen, das er auf Cesares Verlangen erlassen hat – darin steht, dass er trotz allem ein echter Borgia ist.«

Am liebsten hätte ich ihr meine Stickarbeit ins Gesicht geschleudert oder einen Blitz auf sie herabbeschworen, der sie auf der Stelle verbrannte. Adriana hatte offenbar den gleichen Wunsch. Sie bedachte Giulia mit einem vernichtenden Blick.

Diese bemerkte nichts davon. »Und als ob das alles noch nicht genügte, erreicht uns jetzt aus Spanien die Kunde, dass Juan seine Ehe noch nicht vollzogen hat. Könnt ihr euch das vorstellen? Seine Frau schmachtet seit über einem Monat nach ihm, und was macht er? Verbringt die Nächte mit seinen neuen Freunden und steinigt zum Zeitvertreib Katzen und Hunde.«

Als Juans Name fiel, presste ich die Zähne aufeinander. Offenbar hatte er vor seiner Abreise nicht mehr mit ihr gesprochen. Zumindest schien sie nichts davon zu ahnen, was ich beobachtet hatte.

»Er verhält sich genau so, wie Cesare es befürchtet hat«, plapperte Giulia weiter. »Schon jetzt hat er jeden von seinen Dukaten ausgegeben und musste um Zugang zu den Einkünften aus dem Herzogtum bitten, was ihm Königin Isabella allerdings verweigert hat. Sie hat Rodrigo einen Brief gesandt, in dem sie mit eindeutigen Worten klarmacht, was sie von Juan erwartet, wenn er den Wunsch hat, an sein Vermögen heranzukommen.«

Der Stickrahmen zitterte in meiner Hand, als Adriana plötzlich der Kragen platzte. »*Dio mio*, hörst du dich eigentlich jemals selbst reden? Ewig dieses überhebliche Getue, dieses Prahlen mit deinem Wissen über die privaten Angelegenheiten Seiner Heiligkeit! Glaubst du etwa, du erweist uns damit Ehre? Glaubst du etwa, wir sind stolz darauf, dass du dich keinen Deut um deinen Stand als verheiratete Frau scherst, ganz zu schweigen vom kläglichen Rest deiner Ehre?«

Sämtliche Farbe wich aus Giulias Wangen. Ich senkte den Kopf und verkniff mir ein befriedigtes Lächeln. Sie und Adriana hatten auch schon früher miteinander gezankt, aber so deutlich war Adriana noch nie geworden. Giulia hatte es tatsächlich kurz die Sprache verschlagen. »Wie ... wie kannst du es wagen, mir solche Gemeinheiten an den Kopf zu werfen?« Ihre Stimme bebte vor Empörung.

»Jemand musste es einmal tun«, gab Adriana zurück. »Es ist nichts als die Wahrheit.«

»Ist es nicht!« Giulia sprang auf. »Mir ist gleichgültig, was die Leute sagen. Der Pöbel hat ja keine Ahnung von dem geweihten Band zwischen mir und Seiner Heiligkeit.«

»Ach ja?« Adriana musterte sie aus halb zusammengekniffenen Augen. »Ich wage die Wette, dass es in dieser Stadt nicht einen Menschen gibt, ob von hohem oder niederem Stand, der noch nichts von diesem angeblich geweihten Band gehört hat.«

Giulia wirbelte zu mir herum. Ich biss mir auf die Zunge. Noch war ich nicht so weit, dass ich sie herausfordern konnte, und ich fürchtete, sie würde die Veränderung in mir womöglich spüren. Bisher ahnte sie nichts davon, aber nur deshalb, weil sie mir nicht zutraute, ich könnte irgendetwas verbergen. Nur: Wie lange würde ich damit durchkommen?

»Und du – immer so sittsam und willfährig!«, zischte sie. »Billigst du diese Verleumdungen, mit denen ich beworfen werde, nachdem ich immer wie eine Schwester zu dir war? Oder tust du nur so, als würdest du mich mögen, weil dein Vater es dir befohlen hat? Sag, kann es sein, dass du mich verabscheust, weil du ihn für dich allein haben willst?«

Ich blickte sie an. Zum ersten Mal gelang es mir nicht, meinen Hass zu verbergen. Sie musste es mir angemerkt haben, doch sie warf den Kopf zurück, als wäre es ohne Bedeutung.

»Rodrigo liebt mich. Wenn ich du wäre, würde ich mir jetzt Sorgen machen, denn nun, da er Juan nach Spanien geschickt hat, bleibt ihm keine andere Wahl, als Giovanni Sforzas Bitte nachzukommen und dich bis zum Jahresende nach Pesaro ziehen zu lassen. Als dein Ehemann hat er ein Recht darauf, das ihm nicht einmal Seine Heiligkeit absprechen kann.«

Ich erstarrte. Hatte Giulia mein Geheimnis erraten? Ich hatte doch alles Erdenkliche getan, um es zu verbergen. Pantalisea hatte mich gelehrt, die Blutungen mit Hilfe ganzer Bündel von saugfähigen Tüchern aufzufangen, die wir anschließend im Kohlebecken verbrannten. Danach hatte sie mir gezeigt, wie ich mich zu parfümieren hatte, um den feinen Blutgeruch zu überdecken. Die erste Blutung sei oft die stärkste, hatte sie mir versichert, mit der Zeit würde es weniger werden. Abgesehen von der beängstigenden Menge an Blut und den Krämpfen hatte ich keine allzu großen Beschwerden gehabt. Allerdings hatte sich in letzter Zeit ein dumpfer Schmerz in meinen kleinen Brüsten ausgebreitet, und noch etwas anderes war hinzugekommen: ihr – wenn auch langsames – Wachstum, das ich unter Schichten von neuen Kleidern verbarg. Die entfachten freilich Giulias Neid. Unentwegt fragte sie mich, warum ich so viele neue Sachen brauchte. Jetzt wartete ich in einer dieser Roben auf die gefürchtete Beschuldigung, ich würde doch nur alle anlügen, auch Papa, wenn ich verheimlichte, dass ich längst eine Frau geworden war.

Sie schnaubte. »Ach, das wusstest du nicht? Die Bedingungen deines Ehevertrags sehen deinen Umzug binnen eines Jahres nach der Hochzeit vor, ob Vollzug oder nicht.«

Auch wenn es mich erleichterte, dass sie meine List offenbar nicht durchschaute, beunruhigte die Sache mich so sehr, dass ich mich mit fragendem Blick Adriana zuwandte. Die beschied Giulia mit eisiger Ungerührtheit: »Das ist so, wie es sich gehört. Eine Frau muss ihrem Gemahl folgen, wohin auch immer er sie befiehlt – eine Tatsache, die du anscheinend vergessen hast, wenn ich bedenke, dass du deinen eigenen Gemahl, meinen Sohn, bei himmelschreiender Straflosigkeit ignorierst.«

»Als ob dein missgestalteter Sohn jemals ein Mann für mich sein könnte«, knurrte Giulia. Im nächsten Atemzug rief sie nach ihren Damen und stürmte hinaus.

Ich atmete tief durch. »Ist das wahr?«, fragte ich bestürzt. »Muss Papa mich nach Pesaro schicken?«

Adriana schnitt eine Grimasse. »Wie können wir je ein Wort aus ihrem Mund glauben? Sie könnte bald eigene Sorgen haben. Wenn sie nicht aufpasst, stürzt sie sich wegen ihrer lästerlichen Zunge noch ins Verderben. Jetzt aber zurück an die Arbeit. Die Priorin erwartet diese Leinen bis spätestens morgen.«

Beim Einfädeln versuchte ich mir einzureden, dass Papa Giovanni nie erlauben würde, mich von hier fortzuschaffen. Dann debattierte ich mit mir wie jeden Tag seit jener schrecklichen Nacht, ob ich ihm mein Wissen anvertrauen und so seinen Zorn auf Giulia lenken sollte. Er würde sie verbannen, wenn nicht sogar auf der Piazza steinigen lassen. Doch so verlockend diese Vorstellung auch war, ich wusste, dass ich warten musste. Ich wollte diejenige sein, die Giulias Untergang herbeiführte. Und ich wollte ihr in dem Moment in die Augen sehen, da sie erkannte, dass ich sie vernichtet hatte, ich, Lucrezia Borgia, das Mädchen, das von ihr verachtet und verspottet worden war.

Gleichwohl wuchs die Angst davor, abgeschoben zu werden. Wenn jemand wusste, wie mein Vater dachte, dann Giulia, die Tag für Tag seine Gesellschaft genoss, ihn nachts bei Laune hielt und unmittelbar an seinen Überlegungen beteiligt wurde. Also machte ich mich daran, selbst die Wahrheit aufzuspüren, und befahl Pantalisea noch am selben Tag, in den Galerien die Ohren zu spitzen. In meinem Kummer schrieb ich sogar einen verzweifelten Brief an Cesare, doch er antwortete lediglich, er hätte diesbezüglich nichts gehört. Das verschlimmerte meine Angst noch mehr. Niemand schien zu wissen, was Papa mit mir vorhatte, außer Giulia.

Dann wurde mir mitgeteilt, dass Papa mich zu sehen wünschte.

Ich wählte eine Robe in seiner Lieblingsfarbe Grün und eilte mit Pantalisea in den Vatikan. Beim Durchqueren der Korridore bemerkte ich die unverhüllte Bewunderung in den verstohlenen Blicken der in ihren Soutanen vorbeihuschenden jungen Geistlichen und sogar einen lüsternen Ausdruck in den Augen des einen oder anderen älteren Bischofs. *So* hatte mich bisher keiner angesehen. Von einem Ausdruck von Milde für ein entzückendes Kind war jetzt nichts mehr zu spüren. Das versetzte mich in Unruhe. Mein Geheimnis war nicht mehr so sicher, wie ich dachte. Auch wenn sie es nicht kennen konnten, aus ihren Augen sprach das Wissen darum, dass ich jetzt tatsächlich eine Frau war.

Am Eingang zu den päpstlichen Gemächern wies ich Pantalisea an zu warten. Zum Zeichen, dass ich passieren durfte, richteten die Wachposten ihre Hellebarden auf, und ich betrat Papas privaten Bereich. Hier lebte er hinter zahllosen Türen, deren Schlösser jede Woche ausgewechselt wurden, geschützt von Männern mit scharfen Schwertern und Vorkostern mit noch schärferen Sinnen.

Unter dem Licht der Fackeln schimmerten die mit Edelsteinen geschmückten Bilder. Demzufolge hatte Maestro Pinturicchio trotz fehlender Geldmittel seine Arbeit wieder aufgenommen. Oder hatte die Erhebung einer Sondersteuer für unsere römischen Juden zur Rettung ihrer spanischen Glaubensbrüder und deren Überstellung ins Getto Papa tatsächlich den von Cesare prophezeiten Geldsegen eingebracht? Einige der Bilder des Maestros waren noch nicht fertig, und die mit Kohlestift gezeichneten Skizzen warteten auf Farben. Doch als ich tiefer ins päpstliche Heiligtum vordrang, sah ich, dass die Wände und Decken bereits in einen Wirbel aus Farben verwandelt worden waren. Ich erkannte den gegeißelten Christus, gleichsam in dunkelrotes Blut gehüllt, während seine Apostel unter einem zertrümmerten lapislazuliblauen Himmel trauerten, und entdeckte dann die schwarz gewandete Mutter Gottes, zusammen mit der blau gekleideten Büßerin Maria Magdalena, die vor seinem Felsengrab Wache hielten und deren Hände so lebensecht wirkten, dass ich sie am liebsten ergriffen hätte.

Ich verlangsamte meinen Schritt. Im *Sala dei Santi* traf ich auf mich selbst als Katharina von Alexandria mit goldenen Fesseln an den Händen. Unter einem purpurnen Baldachin saß Kaiser Maximus mit dem Antlitz Cesares. Weiter draußen stand Juan in fließenden türkischen Gewändern. Wir waren nur drei Personen in einer Menschenmenge und inmitten von streitenden Händlern, Reitern und Possen treibenden Putten kaum auszumachen – gleichwohl war unsere Trinität alles, was ich sah. Und einen Moment lang wirkten unsere Abbilder echter als wir selbst.

Dann spürte ich, dass sich jemand von hinten näherte.

»Welch ein Aufwand, wo er uns doch so wenig Ehre erweist.« Cesare deutete auf Juans Porträt. »An seiner Stelle hätten wir meinen Michelotto nach Kastilien schicken können; mein Schurke hätte dort eine bessere Figur abgegeben.«

»Ist das der Grund, warum wir hierher befohlen wurden?«, fragte ich. »Wegen Juan?«

»In meinem Fall ganz gewiss.« Er zog einen dünnen, zylinderartigen Behälter unter seinem Ärmel hervor. »Papa hat mir befohlen, diesen Brief zu schreiben. Ich soll Juan mahnen, sich seinem Rang entsprechend zu benehmen.«

Ich lächelte. »Ich könnte mir vorstellen, dass Juan sich von jedem anderen mehr sagen lässt als von dir.«

Er zuckte mit den Schultern. »Genau das habe ich Papa zu erklären versucht, aber er will nicht dabei ertappt werden, wie er Juan den Zeigefinger vors Gesicht hält. Nun, es ist ja nicht so, als ob unser Bruder viel zu tun hätte, solange er seiner Gemahlin ein Kind macht und das Herzogtum nicht verprasst. Außerdem ist er jetzt weit weg, und Papa braucht mich. Mehr verlange ich nicht.« Er hielt inne. Es war wie immer zwischen uns: Er spürte meine unausgesprochene Angst. »Ich habe Papa dazu gedrängt, sich um eine Einigung mit Neapel zu bemühen«, ließ er mich schließlich wissen.

Panik wallte in mir auf. War es jetzt so weit? Sollte die Klausel in meinem Ehevertrag nun zur Anwendung kommen? Cesare hatte gesagt, der Nichtvollzug einer Ehe wäre ein Grund für ihre Annullierung. Hatte Papa einen anderen Gemahl für mich gefunden? Ich war hin- und hergerissen: Ein Teil meiner selbst wünschte sich sehnlichst, Giovanni loszuwerden. Die abscheulichen Dinge, die er mit Juan und Giulia getrieben hatte, hatten in mir den letzten Funken Hoffnung auf ein harmonisches Leben mit ihm ausgelöscht. Mich ekelte vor seiner Nähe. Doch einen anderen Mann wollte ich auch nicht, vor allem nicht den Prinzen von Neapel.

Wieder deutete Cesare mein Schweigen richtig. »Mach dir keine Sorgen. Dieser Konflikt hat nichts mit dir zu tun. König Ferrante liegt im Sterben. In dem Moment, da er sein Leben aushaucht, besteigt sein Erbe, Prinz Alfonso, den Thron – *wenn* er denn unseren Segen bekommt. Neapel ist ein päpstliches Lehen; Alfonso ist also auf die Investitur durch uns angewiesen. Das Gleiche gilt für Charles von Frankreich, der mit einem militärischen Schlag gedroht hat, falls wir Alfonsos Ansprüchen Vorrang gegenüber den seinen einräumen. Ich habe vorgeschlagen, Jofré mit Alfonsos leiblicher Tochter, Prinzessin Sancia, zu verheiraten. Wenn uns das gelingt, könnten wir Mailand und Frankreich vielleicht dazu zwingen, ihre Einstellung uns gegenüber zu überdenken.«

»Jofré! Aber er ist noch keine zwölf Jahre alt!«

»Und du warst dreizehn«, gab Cesare zurück. »Papa hätte erst ihn verheiraten sollen, statt uns an die Sforza zu binden.« Er beugte sich näher zu mir vor. »Ich muss dir noch ein Geheimnis anvertrauen. Wie ich glaube, bespitzelt dein Gemahl uns für Mailand. Ach, schau mich nicht so erschrocken an. Keine Sorge, er wird noch Grund genug haben, das zu bedauern, aber vorläufig darf er keinen Verdacht schöpfen, dass wir Bescheid wissen. Ich benötige deine Hilfe, Lucia.«

»Meine Hilfe?«, fragte ich argwöhnisch. Sein Ton gefiel mir nicht. Was musste ich in meinem Leben denn noch alles verschweigen? Erst die Szene in der Bettkammer meines Gemahls, mein eigenes Geheimnis – und jetzt noch mehr?

Er umfasste meinen Ellbogen und führte mich weiter in Richtung zu Papas Gemach. »Giovanni will unbedingt nach Pesaro zurück. Er behauptet, die hohen Preise in Rom würden ihn ruinieren und er müsse seinen Pflichten am Hof bei sich zu Hause nachkommen. Papa weigert sich aber, ihn zu entlassen. Jetzt möchte ich, dass du ihm zuredest.«

»Dass er Giovanni gehen lässt? Mit Vergnügen!«

»Nicht nur Giovanni. Du sollst Papa auch dazu überreden, dich mit deinem Gemahl ziehen zu lassen. Und außerdem sollst du darum bitten, dass die Farnese dich begleiten darf.« Ich setzte sofort zu heftigem Protest an, den er mit erhobener Hand unterband. »Es ist ja nur für eine kurze Weile. Wenn Giulia weg ist, kann sie Papa nicht länger ablenken, und dann finde ich endlich eine Gelegenheit, mit meinen Anliegen zu ihm durchzudringen. Und ist Giovanni erst einmal in Pesaro, wird er sich frei fühlen und es wagen, uns zu betrügen. Mit der Borgia-Gattin an seiner Seite wird er sich einbilden, dass wir ihm trauen. Nichts von dem, was ihm Il Moro einflüstert, darf uns entgehen. Falls Mailand sich mit König Charles einigt und ihm zugesteht, mit einer französischen Armee einzurücken, müssen wir das wissen. Il Moro wird Giovanni zweifellos bedrängen, ihn zu besuchen, vielleicht sogar eine längere Korrespondenz mit ihm führen. Du kannst dort unsere Augen und Ohren sein.«

»Du meinst *deine* Augen und Ohren«, erwiderte ich, obwohl sich mein Mund wie ausgetrocknet anfühlte. Was für eine grässliche Vorstellung! Ich sollte mein Zuhause, meine Stadt, meine Familie verlassen und in der Fremde mit einem Mann leben, den ich fast ebenso sehr verabscheute wie Giulia! Ohne mir bewusst zu sein, was ich da tat, erzählte ich Cesare atemlos, was ich beobachtet hatte. Als ich fertig war und mir mein eindringliches Flüstern noch in den Ohren hallte, suchte ich sein Gesicht nach der Reaktion ab, die ich eigentlich erwartet hatte: Wut und Ekel, wie auch ich sie empfunden hatte.

Stattdessen meinte er in eher beiläufigem Ton, als hätte ich ihm von einer Balgerei zwischen zwei Katern erzählt: »Bist du sicher? Das Gemach war schließlich dunkel, nicht wahr? Da kann uns unsere Einbildungskraft schon mal einen Streich spielen.«

»Natürlich bin ich mir sicher! Warum sollte ich etwas derart Widerliches erfinden?«

»Umso mehr ein Grund, Papa zu bitten, Giulia als Begleiterin mitzuschicken.«

»Ich habe dir doch gerade erklärt, dass ich nicht nach Pesaro will. Dann sind sie dort zusammen! Sie werden mich vor aller Augen demütigen!«

»Hoffentlich«, entgegnete er trocken. »Du musst kühlen Kopf bewahren und darfst dich nicht von deinen Gefühlen überwältigen lassen. Diese Situation könnte uns gut zupasskommen. Du willst doch die Annullierung deiner Ehe erreichen, richtig? Ich ebenso. Diesen Giovanni habe ich noch nie gemocht, und jetzt lehne ich ihn noch mehr ab. Aber wir müssen zuerst Papa von der Farnese trennen, damit wir so mit ihr umspringen können, wie sie es verdient. Wenn sie eine Affäre mit Giovanni hat und du sie nach Pesaro mitnimmst, wird sie sich in ihren eigenen Fallstricken verfangen. Dabei wird sie Giovanni mit hineinziehen. Stell dir nur vor, wie Papa toben wird, wenn du ihn darüber aufklärst, dass dein Gemahl nicht nur für Mailand Spitzeldienste leistet, sondern obendrein mit seiner geliebten Farnese ins Bett steigt!«

Ich erschauerte. »Aber das ist widerwärtig. Warum können wir es Papa nicht einfach sagen? Ich habe sie doch zusammen gesehen. Djem, dieser abscheuliche Türke, weiß es auch. Wieso den ganzen Weg nach Pesaro reisen, um es zu beweisen?«

»Natürlich, du könntest ihn gleich hier und jetzt aufklären. Aber ich warne dich: Womöglich glaubt er dir nicht.« Er sah mir fest in die Augen. »Du weißt, wie sehr er sie liebt. Er wird es hassen, ausgerechnet von dir, seiner geliebten *farfallina*, von ihrer Untreue zu erfahren. Sie wird es natürlich abstreiten und dich womöglich als gehässig hinstellen.«

»Gehässig! Das würde sie nicht wagen. Es ist die reine Wahrheit! Wenn nötig, schwöre ich das auch vor der Kurie!«

»Beruhige dich.« Er drückte meinen Ellbogen fester und zog mich näher an sich. »Ja, du hast sie gesehen. Und ja, Djem weiß das. Aber er, Giovanni und Giulia werden es abstreiten. Bist du wirklich so zuversichtlich, dass Papa dir glauben wird?« Er sah, dass ich auf der Lippe kaute, und fügte eilig hinzu: »Denk sorgfältig darüber nach. In Sachen Liebe sind die Männer blind. Papa ist da keine Ausnahme. Um wieder zur Vernunft zu kommen, muss er einfach eine Weile getrennt von ihr leben. Wenn wir in Pesaro Giulia und Giovanni sich selbst überlassen, tun sie es vielleicht wieder. Falls du darüber hinaus hieb- und stichfeste Beweise dafür erbringen kannst, dass Giovanni für Il Moro Spitzeldienste leistet, wird das allein schon genügen, um Papa zu überzeugen. In seiner Wut über einen solchen Verrat wird er dir auch alles andere glauben. Du kannst sie alle beide zerstören.«

Auch wenn ich bei der bloßen Vorstellung eine Gänsehaut bekam, hatte diese List ihren Reiz. Vielleicht hatte Cesare recht. Vielleicht war das meine Gelegenheit, meiner Familie zu helfen *und* Rache an Giulia zu üben.

»Aber wie soll ich diesen Beweis finden? Ich habe die beiden nur dieses eine Mal zufällig ertappt. Dass sie es noch einmal getan haben, glaube ich nicht, zumindest nicht seit Juans Abreise. Und wenn ich sie in Pesaro wieder in flagranti erwische, aber keinen Beweis für Giovannis Intrigen habe, was dann? Wie soll Papa mir glauben?«

Cesare grinste. »Du brauchst jemanden, der das bezeugt. Adriana, zum Beispiel. Sie muss dir nach Pesaro folgen. Wenn Giulia deine Leibdienerin ist, kann nichts Adriana daran hindern mitzukommen. Ihr wird daran gelegen sein, deinen Haushalt zu überwachen. Eine solche Aufgabe wird sie Giulia bestimmt nicht anvertrauen. Und bei der Frage, wie du das bewerkstelligen sollst, brauchst du mir nicht die Unschuld vom Lande vorzuspielen. Ich weiß, dass du Möglichkeiten hast. Du bist jetzt eine Frau, oder? Und keiner hat es bemerkt!«

Mein Herz setzte einen Schlag aus. »Du … du weißt es?«

»Seit einiger Zeit schon. Du bist schlau, aber keiner sieht dich so wie ich. All diese hübschen neuen Kleider und die Art und Weise, wie du dich bewegst …« Sein Lächeln wurde breiter. »Du verstehst es gut, das zu verbergen, und du musst es auch weiterhin verbergen, denn das dient ebenfalls unseren Zwecken. Lass Giovanni ruhig glauben, du wärst zu jung fürs Ehebett. Lass ihn ruhig seine ganze Aufmerksamkeit auf die Farnese richten. Leg den Köder aus, dann geht er dir in die Falle.«

Ich zögerte. Obwohl er die ganze Zeit genau das befürchtet hatte, bat mich Cesare jetzt, meinen Abschied von Rom vorzubereiten. »Ich glaube nicht, dass Papa einwilligen wird, selbst dann nicht, wenn ich ihn darum bitte. Pesaro ist zu weit entfernt.«

»Mit einem schnellen Pferd bin ich binnen eines Tages dort. Sag, was immer erforderlich ist, um ihn zu überzeugen. Erzähl ihm, die Gerüchte über eine französische Invasion würden dir Angst einjagen. Ich weiß, dass Papa nicht so ahnungslos ist, wie er tut. Auch er fürchtet einen bevorstehenden Konflikt. Er wird Giulia und dich in Sicherheit bringen wollen.« Er streichelte mir über die Wange. »Er kann dir das nicht verweigern. Keiner von uns kann das.«

Mir lag schon die Frage auf der Zunge, warum Papa mir nicht glauben würde, was ich über Giulia wusste, wenn er mir keinen Wunsch abschlagen konnte, doch inzwischen waren wir beim Eingang zu Papas Privatgemächern angelangt.

»Geh jetzt«, flüsterte er und drückte mir die Hand in den Rücken. »Sei tapfer.«

Im Hauptgemach unseres Vaters prasselte ein mit Pinienharz versetztes Feuer. Über unseren Köpfen schwangen an den Dachsparren maurische Kupfer- und Glaslampen aus Spanien. Schon beim Eintreten kitzelte mich etwas in der Nase, derart geschwängert war die Luft von schalen Duftstoffen und Weihrauch. Papa saß vor dem Kamin auf einem Sessel, die bloßen Füße auf einen Schemel mit Steppbezug gelegt. Seine Tonsur war umrahmt von spärlichem grauem Haar. Mit einer Hand hielt er ein um die Schultern gelegtes Tuch fest, während er grüblerisch in die Flammen starrte. Obwohl er uns gehört haben musste, sah er nicht auf.

Das Rascheln von Seide kündigte Giulia an. Ich erstarrte, als sie an mir vorbeirauschte und Papa eine Tasse in die Hand drückte. Danach nahm sie ihren Platz auf einem Hocker neben ihm ein. Als sie den Blick hob, spiegelte sich das Feuer in ihren Pupillen. »Rodrigo«, sagte sie, »Lucrezia ist hier.«

Papa hob den Kopf. »Ah, meine *farfallina*. Komm zu mir.«

Cesare verschwand von meiner Seite, als ich Papa auf die

Wange küsste. Kaum spürte er die Berührung, stieß er einen gedehnten Seufzer aus. Aus der Nähe bemerkte ich eine kleine verkrustete Wunde an seiner Stirn. »Papa, Ihr seid ja verwundet!«

Er schnitt eine Grimasse. »Das ist nichts. Nur einer dieser kurzen Momente von Schwäche.«

»Er ist im Konsistorium in Ohnmacht gefallen.« Giulia stopfte ihm das Halstuch unters Hemd, als könnte er nicht seine eigenen Hände benutzen. »Mitten in der Sitzung mit den Kardinälen. Zum Glück hat sich Perotto vor ihm auf den Boden geworfen, damit er nicht so hart aufschlägt. Ich halte ihm ständig vor, dass er sich übernimmt. Aber mit Leuten zu reden, die nicht auf die Stimme der Vernunft hören, hat einfach keinen Sinn. Genauso gut kann man Perlen vor die Säue werfen.«

»Vor die Sforza-Säue, um es genau zu sagen«, ließ sich mein Vater vernehmen. »Apropos, möchtest du nicht deinen Gemahl begrüßen, Lucrezia?«

Erschrocken blickte ich mich um. Zu meiner Überraschung entdeckte ich Giovanni bei der Anrichte. Doch als Erstes blinzelte ich zu Cesare hinüber, der, die Arme vor der Brust verschränkt, an der Tür lehnte, als erwarte er ein Spektakel. Ohne meinen Gemahl weiter zu beachten, sah ich wieder Papa an. Der richtete allerdings seine nächsten Worte an Giovanni. »Nun?«, bellte er. »Willst du deiner Frau nicht sagen, was du mir mitgeteilt hast, nachdem ich mir den Mund fransig geredet hatte, um den Idioten von der Kurie wenigstens einen Funken Vernunft einzubläuen?«

»Perlen vor die Säue«, murmelte Giulia, während ich nun wieder Giovanni anblickte.

»Sag's ihr!«, brüllte Papa. »Sag meiner Lucrezia, was für ein undankbarer Köter du bist!«

»Ich bin nicht undankbar.« Das Zittern in Giovannis Stimme erstickte seinen Protest im Keim, als er aus seiner Ecke geschlurft kam. Aus den Augenwinkeln bemerkte ich Giulias boshaftes Grinsen. Was hätte ich nicht alles getan, um ihr dieses Feixen auszutreiben! Ich bräuchte Papa nur anzuvertrauen, was ich wusste, dann wäre dieses Affentheater ein für alle Mal beendet. Mir lagen die Worte schon auf der Zunge. Doch ich verbiss sie mir. Papa ging es nicht gut. Da hätte es ihm gerade noch gefehlt zu erfahren, dass die Frau, die er mehr schätzte, als sie es wert war, ihn betrogen hatte.

Außerdem war ich bereit, das zu tun, worum mich Cesare gebeten hatte, auch wenn ich es noch nicht gründlich durchdacht hatte. Es war zum Wohle der Familie. Endlich konnte ich meine Hingabe für die Sache der Borgia beweisen.

»Eure Heiligkeit wissen, dass ich keine andere Möglichkeit habe.« Giovanni breitete flehend die Hände aus. »Alle sagen, dass Ihr mit Neapel eine Allianz gegen meine Familie anstrebt. Wenn das so ist, stellt Ihr mich vor eine unmögliche Wahl, denn ich bin sowohl Mailand als auch Eurer Heiligkeit meine Treue schuldig. Ich habe Euch nur gebeten, Euren Standpunkt klar zu erläutern, damit ich nicht in eine Situation gerate, ich der ich gegen meine …«

Ein lautes Klirren ließ ihn jäh verstummen. Cesare hatte seine Geldbörse nach ihm geschleudert; sie prallte von ihm ab und traf auf dem Boden auf. »Da«, knurrte mein Bruder. »Wir haben es satt, dich über deine sogenannten Verpflichtungen lamentieren zu hören. Nimm unsere Bezahlung und verschwinde. Ob nach Pesaro oder zum Teufel, das ist uns gleichgültig.«

»Eure Heiligkeit!«, keifte mein Gemahl und stupste gleichzeitig den Geldbeutel mit der Fußspitze an, wie um dessen Wert zu überprüfen. Mir war sofort klar, dass Cesare mit dieser Provokation eine Demütigung beabsichtigte – in der Hoffnung, Giovanni würde sich zu einem letzten Rest an Stolz aufraffen und seinen Anspruch auf mich mitsamt dem Recht auf seine Rückkehr in seine Heimatstadt einfordern.

Angewidert schnaubte mein Vater. »Du hast Seine Eminenz von Valencia gehört, Sforza. Tu, was du willst. Hier hält dich niemand zurück.«

Völlig unerwartet straffte Giovanni die Schultern. »Wir haben eine Vereinbarung. Weder mit Kanonen noch mit dem weltlichen Recht könnt Ihr meine Frau von mir fernhalten. Nicht einmal der Stellvertreter Christi kann sich denjenigen in den Weg stellen, die Gott zusammengefügt hat. Wenn ich nach Pesaro gehe, muss Lucrezia mitkommen.«

Papa erhob sich halb aus seinem Stuhl und fuchtelte mit dem Zeigefinger vor Giovannis Gesicht herum. »Eher stirbst du! Deine Familie schmiedet Ränke gegen mich. Dein Cousin, Il Moro, will die Franzosen in die Peterskirche einmarschieren lassen, um mich von meinem Thron zu stoßen. Meine Tochter geht nirgendwohin, solange du nicht deine Treue bewiesen hast – ihr und uns.«

Giovanni erbleichte. Er fuhr zu mir herum, und zum ersten Mal seit unserer Hochzeit blickte er mir geradewegs in die Augen. »Das können sie nicht tun«, flüsterte er. »Wir sind Mann und Frau, verbunden durch ein heiliges Gelübde. Niemand kann uns trennen. Sag ihnen das.«

Besser hätte ich es nicht planen können. Auch wenn ich es nicht wagte, ihn anzuschauen, wusste ich, dass Cesare grinste. Allerdings verunsicherte mich die Aufrichtigkeit in Giovannis Ton. Trotz seines perversen Treibens, das ich beobachtet hatte, schien er es so zu meinen, wie er es sagte. Ich wurde unsicher. Vielleicht war es gar nicht seine Schuld. Vielleicht hatten ihn Juan und Giulia gezwungen, etwas zu …

Als spüre er mein Zögern, sagte Cesare: »Vielleicht sollten wir uns anhören, was Lucrezia möchte.«

»Auf keinen Fall«, wandte Papa ein. »Lucrezia ist ein Kind. Sie weiß noch nicht, was sie will. Ich werde sie nicht mit diesem undankbaren Kerl nach Pesaro gehen lassen.«

Ich schluckte meine Unsicherheit hinunter. »Papa, darf ich etwas sagen?« Er rutschte auf seinem Stuhl umher und wich meinem Blick aus. »Papa, bitte?«

Papa senkte den Kopf. »Na gut, sei's drum.«

»Sagt mein Gemahl die Wahrheit? Ist es meine Pflicht, ihn als seine Frau zu begleiten?«

Deutlich sichtbar presste mein Vater die Zähne aufeinander. Das war Bestätigung genug. Aber noch konnte ich meinen Gemahl ohne mich nach Pesaro entkommen lassen. Nur der Gedanke an die Enttäuschung, die ich dann Cesare bereiten würde, festigte mich in meiner Entschlossenheit. Sanft griff ich nach der Hand meines Vaters.

»Papa, ich weiß, dass ich Euch vor allen anderen Gehorsam schulde, aber wenn es meine Pflicht ist, meinem Gemahl zu folgen, sollten wir uns vielleicht daran halten. All das Gerede über die Franzosen und einen Krieg ... das macht mir Angst. Ich könnte für eine Weile zu Besuch an den Hof meines Gemahls gehen. Ich weiß, dass es Euch lieber wäre, ich wäre nicht in Rom, falls es zum Schlimmsten kommt.«

Mein Vater brummelte, doch er zögerte. Und während ich wartete, grübelte ich darüber nach, was *ich* eigentlich wollte. Damit hatte ich mich bisher noch nicht befasst. Mich hatte ja auch nie jemand danach gefragt. Wollte ich, dass Papa jetzt vor allen anderen, und auch vor Giovanni, zugab, dass meine Ehe eine einzige Lüge war? Wollte ich von dem Zwang, mich zu verstellen, erlöst werden und in mein behagliches Leben zurückkehren, frei von der Bürde, einen Mann zu haben, für den ich nichts empfand? Oder wollte ich den in mir aufgestauten Hass entfesseln, Giulia für immer von der Seite meines Vaters und in den Ruin treiben? Es beunruhigte mich, dass ich Giovanni trotz allem nichts wirklich Böses an den Hals wünschte, obwohl meine Zustimmung zu Cesares Plan seine Zerstörung bedeuten würde. Er war schwach und der Diener zweier Herren – Mailand auf der einen Seite und Rom auf der anderen – und musste sich fühlen, als hätte er keine Wahl. Die Sforza waren schließlich seine Blutsverwandten. Zwar mochte er für Il Moro als Emissär unterwegs sein, aber war ich nicht im Begriff, genau dasselbe für meine Familie zu tun?

Fragen über Fragen und keine Antworten. Das alles war einfach zu verwirrend. Als Papa mich endlich anblickte, schimmerten Tränen in seinen Augen.

»Was verlangt Ihr von mir, Papa?«, wisperte ich. »Sagt es mir. Ich tue alles. Sogar mein Leben würde ich für Euch opfern.«

»O nein! Sag so etwas nie wieder. Denke es nicht einmal!« Er streichelte mir über die Wange. »Ist es wirklich das, was du willst, meine *farfallina*?«

Ich zwang mich dazu zu nicken. »Dann sei es so.« Er seufzte. »Du wirst mit deinem Gemahl nach Pesaro ziehen.«

Es war vollbracht, allerdings noch nicht ganz. Ich sammelte all meinen Mut zusammen. »Es … es wäre mir sehr lieb, wenn Giulia mich begleiten könnte. Ihre Gesellschaft würde mir guttun. Und wenn sie hierbliebe, würde ich mich um ihre Sicherheit sorgen.«

Giulia starrte mich fassungslos an.

Mein Vater wandte sich ihr zu. »Wärst du dazu bereit?«

Ihr blieb keine Wahl. »Ja, Eure Heiligkeit.«

Papa nickte langsam, dann wandte er sich an Giovanni.

»Ich vertraue dir ihre Sicherheit an. Wenn ich ihre Rückkehr befehle, musst du sie sofort zu mir bringen. Du wirst sie persönlich nach Rom eskortieren.«

»Ja, Eure Heiligkeit.« Giovanni verbeugte sich so tief, dass ich schon glaubte, er würde den Rocksaum meines Vaters küssen. »Euer Heiliger Vater sind ebenso großzügig wie bescheiden. Ich werde mich bemühen, Euch stets ein guter Diener und Eurer Tochter ein liebender Gemahl zu sein.«

»Ja, tu das«, knurrte Papa. »Der Stellvertreter Christi auf Erden mag es nicht wagen, sich denjenigen in den Weg zu stellen, die Gott zusammengefügt hat, aber Rodrigo Borgia sehr wohl, wenn du mir Anlass dazu gibst.«

Als ich aufstand, riss Giovanni die Geldbörse an sich und steckte sie ein. Hinter uns kicherte Cesare.

Giulia bedachte mich mit einem angespannten Lächeln. »Es ehrt mich, dass du meine Gesellschaft wünschst, Lucrezia. Natürlich werde ich überglücklich sein, dir als der Herrin von Pesaro zur Seite zu stehen.«

Mein Lächeln war angestrengt. »Die Ehre ist ganz auf meiner Seite.« Damit wandte ich mich zum Gehen.

Sie würde schon noch begreifen, dass ich immer noch eine Borgia war, gleichgültig, welchen Titel ich trug.

11

1494, das zweite Jahr des Pontifikats meines Vaters, neigte sich dem Ende zu. Kurz nach dem Dreikönigsfest erreichte uns die Kunde, dass Ferrante von Neapel gestorben war: *sine luce, sine cruce, sine Deo – ohne Licht, ohne Kreuz, ohne Gott* –, wie unser Botschafter meldete, und der französische König stieß neue Drohungen aus. Papa wahrte eine neutrale Haltung und überwinterte im Apostolischen Palast, obwohl die stürmischen Winde wütend an den Flügelfenstern rüttelten und immer wieder unglückliche Vögel gegen die Glasscheiben prallten. Schließlich versammelte er Ende März seinen gesamten Hof unter der schimmeligen Balkendecke des *Sala dei Pontifici,* um die neapolitanische Gesandtschaft zu empfangen.

Ich hatte die Ehre, zwischen Papa und Jofré zu stehen. Als unter Aufsicht unseres griesgrämigen Zeremonienmeisters Johannes Burckard die päpstliche Bulle verlesen wurde, die Alfonso die Herrschaft über Neapel zusprach und unsere Haltung Frankreich gegenüber festlegte, beobachtete Cesare den Ablauf mit regloser Miene.

Er trat zum ersten Mal als Politiker auf, doch das war ihm nicht anzumerken. Kein einziges Mal lenkte er die Aufmerksamkeit auf sich, während er in seinem purpurnen Ornat und mit ernster Miene zwischen den anderen Kardinälen saß. Und doch huschte ein Lächeln über seine Lippen, als die Gesandten Neapels Jofré den Titel des Prinzen von Squillace mitsamt den dazu gehörenden Ländereien verliehen. Unauffällig hielt er sich eine Hand vor den Mund. Es verlangte aber auch mir äußerste Selbstbeherrschung ab, nicht laut zu lachen, als Papa von unserem jüngeren Bruder als seinem Neffen sprach, den sein verstorbener Bruder ihm hinterlassen hätte. Niemand im ganzen Saal nahm das für bare Münze, am allerwenigsten die Neapolitaner. Die grinsten mehr oder weniger offen, als Papa den Erlass zu Jofrés »offiziellem Stammbaum« auf einem tragbaren Pult abstempelte, das ihm zwei kniende Pagen darboten. Fast hätte man meinen können, wenn ein Pergament nur mit den Abdrücken des päpstlichen Siegelrings gezeichnet war, käme das einer Bürgschaft für die reine Wahrheit gleich.

Jofré versuchte unterdessen, sich älter zu geben, indem er sich auf die Zehenspitzen stellte. Unter seiner kecken Kappe quollen – als unverkennbares Borgia-Merkmal – seine rotgoldenen Locken hervor und fielen ihm bis über die schmalen Schultern, während aus der Schatzkammer des Vatikans entliehene Juwelen seine Hände und seine Brust schmückten. In meinen Augen sah er hinreißend aus – ein hübscher Junge, der beizeiten zu einem stattlichen Mann heranwachsen würde, doch die Gesandten mussten noch das Kind in ihm sehen. Das war eine Tatsache, die auch meinem Vater nicht entging. »Lasst ihm nur Zeit, und er wächst in alles hinein«, murmelte er und gab Jofré einen derart herzhaften Klaps auf den Rücken, dass mein armer Bruder fast vom Podest herabgestolpert wäre.

Schließlich setzten wir uns alle an die Festtafel. Ich hatte den Auftrag zu verhindern, dass Jofré allzu sehr dem Wein zusprach, was sich angesichts der von allen Seiten gereichten Karaffen als unmöglich erwies. Bald war sein sommersprossiges Gesicht vom Alkohol und der damit einhergehenden Erregung gerötet, und schließlich beugte er sich zu mir herüber und flüsterte mir ins Ohr: »Glaubst du, dass Sancia mich ebenso sehr lieben wird wie du Giovanni?«

Wie vom Donner gerührt saß ich da. Während ich noch um Worte rang, drang Papas Lachen zu mir herüber. Er speiste an einer anderen Tafel zusammen mit Cesare und den Gesandten und schien wieder guter Dinge zu sein, ja, er barst schier vor guter Laune. Und das, obwohl er Giulia gezwungenermaßen schmollend in Santa Maria hatte zurücklassen müssen, da es sich hier um einen Anlass handelte, bei dem Geistliche sich streng an das Gebot halten mussten, das es ihnen untersagte, den Tisch mit Frauen zu teilen.

»Aber ja«, erklärte ich mit einem schnellen Lächeln. »Welche Frau liebt ihren Gemahl denn nicht?« Doch dann versetzte mir Jofrés glückliches Lächeln einen Stich ins Herz. Meine Worte kamen mir ebenso falsch vor wie seine Ahnenliste, die ihn als legitim auswies. Gleichwohl schien er sich aufrichtig darüber zu freuen. Immer noch lächelnd, wühlte er in seiner Rocktasche und zog einen in schwarzen Samt gewickelten Gegenstand hervor.

»Sancia hat mir das hier gesandt. Ist sie nicht schön?«

Es war ein Amulett mit dem Miniaturporträt einer jungen Frau, die in smaragdgrüner Robe vor einem Torbogen mit Blick auf die berühmte Bucht von Neapel saß. Von einem Meisterwerk konnte nicht die Rede sein; jeder halbwegs gute, in Rom ausgebildete Künstler hätte etwas Besseres geschaffen. Wenn es mich dennoch faszinierte, dann lag das an der Ausdruckskraft der dargestellten Frau. Ihr dunkles Haar betonte die durchdringenden graugrünen Augen; dazu verliehen ihr die kräftigen Wangenknochen und die vollen Lippen einen herausfordernden Ausdruck. Wenn der Erschaffer dieses Porträts sich an die Wahrheit gehalten hatte, dann war

Sancia von Aragón unbestreitbar verführerisch und von einer Schönheit, die eine größere Macht entfaltete, als die bloße Vollkommenheit der Züge es vermocht hätte.

»Sie ist hinreißend.« Als ich Jofré das Päckchen zurückgab, erfasste mich zu meiner Überraschung das Gefühl von Eifersucht. Vielleicht hatte ich gar nicht gelogen. Vielleicht würde Sancia ihn lieben. Vielleicht wurde aus ihnen eines jener Paare, die in ihrer Verbindung tatsächlich Glück fanden. Während mir diese höchst unwahrscheinliche Möglichkeit durch den Kopf ging, erkannte ich, wie wenige Illusionen mir geblieben waren. Ich warf einen Blick zum anderen Ende des Tischs, wo mein Gemahl in seinen geliehenen Prachtkleidern hockte. Seine Blässe bestätigte mir, dass seine schlimmsten Befürchtungen sich bewahrheitet hatten. Unsere Allianz mit Neapel hatte ihn tatsächlich in eine Zwangslage gebracht, hin- und hergerissen zwischen Loyalität zu Mailand und Papas Gunst.

Ich seufzte. Was zerbrach ich mir den Kopf über Liebe? Ich hatte eine Aufgabe zu erledigen.

Ich musste herausfinden, welche Seite ich am Ende wählen würde.

Nach der Karwoche brach Jofré nach Neapel auf. Am Palmsonntag hatten er und mein Gemahl die Ehre gehabt, den goldenen Krug zu tragen, in dem mein Vater sich während der Messe die Hände wusch. Außerdem nahmen wir im Kolosseum an einem Passionsspiel teil, bei dem sich die Adelsfamilien mit der Aufführung des Kreuzwegs unseres Erlösers selbst überboten und sogar die Trommel rührten und Becken aufeinanderschlugen, um den Sturm nachzuempfinden, der sich über Golgatha erhob, als der bedauernswerte Christusdarsteller mit Seilen gebunden am Kreuz hing.

Kaum hatten wir uns von Jofré verabschiedet, als auch schon Vanozza an das Tor von Santa Maria klopfte. Zu Adrianas Entsetzen verkündete sie, dass sie bleiben würde, um meine Abreise zu überwachen, und belegte eines der freien Gemächer mit Beschlag, von wo aus sie das Kommando führte. Ich vermutete, dass Papa sich eingemischt hatte. Nun, da er sich zu der Entscheidung durchgerungen hatte, mich nach Pesaro ziehen zu lassen, wollte er weiterem Zank zwischen Adriana und Giulia um die Vorrangstellung vorbeugen. Und obschon meine Mutter nicht an meiner Hochzeit teilgenommen hatte, beaufsichtigte sie mit gnadenloser Tüchtigkeit das Verpacken meiner Aussteuer, wobei sie alles aussortierte, was sie für überflüssig erachtete.

»Sie braucht nichts mitzunehmen, wofür sie keine Verwendung hat oder was sie später kaufen kann«, bestimmte Vanozza auf einen Einwand Adrianas hin. »Zwanzig Paar Pantoffeln sind wohl kaum nötig, wenn zehn genügen. Bei meiner letzten Inspektion hatte sie nur zwei Füße.«

Insgeheim freute ich mich darüber, dass sie hier war. Auch wenn ich keine Zuneigung für sie empfand, bereitete es mir Genugtuung, Vanozza mit den verschüchterten Dienstmädchen im Schlepptau durch die Räume stapfen zu sehen, zumal sich Giulia in ihrer Gegenwart rarmachte. Und wenn sie sich bei einer Mahlzeit oder auf der Treppe über den Weg liefen, ignorierte Vanozza sie mit ostentativer Verachtung, die die Farnese unendlich ärgern musste. Ich zweifelte nicht eine Sekunde daran, dass Giulia zahllose Anlässe hatte, sich hinter geschlossenen Türen bei meinem Vater zu beklagen, wusste aber nicht, worüber sie im Einzelnen sprach. Das dämmerte mir erst, als meine Mutter eines Tages während der Morgentoilette bei mir hereinplatzte.

»Das ist eine Schande!«, rief sie mit dröhnender Stimme.

»Du musst deinem Vater sagen, dass er dieser *puttana*, dieser … Hure, unter keinen Umständen erlauben darf, dich zu begleiten!«

Pantalisea erstarrte am Rande des Badezubers, den eingeseiften Schwamm in der Hand. Nach einem besorgten Blickwechsel mit Pantalisea sank ich tiefer in mein milchiges Bad, bis das Wasser meine Brust bedeckte. Meine Mutter trat einen Schritt näher. Plötzlich kam ich mir vor wie ein Faun, der sich mitten in einer Waldlichtung hilflos einem Raubtier ausgeliefert sah.

»Aufstehen«, befahl Vanozza, »lass mich dich anschauen.«

Meine Damen zuckten zusammen. Auf ein Fingerschnippen Vanozzas hin stoben sie davon. Und ich selbst wäre am liebsten ganz unter Wasser geglitten, als sie bellte: »Entweder du stehst auf der Stelle auf, oder ich zieh dich an den Haaren hoch!« Die Hände in die Hüften gestemmt, stand sie jetzt direkt am mit Tüchern behängten Rand des Zubers. Ein Blick auf ihre groben, geröteten Finger genügte. Diese Frau, die Reben von ihren Weinstöcken zupfte und zahllosen Hühnern die Hälse umdrehte, würde auch mit mir nicht viel Federlesens machen.

Mit einem tiefen Seufzer erhob ich mich. In Bächen rann das parfümierte Wasser an mir herunter, floss vorbei an den Brustwarzen mit den rosa Spitzen, die mir seit einiger Zeit so wehtaten, dass ich unwillkürlich damit spielte, wenn ich im Bett lag und niemand mich sah. Und mit den Brüsten hörte es nicht auf, meine Finger glitten über die Hüften weiter zu meiner Scham, die von einer Sehnsucht brannte, die nur durch meine mitternächtlichen Erkundungen befriedigt werden konnte.

Meine Mutter begutachtete mich von Kopf bis Fuß. »Wann ist es mit dem Blut losgegangen?«

»Noch nicht so lange her …« Ich zögerte. Mit Ausweichmanövern brauchte ich ihr nicht zu kommen. »Halbes Jahr.«

»So lange schon, hm?« Sie schnaubte. »Und keiner hat etwas bemerkt? Nun, nun. Du hast mehr von mir in deinen Adern, als ich dachte.« Sie griff nach einem Handtuch, das auf dem Tisch neben ihr lag, und warf es mir zu. Was für eine frostige Begegnung. Die Eiseskälte drang mir förmlich in alle Poren, als sie sagte: »Ewig kannst du es nicht verbergen. Rodrigo mag dich nach Pesaro schicken, weil er es für das Beste hält. Aber bist du erst einmal dort, im Hoheitsgebiet deines Gemahls, hat Giovanni jedes Recht, mit dir zu verfahren, wie es ihm gefällt.«

Ich reckte das Kinn vor. »Hat er nicht. Papa hat eine Klausel in den Ehevertrag gesetzt, die …«

»Ich weiß, was sie besagt. Ganz Italien weiß Bescheid. Die Leute lachen darüber und verspotten Giovanni, weil er zugestimmt hat. Aber er ist immer noch ein Mann, und Männer setzen sich durch, sobald ihr Blut in Wallung gerät. Du wirst weit von Rom entfernt sein, von deinem Vater und deinen Brüdern, von jedem, der dich beschützen könnte. Was willst du dann tun? Deiner Dienerin und dieser Zwergin befehlen, die Tür zu verriegeln? Ein Tritt, und sie landen mit strampelnden Beinen neben dir. Er kann euch alle drei nehmen, wenn ihm danach ist.«

Ihre hässlichen Worte weckten die Erinnerung an die anderen *drei*, die ich bereits gesehen hatte. Ich drückte das Handtuch fest an mich. »So … so ist er nicht! Giovanni würde mich nie zu etwas zwingen.«

»Ach ja? Kennst du ihn vielleicht schon so gut, dass du weißt, was er tun wird und was nicht?« Sie starrte mich an. Als schließlich ein Lächeln ihre Lippen kräuselte, war es unbarmherzig. »Kann es sein, dass du selbst das alles betrieben hast? Willst *du* am Ende, dass dein Vater seine Hure zusammen mit dir nach Pesaro schickt?«

»Nein!«, rief ich, aber meine Leugnung kam zu hastig. Mir war sofort klar, dass ich mich verraten hatte.

»Nein? Oh, ich glaube, doch. Du hast ihn darum gebeten. Die Frage ist nur: Warum willst du ihn seiner Bettgefährtin berauben? Ich weiß, dass du sie nicht magst – keine Frau könnte das –, aber ohne sie wird er sich erbärmlich fühlen. Die Franzosen rasseln mit dem Säbel; die Sforza schmieden Ränke; die Hälfte der römischen Barone hasst ihn. Er hat bereits tausend Probleme. Warum also bist du so grausam, sie den weiten Weg nach Pesaro mitzunehmen, obwohl du weißt, wie weh ihm das tun …« Sie unterbrach sich abrupt. Ein Ausdruck von Fassungslosigkeit kroch über ihr Gesicht. Unvermittelt warf sie den Kopf zurück und brach in bellendes Lachen aus. »*Ma naturalmente!* Du machst das mit Absicht. Du willst, dass dein Gemahl es mit *ihr* treibt!«

In meiner Eile, aus dem Zuber zu steigen, ließ ich das Handtuch ins Wasser fallen. Kaum draußen, rutschte ich auf dem feuchten Boden aus und konnte mich gerade noch an ihrem fleischigen Arm festhalten. Jetzt musste ich mir etwas einfallen lassen, irgendetwas, um ihren Verdacht zu zerstreuen.

»Wenn er das tut«, flüsterte ich, »dann bin ich in Sicherheit. Dann bleibe ich *intacta*.«

Sie entriss mir ihren Arm. »*Dio mio*, für solche Spiele bist du zu naiv.« Sie schleuderte mir ihre Geringschätzung entgegen wie früher, wenn ich mit einem zerkratzten Knie oder einem angestoßenen Zeh bei ihr Trost gesucht hatte – so lange, bis ich irgendwann begriffen hatte, wie wenig ich ihr bedeutete. Jetzt störte mich das nicht mehr. Sollte sie mich ruhig beleidigen! Hauptsache, sie glaubte, ich wolle etwas herbeiführen und hätte keine Ahnung, wie weit Giulia schon gegangen war. »Glaubst du wirklich, dass diese Schlampe ihn von deinem Bett fernhalten wird?«, knurrte sie. »Wenn ja, weißt du nicht das Geringste über die Welt. Männer verspritzen ihren Samen in rauen Mengen.« Ihre Heiterkeit verebbte, und mit einem gleichgültigen Schulterzucken fuhr sie fort: »Aber ich gebe dir recht. Diese Frau wird nicht gleich unförmig werden, wenn sie deinem Vater noch ein Kind schenkt. Allerdings will ich das nicht. Er würde ihre Brut nur bei mir abladen, und ich müsste sie erdrosseln. Sie selbst muss aus dem Weg geräumt werden. Sie und diese närrische Adriana, die der Farnese alles hat durchgehen lassen, obwohl sie diese Dirne zusammen mit ihrem schieläugigen Mann in Basanello hätte einsperren müssen.«

Vanozzas Verachtung verblüffte mich. Ich hatte immer angenommen, sie würde Adriana wenigstens widerstrebend Respekt zollen, wenn auch nur deshalb, weil sie ihr gefällig gewesen war und mich ihr abgenommen hatte.

Als sie meine Robe von einem Haken an der Wand nahm, stieß sie ein gequältes Stöhnen aus. »Noch mehr Luxus! Wer braucht schon ein ganzes Gemach zum Baden? Noch dazu eines mit Wasserrohren! Die Farnese muss Glocken zwischen ihren Schenkeln haben, wenn dein Vater sich diesen Tempel für sie so viel Geld kosten lässt.«

Während ich mir die Robe um die Taille band, fuhr sie fort: »Du hast offenbar vor, sie zu zerstören. Er wird sich keine Hörner aufsetzen lassen. Papst hin oder her, er ist wie alle Männer: Er glaubt, er könne seinen Riemen überall hineinstecken, wo es ihm gerade passt, aber Gott behüte, eine von uns tut dasselbe.«

»Ja«, erwiderte ich matt, »das habe ich in der Tat vor.« Und es war die Wahrheit. Allerdings verwirrte mich ihr Scharfsinn so sehr, dass es mich drängte, ihr alles zu beichten. Gerade noch rechtzeitig erinnerte ich mich daran, dass unser Verhältnis angespannt war und ich ihr nie wirklich würde trauen können. Wenn sie herausbekam, dass Cesare mich als Spionin auf Giovanni angesetzt hatte, würde sie es sofort Papa berichten. Die Intrigen der Frauen waren feinsinnig, die der Männer nicht.

Abrupt hob Vanozza mein Kinn an. »Du solltest besser wissen, worum es geht. Denn wenn alles vorbei ist und sie in Ungnade gefallen ist, musst du dich fügen. Verstehst du mich? Du kannst nicht jungfräulich bleiben. Lass ihn mit der Farnese spielen, bis du deine Beweise hast. Danach kannst du ihn dafür leiden lassen. Stampf mit den Füßen, schrei ihn an, wirf alles Mögliche nach ihm und schlag ihm die Tür ins Gesicht. Aber wenn du das alles getan hast, wirst du ihm vergeben und ihn in dein Bett einladen. Du wirst die Beine breit machen, die Augen schließen und ihn so oft pflügen lassen, wie es eben nötig ist, um dir ein Kind einzupflanzen. Erst dann kannst du ihn auf Wanderschaft gehen lassen, denn du wirst für immer die Mutter seines Erben sein, bis dass der Tod euch scheidet. Wen kümmert es dann noch, wo er seine Lust befriedigt, vorausgesetzt, er rammt dir seinen Riemen nicht ins Gesicht?«

Sie packte mich am Kinn und fixierte mich mit ihren eisigen graublauen Augen, die den meinen so sehr glichen, dass ich ebenso gut in einen Spiegel hätte schauen können, die allerdings einen erschreckenden Mangel an Mitgefühl verrieten. Sie hatten Dinge erlebt, die ich mir nicht vorstellen konnte: Opfer, Kompromisse und den Verlust jeglicher Unschuld.

»Ein Sohn, der aus seiner Saat hervorgegangen ist – nur das wird dir Sicherheit geben. Vergiss alles, was du über Politik oder Kriege gehört hast; das geht uns Frauen nichts an, noch nie. Wir müssen erdulden. Besser den Mann, mit dem du jetzt verheiratet bist, als den Fremden, der irgendwann kommen wird.« Sie wandte sich zur Tür. Zurück blieben die Abdrücke ihrer Fingernägel an meinem Kinn. »Mach nie den Fehler, dich für einzigartig zu halten«, warnte sie mich. »Wenn wir jung sind, glauben wir, im Leben würden sich alle nach uns richten, aber das Leben hat seine eigene Art, uns zu lehren, wer stärker ist. Am Ende bist du doch nur eine Frau. Wenn du scheiterst, ist alles vorbei. Eine zweite Gelegenheit bekommst du nicht. Geh nach Pesaro und führe dein Leben als Ehefrau; gebäre deine Kinder, werde alt und stirb in deinem eigenen Bett. Man weiß nie, wann das Schicksal sich von einem abwendet. Wer klug ist, weiß, dass er sein Los annehmen muss, solange er dazu noch in der Lage ist.«

Jäh riss sie die Tür auf. Zu Tode erschrocken sprangen Murilla und Pantalisea auf, die am Schlüsselloch gelauscht hatten. Wortlos drängte sich Vanozza an ihnen vorbei und stapfte den Gang hinunter.

»Mama!«, rief ich ihr nach, über mich selbst verwundert, weil ich tatsächlich eine Bitte an sie hatte.

Sie hielt inne. Als sie mich anblickte, bemerkte ich in ihren Augen etwas, das ich noch nie gesehen hatte – widerstrebende Bewunderung.

»Mein Arancino«, sagte ich. »Ich muss ihn zurücklassen. »Würdet Ihr …?«

Sie nickte knapp. »Ja, aber das Vieh muss sich von meiner Speisekammer fernhalten.«

12

Wir verließen Rom bei böigem Maiwind. Eskortiert wurden wir von bewaffneten Wächtern und einer von Maultieren gezogenen Kolonne aus Karren, turmhoch bepackt mit Möbeln und Ledertruhen, die von unseren Sachen überquollen.

Papa begleitete uns zur Porta del Popolo, dem Stadttor, das zur Via Flaminia führte. Umgeben von seinen Beamten, stieg er von seinem Maultier und umarmte mich noch einmal, die Augen voller Tränen. Ich musste ihm versprechen, ihm jede Woche zu schreiben und für die Überbringung der Briefe ein Netz von Kurieren zu benutzen, das er für unsere Korrespondenz eingerichtet hatte. Trauer schnürte mir den Hals zu, als Cesare mich auf die Wange küsste und mir zuflüsterte: »Vertrau mir, es wird nicht lange dauern.« Sein Atem strich warm über meine Haut.

Danach kehrte ich zu meiner neben Giulia wartenden Stute zurück. Mein Vater schien vor meinen Augen zu altern, als wir durch das Tor ritten. Immer wieder drehte ich mich nach ihm um, schon jetzt an meinem Entschluss zweifelnd, und fast wäre ich zurückgaloppiert, als er verloren die Hand zu einer Abschiedsgeste hob.

Bald war er außer Sichtweite. Ich flüsterte ein Gebet für seine Sicherheit. Dann richtete ich den Blick nach vorn. Schweigend ritt ich neben Giulia, bis sie schließlich sagte: »Hoffentlich können wir jetzt diese Albernheiten hinter uns lassen. Ich wünsche mir so sehr, dass wir wieder Freundinnen sind. Dein Vater ebenso. Es bereitet ihm Kummer, dass wir einander fremd geworden sind.«

»Wirklich? Das darf nicht sein. Papa hat doch genug andere Sorgen.« Es kostete mich einige Überwindung, aber ich ergriff ihre Hand, als hegte ich nicht den geringsten Groll gegen sie.

Giovanni, der links von mir ritt, murmelte, er müsse die Vorhut überprüfen, und gab seinem Pferd die Sporen.

Giulia seufzte. »Dein Gemahl tut sein Bestes. Es hat mich gefreut, dass du darum gebeten hast, ihm in seine Stadt folgen zu dürfen. Er will, dass du glücklich bist, auch wenn er unter der Bürde leidet, zwei Herren dienen zu müssen.«

Ich bezähmte die Wut, die ihre Worte in mir auslösten. Sie tat so, als wüsste sie alles, was es über meinen Gemahl zu wissen gab – und genau das war offensichtlich auch der Fall. »Wir müssen also seinen Palazzo in Pesaro in ein Haus der Freude verwandeln«, sagte ich. »Ein Zuhause, in dem er sich von seinen Verpflichtungen erholen kann.«

»Ja! Wir müssen Pesaro so gestalten, dass es deiner Anwesenheit wert ist.« Sie beugte sich vertraulich vor, was mich schmerzhaft an unsere frühen Tage bei Adriana erinnerte, als wir tatsächlich wie Schwestern gewesen waren. »Vanozza hat versucht, alles, was sie fassen kann, von deiner Mitgift zu stehlen. Aber Adriana hat das meiste für dich gerettet. Wir haben also genügend Pelze, Brokat und Seide, um ein ganzes Heer einzukleiden.« Sie lachte. »Wir machen ein Spektakel daraus: Für jeden Abend eine neue Robe und jeden Tag neue Vergnügungen. Isabella d'Este höchstpersönlich wird dich beneiden.«

Ihre Wangen röteten sich. Sie schien völlig vergessen zu haben, dass uns ein Krieg drohte, falls die Franzosen bei uns einmarschierten. Sie hatte nicht im Traum daran gedacht, ihre zweijährige Tochter in die Obhut von Bediensteten zu geben. Das Einzige, was sie im Sinn hatte, war Ablenkung. Daran wollte ich sie erinnern, aber damit hätte ich die Illusion zerstört, in der ich sie einlullen wollte. So lachte ich mit ihr, beteiligte mich an ihren Plänen von immer mehr Überfluss, während ich mich insgeheim auf die Stunde freute, in der ich ihr Schicksal besiegeln würde.

Cesare mochte in der Lage sein, die Strecke nach Pesaro an einem Tag zurückzulegen, wir dagegen benötigten zwei entsetzliche Wochen. Die Straßen waren in einem erbärmlichen Zustand. Immer wieder sorgten Schlaglöcher dafür, dass unsere Karren stecken blieben und die Esel sich die Hufe verletzten. In den Nächten machten marodierende Söldner die Pässe des Apennins unsicher, und tagsüber behinderten sintflutartige Regengüsse unser Fortkommen. Stets mussten wir die Sicherheit von Stadtmauern vor Einbruch der Dunkelheit erreichen, womit wir überall ein Durcheinander anrichteten, weil man bei aller Gastfreundschaft nirgends auf einen so großen Zug wie den unseren vorbereitet war. Am achten Juni erreichten wir endlich Pesaro bei strömendem Regen, der uns bis auf die Haut durchnässte.

Ich ritt neben Giovanni, der unter seiner abgetragenen Kappe übers ganze Gesicht strahlte. Überall hingen von den Balkonen tropfnasse, schlaffe Banner herunter; in der Prachtstraße zu Giovannis Palast standen schlammbedeckte Zuschauer dicht aneinandergedrängt und hörten nicht auf zu jubeln. Die Begeisterung, mit der ich hier aufgenommen wurde, wärmte mir das Herz, auch wenn ich beim Betreten meiner Gemächer völlig durchgefroren war. Zähneklappernd ließ ich es über mich ergehen, dass meine Damen mir meine triefenden Kleider vom Leib streiften. Unterdessen lief Pantalisea durch den halben Palast, um zu veranlassen, dass mir aus dem Küchentrakt heißes Wasser gebracht wurde.

»Nein«, protestierte ich matt, während ich, in eine Pelzrobe gehüllt, in das aufgepolsterte Bett kletterte. Auf den Laken waren frische Rosmarinzweige ausgebreitet worden, doch der Duft des Krauts vermochte den alles durchdringenden Gestank nach Feuchtigkeit nicht zu vertreiben. Und wie ich schon vermutet hatte, machten sich meine Dienerinnen sofort daran, mit Tüchern die Luft aufzuwirbeln und nach den Mücken zu schlagen.

»So, wie es hier aussieht, ist dieses Haus seit Jahren nicht mehr geputzt worden«, erklärte ich. »Jetzt zu baden wäre mein Tod. Ich brauche nur ein bisschen Ruhe.«

Sofort sank ich in einen traumlosen Schlaf. Als ich aufwachte, war die Nacht vorüber, und durch die Fenster meiner Schlafkammer fiel strahlendes Sonnenlicht. Welch ein willkommener Anblick nach dem tristen Regenwetter! Ebenso gut tat es, meine Damen bereits auf mich warten zu sehen.

»Donna Giulia war schon zweimal hier«, ließ mich Pantalisea wissen, als ich mit steifen Gliedern aus dem Bett stieg. »Sie ist ganz begierig darauf, die *festa* für heute Abend zu planen.«

»Ein Fest? Heute Abend? Ist sie verrückt? So wund geritten, wie ich bin, kann ich nicht einmal ans Tanzen *denken!*« Ich schlurfte zu dem Tisch, den meine Damen mit frischem braunem Brot, einem Stück weißem Käse, verwässertem Wein und einer Schüssel voller Kirschen gedeckt hatten. Als ich den ersten Bissen schluckte, bemerkte ich, wie ausgehungert ich war. Aber es war ja genug da, und mit vollem Magen fühlte ich mich deutlich besser. Allerdings waren meine Beine immer noch wackelig und die zarte Haut meiner Schenkel von den Tagen im Sattel blutig gescheuert.

Ein hartnäckiges Klopfen schreckte uns auf. Meine neue Dienerin, die hübsche blonde Nicola, eilte zur Tür und machte auf. Giulia drängte sich an ihr vorbei, eine strahlende Schönheit in ihrem fleischfarbenen Seidenkleid mit geschlitzten Ärmeln, die sie mit Bändern verziert hatte. In ihr Haar hatte sie an den Rändern Perlen geflochten, während es am Scheitel von einer Batisthaube bedeckt wurde, als wolle sie dem Vatikan einen Besuch abstatten. An ihren Fingern glitzerten Ringe, an den Ohrläppchen baumelten die Diamant- und Topasanhänger, die sie mir abgeluchst hatte.

»Du bist also endlich wach«, verkündete sie. »Ich dachte schon, du würdest wie Adriana den ganzen Tag im Bett verbringen. Die Arme. In ihrem Alter ist Reisen nicht gesund. Sie hätte in Rom bleiben sollen.« Giulia ließ ihren kritischen Blick über mich schweifen. »Hast du nicht vor, dich anzukleiden? Dein Haushalt wartet darauf, dich zu empfangen. Giovanni sitzt mit seinen Beratern zusammen. Wir müssen das ganze Haus in Ordnung bringen. Soweit ich es beurteilen kann, ist es reichlich öde und feucht. Aber für den Anfang wird es wohl seinen Zweck erfüllen, zumindest bis wir Kunsthandwerker zur Verschönerung der Wände holen können. Deine Dienerinnen können uns helfen.«

Pantalisea setzte zu einem Protest an. »Ich glaube, meine Herrin sollte …«

Mit erhobener Hand gebot ich ihr Schweigen. »Donna Giulia hat recht. Ich bin die Signora hier, und dies ist mein Zuhause. Bringt mir eine Robe.« An mir nagte der Verdacht, Giulia könnte in der Zeit, in der ich geschlafen hatte, in meinem neuen Hof ein Stelldichein mit Giovanni gehabt haben, aber ich vertrieb den Gedanken gleich wieder. Selbst sie würde so etwas nicht wagen, nicht so kurz nach unserer Ankunft.

Sobald meine Damen mir die Haare geflochten und mir in

eine rosa Samtrobe geholfen hatten, scheuchte mich Giulia durch den Palazzo, den der Großvater meines Gemahls errichtet hatte, ein grimmiger Söldnerführer, der sich sein Vermögen mit der Bekämpfung der Feinde Mailands erworben hatte. Im Vergleich zu Santa Maria in Portico war dieses Haus deprimierend provinziell. Die chronische Armut meines Gemahls spiegelte sich allein schon in den kahlen Wänden wider, bei denen es nicht einmal dort zu Behängen gereicht hatte, wo Feuchtigkeitsflecken auf dem Putz prangten. Immerhin konnte der *sala grande* eine herrliche, wenn auch ausgeblichene Decke aus vergoldetem Holz vorweisen, und die Fassade schmückte eine stattliche Säulenhalle sowie im oberen Stockwerk eine Loggia mit verglasten Fenstern, die das Tageslicht hereinließen. Dazu gab es einen Innenhof und einen Garten mit Springbrunnen und einigermaßen passablen Nachbildungen antiker Statuen.

Giulia seufzte. »Die Stadt ist leider auch nicht viel besser. Außer der großen Piazza und der Kathedrale ist in Pesaro seit mindestens hundert Jahren nichts mehr renoviert worden.«

»Zumindest regnet es nicht«, erwiderte ich und wies dann die Bediensteten an, die Möbel im Empfangssaal so umzustellen, dass das, was ich gekauft hatte, besser zur Geltung kam. Als Giovanni mit trüben Augen aus der Sitzung kam, verlangte ich von ihm, dass er alles bewunderte: die neuen Kerzen für meinen goldenen Kandelaber, meine Wandbehänge aus Seide und Wolle mit Darstellungen von Szenen aus dem Alten Testament, meine türkischen Teppiche und die mit Fransen besetzten Tücher, die ich auf den vernarbten Tischen und Anrichten ausgebreitet hatte.

Müde murmelte er: »Erwarten wir denn Gesellschaft?«

Statt einer Antwort nahm ich seine Hand in meine. Er wich zurück. Dies war das erste Mal seit dem Tag unserer

Hochzeit, dass ich ihn berührte. »Noch nicht, aber bald«, sagte ich. »Ihr müsst Euren Adelligen die Kunde senden, dass Ihr ihnen Eure Gemahlin vorstellen wollt. Wir können Musiker dingen und ein Fest mit Wein und Tänzen abhalten.«

Er zog mich zum Kamin, außer Hörweite meiner Damen. »Das kann ich mir unmöglich leisten. Mein Rat hat mich darüber aufgeklärt, dass die Staatskasse leer ist. All die Monate in Rom haben mich ausbluten lassen. Und mein Cousin, Il Moro, weigert sich, mir auch nur einen Dukaten zu geben.« Seine Stimme hatte einen anklagenden Ton angenommen, als träfe mich die Schuld an dem Missstand.

Ich seufzte. »Das ist allerdings beunruhigend. Aber weil Il Moro und Papa wegen Neapel und der Franzosen im Streit liegen, können wir wohl kaum Geld erwarten, solange Ihr in Diensten von beiden steht.«

Er raufte sich die Haare. »Was soll ich nur tun? Ich kann mir ohnehin kaum Bedienstete leisten, und jetzt bist auch noch du hier … Es war ein Fehler von mir, dich den ganzen, weiten Weg mitzunehmen. Ich musste Rom verlassen, aber es ist mir nicht gelungen, für deinen Komfort zu sorgen.«

Das hatte er in der Tat versäumt, dachte ich, sagte jedoch nur: »Seht Euch doch um. Fehlt es mir etwa an Komfort?« Ich beugte mich vor und zwickte ihn sanft in die Wange. Das war meine zweite ungezwungene Geste, die Zuneigung bekundete. Kurz erstarrte er, offenbar unsicher bezüglich meiner Absicht. »Lasst mich mein Bestes versuchen. Ich werde Papa schreiben und ihn um die nötigen Mittel bitten. Außerdem habe ich selbst ein bisschen eigenes Geld mitgebracht, und was mein ist, ist auch Euer.« Ich verkniff mir die Frage danach, was er mit dem Geldbeutel gemacht hatte, den Cesare ihm im Gemach meines Vaters nachgeworfen hatte, und wie er die letzte Zahlung aus meiner Aussteuer verwendet hatte. Papa hätte mich nie in die Fremde geschickt, damit ich selbst für mich sorgte. Aufgrund seiner anhaltenden Notlage würde Giovanni noch lange in unserer Schuld stehen – was sich bestens in Cesares Pläne einfügte. Wenn Giovanni eifrig vor der Hand katzbuckelte, die ihn fütterte, würde wohl auch seine Neigung abnehmen, sich wieder bei Il Moro einzuschmeicheln.

»Setzt Euch.« Ich schenkte ihm aus der Karaffe Wein ein. »Lasst mich Giulia befehlen, eine Mahlzeit für Euch zu bestellen. Danach müsst Ihr ruhen.« Ich ließ ihn mit verwirrter Miene und einem Kelch in der Hand am Kamin sitzen und kehrte zu meinen Damen zurück.

Giulia musterte mich misstrauisch, womit sie verriet, dass sie gelauscht hatte. »Du sprichst mit ihm, als wärt ihr schon eine Ewigkeit verheiratet. Vielleicht brauchst du meine Gesellschaft gar nicht.«

Ich verdrehte die Augen. »Unsinn. Wie könnte ich ohne dich zurechtkommen? Ich kenne ja noch nicht einmal die Namen der Bediensteten hier. Kannst du dich um sein Essen kümmern und ihm aufwarten? Ich muss Papa schreiben.« Ich senkte die Stimme zu einem vertraulichen Flüstern. »Wir benötigen offenbar Geld.«

Sie nickte diskret, dann näherte sie sich Giovanni. Er blickte erschrocken auf. Selbst vom anderen Ende des Raumes her konnte ich sehen, dass er errötete.

Ich lächelte. Cesare würde stolz auf mich sein.

Nachdem wir eine Woche lang auf meine Kosten Festlichkeiten abgehalten und unsere Gäste mit Braten und Wein gesättigt hatten, traf die Antwort aus Rom ein, zusammen mit einem Paket voller Briefe von meinem Vater, persönlich überbracht von seinem Sekretär, Don Antonio Gacet. Als er sich vor mir verneigte und seine tiefliegenden katalanischen Augen dabei meine Umgebung erfassten, entdeckte ich in seiner Eskorte eine unerwartete Gestalt. Mit einem unbekümmerten Nicken bestätigte Michelotto, dass er meinen Blick bemerkt hatte.

»Seine Heiligkeit vermisst Euch auf das Schmerzhafteste«, erklärte Gacet. »Er ist außer sich vor Empörung darüber, dass Euch und den hohen Damen Giulia und Adriana keine Unterkunft geboten wird, die dem entspricht, was Ihr gewohnt seid.« Er reichte mir, zusammen mit einem versiegelten Umschlag, einen schweren Lederbeutel. »Das ist alles, was ich Euch im Augenblick bringen kann, aber der Umschlag enthält Bürgschaften. In Anbetracht der gegenwärtigen Unruhen ist unser Verhältnis zur Bank der Medici nicht so verlässlich, wie wir uns das wünschen würden, aber Seine Heiligkeit hat noch andere Investitionen getätigt. Falls nötig, könnt Ihr diese Briefe gegen Kredite tauschen und auf seine Einlagen zurückgreifen.«

»Vielen Dank.« Ich gab Umschlag und Beutel an Adriana weiter, die neben meinem Stuhl Wache stand. Nachdem sie aus ihrer zweitägigen Starre erwacht war, war sie wie eine Tigerin durch unsere Gemächer gestürmt, nur um festzustellen, dass ich meine Angelegenheiten auch ohne sie perfekt geregelt hatte. Und da sie nichts an meiner Haushaltsführung auszusetzen fand, hatte sie sich darauf verlegt, jeden meiner Schritte zu überwachen. Das war höchst ärgerlich, denn wie sollte ich Giovannis geheime Machenschaften aufdecken, wenn sie mir ständig auf dem Rocksaum stand? Aus diesem Grund wurde es immer dringender, mich ihrer wenigstens für eine Weile zu entledigen.

»Wir haben Seiner Heiligkeit doch keine übermäßigen Sorgen bereitet?«, fragte ich. »Womöglich war meine Schilderung missverständlich, und er hält unsere Lage hier für betrüblicher, als sie tatsächlich ist. Tante, vielleicht sollten wir einen Brief verfassen, Seiner Heiligkeit für seine Großzügigkeit danken und ihm versichern, dass es uns durchaus gut geht, auch wenn er uns schrecklich fehlt.«

Ihre Züge hellten sich auf. Vielleicht konnte sie doch mehr von Nutzen sein, als lediglich die Rolle des Wachhundes zu spielen. »Eine hervorragende Idee. Aber erst müssen wir seine Briefe an dich lesen und …«

Ich unterbrach sie mit einem bestürzten »O nein! Ich habe völlig vergessen, dass ich versprochen habe, mich um die Vorbereitung der Bewirtung unserer angekündigten Besucher zu kümmern.« Ich bedachte Gacet mit einem entschuldigenden Lächeln. »Mein fürstlicher Gemahl hat die erlauchte Caterina Gonzaga und ihren Mann, Graf Ottaviano, eingeladen. Da muss alles perfekt sein. Wie ich gehört habe, hat dieses Haus unter mangelnder weiblicher Aufsicht gelitten. Könntet *Ihr* vielleicht einstweilen die Dinge, die nicht meiner Gegenwart bedürfen, mit Donna Adriana regeln?«

Gacet stimmte wie erhofft zu. »Natürlich.« Und an Adriana gewandt, sagte er: »Seine Heiligkeit hat bedeutende Empfehlungen für Euch, Hohe Dame.«

»Wirklich?« Adriana machte den Eindruck, als würde sie gleich begeistert in die Hände klatschen. »Nun, dann müssen wir sie uns sofort anhören. Kommt mit mir ins Kontor. Lucrezia, bei der Gelegenheit lesen wir den Brief und …«

»Ja, ja, sobald Ihr mit Don Gacet alles andere besprochen habt, schickt Ihr nach mir.« Ich hatte mich bereits aus meinem Stuhl erhoben und meine Dienerinnen zu mir gewinkt. Als wir an den beim Fenster herumlungernden Männern vorbeikamen, warf ich Michelotto einen vielsagenden Blick zu. Die Kappe unter den Arm geklemmt, folgte er mir.

Am Eingang zum Garten wies ich Nicola und Murilla an, zurückzubleiben, und führte Michelotto weiter zu den umzäunten Obstbäumen und Kieswegen. Nur Pantalisea trottete hinter uns her, denn es hätte sich nicht geschickt, mit ihm allein zu sein. Zu meiner Erleichterung hatte sich Giulia schon vorher zu einem Nickerchen zurückgezogen. Bei Caterina Gonzagas Eintreffen wollte sie möglichst frisch aussehen, nachdem sie gehört hatte, Giovannis frühere Schwägerin sei eine sagenumwobene Schönheit. Auch Giovanni fehlte. Er hatte sich zu der in den Hügeln über der Stadt gelegenen Villa Imperiale begeben, um für unsere Gäste einen Jagdausflug vorzubereiten.

Ich lenkte unser Gespräch auf das Thema, das mir auf den Nägeln brannte. »Wenn man uns Fragen stellt, werde ich sagen, dass Ihr mir Kunde von meinem Bruder, dem Kardinal von Valencia, überbracht habt. Ich nehme an, Ihr habt …?«

»O ja.« Seine eigenartig schiefergrauen Augen glänzten. »Seine Eminenz hat wichtige Empfehlungen, die er Euch mitteilen möchte.«

Ich lächelte. Mit seiner mehrfarbigen Strumpfhose, dem handgeschneiderten Rock und den überweiten Stiefeln wirkte Michelotto in der ländlichen Umgebung von Pesaro derart fehl am Platz, dass ihn niemand für einen Einheimischen halten konnte. »Wie geht es Cesare … ich meine, Seiner Eminenz, dem Kardinal?«

»Auch ich verwende immer seinen eigentlichen Namen, Hohe Dame. Im Privatleben legt er keinen Wert auf das Zeremoniell. Leider geht es ihm nicht so gut, wie es zu hoffen wäre. Die Lage wird schwierig. Unsere Emissäre melden uns, dass die Franzosen sich anschicken, die Berge zu überqueren. Die größten Schwierigkeiten dabei haben sie mit der neuartigen Kanone, die sie verwenden wollen. Geschütze, die statt Steinen Stahlkugeln ausspucken und eine größere Reichweite haben. König Charles rühmt sich damit, dass er die Mauern von Neapel sprengen und Alfonso in den Trümmern beerdigen wird.

»Dio mio!« In mir tat sich ein Abgrund auf. »Droht Rom Gefahr?«

»Wer kann das schon sagen? Die Franzosen sind wild. Wenn sie erst einmal auf uns losgelassen werden, sind sie zu allem in der Lage, auch zu einem Marsch auf die Ewige Stadt. Seine Heiligkeit hat König Charles einen erzürnten Brief geschrieben, in dem er ihm die Störung des Friedens vorwirft. Aber gleichzeitig hat er damit begonnen, für den Fall, dass er Zuflucht suchen muss, das Kastell Sant'Angelo zu befestigen. Mein hoher Herr, Cesare, tut ebenfalls sein Möglichstes, um andere für unsere Sache zu gewinnen. Am Fronleichnamstag hat er im ganzen Kirchenstaat Predigten halten lassen, die darauf vorbereitet haben, dass alle werden leiden müssen, wenn die Franzosen ungehindert in Italien einmarschieren. Bisher hat nur Neapel seine Mahnungen beachtet. Der König sammelt seine Truppen, aber die Barone in unserer zentralen Romagna-Region trachten nur nach ihrem eigenen Vorteil, während unsere anderen Stadtstaaten noch unentschlossen sind. *La Serenissima* ist mächtig genug und braucht keine Invasion zu fürchten. Florenz wird uns beistehen, wenn es kann. Die Medici werden immer noch von diesem Teufel Savonarola belagert, während Mailand, wie wir wissen, sich anschickt, sich vor Charles auf den Rücken zu legen und – vergebt mir, Hohe Dame – die Beine breit zu machen.«

»Schon vergeben«, versicherte ich ihm. Ich fixierte den Weg vor mir, darum bemüht, das Schreckensbild von den Franzosen, die wie Barbaren über unser Land schwärmten, aus meiner Vorstellung zu verbannen.

»Euer Beistand wird dringend benötigt«, beschwor mich Michelotto. »Es ist nur eine Frage der Zeit, dass Seine Heiligkeit Signore Giovanni nach Rom befehlen wird. Wie mein Herr, Cesare, glaubt, werdet Ihr dann die Wahrheit über seine Verbindungen mit Mailand aufdecken müssen.«

Ich blieb verblüfft stehen. »Nach Rom befehlen? Um was für eine Art von Befehl handelt es sich?«

»Als Vasall Seiner Heiligkeit ist er dazu verpflichtet, sich mit Neapel zu verbünden.«

Ich lachte ungläubig auf. »Mein Gemahl? Sich mit Neapel verbünden? Er wird nie zustimmen! Seine Familie residiert in Mailand, und … Oder beabsichtigen mein Vater und mein Bruder etwa, Giovanni zu einer Entscheidung zu *zwingen*?«

»Ich maße mir nicht an zu behaupten, ich würde ihre Absichten kennen, Hohe Dame. Aber ihr beweist ein beeindruckendes Verständnis der Angelegenheit, genau wie mein Herr es mir versichert hat.«

Als stünde sie neben mir, hörte ich die Stimme meiner Mutter: *Mach nie den Fehler, dich für einzigartig zu halten … Am Ende bist du doch nur eine Frau.* Ich schloss die Augen. Sie hatte unrecht. Ich war nicht wie sie! Ich stand über ihr und all meinen Geschlechtsgenossinnen, denn ich war eine Borgia.

»Was muss ich tun?«, fragte ich.

Michelotto senkte die Stimme. »Wir glauben, dass es Briefe nach Mailand und zurück geben wird, denen Il Moro entnehmen wird, dass Giovanni ihm zur Verfügung steht.«

»Briefe? Aber wie kann ich …?« Meine Frage erstarb mir auf den Lippen, als Michelotto aus der Innentasche seines Umhangs eine Geldbörse zog und mir reichte. Ich löste die Lederriemen und entdeckte ein Häuflein ungeschliffener Rubine. »Das ist ja ein Vermögen!«

»Allerdings. Edelsteine lassen sich nur mit großer Mühe

zurückverfolgen. Ihr werdet hin und wieder auf Bestechung angewiesen sein. Einer der Privatsekretäre des Signore hat sich als empfänglich erwiesen.«

Ich steckte die Börse in meine Rocktasche. Mit einem Blick über die Schulter vergewisserte ich mich, dass niemand in der Nähe war. Dennoch antwortete ich im Flüsterton: »Seine Männer dienen ihm schon seit Jahren. Ich bezweifle, dass auch nur einer von ihnen empfänglich ist.«

»Dieser eine war es bereits.« Michelottos Lächeln zupfte an seiner Narbe. »Er heißt Zacapo. Er wird Abschriften von der Korrespondenz des Signore anfertigen. Sobald Ihr sie durchgesehen habt, müsst Ihr alle relevanten Neuigkeiten über Euren üblichen Boten an uns weiterleiten. Habt Ihr zuverlässige Männer an der Hand? Was Zacapo betrifft, müsst Ihr jeden Anschein von Vertrautheit vermeiden.«

»Ja. Meine Pantalisea kann helfen.« Der Beutel lag schwer in meiner Rocktasche, als wir unsere Schritte wieder in Richtung Palast lenkten.

Pantalisea erhob sich, sobald wir vor ihr auftauchten. Ich reichte Michelotto zum Abschied die Hand. »Bitte richtet Seiner Eminenz aus, dass ich mich bemühen werde, seine Erwartungen zu erfüllen. Ich wünsche Euch eine sichere Rückkehr nach Rom.« Damit wandte ich mich ab und beendete unsere Begegnung, bemerkte jedoch, dass er mir zuzwinkerte.

13

Giulias Gelächter stach hervor. Auf meinem Podest sitzend verfolgte ich, wie sie sich mit ihrer Laute in der Hand einen Hocker in der Mitte des Raumes schnappte, um sie herum eine Horde von Jünglingen in engen Strumpfhosen, während die streitsüchtigen edlen Damen von Pesaro, das Gesicht mit Schminke zugekleistert, auf ihren Stühlen thronten und mit finsterer Miene vor sich hin starrten.

Zwei Wochen zuvor waren Giovannis ehemalige Schwiegereltern, Gräfin Caterina und Graf Ottaviano, eingetroffen und hatten sehr zu Giulias Entzücken dem Gerücht über Caterinas Reize ein Ende bereitet. Zwar war die Gräfin in der Tat eine fesselnde Erscheinung und wirkte ebenso kultiviert wie ihre Kleider raffiniert, doch hatte sie in anderer Hinsicht weniger von einer Venus und mehr von der Pferdegöttin Hippona – zu groß, quadratisches Kinn und dünne Lippen, eng beieinanderliegende Augen, Hände wie ein Mann und einen dazu passenden forschen Gang. In dem Moment, als Caterina aus ihrer Kutsche stieg, begann Giulia zu schnurren und setzte alles daran, die Gräfin mit ihrer extravaganten Kleidung in den Schatten zu stellen, gleichgültig, ob sie zur Jagd ritt oder nach dem Festessen ein Interludium auf der Laute vortrug.

Anfangs dachte ich, Caterina würde nichts davon bemerken, so ungerührt wirkte sie, während die Farnese wie ein exotischer Vogel um sie herumwirbelte, doch bald zeigte sie, aus welchem Holz sie geschnitzt war. Als wir bei einem Jagdausflug ein paar Tage in der Villa Imperiale verbrachten, ritt sie Giulia bei allen sechs Jagden in Grund und Boden – niemand gab im Sattel eine so gute Figur ab wie sie, eine Angehörige der für ihre Reitkünste berühmten Gonzaga –, während sie zugleich dafür sorgte, dass ihr Gemahl, der neben ihr fast grotesk klein, aber dennoch sehr männlich wirkte, Giulia nicht zu nahe kam.

Nun, da Giulia die Laute anschlug, mit anmutiger Stimme Lieder über die Liebe hauchte und den Kopf so neigte, dass ihr die in die Locken geflochtenen Edelsteine ins Gesicht fielen, beugte sich Caterina näher zu mir und flüsterte: »Ich bin zu dem Schluss gelangt, dass eine verheiratete Frau entweder ihrer eigenen Vorteile sehr sicher oder aber sehr närrisch sein muss, wenn sie eine solche Person an ihrer Seite duldet.« Im Sprechen deutete sie auf unsere jeweiligen Ehemänner, die uns gegenüber auf ihrem Podest saßen und die Farnese anstarrten, als wäre sie ein auf die Erde herabgestiegener Engel.

Aufgeschreckt durch ihre Bemerkung, griff ich nach meinem Weinkelch. »Donna Giulia ist eine liebe Freundin. Mehr noch, seit wir nach Rom kamen, ist sie wie eine Schwester zu mir. Ich habe nichts von ihr zu befürchten.«

»Oh?« Caterinas Lächeln entblößte ihre verfärbten Zähne. »Selbst die liebevollsten Schwestern buhlen um die Vorherrschaft, und diese hier hat eindeutig das Gefühl, im Vorteil zu sein.«

Mir lief es kalt den Rücken hinunter. Schon sah ich wieder Giovanni im Bett liegen und Giulia zu sich herabziehen. Ich zwang mich zu einem uninteressierten Auflachen. »Wollt Ihr damit andeuten, sie würde es wagen …?«

»Ihr sprecht, als ob das unmöglich wäre.« Caterinas Stimme klang kühl. »Nach allem, was ich gesehen habe, blüht Eure liebende Schwester unter männlicher Aufmerksamkeit geradezu auf. Eine Frau wie sie, die so nahe bei Giovanni lebt … Na ja, ich kenne ihn seit Jahren. Schließlich war er mit meiner verstorbenen Schwester verheiratet. Er lässt sich seit jeher zu leicht durch günstige Gelegenheiten verführen. Und wenn ich mich nicht irre, hat er bei Euch noch keine erhalten.« Sie blickte mir unverwandt in die Augen. »Bin ich zu freimütig?«

Ich schüttelte den Kopf, ohne Giovanni aus den Augen zu lassen. Er wirkte konfus, aber hatte er in diesen Tagen je einen anderen Eindruck erweckt? Die Kosten für den Besuch der Gonzagas wuchsen ihm über den Kopf. Ständig quälten ihn Sorgen: wegen des Geldes, wegen der Franzosen und wegen Mailand. All das führte dazu, dass er zu viel trank. Aber soweit ich das beurteilen konnte – und ich beobachtete ihn mit Argusaugen –, hatte er bisher nichts Unziemliches getan, außer dass er jede Nacht sturzbetrunken ins Bett torkelte. Ferner hatte ich herausgefunden, dass er entgegen seiner Behauptung bei unserem Hochzeitsbankett in Wahrheit nicht das Geringste vom Tanzen verstand und nur widerstrebend an Feiern teilnahm, weil er da gezwungen war, seinen Mangel zu verbergen. Oder täuschte ich mich? Hatten er und Giulia am Ende doch einen Weg gefunden, sich meiner Aufmerksamkeit zu entziehen?

Ein beunruhigender Gedanke, über den ich noch grübelte, als Signore Ottaviano unvermittelt seinen Stuhl zurückschob und aufstand.

Caterina erstarrte. Unterdessen schritt ihr Gemahl an uns vorbei auf Giulia zu und wartete, bis sie ihre zuckersüße Darbietung beendete, nur um dann unter begeistertem Klatschen in »*Bravissima*«-Rufe auszubrechen. Damit zwang er den Rest von uns, seinem Beispiel zu folgen. Huldvoll reichte ihm Giulia die Hand zum Kuss.

»Wie gesagt«, bemerkte Caterina, »Frauen wie sie können es nicht ertragen, ignoriert zu werden.«

»Ja«, erwiderte ich kalt. »Allmählich verstehe ich, was Ihr meint.«

»Wirklich? Da bin ich aber erleichtert. Ich habe mir nämlich schon den Kopf über Eure kleine List zerbrochen, die ich heute Nachmittag beobachtet habe.«

Ich starrte sie entgeistert an. »Was … was habt Ihr gesagt?«

»Ach, meine Liebe, auch ich war einmal eine junge Braut – vor vielen Jahren. Da weiß ich, was gespielt wird, wenn ich eine Intrige beobachte. Eure Anstandsdame, die dunkle mit den großen Augen … hat sie nicht versucht, etwas zu verbergen? Ein Päckchen mit Briefen darin, nicht wahr? Ihr habt mich so schnell hinausgescheucht, dass ich nicht dazu kam, Euch zu sagen, wie gut ich Euch verstehen kann, wenn Ihr tatsächlich die Korrespondenz der Farnese überwacht. Ich würde es ganz genauso machen.«

»Es ist nicht so, dass … ich habe keine …« Insgeheim verfluchte ich mein und Pantaliseas Ungeschick. Dabei waren wir bei unseren heimlichen Treffen mit Zacapo so vorsichtig gewesen, dass ich nicht einmal mehr wusste, wie er aussah. Pantalisea beschrieb ihn mir als dünnen, zappeligen Mann mit Knopfaugen und säuerlichem Mundgeruch. Außerdem war er geldgierig. Stets steckte er erst den Edelstein, den Pantalisea dabeihatte, in seine Tasche, bevor er ihr mitteilte, dass er nichts Neues zu melden hatte. Es seien keine Briefe von Belang bei meinem Gemahl eingetroffen. Und jedes Mal, wenn Pantalisea mit leeren Händen zurückkehrte, sah ich mich in dem Verdacht bestätigt, dass Giovanni gegen meine Familie arbeitete. Eine Änderung hatte es erst heute Nachmittag gegeben, als ich mit Caterina von der Jagd heimkehrte und mich beim Betreten meiner Gemächer über ihre Schilderung amüsierte, wie sie Giulia bei der Verfolgung eines Ebers fast aus dem Sattel geworfen hätte. In dem Moment war Pantalisea errötet und hatte hastig etwas hinter ihrem Rücken verborgen. Danach hatte ich keine Gelegenheit gefunden, mir anzuschauen, was sie mitgebracht hatte. Erst musste ich Caterina mit vagen Ausreden hinausscheuchen, mich meiner Jagdkleider entledigen, baden und mich auf das Fest vorbereiten. Bei all dem hatte ich Pantalisea unentwegt wegen ihrer Unbeholfenheit gescholten. Aber heute Nacht wollte ich die Briefe unbedingt untersuchen.

Mein benommenes Schweigen fiel Caterina auf. »Oh. Ich verstehe: Es ist etwas Ernsteres. Darf ich es wagen, Euch einen Rat anzubieten? Eine Rivalin loszuwerden ist das eine, einen Ehemann zu verraten aber etwas ganz anderes. Er hat jedes Recht, Euch in ein Verlies zu sperren oder hinzurichten, sollte er zu dem Schluss gelangen, dass Ihr an seiner Ehre rührt.«

Aus Furcht, dass diese scharfsinnige Frau mir meine Maske heruntergerissen hatte, brachte ich kein Wort hervor.

»Aber Frauen müssen aufeinander achtgeben«, fuhr sie fort. »Wir müssen unsere gemeinsamen Interessen schützen. Worüber ich zu Euch gesprochen habe, werde ich für mich behalten. Darf ich Euch zu gegebener Zeit um eine kleine Gefälligkeit Eurerseits bitten?«

Ich nickte erleichtert. »Ihr müsst es nur sagen.«

»Oh, das werde ich.« Caterina wandte ihre Aufmerksamkeit wieder dem Saal zu, wo die Musiker eine Melodie angestimmt hatten und ihr Gemahl Giulia auf die Tanzfläche lockte. »Ich brauche nur ein wenig Zeit, um darüber nachzudenken. Einstweilen« – mit den an ihr herabwallenden Falten ihres orangefarbenen Rocks stand sie da wie ein Turm – »ist es wohl an der Zeit, dass wir unseren *signori* geben, was ihnen gebührt.«

Sie trat resolut vor, womit sie Giulia zwang, ihr auszuweichen. Ich wollte mich gerade an Giovanni wenden, als mir eine Idee kam. Nachdem Caterina sie gerade vor aller Augen in ihre Schranken verwiesen hatte, stand Giulia regungslos auf der Tanzfläche und schäumte vor Wut. Kurz entschlossen winkte ich Giovanni zu mir, und widerstrebend verließ er das Parkett. Als er mich erreichte, stieg mir als Erstes der Gestank von Wein in die Nase. »Ich bin so müde«, murmelte ich. »Ich möchte mich zurückziehen. Darf ich? Schaut, Giulia ist ganz allein, und Ihr wisst doch, wie gern sie tanzt.«

»Wenn du darauf bestehst«, nuschelte er.

»Grazie, signore.« Ich neigte den Kopf und beobachtete, wie Giulia ihm ein hinreißendes Lächeln schenkte und er ihr seine Hand reichte. Neben den Gonzagas nahmen sie die Ausgangsstellung ein, sehr zur Verblüffung Caterinas, die nach unserem Gespräch nicht damit gerechnet hatte, dass ich meinen Gemahl in Giulias allzu offene Arme schicken würde.

Ich ignorierte ihren vorwurfsvollen Blick. Dann gab ich meinen Dienerinnen ein Zeichen. Kaum hatten wir den Saal verlassen, rannten wir zu meinen Gemächern.

»Wo sind sie?«, rief ich, sobald Pantalisea und ich in meine Kammer gestürmt waren und Nicola und Murilla im Vorraum zurückgelassen hatten. In Windeseile riss ich mir die mit Saphiren besetzte Haube herunter, die mein Haar die ganze Zeit niedergedrückt hatte, und während ich mir mit den Fingern durch die Locken fuhr, tastete Pantalisea in der Ritze zwischen den Matratzen herum.

»Ist dir eigentlich klar, dass das die erste Stelle ist, wo jeder suchen würde?«, blaffte ich, doch mein Tadel erstarb mir auf den Lippen, als sie mir eine mit Bändern verschnürte Ledermappe reichte, wie sie Kuriere benutzten. Vor der Kerze auf meinem Pult öffnete ich sie und fegte meine Haarbürsten, Kämme und Phiolen mit Duftmitteln und Lotionen kurzerhand zu Boden.

Als ich die mit Handschrift bedeckten Blätter herauszog, schaute mir Pantalisea ängstlich dabei zu. »Zacapo hat gesagt, dass der Kurier erst heute Morgen eingetroffen ist. Zwei Briefe nach Mailand hat er kopiert, und einen für Donna Giulia bestimmten Brief hat er im Original dazugelegt, weil er glaubt, dass Ihr ihn sehen solltet.«

Ich hielt die Kerze näher an den Bogen in meiner Hand und stellte befremdet fest, dass er mit unleserlichen Zeichen beschriftet war. »Das ist ja ein Geheimcode! Hat er auch einen Schlüssel dafür beigefügt?«

Pantalisea durchsuchte die Mappe. »Nein. Vielleicht will man einfach nicht, dass Eure Hoheit das lesen.«

Ich runzelte verärgert die Stirn. »Wie soll ich das hier weitersenden, wenn ich nicht weiß, worum es geht?« Ich nahm mir die anderen Briefe vor. »Warte, diesen da kann ich lesen.« Atemlos überflog ich den Bogen. »Er ist von Giulias Gemahl, Orsino. Ihr Bruder Angelo liegt auf dem Landsitz der Farnese in Capodimonte im Sterben, und ihre Familie hat sich um sein Bett versammelt. Orsino befiehlt ihr zu kommen.«

Pantalisea bekreuzigte sich. »Gott sei seiner Seele gnädig. Ihr müsst Donna Giulia sofort Bescheid sagen!«

»Warte. Du hast noch nicht alles gehört. Orsino hat ihr direkt geschrieben, weil ihr anderer Bruder, Kardinal Farnese, sich mit der Bitte an meinen Vater gewandt hat, sie holen zu dürfen. Papa hat ihm das verweigert. Orsino schreibt: ›Seine

Heiligkeit hat sich in seiner ungehörigen Leidenschaft zu einer solchen Verzückung hinreißen lassen, dass er dir jetzt, da die Franzosen die Alpen überqueren, die Erlaubnis verweigert und dich ausdrücklich warnt. Er würde deine Abreise aus Pesaro als Vertrauensbruch und Beleidigung seines Amtes betrachten. Dennoch befehlen dir sowohl dein Bruder, Kardinal Farnese, als auch ich, dein Gemahl, zu kommen, denn so wie der Papst in religiösen Dingen Befehlsgewalt hat, können wir in weltlichen deinen Gehorsam fordern.‹« Und mit triumphierend erhobener Stimme schloss ich: »›Darum erwarten wir dich bis zum Ende dieser Woche in Capodimonte und werden zu deiner Sicherheit eine Eskorte entsenden, falls der Graf von Pesaro es nicht für nötig befindet, dir eine zur Verfügung zu stellen.‹«

Ich faltete den Brief zusammen.

»Ihr … Ihr müsst es ihr sagen«, wiederholte Pantalisea.

»Das kann ich nicht. Papa verbietet es. Warum sie mit etwas verstören, das sie ohnehin nicht ändern kann?«

»Aber, Signora, ihr *Bruder* liegt im Sterben! Es muss ihr ermöglicht werden, sich von …«

»Nein, habe ich gesagt!« Ich drückte ihr die leere Mappe in die Hand. »Gib das Zacapo zurück.« Ich zog den Lederbeutel aus der Schublade meines Pults und schüttelte sechs Rubine heraus. »Das wird für den Kauf eines eigenen Landsitzes genügen. Sag ihm, dass ich von ihm erwarte, dass er jeden einzelnen an Giulia adressierten Brief an mich weiterleitet. Keine Abschriften; ich will die Originale – wie dieses. Ich werde die Post hier vom nächsten Kurier nach Rom bringen lassen.«

»Sehr wohl, Herrin.« Niedergeschlagen verließ Pantalisea das Gemach. Ich griff noch einmal nach dem Brief von Orsino und hielt ihn einen Moment lang in der Hand.

Bevor ich ins Zweifeln geraten konnte, fütterte ich damit die Flamme der Kerze und sah zu, wie er sich wellte und zu Asche wurde.

14

Die Stunde des Abschieds war gekommen. Caterina Gonzaga umarmte mich im Hof unter einer Vormittagssonne, die einen Hauch von Sprühnebel zu enthalten schien. »Vergesst meinen Rat nicht«, ermahnte sie mich mit ihrem geübten Lächeln und ließ einen versiegelten Umschlag in meine Hand gleiten. »Für Seine Heiligkeit von meinem Gemahl und mir: ein kleines persönliches Ersuchen. Hoffentlich ist es nicht zu viel verlangt.«

»Ich werde es sofort abschicken«, versprach ich. »Es kann aber sein, dass er keine Gelegenheit findet, entsprechend zu handeln.«

Sie seufzte. »Es ist eine Plage, dass die Franzosen jetzt bei uns einfallen wie die Heuschrecken. Natürlich hat Seine Heiligkeit dringendere Probleme. Wann immer er dazu kommt, sich um mein Anliegen zu kümmern, werde ich ihm unendlich dankbar sein.« Sie küsste mich auf die Wange. »Hoffentlich gibt es ein Wiedersehen. Es war mir eine Freude.«

Ich werde sie nicht vermissen, dachte ich, als sie in ihre gepolsterte Kutsche stieg und mit ihrer Entourage davonrumpelte. Obwohl sie mir eine Ahnung von Kameradschaft vermittelt hatte – die mir, ohne dass ich es wusste, gefehlt hatte –, missfiel mir ihre schäbige Erpressung. Ich betrachtete den Umschlag, den sie mir gegeben hatte. Er war mit ihrem Siegel gestempelt. Wahrscheinlich enthielt er das Ersuchen um einen Kardinalshut oder um die Beilegung eines Streits.

Ich glaubte, mich zu erinnern, sie davon reden gehört zu haben, dass sich jemand eine ihrer Burgen aneignen wollte.

Ich kehrte in den Palast zurück. Die örtlichen Adeligen hatten sich zerstreut, sobald ihnen klar geworden war, dass es keine kostenlose Bewirtung mehr gab. Giovanni trottete zu seiner nächsten Sitzung mit seinen Beratern; herumgescheucht von Adriana, hatte das Personal alle Hände voll damit zu tun, die Böden zu wischen; und Giulia zog sich in ihre Gemächer zurück, ohne etwas von dem bevorstehenden Tod ihres Bruders zu ahnen.

Eigentlich hätte ich Genugtuung verspüren müssen. Nach allem, was sie getan hatte, war das ja wohl das Mindeste, was sie verdiente. Doch stattdessen befiel mich Melancholie. Was hatte ich hier zu suchen, an einem Ort, wo nichts mir gehörte? In Rom dröhnten jetzt die Kirchenglocken, Händler schwärmten überall über die Märkte, und auf den Terrassen der Stadt heulten die Hunde. Mein Arancino jagte vermutlich im Innenhof meiner Mutter nach Mäusen, und Papa setzte sich gerade zu einem Mahl mit Schinken und Wein an den Mittagstisch.

Wie gern hätte ich gepackt und wäre einfach abgereist! Bisher hatte ich nichts Nennenswertes geleistet, außer Giulia die Kunde vom baldigen Ableben ihres Bruders vorzuenthalten. Beweise dafür, dass mein Ehemann gegen uns intrigierte und mich betrog, hatte ich noch nicht erbracht. Plötzlich bedauerte ich, dass ich mich von Cesare dazu hatte überreden lassen hierherzukommen, und schlagartig kamen mir meine Gemächer grau und trist vor. Ein trostloser Nachmittag lag vor mir – ohne das bunte Treiben Roms oder meiner Familie bestand meine einzige Zerstreuung aus einem höchst unwillkommenen Beisammensein mit Giulia, sobald sie ihre Siesta beendete, oder der neuerlichen Lektüre der von Zacapo entwendeten Briefe, auch wenn ich daraus nicht schlau wurde. Ich nahm an, dass Bedienstete von Papa oder Cesare in der Lage sein würden, die Botschaft zu dechiffrieren.

In meiner Kammer lüfteten Nicola und Pantalisea meine Kleider. »Lasst mich allein«, bat ich, und sie trotteten mit gesenkten Köpfen hinaus.

Missmutig stieß ich meine Pantoffeln von den Füßen und legte mich bekleidet aufs Bett. Als ich die Augen schloss, brannten hinter den Lidern die Tränen. Ich war noch nicht mal fünfzehn Jahre alt.

Wie hätte ich wissen können, dass dies meine letzte Stunde in Frieden sein würde.

Ein gellendes Heulen weckte mich.

Benommen drehte ich den Kopf auf den Kissen hin und her. In meiner Kammer war es dunkel geworden. Ich musste wirklich erschöpft gewesen sein. Draußen brach bereits die Abenddämmerung herein; ich hatte den ganzen Tag verschlafen.

Erneut ertönte das Heulen. Ich kletterte aus dem Bett und taumelte zum Fenster, als Pantalisea hereinstürzte, dicht gefolgt von Murilla und Nicola. Ein Blick auf sie ließ mich erstarren. »Was … was ist das für ein schrecklicher Lärm?« Schlaftrunken, wie ich war, fielen mir nur die Franzosen ein. Sie waren hier! Sie waren durch Italien marschiert und hatten den Apennin überquert, das Gebirge, das uns von Rom trennte.

»Zacapo«, ächzte Pantalisea. »Signore Giovanni hat sein Gemach durchsuchen lassen. Gott steh uns bei, Herrin! Er weiß alles.«

Eisige Angst kroch mir durch die Adern. Ich wirbelte zum Fenster herum. »Nein, Herrin!«, warnte mich Pantalisea. »Bitte schaut nicht hinaus!« Dennoch schlug ich die Vorhänge zurück und starrte durch die aus Tierhorn gefertigte Scheibe auf die Szene im Hof hinunter.

Mit der Nacht zog vom Meer der Nebel heran. An den Mauern waren Fackeln angebracht worden. Im Innenhof hielten Wächter in Livree einen kleinen Mann fest, der sich verzweifelt wehrte, aber nicht verhindern konnte, dass sie ihm die Ärmel abrissen, seinen Rock bis zu den Hüften hinunterzerrten und ihn dann auf die Knie zwangen.

Vor ihm ragte ein Holzblock auf.

Erneut stieß er einen Schrei aus, ein verzweifeltes Brüllen. Mitten unter den Wächtern entdeckte ich Giovanni. Neben ihm stand ein Mann mit einer Streitaxt in der Hand.

Fassungslos vor Entsetzen starrte ich ihn an. Mein Atem ging stoßweise. Hektisch zerrte ich am Fensterriegel, doch meine Finger rutschten immer wieder ab. Als es mir doch noch gelang, den Flügel einen Spaltbreit zu öffnen, sah ich, wie mein Gemahl die Hand hob. Sogleich drückten die Wächter Zacapos Arme nach unten auf den Richtblock. Ich spürte, wie in meiner Kehle ein Schrei aufstieg, der nach oben drängte, ein verzweifeltes Flehen um Gnade. Unter Zacapos nicht mehr menschlich zu nennendem Heulen schwang der Wächter seine Axt und hackte dem Sekretär mit zwei kurzen Schlägen die Hände ab.

Blut spritzte in einer so gewaltigen Fontäne aus den Stümpfen, dass ich zurücksprang. Obwohl die Angst- und Schmerzensschreie mit einem Schlag verstummt waren, gellten sie mir immer noch in den Ohren. Ich musste mich am Fensterrahmen festklammern, als die Wächter Zacapo losließen und er auf die Pflastersteine sackte. Seine abgetrennten Hände zuckten. Um ihn herum breitete sich eine Lache aus, so dick und dunkel wie Tinte.

Und während ich wie versteinert hinter dem Fenster stand, blickte Giovanni zu mir herauf.

Ich taumelte zurück. Als ich mich zu meinen Gefährtinnen umwandte, drohten mir meine Beine den Dienst zu versagen. Pantalisea weinte. Murilla hatte die Finger in ihre Röcke gekrallt, und Nicola war aschfahl geworden.

Ich falle nicht in Ohnmacht, beschwor ich mich. Nein, ich falle nicht …

Nach einer schieren Ewigkeit hörte ich mich fragen: »Hat Zacapo ihm von mir berichtet?«

»Donna Giulia und Donna Adriana packen schon ihre Sachen«, antwortete Pantalisea. »Der Signore hat ihnen erlaubt, nach Capodimonte zu gehen und …«

Den Rest der Antwort wartete ich nicht ab. Ohne die warnenden Rufe der anderen zu beachten, jagte ich in den Korridor hinaus und weiter zu Giulias Gemächern. Mein Herz pochte zum Zerspringen.

Im Vorraum herrschte ein einziges Chaos. Giulias Damen stopften zwei große Reisetruhen aus Leder mit ihren Sachen voll. Ein mir unbekannter Franziskanermönch hatte sich wie ein Wächter vor dem Herd aufgebaut und beobachtete sie. Als er mich auf der Schwelle bemerkte, nahm sein Gesicht einen harten Ausdruck an. Giulias Leibdienerin unterbrach das Sortieren der Kleider und blickte auf. Sofort ließ sie einen Armvoll Gewänder fallen und stürzte auf mich zu.

»Donna Lucrezia, ich bitte Euch! Jetzt ist nicht die Zeit. Meine Herrin ist aufgebracht und …«

Ich stieß sie einfach beiseite. Den Mönch, dem beinahe die Augen aus dem Kopf fielen, ignorierte ich ebenfalls und drang in die Bettkammer vor. Giulia war damit beschäftigt, Salben und Juwelen in eine auf dem Bett platzierte Kiste zu werfen. »Wie konnte sie mir das antun?«, hörte ich sie klagen. »Mein eigener Bruder ist gestorben, bevor ich ihn sehen konnte! Wir hätten es nie erfahren, wenn nicht Fra Tadeo die Kunde überbracht hätte. Und das alles nur wegen dieser Schlampe!«

»Vielleicht hat dieser Sekretär ge… gelogen«, stotterte Adriana. »Vielleicht wollte er seinen Verrat … einfach vertuschen und alles auf sie abwälzen.«

»*Dio mio*, wie kannst du sie auch noch verteidigen? Du hast doch Fra Tadeo gehört. Er ist gekommen, weil wir nicht wie erwartet in Capodimento eingetroffen sind. Dein Sohn Orsino und mein Bruder Alessandro haben uns die Kunde geschickt, dass Angelo schwer krank ist. Dieser Sekretär hat den Brief empfangen, ihn mir aber vorenthalten. Stattdessen hat er ihn ihr gegeben. Im Verhör hat er die Wahrheit gestanden. Er hat zugegeben, dass er meinen Brief *ihr* ausgehändigt hat, weil *sie* ihn dafür bezahlt hat, dass er uns ausspioniert.«

»Aber Lucrezia ist doch noch ein Kind. Sie hätte nie …«

»Ein *Kind*?« Giulia stieß ein hartes Lachen aus. »Wann ist ein Borgia je ein Kind gewesen? Sie sind alle wie die Teufel, die sie sind, komplett mit Bocksfuß und Hörnern aus Vanozzas Unterleib gesprungen.«

Jetzt gab ich mich mit einem Räuspern zu erkennen und trat über die Schwelle. Adriana schnappte nach Luft, Giulia sah stumm auf; zerzaustes Haar fiel ihr in das wutverzerrte Gesicht.

»Wenn wir Teufel sind, dann bist du die Magd des Satans.« Obwohl ich im Bewusstsein meiner Demaskierung innerlich zitterte, sprach ich mit ruhiger, fester Stimme. »Und nach allem, was du getan hast, kannst du wohl kaum das Unschuldslamm spielen.«

Giulia schleuderte die Phiole in ihrer Hand gegen die Wand. Sie zerplatzte mit einem Knall und tränkte die Luft mit ihrem Duft. »Ich habe dir vertraut! Ich habe dir vertraut und für dich gesorgt. Ich habe dich wie eine Schwester geliebt – und *so* vergiltst du mir das!« Mit erhobener Hand stapfte sie auf mich zu, bereit, mich zu schlagen.

»Fass sie nicht an!«, schrie Adriana entsetzt.

Herausfordernd hob ich das Kinn. Giulia baute sich dicht vor mir auf. »Nimm dich in Acht«, warnte ich sie. »Ich bin zu noch mehr in der Lage. Ich könnte Papa alles sagen, was ich weiß: über dich, Juan und meinen Gemahl.«

Die Worte waren mir entwischt, bevor ich überlegt hatte – ein Gift, das sich nicht mehr zurückholen ließ. Kaum hatte ich sie ausgespuckt, wich alle Wut aus Julias Gesicht, und sie wurde so blass, dass ich eine blaue Ader an ihrer Schläfe sehen konnte.

»Du dummes, unwissendes Mädchen!«, keuchte sie. »Du weißt gar nichts! Du bist für die anderen nichts als eine Spielfigur, eine Klinge, die sie für ihre Schandtaten gewetzt haben. Hinter all dem, was du hier getrieben hast, steckt Cesare, nicht wahr? *Er* hat dich darauf angesetzt; *er* hat dich dazu überredet, mich zu ruinieren, aber du warst nie eine Gefahr für mich. Die Einzigen, denen du Schaden zugefügt hast, sind dieser Jammerlappen von deinem Gemahl, dessen Schreiben du abgefangen hast, und sein Sekretär, diese geldgierige Ratte, der wegen einer Handvoll minderwertiger Rubine sein Leben ruiniert hat.«

»Wage es bloß nicht, so über meinen Bruder zu sprechen!«, fauchte ich. »Es geht um *dich!* Ich weiß alles. Ich war in jener Nacht wach. Ich war auch in Giovannis Gemächern in Santa Maria. Ich habe mit eigenen Augen gesehen, wie du Papa betrogen hast.«

Darauf erwiderte sie nichts. Doch dann kroch ein boshaftes Lächeln über ihre Lippen, das mich aus der Fassung brachte. »Ist es das, was du glaubst? Dann lass mich dich darüber aufklären, wie die Dinge zwischen mir und deinem geliebten Papa stehen.«

Adriana stöhnte. Plötzlich drückte mir Angst die Luft ab.

»Alles, was ich getan habe, ist auf seinen Befehl hin geschehen«, sagte Giulia. »Es war Rodrigo, der mich in jener Nacht zu Giovanni geschickt hat. Jawohl, Seine Heiligkeit, dein Vater, unser gesegneter Papst, hat mir befohlen, deinen Gemahl zu unterhalten. Er wusste, was Juan und Djem füreinander waren, und dass Giovanni dasselbe für sich ersehnte. Rodrigo hat mich benutzt, um die Sforza in eine Falle zu locken – und all das, um dich zu schützen.«

Ich war zu keiner Regung fähig, konnte kaum noch atmen. Ihre widerwärtige Offenbarung wurde zu einer Schlange, die sich aufrichtete und ihren Giftzahn entblößte. Ich presste hervor: »Du … du lügst. Papa liebt mich. Er würde nie …«

Mit einem höhnischen Lachen schnitt sie mir das Wort ab. »O ja, er liebt dich! *La famiglia* geht ihm über alles! Ich war immer bloß sein Spielzeug. Er hat mich genommen, als ich nicht älter war als du, und zwar noch bevor ich die Laken meines Gemahls beflecken konnte. Und er hat mich gelehrt, seine Hure zu sein. ›Tu, was immer nötig ist‹, hat er gesagt, ›damit meine Lucrezia in Sicherheit leben kann.‹«

Sie hielt inne, während ich wie vom Donner gerührt dastand, fassungslos angesichts ihrer ungeheuerlichen Schilderung und der obszönen Genugtuung, mit der sie mir das alles entgegenschleuderte. »Oder hast du gedacht, diese eine Klausel im Ehevertrag würde genügen?« Ihre Stimme nahm einen fast neckischen Ton an. »Glaubst du, Giovanni hätte je eingewilligt zu warten, bis du reif bist, wenn man ihm keine andere Wahl gelassen hätte? Erpressung, liebste Lucrezia, ist der mächtigste Anreiz, den es gibt. Giovanni würde es nie wagen, Hand an dich zu legen, solange Rodrigo sein schmutziges Geheimnis wahrt. Aber das hast du ja jetzt verdorben. Mit deinem Eifer, deinen Wert als echte Borgia zu beweisen, hast du ihm die Tür zu dir geöffnet. Hoffentlich findest du es lohnenswert. Du kannst ihm jetzt nicht mehr entkommen. Rom steht vor dem Fall – und du gehörst den Sforza.«

»Nein«, hörte ich mich flüstern, »das ist nicht wahr …« Aber ich konnte Juans Bild nicht aus meinem Kopf verscheuchen, seinen Blick, als wüsste er genau, dass ich da war und alles beobachtete; und seine geflüsterten Worte beim Abschied: *Ich nehme an, du weißt nun, wie du deinen Gemahl am besten beglücken kannst.* Er hatte diese abscheulichen Dinge mit Giulia und meinem Mann unter *meinem* Dach getrieben. Er hatte gar nicht versucht, sie zu verbergen, obwohl es Dutzende von anderen Räumen gegeben hatte, in die sie sich hätten zurückziehen können, und obwohl ihm klar gewesen sein musste, wie viel sie damit aufs Spiel setzten. Juan – o ja – ihm traute ich alles zu. Aber doch nicht Papa. Niemals!

»Wir sind gar nicht so verschieden, du und ich«, fuhr Giulia indes fort. »Wir beide sind Sklavinnen von Rodrigos Ehrgeiz – aber während du deine schäbige Rache an mir betrieben hast, habe ich dafür gesorgt, dass deine kostbare Jungfräulichkeit unangetastet bleibt.«

»Du lügst!« Meine Stimme schwoll zu einem Heulen an. »*Ihr* seid das gewesen! Du und Juan!«

Ihre Miene versteinerte, gab keine Regung mehr preis. »Du bist wahrhaftig eine von ihnen. Du verdienst, was immer dir zustößt, denn du bist wie alle anderen Borgia: unfähig, die Wahrheit zu erkennen.« Einen Moment lang hielt sie meinem Blick stand, ehe sie sich wieder der Reisetruhe auf ihrem Bett zuwandte. Mit gedämpfter, völlig emotionsloser Stimme, als hätte sie das Ende einer strapaziösen Reise erreicht, erklärte sie: »Ob du mir glaubst oder nicht, ist nun ohne jeden Belang. Ich habe genug von dir und deiner Familie. Es ist vorbei. Zu Ende. Ich werde nicht noch einmal eure Hure spielen. Ich werde zu meinem Gemahl zurückkehren, um ihn um Vergebung zu bitten und bei meinem Bruder Totenwache zu halten, nachdem du mir seine letzten Stunden gestohlen hast.« Ohne mich eines weiteren Blickes zu würdigen, wandte sie sich an Adriana. »Schaff sie mir aus den Augen. Ich will sie nicht in meiner Nähe haben. Sie bedeutet mir nichts.«

Jetzt konnte ich mein Zittern nicht mehr beherrschen. Dennoch fauchte ich trotzig: »Du kannst nicht fortgehen. Das verbiete ich. Mein Vater verbietet es.«

»Nein, mein Kind, sag nichts mehr.« Adriana erhob sich müde vom Bett und kam zu mir herüber. Ihr Gesicht wirkte eingefallen, als wäre sie in den letzten Minuten um Jahre gealtert. »Wir müssen gehen. Ihr Bruder ist tot, und mein Sohn, ihr Gemahl, befiehlt ihre Rückkehr. Er hat den Mönch als unsere Eskorte gesandt. Wenn wir nicht gehorchen, gibt es einen Skandal. Komm, wir müssen in deine Gemächer zurück. Du trägst ja weder Strümpfe noch Schuhe. Du holst dir noch den Tod, und dann reißt dein Vater uns den Kopf ab.«

»Und ob er das wird!« Drohend baute ich mich vor Giulia auf. »Das wird er dir nie vergeben. Und wenn ich ihm erzähle, was du gesagt hast, wird er dafür sorgen, dass du nie wieder römischen Boden betrittst.«

Giulia erwiderte nichts; sie sah sich nicht einmal nach mir um, als Adriana mich durch den Vorraum zerrte, wo Giulias Begleiterinnen sich verstört aneinanderdrückten und der Mönch mich böse anstarrte. Im Korridor stießen wir auf Pantalisea, die unruhig auf und ab schritt. Sie nahm mich sofort in ihre Obhut. Adriana wollte schon wieder umkehren, als ich sie am Ärmel packte. »Wartet.«

Sie blieb stehen. Ihr Gesicht war gramerfüllt.

»Das ist doch nicht wahr, oder?«, stieß ich hervor. »Warum sollte Papa so etwas tun?«

Sie senkte den Blick. »Ich kann nicht für ihn antworten. Ich weiß nur, dass Rodrigo mir vor unserer Abreise aus Rom eingeschärft hat, dass ich mich nicht einmischen darf, falls dein Gemahl und Giulia …« Sie stockte. Als sie die Sprache wiederfand, ließ mich die Resignation in ihrer Stimme an allem zweifeln, woran ich glaubte, worauf ich baute und woran ich hing – mir war, als würde sich meine ganze Welt in Einzelteile auflösen. »Aber das haben sie nicht getan. Ich glaube, dass Giovanni dir zugetan ist, gleichgültig, welche Fehler du vielleicht begangen hast. Und du musst seine Zuneigung erwidern. Tu, was immer nötig ist, um sein Vertrauen zurückzugewinnen. Bedenke: Die Franzosen rücken heran. Sie haben die Unterstützung von Mailand und dazu eine Armee, die uns in den Staub treten kann. Du darfst Giovannis Schutz jetzt nicht verlieren. Er ist alles, was du hast, wenn dein Vater scheitern sollte.« Sie küsste mich auf die Wange. »Möge Gott dich schützen, Lucrezia. Du bist jetzt nicht mehr mein Mündel.«

Sie kehrte in Giulias Gemächer zurück. Als die Tür hinter ihr zufiel, verschwand mit ihr meine gesamte Kindheit, und die brüchige Illusion von Sicherheit zerplatzte. In mir klaffte auf einmal eine Leere, die ich mir nicht erklären konnte. Jäh erfasste mich das beängstigende Gefühl, ich wäre in die Irre geführt worden und diente nun aus Gründen, die mir verborgen blieben, als Köder für einen namenlosen Gegner. Ich wusste nicht, ob Giulia mich geschützt oder getäuscht hatte; ebenso wenig war ich mir sicher, ob sie Freundin oder Feindin war. Fest stand für mich nur eines: Ich fühlte mich verloren in einem Palast, der nicht der meine war, in einer

Welt, in der die Wahrheit unergründbar, unverständlich und so ungreifbar war wie die Schatten.

Pantalisea geleitete mich in meine Gemächer. Als sie mich entkleidet, zu Bett gebracht und an meiner Seite ihren Wachposten eingenommen hatte, begriff ich, dass Giulia wenigstens in einem nicht gelogen hatte: Irgendwann würde Giovanni zu mir kommen.

Und mochte mir Gott beistehen, wenn ich versuchte, mich ihm zu widersetzen.

Aus Tagen wurden Wochen.

Ich blieb in meinen Gemächern. Als Ausrede gab ich vor, ich hätte mir während des Besuchs der Gonzagas beim Reiten einen Arm verletzt. Pantalisea und Nicola, die auf Zehenspitzen durch den Palast schlichen, meldeten mir Giulias und Adrianas überstürzten Aufbruch und bald danach auch den von Giovanni, der sich in sein Landhaus begab. Obwohl der *cortile* blitzblank geschrubbt worden war, vermied ich es, aus den Fenstern zu blicken, denn Zacapos verstümmelte Leiche hing immer noch dort draußen, damit die Möwen und Raben sich an ihm ergötzen konnten – eine grausige Erinnerung daran, was einem drohte, wenn man den Signore verriet.

Zum ersten Mal in meinem Leben war ich ganz allein, ohne Adriana oder Giulia, ohne irgendjemanden, der mir einen Rat geben konnte. Die Einsamkeit traf mich völlig unerwartet, sodass ich in der ersten Zeit nichts mit mir anzufangen wusste. In den Nächten lag ich wach im Bett, ständig gequält von Giulias Offenbarungen, vor allem von der Vorstellung, dass mein Vater sie wie eine Ware zu Juan geschickt hatte.

Dann wieder befielen mich Zweifel. Er liebte sie, das

wusste ich. Als der erste Schock sich gelegt hatte, neigte ich mehr und mehr zu der Annahme, dass sie die Beschuldigungen nur vorgebracht hatte, um mich zu verletzen. Wann hatte sie denn je die Wahrheit gesagt? Hier mochte es ihr nicht gelungen sein, meinen Gemahl zu verführen, aber Adriana hatte bestätigt, dass das ihre Aufgabe gewesen war. Adriana mochte mir deshalb zu Vorsicht geraten haben, weil fremde Mächte von außen gegen unser Land drängten, doch zuvor hatte sie Giulia stets mit Spott überschüttet. Was die beiden auch immer sagten, nichts davon konnte ich glauben, wie ich mir jetzt ein ums andere Mal vorhielt. Papa musste seine Gründe gehabt haben. Schließlich handelte er stets in unserem besten Interesse, denn wir waren seine Familie, und die liebte er mehr als das Leben.

Gleichwohl konnte ich Giulias Worte nicht mehr aus meinem Kopf vertreiben. Und als der Sommer in den Herbst überging, Winde vom Meer heranfegten und Nebel den Palazzo einhüllte, fühlte ich mich wie in einer Welt aus Schatten, wo nichts mehr real war.

Keine Briefe trafen mehr ein, was mich freilich nicht wunderte. Zweifellos hatte Giovanni angeordnet, dass jede Korrespondenz an ihn weitergeleitet wurde. Dennoch beunruhigte mich das Ausbleiben von Nachrichten. Ich war völlig abgeschnitten von der Welt außerhalb von Pesaro, wusste nicht, ob Cesare und Papa in der Festung Castel Sant' Angelo Zuflucht gesucht hatten, während die Franzosen brandschatzend gen Neapel zogen, hatte keine Ahnung, ob man sich dem französischen König in einer Schlacht entgegengestellt, ob Neapel triumphiert hatte oder gefallen war.

Unendlich lange konnte diese leere Existenz nicht weitergehen; irgendwann *musste* sich etwas ändern. Und so geschah es auch, kurz vor Weihnachten, als ich aus einem meiner unruhigen Nickerchen aufwachte und Pferde in den *cortile* galoppieren hörte. Sekunden später überbrachte mir Pantalisea die Kunde.

Giovanni war zurückgekehrt.

Binnen einer Stunde war ich gebadet, frisiert, trug mein lohfarbenes, nach Mailänder Art geschnittenes Seidenkleid mit kariertem Mieder und gebänderten lindgrünen Ärmeln und hatte das Haar unter eine Batisthaube gesteckt. Meine Handgelenke und Finger waren frei von Schmuck, wollte ich doch ein Inbild jungfräulicher Unschuld abgeben. Gleichwohl erglühten meine Wangen, sobald mein Gemahl in der Türöffnung erschien, die Stiefel vom Schlamm der Straße gesäubert und in der Hand einen Tornister.

Ich hatte meine Dienerinnen in den ersten Vorraum befohlen, mit der strikten Anweisung, ihn nur zu verlassen, wenn ich nach ihnen rief. Was immer in meinem Gemach geschah, sie sollten nichts davon hören. Als ich vor Giovanni trat, zum ersten Mal seit unserer Ankunft in Pesaro und beinahe zwei Jahre nach unserer Hochzeit allein mit ihm, fragte ich mich bang, was er wohl für mich vorbereitet hatte. Mein Puls raste vor Angst, und wie gebannt starrte ich auf den Tornister. Hatte er ein Folterinstrument mitgebracht?

»Du siehst wohl aus.« Er ging zu dem mit Intarsien verzierten Tisch vor dem Kamin, auf dem Pantalisea eine Karaffe und Kelche abgestellt hatte. Die Karaffe war mit unverwässertem weißem Frascati-Wein gefüllt. Wenn ich mich ihm schon hingeben musste, wollte ich meine Sinne mit möglichst viel Alkohol betäuben.

Zögernd folgte ich ihm und schenkte ihm einen Becher ein. Dabei gab ich mir alle Mühe, den Tornister zu seinen Füßen nicht zu beachten.

Männer können sonderbare Begierden haben …

Mit einem eigenartigen halben Lächeln nahm er den Kelch entgegen. »Und, wie …?«, murmelte er. »Ich meine: Wie geht es dir?« Er hielt inne, als mache er eine Kunstpause, um die nächsten Worte hervorzuheben. »Ich musste nach Mailand reiten, um den französischen König zu begrüßen.«

Mailand! Die ganze Zeit war er weit weg gewesen. Er hatte sich gar nicht in Pesaro aufgehalten.

Schweigend nahm ich mir den anderen Kelch. Irgendwo hatte ich gehört, dass Frauen ihren Männern keine Fragen stellen durften. Heute jedenfalls war ich hier, um ihm zu lauschen und zu gehorchen.

»Ich war dort, weil ich ein Heer befehlige«, fuhr er fort, als hätte er meine unausgesprochene Frage dennoch vernommen. »Und weil Il Moro mich eingeladen hatte. König Charles hat dreißigtausend Mann mitgebracht.« Ich schnappte nach Luft. »Ja«, bestätigte er, »so viele. Und dazu alles, was eine gut ausgerüstete Armee braucht: Hunderte von Pferden, Artillerie und …«

Ich konnte nicht länger an mich halten. »Ist es wahr, was sie über seine Kanone sagen?«

»Wo hast du davon erfahren?«, fragte er scharf. Und als ich schwieg, weil mir klar geworden war, dass ich mich verplappert hatte, brummte er: »Ich hätte es mir denken können. Sie haben dich bis zu dem Vorfall mit Zacapo auf dem Laufenden gehalten. Ja, es ist wahr: Diese Kanone ist anders als alles, was wir bisher gesehen haben. Seine Majestät, König Charles, hat sie vor den Toren von Pisa vorführen lassen. Es war beeindruckend.« Ich spürte seinen Blick: Er beobachtete meine Reaktion. »Sogar so beeindruckend, dass ich die Prophezeiung wage, dass keiner unserer Stadtstaaten sich ihm widersetzen könnte, falls es ihm in den Sinn kommt, ganz Italien zu erobern.«

Mir wurde schlecht. Das klang ja, als bewundere er Charles' Kanone, als befürworte er diesen Überfall auf unser Land!

»Andererseits ist Charles von Frankreich ein frommer Mann«, fuhr Giovanni fort. »Er achtet den Heiligen Stuhl und möchte lediglich seinen Anspruch auf Neapel geltend machen. Er hat vor, es als Ausgangspunkt für einen neuen Kreuzzug gegen den Türken zu benutzen. Der ist der Gottlose, hat er mir gesagt, nicht der Papst, denn er stellt die größere Bedrohung dar. Aber wenn Seine Heiligkeit ihm den sicheren Durchzug durch den Kirchenstaat verweigert …«

»Sicheren Durchzug?«, platzte ich heraus, entsetzt ob seines blasierten Gebarens. »Ihr glaubt, mein Vater, der Herrscher über Rom und Oberhaupt der Kirche, sollte diesem König und seinen Horden den sicheren Durchzug gestatten, damit sie die Romagna dem Erdboden gleichmachen können? Damit sie die Weizenfelder zertrampeln, denen wir unser Brot verdanken? Damit sie die Dörfer nach Belieben plündern und brandschatzen und sich sengend und mordend ihren Weg nach Neapel bahnen, um die Krone vom gesalbten Haupt des Königs dieses Reiches zu reißen?«

Giovanni nippte von seinem Kelch. »Was ich glaube, ist ohne Belang. Wenn Seine Heiligkeit sich weigert, bleibt König Charles nichts anderes übrig, als seine beeindruckende Kanone auf Rom zu richten.«

In diesem Moment verabscheute ich Giovanni mehr denn je. Er weidete sich an dem Gedanken an die bevorstehende Verwüstung! »Ich nehme an, was Euer Cousin, Il Moro, denkt, ist auch ohne Belang«, zischte ich. »Und ich nehme an, niemanden in Eurer Familie trifft eine Schuld, obwohl der französische König und seine beeindruckende Kanone nur deshalb hier sind, weil die Sforza sie eingeladen haben.«

Er blickte mich an. Ob seine Augen Verachtung oder Genugtuung ausdrückten, vermochte ich allerdings nicht zu beurteilen.

»Wir haben sie eingeladen«, antwortete er, »weil Seine Heiligkeit, dein Vater, mit seinem Verhalten völlige Missachtung seines geweihten Throns bewiesen hat. Er hat sich des Apostolischen Stuhls mittels Korruption bemächtigt und daraus seinen privaten Wassertrog gemacht, den er leer saufen wird, wenn wir ihn nicht daran hindern.«

»Euer Onkel, Kardinal Sforza, hat daran keinen Anstoß genommen«, entgegnete ich, durch seine Dreistigkeit und Verachtung für meinen Vater in Wut versetzt. »Und auch Ihr nicht, Signore, als er Euch meine Hand anbot.«

Sein Gesicht verfärbte sich. »Du würdest gut daran tun, deine Zunge zu hüten. Seine Heiligkeit hat keine Macht mehr über mich. Oder über sonst jemanden. In Florenz haben die Medici verloren. Savonarola hat die Stadttore für die Franzosen weit aufgerissen, während die Barone in der Romagna, deren Weizenfelder dir ein solches Anliegen sind, sie mit offenen Armen empfangen und ihnen Burgen und Soldaten anbieten. Und was das gesalbte Haupt in Neapel betrifft … nun ja, König Alfonso muss nun sein Reich verteidigen. Die Borgia haben keine Verbündeten; deine Familie ist dem Untergang geweiht.«

Es erforderte meine ganze Selbstbeherrschung, um ihm nicht ins Gesicht zu spucken.

»Aber vielleicht glaubt ja der Heilige Vater, dass er doch noch siegen kann.« Giovanni stieß ein heiseres, kaltes Lachen aus. Er lachte nicht oft, und die grausame Zufriedenheit, die daraus sprach, machte mir klar, dass meiner Familie tatsächlich erhebliche Gefahr drohte. »Ich habe gehört, dass die Spanier stur sind, und sein letzter Brief lässt tatsächlich keinerlei Furcht erkennen. Das Einzige, woran ihm zu liegen scheint, ist seine Hure.«

Jetzt griff er in seinen Tornister und zog ein zusammengefaltetes Pergament heraus, von dem erbrochene Siegel herabbaumelten. Ich musste die Hände um meinen Kelch klammern, um es ihm nicht sofort zu entreißen.

»Von Seiner Heiligkeit, deinem Vater.« Er warf mir den Brief entgegen. »Du wirst sehen, dass er über Giulia erzürnt ist. Die Franzosen haben sie bei dem Versuch, nach Rom zurückzukehren, gefangen genommen, nachdem sie erst nach Capodimonte gegangen war und dein Vater ihr daraufhin mit Exkommunikation gedroht hatte. Er hat für sie ein Lösegeld bezahlt – eigentlich hätten die Franzosen das Doppelte fordern sollen – und ist ihr dann entgegengeeilt, um sie zu begrüßen. Leider hat sie ihn nur wenige Tage danach verlassen, um zur Burg ihres Gemahls in Basanello zu fliehen. Jetzt beschuldigt uns Seine Heiligkeit, wir hätten nicht genug getan, um sie zurückzuhalten, ja, wir hätten sie zum Weiterziehen gezwungen. Ich schlage vor, du schreibst in deiner Antwort, dass wir sehr wohl versucht haben, sie von dieser Torheit abzubringen.«

Unendlich erleichtert sackte ich in mich zusammen und warf einen Blick auf den Brief. Giulia hatte gelogen. Träfe zu, was sie behauptet hatte, hätte sie nie versucht, zu Papa zurückzukehren, noch hätte er Lösegeld für sie bezahlt oder einen Wutanfall bekommen, weil sie sich mit der Abreise aus Pesaro in Gefahr gebracht hatte. Er liebte sie also tatsächlich. Was immer sie, Juan und mein Gemahl miteinander getrieben hatten, Papa hatte nichts damit zu tun.

Fast hätte ich nicht bemerkt, dass Giovanni sich anschickte zu gehen. Schließlich hatte er gesagt, was zu sagen war. Sobald er draußen war, wollte ich Papas Brief studieren und dann eine Antwort verfassen, die ihn tröstete. Giulia hatte ihre Ankündigung wahrgemacht und ihn verlassen; da sollte Papa von mir erfahren, wie sehr ich ihn liebte und dass seine Kinder die Einzigen waren, auf die er sich in dieser Zeit des Kummers verlassen konnte.

»Ich schreibe meinen Brief sofort«, erklärte ich. »Wenn Ihr wollt, könnt Ihr ihn dann …«

»Du wirst ihn später schreiben.« Ich erstarrte, als er hinzufügte: »Oder hast du gedacht, ich würde dir vergeben?« Er zog einen Lederbeutel aus seiner Wamstasche und leerte seinen Inhalt auf seine Handfläche. »Danach – vorausgesetzt, du bereitest mir Freude – lasse ich die hier in ein Armband einsetzen. Es wäre eine Schande, sie nicht herzuzeigen, wenn ich bedenke, wie viel sie mich gekostet haben.«

Er rührte sich nicht von der Stelle, die Rubine wie Bruchstücke von blutigen Zähnen in seiner Hand. Dann warf er die Edelsteine zu Boden. »Ich nehme mir, was mein ist. Leg dich in dein Bett.«

In meinem Schock war ich zu keiner Regung fähig. Er hatte sich mit derselben Miene vor mir aufgebaut wie vor Kurzem im *cortile*, als er befahl, seinem Sekretär die Hände abzuhacken.

»Diebische *marrana!*«, zischte er. »Sofort!«

»Die Klausel«, flüsterte ich. »In unserem Ehever…«

»Glaubst du, dass das jetzt noch irgendwen kümmert?« Sein Lächeln war grausam. »Dein Vater und dein Bruder stehen davor, von Frankreich zermalmt zu werden. Es gibt keine Klausel. Es gibt nichts, das mich daran hindern kann, mir zu nehmen, was mir zusteht.« Er beugte sich zu mir vor. »Muss ich dich an den Haaren hinschleifen?«

Blind drehte ich mich um. Einen Schrei zurückdrängend, der aus meinem tiefsten Inneren aufzusteigen drohte, wankte ich in meine Bettkammer. Mit tauben Händen fingerte ich an den Bändern meiner Ärmel herum. »Ich muss meine Dienerinnen rufen«, murmelte ich, als er von hinten herantrat. »Ohne sie kann ich mich nicht ausziehen, und …«

»Ich will nicht, dass du dich ausziehst.« Er stieß mich aufs Bett. »Auf die Knie!«

Mit dem Rücken zu ihm, das Herz bis in die Kehle hämmernd, kroch ich auf die Matratze. Ich wartete. Mir entwich ein krampfhaftes Schluchzen, als er meine Röcke hochschob, meine Schenkel auseinanderstemmte und grob an mir herumfummelte, bis er fand, was er gesucht hatte. Dann stach er mit dem Finger in mich hinein. Mein ersticktes Aufheulen musste wie das Jaulen eines verängstigten Tieres klingen.

»Hast du etwa geglaubt, dass du entkommen kannst?« Er stach erneut zu – und wieder und wieder. Ein scharfer, durchdringender Schmerz bohrte sich in mich hinein wie die Klaue eines riesigen Raubvogels. »Dass du mich demütigen und zusammen mit deiner Familie verlachen kannst? Kein Wort! Keine Bewegung! Du wirst es hinnehmen, wie du es verdient hast.«

Ich hörte ihn hektisch an Bändern und Stoffen zerren, dann fiel offenbar seine Strumpfhose zu Boden. Gleich darauf spürte ich die kalten Metallspitzen seines Hosenlatzes unten an meinem Rücken, als er jäh mit den Hüften gegen mich stieß.

Ich schloss die Augen und gab mir alle Mühe, nicht zu wanken, als eine Serie von Schaudern über mich jagte. Schon erwartete ich, mit einem wütenden Stoß durchbohrt zu werden, und stellte mich auf brennende Schmerzen ein, spürte aber nichts als seinen an mir reibenden Unterleib. Fluchend ließ er von mir ab und machte mit einer Hand irgendetwas an sich selbst, während er die andere gegen meinen Körper presste.

Ängstlich spähte ich über die Schulter und sah ihn wütend seinen *cazzo* reiben, ehe er sich in die Hand spuckte und knurrte: »Du bist nicht bereit.« Erneut stieß er die Finger in mich hinein. Ich biss die Zähne zusammen und unterdrückte den Drang, ihn zu fragen, ob er Juan brauchte, um seine Manneskraft zu wecken. Schließlich ließ er von mir ab und rieb mir etwas Warmes auf den Schenkel. »Aber du wirst es beizeiten sein. Wenn ich beschließe, dich zu nehmen, wirst du bereit sein, wann immer ich es sage.« Damit zog er sich die Strumpfhosen hoch und stolzierte hinaus.

Gleich darauf knallte er die Tür zu meinen Gemächern zu.

Regungslos blieb ich zurück. Auf den Knien kauernd, wartete ich darauf, dass sich das Donnern in meiner Brust wieder beruhigte. Hinter der Tür hörte ich Pantalisea ängstlich fragen: »Herrin?«

Ihre Stimme erweckte mich zum Leben. Ich richtete mich auf und strich mir das zerzauste Haar aus dem Gesicht, da näherte sie sich mir auch schon, wobei sie einen Bogen um die auf dem Teppich verstreuten Rubine machte. »Die Tür«, murmelte ich matt. »Sperr sie zu.«

Sie hielt mich fest, als ich zu würgen begann und nach Wein stinkende, wässrige Gallenflüssigkeit erbrach. Ich hatte nichts gegessen. Zwischen meinen Schenkeln tat es entsetzlich weh. Ich ahnte bereits, wie viel schrecklicher die Schmerzen später sein würden.

Pantalisea liebkoste mich sanft. »Sch-sch. Es ist vorbei.«

Erst jetzt, da ich an mir hinunterblickte, erkannte ich, was sie sah und welchen Schluss sie daraus zog. Giovanni hatte meine Oberschenkel mit meinem Blut beschmiert.

»Keine *immacolata* mehr«, flüsterte ich und presste mir eine Hand auf den Mund, um das verzweifelte Lachen zu unterdrücken, das mich zu verschlingen drohte.

15

Er ist nicht zurückgekommen?«, fragte Pantalisea. »Seit jener Nacht nicht mehr?«

Ich schüttelte den Kopf. Dann blickte ich zu Nicola und Murilla hinüber. Die beiden spielten mit einer Katze, die mir einer der Stallburschen mitgebracht hatte. An den Wänden flackerten Leuchter. Kamine gab es in den oberen Stockwerken der Villa Imperiale nicht, aber mehrere über das Gemach verteilte Kohlebecken hielten uns warm. »Kein einziges Mal«, murmelte ich.

Das war auch schon alles, wofür ich dankbar sein konnte, denn das Jahresende war trostlos gewesen. Giovanni war mir aus dem Weg gegangen, als hätte ich die Pest. Das änderte freilich nichts daran, dass wir am Dreikönigstag in den *sala grande* kommen mussten, wo wir wie Statuen dasaßen, während unsere Dienstboten feierten. Nach der Verteilung der Geschenke und der Besichtigung der Weihnachtskrippe auf der Piazza, wo uns Kinder mit Engelsflügeln aus abblätterndem Gold Lieder vorsangen, trat ich hastig den Rückzug zu der oberhalb von Pesaro gelegenen Villa Imperiale an. Auch wenn diese eigentlich nicht als Winterresidenz, sondern als Jagdsitz gedacht war, verbrachte ich jeden Tag zurückgezogen in meinen Gemächern und wartete auf Kunde aus Rom. Das war im Januar, der mit Eisregenschauern Einzug hielt und ebenso ausklang.

Bislang hatte ich nur einen schlammbedeckten Brief von

Cesare erhalten, den mir Giovanni unmittelbar vor meiner Abreise ausgehändigt hatte. Er war nicht datiert, aber ich nahm an, dass es Wochen gedauert hatte, bis er hier ankam. Giovanni hatte ihn mir bis zu dem Moment vorenthalten, da ich in meine Sänfte stieg – zweifellos aus Trotz. »Schau dir an, welche Früchte der Stolz der Borgia hervorgebracht hat«, höhnte er und schob ihn mir in die Hand.

Jeden Abend vor dem Zubettgehen las ich den beängstigenden Inhalt.

Meine geliebte Lucia!
Ich schreibe Dir aus dem Castel Sant'Angelo, wo Papa und ich die Stellung halten. Wie Du vielleicht schon weißt, hat Papa den Franzosen die Passage durch unser Gebiet verweigert und König Charles' Invasion und Ansprüche auf Neapel aufs Schärfste verurteilt. Trotzdem sind diese Rüpel jetzt hier. Wie eine Geißel sind sie über uns hereingebrochen. Wir mussten um unser Leben rennen und ins Kastell fliehen, aber ich weiß nicht, wie lange wir durchhalten können. Selbst durch die dicken Mauern hier höre ich jeden Tag ihre infernalische Kanone. Sie sind buchstäblich überall; dass Rom blutet, ist ihnen gleichgültig. Ich weiß nicht, ob dieser Brief Dich je erreichen wird; wenn ja, dann lass Dir sagen, dass jeder meiner Gedanken Dir gilt und ich mit Freuden tausend Tode sterben würde, wenn ich Dich in Sicherheit wüsste.
Für immer Dein Bruder
Cesare

Schluchzend drückte ich das abgegriffene Pergament an meine Brust und vergoss Tausende Tränen darüber.

Das Glücksrad hatte sich weitergedreht. Die Zukunft, die

ich selbst immer noch als ungewiss empfand, war in Papas und Cesares Fall bereits zu Gegenwart und Vergangenheit geworden. So lebte ich in täglichem Grauen vor dem nächsten Kurier, denn ich rechnete mit der Botschaft, dass wir unter französischer Herrschaft standen und mein Vater gefangen gehalten wurde oder noch Schlimmeres erlitten hatte.

Ich suchte Ablenkung beim Sticken, beim Rezitieren von Sonetten Petrarcas oder aus Dantes *Göttlicher Komödie* sowie bei bedeutungslosem Klatsch, jenem altehrwürdigen Zeitvertreib von uns Frauen, um Langeweile oder Angst in Schach zu halten. An diesem Abend war unser Geplauder freilich gar nicht so sinnlos, erinnerte es mich doch daran, dass mein Gemahl sich dauerhaft – und in Pantaliseas Augen unerklärlicherweise – von meinem Bett fernhielt.

»Warum nur?«, fragte sie zum wiederholten Mal. »Er glaubt doch sicher nicht, dass Ihr schon guter Hoffnung seid?«

»Gott bewahre!«, rief ich, um einen ungezwungenen Ton bemüht, und fädelte meine Nadel ein. Cesares Brief hatte Giovannis brutalen Überfall auf mich verblassen lassen. Was ich unter den rohen Händen meines Gemahls erlitten hatte, war nichts im Vergleich zu dem, was meinem Vater und meinem Bruder widerfahren konnte. »Ich habe keine Lust, mir den Kopf über seine Gründe zu zerbrechen«, erklärte ich. »Ich bin einfach nur dankbar, dass er es vorzieht, sich fernzuhalten.«

Aber sobald ich wieder das Bild von Giovanni und meinem Bruder in jener Kammer vor Augen hatte, stürmten unweigerlich die alten Fragen auf mich ein. Giulia war hinsichtlich bestimmter Skandale im Vatikan indiskret gewesen. Sie hatte mit Genuss Geschichten über Kardinäle verbreitet, die mit Messdienern *in flagrante delicto* ertappt worden waren. Die Männer, so schien es, hatten in der Tat sonderbare Begierden. Gehörte Giovanni auch dazu? War er am Ende unfähig, sich mit einer Frau zu vergnügen, wenn nicht ein zweiter Mann dabei war? Ich schauderte bei der bloßen Vorstellung, aber es fügte sich in das, was ich gesehen hatte. Gleichwohl konnte ich meinen Verdacht Pantalisea nicht anvertrauen. Sie sollte ruhig weiter das vermuten, was wohl jeder annahm: dass ich die übliche, wenn auch übermäßig heftige erste Erfahrung mit dem Eheleben erduldet hatte. Doch *ich* wusste, dass das, was man normalerweise von einer Hochzeitsnacht erwartete, in meinem Fall *nicht* geschehen war.

»Vielleicht hat er eine Geliebte«, mutmaßte ich. »Das ist ja bei Ehemännern üblich, nicht wahr?«

»Habt Ihr Beweise dafür?«, fragte sie zurück, die Augen empört aufgerissen.

»Das nicht, aber er könnte doch eine haben.« Ich wandte den Blick ab, um meine bittere Belustigung zu verbergen. Zwar glaubte ich nicht, dass Giovanni mich betrog, aber ich betete jeden Tag, er möge das, was ihn dazu veranlasste, sich von mir fernzuhalten, noch lange fortsetzen. Denn eines war mir klar: wenn er sein eheliches Recht doch noch einforderte, würde ich seiner Gnade ausgeliefert sein, und davor graute mir. Schon sah ich mein Leben in endloser Monotonie vor mir ablaufen, lediglich durchbrochen von Banketten an Festtagen und der gelegentlichen Vergewaltigung – und von Kindern: Ich musste ihm schließlich Kinder gebären. Gott bewahre mich davor!

»Haben Hoheit noch …?« Pantalisea vollendete die Frage nicht. Seit Monaten schon waren wir bemüht, meine monatliche Regel zu verbergen. Sie war unser großes Geheimnis geworden, und wir erwähnten sie nur mit gedämpfter Stimme.

»Wieso fragst du?« Ich gab Neugier vor, um meine plötzlich aufkommende Panik zu überspielen. Ich hatte heftig geblutet, doch mir war nicht klar gewesen, ob gerade meine Regel wieder einsetzte oder ob das an der brutalen Gewalt lag, die er mir angetan hatte.

»Weil eine Frau empfangen kann«, erklärte Pantalisea, »wenn der Mond in seinem zweiten Zyklus ist und …«

Ein plötzliches Klopfen unterbrach sie. Mein Page Lucca stand auf der Schwelle. »Signora, vergebt mir, aber draußen steht ein Fremder vor dem Tor …«

»Ein Fremder?« Ich legte meine Stickerei beiseite. »Ist das Tor verriegelt?«

»Ja, Herrin. In der Dämmerung schieben wir immer den Riegel vor, so wie Ihr es befohlen habt.«

»Dann schick ihn weg. Es könnte ein Spitzel sein, der den Auftrag hat, meine Lebensumstände auszuspähen.« Das war eine meiner schlimmsten Ängste. Da ich die Gräfin von Pesaro und Gattin eines Sforza war, konnte meine Geiselnahme ein stattliches Lösegeld einbringen. Doch unvermittelt besann ich mich anders. »Warte. Weißt du, wer es ist?« Mir war in den Sinn gekommen, dass ein Menschenräuber zu dieser Stunde wohl kaum ohne einen Trupp Helfershelfer am Tor erschienen wäre.

»Nein, Herrin, aber so, wie er aussieht, ist er weit geritten. Er sitzt einfach nur auf seinem Pferd.«

War das endlich der Kurier? Mit einer Mischung aus Hoffnung und banger Ahnung zog ich Mantel und Handschuhe an und eilte mit meinem Gefolge in den Hof. Über uns spannte sich der mit eisigen Sternen übersäte Himmel, Schneeflocken wirbelten durch die frostige Luft. Als ich den Befehl gab, die in das massive Haupttor eingelassene Pforte zu entriegeln, stiegen Atemwolken aus meinem Mund. Der

Mastiff, der dort das ganze Jahr über Wache hielt, zerrte an seiner Kette. Sein Hüter, ein einäugiger Veteran aus irgendeiner lange zurückliegenden Schlacht, war bereit, den Hund auf den Fremden loszulassen. Ich richtete mich auf. Gleichgültig, welche Kunde dieser Mann auch brachte, ich würde sie wie eine echte Borgia begrüßen.

Draußen kauerte eine Gestalt, die sich lediglich als Silhouette abzeichnete, auf einem Pferd mit hängendem Kopf, dessen Rippen sich deutlich unter der Haut abzeichneten. Weder Mann noch Tier rührten sich. Schon wollte ich einen Schritt näher treten, doch Pantalisea hielt mich zurück. Stattdessen wagte sich Lucca einen Schritt weiter vor und schwang dabei sein Schwert. Auf eine solche Begegnung waren wir erbärmlich schlecht vorbereitet. Wenn dieser Mann tatsächlich ein französischer Emissär war, sah er sich keinem ernst zu nehmenden Gegner gegenüber, außer vielleicht Lucca und dem Mastiff. Allerdings erweckte der Fremde eher den Eindruck, als würde er jeden Moment zusammen mit seinem Pferd tot umfallen.

Lucca hatte ihn schon fast erreicht, als der Mann mit einem Mal zur Seite kippte und mit einem dumpfen Geräusch, nur abgemildert durch seinen Mantel, aufs Pflaster prallte. Ich riss mich von Pantalisea los und hastete auf die Gestalt zu. Lucca hatte sich bereits über den Mann gebeugt und griff nach dem von verkrustetem Schnee bedeckten Schal, der das Gesicht verhüllte. Der Mann trug gewöhnliche Kleider: ein Wams aus grobem Leder, Wollstrumpfhose, Halbstiefel aus Eichhörnchenfell, zerlumpte Fäustlinge, die an der Spitze abgeschnitten waren, sodass halb erfrorene, blaue Finger herausragten.

»Er stirbt!«, rief ich. »Wir müssen ihn sofort ins Haus bri…« Jäh blieben mir die Worte im Hals stecken, als Lucca den Schal aufwickelte und ein längliches, blasses Gesicht zum Vorschein kam. Es war fein geschnitten wie eine Ikone; auf dem wie gemeißelten Kinn prangte ein dichter rotgoldener Bart, und die Augen mit den schweren Lidern schienen mich zu sehen, aber nicht zu erkennen.

Ich sank auf die Steinplatten hinunter und ergriff seine Hand. »Cesare«, flüsterte ich.

Er schlief zwei Nächte und einen ganzen Tag. Als er schließlich aufwachte, fiel winterliches Sonnenlicht auf sein Kissen, und nur die gebleichte Leinenwäsche wirkte noch weißer als seine Haut.

Er machte eine ruckartige Bewegung. Ich saß neben seinem Bett auf einem Hocker, ergriff seine Hand und stellte erleichtert fest, dass sie sich warm anfühlte. »Du hast nichts zu befürchten«, beruhigte ich ihn. »Du bist in Sicherheit.«

Seine Augen weiteten sich. Ihr grünlicher Ton hob sich lebhaft von seiner Blässe ab – wie Achat auf Alabaster. »Lucia«, krächzte er mit leiser Stimme, »wie lange habe ich …?«

»Du bist vorgestern Abend angekommen. Jetzt ist es Nachmittag.« Ich griff nach einer Flasche auf dem Seitentisch. Gerade wollte ich sie ihm an die Lippen halten, als er mich am Handgelenk packte. Obwohl er sichtlich geschwächt war, besaß er immer noch erstaunliche Kraft.

»Was ist das?«

»Fieberdistel, mit Honig und Minze destilliert.« Fest erwiderte ich seinen misstrauischen Blick. »Von Pantalisea gebraut. Hilft gegen Fieber und Erschöpfung. Trink jetzt.«

Das bittere Gebräu ließ ihn husten. Als ich ihm die rissigen Lippen abwischte, brachte er ein mattes Lächeln zuwege. »Faulig wie Gift. Das solltest du auch Giovanni einflößen.«

Ich erstarrte.

»Was hast du?«, ächzte er. »Was ist los?«

Cesare kannte mich so gut! Selbst jetzt, kaum aus einem Schlaf erwacht, der genauso gut sein letzter hätte sein können, spürte er, wie aufgewühlt ich war.

»Ach, nichts.« Ich zwang mich zu lächeln, und plötzlich fiel mir sein Brief wieder ein. »Wenn jemand Fragen stellt, dann sollte *ich* das sein. Du kommst in der Nacht unangemeldet hierher, weigerst dich, deinen Namen zu nennen, und fällst bewusstlos von deinem Pferd.« Meine Stimme brach. »Ich dachte schon, ich hätte dich verloren.«

Er brachte ein schwaches Lächeln zustande. »Ich dachte auch, es wäre mit mir vorbei. Lebt die Mähre noch?«

Ich schüttelte den Kopf. »Sie war zu ausgehungert und ist binnen einer Stunde nach deiner Ankunft verendet.«

»Armes Tier.« Er blinzelte zum Fenster hinüber. Das Licht erhellte sein Profil und brachte ein paar Strähnen seines rotgoldenen Barts zum Leuchten. »Sie war ein Packpferd. Ich habe sie gestohlen und bin auf ihr ohne Pause von Velletri bis hierher geritten. Das hat fünf Tage gedauert. Es ist ein Wunder, dass sie überhaupt so lange durchgehalten hat.«

»Velletri? Aber das ist Meilen von Rom entfernt. Ich dachte, du wärst bei Papa.«

»Das war ich auch«, erwiderte er mit düsterer Stimme.

Plötzlich schossen mir Tränen in die Augen. »Gott im Himmel! Ist Papa … ist er noch …?«

Mühsam stemmte er sich aus seinen Kissen hoch. »Ja. Mach dir keine Sorgen. Er lebt. Bevor ich Rom verließ, haben wir vereinbart, dass ich in Perugia zu ihm stoße. Aber davor wollte ich dich unbedingt sehen.«

Ich blinzelte meine Tränen weg. »Ich verstehe nicht.«

»Das musst du auch nicht.« Er schlug seinen unverschnürten Kittel zurück, der eigentlich Giovanni gehörte, aber schon lange unbenutzt in einer Truhe gelegen hatte. Cesares Satteltasche hatte nichts als verschmutzte Wäsche und Krümel enthalten. Lucca hatte meinen Bruder entkleidet, gewaschen und zu Bett gebracht. Jetzt, da Cesare seine Brust entblößte und ein dünner Flaum zum Vorschein kam, wandte ich scheu die Augen ab. Ich betrachtete ihn immer noch als den Bruder, der nur vier Jahre älter war als ich und in der Kindheit mein Gefährte und Beschützer gewesen war. Dabei hatte ich ganz vergessen, dass Cesare fast neunzehn Jahre alt und damit ein Mann war.

Schweigen war eingetreten. Cesare brach es. »Wir mussten einen Pakt mit König Charles schließen. Dafür wird uns ganz Italien mit Sicherheit verurteilen und verachten, aber wir hatten keine Wahl. Wir waren im Castel gefangen. Die Franzosen drohten, ihre Kanone auf uns zu richten …«

Ich unterbrach ihn. »Natürlich! Dein Brief ist eingetroffen. Ich habe ihn noch.«

»Er hat dich erreicht?« Er schenkte mir ein mattes Lächeln. »Ich muss den Boten belohnen … wenn ich ihn jemals wieder sehe. Er muss wahren Höllengefahren getrotzt haben – erst bei dem Versuch, aus Rom herauszukommen, und dann auf der Route nach Pesaro.« Er verstummte erneut. Einen Moment lang zupfte er an seinem Kittel herum, ehe er seinen Bericht fortsetzte. »Wie auch immer, der Geheimgang unter dem Vatikan war unter dem Beschuss der Franzosen eingestürzt. Wir hatten keinen Fluchtweg mehr. Und obwohl der König versprochen hatte, uns ehrenhaft zu behandeln, fingen die Franzosen sofort an zu randalieren, sobald seine Armee unsere Mauern durchbrochen hatte. Das Judenviertel, die Gegend mit den Palästen – sie haben alles geplündert. Mama ist auf ihren Weinberg auf dem Esquilin geflohen. Sie hätten noch die ganze Stadt niedergebrannt und allen Frauen und Mädchen Gewalt angetan, wenn wir nicht in diese Übereinkunft eingewilligt hätten.« Er schnitt eine Grimasse. »Sogar die Türken habe ich größere Zurückhaltung üben sehen. Die Franzosen sind wie Tiere. Die haben auf den geweihten Altar der Basilika gepisst, den Vatikan als Stall für ihre Pferde benutzt und ihre Huren in die päpstlichen Gemächer mitgenommen. Sie haben die Ewige Stadt in ein Bordell verwandelt!«

»*Dio mio.*« Ich bekreuzigte mich. Die herrlichen Fresken kamen mir in den Sinn, das vergoldete Mobiliar und die Wandteppiche – das alles musste jetzt besudelt, wenn nicht ganz ruiniert sein. »Und welche Übereinkunft habt ihr getroffen?«, fragte ich, für die Kunde gewappnet, dass wir nun Untertanen des Königs von Frankreich waren.

»Willst du gar nicht wissen, was davor geschehen ist?«, fragte er in einem neckischen Ton, der mir unwillkürlich ein Grinsen entlockte. »In Rom waren Aufstände ausgebrochen. Plünderungen behandeln wir nicht wohlwollend, es sei denn, wir sind diejenigen, die sie veranstalten. Charles war bestürzt. Seine eigenen Männer wurden auf den Straßen massakriert. Darum sandte er Papa eine dringende Botschaft ins Kastell und bat ihn um ein Gespräch. Das fand auch statt – sehr förmlich und sehr vertraulich. Charles ritt zum Kastell hinaus, und nachdem sie sich umarmt hatten, spazierten sie die Loggia entlang.«

Er beugte sich näher zu mir. »Solch ein groteskes Paar hast du noch nie gesehen, Papa mit seiner Soutane und seinem Pileolus, der dahinstapfte wie ein Bär, während Charles nervös neben ihm hertrippelte. Der französische König ist ein Zwerg, Lucia – hässlicher als die Sünde, und er reicht mir allenfalls bis zur Schulter. Und ein Narr ist er obendrein! Er hatte ganz Rom in der Hand! Er hätte uns zu so gut wie allem zwingen können, aber als er und Papa ihren Spaziergang beendeten, war ihr Vertrag besiegelt. Charles gelobte Papa, dem Oberhaupt der Kirche, Gehorsam und schwor ihm, dass er sich niemals an irgendwelchen Bemühungen, ihn abzusetzen, beteiligen würde. Papa wiederum gab dem Kreuzzug des Königs gegen die Türken seinen Segen und sagte ihm die sichere Passage durch unsere Gebiete zu.«

Darüber dachte ich einen langen Moment nach. »Warum hat ihm Papa nicht von Anfang an sicheren Durchzug garantiert? Mit der ursprünglichen Verweigerung haben wir die ganze Stadt in Gefahr gebracht.«

»Wir hatten nicht geglaubt, dass es so weit kommen würde.« Cesare schnitt eine Grimasse. »Oder zumindest Papa hat es nicht geglaubt. Ich hatte schon eine dunkle Vorahnung. Aber mit der Verweigerung hatte er eigentlich recht. Die Romagna ist Teil unseres heiligen Staates. Charles sicheren Durchzug zu gewähren wäre einer Einladung an alle Herrscher Europas gleichgekommen, uns ebenso zu überfallen und auszuplündern. Letztlich hat unsere Weigerung zu unserer Rettung beigetragen. Die meisten Barone in der Romagna hatten Charles bereits die Füße geküsst und ihm ihre Festungen angeboten. Insofern gelten diese Barone aufgrund unserer Weigerung, die Franzosen mit päpstlichem Segen durch unser Gebiet ziehen zu lassen, nun als Verräter.«

»Und Neapel? Jofré ist dort zusammen mit seiner Gemahlin, Prinzessin Sancia. Ist *er* jetzt in Gefahr?«

Cesare nickte. »Wir müssen dafür beten, dass Neapel den Franzosen nicht in die Hände fällt. Alfonso hat zugunsten seines Sohnes Ferrantino abgedankt, und der ist wütend wie ein gereizter Stier. Er wird zweifellos bis zum letzten Atemzug gegen die Franzosen kämpfen. Hoffentlich hat er genügend Soldaten.«

»Das ist also der Grund, warum du in Velletri warst? Du hast Rom zusammen mit König Charles verlassen?«

»Djem war auch dabei. Wie gesagt: König Charles ist ein Narr. Er war sogar damit einverstanden, Papa fünfhunderttausend Dukaten für meine Gesellschaft zu zahlen. Mich dabeizuhaben verlieh seinem Feldzug gegen Neapel päpstlichen Segen. Für Djem hätte er allerdings noch mehr gezahlt. Charles wollte den verhassten Bruder des Sultans als Geisel in seinem Lager haben, weil er darauf spekuliert, dass Djem sich als Galionsfigur noch als nützlich erweisen könnte – ein Türke, der in der französischen Armee kämpft! Ich selbst bin als päpstlicher Gesandter gereist. Ich habe neunzehn Maultiere für all mein Gepäck mitgenommen. Für die Franzosen muss das ein Schock gewesen sein, als sie die Truhen öffneten und nichts darin war.«

Da lachte ich laut auf. Cesares Ton wärmte mir das Herz. Seine Geschichte klang wie die verqueren Märchen, die er mir in unserer Kindheit erzählt hatte. »Also hast du gar nichts mitgebracht?«

»Doch. In den ersten zwei Truhen. Ich habe Charles meine liturgischen Gewänder und Messkelche gezeigt. Bei all den Edelsteinen sind ihm schier die Augen aus dem Kopf gesprungen – noch mehr als sonst. Der Mann ist genauso gierig, wie er gefährlich ist. Auf halbem Weg nach Velletri wurden leider die Maultiere, die genau diese Truhen transportierten, von meinem Michelotto abgefangen. Als ich entkam, hatte ich nichts als meinen Ornat und den Pileolus – ich hatte beides im Zelt vergessen.« Unvermittelt brach er in dröhnendes Lachen aus. »Charles hat doch tatsächlich geglaubt, wir würden den Vertrag einhalten und ihn seinen Anspruch auf Neapel nicht nur geltend machen lassen, sondern ihn dabei auch noch unterstützen.«

Cesares Worte hoben meine Stimmung. Soeben hatte er die Bedrohung durch die Franzosen in eine Farce verwandelt.

»Charles hat keinen Begriff davon, was ihn erwartet«, fuhr Cesare fort. »Der Sturm auf Neapel wird beileibe nicht so einfach sein, wie er sich das vorstellt. Und während er gegen König Ferrantino kämpft, werden Papa und ich mit unseren Stadtstaaten eine heilige Liga bilden. Jetzt werden sie auf uns hören; schließlich haben sie gesehen, was geschehen kann, wenn sie unseren Rat und Wunsch ignorieren. Aber *wenn* sie es tun« – er beugte sich mit einem triumphierenden Grinsen vor –, »dann sorgen wir dafür, dass sie sich vor uns verneigen. Die Medici sind schon aus Florenz geflohen – aus ihrer eigenen Stadt von Savonarola, diesem Teufel, ins Exil getrieben, der befohlen hat, dass all ihre kostbaren Besitztümer in sein Feuer der Eitelkeiten geworfen werden. Nun, eine große Familie ist gefallen. Das bedeutet eine weniger, die wir besiegen müssen. Wir werden alle anderen in die Knie zwingen, und haben wir ihnen abgerungen, was wir benötigen, werden wir sie uns allesamt unterwerfen – jeden schäbigen Kriegsfürsten und hochmütigen Herzog, jeden verräterischen Prinzen, der unseren Sturz betrieben hat. Und wer nicht unser Vasall wird, dessen Schädel wird aufgespießt vor seinem Palazzo prangen. Die Zeit ist reif für eine neue Ära – die Ära der Borgia. Und ich werde ihre Geißel sein. Ich werde die Art von Schrecken verbreiten, der sie bei der bloßen Nennung unseres Namens erzittern lässt!«

Ich lachte Tränen – nicht nur über die dramatische Deklamation, die den Vortrag noch lustiger machte, sondern auch aus Freude und Erleichterung, weil er sich trotz der widrigen Umstände bis hierher durchgeschlagen und sein unbezähmbarer Geist keinen Schaden erlitten hatte.

»Und Djem?«, fragte ich schließlich, nach dem Heiterkeitsausbruch noch ein wenig atemlos. »Ist er noch eine Geisel der Franzosen?« Wie ich das sah, hatte er es nach allem, was er mir in jener Nacht in meinem Palast angetan hatte, nicht besser verdient.

»Er ist tot«, antwortete Cesare. »Ich habe ihn getötet.« Und während ich ihn noch mit offenem Mund anstarrte, erklärte er: »Es gab nur eine Wahl: er oder ich.«

Von Schock und Schuldgefühlen überwältigt, stammelte ich: »Aber … das … das hättest du nicht tun dürfen! Ich habe nie gesagt, dass ich seinen Tod will!« Und schon befiel mich das Grauen vor Juans Reaktion, wenn er erfuhr, was seinem geliebten Freund angetan worden war.

Cesare runzelte die Stirn. »Ich habe das nicht für dich getan. Das hätte ja geheißen, einen Hund zu erschlagen, weil sein Herr ihm befohlen hat zu bellen. Nein, wir hatten beide unsere Flucht geplant, verstehst du? Als die Franzosen das Lager für die Nacht aufschlugen, wollten wir uns in geliehenen Kleidern davonstehlen, zwei Packpferde nehmen und schnurstracks nach Perugia reiten und dort zu Papa stoßen. Aber als die Stunde kam, stellte sich dieser verdammte Türke quer. Plötzlich fing er an zu schreien und warf mir vor, dass Juan es nie so weit hätte kommen lassen, dass er, ein Prinz, dazu gezwungen wäre, wie ein Dieb zu fliehen. Ich musste ihn zum Schweigen bringen.« Plötzlich bebte seine Stimme. »Ich dachte, sie würden ihn hören. Er war so stark. Er wehrte sich gegen meine Garotte. Ich musste ihn mit dem Draht erwürgen, den ich für den Fall bei mir trug, dass wir einem Wächter über den Weg liefen.«

Vor Entsetzen brachte ich kein Wort hervor.

»Es hieß: er oder ich«, wiederholte Cesare mit zittriger Stimme. »Ich hatte keine Wahl. Das musst du mir glauben. Hätte ich das nicht getan, hätte er uns beide verraten.«

»Ja. Natürlich«, flüsterte ich. »Du musstest dich retten.« Gleichwohl fiel es mir schwer, meine Erleichterung über sein Entkommen mit seiner Brutalität bei der Flucht in Einklang zu bringen. Das war nicht der Cesare, den ich kannte! Dann sah ich ihn erschauern. So gleichgültig gegenüber seiner Tat, wie er zunächst vorgegeben hatte, war er also nicht.

»Bitte«, sagte er, »verurteile mich nicht. Ich hätte es nicht getan, hätte es einen anderen Weg gegeben. Aber er schrie mich an und hätte noch das ganze Lager geweckt. Da *musste* ich …«

»Nein, sag nichts mehr. Ich verstehe. Cesare, ich würde dich nie verurteilen.«

Er wandte das Gesicht ab und stöhnte laut auf. »Und ob du das tust! Wie könntest du nicht? Ich habe einen Mann umgebracht. Ich hätte es dir nicht erzählen sollen. Ich hätte es nie zugeben dürfen! Ich hätte gar nicht herkommen dürfen!«

»Sag das nicht.« Ich rutschte auf die Bettkante und zog ihn sanft in meine Arme wie ein untröstliches Kind. Ich konnte seine straffen Muskeln spüren, und als mir bewusst wurde, dass ich ihn und alles, was ich liebte, um Haaresbreite verloren hätte, drückte ich ihn noch fester an mich, versuchte, ihm Wärme, meine Zuneigung und Bestätigung zu schenken. Er vergrub das Gesicht an meiner Brust.

Dann schlossen sich seine Arme um meine Hüften. »Um dich zu erreichen, hätte ich auch hundert Männer getötet«, murmelte er. Jäh richtete er sich auf und presste seine Lippen auf meine. Ich spürte seinen feuchten Atem. Seine Zunge zuckte vor, erforschte die meine. Als sein Körper sich immer fester an mich drückte, begann ich mich zu wehren, fand mich aber in seinem Griff gefangen. »Niemand liebt dich so wie ich, Lucia«, flüsterte er in meinen Mund. »Niemand wird das je können.« Nach und nach ergab ich mich seiner Kraft, seinen Schultern, die so fest wie Elfenbein waren und doch auch so weich wie Seide, seinem harten Brustkorb, unter dem ich das Hämmern seines Herzens spürte. Seine Lippen wanderten über meine Wange zum Ohr. »Platon sagt, dass jeder Mensch seinen verlorenen Zwilling sucht. Wir aber müssen nicht suchen, Lucia, denn wir haben einander schon immer gehabt.«

Plötzlich raste Begierde siedend heiß durch meine Adern. Als hätte er das gespürt, ergriff er meine Hände und legte sie auf das pulsierende harte Etwas zwischen seinen Schenkeln. In einem entfernten Teil meiner selbst wusste ich, dass das eine unaussprechliche Todsünde war; ein unverzeihlicher Verstoß gegen die Natur. Doch Empfindungen, die ich noch nie verspürt, deren Existenz ich noch nicht einmal geahnt hatte, ergriffen von mir Besitz – mein Körper wollte ihn! Ja, mein Körper hatte von Anfang an gewusst, dass ich in Cesares Arme gehörte …

»*Nein!*« Nach Luft schnappend, stemmte ich die Hände gegen seine Brust und stieß ihn zurück, obwohl ich mir dabei vorkam, als kämpfte ich gegen eine Marmorwand an. »Das können wir nicht.«

Er umfasste mein Kinn. »Wir können nicht? Oder wagen wir es nicht?«

»Cesare, bitte. Das … du weißt, dass das eine schreckliche Sünde wäre.«

Sein Lachen klang wie das Schnurren einer großen Katze. »Seit wann scheren wir uns um die Sünde? Wir sind Borgia. Wir sind dazu geschaffen, nur einander zu lieben.«

»Nein. Lass mich los!« Ich hielt ihn mir mit ausgestreckten Armen vom Leib, spürte aber seinen Widerstand und seine fordernde, zerstörerische Lust. Sie war so ungeheuerlich, so gewaltig, und ich ahnte, dass sie mich verschlingen würde. Während ich noch darum kämpfte, meine eigene Begierde zu bezähmen, ließ er mich abrupt los. Hatte ich soeben noch seine sengend heißen Finger auf meiner Haut gespürt, schüttelte er auf einmal heftig den Kopf und wandte sich zur Tür.

»Giovanni! Was für eine Überraschung!«

Ich wirbelte herum. Bis zu diesem Moment hatte ich gar nicht bemerkt, wie weit ich bei meiner Umarmung mit Cesare aufs Bett geraten war, bis ich kaum noch zwischen seinem und meinem Körper unterscheiden konnte. Durch einen sich nur langsam lichtenden Nebel sah ich meinen Gemahl regungslos auf der Schwelle stehen. Die Handschuhe baumelten von seinen zu Fäusten geballten Händen, und er betrachtete uns aus schmalen Augen.

»Mir wurde gesagt, dass ich Euch hier antreffen würde, Eure Eminenz. Wie kommt es, dass Ihr den weiten Weg hierher gereist seid und ich kein Wort davon erfahren habe?«

»Er ist erst vorgestern eingetroffen.« Hastig kletterte ich von meinem Bett herab und zupfte mir die Röcke zurecht. Innerlich schnitt ich eine Grimasse, als ich mich mit flackernder Stimme faule Ausreden stammeln hörte, die niemand, am allerwenigsten Giovanni, je glauben würde. »Er war sehr krank, und ich … ich wollte Euch schreiben, aber dann musste ich ihn die ganze Zeit pflegen, versteht Ihr?« Ich fuhr zum Seitentisch herum, wollte nach der Flasche mit dem Medikament greifen und stieß in meiner Hast die Tasse um. Das Scheppern beim Aufprall auf dem Boden dröhnte mir in den Ohren.

»Und wie ich verstehe«, antwortete Giovanni mit belegter Stimme. »Und wieder einmal muss ich feststellen, dass ich der Letzte bin, der in Kenntnis gesetzt wird.«

»Also bitte.« Cesare lachte. »Ihr findet Mängel, wo keine

sind. Was meine Schwester sagt, ist wahr. Ich war in einem schrecklichen Zustand. Wir hätten Euch beizeiten Kunde geschickt.« Er sprang mit einer Leichtigkeit vom Bett auf, als wäre er die ganze Zeit bei bester Gesundheit gewesen. Gequält kniff ich die Augen zusammen. Und dann schien auch noch die Sonne schonungslos auf seine Strumpfhose, sodass sein Mannesstolz für jeden deutlich zu erkennen war. Er selbst bemerkte das offensichtlich nicht, oder vielleicht stolzierte er auch gerade deshalb so eilig auf Giovanni zu, um ihn in einer brüderlichen Umarmung an sich zu drücken.

Über Cesares Schulter hinweg starrte Giovanni mich unverwandt an. »Ich … ich werde die Bediensteten wissen lassen, dass Ihr hier seid«, sagte ich und hasste mich für meine Schwäche. Schon strebte ich zur Tür, als Giovanni sich von Cesare löste. Im Vergleich zu meinem Bruder wirkte er trotz dessen Gewichtsverlusts entsetzlich mager. Und obwohl Cesares Wangen mit Bartstoppeln übersät waren, die einer Rasur dringend bedurften, und er diesen geliehenen Rock trug, zeigte er eine Haltung wie ein Edelmann.

»Und wenn du schon dabei bist, sieh doch bitte zu, dass du ordentliche Kleidung für mich findest«, bat mich Cesare. Er zwinkerte Giovanni zu. »Vielleicht hat der Signore ja etwas, das er mir leihen kann. Ich bin sozusagen mit nichts als dem Hemd auf dem Leib angekommen. Ein Scharmützel mit den Franzosen. Nichts Ernstes. In Rom hat es ganz schön viel Aufregung gegeben, aber das Schlimmste ist überstanden, und Seine Heiligkeit wird Euch bald zu sich befehlen.«

»Natürlich«, sagte Giovanni mit bleierner Stimme. »Lucrezia, bitte meinen Kammerdiener, ein Wams und eine Strumpfhose für Seine Exzellenz zu bringen.«

Mein Lächeln war so straff, dass ich meinte, meine Lippen müssten reißen. »Ich werde mich sofort darum kümmern.«

Kaum hatte ich den Raum verlassen, raffte ich meine Röcke und rannte, so schnell ich konnte, den Gang hinunter, bis ich in meine Gemächer platzte und meine mit ihren jeweiligen Aufgaben beschäftigten Dienerinnen aufschreckte.

Pantalisea erhob sich halb, doch ich schoss an ihr vorbei und schlug die Tür der Bettkammer hinter mir zu.

In der Kammer glitt ich zu Boden und blieb wie ein Häufchen Elend hocken. Sollte ich weinen oder beten? Ich wusste es nicht. Soeben hatte ich meine dunkle Seite entdeckt. Jetzt war mir klar, dass etwas Sündiges in meinem Herzen wirkte, das Macht über mein Fleisch besaß. Wie konnte ich je diesem beängstigenden Hunger entfliehen, wenn die verbotene Sehnsucht nach meinem eigenen Bruder meine Seele versengte?

Und Giovanni hatte mich gemustert, als wäre ich bereits verdammt.

16

Wir verließen Pesaro, als auf den Vorbergen des Apennin die frühen Wildblumen in voller Blütenpracht standen und Schafhirten ihre Herden die Via Flaminia entlang zu ihren Weiden trieben. Die alte Straße durchschnitt Felsenschluchten und dichte Wälder. Begleitet von achtzig Wächtern ritten wir über das verwitterte Kopfsteinpflaster, hinter uns die schwer beladenen Karren. Cesare, der dicht neben mir ritt, beugte sich mit einem Funkeln in den Augen zu mir herüber. »Wenn die Franzosen zufällig auf uns stoßen, befürchte ich, dass sie dich als Geisel nehmen, wie sie es auch mit der Farnese gemacht haben, denn du reitest immer noch wie eine Venezianerin, *petita*.«

Ich zog ruckartig an den Zügeln meiner Stute, woraufhin sie erschrocken schnaubte. »Ich hatte zuletzt nicht viel Gelegenheit, mich im Reiten zu üben«, erwiderte ich in scharfem Ton, der nach allem, was er zwischen uns entfesselt hatte, von Feindseligkeit nur so troff.

»Nach all den lebhaften Ausritten mit den Gonzaga?«, fragte Cesare. »Ich habe deine Briefe an Papa gelesen. Darin beschreibst du dich als wahrhafte Diana der Jagd.«

»Meine Briefe sollten eigentlich vertraulich sein«, entgegnete ich bissig. Ich wusste, dass Giovanni uns mit Habichtsaugen beobachtete, auch wenn ich bei bestem Willen nicht beurteilen konnte, was er hier auf der Straße zu sehen erwartete. Was immer es war, Cesare trug nicht zur Verbesserung der Lage bei, als er sich zu mir herüberbeugte und flüsterte: »Ich weiß sehr wohl, wie du reiten kannst, Lucia.«

Ich rammte die Absätze in die Flanken meiner Stute, teils um ihm zu entkommen, aber auch, um die mir in die Wangen schießende Hitze zu verbergen.

Sein Lachen klang mir in den Ohren, als ich meine Dienerinnen überholte. In Pantaliseas Gesicht bemerkte ich einen Anflug von Angst. Seit dem Tag, als ich an ihr vorbei in meine Gemächer gestürzt war, lag sie mir unentwegt in den Ohren. Doch sosehr sie sich auch darum bemühte, mir ein Geständnis zu entlocken, hatte ich sie bisher nur angeblafft, dass ich beim nächsten Mal eine Warnung sehr schätzen würde, bevor mein Gemahl bei mir hereinplatzt. Daraufhin hatte sie sich gekränkt gezeigt und gemurmelt, wie ich sehr wohl wisse, würde sich der Signore nie bei Bediensteten anmelden.

»Und doch hätte dieselbe Bedienstete gern einen ausführlichen Bericht darüber, wie oft der Signore es versäumt hat, mein Bett aufzusuchen«, entgegnete ich, womit ich ihren Fragen, wenn auch nicht ihrer Wachsamkeit, ein Ende bereitete. Eigentlich war ich erleichtert, fühlte ich mich doch sicherer in dem Wissen, dass jemand auf mich aufpasste – gerade so, als könnte ihr prüfender Blick meine unbeabsichtigte Sünde auslöschen.

Doch das, was ich so verzweifelt zu vergessen suchte, schien Cesare nur noch mehr anzuspornen. In den Tagen vor unserer Abreise gelang es ihm, mich in den Gärten abzufangen, obwohl Giovanni uns von der Galerie aus beobachtete. Und in der Nacht schnappte er sich Giulias verwaiste Laute und sang schmachtende Weisen. Meine leichtgläubigen Dienerinnen versetzte er mit seinem poetischen Bariton in Verzückung, während ich die Hände im Schoß zu Fäusten ballte.

An meinem fünfzehnten Geburtstag gab es ein großes

Fest. Während des Banketts ließ Cesare die Hand unter den Tisch und über meinen Oberschenkel gleiten. Seine Finger zogen durch den Brokat meines Kleides hindurch eine brennende Spur auf meiner Haut, und all das unter Giovannis Augen, der über den neuesten Nachrichten brütete. Der junge Herzog von Mailand, der jahrelang von seinem Onkel, Il Moro, gefangen gehalten worden war, war gestorben – durch Gift und auf Il Moros Geheiß hin, wie manche behaupteten. Endlich Herzog, nicht nur dem Anspruch, sondern auch dem offiziellen Titel nach, war Il Moro so dreist, den zusammen mit Frankreich begangenen Verrat als gegenstandslos zu betrachten und kurzerhand der heiligen Liga meines Vaters beizutreten. Damit brachte er meinen Gemahl freilich in eine Notlage.

»Das kann man Il Moro kaum verübeln«, erklärte Cesare. »Es muss nach außen hin erkennbar sein, dass er jetzt, da er Mailands offizieller Herrscher ist, Wiedergutmachung leistet. Er weiß, dass Charles' Kampagne eine einzige Katastrophe ist. Die Franzosen mögen zwar Neapel mit ihrer furchterregenden Kanone erobert haben, aber anscheinend haben sie nicht mit dem Widerstand seiner Bordelle gerechnet. Wie wird dieses neue Leiden genannt?« Mein Bruder zupfte nachdenklich an seiner Lippe. »Ach ja: *Mal de Napoli*. Es könnte natürlich genauso gut die französischen Pocken heißen. Wer kann schon sagen, wer wen als Erster angesteckt hat? Mit den Vergewaltigungen und den Hautausschlägen haben sich die Franzosen ziemlich unbeliebt gemacht. Von einem Kreuzzug gegen die Türken ist längst nicht mehr die Rede!« Cesare lachte. »Nein, nein, sie haben nur noch eines im Sinn: schleunigst alle Zelte abbrechen und heimkehren.« Er bedachte Giovanni mit einem schiefen Blick. »Was für eine Ironie des Schicksals, findet Ihr nicht? Auf einmal ist

Il Moro derjenige, der befürchtet, dass die Franzosen seine Ländereien plündern, um ihre Lebensmittelvorräte für die Überquerung der Alpen aufzufüllen.«

»Was kann ich tun?« In seiner Verzweiflung vergaß Giovanni ganz, darauf zu achten, wie hastig ich meinen Wein trank, während ich immer noch Cesares Finger spürte, die wie eine Spinne über meinen Schenkel krochen. »Dieser Brief von Seiner Heiligkeit …« Er zog unter seinem Wams ein Dokument hervor. »Darin steht, dass ich mich verpflichtet habe, Rom als Heerführer zu dienen, und darum auch für die Liga kämpfen muss. Aber dazu benötige ich doch gewiss die Genehmigung meines Onkels, Il Moro, weil ich auch in seinen Diensten stehe. Andererseits droht mir nun Seine Heiligkeit mit der Exkommunikation, falls ich es wage, mich zu weigern.«

»Und? Ihr habt Euch noch nie durch seine Warnungen aufhalten lassen«, erwiderte Cesare spöttisch, was Giovanni jäh erstarren ließ.

Diesen Moment nutzte ich, um mich zu erheben und mich zu entschuldigen.

»Du gehst schon so früh?«, fragte Cesare. »Wie schade. Ich hatte auf einen Tanz mit dir gehofft. Es ist schon so lange her, dass wir miteinander getanzt haben, Schwester. Das letzte Mal war bei deiner Hochzeit, glaube ich.«

»Ich habe Kopfschmerzen«, murmelte ich und spürte, wie mir meine Schuld das Blut in den Kopf schießen ließ. Bei der Erinnerung an seine Hand auf meinem Schenkel kam ich mir vor wie gebrandmarkt.

Diesmal entging Giovanni meine Verlegenheit nicht, als mein Bruder in affektiertem Ton sagte: »Kopfschmerzen in deinem Alter? Junge Ehefrauen sollten eigentlich nie unter einem solchen Gebrechen leiden. Wenn es trotzdem geschieht, dann liegt das an einem Ungleichgewicht in den Körpersäften, das nur mit einer zusätzlichen Dosis Liebe behoben werden kann.« Er hielt inne, damit seine Anspielung ihre Bedeutung entfalten konnte. Wie unglaublich verwegen von ihm! Wollte er tatsächlich, dass alle wussten, wie sehr er mich bei sich im Bett haben wollte?

»Unbedingt.« Giovannis Stimme klang gepresst, seine Hand war zur Faust geballt. »Und deshalb sollten wir uns nun zurückziehen, damit ihr Gemahl ihr besagte Liebe gewähren kann.«

Cesare wandte sich direkt an ihn. Auch wenn sich nichts an seinem Gebaren änderte, hatte es plötzlich etwas Bedrohliches. »Ich glaube, Seine Heiligkeit sähe es lieber, Ihr würdet darauf verzichten.«

Ich wartete den Ausgang ihres Geplänkels nicht ab. Als ich mit meinen Dienerinnen aus dem Saal hastete, erkannte ich an Pantaliseas entsetzter Miene, dass sie genug gesehen und gehört hatte, um daraus das zu entnehmen, was ich mich geweigert hatte, ihr zu offenbaren. In meinen Gemächern angekommen, debattierte ich lange mit mir, ob ich die Türen verriegeln sollte, entschied mich dann aber dagegen. Giovanni würde seine Drohung so oder so wahrmachen, und wenn er nach Mitternacht von zu viel Wein benebelt hereingetorkelt kam, wollte ich ihn mit hocherhobenem Kopf begrüßen. Was immer er mit mir tat, diesmal wollte ich ihm dabei in die Augen sehen.

Tatsächlich erschien er dann auch. Zu meiner Überraschung schritt er jedoch nicht über die Schwelle. Stattdessen lallte er: »Du … du demütigst mich. Du hast dich von ihm … berühren lassen.«

»Von wem?«, fragte ich, obwohl mir vor Angst das Blut in den Adern gefror. Als er blinzelte und in seinem von Wein durchweichten Gehirn nach einer Erwiderung suchte, ließ ich ihn wissen: »Lasst Euch eines geraten sein, Signore: Gleichgültig, wer mich Eurer Meinung nach berührt hat, wenn *Ihr* das noch einmal versucht, werde ich meinen Vater darüber in Kenntnis setzen, dass Ihr unseren Hochzeitsvertrag gebrochen habt. Und dann, das wage ich zu prophezeien, wird Demütigung Eure geringste Sorge sein.«

Seine geröteten Augen flackerten; nach seinem maßlosen Weingenuss reichte seine Wut nur noch zu einem Strohfeuer. »Und damit *du* mich nicht missverstehst, lass mich dir gleicher... gleichermaßen versichern, dass ... dass ganz Italien davon hören wird, falls ich entdecke, dass du dich einem anderen hingegeben hast. Die ganze Welt wird von Lucrezia Borgias un... unnatürlicher Lust erfahren! Hätte ich gewusst, was für eine du bist, hätte ich nie in unsere Hochzeit eingewilligt. Aber zu einem Hahnrei lasse ich mich nicht machen! Wenn du dich gegen mich auflehnst, werde ich dafür sorgen, dass deine Familie am Pranger steht. Stell meine Geduld nicht noch mehr auf die Probe, als du es schon getan hast.«

Ohne ein weiteres Wort machte er abrupt kehrt und torkelte den Gang hinunter.

Ich schloss die Tür und verriegelte sie. Vor Giovanni brauchte ich mich wohl nicht mehr zu fürchten. Einmal mehr hatte das Rad der Glücksgöttin meine Familie ganz nach oben befördert. Giovanni mochte mich verabscheuen, er mochte sich wünschen, er hätte mich nie geheiratet, doch es war die Hand der Borgia, die ihn fütterte. Sein Überleben hing von ihnen ab.

Freilich wusste ich, was ich gehört und gesehen hatte. Und ich wusste, was er glaubte, gesehen zu haben, und wozu er fähig war, wenn er in die Ecke getrieben wurde. Ich war dabei gewesen, als er die Abschlachtung seines eigenen Sekretärs befohlen hatte. Und jetzt fürchtete ich das, was ihm in seinem Rachedurst noch alles zuzutrauen war.

Es lag an mir, dafür zu sorgen, dass ihm das nicht gelang.

Nach diesem Abend vermied ich es, mit Cesare allein zu sein. Zum Glück erwies sich das als nicht allzu schwierig, da eine Botschaft meines Vaters eingetroffen war, mit der er uns zu sich nach Perugia befahl. Doch nun, da ich über offenes Land auf die fernen Stadtmauern zugaloppierte, spürte ich, dass meine Schonfrist sich ihrem Ende näherte. Von hinten preschte Cesare auf seinem schwarzen Streitross heran, griff nach den Zügeln meines Pferdes und zwang es, stehen zu bleiben.

»Hör auf!«, schrie ich. »Bist du verrückt geworden, dass du dich so benimmst?«

Sein von der Sonne gerötetes Gesicht und seine blitzenden Augen erweckten den Eindruck, dass er sich wieder vollständig von seinen Strapazen erholt hatte. Da ich seit unserer Kindheit nicht mehr so nahe mit ihm zusammengelebt hatte, verblüffte mich seine schier unerschöpfliche Kraft. Wie mir Pantalisea erzählt hatte, tuschelten die Bediensteten in Pesaro bereits darüber, dass Cesare Borgia nicht so sei wie andere Männer, denn er aß nur eine Mahlzeit am Tag und trank seinen Weinbecher nie aus. Wie eine Katze schlief er, wann ihm gerade danach war, und nächtens hatte man ihn in den Galerien umherstreifen sehen, als wäre er im Mondlicht auf der Jagd nach Opfern.

»Ja«, sagte er, »ich bin wahnsinnig. *Du* machst mich wahnsinnig. Willst du mich wirklich für immer meiden – nur wegen dieses charakterlosen Narren?«

»Dieser Narr ist mein Gemahl.«

»Er ist einer solchen Ehre nicht wert.« Seine Stimme

klang auf einmal belegt. »Oder hast du ihn gehabt? Hat er dich schon zum Bluten gebracht – mit seinem erbärmlichen Sforza-*cazzo*?«

Ich musterte ihn mit ruhigem Blick und verkniff mir die Erklärung darüber, was ich meiner Familie zuliebe erlitten hatte oder bereit war zu erleiden, und dass ich sehr wohl einen Geschmack davon bekommen hatte, was es bedeutete, mit meinem Mann ins Bett zu gehen, aber mit Freuden dasselbe und mehr erdulden wollte, nur um meinen Bruder vor Schande zu bewahren. Es war eine innere Stimme, die mich zurückhielt. Wenn ich Cesare von Giovannis Drohung erzählte, würde er vielleicht auf Rache sinnen. Ich musste mich darauf verlassen, dass es mir auch bisher immer gelungen war, Giovanni zu besänftigen, ihm eines seiner seltenen Lächeln zu entlocken und ihn so weit zu bringen, dass er tat, was ich wollte. Gerade jetzt musste Cesare auf mich hören; er musste begreifen, wie unmöglich die Situation zwischen uns geworden war.

»Du darfst nicht so über ihn sprechen. Er mag zwar ein charakterloser Narr sein, aber ich bin nun einmal mit ihm vermählt. Außerdem musst du wissen, dass das, was zwischen uns war, nur in einem Moment der Schwäche geschehen ist, mehr nicht.«

»Aber du musst zugeben, dass es diesen Moment gegeben hat, auch wenn du uns jetzt deswegen für Sünder hältst.«

»Cesare.« Meine Stimme brach. »Ich flehe dich an. Du warst krank. Ich war um dich besorgt. Wir wussten nicht, was wir taten. Wir … wir irrten uns aus Liebe zueinander.«

»Wir *irrten* uns?« Sein Gesicht verriet, wie verletzt er war. Es tat mir weh, dass ich daran schuld war, aber jetzt schlich sich ein harscher Ton in meine Stimme. »Ja. Es war ein Fehler. Das hätte niemals geschehen dürfen.«

»Das glaubst du doch selbst nicht. Ich weiß tief in meinem Herzen, dass du mich liebst.«

»Ja, ich liebe dich – wie eine Schwester ihren Bruder liebt. Cesare, du gehst zu weit.«

Meine unabsichtliche Anspielung auf Papas Tadel in jener Nacht, als sie über Juan gestritten hatten, zeigte sofort Wirkung. Er wurde aschfahl und zischte: »Nach all den Jahren entblöße ich mein Herz vor dir; ich biete mich dir so an, wie ich in Wahrheit bin – und du willst mich fallenlassen, als wäre ich ohne Belang?«

»Ich lasse dich nicht fallen!«, schrie ich. Doch in diesem Moment, da wir einander wütend anstarrten, erkannte ich, dass ich ihn sehr wohl aufgegeben hatte. Ich hatte sein Herz zurückgewiesen. Er erschreckte mich mit seiner unstillbaren Sehnsucht, die mir keine andere Möglichkeit ließ, als mich ihm zu ergeben.

Doch das konnte ich unmöglich tun.

Ich blickte gehetzt über die Schulter zurück. Die anderen näherten sich uns. Sehr bald würden sie uns einholen. Meine Angst nahm zu. »Ich würde dir nie Schmerzen zufügen wollen«, murmelte ich. »Ich liebe dich wie sonst niemanden auf der Welt – aber wir sind vom selben Fleisch; in unseren Adern fließt das gleiche Blut. Cesare, mehr als eine Schwester kann ich für dich nicht sein. Ich werde dir nicht geben, was du dir wünschst. Wenn du dich nicht damit abfinden kannst, musst du mich verlassen. Auf der Stelle.«

Seine Wut flaute ab. Über uns verdeckte eine vorbeiziehende Wolke die Sonne und tauchte sein Gesicht in Schatten.

»Wir dürfen nie wieder darüber sprechen«, erklärte ich. »Du musst es vergessen. So, wie ich es schon getan habe.«

Seine Züge erschlafften. Etwas in ihm war zerbrochen.

Plötzlich wirkte er weniger wie ein Mann, sondern wie ein kleiner Junge, er, mein Beschützer und Gefährte, der in unserer Vertrautheit, in unserer Seelenverwandtschaft aufgeblüht war und der sich jetzt innerhalb eines einzigen Augenblicks in einen Schatten seiner selbst verwandelt hatte. Tränen brannten mir in den Augen. Alles hätte ich ihm gegeben, um ihn zu trösten, nur nicht das eine, dessen er am meisten bedurfte. Unfähig, die Trauer in seinen Augen noch länger zu ertragen, streckte ich die Hand nach ihm aus, doch er wich zurück. Grob riss er sein Pferd herum, trat ihm die Sporen in die Flanken und galoppierte davon. Das Hämmern der Hufe dröhnte mir in den Ohren, und ich fühlte mich, als würden mir unsichtbare Nägel ins Herz getrieben.

Als Erste erreichten mich meine Dienerinnen. Pantalisea blickte der vom Pferd meines Bruders aufgewirbelten Staubwolke nach. »Wohin reitet der edle Herr?«, fragte sie nervös, was mir verriet: Sie wusste, dass es einen Streit gegeben hatte.

Ich schüttelte wortlos den Kopf. In einigem Abstand zügelte Giovanni sein Pferd und starrte mich reglos an. Ich nahm meinen Platz an seiner Seite ein, und wir folgten weiter dem gewundenen Weg bergauf nach Perugia.

Ganz in Weiß und umgeben von seinen Beamten erwartete uns mein Vater auf dem Balkon der Festung. Die zu unserer Begrüßung auf der Straße versammelten Stadtbewohner brachen in Jubelrufe aus, doch ich hörte nichts davon. Mein Blick ging nach oben zum Balkon.

Papa hatte seinen Platz schon verlassen, bevor ich von meinem Pferd gestiegen war, und mein Atem hatte sich noch nicht beruhigt, als er mit einem inbrünstig gerufenen *»Farfallina!«* aus dem Tor gestürzt kam und mich in einer Woge aus Samt und Seide und mitsamt seinem Geruch nach Schweiß umfing. Kaum lag ich in seinen Armen, fiel alles von mir ab – die Belastungen in Pesaro und Cesares Qualen. Doch als ich Papas Gesicht aus der Nähe musterte, wurde mir eng ums Herz.

Er war um Jahre gealtert. Seine Wangen waren schlaff geworden, die Haut an seinem Hals war faltig, und die Tränensäcke unter seinen Augen zeugten von den unzähligen schlaflosen Nächten, die ihm seine Bemühungen, Frankreich aus unserem Land zu vertreiben und uns vor dem Ruin zu bewahren, beschert hatten. Nur seine Augen waren nach wie vor voller Liebe zu mir.

Mit zitternder Stimme brachte ich hervor: »Papa, ich habe Euch so sehr vermisst.«

»Und ich dich, meine süße Lucrezia.« Er drückte mich an sich. »Und wie du mir gefehlt hast! Nie wieder sollen wir getrennt werden! Das schwöre ich dir bei allen Heiligen!«

Giovanni, der nur ein paar Schritte von uns entfernt dastand, schien er gar nicht zu bemerken. Als Papa mich in die Festung führte – »Komm, du musst erschöpft sein; ich habe Gemächer für dich vorbereitet« –, stolperte mein Gemahl auf ihn zu und stellte sich ihm in den Weg. In seiner Hast ließ er alle Ehrerbietung fahren und platzte heraus: »Heiligkeit, ich bin überglücklich, Euch in Sicherheit zu sehen. Ich bin hier, um mein Amt als Heerführer in der Armee der Liga auszuüben, vorausgesetzt, ich kann mich mit meinem Cousin in Mailand verständi…«

Papa blieb abrupt stehen und musterte Giovanni mit einer Miene, als könnte er nicht verstehen, wie mein Gemahl die Unverschämtheit aufbrachte, ihn anzusprechen. »Ihr kommt zu spät, Signore. Die Streitkräfte unserer Liga unter Führung des Markgrafen von Mantua haben die Franzosen vor drei Tagen in der Schlacht von Fornavo geschlagen. Während wir miteinander sprechen, befindet sich Charles mit seiner Armee auf der Flucht über die Alpen. Ihr könnt also gern nach Mailand gehen und Euch mit Eurem Cousin beratschlagen. Hier brauchen wir Euch nicht.«

Giovannis Gesichtsausdruck wurde eisig. Ich hatte noch seine Drohung und den kalten Ton im Ohr, bei dem mir das Blut in den Adern gefroren war. *Wenn du dich gegen mich auflehnst, werde ich dafür sorgen, dass deine Familie am Pranger steht.*

Ich drückte meinem Vater den Arm. »Papa …«

Er sah mir ins Gesicht, und sofort hellte sich seine Miene auf. »Bist du sicher?«, fragte er. »Es ist nicht mehr deine Pflicht, ihn zu schützen. Wir haben andere Mittel. Wir müssen uns mit seinen Verwandten nicht mehr gutstellen.«

»Das mag sein, aber er ist immer noch mein Gemahl. Er verdient unseren Respekt.«

Mein Vater betrachtete mich nachdenklich. Schließlich nickte er. »Du hast recht. Er ist dein Gemahl. Noch.« Ohne sich zu ihm umzudrehen, bellte er: »Findet Euch bei meinem Sekretär ein, Signore. Vielleicht habe ich doch noch eine Aufgabe für Euch.«

17

Als wir Rom im September erreichten, sah ich mit eigenen Augen die Spuren, die die Franzosen hinterlassen hatten. Die Straßen waren übersät mit fauligen Abfällen, die Kirchen befleckt vom Ruß der Feuer und von getrockneten Blutspritzern an den von Schwertklingen durchfurchten Mauern. Überall war die Verwüstung zu erkennen – von ausgebrannten Gasthäusern und Kaschemmen bis hin zu geplünderten Getreidemühlen und Lagerhäusern an der Ripa Grande, ganz zu schweigen von Hunderten niedergemetzelten Menschen und Tieren. Inzwischen wurden die Toten außerhalb der Stadtmauern begraben, wobei man sie mit ungelöschtem Kalk überschüttete, damit die Pest dort keine Nahrung fand. Diebe und sonstiges Gesindel, die sich in der Zeit der Besetzung bereichert hatten, lagen in Castel Sant' Angelo in Ketten und sollten bald noch mehr Gesellschaft bekommen, da Papa Truppen ausgesandt hatte mit dem Auftrag, die Ordnung wiederherzustellen und alle Missetäter einzukerkern. Zugleich ereilte ihn die bestürzende Kunde, dass der Wiederaufbau mehr als neunzigtausend Dukaten erfordern würde.

Mein eigener Palazzo hatte nur geringfügige Schäden erlitten. Der Hof und das Erdgeschoss waren als Ställe benutzt worden, die oberen Räume als Kaserne. Ich selbst machte mich an die Aufräumarbeiten, wobei mich Giovannis Abreise im November unendlich erleichterte. Jetzt offiziell zu einem der höchsten *condottieri* in der Armee der Liga befördert, stieß er zum Markgrafen von Mantua, um gemeinsam mit ihm die päpstlichen Territorien von den zurückgebliebenen französischen Söldnern zu säubern.

In der – wie ich hoffte – langen Abwesenheit meines Gemahls freute ich mich schon darauf, meinen Haushalt in Rom wieder in altem Glanz erstrahlen zu lassen und im Frühling meinen sechzehnten Geburtstag zu feiern.

Doch dann stattete mir Giovannis Onkel, Kardinal Ascanio Sforza, einen unangemeldeten Besuch ab.

Er erschien in seiner parfümierten purpurnen Robe, auf dem Gesicht ein Lächeln, als wäre er nie in Ungnade gefallen, weil seine Familie sich auf die Seite der Franzosen geschlagen hatte. Seither war es ihm nicht gelungen, sich bei Papa wieder einzuschmeicheln. Darum begrüßte ich ihn voller Widerwillen und beobachtete ihn misstrauisch, als er seine beringten Finger über meine Anrichte aus Perlmutt und Eichenholz gleiten ließ, wie um ihren Wert abzuschätzen.

»Giovanni fürchtet, dass Ihr einsam seid«, erklärte er auf meine Frage nach dem Grund seines Besuchs. »Er hofft, dass Ihr Euch an mich wendet, falls Ihr Führung benötigt.«

Offenbar hatte mein Gemahl ihn als Spitzel auf mich angesetzt. Dennoch gelang es mir bei meiner Antwort, jede Verachtung aus meinem Ton zu tilgen. »Ich bin ihm für seine Sorge dankbar, aber ich habe ja eine Familie. Sie hat mir stets Beistand und Anleitung geboten.«

»Ah, ja.« Er neigte zustimmend den Kopf, womit er den Pileolus auf seiner Tonsur trefflich zur Geltung brachte. Irgendwie erinnerte er mich an ein Frettchen – geschmeidig, gut genährt und mit Reißzähnen versehen. »Aber manchmal können Verwandte so … fordernd sein. Es wäre mir eine Ehre, Euer stellvertretender Beichtvater sein zu dürfen. Man kann nie genug geistigen Rat empfangen, Hoheit, vor allem, wenn man jung und Versuchungen zugänglich ist.«

Plötzlich überlief es mich eiskalt. Was hatte Giovanni ihm erzählt? Hatte er es gewagt, seinen Verdacht zu äußern, der lediglich auf dem beruhte, was er in einem kurzen Moment beobachtet zu haben glaubte?

»Ihr werdet der Erste sein, der es erfährt, wenn Anlass dazu besteht.« Ich erhob mich. »Wenn Ihr mich nun bitte entschuldigen würdet? Wie Ihr wisst, hat Seine Heiligkeit meinen Bruder Jofré, Prinz von Squillace, zusammen mit seiner Gemahlin, Prinzessin Sancia, nach Rom eingeladen. Sie haben das Chaos in Neapel überlebt, dem Herrn sei's gedankt, und wir freuen uns darauf, sie zu empfangen. Ich muss noch viel für ihre Ankunft vorbereiten.«

Seine Miene verhärtete sich. Als ich ihn mit raschelnder Soutane davonrauschen sah, bekam ich eine Gänsehaut. Ab sofort musste ich äußerste Vorsicht walten lassen und jeden Kontakt mit ihm vermeiden.

Adriana fehlte mir jeden Tag mehr. Ich vermisste ihren Rat in allen Dingen des Lebens – auch wenn ich klug genug war, ihren Namen nicht zu erwähnen. In Perugia hatte ich mich einmal bei Papa nach ihr erkundigt, nur um angefaucht zu werden: »Ich will ihren Namen nie wieder hören! Für mich ist sie tot!«

Ich vermutete, dass Adriana Giulia dazu angehalten hatte, reumütig zu ihrem Gemahl zurückzukehren – ein Verdacht, der von keiner anderen als Vanozza bestätigt wurde, als sie mir meinen Kater brachte.

Als ich den Deckel seines von mir selbst geflochtenen Korbs anhob, erwartete ich, einen Kadaver zu entdecken. Stattdessen sprang Arancino mit gesträubtem Nackenfell heraus, verkroch sich unter meinem Bett und schlug mit ausgefahrenen Krallen nach den Röcken meiner Dienerinnen, wenn sie an ihm vorbeieilten.

Vanozza öffnete den Mantel, den sie über ihren schlammverspritzten Röcken trug. Wie gewöhnlich hatte sie für die Reise durch Rom trotz der Verwüstungen auf eine Sänfte verzichtet. Sie hatte sich einfach einen Ölmantel übergeworfen und war, nur von einem Diener begleitet, wie eine Tagelöhnerin durch den Dreck gestapft. Doch so verschmutzt sie auch wirkte, die Besetzung durch die Franzosen schien ihrem Aussehen nicht geschadet zu haben. Ich atmete auf, nur um mich sogleich über meine Erleichterung zu ärgern. Das war ja, als hätte ich mich insgeheim um ihre Sicherheit gesorgt.

»Unverschämtes Vieh«, schnaubte sie. »Es ist bei allem, was von einem Borgia geliebt wird, das Gleiche. Ich schlage vor, du sperrst ihn im Haus ein. Bei dem Getreidemangel kommt alles, was hier frei herumläuft, in den Suppentopf.«

Ich erhob mich. »Danke, dass Ihr ihn versorgt habt.«

»Ich will nicht wissen, was ich zu hören bekommen hätte, wenn ich das nicht getan hätte.« Sie blickte sich in meinem Gemach um, wo ich neue Wandteppiche und samtene Bettvorhänge hatte anbringen lassen (Ich hatte den Bediensteten befohlen, alles, was von Franzosen berührt worden war, an die Armen zu verschenken.), und registrierte auch die auf Hochglanz polierten Heizbecken, die mit parfümierten Kohlen gefüllt waren. »Wie ich sehe, lebst du dich ein. Du musst froh sein, wieder daheim zu sein. Nicht dass Rom das ist, was es einmal war. Es wird nie wieder dasselbe sein. Nicht nach allem, was wir erlitten haben.«

»Ja. Es hat mir leidgetan, von Eurem Unglück zu hören.«

Sie hob eine Augenbraue. »Warum denn? Ich lebe ja noch.«

»Ich habe Euren Palazzo gemeint. Er wurde geplündert, wie ich gehört habe.«

»Bah! Häuser können wieder aufgebaut und Gegenstände ersetzt werden. Menschen dagegen nicht.« Sie fixierte mich aus schmalen Augen. »Einmal verschwunden, sind und bleiben sie für immer verloren, wie du in deiner Zeit in Pesaro gelernt haben musst.« Sie hielt inne und ließ die Bedeutung ihrer Worte wirken. »Glaub bloß nicht, dass ich deinen Kater aus Liebe am Leben erhalten habe. Das habe ich nur getan, weil wir eine Vereinbarung getroffen hatten. Du hast schließlich deinen Teil davon erfüllt. Mehr noch, du hast meine Erwartungen übertroffen, denn du hast dafür gesorgt, dass die Farnese verschwunden ist – und niemand weiß, wohin.«

Unruhig blickte ich zu meinen Damen hinüber, die gerade damit beschäftigt waren, meine Leinenwäsche in die Truhen zu räumen. Meine Mutter stieß ein hässliches Lachen aus. »Spielen wir immer noch das Unschuldslamm, hm?« Sie senkte die Stimme. »Ja, du hast uns Ehre gemacht. Und wenn es je Zweifel daran gegeben hat, wozu du fähig bist, hast du sie gründlich ausgeräumt. Du hast uns die Farnese-*puttana*, diese erbärmliche Hure, vom Hals geschafft, und er hat nicht bemerkt, dass du die Hände im Spiel hattest.«

»Mir wurde gesagt, dass sie Rom von sich aus verlassen hat.« Ich widerstand dem Drang, Vanozza aus dem Gemach zu schubsen. Stattdessen winkte ich meine Dienerinnen hinaus. Sie sollten nicht hören, was wir über Papas ehemalige Geliebte zu sagen hatten.

Als sie hinausmarschiert waren, lachte Vanozza erneut auf. »Es besteht überhaupt kein Grund für Heimlichtuerei. Inzwischen weiß die ganze Stadt, wie sie sich bei Nacht und Nebel davongestohlen hat. Und Rodrigo hat sich zum Gespött der Leute gemacht: Löst sie für viel Geld bei den Franzosen aus und stellt sich dann wie ein liebestoller Verehrer vor den Palast, um sie zu empfangen, während König Charles mit seiner Armee gegen Rom vorrückt. Der heilige Petrus muss sich in seinem Grab umgedreht haben, als er sie in dieser Nacht in der apostolischen Bettkammer herumtollen hörte. Ah, aber allem Anschein nach teilte sie seine Freude über die Wiedervereinigung nicht so sehr, denn sie ist geflohen, sobald die ersten Franzosen am Horizont gesichtet wurden, und hat Adriana mitgenommen, während sich dein Vater allein den wilden Horden stellen durfte. Und jetzt weigert sie sich, nach Rom zurückzukehren. Sie hat ihn um Vergebung angefleht, beharrt aber darauf, bei ihrem Gemahl zu bleiben und als Ehefrau und Mutter Erlösung zu finden.« Sie prustete erneut los. »Na ja, besser man bereut spät als nie, oder? Was deinen Vater betrifft, können wir nur hoffen, dass ihm das eine Lehre war: Selbst heilige Leidenschaften haben ihren Preis.«

Ich versuchte, ihr schadenfrohes Lächeln zu ignorieren. Mich an Giulias Schande zu weiden, das war nun wirklich nicht meine Sache. Auch wenn ich froh und erleichtert war, dass ich nicht mehr in einen Wettstreit mit ihr treten musste und sie sich entschieden hatte, von uns fernzubleiben, konnte ich jetzt sogar Mitleid mit ihr empfinden. Für meine Mutter indes hatte ich wegen des Steins, den sie statt eines Herzens in ihrer Brust trug, nur noch Abscheu übrig.

»Ich habe das nicht für Euch getan«, sagte ich kalt. »Sondern für Papa.«

»Selbstverständlich. Du bist ganz seine liebende Tochter. An dich selbst denkst du nie – womit wohl auch erklärt ist, warum du meine Warnung nicht beachtet hast. Habe ich dir nicht gesagt, dass du dir ein Leben in Pesaro einrichten und Giovanni eine gute Frau sein sollst? Doch jetzt bist du wieder hier, vorlaut wie eh und je und offenbar von deinem Mann immer noch nicht gebrochen. Stattdessen ist er fortgegangen und hat dich wie Eva im Garten zurückgelassen, damit du in den verbotenen Apfel beißen kannst.«

Ich erstarrte unter ihrem Blick. »Ihr wisst überhaupt nicht, was ich erlitten habe!«, fauchte ich.

»Ach ja? Dann bist du offenbar die einzige Frau, die je mit einem Mann verheiratet wurde, den sie nicht liebt. Lass mich dir eines versichern: Was du erlitten hast, ist nichts im Vergleich zu dem, was dir noch bevorsteht.« Sie beugte sich vor, als wolle sie mich am Arm fassen. Als ich zurückzuckte, sagte sie in beschwörendem Ton: »Ich habe deine Zukunft in den Karten gelesen. Ich weiß, was vor dir liegt. Am Ende wirst *du* die Schande ertragen müssen. Ist es das, was du willst – ein Leben voller Schmerz und Bedauern? Denn nichts anderes wirst du ernten, wenn du deinem Borgia-Blut freien Lauf lässt.«

»Ich … ich habe nichts getan!«, protestierte ich, obwohl ich bereits wusste, worauf sie anspielte, und selbst darüber entsetzt war. Irgendwie hatte sie erraten, dass Cesare und ich uns überworfen hatten – und auch aus welchem Grund.

»*Noch* nicht. Aber es ist dein Fluch, das Gift, das du in dir trägst. Ihr werdet einander zum Verhängnis werden.«

Das konnte ich nicht ertragen. Nicht hier. Nicht jetzt. Gerade erst war ich nach Rom zurückgekehrt. Cesare hatte ich nicht gesehen, noch wusste ich, wo er sich aufhielt. Ich hatte Papa nicht danach gefragt. Meinem Bruder hatte ich gesagt, dass er mich in Ruhe lassen solle, und er hatte sich daran gehalten. Und jetzt erinnerte mich meine Mutter an den quälenden Schmerz, den ich ihm zugefügt hatte; dabei war sie es, die das, was zwischen uns war, zu etwas Üblem verdrehte, zu einem Fluch, einem Gift. Ich wusste tief in meinem Herzen, dass es falsch und völlig unmöglich war und Cesare mich nie hatte verletzen wollen. Er kannte einfach keine andere Art zu lieben; und das wiederum lag daran, wie *sie* uns erzogen hatte.

»Es ist ein Fluch, den wir in uns tragen«, flüsterte ich und begann zu zittern. »Und *Ihr* seid daran schuld. Geht. Lasst mich allein, und kommt nie wieder zurück. Ich will Euch nicht mehr sehen, solange ich lebe. Ich habe keine Mutter mehr.«

Sie zog sich ihren Mantel über die Schultern. »Wie du meinst. Mich zu verbannen wird dir aber nicht helfen. Wenn du diese Sache nicht beendest, wird dich der Fluch verfolgen. Komm dann aber nicht zu mir. Reue hilft nur denjenigen, die nie gewarnt wurden.« Sie hatte fast schon die Tür erreicht, als sie über die Schulter hinweg bemerkte: »Ach ja, falls du es noch nicht gewusst haben solltest: Er ist auch hier. In Rom. Cesare ist zurück.« Damit spazierte sie hinaus und ließ mich wie versteinert zurück.

Mein Bruder war in der Stadt.

Und plötzlich wünschte ich mir verzweifelt, irgendwo anders zu sein.

»*Te Deum laudamus: Te Dominum confitemur. Te aeternum Patrem omnis terra veneratur.*« Dich, Gott, loben wir, Dich, Herr, preisen wir. Dir, dem ewigen Vater, huldigt das Erdenrund …«

Der Gesang des Chors erhob sich über die Weihrauchschwaden, die dem durch die Buntglasfenster hereinfallenden Licht entgegenwirbelten. Die farbigen Strahlen fielen auf den goldenen Schulterkragen meines Vaters, als er, flankiert von zwei Ministranten, den Kelch mit dem symbolischen Blut Christi vor dem Hochaltar in die Höhe hielt.

Draußen auf dem Petersplatz warteten die Gläubigen auf Papas Erscheinen. Sie waren zusammengeströmt, um die Befreiung von den Franzosen zu feiern. Nachdem sie eine Katastrophe auf eine Weise abgewendet hatten, wie das nur die Römer können, wirkten die meisten erschöpft, aber wachsam. Ich musste unwillkürlich an die Worte meiner Mutter denken. In dem Moment, als mein Vater die Arme ausbreitete und die Sänger die Stimmen hoben, stiegen die auf den Dachsparren nistenden Tauben auf und flatterten, einem Schwarm von Schatten gleich, ins Licht. Mir war, als könnte ich angesichts dieses Bildes spüren, wie der unsichtbare Fluch meine Seele zu seiner Sklavin machte.

Es ist dein Fluch, das Gift, das du in dir trägst.

Ich neigte den Kopf zu einem verzagten Bittgebet. »Heiliger Geist, erfülle mein Herz, ziehe es zu Dir hinauf, denn Du hast die Macht, mein Gott, und gewähre mir Beistand, bewahre mich vor dem Bösen …«

Und in diesem Moment, ohne jede Vorwarnung, spürte ich ihn drüben, auf der anderen Seite der dicht besetzten Bänke. Ich blickte auf und suchte den riesigen Raum um mich herum ab, der von seiner Gegenwart erfüllt war.

Und ich entdeckte ihn. Natürlich entdeckte ich ihn. Ein unverkennbarer Umriss unter den Gläubigen, die vor dem Altarraum warteten, um aus der Hand unseres Vaters die Kommunion zu empfangen. In seine purpurnen Gewänder gehüllt, stand er wie gemeißelt unter dem Flügel eines steinernen Erzengels.

Als Papa nach dem Gottesdienst auf die Segnungsloggia trat, um der Schar der Gläubigen Gottes Segen zu erteilen, stellte sich Cesare neben mich. »Bist du mir noch böse?«, fragte er leise.

Ich schüttelte den Kopf. »Du weißt doch, dass ich dir nie lange böse sein kann.«

»Dann kann ich es auch nicht. Ich wollte mich von dir verabschieden, Lucia. Morgen breche ich nach Neapel auf.«

Mir wurde bang ums Herz. Er verließ mich. Ob es Erleichterung oder Trauer war, was ich empfand, war mir nicht klar, nur dass der Gedanke an seinen Weggang ein tiefes Loch in mein Inneres grub. Als meine Mutter mir gesagt hatte, dass er in Rom war, hatte ich fliehen wollen, gleichgültig, wohin, nur um ihm zu entrinnen – doch jetzt, da er vor mir stand …

»Hast du vor, Jofré und seine Frau mitzunehmen?«, fragte ich mit tränenerstickter Stimme.

»Nein, auch wenn ich sie bestimmt unterwegs treffen werde. Papa entsendet mich als seinen offiziellen Botschafter. Vordergründig soll ich Ferrantino in seinem Namen zum König krönen, aber in Wahrheit geht es darum, sicherzustellen, dass Ferrantino den Vertrag zu unserer neuen Allianz unterschreibt und seine Bedingungen befolgt. Wir haben gelernt, dass wir Neapel an unserer Seite behalten müssen.«

»Papa muss großes Vertrauen zu dir haben, wenn er dich mit einer solchen Aufgabe ehrt.«

Er seufzte. »Oder vielleicht begreift er allmählich, dass unsere Interessen bei mir immer an erster Stelle stehen.«

Die Kardinäle hinter uns begannen zu murren. Ungeduldig warteten sie auf das Ende der Segnung, damit sie sich an die Festtafel setzen konnten. Hinter dem Torbogen, der zum marmornen Balkon führte, hob Papa unter tosendem Jubel beide Hände. Die Sonne warf ihm im Nieselregen einen regenbogenfarbenen Mantel um.

»Mama hat mir erzählt, dass sie bei dir war«, begann er. »Sie meint, ihr hättet gestritten.«

»Gestritten?« Ich musterte ihn scharf. »Hat sie dir auch erzählt, was sie gesagt hat? Es war böse, unverzeihlich!«

»Das darfst du nicht so ernst nehmen«, murmelte er beschwichtigend. »Ihre Worte bedeuten nichts.«

»Aber sie weiß alles.« Ich stöhnte, entdeckte dann jedoch in seinen Augen etwas Lauerndes, Raubtierhaftes. Sogleich bedauerte ich, dass ich ihm das gesagt hatte. Damit rieb ich nur Salz in seine Wunden.

Seine Finger berührten die meinen. »Sie hat lediglich einen Verdacht. Und ich bin mit deiner Entscheidung einverstanden. Ich würde dich nie in Schande oder Unehre stürzen wollen. Lieber sterbe ich tausend Tode.«

Mir stieg ein Kloß in die Kehle, denn seine Worte waren ein Echo auf seinen Brief, den er mir vor Monaten geschrieben hatte. »Du musst bei deiner Reise auf deine Sicherheit achten«, brachte ich hervor und löste meine Hand aus der seinen. Unwillkürlich schloss ich die Augen. Ich ließ die Geräusche der Menge über mich hinwegfluten und drängte den Schmerz, der in meinem tiefsten Innern brannte, in jenes hohle Gewölbe, das ich an der Stelle meines Herzens errichtet hatte.

Als ich die Augen wieder öffnete, war Cesare bereits hinausgeschlüpft.

18

Die Straße war gesprenkelt mit Regenwasserpfützen, in denen wir uns spiegelten. Wir warteten am Stadttor auf unsere Gäste. Wir, das waren zweihundert bewaffnete Männer, meine Pagen und zwanzig Dienerinnen, die Kardinäle sowie Botschafter, die sich hinter mir in ihren grellen Seidengewändern postiert hatten. Ich selbst thronte auf einem trittsicheren Maultier, das mit einer zu meiner karmesinroten Robe passenden Schabracke bedeckt war. Nervös beobachtete ich die sich nähernde Prozession, ein Prunkzug aus Höflingen mit gefiederten Kappen, die sich von einem Meer aus bunten, im Wind knatternden Bannern abhoben und mich für einen Moment von der Hauptperson ablenkten.

Mein Bruder Jofré saß auf einem weißen Wallach. Als er auf mich zuritt, erkannte ich, dass sein Gesicht kantiger geworden war, wenngleich die hartnäckigen Sommersprossen nach wie vor seine Nase besprenkelten. Seine grauen Augen über den vom Wind geröteten Wangen leuchteten jäh auf, und er rief: »Lucrezia!«, um dann seinem Pferd die Sporen zu geben und mir mit einer Leichtigkeit entgegenzugaloppieren, um die ich ihn nur beneiden konnte.

Er küsste mich auf die Wange. »Du hast mir gefehlt, Schwester!«, keuchte er. »Aber in Neapel hat es große Aufregung gegeben! Die Franzosen sind bei uns eingefallen, und wir mussten auf die Insel Ischia fliehen, wo wir uns in der Festung versteckt haben. König Alfonso ist vor Kummer verrückt geworden und hat abgedankt. Doch sein Sohn Ferrantino, unser neuer König, hat sich mit mir angefreundet und mich im Gebrauch von Waffen unterwiesen. Sieh nur.« Er fasste sich an die Taille, um die ein kunstvoll gearbeiteter Gurt mit Scheide geschnallt war, aus der ein Schwertgriff mit eingelassenen Edelsteinen hervorlugte. »Jetzt bin ich ein Ritter, weißt du? Und ein Prinz obendrein. Ich habe sogar schon einen Franzosen getötet!«

Obwohl er bereits dreizehn Jahre alt war, hörte ich unter seiner Prahlerei immer noch seine mir nur allzu vertraute Furcht heraus, den Wunsch, als einer von uns akzeptiert zu werden. Ich wollte ihm schon mit einem breiten Lächeln antworten, als eine Frauenstimme mahnte: »Jofré, *per favore*. Können deine Schauergeschichten nicht warten? Oder müssen wir hier draußen herumsitzen, bis uns der Regen durchweicht hat?«

Ich schaute an Jofré vorbei und erkannte seine Gattin, Sancia von Aragón.

Wie ich schon geahnt hatte, als Jofré mir ihr Porträt zeigte, war die neapolitanische Prinzessin keine Schönheit. Dennoch legte sie eine Haltung an den Tag, als wäre sie eine. Aufrecht thronte sie in ihrem Sattel, eine üppige Gestalt, umhüllt von einer prächtigen schwarzsilbernen Robe. Ihr fesselndstes Merkmal waren die unter dichten Wimpern liegenden Augen, die mit ihrer graugrünen Tönung an ein ruheloses Meer erinnerten. Und als diese Augen den meinen begegneten, schoss mir in den Sinn, dass sie das berückendste Wesen war, das ich je gesehen hatte. Erst dann wanderte mein Blick weiter und erfasste herabwallendes Haar, schwarz wie ein Rabenflügel, das dem juwelenbesetzten Netz am Hinterkopf entkommen war, eine Hakennase, einen Mund mit vollen Lippen und teigige Haut, die ein ovales, am Kinn jedoch kantiges Gesicht überspannte, das Spuren eines in der Kindheit erlittenen Fiebers verriet. Nein, schön war Sancia nicht. Aber sie übte unbestreitbar einen Zauber aus.

»Willkommen in Rom, *Principessa!*«, begrüßte ich sie und neigte den Kopf. »Der Ruf Eurer Schönheit wird Euch vollkommen gerecht.«

Sie bedachte mich mit einem zufriedenen Lächeln. »Donna Lucrezia, Ihr erweist mir zu viel der Ehre.« Sie beugte sich von ihrer Stute herüber und küsste mich auf die Wange. Zurück blieb der Duft ihres Rosenwassers.

Dann drehte sie sich zu ihrem Gefolge um und rief: »*Amato fratello, vieni!* Komm, geliebter Bruder, und begrüße deine Schwägerin Donna Lucrezia.« Aus dem Kreis der Adeligen hinter ihr tauchte ein Mann von solch unerwarteter Schönheit auf, dass einige meiner Damen unwillkürlich nach Luft schnappten.

Er sah aus wie ein Zentaur. Der Körper verschmolzen mit seinem Pferd, die mit Quasten versehenen Zügel locker in den großen Händen und die muskulösen Oberschenkel umfasst von der schwarzen Strumpfhose, lenkte er sein Ross nur mit einem leichten Druck der Beine zu uns nach vorn. Seine Schultern und die Brust schienen sein mit der Doppelkrone von Neapel geschmücktes Wams fast zu sprengen. Unter seiner von Juwelen eingefassten Kappe quoll braungoldenes Haar hervor und umrahmte sein sonnengebräuntes Gesicht. Trotz all seiner Schönheit verrieten seine hohen Wangenknochen und die vollen Lippen, die markante Nase und die tiefliegenden Augen eine Ähnlichkeit mit Sancia, nur dass bei ihm die Iris von einer hellen Bernsteinfarbe mit einem Hauch von Honig war. Und während seine Schwester sich eindeutig auf ihre Anziehungskraft verließ, verriet er eine Unbekümmertheit und Gleichgültigkeit solchen Dingen gegenüber, als wäre er sich seiner Wirkung auf andere gar nicht bewusst.

»Gestattet mir, Euch meinen Bruder Alfonso, Prinz von Neapel, vorzustellen.« Sancia lächelte.

Er neigte den Kopf. »Donna Lucrezia.« Seine Stimme war vom Staub der Straße noch ganz heiser. Auf seinem gewaltigen Schlachtross ragte er hoch über mir auf, und ich musste mein Maultier bändigen, da es auf einmal scheute. Bei Alfonso genügte ein Zungenschnalzen, und sein Tier wich sofort etwas zurück, wobei es seine Hufe mit einer Präzision aufsetzte, die ich bisher nur bei Juans Pferden gesehen hatte.

»Hoffentlich habe ich Euch nicht erschreckt.« Sein Grinsen offenbarte prächtige, elfenbeinfarbene Zähne. Seine Nase war groß und leicht schief, aber diese Unvollkommenheit faszinierte mich ebenso wie der Rest seiner Erscheinung.

Jetzt bedauerte ich, dass ich nicht auf einer Stute oder einem Wallach gekommen war, und wollte diesbezüglich schon eine Bemerkung fallenlassen, als mir klar wurde, dass es mir gar nicht recht wäre, wenn er, ein geschickter Reiter, annähme, ich hätte Angst vor Pferden. Ich überlegte noch, warum ich überhaupt solchen Wert darauf legte, was er über mich denken mochte, als sein Lächeln noch breiter wurde und er hinzufügte: »Ich meinte natürlich Euer Maultier. Dass *Ihr* nicht so schnell Angst bekommt, habe ich gleich gesehen. Und auch, dass Ihr nicht auf Schmeicheleien hereinfallt.«

Etwas verlegen antwortete ich: »Wollen wir uns in die San-Giovanni-Kirche begeben? Dort nehmen wir an einer Messe zu Ehren Eurer Ankunft teil.« Im Sprechen wandte ich mich wieder an Sancia.

»Gern, liebe Lucrezia!«, rief Sancia. »Wir werden uns ganz nach Euch richten. Schließlich sind wir in Eurem Reich.«

Mit Hilfe eines Schemels stieg ich ab und nahm meinen

Platz neben Sancia ein. Jofré stellte sich an meine andere Seite. Als Alfonso von seinem Pferd herabsprang und sich neben meinem Bruder einreihte, entdeckte ich, dass er nicht größer war als ich. Doch wie seine fehlerhafte Nase machte ihn die geringe Statur für mich nur noch attraktiver.

Nach dem Gottesdienst in der im byzantinischen Stil erbauten Kapelle des Bischofs von Rom ging es weiter durch die mit Bannern behängte Via Laterna, wo uns die Leute mit begeistertem Jubel empfingen, allesamt froh, dass die Besatzung und die Not vorüber waren. Vorbei am Kolosseum, an den Ruinen des Forum Romanum und über den Campo dei Fiori ritten wir zur Via Recta, die uns zum Castel Sant' Angelo und zum Vatikan führte. Unterwegs konnte ich spüren, wie eine Rivalität zwischen Sancia und mir zu gären begann. Immer wieder warf sie den Kopf zurück und schenkte den winkenden Menschen ihr strahlendes Lächeln. Viele schienen sich nicht sicher zu sein, wen sie zuerst bejubeln sollten: die neapolitanische Prinzessin in ihren üppigen Samtgewändern oder mich, die Tochter von Papst Alexander VI. in meinem kostbaren Karmesinrot. Ich hörte Leute »*Bella signora! Bella principessa!*« rufen, aber welche schöne Dame meinten sie? Sancia hielt es offensichtlich für selbstverständlich, dass sie es war, denn sie wies ihre Dienerinnen an, ganze Hände voll mit Münzen aus den an ihren Gürteln befestigten Samtbeuteln unter die Menge zu werfen, und lachte lauthals über die aufgeregt herumrennenden Kinder.

In einem war ich mir freilich sicher: Als wir die jüngst wiederhergestellte Brücke Ponte Sant' Angelo zur Piazza San Pietro überquerten, wo zahllose Glocken wild durcheinander läuteten, spürte ich Alfonsos Blick eindringlich auf mir und musste mich zusammennehmen, um ihn nicht zu erwidern – obwohl ich mir nichts sehnlicher wünschte.

Es war unwahrscheinlich, ja, unmöglich, aber ich hatte den Eindruck, dass ein Mann wie er mich meine schmerzhaften, komplizierten Gefühle für Cesare vergessen lassen konnte.

Sancias Ankunft in Rom löste sofort einen Skandal aus.

Von dem Moment an, da sie mit hocherhobenem Kopf in den *Sala dei Pontifici* marschierte und mit frecher Selbstverständlichkeit auf das päpstliche Podest zusteuerte, wo Papa in seinem vollen Ornat thronte, bezauberte sie auf einen Schlag den vatikanischen Hof und setzte unsere bestens geölte Klatschmaschinerie in Bewegung.

Papa lebte in ihrem Beisein auf; seine Wangen röteten sich, und er umarmte sie überschwänglich, nachdem sie sich vor ihn hingekniet und ihm den Fuß geküsst hatte. Jofré nahm er kaum zur Kenntnis. Umso eindringlicher bat er Sancia, sich an seiner Seite auf ein eigens für sie herbeigeschafftes Kissen zu setzen, das gegenüber dem für mich vorgesehenen lag. Während des gesamten, sich stundenlang hinziehenden Empfangs machte er Witze, zwickte sie immer wieder in die Wange und bot ihr stets den ersten Bissen an, sobald eine Servierplatte aufgetragen wurde. Als sie und Jofré ihre Gemächer in einem Palazzo bezogen, aus dem kurz zuvor ein Kardinal verärgert ausgezogen war, hatte Sancia reichlich begeisterte Zustimmung und giftigen Neid gesammelt.

Sie besaß die Fähigkeit, Menschen zu verführen, indem sie ihnen scheinbar unbeabsichtigt die Finger auf den Arm legte. Auf diese Weise verwandelte sie Männer in glotzende Narren und ihre Kurtisanen oder Lustknaben in eingeschworene Feinde. Überschäumend und schlagfertig, wenn ihr danach war, brachte sie meinen Vater dazu, dass er ihr geradezu an den Lippen hing und sogar mit der Gewohnheit brach, nicht mehr jede Speise zusammen mit dem bei ihm obligatorischen Schinken servieren zu lassen, nur um ihrem Appetit auf Abwechslung zu entsprechen. Auf ihren Wunsch hin stattete er auch ihren neuen Palast – ein öder, muffiger Bau – mit einer Unmenge an Möbeln, Behängen, antiken Büsten und Statuen aus, um ihr eine Residenz zu bieten, die ihr angemessen war. Ich nahm an, Jofré würde darüber murren, dass alles sich um seine Gemahlin drehte, doch wann immer ich sie gemeinsam bei Empfängen oder Banketten sah, brüstete sich mein kleiner Bruder mit ihr, als wäre er einfach nur stolz darauf, der Gemahl einer so begehrten Frau zu sein. Gleichwohl vermutete ich, dass ihre Verbindung wie auch meine Ehe nur dem Namen nach bestand. Jofré war noch zu jung und körperlich nicht entwickelt genug, um einer Frau im Bett viel Vergnügen zu bereiten, schon gar nicht einer wie Sancia, die in dieser Hinsicht offenbar bereits über einige Erfahrung verfügte.

Eigentlich hätte ich sie verachten müssen, denn sie erinnerte mich in gewisser Weise an Giulia. Andererseits war es schwierig, jemanden zu hassen, dem jede Böswilligkeit fehlte. Zwar bewies sie sehr wohl Wetteifer – kaum hatte sie ein Auge auf eine meiner Roben geworfen, erschien sie gleich am nächsten Tag in einer sehr ähnlichen Kreation –, doch zugleich war sie großzügig bis zur Verschwendung. Als ich eines Nachmittags eine schwarze Perlenkette an ihrem Hals bewunderte, nahm sie sie ab und schenkte sie mir. »Doch, doch!«, rief sie, als ich ablehnen wollte. »Auf deiner wunderbar weißen Haut kommen sie viel besser zur Geltung. Bei einer so dunklen Sarazenerin wie mir verschwinden sie ja regelrecht.«

Ich fand, dass sie die langweiligste Versammlung mit ihrem kecken Humor beleben konnte, aber sogar wenn die Gäste gegangen und die Kerzen erloschen waren, zeigte sie sich ausgelassen und freimütig und ließ wenig Lust erkennen, sich selbst oder überhaupt irgendjemanden allzu ernst zu nehmen. Dabei konnte sie auch ungewöhnlich einfühlsam sein. So hatte sie, was mich betraf, bereits nach kurzer Zeit bemerkt, dass ich unter meinem sorglosen Gebaren Geheimnisse verbarg.

»Was ist mit dir? Etwas bedrückt dich, das sehe ich doch.« So direkt und unverblümt sprach sie mich eines Morgens an, als wir uns gerade anschickten, die Hohe Messe zu besuchen. In der Woche davor waren wir trotz regnerischen Aprilwetters auf dem Monte Mario mit unseren Falken zur Jagd gegangen – die uns außer vier Tauben und einer Erkältung nichts eingebracht hatte. Danach besuchten wir in der Stadt verschiedene Geschäfte in der Via dei Pettinari. Die Händler waren so verzweifelt darum bemüht gewesen, Sancia als Kundin zu gewinnen, dass sie ihr ihre Waren schenkten. Und sie hatte die Geschenke vergnügt angenommen. Dort verbrachten wir auch einen schrecklichen Nachmittag in der Werkstatt eines hässlichen Florentiner Malers namens Michelangelo, der uns porträtierte. Papa hatte bei ihm eine Statue in Auftrag gegeben, und der Künstler hatte versprochen, Sancia als Inspiration für seine Pietá zu benutzen.

»Nichts ist mit mir«, erklärte ich Sancia und zupfte mir den Schleier zurecht. »Ich fürchte nur, dass wir uns verspäten, wenn wir nicht sofort aufbrechen. Du weißt doch, wie sehr Meister Burckard Unpünktlichkeit verabscheut.«

Sancia schnitt eine Grimasse. »Was er braucht, ist eine Frau – oder einen Knaben, wenn ihm das lieber ist. Irgendetwas, das ihm seine griesgrämigen deutschen Knochen wärmt.«

»Sancia, *per favore*. Heute ist ein heiliger Tag!« Ich musste ein Lachen unterdrücken, als meine Dienerinnen Sancia fassungslos anstarrten, unfähig, die Vorstellungen von Anstand, die man ihnen ihr Leben lang eingeschärft hatte, mit der Respektlosigkeit dieser Prinzessin in Einklang zu bringen, die sagte, was sie dachte, und sich nicht darum scherte, wer es hörte.

»Hm, ob heiliger Tag oder nicht, ich gebe nur dem einen Namen, was jeder sehen kann. Dem Herrn zu dienen, das ist schön und gut, aber man kann eben nicht jedem gefällig sein.« Während sie das sagte, blickte Sancia Pantalisea unverwandt an. Sie hatte gespürt, dass meine vertraute Dienerin sie nicht mochte und sie als Frau von »loser Moral« betrachtete, vor der ich mich hüten musste, bevor etwas davon auf mich abfärbte und einen untilgbaren Schandfleck hinterließ.

»Komm mit.« Ich hängte mich bei Sancia ein und zog sie zur Tür, fort von Pantalisea, damit nicht einer der beiden ein Wort herausrutschte, das sie später bereute. Pantalisea würde ohnehin zurückbleiben, um die Gemächer zu lüften, doch im Hinausgehen konnte es sich Sancia nicht verkneifen, einen provozierenden Blick über die Schulter zu werfen. Durch den Geheimgang eilten wir zur Sixtinischen Kapelle und dann weiter in die Basilika, wo die Bänke bereits voll besetzt waren. Papa thronte auf seinem Podest, um ihn herum sein Gefolge, und der Prediger wartete ungeduldig auf der Kanzel.

Papa zwinkerte mir zu, als wir unsere Plätze einnahmen. Unsere Röcke raschelten noch, als Sancia mir ins Ohr flüsterte: »Schau dir nur den guten Meister Burckard an. Sag selbst, sieht er nicht aus wie einer, der noch nie eine Ahnung von etwas wirklich Süßem bekommen hat?«

Ich warf einen Blick auf den Zeremonienmeister, der, seinen Amtsstab in der Hand, steif dastand, die leicht hervorquellenden Augen starr nach vorn gerichtet und die Lippen zusammengepresst, als versuche er angestrengt, einen Darmwind zu unterdrücken. Die Heiterkeit quoll mir schier aus allen Poren. Ich schlug mir die Hand vor den Mund und drehte mich zum Prediger um – der asketischen Erscheinung und der weißen Kutte nach ein Angehöriger des spanischen Dominikanerordens. Mit monotoner Stimme setzte er zu einem Vortrag darüber an, wie der Heilige Geist an diesem Tag vom Himmel auf die Erde herabgekommen war, um unseren Herrn und seine Apostel mit Gottes Licht zu erfüllen.

Sancia stieß mich mit dem Ellbogen an. »Und? Sieht er so aus oder nicht?«

Ich schüttelte den Kopf. »Kann ich nicht sagen«, murmelte ich, ohne die Lippen weiter als einen schmalen Spalt zu öffnen, weil ich ansonsten laut gelacht hätte. Wie hätte ich das auch wissen sollen? Schließlich galt ich immer noch als Jungfrau. Abgesehen davon konnte ich beim besten Willen nicht beurteilen, was so süß an dem sein sollte, was Sancia meinte.

»Du weißt es nicht?«, fragte sie empört. »Was soll das heißen? Du weißt nicht, ob er je etwas Süßes gekostet hat, oder du hast keinen Begriff davon, was wirklich süß ist?«

Ich drohte, an meinem verlegenen Kichern zu ersticken. Schnell ergriff ich ihre Hand und drückte sie warnend. Daraufhin verstummte sie. Der Mönch leierte seine Predigt herunter. Plötzlich beugte sie sich wieder zu mir herüber. Diesmal kitzelte ihr Atem mich am Ohrläppchen. »Ich glaube, ich weiß, was dich plagt. Du hast selbst noch nie etwas Süßes erlebt, nicht wahr, *mia cara*?«

Jetzt gab es kein Halten mehr. Meine Hände flogen noch zu meinem Mund, als alles, was sich seit Monaten in mir aufgestaut hatte, mit solcher Wucht herausplatzte, dass ich die Andacht nicht gründlicher hätte stören können, wenn ich sämtliche Glocken der Basilika hätte läuten lassen. Der Dominikaner funkelte uns von seiner Kanzel herab an. Burckard drehte sich erbost in unsere Richtung. Da ich mir vorstellen konnte, wie die Kongregation – die Kardinäle und Bischöfe, die Botschafter, Höflinge und ihr Gefolge – die Hälse reckten, um zu sehen, was in die Tochter Seiner Heiligkeit gefahren war, tat ich mein Bestes, um den Anfall zu unterdrücken, denn ich wusste schließlich selbst, wie respektlos, wie pietätlos mein Verhalten war.

Derart kichernd, dass sie kaum noch Luft bekam, zerrte mich Sancia die Treppe zur marmornen Empore hinauf, in der normalerweise die Chorherren standen und die Epistel sangen. Unsere Dienerinnen rafften ihre Röcke und folgten uns unbeholfen, wobei sie immer wieder entrüsteten Gottesdienstbesuchern auf die Zehen traten. Dazu veranstalteten wir mit dem von den hohen Mauern verstärkten Rascheln und Knistern unserer Samt- und Seidenkleider einen Lärm, den auch hundert gleichzeitig entlassene Vögel nicht hätten übertönen können. Als wir endlich die Stufen zu den leeren Chorherrenbänken erklommen hatten, hämmerte mein Herz zum Zerspringen. Ich hatte allerdings auch einen vulkanartigen Ausbruch meiner Gefühle hinter mir, von denen ich nicht geahnt hatte, dass ich sie in mir hatte.

»Darf ich fragen, was dich so erheitert hat?«, erkundigte sich Sancia vorsichtig, als befürchte sie, ich hätte den Verstand verloren. »Heute ist ein Feiertag, weißt du noch?«

»Und ob ich das weiß.« Meine Schultern bebten, weil ich schon wieder gegen einen Lachanfall ankämpfte. Doch jetzt gelang es mir, ihn zu unterdrücken. Ich blickte mich nervös um. Meine Damen waren kreidebleich; diejenigen von Sancia dagegen schienen den Blick auf das Innere der Basilika zu genießen. Die Art und Weise, wie sie den Halsausschnitt nach unten geschoben hatten und sich weit über die

Brüstung beugten, weckte in mir den Verdacht, dass sie die Männer auf den Bänken unten dazu ermuntern wollten, das anzustarren, was kaum noch verborgen war.

»Du hast recht«, sagte ich unvermittelt. Auf einmal fühlte ich mich, als wäre mir ein Stein vom Herzen gefallen. »Ich habe tatsächlich noch nie etwas Süßes geschmeckt. Mein Leib ist so unberührt wie am Tag meiner Geburt.«

Das schien Sancia nicht weiter zu erstaunen. »Ich verstehe. Und doch bist du seit … wie lange schon verheiratet? Drei Jahre?« Als ich nickte, stieß sie einen Seufzer aus. »Wenn ein Gemahl keine Neigung verspürt oder wenn es sich umgekehrt verhält und wir nicht wollen, dann muss man sich nicht mehr an das Versprechen der Treue halten. Es gibt Alternativen.«

»Welche denn?« Ich konnte nicht fassen, dass ich es wagte, solche unziemliche Neugier zu äußern.

»Sieh dich um.« Sancia wies mit einer ausladenden Geste in den Raum. Die Predigt wurde nach der Unterbrechung wieder fortgesetzt und versprach, so langweilig zu bleiben, wie ich von Anfang an vermutet hatte. Verliebt in seinen Tenor, faselte der Dominikaner vor sich hin. Papa war zusammengesackt und schien sich nur mühsam gegen das Einschlafen wehren zu können. Einige Kardinäle waren dem Schlummer bereits erlegen und hatten den Kopf auf die Brust sinken lassen, während die jüngeren Männer – die Pagen, Sekretäre, Pferdeknechte, Botschaftssekretäre und sogar eine Handvoll Mönche – sich in den Schatten der Säulen gestohlen hatten, um zu würfeln oder miteinander zu plaudern.

»Welchen?«, fragte Sancia. »Wenn du einen von den Männern dort unten wählen könntest, welcher wäre es?«

Ich wollte mich auf das Spiel einlassen, wenn auch nur, weil mich das Wagnis reizte. Mir lag schon »keiner« auf der

Zunge, als mein Blick plötzlich auf Alfonso von Neapel fiel. Er saß zwischen Jofré und dem neapolitanischen Botschafter und schien den Worten des Dominikaners zu lauschen. Doch da ich direkt über ihm saß, erspähte ich etwas in seinem Schoß. Was war das? Eine Serviette? Nein, ein Buch! Er hatte ein Buch dabei, auf das er hin und wieder hinabblickte, während seine Finger die Seiten mit beiläufiger Selbstverständlichkeit wendeten.

»Er liest ja«, entfuhr es mir. Dass ich laut gesprochen hatte, wurde mir erst klar, als Sancia kicherte. »Ja, mein Bruder liest für sein Leben gern. Er vergöttert Dante, Boccaccio, Petrarca und all die Autoren der Antike. Man könnte ihn mit einem Buch in einen Kerker sperren, und er würde froh und glücklich sterben.« Sie hielt inne. »Ist es also er? Wenn du könntest, würdest du Alfonso zu deinem Geliebten küren?«

Eine solche Frage war mir noch nie gestellt worden. Und wenn ich ehrlich war, hatte mich noch niemand – außer Cesare – so behandelt, als hätte ich eine Meinung, die es wert war, ernst genommen zu werden.

»Nun?«, drängte Sancia. »Die Antwort ist doch leicht: ja oder nein.«

Erneut betrachtete ich Alfonso und beobachtete, wie sich das Licht über seine goldbraunen Haare ergoss, wie er so unbekümmert dasaß und die Seiten seines Buchs streichelte, als wären sie die Haut einer Frau.

»Ich glaube, ja«, hörte ich mich seufzend erwidern.

»Ich wusste es!«, rief Sancia, woraufhin Burckard und die wenigen Kardinäle, die noch wach waren, zu uns heraufschauten. Mit gekrümmtem Finger winkte sie mich näher zu sich. »Und er würde sich über eine Gelegenheit freuen, das kann ich dir versichern. Seit unserer Ankunft spricht er über nichts anderes mehr und jammert, dass er nie eine Möglichkeit bekommt, mit dir allein zu sein. Soll ich dafür sorgen? Ein Bruder für einen Bruder.«

Mein Entzücken erlitt einen Dämpfer, und mich befiel der Verdacht, dass sie nicht über Jofré sprach.

Ihre Augen weiteten sich. »Das wusstest du nicht?«, fragte sie verblüfft. »Ich dachte … bei all deinen Kurieren und Spähern …« Sie stieß ein glockenhelles Lachen aus. »Immerhin ist er einer der Söhne Seiner Heiligkeit.«

Ich atmete erleichtert auf. »Oh, du meinst doch Jofré.«

»Jofré?« Sie verdrehte die Augen. »*Mia cara!* Ich habe ihn jenes eine Mal, das in der Hochzeitsnacht verlangt wird, in meine Schlafkammer mitgenommen; ich bin nicht völlig gewissenlos. Aber wonach ich mich für mein Bett sehne, das ist ein Mann, kein Junge.«

»Dann meinst du also …?« Ich war nicht fähig, seinen Namen auszusprechen.

»Ja. Deinen anderen Bruder. Cesare Borgia, Kardinal von Valencia.« Und als ich den Mund immer noch nicht aufbrachte, fügte sie erklärend hinzu: »Wir haben entdeckt, dass die Anziehung auf Gegenseitigkeit beruht, als er in Neapel eintraf, um meinen Onkel Ferrantino zu krönen. Es ist mir so unendlich schwergefallen, ihn zu verlassen, nur weil ich hierherkommen musste, auch wenn ich jetzt nicht mehr so traurig bin, weil wir Freundinnen geworden sind, du und ich. Er hat mir prophezeit, dass ich dich mögen werde. Er hat gesagt, dass ich auf dich aufpassen muss, bis er zurückkehrt, denn du bist die schönste und warmherzigste Frau, die er je kennengelernt hat. Ich muss zugeben, sein Lob hat mich eifersüchtig gemacht. Er redete wie ein Mann, der eine Geliebte nicht vergessen kann. Aber jetzt kann ich verstehen, warum er dich anbetet.«

Ich saß regungslos da und wartete darauf, dass Wut in mir aufflammte. Schon malte ich mir aus, wie ich sie ins Gesicht schlug, sie als *puttana* beschimpfte, denn das verdiente sie ganz gewiss, wenn sie Jofré mit seinem eigenen Bruder Hörner aufsetzte.

Doch stattdessen kehrte die Erleichterung, die ich vorher verspürt hatte, mit überraschender Intensität zurück und überflutete mein Inneres. Ich hätte ihr und auch Cesare böse sein sollen. Andererseits hatte er seine Abneigung gegen die Kirche nie verheimlicht. Wie so viele andere, die Kardinal oder Bischof geworden waren, wie Hunderte von Frauen, die man gezwungen hatte, ins Kloster zu gehen, hatte er nur das getan, was bei Menschen, denen die Berufung fehlte, völlig natürlich war. Doch – und das war noch wichtiger für mich – jetzt konnte ich glauben, dass wir den Fluch meiner Mutter abgewendet hatten. Er hatte sich eine Geliebte genommen. Er schmachtete nicht nach mir, sondern hatte es wirklich ernst gemeint, als er mir versprochen hatte, dass er meine Entscheidung akzeptieren würde.

»Du bist mir nicht böse?« Sancia zeigte sich in einem Maß zerknirscht, das ich bei ihr nicht für möglich gehalten hatte. »Du musst es doch für verwerflich halten, dass ich den einen heirate und mich dann seinem Bruder hingebe.«

»Ich bin dir nicht böse«, beruhigte ich sie mit leiser Stimme. Sie hatte nur getan, was für sie natürlich war. Wenn Cesare sich schon mit jemandem zusammentun musste, hatte er zumindest eine Prinzessin gewählt, die nie mehr von ihm verlangen würde, als er geben konnte.

»Also? Wirst du es tun?«, fragte sie, begierig darauf, das Thema zu wechseln. »Mein Bruder bricht nächste Woche nach Neapel auf. Danach bekommst du keine Gelegenheit mehr, es sei denn, er kehrt zurück.«

Meine Entscheidung erforderte nur eine Sekunde.

»Ja, lass es uns in die Wege leiten. Aber diskret.«

19

Ich beschloss, mich mit ihm in der *Biblioteca Apostolica*, der vatikanischen Bibliothek, zu treffen. Diese beherbergte eine unschätzbar wertvolle päpstliche Sammlung seltener Bände und Codices, illuminierter Handschriften und antiker Schriftrollen. Nachdem ich ihn in der Messe mit einem Buch gesehen hatte, hielt ich das für den perfekten Begegnungsort.

Sancia indes war erstaunt.

»Kein Garten, keine Loggia, nicht einmal ein privates Haus, sondern ein verstaubter Raum voller alter Papiere? Ist das dein Ernst, Lucrezia? Das ist wohl kaum ein Ort für eine romantische Begegnung.«

»Wenn dein Bruder der Prinz ist, für den ich ihn halte«, versicherte ich ihr, »wird er verstehen.«

Am vereinbarten Tag zog ich ein Kapuzencape an und verließ meinen Palazzo ohne Begleitung. Pantalisea und meinen anderen Damen hatte ich gesagt, dass Papa mit mir speisen wolle.

In meiner Kindheit hatte ich der höhlenartigen Bibliothek im Erdgeschoss des Apostolischen Palasts nördlich des Cortile dei Papagallo nur ein Mal einen kurzen Besuch abgestattet. Dennoch hatte ich sie immer noch in lebhafter Erinnerung. Damals war Papa der Vizekanzler von Papst Sixtus IV. gewesen. Er hatte mich an der Hand genommen und mich durch die mit halb fertigen Fresken geschmückte Empfangshalle in das aus vier Sälen bestehende Skriptorium geführt. Dort ragten vor meinem ehrfurchtsvollen Blick bis zu den gewölbten Decken Reihen von Regalen auf, allesamt mit Büchern und gebündelten Handschriften gefüllt, die jeden Moment unter dem Gewicht einzustürzen drohten. Mir war ein abgestandener Geruch nach Staub in die Nase gestiegen, ein merkwürdiges Aroma, das in mir Gedanken an eine Wüste heraufbeschwor, obwohl ich noch nie eine gesehen hatte. Als ich Papa darauf ansprach, antwortete er: »Das, *farfallina*, ist der Duft des Wissens.«

Derselbe Duft empfing mich nun, als ich über die Schwelle trat und der oberste Bibliothekar in schwarzer Kutte und Kappe auf mich zueilte, um mich zu begrüßen. Ich schob meine Kapuze zurück und ließ den Blick über die mittlerweile vollendeten Wand- und Deckengemälde schweifen: farbenprächtig gewandete Seherinnen, die zu den Füßen von Archimedes und Ktesibios aus Alexandria Papyrusrollen ausbreiteten.

Der Bibliothekar beäugte mich durch seine dicken Brillengläser. »Seine Hoheit ist bereits eingetroffen«, flüsterte er nervös. »Da Ihr um Vertraulichkeit gebeten habt, habe ich die Archive für Besucher gesperrt, Donna. Als Grund habe ich angegeben, wegen einer Lieferung neuer Werke müsse dieser Bestand aufgenommen werden. Aber … verzeiht mir bitte … ich muss Euch bitten … ich muss betonen …«

Ich verkniff mir ein Grinsen über sein verlegenes Stammeln. Glaubte dieser betuliche kleine Mann allen Ernstes, ich hätte vor, aus seinen kostbaren Pergamenten ein Bett für einen Liebhaber zu bereiten?

Ich legte ihm eine Hand auf den Arm, woraufhin er zusammenzuckte. »Ihr braucht Euch nicht zu sorgen«, beruhigte ich ihn. »Ich verspreche Euch, wir werden alles so zurücklassen, wie wir es vorgefunden haben. Es wird nichts

Ungebührliches vorkommen – auch wenn ich Euch bitten muss, dass diese Angelegenheit unter uns bleibt.« Ich zog ein Beutelchen unter meinem Umhang hervor. »Für Eure Mühen«, fügte ich hinzu, als sein bleiches Gesicht angesichts der Höhe meines Bestechungsgeldes sich sanft rötete.

Ich ging an ihm vorbei. Im ganzen Saal hallte das Rascheln meiner über den Boden streifenden Röcke wider.

Die Bibliothek wirkte noch voller auf mich, als ich sie in Erinnerung hatte. Bücher und Mappen quollen aus den Fächern und ergossen sich in trockenen Wasserfällen zu willkürlichen Erhebungen. Längs der Wände gab es Stapel von Schriftrollen, und auf einer Bank türmten sich Pyramiden aus ungeöffneten Kisten, die alle mit den Insignien meines Vaters gestempelt waren, den päpstlichen Schlüsseln und dem Wappentier unserer Familie, dem Stier. Ich strebte darauf zu, als wie aus dem Nichts eine Stimme ertönte. »Seine Heiligkeit hat eine Leidenschaft für das geschriebene Wort, wie ich gehört habe.« Ich fuhr herum und sah Alfonso zwischen zwei Regalen auftauchen.

Er hielt ein Buch in der Hand. Bekleidet war er mit einem grünen Wollrock, einer dunklen Strumpfhose und Lederstiefeln, deren Schäfte um seine kräftigen Waden geschnürt waren. Seine Haare waren zerzaust – Spinnweben und Brösel von Pergamentpapier hatten sich darin verfangen, als hätte er sich durch die Bücherstapel gewühlt. Seine Miene nahm mich gefangen. Sie zeigte einen Ausdruck glückseligen Staunens, als wäre er in einen Traum versunken, aus dem er nie wieder zu erwachen hoffte.

»Bücher hat mein Vater schon immer geliebt«, erwiderte ich, mir eindringlich unserer Einsamkeit bewusst, als er sich mir näherte. Auf den eigenen Füßen wirkte er nicht so anmutig wie zu Pferde. Seine Bewegungen hatten etwas leicht

Unbeholfenes, und seine Kleider schienen ihn einzuengen. Dann erkannte ich, dass es ihm nicht an Eleganz mangelte, sondern dass er im Gegensatz zu allen anderen, die ich kannte, einfach keine Zeit damit verbracht hatte, sein Repertoire an Gesten zu vervollkommnen. Außerdem passten ihm seine Kleider vor allem deshalb nicht so perfekt, weil er ihnen keine große Bedeutung beimaß. Nackt musste er wunderbar aussehen, schoss es mir in den Sinn. Gleich darauf schämte ich mich solcher Gedanken, als er mich erreichte und mir das Buch in seiner Hand entgegenstreckte. »Schaut es Euch an. Es ist wunderbar.«

Was er mir reichte, war allerdings kein Buch, sondern eine zusammengebundene Mappe. Ich erkannte auf den ersten Blick, dass das Papier sehr alt war. Damit war auch erklärt, warum er es so ehrfürchtig behandelte. Dass es handgenäht und mit Wasserflecken bedeckt war, stach mir gleich als Erstes ins Auge. Und die Tinte war verblasst. Die Mappe war auf einer Seite mit der Darstellung eines Riesen, dessen purpurner Umhang vom Wind gebauscht wurde, aufgeschlagen. Zwei Schlangen wanden sich um ihn und hielten ihn gefangen, während sich zwei verängstigte Cherubine an seine Rippen klammerten.

»Laokoon«, sagte ich. »Ein trojanischer Priester, der versuchte, die List mit dem hölzernen Pferd aufzudecken. Er und seine Söhne Antiphantes und Thymbraeus wurden von Seeschlangen, die die Götter gesandt hatten, erdrosselt.«

»Ihr kennt die Geschichte.« Alfonsos Stimme klang weich und wohltönend, frei von dem rauen Unterton, der mir bei unserer ersten Begegnung auf der Straße aufgefallen war.

»O ja. Das ist eine Tragödie von Sophokles, auf die Vergil in seiner *Aeneis* Bezug nahm.«

»Das hier ist eine Abschrift der *Aeneis*. Sie ist über vierhundert Jahre alt«, erklärte Alfonso ein wenig benommen, als könnte er es nicht fassen. »Ich habe sie im hintersten Regal entdeckt; sie lag zwischen anderen Handschriften aus der kaiserlichen Bibliothek von Konstantinopel. Wusstet Ihr, dass Ihr hier Bücher habt, die aus jener Stadt stammen, die den Mohammedanern in die Hände gefallen ist?«

»Nein. Aber das ist ja auch nicht meine Bibliothek. Sie gehört Seiner Heiligkeit.«

»Ja, richtig. Wie dumm von mir. Wie solltet Ihr auch alles kennen, was hier aufbewahrt wird?« Sein Lächeln warf in seinen Augenwinkeln Falten. »Ich fürchte, ich habe mich zwischen all den Büchern verirrt. Da vergesse ich die Welt.«

»Anscheinend.« Ich erwiderte sein Lächeln, wich dann aber einen Schritt zurück. Ich konnte in seinen Augen richtiggehend versinken. Aus der Nähe erkannte ich, dass – anders als bei Sancia – keine Spur von ruhelosem Grün darin lag. Stattdessen wiesen sie die bernsteinfarbenen Flecken auf, die ich gleich zu Anfang bemerkt hatte, ähnlich wie Turmalinquarz, der golden wirkt, wenn das Licht nicht direkt darauffällt. Mit seiner flachen Nase, den hohen Wangenknochen und dem zerzausten Haar erinnerte er mich an einen jungen Löwen.

Verlegen standen wir in der Stille da, unsicher, was wir als Nächstes tun sollten, bis er das Schweigen brach. »Wollen wir uns setzen?«

Ich folgte ihm in einen Alkoven weiter hinten, wo er sich eine Leseecke eingerichtet hatte. Auf einem Pult stapelten sich Bücher und Handschriften, und davor lagen eingedrückte Kissen. Die Luft hier kam mir stickiger vor und das Licht trüber. Die Schatten wurden länger.

Alfonso deutete auf eine nicht angezündete Handlaterne am Boden. »Der Bibliothekar hat sie mir angeboten. Er hat gemeint, dass ihr Licht zu dieser Tageszeit für die Augen schmerzhaft sein kann, aber ich kann mir ohnehin nicht vorstellen, dass man hier eine Flamme brennen lassen kann. Eine Unachtsamkeit, und all die Bücher gehen in einer Feuersbrunst verloren.« Er erschauerte. »Die Weisheit von Jahrtausenden wird im Handumdrehen in Asche verwandelt, so wie es gerade in Florenz geschieht.«

»Ihr meint die Bücherverbrennungen, die Savonarola angeordnet hat?« Ich schob ein paar Bände im Alkoven zur Seite. Eine Entschuldigung murmelnd, hob er sie auf. Während ich mich setzte, sagte ich mir, dass ich gut daran getan hatte, heute eine schlichte Robe ohne jeden Schmuck zu tragen. Alfonso legte die Werke sorgfältig auf den Boden. Ich war beeindruckt. Er behandelte diese unbelebten Gegenstände, als könnten sie menschliche Regungen empfinden.

»Es ist einfach schrecklich, was dieser Mönch tut«, ereiferte er sich. »Befiehlt allen, das Schönste, was sie besitzen, aufzugeben. Am liebsten würde er die Welt der Medici verbrennen, all das, was sie errichtet haben – die unersetzbaren Kunstwerke, für immer verloren. Es heißt, Botticelli sei gezwungen worden, persönlich einen Teil seiner eigenen Gemälde ins Feuer zu werfen. Wie kann jemand eine derartige Zerstörung anordnen?«

»Predigt Savonarola nicht, dass wir allen Versuchungen, die uns in die Sünde führen, widerstehen müssen? Er ist nicht der Erste, der danach strebt, jeden Götzenkult auszumerzen. Der heilige Bernhardin von Siena hat ungefähr das Gleiche gepredigt. Beide haben erklärt, dass Eitelkeit das Grundübel der Menschheit ist.« Während ich sprach, stellte ich erfreut fest, dass Alfonsos Wangen Farbe bekamen.

»Glaubt Ihr das auch?«, fragte er.

»Ich vermag nicht zu sehen, dass das, was ich glaube, von

Belang ist. Ich bin eine Frau, eines von Gottes geringsten Geschöpfen – laut Savonarola zumindest. Er hat auch Angehörige meines Geschlechts in Feuern verbrennen oder steinigen und dann an Galgen aufhängen lassen. Er hat Kinderarmeen aufgestellt, die durch seine Stadt marschieren und die ›Unreinen‹ und ›Schändlichen‹ herausgreifen. Kunst oder Fleisch, das ist alles dasselbe für ihn.«

»Aber was Ihr glaubt, ist sehr wohl von Belang.« Er rückte näher an mich heran, sodass ich das »Parfum des Wissens« an seinem Körper riechen konnte – Staub und altes Papier –, das zusammen mit einem Hauch von seinem Schweiß eine unbeschreiblich herrliche Mischung ergab. Er ergriff meine Hände, offenbar ohne zu bemerken, welch einen erregten Schauer er damit in mir auslöste. »Frauen sind keine gedankenlosen Wesen, die aus unserer Rippe geschnitten wurden, nur damit sie unsere Saat austragen. Auch sie können der Welt Wissen und Kunst schenken. Seit es Menschen gibt, führen die Frauen uns näher an unsere höhere Bestimmung heran.«

»Wirklich?« Ich blickte auf unsere ineinander verschränkten Hände hinab. Meine wirkten in den seinen fast verloren, winzige elfenbeinfarbene Reliquiare, umwickelt von rostrotem Samt. Dann hob ich wieder die Augen. Es war einfach wunderbar zu spüren, was sein steter Blick in meinem Körper anrichtete. »Wie zum Beispiel …?«

»Na ja, Frauen wie …« Er biss sich auf die Lippe. »Aspasia von Athen!«, rief er. »Sie wurde unter anderem von Platon, Aristophanes und Plutarch zitiert. Sie beeinflusste die politischen und künstlerischen Entscheidungen ihres Geliebten, Perikles, und schrieb ein Werk über die Rhetorik, auch wenn nichts davon erhalten geblieben ist.«

»War sie nicht auch eine Kurtisane?«, fragte ich.

»Gewiss, aber trotzdem genoss sie den Respekt der meisten berühmten Männer ihrer Zeit. Als einzige Frau wurde sie immer wieder zu öffentlichen Disputen in Athen eingeladen. Und was ist mit Hypatia von Alexandria, dem führenden Kopf von Platons Lehre in ihrer Heimatstadt? Socrates Scholastikos erklärte, dass sie die bedeutendste Denkerin ihrer Zeit war und kein Mann ihr das Wasser reichen konnte.«

»Und dafür wurde sie um 415 von einer Horde Christen gesteinigt.« Ich lächelte, um den Schmerz, der sich auf seinem Gesicht zeigte, abzumildern. »So schließt sich mit Sankt Bernhardin und Savonarola der Kreis: Eine Frau, die eigene Gedanken hat und sie ausdrückt, ist gefährlich.«

»Nicht für mich.« Er packte meine Hände fester und zog mich näher zu sich heran. Plötzlich hatte ich das Gefühl, als würden sich meine Finger auflösen. »Ich würde eine Frau verehren, die sagt, was sie denkt, und keine Angst davor hat, für ihre Überzeugungen oder für sich selbst zu kämpfen.«

»Eine Frau?«, fragte ich. »Oder eine Ehefrau?« Jetzt verschlug es ihm die Sprache. Er starrte mich überrascht an, und ich löste mich von ihm. »Wie Euch sicher bekannt ist, ist dies nicht dasselbe, zumindest nicht für die meisten Männer.«

Ich machte Anstalten, mich zu erheben. Noch immer blickte er mich an. »Ich bin nicht ›die meisten Männer‹, wie Ihr inzwischen bemerkt haben müsstet, Hoheit.« Er griff nicht noch einmal nach meiner Hand, und ich konnte mich des Eindrucks nicht erwehren, dass er nicht versuchen würde, mich zurückzuhalten, wenn ich mich umdrehte und hinausging. Er bot mir eine Wahl an, und plötzlich wurde mir ganz heiß, denn ich erkannte, dass er ein Mann war, den ich fürchten musste: Er hatte die Macht, mein ganzes Leben durcheinanderzuwirbeln.

»Ich habe unseren gemeinsamen Nachmittag sehr genossen«, erklärte ich, wobei ich dem Drang widerstand, den Blick in falscher Zurückhaltung zu senken. »Und Ihr habt mich in mehrfacher Hinsicht aufgeklärt, wie ich es gar nicht erwartet hatte. Dafür schulde ich Euch Dank, Prinz Alfonso. Ich werde es nie vergessen.«

Er erhob sich. »Ich ebenso wenig. Das Einzige, was ich bedauere, ist, dass ich morgen aufbreche. Ich habe das Gefühl, dass wir noch vieles gemeinsam zu entdecken haben. Darf ich Euch aus Neapel schreiben, Donna Lucrezia?«

Und noch bevor ich es abwägen konnte, bevor mich Zweifel befielen, küsste ich ihn. Er erschrak nicht, obwohl er für einen kurzen Moment erstarrte und so seine Überraschung verriet. Dann wurde sein Mund weich und ließ sich auf das Spiel meiner Lippen ein. Als ich mich von ihm zurückzog, sah ich, was ich erhofft hatte: jenen Ausdruck von Verwunderung, als hätte er etwas gekostet, das er nie vergessen würde.

»Ja«, sagte ich sanft, »Ihr dürft schreiben.«

Gleich darauf zog ich mir die Kapuze über den Kopf und drehte mich eilig um, denn eines war mir klar: Wenn ich es wagte, noch länger zu verweilen, würde ich womöglich nicht anders können, als etwas preiszugeben, das zu opfern ich noch nicht bereit war.

Wie ich vermutet hatte, machte Alfonso von Neapel keine Anstalten, mich aufzuhalten.

Bei meiner Rückkehr in meinen Palast marschierte Pantalisea im Hof auf und ab. Kaum war ich durchs Tor getreten, maß sie mich mit einem strengen Blick und platzte heraus: »Wo immer Ihr wart, ich bete zu Gott, dass er diskret ist. Diese Nachricht hier ist schon vor Stunden aus dem Palazzo Eures Bruders eingetroffen. Der Page sagte, es sei dringend.«

Der Schreck fuhr mir in alle Glieder. Hastig ergriff ich den Bogen, den sie mir reichte. Der Zauber meines Nachmittags mit Alfonso verblasste wie eine Illusion.

»Ich muss sofort zu ihm«, sagte ich. »Cesare ist wieder da. Er ist krank.«

20

Zusammen mit Pantalisea, und beschützt von zwei kräftigen Wachmännern, ließ ich mich in einer Sänfte nach Trastevere bringen. Die Nacht war hereingebrochen und hüllte die Stadt in Nebel, und in den engen Gassen wimmelte es von Dieben, Huren und betrunkenen Söldnern, die unter den niedrigen Dachvorsprüngen ihr Vergnügen suchten. Von den Fackeln bewaffneter Türsteher trieb uns beißender Rauch entgegen. Durch die weit offen stehenden Türen und Fenster der Tavernen drangen raues Lachen und das Klirren von Krügen nach draußen.

Vor Cesares Palazzo angekommen, pochten meine Leibwächter an das Tor. Nach einem sich schier ewig hinziehenden Moment, in dem ich ungeduldig die Hände zu Fäusten ballte und Pantalisea ängstlich unter ihrer Haube hervorspähte, als würde jeden Augenblick eine Horde Räuber über uns herfallen, wurden endlich die Riegel zurückgeschoben.

Die Seitenpforte ging auf. Wir schlüpften hindurch, nur um festzustellen, dass das Haus meines Bruders völlig in Dunkelheit getaucht war. Lediglich eine einsame Fackel warf im Innenhof ihren Lichtschein auf die Truhen und Kisten, die hier nach Cesares Rückkehr aus Neapel einfach in der Arkade aufeinandergestapelt worden waren, allesamt immer noch mit Seilen zusammengebunden.

Der Page, der das Tor entriegelt hatte, stand vor uns. Ohne ihn anzublicken, sagte ich zu Pantalisea: »Warte hier bei den

Wachmännern.« Ich schlug die Kapuze zurück, erklomm die Treppe zum *piano nobile* und hastete die Loggia hinunter zu Cesares Gemächern.

Plötzlich tauchte eine Gestalt aus dem Schatten vor mir auf. Ängstlich blieb ich stehen, dann erkannte ich den Mann. »Michelotto!« Ich presste mir eine Hand auf die Brust, während der Leibdiener meines Bruders sich verneigte. In der Düsternis konnte ich seine Züge kaum ausmachen, doch als er sprach, ergriff mich angesichts seiner Grabesstimme das kalte Grauen. »Donna Lucrezia, Ihr wurdet nicht erwartet.«

»Nein?« Verwirrt griff ich nach der zerknitterten Nachricht in der Innentasche meines Umhangs. »Ich habe dieses Schreiben von …« Da wurde mir klar, dass ich gar nicht wusste, wer es mir geschickt hatte. Ich suchte noch nach Worten, als ich hinter Michelotto eilige Schritte hörte. Er drehte sich zur Seite und gab so die Sicht auf Sancia frei. Die Haare völlig zerzaust, die Augen übergroß in ihrem eingefallenen Gesicht, blieb sie stehen. Meine Sorge wuchs. Seit ich sie kannte, hatte ich sie nie anders als makellos herausgeputzt gesehen.

»Lucrezia, Gott sei Dank!« Sie ergriff mich am Ärmel. »Wo warst du nur? Ich habe die Nachricht bereits vor Stunden abgeschickt und warte schon die ganze Zeit.«

»Du weißt doch, wo ich war«, entgegnete ich. »In der Bibliothek. Du selbst hast mir geholfen, das anzubahnen.«

Michelotto stellte sich zwischen uns und zwang somit Sancia, mich loszulassen. »Mit Verlaub, Hoheit«, murmelte er, an sie gewandt, »mein Herr wird gewiss nicht wollen, dass seine Schwester ihn in seinem gegenwärtigen Zustand sieht.«

Bevor Sancia ihm antworten konnte, erklärte ich mit fester Stimme: »Wenn mein Bruder meiner bedarf, dann ist es völlig ohne Belang, ob er mich sehen *möchte* oder nicht.« Damit hakte ich den Umhang auf und ließ ihn zu Michelottos Füßen auf den gefliesten Boden fallen. »Tretet bitte zur Seite.«

Michelotto hob den Umhang auf. »Wie Ihr wünscht, Hoheit«, murmelte er, während Sancia mich bereits zu einer Flügeltür zerrte.

Dort zögerte sie und wandte sich mir zu. Ich musterte ihr Gesicht, ehe ich fragte: »Du hast geschrieben, dass er krank ist. Hat er ein Fieber?«

Ihre Stimme zitterte. »Es könnte ein Fieber sein, ja, aber es ist anders als jedes, das ich bisher gesehen habe. Er ist gestern eingetroffen. Niemand durfte es erfahren. Er bat mich hierherzukommen, sagte, er hätte etwas Wichtiges mit mir zu erörtern. Natürlich bin ich sofort herbeigeeilt. Ich dachte, er wolle …«

»Ja.« Allmählich verlor ich die Geduld. »Ich weiß, was du dachtest. Was hat er gesagt?«

»Es schien ihm noch gut zu gehen.« Sie rang die Hände. »Schön wie immer; das Gesicht gerötet von der Sonne und trotz des langen Ritts überhaupt nicht müde. Aber er … er kochte vor Wut. Kaum hatte er seine Gemächer betreten, als er zu toben begann.«

»Zu toben?« Ich wollte sie packen, die Worte aus ihr herausschütteln. »Weswegen?«

»Juan.«

Ich erstarrte. »Juan? Aber der ist in Spanien.«

»Nicht mehr lange.« Zittrig atmete Sancia tief durch. »Euer Vater hat ihn zu sich befohlen. Seine spanische Gemahlin hat ihm einen Sohn geboren, doch Seine Heiligkeit hat verfügt, dass Juan zurückkehren und einen Feldzug gegen die Orsini-Barone in der Romagna führen muss. Sie weigern sich nicht nur, der Liga beizutreten, sondern helfen sogar den

Franzosen und rufen offen zu seiner Absetzung auf. Deshalb will er nun die ganze Sippe maßregeln. Seine Heiligkeit beabsichtigt, Juan zum *Gonfaloniere* des kirchenstaatlichen Heeres zu ernennen.«

»Juan soll Oberbefehlshaber werden?«, rief ich fassungslos und wäre fast in hysterisches Gelächter ausgebrochen. »*Per Dio*, das kann doch nicht Papas Ernst sein! Juan weiß nicht das Geringste über die Führung eines Heeres!«

»Das hat Cesare auch gesagt.« Erneut ergriff sie meine Hand. Ihre Finger fühlten sich eisig an. »Lucrezia, Cesare war nicht zu beruhigen. So habe ich ihn noch nie gesehen. Er sagte … nein, er schrie … schreckliche Dinge. Und dann fing er an, mit allem um sich zu werfen, was er gerade in die Finger bekam. Es war, als hätte er den Verstand verloren. Der Schweiß lief ihm in Sturzbächen übers Gesicht. Und er wurde weiß wie die Wand. Das muss ein Fieberwahn gewesen sein. Und ich glaube, er hat sich noch nicht davon erholt. Ich glaube, er ist schwer krank. Ich glaube, er hat …«

»Was?« Ich umklammerte ihre Hand so fest, dass sie vor Schmerz nach Luft schnappte. »Was glaubst du?«

»Die französischen Pocken«, flüsterte sie.

Einen schrecklichen Moment lang wurde mir schwarz vor Augen. »Unmöglich!«, hörte ich mich stöhnen. »Er war schon immer stark und gesund. Außer dem Sumpffieber, als er klein war, ist Cesare nie krank gewesen.«

»Er hat mich aus dem Gemach geworfen.« Sie zog ihr Mieder an der Schulter hinunter und zeigte mir einen Bluterguss. »Das hat er mir mit bloßen Händen zugefügt. Ich habe versucht, ihn zu beruhigen, indem ich ihm sagte, dass er seinen Vater sicher dazu bringen kann, auf seinen Rat zu hören, wenn er ihm erklärt, warum er so besorgt ist. Ich habe ihm sogar angeboten, selbst mit Seiner Heiligkeit zu sprechen. Du weißt ja, wie vernarrt er in mich ist. Aber Cesare hat mir angedroht, mich zu erdrosseln, wenn ich es wage, anderen auch nur ein Wort zu sagen. Und dann hat er mich zur Tür hinausgestoßen, als wäre ich ein Hund.«

Ihre Augen schwammen in Tränen. Nach Cesares Gewaltausbruch stand sie noch immer unter Schock. So weltläufig sie auch wirkte, Sancia war noch nicht einmal achtzehn Jahre alt. Sie hatte ihr ganzes Leben als verhätschelte Prinzessin am Hof verbracht. Es war das eine, vor Bewunderern und Speichelleckern als Verführerin aufzutreten, und etwas ganz anderes, wie eine gewöhnliche Hure misshandelt zu werden.

»Ich liebe ihn«, sagte sie unglücklich. »Wirklich. Er ist der bezauberndste Mann, dem ich je begegnet bin. Aber heute hat er mich zu Tode geängstigt. Es war, als hätte ich einem Wahnsinnigen in die Augen geschaut. Und es hat einen Moment gegeben, Lucrezia … als er sich vor mir aufbaute, da dachte ich wirklich, er würde mich *umbringen*.«

Ich umarmte sie. »Das darfst du nicht denken. Er hat sich selbst vergessen, wenn es wirklich so war, wie du sagst. Dass Papa ihn völlig außer Acht gelassen und Juan eine solche Ehre erwiesen hat, ist eine schreckliche Kränkung. Cesare hat sich immer große Mühe gegeben, Papa seinen Wert zu beweisen. Das jetzt war der Tropfen, der das Fass zum Überlaufen gebracht hat. Aber ich bin mir sicher, dass er dir nicht absichtlich wehgetan hat.« Zärtlich strich ich ihr die Haare aus der Stirn, während sie mich mit großen Augen anstarrte wie ein verunsichertes Kind. »Du wirst sehen, bald wird er sich entschuldigen und versuchen, alles wiedergutzumachen. Bestimmt tut es ihm jetzt schon leid, dass er sich so gebärdet hat.«

»Ja«, murmelte sie heftig nickend. »Das habe ich mir auch

gesagt. Deswegen habe ich dich ja zu mir gebeten. Du bist seine geliebte Schwester; von dir spricht er immer voller Bewunderung. Ich wollte dein Beisammensein mit Alfonso nicht stören und habe die Nachricht deshalb deiner Dienerin geschickt. Aber ich dachte …«

»Ich verstehe. Ich werde mit ihm sprechen.« Mit einem Lächeln versuchte ich, sie zu beruhigen, bemerkte jedoch, wie mir selbst immer banger wurde. »Lass dich von Michelotto zu deinem Palazzo bringen. Ich werde dir eine Nachricht senden.«

Mit brechender Stimme flüsterte sie: »Danke, Lucrezia«, und stolperte die Loggia entlang zu Michelotto, der uns die ganze Zeit nicht aus den Augen gelassen hatte.

Als er Sancia fortführte, wandte ich mich zur Flügeltür um. Einen Moment lang überlegte ich, ob es nicht vielleicht klüger wäre, Cesare in Ruhe zu lassen, bis er sich beruhigt hatte. Doch Sancias Worte – *ich glaube, er ist schwer krank* – gingen mir nicht aus dem Kopf. Hatte sie damit eine böse Vorahnung ausgesprochen? Jedenfalls war ich so aufgewühlt, dass ich gegen das Holz hämmerte und mit gebieterischer Stimme rief: »Cesare! Ich bin's, Lucrezia! Lass mich hinein!«

Stille trat ein. Das Echo meiner Stimme verhallte in der Loggia. Jenseits der Mauern des Palazzo waren gedämpft die Laute der Feiernden zu hören. Wenigstens die Menschen auf den Straßen genossen den Abend.

Dann war ein Klicken im Schloss zu hören. Mit einem Knarren öffnete sich die Tür einen Spaltbreit.

Ich stieß sie ganz auf und trat in Cesares Kammer.

Obwohl die Vorhänge am Fenster gegenüber halb heruntergerissen worden waren und das silbrige Glühen des Mondes hereinließen, war der Raum in Dunkelheit getaucht, sodass mir nichts anderes übrig blieb, als behutsam aufzutreten.

Dennoch hörte ich Splitter unter meinen Sohlen knirschen. Als meine Augen sich endlich an die Finsternis gewöhnt hatten, erkannte ich das Ausmaß von Cesares Wutanfall: Tische waren umgekippt, Stühle zu Boden geschleudert worden, ebenso hatte er die Deckchen mitsamt Serviertellern, Kerzenständern, Karaffen und Kelchen von der Anrichte gerissen.

»Cesare?« Mein zittriges Flüstern durchdrang die Stille.

Hinter einer Anrichte in einer Ecke kam er hervor, den Rücken mir zugewandt, eine Silhouette vor dem Fenster mit dem abgerissenen Vorhang. Das Hemd hing ihm über die Strumpfhose, ein formloser Fetzen, durch den sein Oberkörper schimmerte.

Schon bahnte ich mir einen Weg zu ihm. Als er meine Finger auf seinem Arm spürte, sagte er mit tonloser Stimme: »Du hättest nicht kommen dürfen.«

»Sancia hat mir eine Botschaft geschickt. Sie macht sich große Sorgen um dich. Sie glaubt, dass du womöglich krank bist.«

Er rührte sich nicht. Als ich begann, ihn zu mir herumzudrehen, wich er mir abrupt aus und offenbarte sich mir.

Ein namenloser Schreck fuhr mir in alle Glieder. Seine Haut schien ihm bis zum Schädel abgeschält worden zu sein, der bronzefarbene Teint, den er sich in Neapel zugelegt hatte, wirkte aschfahl – als hätte man ihn überall mit Kreide eingerieben. Wie Harz perlte der Schweiß von seiner Stirn; das unverschnürte Vorderteil seines Hemdes klebte ihm an der Brust, als hätte er darin gebadet. Erneut hatte er sich den Kopf kahl geschoren, vielleicht um die Hitze von Neapel besser ertragen zu können, aber damit wirkte er nur noch ausgemergelter – wie ein eingekerkerter Gefangener.

»Was willst du?«, krächzte er.

»Heilige Mutter Gottes, sieh dich nur an! Und ob du krank bist!« Ich berührte ihn an der Stirn. Er prallte zurück. »Cesare, wir müssen Papas Leibarzt holen. Torella wird wissen, was zu tun ist. Du verbrennst ja förmlich!«

»Das ist nichts. Es ist nur ein Wechselfieber und vergeht von selbst.«

»Ein Wechselfieber? Dann solltest du im Bett und unter der Aufsicht eines Arztes bleiben.«

»Ich habe dir gesagt, es ist nichts. Das Mittel, das ich schlucke, ist so abscheulich, dass es helfen *muss*. Ich brauche deinen und Torellas Affentanz um mich herum nicht.« Er straffte die Schultern. »Verschwinde in deinen Palazzo zurück. Spiel mit Sancia weiter eure albernen Spiele, und lass mich einfach in Ruhe.«

»Wie kannst du so mit mir sprechen? Wenn du krank bist, brauchst du Pflege. Nimmst du keine an, muss ich mir ernsthaft Sorgen um dich machen.«

Jäh packte er mich an den Schultern und grub die Finger tief hinein. »Für Sorgen ist es zu spät«, fauchte er. »Oder hast du es nicht gehört? Ich bin verloren.«

Obwohl ich ihn am liebsten weggestoßen und daran erinnert hätte, dass ich nicht irgendeine Mätresse war, die man nach Belieben herumschubsen konnte, bewahrte ich Ruhe, denn Sancia hatte recht: Er war ernsthaft krank. »Das weiß ich schon. Sancia hat mir alles gesagt. Sie hat mir auch gesagt, dass du ihr angedroht hast, sie zu erdrosseln; dass Papa Juan heimholt, damit er einen Feldzug gegen die Orsini anführt, und dass er ihn zum *Gonfaloniere* ernennen will.«

»Ja! Als ich in Neapel war und ihm als Lakai diente, hat Papa hinter meinem Rücken den Plan ausgeheckt, meinem Bruder ein Amt zuzuschieben, mit dem er uns zum Gespött von ganz Italien macht – ganz abgesehen davon, dass unser Herr Bruder kaum in der Lage ist, ein Schwert aus der Scheide zu ziehen, nicht einmal, wenn er nüchtern ist. Und trotzdem hält Papa es für angebracht, ihn zum Oberbefehlshaber der Armee des Kirchenstaats zu machen.«

»Cesare!« Nur mühsam wahrte ich die Fassung. »Er hat auch dich geehrt. Immerhin hat er dich zum Kardinal berufen. Er hat dich dafür auserwählt, ihn in Neapel zu vertreten. Du bist zu streng in deinem Urteil – nach allem, was er ertragen hat. Er gesteht dir alles zu, was er …«

»Ja, alles außer meiner Freiheit! Alles außer meiner eigenen Wahl!«, unterbrach er mich mit einem harten Lachen, bei dem mir ein Schauer über den Rücken lief. Sancia hatte nicht übertrieben. Cesare wirkte tatsächlich so, als wäre er zum Tier geworden. »Aber natürlich musst du ihn verteidigen! Immer die pflichtbewusste Tochter, wie Mama sagt, während du dich vor der Welt an deine wertvolle Jungfräulichkeit klammerst und zugleich heimlich, still und leise Sancias tölpelhaften Bruder umgarnst und in dein geheiligtes Bett lockst.«

»Wie kannst du es wagen?« Mit aller Kraft bohrte ich die Finger in den Handballen, um ihn nicht ins Gesicht zu schlagen. Für einen Moment ließ mich sein Vorwurf alle Sorgen um ihn vergessen. »So etwas würde ich nie tun! Und wer bist du, dass du mir solche Beschuldigungen vor die Füße wirfst, wo du doch selbst gern …« Ich verstummte, als ich sein boshaftes Grinsen sah.

»Ich selbst hätte gern *was* getan? Warum kannst du es nicht aussprechen, Lucia?«

»Das muss ich nicht. Du weißt genau, was du begehrt hast.«

»O ja. Und ich begehre es immer noch. Aber du hast mich verschmäht. Du hast mich zurückgewiesen, weil du dich für einen Mann aufheben willst, den du eher für wert erachtest. Tu dir keinen Zwang an. Gib dich demjenigen hin, der dir gerade gefällt, aber komm dann später nicht zu mir gelaufen, denn ich will von deinen Sorgen nichts wissen. Ich will weder dein Mitleid noch deine geheuchelte Liebe. Ich will und ich brauche dich nicht mehr.«

Schritt für Schritt wich ich zurück. Die Brutalität, vor der Sancia solche Angst bekommen hatte, verzerrte sein Gesicht bis zur Unkenntlichkeit, sodass sich das Weiß seiner Augen im bizarren Mondlicht aufzulösen und sein Zorn die Pupillen zu verschlucken schien, bis ich das Gefühl hatte, ein böswilliger Fremder starre mich an.

»Cesare«, sagte ich stockend, »du bist nicht mehr du selbst.«

Einen schrecklichen Moment lang beobachtete er mich dabei, wie ich mich über die Splitter hinweg Zoll für Zoll der Tür näherte. Schon dachte ich, er würde sich auf mich stürzen, ja, ich glaubte fast, seine Hände zu spüren, und wappnete mich gegen den Hieb. Doch dann stieß er unvermittelt ein angsterfülltes Stöhnen aus, geriet ins Torkeln, fiel zu Boden und blieb zusammengekrümmt liegen. Als ich auf ihn zueilen wollte, schrie er: »Nein, halt dich fern!« Tränen strömten ihm über die Wangen und mischten sich mit seinem Schweiß; sein nasses Unterhemd verriet die Konturen seines Brustkorbs.

»Lass mich dir helfen«, flehte ich. »Ich liebe dich, Cesare. Es ist unerträglich, dich so zu sehen.«

Erneut verzerrte ein Krampfanfall sein Gesicht. »Du kannst mir nicht helfen. Niemand kann das. Gegen diesen Teufel, der mich quält, gibt es kein Heilmittel. Lass mich. Bring lieber dich selbst in Sicherheit.«

Siedend heiß fielen mir wieder die Worte meiner Mutter ein: *Es ist das Gift in deinem Blut*. Mit heiserer Stimme beschwor ich ihn: »Du bist nicht von einem Teufel besessen. Du hast Fieber. Du weißt nicht, was du sagst.«

Er starrte mich an. »O doch. Der Hass ist mein Dämon. Solange Juan lebt, werde ich niemals frei sein. Ich bin dazu verdammt, für immer in seinem Schatten zu leben und nie derjenige zu werden, der zu sein ich bestimmt bin.«

»Was … was wirst du jetzt tun?«, flüsterte ich.

»Was immer ich tun muss. Der Würfel ist gefallen. Das Schicksal zeigt seine grausame Hand. Die Welt ist hiermit gewarnt worden.« Er fuhr sich mit dem Arm über die Stirn und kehrte wieder in den Schatten hinter der Anrichte zurück. »Du musst gehen. Du musst mich jetzt verlassen.«

Erst in diesem Moment spürte ich, dass wir nicht allein waren, dass hinter mir jemand in der Tür stand, eine elegante, in Leder gekleidete Gestalt mit gefiederter Kappe und schwarzer Maske vor dem Gesicht, sodass ich bis auf eine Andeutung der Augen und Zähne keine Merkmale erkennen konnte. Und dennoch wusste ich sofort, dass es Michelotto war.

»Donna Lucrezia«, sagte er, »es ist Zeit, nach Santa Maria zurückzukehren.« Er trat mit meinem Umhang auf mich zu und legte ihn mir über die Schultern. Dann zog er eine zweite Maske aus seiner Tasche und befestigte sie mir vor dem Gesicht. Ich begann, mich zu wehren, doch er murmelte: »Rom ist nachts nicht sicher. Man darf Euch nicht erkennen. Ich will nicht, dass Euch etwas zustößt.«

Durch die Augenlöcher in der Maske spähte ich zu Cesare hinüber, konnte ihn aber in den Schatten, wo er regungslos kauerte, nur vage sehen. »Füge dir nicht noch mehr Schaden zu«, wisperte ich.

Darauf erwiderte mein Bruder nichts. Im nächsten Moment führte mich Michelotto hinaus.

Auf dem Rückweg zu meinem Palazzo klammerte Pantalisea sich an meine Hand. Ich hatte unterdessen ständig Cesares triumphierende Ankündigung im Ohr, die er vor einer schieren Ewigkeit gemacht hatte:

Die Zeit ist reif für eine neue Ära – die Ära der Borgia. Und ich werde ihre Geißel sein.

Ein paar Tage später besuchte mich Sancia. Sie hatte ihre Fassung wiedererlangt. Meine Erklärung, dass Cesare tatsächlich krank, aber auf dem Weg der Besserung war, tat sie mit einer wegwerfenden Handbewegung ab. Wie ich annahm, bestand in dieser Gleichgültigkeit ihre einzige Möglichkeit, sich vor der Kränkung, die er ihr zugefügt hatte, zu schützen. In Wahrheit hatte ich nichts mehr von ihm gehört. All meine Schreiben an seinen Palazzo waren unbeantwortet geblieben. Daraus reimte ich mir zusammen, dass seine Genesung einfach voranschreiten *musste*, andernfalls hätte man mir Gegenteiliges mitgeteilt.

Statt mit mir über Cesare zu sprechen, bestätigte Sancia mir einige Klatschgeschichten, die sie über meinen Gemahl gehört hatte. »Mir ist gesagt worden, dass er zurückgekehrt sein soll, ohne irgendetwas Nennenswertes vollbracht zu haben, außer dass er aus der Ferne zugeschaut hat, natürlich in voller Rüstung, wie unsere Soldaten diese abscheulichen Söldner aus der Romagna vertrieben haben. Ist das wahr? Ist er jetzt hier?«

Ich nickte, nicht in der Lage, meine angewiderte Grimasse zu verbergen. Giovanni war in der Tat zurückgekehrt und sofort wieder in seinem Flügel in meinem Palazzo eingezogen. Vom ersten Tag an war er das Gespött von ganz Rom gewesen, da jedermann wusste, dass er in den Scharmützeln keine Ehre erworben und uns den Weg für unseren bevorstehenden Feldzug gegen die Orsini-Barone nicht geebnet hatte. Infolgedessen schlich er im Haus herum und trank mehr, als ihm guttat. Ich konnte seinen Anblick kaum ertragen, wenn sich unsere Wege kreuzten, was zum Glück nur selten geschah.

»Ich habe kaum ein Wort mit ihm gewechselt«, erklärte ich. »Er meidet mich.«

»Was sonst kann er denn schon tun? Er ist gedemütigt worden.« Sancia musterte mich. »Aber nicht so sehr, dass er darauf verzichtet hätte, Seine Heiligkeit zu bitten, ihn eure Ehe vollziehen zu lassen. Du hast mir gar nicht gesagt, dass ihr eine Klausel in eurem Hochzeitsvertrag habt, meine schlaue Lucrezia.«

Ihre Stimme klang ein wenig vorwurfsvoll. Ich tat es mit einem Schulterzucken ab, denn ich hatte wenig Lust, die grässlichen Einzelheiten zu schildern. »Das ist kein Geheimnis, außerdem auch nicht von Bedeutung.«

»Ganz gewiss nicht. Andererseits hat Seine Heiligkeit Giovanni mitgeteilt, dass er nach seinem blamablen Scheitern im Krieg nicht geneigt ist, ihm dasselbe in deinem Bett zu gestatten.« Misstrauen verlieh ihrer Stimme einen Stachel. »Giovanni hat wütend protestiert und sich darauf berufen, dass man ihm seine Rechte nicht ewig vorenthalten kann, woraufhin ihn Seine Heiligkeit gewarnt hat, dass er ihn ins Castel Sant' Angelo zu den Ratten ins Bett wirft, falls er es wagt, ihm den Gehorsam zu verweigern.«

Für mich war es kein Wunder, dass Sancia vom jüngsten Wortwechsel mit Giovanni Wind bekommen hatte. Für Skandale hatte sie ein untrügliches Ohr. Und ich fühlte mich dank ihrer Nachricht beruhigt, denn Papas Machtwort würde Giovanni in seine Schranken weisen. Gleichwohl wollte ich nicht länger über dieses Thema reden, sodass ich mir schließlich ein Herz fasste und mich erkundigte, ob sie Neuigkeiten von Cesare vernommen hatte.

Sie zog eine Augenbraue hoch. »Sosehr es mich schmerzt, aber ich habe nichts gehört. Weder hat er nach mir gerufen, noch hat er mir eine Entschuldigung geschickt, auch wenn du mir versichert hast, dass er seine Tat bitter bereut. Das Einzige, was ich dir mitteilen kann, ist, dass es ihm vermutlich so gut geht, wie es unter den Umständen zu erwarten ist.«

»Warum sagst du das?« Plötzlich stockte mir der Atem. Hatte sein Zustand sich am Ende verschlechtert, und man hatte mich nicht nur im Dunkeln darüber gelassen, sondern in dem Glauben gewiegt, er sei auf dem Weg der Besserung?

Sie zuckte mit den Schultern. »Du hast ihn gesehen, oder? Wenn der Stolz eines Mannes einen solchen Schlag erleidet, dann hat er nur noch eines im Sinn: seinen … na ja, seinen Stolz.«

Ihre Worte beschworen wieder jene Angst herauf, die mich bei meinem Besuch in Cesares Palazzo befallen hatte. Doch dann machte ich mir klar, dass ich mich nicht zu sorgen brauchte, denn ich wusste ja, dass Cesares Zustand sich bessern musste. Er hatte nichts als ein Fieber, genau wie er gesagt hatte, und wegen seiner Enttäuschung war es etwas heftiger ausgefallen. Insofern war es nur verständlich, dass er zu Hause blieb, bis er wieder Herr über sich selbst war. Die schrecklichen Worte, die er mir entgegengeschleudert hatte, das Ungeheuer, das ich in seinen Augen gesehen hatte, all das war – wie auch Sancias Gleichgültigkeit – Ausdruck der Art und Weise, wie er gelernt hatte, sich vor der Last zu schützen, die er tragen musste, vor dem Wissen, dass er weiter unter den Fesseln leiden würde, die ihm sein Amt als Mann Gottes auferlegte, während es Juan freistand, mit dem Schwert

Ruhm zu ernten. Nichtsdestoweniger legte sich meine Unruhe erst, als Sancia unter ihre Röcke griff und mir ein zusammengefaltetes Pergament in den Schoß legte.

»Von Alfonso; er erwartet deine Antwort«, sagte sie, obwohl Pantalisea in der Nähe saß und abrupt aufblickte. Seit unserem Besuch bei Cesare war sie noch fürsorglicher mir gegenüber geworden.

»Seit wann antworten verheiratete Damen auf Briefe von Männern, die weder ihr Vater noch ihr Gemahl sind?«, fragte sie scharf, woraufhin Sancia sie verärgert anfunkelte.

»Und seit wann tadeln Dienerinnen ihre Herrinnen?«, schnappte Sancia zurück.

»Richtig, seit wann?«, fragte ich, in jäher Erregung den Brief anstarrend. Bevor Pantalisea protestieren konnte, winkte ich sie hinaus und setzte mich vor das Fenster, um bei besserem Licht das Siegel aufzubrechen.

Alfonsos Handschrift bedeckte die ganze Seite. Sie zeugte von einem Mann, der in der Schreibkunst ebenso geübt war wie in der Literatur.

Donna,
zu meiner Schande hat es viel zu lange gedauert, bis ich diese Zeilen schreibe. Leider liegt das nicht an mangelndem Wunsch oder Willen. Vielmehr habe ich bei meiner Rückkehr meine geliebte Stadt von Söldnern überflutet vorgefunden, für die die Franzosen keine Verwendung mehr hatten. Nach ihrer Vertreibung aus der Romagna haben sie in den Vorbergen des Vesuv Zuflucht gefunden und drangsalieren die Bevölkerung. Deshalb habe ich jetzt die Aufgabe, ein Heer aufzustellen und dieses Ungeziefer von unserem Gebiet zu verjagen.

Trotz der großen Verantwortung und der Mühen, die

mich seit meinem Aufbruch aus Rom daran hindern, ein Buch in die Hand zu nehmen, denke ich in jeder Stunde eines jeden Tages an Euch. Wenn ich in der Nacht die Augen schließe, sehe ich Euer Gesicht vor mir und erlebe aufs Neue unsere allzu kurze gemeinsame Zeit in der Bibliothek. Ihr mögt mich für einen Narren halten, da ich Euch die schlichten Vorgänge im Inneren meines Herzens offenbare, das nie eine Einweisung in die höfischen Künste erfahren hat, doch es ist die Erinnerung an Euch, die mich aufrechterhält, mia bella signora, wie auch die Hoffnung, dass wir uns eines Tages wieder begegnen werden.

Der Brief war für den Fall, dass er auf dem Weg zu mir in die falschen Hände geriet, nicht unterschrieben worden. Dennoch konnte ich hinter Alfonsos Worten seine Stimme vernehmen und staunte darüber, dass dieser Prinz, den ich kaum kannte, solch innige Gefühle für mich hegte. Auch ich hatte die magnetische Anziehung zwischen uns gespürt; wie er hatte ich diese idyllische Stunde, die wir, verloren in unserer gemeinsamen Welt, zusammen verbracht hatten, in meinem Inneren aufbewahrt, doch sie war angesichts der Aufregung um Cesares und Giovannis Rückkehr verblasst und in die Vergangenheit gedrängt worden. Jetzt hatte dieser Brief sie mir zurückgebracht. Noch nie hatte ich ein derart von Herzen empfundenes und freimütiges Schreiben erhalten. Nachdem ich es noch einmal gelesen hatte, wandte ich mich wieder an Sancia.

»Ich muss mir meine Antwort sorgfältig zurechtlegen.«

»Denke nicht zu lange nach«, warnte sie mich. »Er könnte sonst vor Kummer zugrunde gehen.«

Doch ich sollte nicht dazu kommen, meine Antwort zu verfassen, denn schon bald begannen die Vorbereitungen für Juans Ankunft. Tausende von Dukaten wurden für Juans Empfang aufgewandt, und sogar die Pflastersteine des Petersplatzes wurden von Schmutz gesäubert und Bettler und Landstreicher in Kerker geworfen, damit sie nicht die vergoldeten Bogengänge beschmutzten, durch die Juan bei seiner Ankunft reiten würde.

Als schließlich die Augustsonne gnadenlos auf uns herabbrannte und wir in unserer höfischen Aufmachung schwitzten, versammelten wir uns auf der mit Samt bezogenen Plattform, um die Rückkehr meines Bruders aus Spanien zu bezeugen.

In der Ferne schmetterten Trompeten. Von meinem Kissen aus, auf dem ich neben Sancia saß, spähte ich über das Podest hinweg und versuchte, Cesares Blick zu erhaschen. Heute hatte ich ihn zum ersten Mal nach seinem Fieberanfall wieder in seinem Palazzo gesehen. Es war auch sein erster offizieller Auftritt gewesen. Es erleichterte mich ungeheuer, dass ihm äußerlich seine Krankheit nicht anzumerken war. Er war immer noch zu blass und hatte Schatten unter den Augen, wirkte aber in seiner purpurnen Robe groß und elegant, und sein Pileolus saß wie angegossen auf seinem kahl geschorenen Kopf, während er die von allem Schmuck entkleideten Hände auf Bauchhöhe vor der Schärpe gefaltet hielt.

»Er kommt!«, hörte ich Papa entzückt flüstern und beobachtete fassungslos, wie er zu Cesare herumfuhr. »Ich höre schon die Jubelschreie. Unser geliebter Juan ist daheim!«

Mein jäher Impuls, aufzuspringen und Papa für seine Worte wütend zu tadeln, erschreckte mich. Mein Leben lang hatte ich den Boden verehrt, über den er geschritten war. Doch jetzt empörte mich seine Unachtsamkeit. War es ihm denn gleichgültig, dass Cesare sich herabgesetzt fühlte? Am liebsten hätte ich ihn so laut angeschrien, dass ganz Rom es hörte: Papst Alexander VI. hatte mehr als einen Sohn; und wenn er es nicht vermochte, ihnen allen seine Liebe gleichermaßen zu zeigen, riskierte er, uns alle gegeneinander …

Tosender Beifall brandete auf und lenkte meine Aufmerksamkeit auf die Prozession, die auf dem Petersplatz Einzug hielt. Sogleich fiel eine Schar von Pferdeknechten in unserer Livree auf, in ihrer Mitte Juan auf seinem Hengst, der mit einer Schabracke bedeckt war, von deren goldenen Rändern bimmelnde Glöckchen herabhingen. Juans karmesinrote Kappe und sein braunes Wams waren so reich von Edelsteinen übersät, dass er glitzerte wie die Sonne selbst. Umgeben war er von drei weiteren, nicht zueinanderpassenden Gruppen – Mauren mit Turban, Purzelbäume schlagende Spaßmacher und Zwerge, alle im gleichen Samt, die um ihn herumwirbelten. Dicht hinter ihm ritt Giovanni, der Juan nach Porta Portense entgegengeeilt war, um ihn schon dort in Papas Auftrag willkommen zu heißen.

Und dann bemerkte ich Giovannis Miene. Solche Freude hatte ich noch nie in seinem Gesicht gesehen. Er wirkte völlig verändert, ja, er leuchtete regelrecht und sah für seine Verhältnisse sogar gut aus. Man hätte meinen können, Juans Rückkehr hätte ihm neues Leben eingeflößt. Ich traute meinen Augen kaum, zumal ich mich wieder voller Abscheu an seine Possen erinnerte, die er mit Juan und Giulia getrieben hatte. Dass Sancia mich in den Arm zwickte, spürte ich erst, als sie zischte: »Lucrezia, du musst aufstehen! Seine Heiligkeit ist auf den Beinen!« Rasch erhob ich mich und zupfte meine prachtvolle, wenn auch leicht zerknitterte lila- und silberfarbene Robe zurecht, die von Schweiß durchnässt an mir klebte.

Papa hastete zum Rand des Podests. »Mein Sohn!«, rief

er. »Juan, *hijo mio!*« Die Menge, die sich von väterlichen Gefühlsausbrüchen ohnehin leicht rühren ließ, geriet vollends in Ekstase, und der Schrei »Gandia! Gandia!« donnerte über den großen Platz, bis ich befürchtete, das Echo könnte die zarten Statuen der Basilika zerspringen lassen.

Juan saß von seinem Pferd ab. Das melodische Bimmeln um ihn herum wurde lauter, als er das Podest erklomm und auf Papa zutrat. »Gott bewahre uns«, flüsterte mir Sancia ins Ohr. »Sag bloß, er trägt auch an seinen Kleidern Glocken!« Ich unterdrückte ein Kichern, als ich die unentwegt klingelnden, winzigen silbernen Schellen an seinem, dem maurischen Stil nachempfundenen Rock entdeckte, den er nun abnahm und mit dramatischer Geste hinter sich warf, wo er als klingender Haufen auf dem Boden zusammensank.

Die Menschen brüllten vor Lachen. Unbeabsichtigt hatte Juan seinen triumphalen Einzug zu einer Komödie degradiert.

Erneut blickte ich zu Cesare hinüber. Regungslos stand er neben dem Papstthron. Sein markantes Profil gab keinerlei Gefühle preis. Doch als Papa Juan unter dem Beifall der Kardinäle in die Arme schloss, das Volk Blumen in die Luft warf und vom Kastell aus Kanonenschüsse ertönten, sah ich ein eisiges Lächeln über Cesares Lippen huschen.

21

»Der Feldzug ist eine einzige Katastrophe.«

Als ich Cesares Stimme hörte, blieb ich abrupt vor der angelehnten Tür zum privaten Gemach meines Vaters stehen. Draußen spie ein für Ende Januar nicht ungewöhnlicher Sturm Graupel gegen den Palast und rüttelte an den Flügelfenstern.

Nachdem Papa in den vergangenen Wochen wegen der Epiphanias-Feierlichkeiten ständig beschäftigt gewesen war, wollte ich ihn heute ganz formlos besuchen. Im September hatte er den frisch mit dem Titel des *Gonfalionere* ausgestatteten Juan an der Spitze unserer Armee marschieren sehen. Ich selbst hatte meinen Bruder kaum zu Gesicht bekommen. Bis zur Stunde seines Aufbruchs hatte er sich täglich stundenlang mit Papa, Cesare und deren Beratern hinter verschlossenen Türen besprochen. Von Streitigkeiten zwischen ihm und Cesare war mir die ganze Zeit über nie etwas zu Ohren gekommen. Nach Weihnachten war der gesamte päpstliche Hof in Winterstarre verfallen. Die Kurie genehmigte sich eine längere Ruhephase, die Kardinäle zogen sich in ihre Paläste zurück; und auch Papa hätte einen längst verdienten Urlaub genießen sollen. Nachdem er mehrere Bitten um eine Audienz nicht beantwortet hatte, entschied ich mich, durch den geheimen Durchgang von Santa Maria direkt zu ihm in den Vatikan zu gehen.

Ich befand mich vor seinem Gemach und sah dennoch keine Möglichkeit, auf mich aufmerksam zu machen. Ohne auf die Wachmänner zu achten, die, den Rücken mir zugewandt, wie versteinert dastanden, spähte ich durch den Türspalt in Papas Gemach und sah Cesare an einem mit Landkarten und irgendwelchen Papieren übersäten Tisch stehen. Papa saß auf seinem Sessel, das Kinn mit dem grauen Bart auf die Faust gestützt. Er schien über irgendetwas nachzudenken. Ich wusste, ich hätte mich bemerkbar machen müssen, anstatt neugierig hinter der Tür stehen zu bleiben und zu lauschen.

»Denkst du nicht, dass es für solche Voraussagen zu früh ist?«, brummte mein Vater. »Juan ist noch keine drei Monate weg. Der Krieg ist noch längst nicht vorbei.«

»Wenn er es nur wäre.« Cesare seufzte, jedoch ohne Bitterkeit erkennen zu lassen. »Niemand glaubt, dass wir noch eine Wahl haben, außer eine Einigung mit den Orsini und ihren Verbündeten zu erzielen.«

»Einigung!«, rief Papa. »Lieber verpfände ich meinen eigenen Thron! Dein Bruder mag sich bisher nicht sonderlich ausgezeichnet haben, aber er hat immerhin zwölf Festungen eingenommen, darunter Scrofano und Formello. Genügen dir diese Leistungen nicht?«

Mit angehaltenem Atem wartete ich auf Cesares Antwort. Wieder musste ich an seine schrecklichen Worte über den Dämon in ihm denken und an sein eisiges Lächeln bei Juans Ankunft. Auch wenn ich wusste, dass es nicht richtig war, heimlich zu lauschen, war ich von der Szene vor mir fasziniert, hatte ich doch zum ersten Mal die Gelegenheit, meinen Vater und meinen Bruder dabei zu erleben, wie sie Angelegenheiten erörterten, die nicht für die Ohren von anderen bestimmt waren.

»Wir beide wissen, dass nicht Juan die Festungen eingenommen hat«, sagte Cesare nach einer langen Pause. »Wir mögen das in unseren offiziellen Schreiben behaupten, aber in Wahrheit war es Juans erster Kommandant, der Herzog von Urbino, der die Belagerungen geleitet hat. Leider wurde Urbino verwundet und musste sich im Lager pflegen lassen. Nur darum blieb es Juan überlassen, die Hauptburg der Orsini in Bracciano zu stürmen.«

»Ja, ja«, nörgelte Papa, »das wissen wir alle.«

Jetzt wünschte ich mir, ich hätte Juans Feldzug aufmerksamer verfolgt, statt mich von Sancias ständigem Drängen, ich solle Alfonso meine längst überfällige Antwort senden, ablenken zu lassen. Dann hörte ich eine Karaffe klirren. Papas Lieblingsdiener, Perotto, trat vorübergehend in den für mich sichtbaren Ausschnitt der Szene, um meinem Vater nachzuschenken. Der Anblick des stattlichen Kammerherrn beruhigte mich. Offenbar war diese Besprechung nicht so geheim, dass Perotto nicht dabei sein durfte.

Cesare schwieg. »Nun?«, bellte Papa, doch in seinem Ton fehlte die Aggression. Wollte er etwa eine Ungeduld zur Schau stellen, die er gar nicht empfand?

»Nun ja«, murmelte Cesare. Ich hörte Papier rascheln. »Hier steht, dass Juan in der Zeit, die Urbino auf dem Krankenlager verbrachte, einen Fehler nach dem anderen beging. Da die Stürme den Boden in Schlamm verwandelt hatten, hätte er unsere Kavallerie nicht für den Angriff einsetzen dürfen. Außerdem hat er Donna Bartolomea, Virginio Orsinis Gemahlin, eine geborene Bracciano, sträflich unterschätzt. Sie hat Juan einfach ignoriert, als er sie aufforderte zu kapitulieren. Ihre Sturheit und das Wetter haben unsere Armee in Schach gehalten. Und dann hat sie einen Esel, dem sie eine Nachricht ins Hinterteil gestopft hatten, in Juans Lager getrieben. Wollt Ihr hören, was darin stand?« Mein Bruder machte eine Kunstpause.

»Habe ich denn eine Wahl?«, knurrte Papa.

Cesare setzte seine Stimme so geschickt ein, dass nur jemand, der ihn sehr gut kannte, den schneidenden Unterton heraushörte. »Die Botschaft lautete, ich zitiere: ›Lasst mich durch, denn ich bin der Gesandte des Herzogs von Gandia.‹«

Ich unterdrückte ein Auflachen, als Papa zischte: »Diese Orsini-Hure wird die Stunde noch bereuen, in der sie uns verhöhnt hat!«

»Vielleicht«, erwiderte Cesare, »aber nicht so bald. Vorerst sind leider wir diejenigen, die bereuen, denn Juan musste sich ihren Spott gefallen lassen und hatte keine Möglichkeit, sich zu revanchieren. Die Kunde von ihrer Unbotmäßigkeit hatte sich in Windeseile unter allen Rängen unseres Heeres verbreitet, und seitdem nehmen ihn unsere Männer nicht mehr ernst. Während Juan sie noch beschwor, wenigstens so etwas Ähnliches wie Ordnung herzustellen, ist die von den Baronen aus der Romagna zum Schutz von Donna Bartolomea entsandte Verstärkung eingetroffen. Mit deren Hilfe haben sie unsere Armee nach Santoriano getrieben, wo wir eine verheerende Niederlage erlitten haben. Dieser Brief hier enthält die neuesten Nachrichten. Er stammt von Urbino persönlich. Er schreibt, dass er trotz einer Verwundung weitergekämpft hat, bis er gefangen genommen wurde. Er ersucht Euch darum, das Lösegeld dem alten Brauch gemäß zu zahlen. Juan hat offenbar eine Wunde im Gesicht davongetragen und bittet um Eure Erlaubnis, hierher zurückkehren zu dürfen, sobald er sich so weit erholt hat, dass er ein Pferd besteigen kann.«

»Unmöglich!« Wütend sprang Papa auf, stürmte an dem Türspalt vorbei, hinter dem ich regungslos stand, und riss Cesare den Brief aus der Hand. Kaum hatte er die Nachricht überflogen, presste er mit vor Wut knarzender Stimme hervor: »Das darf nicht sein. Juan darf sein Quartier nicht verlassen. Noch haben wir die Orsini nicht entscheidend getroffen. Wenn er jetzt zurückweicht, werden wir alles verlieren, und mir wird nichts anderes übrig bleiben, als um Frieden zu bitten. Wir machen uns zum Gespött von ganz Italien!«

Das war die Stunde, auf die Cesare so lange gewartet hatte. Unser Vater bestätigte ihm, dass Juan unfähig war. Dennoch murmelte Cesare: »Es ist schon vorbei, Papa. Juan ist kampfunfähig und sein Kommandant ein Gefangener des Feindes. Wir müssen unseren Stolz hinunterschlucken, den Orsini einen Waffenstillstand anbieten und mit ihnen über die Rückgabe ihrer Festungen verhandeln, bevor sich die ganze Romagna gegen uns erhebt. Trotz allem, was diese Barone während der französischen Invasion getan haben, sollten wir diesen Feldzug nicht fortführen.« Cesare hielt kurz inne. »Später, wenn Juan genesen ist, können wir es vielleicht noch einmal versuchen. Aber vorerst können wir sie nur besänftigen, wenn wir ihnen ihre Burgen zurückgeben und sie mit viel Geld für ihre Verluste entschädigen.«

Ich staunte über Cesares großmütige Worte, nicht aber über die Reaktion unseres Vaters. Er schleuderte den Kelch gegen die Wand. Einen Moment lang war in der sich ausbreitenden Stille nur Papas Keuchen zu hören. Dann sagte er: »Wir haben immer noch unseren Plan mit Lucrezia.«

Ich erstarrte. Cesare schwieg eine Weile, bevor er antwortete. »Allerdings, aber ich glaube, wir sollten die Sache noch etwas länger hinauszögern. Das Gespräch, das ich vor ein paar Tagen mit Giovanni geführt habe, war nicht gerade erbaulich. Er verweigert seine Zustimmung zur Annullierung der Ehe wegen …«

Plötzlich wurde ich am Arm gepackt und herumgerissen. Bevor ich auch nur nach Luft schnappen konnte, presste mir

Sancia ihre freie Hand auf den Mund. Mit den Lippen bildete sie ein lautloses »Psst« und zerrte mich in den Korridor.

Aufgebracht riss ich mich los, doch sie flüsterte: »Es tut mir leid, dass ich dich störe, zumal ich aus eigener Erfahrung weiß, wie viel wir Frauen durch heimliches Lauschen erfahren können. Aber dein Gemahl hält sich in deinen Gemächern auf. Du solltest sofort hinübergehen. Er tobt vor Wut.«

Schreie aus dem Vorraum und der Lärm umgeworfener Möbel empfingen mich, als ich die Treppe zu meinen Gemächern hinaufhastete. War das der Tisch mit meiner Majolikakaraffe darauf gewesen oder die Anrichte mitsamt den Tellern? Dann hörte ich Pantalisea schreien: »*Signore, per favore!* Meine Herrin ist nicht da. Sie ist Seine Heiligkeit besuchen gegangen. Ich muss darauf bestehen, dass Ihr …«

»Aus dem Weg!«, brüllte Giovanni.

Sancia griff unter ihr Cape und zog einen kleinen Dolch hervor. Entschlossen presste sie die Lippen aufeinander. Ich selbst hatte den bitteren Geschmack von Angst in der Kehle, als wir über die Schwelle traten. Im Vorraum herrschte ein heilloses Durcheinander. Die Teppiche waren übersät mit Porzellanscherben, zwischen denen umgestürzte Stühle lagen. Vor der Tür zu meiner Schlafkammer kauerten meine Dienerinnen. Soeben näherte Giovanni sich ihnen bedrohlich. Als er Sancia und mich eintreten hörte, wirbelte er herum. Er schwankte bedenklich, die Augen in seiner von Wein befeuerten Raserei zu Schlitzen verengt.

»Ich hab das … Recht dassu!«, lallte er, mit dem Finger in meine Richtung deutend. »Ich hab das verdammte … Recht!«

Jäh erfüllte mich eisige Ruhe. »Ich fürchte, ich weiß nicht, worauf Ihr hinauswollt, noch verstehe ich den Grund für Euer ungebührliches Verhalten, Signore.«

»Das solltest du aber.« Er torkelte zwei Schritte auf mich zu. »Dich fürchten! Weil ich das Recht dassu hab, *sie* nich'. Nich' dieser hinterhältige Teufel von Bruder und schon gar nich' der brünstige alte Eber, den du Vater nennst. Du bist meine … Frau! Du gehörst *mir!* Keiner darf das Gegenteil behaupten. Keiner darf es wagen herumzu… herumzuposaunen, dass ich kein Mann bin!«

Aus den Augenwinkeln sah ich Sancia ihren Dolch aus der Scheide ziehen. Ich schickte ein Stoßgebet gen Himmel, sie möge ihn nicht benutzen. Auch wenn er wüste Drohungen ausstieß, war Giovanni schon zu sehr vom Wein betäubt, um wirklichen Schaden anrichten zu können. »Ihr seid betrunken, Signore«, sagte ich. »Wir können miteinander sprechen, wenn Ihr nüchtern seid.«

Er blinzelte, als wäre er verwirrt von meinem eisigen Ton. Dann aber knurrte er: »Du meinst wohl, ich hätte in diesem … Schlangennest keine Ratgeber, hä? Ihr Borgia seid nich' die Einzigen mit gekauften Augen und Ohren. Ich hab auch welche, die für mich andere bespitzeln, und ich weiß verdammt genau, was ihr plant, du und dein Vater.«

»Daran habe ich keine Zweifel. Trotzdem ist mir völlig gleichgültig, was Eure Spitzel sagen.«

Pantalisea näherte sich ihm von hinten. »Signore, meine Herrin will Euch nicht seh…«

Giovanni schlug ihr ins Gesicht. Durch die Wucht des Schlags taumelte sie, aus der Nase blutend, in die Arme meiner anderen Dienerinnen, die entsetzt aufschrien.

»*Bruto!*« Sancia machte einen Satz nach vorn. »Du hältst dich wohl für besonders tapfer, was? Schlägst eine Frau!« Sie schwang ihren Dolch. »Dann wollen wir mal sehen, wie tapfer du bist, wenn ich dich zum Ochsen mache.«

Giovanni lachte höhnisch auf. »Die andere Borgia-

Schlampe ist auch da! Wunderbar. Dann nehm ich euch beide, so wie's Cesare und Seine Heiligkeit vor mir getan haben.«

Bevor Sancia sich auf ihn stürzen konnte, schoss meine Hand vor und hielt sie zurück. Ich trat an ihr vorbei und baute mich vor Giovanni auf. »Ihr verlasst auf der Stelle meine Gemächer. Wenn Ihr das nicht tut und wenn Ihr es noch einmal wagt, solchen Schmutz vor mir oder sonst jemandem auszusprechen, erzähle ich meinem Vater und der ganzen Welt, was Ihr seid. Alle werden erfahren, dass Ihr nur dann mit einer Frau ins Bett steigen könnt, wenn mein Bruder Juan Euch von hinten nimmt wie ein Türke.«

Benommen glotzte er mich an.

»Jawohl«, bestätigte ich, während seine blutunterlaufenen Augen sich vor Entsetzen weiteten.

Die Worte schienen ihm im Hals stecken zu bleiben. »Das … das is' nich' möglich. Ich hab nich' … du kannst nich' …«

»O doch. Und ob ich konnte. Habt Ihr etwa vergessen, dass die Tür ein Guckloch hatte? Djem war dort. Er hat es mir gezeigt. Und auch wenn er jetzt tot ist, Signore, *ich* bin es nicht.«

Er rührte sich nicht, sprach kein Wort. Ich spürte, wie unser gegenseitiger Hass und der Abscheu, den wir voreinander empfanden, sich immer weiter steigerte, bis er flüsterte: »Das wirst du bereuen.«

»Ich glaube nicht, dass ich, was unsere Ehe betrifft, irgendetwas bereuen werde«, entgegnete ich eingedenk dessen, was ich soeben in Papas Gemach erlauscht hatte.

Seine Hände ballten sich zu Fäusten. Ich warf einen Blick darauf. »Berührt mich«, zischte ich, »und ich bitte ihn, dafür zu sorgen, dass Ihr Euch gegen mehr Vorwürfe wehren müsst als nur gegen den wegen des Bruchs unseres Ehegelöbnisses.«

Mit einem erstickten Laut drängte er sich torkelnd an meinen Dienerinnen vorbei und hastete zur Tür hinaus. Erst jetzt spürte ich, wie meine Entschlossenheit in sich zusammenfiel. »Das wird er mir nie vergeben«, murmelte ich, an Sancia gewandt.

»Wenn du gerade die Wahrheit gesagt hast«, erwiderte sie, »bist du nicht auf seine Vergebung angewiesen. Giovanni Sforza mag ein trunksüchtiger Narr sein, aber selbst Narren wissen, wann sie sich fügen müssen.«

Der Winter zog sich zurück. Auf Zehenspitzen kam der Frühling herangeschlichen, und die Bäume trieben rechtzeitig zur Karwoche aus. Völlig unerwartet tauchte Giovanni am Morgen des Karfreitags vor meiner Tür auf, nachdem er nach unserer Konfrontation wochenlang fort gewesen war. Mit seiner Kappe in der Hand und bekleidet mit einem tristen Rock, Stiefeln und Umhang stand er verloren im Vorraum. »Ich gehe in die Sant'-Onofrio-Kirche um des Martyriums unseres Erlösers zu gedenken«, verkündete er und verstummte sogleich wieder in Erwartung meiner Reaktion. Er kam mir ausgezehrt vor, und wenn er mir noch irgendetwas bedeutet hätte, hätte ich ihm empfohlen, regelmäßig jeden Tag zu überlegen, wie es um seine unsterbliche Seele stand, und nicht nur an heiligen Tagen wie heute. So aber blieb ich inmitten meiner Dienerinnen sitzen und sah nur kurz auf. Ich hatte meine Morgengebete bereits gesprochen und verbrachte nun meine Zeit mit dem Besticken neuer Stuhlkissen; sie sollten die alten ersetzen, die er zertrampelt hatte.

»Schön«, sagte ich und fragte mich, warum er es auf einmal für nötig befand, gegen jede bisherige Gewohnheit seine Absichten anzukündigen. »Ich wünsche Euch einen guten Tag.«

»Du solltest mitkommen. Du bist meine Gemahlin.«

Mit einem bedeutsamen Blick auf Pantalisea, deren Bluterguss nach seinem brutalen Schlag immer noch nicht verschwunden war, erklärte ich: »Ich muss heute Nachmittag mit Seiner Heiligkeit an einem Gottesdienst in der Basilika teilnehmen. Ihr seid willkommen, Euch zu uns zu setzen.« Ich hielt inne. »Als mein Gemahl«, fügte ich hinzu.

Er machte eine abrupte Bewegung in meine Richtung, doch etwas an meinem Blick – meine unverhüllte Verachtung vielleicht – hielt ihn davon ab, die Schwelle zu überschreiten. Stattdessen förderte er mit einem Griff unter sein Wams einen Papierbogen zutage, faltete ihn und versiegelte ihn mit einem Klumpen Wachs. Dann hob er den Arm, um mir den Brief vor die Füße zu werfen, doch Murilla sprang von ihrem Hocker auf und stellte sich Giovanni in den Weg. Sie war tapfer, meine Zwergin. Mit der Art und Weise, wie sie sich vor ihm aufbaute, forderte sie ihn geradezu heraus.

Seine Lippen zuckten. Wortlos reichte er ihr den Bogen, drehte sich um und verließ meine Gemächer. Murilla brachte mir das Schreiben. Ich wollte es schon verächtlich zur Seite legen, als Pantalisea die Stille brach. »Vielleicht sollten Eure Hoheit lesen, was er zu sagen hat.«

»Ach ja? Wieso sollte mich irgendetwas von dem, was er zu sagen hat, interessieren?« Trotzdem brach ich das Siegel und entfaltete die Nachricht. Hastig hatte er ein paar Worte hingekritzelt: *Wenn ich dich zu mir befehle, wirst du kommen.*

Ich zerknüllte das Blatt und warf es ins Feuer. »Ich habe es mir gleich gedacht. Es ist ohne Belang.«

Obwohl eine ganze Reihe von Stürmen Rom überrollt und in einen einzigen Morast verwandelt hatte, endete die heilige Woche mit all ihrer erhabenen Pracht. Zusammen mit Papa und dem vatikanischen Hof wohnte ich der Freilassung von hundert weißen Tauben zur Feier der Auferstehung bei. Gleich danach zog ich mich, erschöpft von all den endlosen Prozessionen und Gottesdiensten in meinen eigenen Palazzo zurück. Zu meiner grenzenlosen Erleichterung hatte sich Giovanni nicht mehr blicken lassen. Allerdings bereitete mir Papa große Sorgen. In letzter Zeit hatte er mehrere Schwächeanfälle erlitten, was zweifellos daran lag, dass Juan sich kurz nach dem Ostersonntag, begleitet von einer armseligen Handvoll Diener und den Kopf von einem blutgetränkten Verband umwickelt, heimlich zurück nach Rom geschlichen hatte. Nach seiner Ankunft wurde mein Bruder in seine Gemächer im Vatikan geführt, damit Torella seine durch einen Schwerthieb aufgeschlitzte Wange behandeln konnte. Mir war klar, dass Papa zutiefst niedergeschlagen sein musste, denn kaum hatte er seine zeremoniellen Pflichten erledigt, zog er sich in seine Gemächer zurück, um sich von seinen Ärzten behandeln zu lassen. Diese verordneten ihm Bettruhe, damit er sich von seiner Erschöpfung erholen konnte.

Es dauerte mehr als einen Monat, bis Papa nach mir schickte. Beim Betreten seines Gemachs überkam mich unendliche Erleichterung, als ich ihn in einer mit Luchspelz verbrämten Robe in seinem mächtigen Sessel sitzend antraf. Und noch etwas freute mich: Unsere Begegnung war streng vertraulich, denn außer uns beiden war nur sein vertrauter Diener Perotto anwesend. Der junge Mann schenkte mir ein Lächeln, als wolle er mir versichern, dass es sich bei der Unpässlichkeit meines Vaters um nichts allzu Ernstes gehandelt hatte.

»Setz dich zu mir, *farfallina*«, forderte mich Papa auf. Ich eilte zu ihm hinüber, ließ mich auf einem Schemel vor seinem Knie nieder und griff nach seiner großen, geäderten Hand.

»Papa, geht es Euch besser?«

Er stieß einen Seufzer aus. »Das hängt davon ab, wie man das definiert. Körperlich fühle ich mich so wohl, wie ein Mann meines Alters das erhoffen kann, aber mein seelisches Befinden ist eine ganz andere Angelegenheit.«

»Das tut mir leid«, murmelte ich, wohl wissend, dass er die Enttäuschung, die Juan ihm zugefügt hatte, diesmal nicht einfach leugnen konnte, wie er das bisher so oft getan hatte.

»Wieso sollte das dir leidtun?« Er umfasste mein Kinn. »Du kannst ja nichts dafür, dass ich gezwungen bin, einen Vertrag mit den Orsini zu unterschreiben, der uns auf Gedeih und Verderb ihren Intrigen ausliefert. Ebenso wenig ist es deine Schuld, dass Ihre Majestäten von Spanien sich über die Schmach beklagen, die ihnen Papst Alexander VI. zugefügt hat, da er seinen Sohn gegenüber allen anderen bevorzugt, oder dass Savonarola unser Ungemach zum Zeichen Gottes erklärt, der seinen Zorn über den Borgia ausschüttet.« Er ließ die Finger über meine Wange gleiten. »Das alles sind meine Bürden, nicht deine.«

»Aber Ihr könnt doch nichts für Juans Versagen?«, platzte ich heraus, ohne mir über die Folgen meiner Worte im Klaren zu sein, auch wenn inzwischen ganz Rom, ja, ganz Italien von Juans ebenso verheerendem wie vergeblichem Feldzug gehört hatte.

Er hörte auf, mein Gesicht zu streicheln. Ich erstarrte, rechnete mit einem Zornesausbruch. Doch er murmelte nur: »Wie könntest du das auch verstehen? Du hast ja keinen Sohn. Nicht einmal einen Gemahl, da Giovanni jetzt geflohen ist.«

Ich schreckte hoch. »Geflohen?« Mittlerweile hatte ich

mich daran gewöhnt, dass Giovanni und ich einander aus dem Weg gingen, und stellte schon lange keine Fragen mehr, wenn er wieder einmal verschwunden war. »Wohin denn?«

Papas Stimme klang hart. »Es muss in der Tat eine ernste Angelegenheit sein, wenn er die eigene Gemahlin im Unklaren lässt. Nun, laut meinen Kundschaftern ist er am Karsamstag ohne Pause in seine Heimatstadt Pesaro galoppiert Bei seiner Ankunft ist sein Pferd unter ihm zusammengebrochen, während er alle möglichen widerwärtigen Beschuldigungen gegen uns ausstieß.«

Ich bekam ein flaues Gefühl im Magen. Doch bevor ich all meinen Mut zusammennehmen und fragen konnte, gab mein Vater bereits selbst die Antwort. »Er hat bewiesen, dass er der Ehren, mit denen ich ihn überhäuft habe, nicht wert ist. Ich habe ihm bereits geschrieben und eine Erklärung für sein Verhalten verlangt, rechne aber nicht mit einer Antwort. Er wird sich feige in Pesaro verstecken und wie immer Mailand um Hilfe bitten.« Papa unterbrach sich und starrte mich an. »Anscheinend ist deine Ehe nicht glücklich.«

Ich wandte den Blick ab. »Das ist sie gewiss nicht. Ich bin froh, dass er weg ist«, murmelte ich. »Uns verbindet nichts. Es hat nie etwas zwischen uns gegeben.«

»Ja, auch das wusste ich schon.« Papa zog seine Hand zurück. Ein Schatten fiel auf seine Augen. »Es tut mir leid für dich. Ich hatte gehofft, du würdest ein ruhiges Leben als glückliche Ehefrau und Mutter führen. Wahre Freude erfährt man erst dann, wenn man sein eigenes Kind in den Armen hält, es durch die ersten gefährlichen Jahre bringt, es aufwachsen sieht und sich große Hoffnungen für seine Zukunft macht, solche Träume wie …« Seine Stimme brach. »Träume, wie Wir sie für diejenigen hegen, die Uns nachfolgen werden.«

Da ich bereits wusste, dass er von Juan sprach, beobachtete ich schweigend, wie er die Tränen wegblinzelte und dann den Blick auf den von Marmor eingefassten Kamin richtete, in dessen Tiefen ein Feuer prasselte.

Schließlich wandte er sich wieder an mich. »So, wie die Dinge liegen, dürfen wir nicht länger zögern. Ich werde nicht länger dulden, dass du unglücklich bist. Aber bevor wir unsere Entscheidung treffen, muss ich wissen, ob ihr wirklich nichts miteinander habt. Immerhin seid ihr seit fast vier Jahren verheiratet. Hat er dich nie …?«

Unvermittelt wechselte Papa das Thema. »Aber dein Bruder ist nicht der Grund, warum ich dich gerufen habe. Vielmehr müssen wir über Giovanni reden – und über das, was wir mit ihm vorhaben.«

Ich setzte mich wieder auf den Hocker. Eine Weile fiel kein Wort, bis Papa schließlich fragte: »Gibt es wirklich nichts zwischen euch? Immerhin hast du mehrere Monate bei ihm in Pesaro verbracht. »Hat denn nie …?«

Er wusste doch, dass Giovanni das nie getan hatte, da er selbst es ihm verboten hatte. Mich beschlich eine beunruhigende Ahnung, dass er etwas ganz anderes von mir wollte und vorsichtig sondierte, ob Beweise für Schandtaten vorlagen. Hatte er Verleumdungen über Giovanni gehört? Ich überlegte, wie viel ich Papa offenbaren sollte, denn Giovanni schien mit seinem jähen Verschwinden einen Skandal verursacht und unsere Entfremdung vor ganz Rom bloßgelegt zu haben. Sicherlich würden sich jetzt alle fragen, warum ich nicht mitgegangen war und warum er die Stadt so schnell verlassen wollte.

Mir fiel wieder die Nachricht ein, die Giovanni zurückgelassen hatte, und jetzt kam sie mir wie eine Drohung vor.

Gleichwohl hatte er mich nicht zu sich befohlen, und ich hatte Papa und Cesare dabei belauscht, wie sie die Annullierung meiner Ehe erörtert hatten. Andererseits war ich nun einmal über Giovanni und Juan im Bilde, und solange mein Bruder sich nicht von seiner Verletzung erholt hatte, sollte niemand Papa zwingen dürfen einzuräumen, dass Juan der Sünde widernatürlichen Treibens ebenso schuldig war wie mein Gemahl. Dann fiel mir wieder ein, dass Sancia gehört hatte, wie ich Giovanni mit seinem Geheimnis erpresste. Hatte sie Stillschweigen bewahrt, oder wusste Papa bereits Bescheid und überprüfte jetzt, ob ich bereit war, ihm alles anzuvertrauen?

»Und?«, drängte Papa mit tadelndem Unterton. »Hat er oder hat er nicht?«

Ich schüttelte den Kopf. »Er hat mich nie berührt.«

Er stieß einen tiefen Seufzer aus, doch ich konnte nicht beurteilen, ob vor Erleichterung oder vor Besorgnis.

»Und würdest du dich über die Gelegenheit freuen, deine Ehe mit ihm zu beenden? Sprich frei heraus, denn ich werde dich nicht noch einmal fragen.«

»Ja. Wir … wir passen einfach nicht zueinander.«

Er stieß ein trockenes Lachen aus. »Wie ich das verstehe, ist die Sache noch komplizierter, als du sagst. Cesare scheint zu glauben, dass Giovanni nichts mit Frauen anfangen kann.« Er musterte mich prüfend, als suche er in meinem Gesicht eben jenes Geheimnis zu entdecken, das ich so beharrlich verbarg. »Und, hast du bei ihm irgendwelche unnatürlichen Begierden bemerkt?«

»Ich weiß es nicht, Papa. Aber zärtlich, wie ein Gemahl es sein sollte, war er gewiss nicht zu mir.«

»Ja, auch das weiß ich. Ich habe ihm Annäherungsversuche ausdrücklich verboten, aber mir ist zu Ohren gekommen, dass er in deinen Gemächern getobt hat. Ein Sforza durch und durch, nicht besser als ein Bauer. Sollen wir ihn beseitigen lassen?«

Diese Frage kam so überraschend, dass es mehrere Sekunden dauerte, bis ich ihre volle Bedeutung erfasste. Und als ich sie verstand, stieg mir ein Kloß in die Kehle. »Denn das lässt sich regeln«, erklärte Papa. »Niemand wird je erfahren, wie er sein Ende gefunden hat. Selbst dann nicht, wenn seine Leiche entdeckt wird.«

Giovannis Schicksal lag jetzt in meinen Händen. Es bedurfte nur eines Wortes von mir, und er würde für alles bitter bezahlen, was er mir angetan hatte. Es verwirrte mich, dass ich in einem dunklen Teil meiner selbst diese Vorstellung genoss. Ich genoss es sehr zu wissen, dass ich die Macht hatte, ihn ins Verderben zu stürzen.

»Nein.« Ich bezwang den Wunsch, Giovanni mit einem einzigen Wort für immer verschwinden zu lassen. »Ich könnte nicht damit leben, eine solche Tat auf dem Gewissen zu haben«, erklärte ich und ergriff wieder die Hand meines Vaters.

»Sie würde dein Gewissen nicht belasten«, erwiderte er. »Ich habe dich schließlich nicht gefragt, ob du ihn persönlich beseitigen möchtest, sondern ob du dir wünschst, dass es geschieht. Das ist nicht dasselbe, wie dir jeder Schurke in Rom bestätigen kann.«

»Nein, ich will nicht, dass er …« Ich spähte über die Schulter zum anderen Ende des Gemachs, wo ich Perotto gesehen hatte. Es war schon deutlich dunkler geworden, sodass ich ihn kaum ausmachen konnte, zumal er reglos in der Ecke stand.

»Er wird nichts verraten.« Papas Stimme holte mich zu

unserem Gespräch zurück. »Bedienstete plaudern nie, wenn ihnen an ihrem Leben liegt.« Er hob den Kopf. »Soll ich dich so verstehen, dass du dich entschieden hast?«

»Ja«, sagte ich hastig, bevor ich es mir noch einmal anders überlegen konnte. »Ich wünsche mir, dass unsere Ehe beendet wird, aber ihm soll man nichts antun.«

»Ich dachte, dass er dir etwas angetan hat. Er würde nur zurückerhalten, was er gegeben hat. ›Und dein Auge soll sie nicht schonen: Seele um Seele, Auge um Auge, Zahn um Zahn.‹ So bestimmt es das fünfte Buch Mose.« Mein Vater verstummte, die Augen weiter scharf auf mich gerichtet, als genösse auch er die Vorstellung von Giovannis Tod.

Schon glaubte ich, um das Leben jenes Mannes, den ich verachtete, flehen zu müssen, als Papa die Lippen schürzte.

»Nun denn. Ganz wie du willst. Sobald ich von Ostia zurück bin, werde ich bei der Kurie die Annullierung eurer Ehe beantragen, mit der Begründung, dass sie nie vollzogen wurde. Leicht wird das nicht werden. Er ist ein stures Kerlchen, unser Sforza, und wird darum kämpfen, dich *und* seine Ehre behalten zu können. Er wird sich nicht erklären, sondern fordern, dass ich dich unverzüglich zu ihm schicke. Selbstverständlich werde ich mich weigern. Wenn dieser Sforza glaubt, Forderungen stellen zu können, kann er gern kommen, hierher nach Rom, und es tun – auf den Knien.«

»Das wird er nicht«, sagte ich und war in diesem Moment voller Zuversicht, dass ich Giovanni nie wiedersehen würde. Wenn schon nichts anderes half – die drohende Schande durch die Aufdeckung des Geheimnisses, das ich hütete, würde ihn mir vom Leib halten. »Ehre bedeutet ihm alles. Wenn Ihr ihm seine Würde lasst und seinen Namen nicht in das Spektakel hineinzieht, wird er tun, worum Ihr ihn bittet.«

»Die Annullierung einer Ehe wegen Zeugungsunfähigkeit ist nun mal ein Spektakel«, schnaubte Papa. »Und hast du nicht gesagt, dass ihr nicht zueinanderpasst? Wie kannst du dir dann dessen, was er tun wird, so sicher sein?«

»Weil ich weiß, dass er seinen Stolz hat. Geht mit Diskretion zu Werke, und er wird es Euch danken.«

Zu meiner Erleichterung bekundete Papa brummelnd seine Zustimmung. Meine Befürchtungen wegen Sancia waren also unbegründet. Hätte mein Vater alles gewusst, wäre er mir gewiss nicht gefällig gewesen.

Einmal mehr wirkte seine Miene abwesend. In Gedanken war er offenbar schon woanders. »Ich werde dich bei meiner Rückkehr wieder zu mir rufen«, sagte er, und ich beugte mich vor, um ihn auf die Wange zu küssen. »Ich werde nur ungefähr eine Woche weg sein. Cesare ist bereits losgeritten, um meine Ankunft vorzubereiten. Juan erholt sich noch von seinen Strapazen, hat aber bereits den Wunsch bekundet, mich trotzdem zu begleiten. Solltest du irgendetwas benötigen, stehen dir meine Bediensteten jederzeit zur Verfügung und können einen Kurier zu mir schicken. Oder möchtest du dich uns anschließen?«

»Nein, Papa.« Ich rang mir ein Lächeln ab. »Jetzt, da die Regenzeit vorbei ist, habe ich hier einiges zu tun. Das viele Wasser hat mir den Garten ruiniert, und im Ostflügel meines Palazzo ist das Dach undicht.«

Damit verabschiedete ich mich und ließ ihn in Ruhe das Kaminfeuer betrachten. Während ich hinausschlüpfte, verließ Perotto seinen Posten bei der Anrichte, um für meinen Vater die abendliche Waschung vorzubereiten. Erneut lächelte er mich an. Ich dankte ihm mit einem Nicken.

An heraufziehendes Unheil dachte ich nicht im Entferntesten. Nichts deutete darauf hin, dass alles, was mir vertraut war, schon bald in Trümmern liegen sollte.

Die Korridore waren bis auf die allgegenwärtigen päpstlichen Wachen und vereinzelte Dienstboten leer. Nachdem ich Papas Privatquartier verlassen hatte, huschte ich in den *Sala Reale*, in dem die Schritte stets unverhältnismäßig laut widerhallten, und strebte zur Sixtinischen Kapelle, wo ich den Geheimgang zu meinem Palazzo nehmen wollte. Da ich nicht gewusst hatte, wie lange ich bei meinem Vater bleiben durfte, und Pantalisea und meine anderen Dienerinnen nicht mitten in der Nacht durch den Vatikan scheuchen wollte, war ich unbegleitet in den Apostolischen Palast gekommen. Jetzt bedauerte ich das. Meine Röcke streiften über den kalten Marmorboden und erzeugten ein körperloses Flüstern in dieser weiten Halle, deren Deckengewölbe und mächtige Säulen sich in der Dunkelheit verloren. Die Gerüche von altem Weihrauch und von Feuchtigkeit lösten einen Juckreiz in meiner Nase aus. Als ich stehen blieb, um zu niesen, hallte der Laut in den alten Gemäuern von allen Seiten wider und erschreckte mich.

Als die Echos sich gelegt hatten und ich die Fassung wiedererlangte, bemerkte ich in der Nähe des Bogengangs eine Bewegung. Eine große Gestalt mit sich bauschendem Umhang kam auf mich zu. Da ich sie für einen Wachmann oder Diener hielt, beunruhigte mich das zunächst nicht, doch als sie näher kam und schier übermächtig vor mir aufragte, begann ich, langsam zurückzuweichen. Eine Kapuze verhüllte die Züge, und ich geriet in Panik. Schon war ich im Begriff loszukreischen, als sich eine behandschuhte Hand hob und die Kapuze zurückschlug. Voller Entsetzen starrte ich die immer noch offene Wunde an, die auf seiner rechten Wange klaffte, den Mund verzerrte und sein einstmals schönes Gesicht verunstaltete. Mein Bruder hatte nicht nur eine Wunde davongetragen, er war entstellt worden.

Ich unterdrückte ein Schaudern. »Juan, was schleichst du in der Nacht herum?«

»Dasselbe könnte ich dich fragen.« Sein süffisantes Grinsen geriet in dem vernarbten Gesicht zur Grimasse. »Ich habe dir Angst eingejagt, wie ich sehe. Du bist ja kreideweiß.«

»Du hast mich überrascht. Ich war bei Papa. Ich dachte, du wärst ...«

Lachend warf er den Kopf zurück. »Was? Ein Mörder, der es auf dich abgesehen hat?«

»Sei nicht albern«, gab ich zurück, woraufhin sein Grinsen erstarb und ein kaltes Glitzern in seine Augen trat. Mit einem Schlag begriff ich, dass ich nach seinem Fiasko bei dem Feldzug schlecht beraten war, mich jetzt auch noch über ihn lustig zu machen. »Ich wollte nur sagen: Ich wusste nicht, dass du das Krankenlager schon wieder verlassen hast. Papa sagte, dass du noch nicht ganz genesen bist.«

Er deutete auf sein Gesicht. »Das bin ich auch nicht, aber woher solltest du das wissen, denn seit meiner Rückkehr hast du dich ja von mir ferngehalten, sodass du keine Gelegenheit hattest, mein neues Gesicht zu betrachten.«

»Du tust mir Unrecht, wenn du glaubst ...« Ich unterbrach mich mitten im Satz, denn das stimmte. Die Umstände hatten zwar eine Begegnung nicht zugelassen, doch das war mir tatsächlich auch lieber gewesen. Ich hob das Kinn. »Du hast mich ja auch nicht besucht. Was kann ich dafür, wenn du aus Spanien zurückkommst, nur um gleich darauf schon wieder in den Krieg zu ziehen?«

»Wahrscheinlich gar nichts.«

Während er sprach, bemerkte ich eine Veränderung in seiner Miene; sie verriet unvermittelt eine Verletzlichkeit, die ich bei ihm nicht erwartet hatte.

»Tut es weh?«, fragte ich.

»Am Anfang schon. Ich dachte, die Schmerzen würden mich in den Wahnsinn treiben, aber jetzt ist es nicht mehr so schlimm. Mir wird eine Narbe bleiben, sagen sie. Torella ist allerdings fest davon überzeugt, dass sie mit der Zeit verschwinden wird, wenn ich das Gesicht jeden Abend nach seiner Methode einwickle. Na ja, vielleicht lasse ich mir lieber einen Bart wachsen wie ein alter Jude.«

»Doktor Torella versteht etwas von seinem Fach. Du solltest auf seinen Rat hören.«

Juan lachte. »Was kann ein Verband denn schon bewirken? Sieh mich nur an, ich bin ruiniert!«

Darauf wusste ich keine Antwort. Außerdem war mir nicht klar, was er meinte: seine äußere Erscheinung oder seinen Ruf? Wie auch immer, es war die Wahrheit. Verlegen murmelte ich: »Es ist spät. Meine Damen warten auf mich. Können wir uns vielleicht treffen, wenn du mit Papa aus Ostia zurückkehrst?«

Juan nickte und trat einen Schritt zur Seite. Als ich an ihm vorbeigehen wollte, hielt er mich am Arm zurück. »Lucrezia.«

Ich blickte ihn an. Aus der Nähe konnte ich erkennen, dass seine Wunde sehr tief gewesen war. Gewiss, sie verheilte, aber die Klinge musste ihn mit voller Wucht getroffen haben. Er hatte wohl recht, wenn er vermutete, dass kein Verband der Welt seine Schönheit wiederherstellen konnte. Der stets so männliche Juan, der Augapfel unseres Vaters, würde sein Leben lang und für jeden sichtbar das Zeichen seiner Demütigung im Gesicht tragen. Schweigend musterte ich ihn. Das Einzige, was mir dazu einfiel, war, dass Cesare dies für eine ausgleichende Gerechtigkeit halten würde.

Juan räusperte sich. »Du hast mich doch um Fliesen und

Leder gebeten … Ich habe dir aus Spanien ein paar Muster mitgebracht.«

»Oh!« Das hatte ich vollkommen vergessen. »Ich werde sie mir anschauen, wenn wir uns wieder treffen.«

Seine Hand lag immer noch auf meinem Unterarm. »Nein.«

»Nein?«

»Ich meine, natürlich kannst du es so machen.« Er bedachte mich mit einem flüchtigen, fast nervösen Lächeln, wie ich es an ihm noch nie bemerkt hatte. »Weißt du, ich muss noch diese Woche einen Teil meiner Sachen nach Kastilien senden – oder vielmehr mein Sekretär wird das für mich tun –, und deshalb bin ich gezwungen, länger in Rom zu bleiben als geplant. Dazu kommt natürlich auch diese Wunde … Kurz und gut, möchtest du dir die Muster anschauen? Und wenn sie dir gefallen, kann mein Sekretär gleich die Bestellung aufgeben. Meine Gemahlin wird dir dann alles schicken, was du brauchst.«

Ich runzelte die Stirn. »Bittest du mich, sie gleich jetzt anzuschauen?«

»Warum nicht? Wir könnten in meinen Gemächern speisen.« Er ließ die Hand sinken. »Ich lasse uns Käse, Brot und Schinken bringen. Und Wein. Ich habe Papa den besten Jahrgang seit Langem aus Jerez mitgebracht.«

Etwas ließ mich zögern. Juan schien nicht mehr der Bruder zu sein, den ich kannte: der verlorene Sohn, der allein durch die Liebe unseres Vaters beschützt wurde; der privilegierte Jüngling, der mit Cesare einen bitteren Kampf um das Vorrecht ausfocht; der überhebliche Mann, der mich an dem Tag, als Papa die Wahl zum Papst gewann, auf sein Pferd hob, um mich vom riesigen Petersplatz fortzuschaffen, ehe er vor dem Tor zu Adrianas Palast einen gedungenen Mörder zerhackte.

Ich hatte gehört, dass der Krieg einen Mann verändern konnte. War das bei Juan der Fall? Ich wollte es nicht so recht glauben, doch plötzlich überkam mich das Gefühl, dass es grausam wäre, ihn jetzt zurückzuweisen. Ob verwandelt oder nicht, Juan war nicht mehr der Mann, der er einst gewesen war, und er konnte seine Fehler nicht ungeschehen machen. Da war es sicher das Geringste, was ich als seine Schwester für ihn tun konnte, wenn ich noch ein paar Stunden bei ihm blieb.

Gleichwohl war mir das alles nicht geheuer, und ich wandte ein: »Wie gesagt, es ist spät. Meine Dienerinnen werden sich um mich sorgen.«

»Dann verzichten wir auf das Abendmahl. Sieh dir einfach nur die Proben an. Es dauert ja nur einen Moment.« Der flehende Unterton in seiner Stimme war gewiss nicht beabsichtigt, aber als ich wieder diese grässliche Wunde betrachtete, die ihn für immer an seine Fehlbarkeit erinnern würde und die sich nicht nur in seine Haut, sondern auch in seine Seele gegraben hatte, verspürte ich völlig unerwartet eine Regung, die ich Juan gegenüber noch nie empfunden hatte.

Mitgefühl. Er tat mir leid. Juan hatte nie zu seinen eigenen Bedingungen scheitern oder triumphieren dürfen. Wann immer er litt, lag das daran, dass zu viel von ihm erwartet wurde. Anders als bei Cesare war ihm nie ein Kreuz auferlegt worden, das er zu tragen hatte, sondern nur immer der wirklichkeitsfremde Glaube unseres Vaters, dass er nichts falsch machen könne.

Ich gab mich geschlagen. »Nun gut. Aber ich werfe nur einen kurzen Blick darauf. Länger kann ich die anderen wirklich nicht warten lassen.«

»Ich habe schon verstanden.« Er nahm mich bei der Hand, wie es sich für einen Bruder gehörte, nur dass er das noch nie getan hatte, und führte mich zu einer Hintertreppe, über die wir in das Stockwerk über Papas Gemächern gelangten, den Teil des Palastes, wo auch Cesare eine Suite bezogen hatte. Von Stützbalken hingen Laternen herab, deren Rauch die hier sehr niedrige Decke geschwärzt hatte. Vor einer Tür angekommen, begann Juan, in seiner Wamstasche zu wühlen.

»Du schließt hier ab?«, fragte ich erstaunt.

»In diesem Raum bewahre ich meine Muster aus Kastilien und noch andere wertvolle Dinge auf, dazu meine Rüstung und die Waffen.« Er steckte den Schlüssel ins Schloss. Mir lag die Bemerkung auf der Zunge, dass er sich doch hier, im Palast unseres Vaters, keine Sorgen wegen eines Diebstahls machen musste, als die Tür in sein großes Gemach aufschwang.

Im Raum roch es nach durchgeschwitztem Leinen und benutzten Nachttöpfen, nach verbranntem Wachs und glühender Holzkohle im Kamin. Kleidungsstücke lagen kunterbunt verstreut auf dem Boden; mein Blick fiel auf eine zerknitterte Strumpfhose, nicht zueinanderpassende schlammbedeckte Stiefel, alle möglichen Ärmel mit ineinander verknäulten Stulpen und achtlos über Stuhllehnen geworfene Umhänge. Ich konnte mir ein Grinsen nicht verkneifen. Schon als Kind hatte Juan stets angenommen, seine Sachen würden sich von selbst aufräumen, und hatte es nie für nötig befunden, irgendetwas vom Boden aufzuheben. Wenn unsere Mutter ihn wegen seiner Faulheit schalt, hatte er stets geantwortet: »Wozu haben wir denn Diener?« Doch diesmal hatte er ganz offensichtlich keine Bediensteten in seine Gemächer gelassen. Schämte er sich seines Äußeren so sehr, dass er nicht einmal von einem einfachen Knecht oder Pagen gesehen werden wollte?

Der Raum selbst war prachtvoll. Als Erstes fiel mir ein Bett mit vier Pfosten auf, bedeckt mit zerwühltem kirschrotem Brokat. Und hinten war eine ganze Wand mit einer

Freske bemalt, der Darstellung einer Fantasielandschaft mit schwankenden Bäumen, safrangelbem Himmel und einer schimmernden Stadt. Während ich näher an das Wandbild herantrat, um es eingehend zu betrachten, hörte ich Juan sagen: »Die Muster sind im Vorraum.« Erst jetzt dämmerte mir, dass er mich durch eine Hintertür hereingeführt haben musste, anstatt durch den Haupteingang. Damit war erklärt, warum ich nirgends Wachmänner bemerkt hatte. Erneut musste ich lächeln. Juan wollte sich wahrhaftig so lange verbergen, bis seine Wunde verheilt war, und …

Plötzlich entdeckte ich etwas auf dem Wandgemälde und erstarrte: eine Wüstenszene mit einer weiß getünchten Stadt, die wie eine Luftspiegelung am Horizont anmutete. Im Vordergrund ragte ein hohes Minarett auf, während schiefe Palmen die Szene in Schatten tauchten. Langsam drehte ich mich um und erspähte neben dem Bett alle möglichen persönlichen Gegenstände. Wie eine Schlafwandlerin bewegte ich mich darauf zu und erkannte ein eigenartiges Kohlebecken mit schirmförmigem Deckel, der ganz gewiss nicht in Rom gefertigt worden war, sowie ein gestepptes Lederkissen, bestickt mit Sichelmonden. Im Haus meiner Mutter hatte ich einmal ein Kissen gesehen, das von genau der gleichen Art war. Die Geisel von Papst Innozenz, ein Prinz, hatte uns damals nach seiner Flucht vor seinem Bruder, dem Sultan, zum ersten Mal besucht und eine Vielzahl von Geschenken mitgebracht, die Papa später an sich genommen und Vanozza gegeben hatte.

Djem! Ich war in den Gemächern des toten Prinzen!

Entsetzen und ein grässlicher Verdacht krochen in mir hoch. Und dann ging die Tür auf, und Giovanni sagte: »Habe ich dir nicht angekündigt, dass du noch Grund zur Reue haben wirst?«

22

Er drehte den Schlüssel im Schloss. Als er vor mir stand, ein angespanntes Lächeln auf den Lippen, spürte ich, wie sich jede Faser meines Körpers zu sträuben begann. Ich musste mich an den Bettpfosten klammern, damit meine Knie nicht unter mir nachgaben. Fassungslos betrachtete ich ihn, unfähig zu begreifen, dass er hier war. Das konnte nicht sein. Er hatte Rom doch verlassen. Ich musste mir das einbilden!

»Was … warum seid Ihr hier?« Obwohl ich versuchte, die in mir aufsteigende Angst zu beherrschen, verriet mich meine Stimme. »Mir wurde gesagt, dass Ihr nach Pesaro geritten seid.«

»Das bin ich auch.« Er kam einen Schritt näher, die Hände am Riemen seines Hosenlatzes. »Aber du bist immer noch meine Frau. Ich habe dir das in jener Nachricht geschrieben, mit der ich dich zu mir befahl – ob freiwillig oder nicht.«

Ich warf einen verzweifelten Blick über die Schulter zu der Tür, durch die Juan verschwunden war. »Juan ist hier bei mir. Er ist im Gemach nebenan. Ich schreie, wenn Ihr …«

»Tu das.« Giovanni öffnete seinen Hosenlatz und trat ganz nah an mich heran. Ich wollte zurückweichen, doch das Bett versperrte mir den Weg. Wieder blickte ich zur Tür. Giovanni musste meine Absicht durchschaut haben, denn nun zückte er mit der anderen Hand sein Messer.

»Wehr dich nur«, keuchte er. »Widersetz dich mir, und

ich sorge dafür, dass du die gleiche Narbe davonträgst wie dein Bruder – im Gesicht und an jedem Körperteil, das diese Klinge berührt.«

Seine Augen waren trübe, starr und kalt. Ohne jedes Gefühl. In jener Nacht, als er in Pesaro zu mir gekommen war, hatte ich diesen Ausdruck schon einmal gesehen. Damals hatte ich dieselbe lähmende Angst empfunden und hatte mich nicht gewehrt. Ich war nicht vorbereitet gewesen. Aber jetzt hatten die Umstände sich geändert. Wie ein Flüchtiger musste er sich in die Stadt und in den Vatikan geschlichen haben, da keiner etwas bemerken durfte. Papa hätte ihm den Kopf abschlagen lassen. Wenn er es wagte, auch nur einen Finger an mich zu legen, würde er Rom nicht lebend verlassen.

Ich schluckte den metallischen Geschmack meines Grauens hinunter und sagte: »Sancia hatte recht: Du bist ein Schwein.«

Wütend stürzte er sich auf mich, presste mir eine Hand auf den Mund und erstickte so mein Kreischen, während die andere Hand hochschoss. Jäh die kalte Klinge an der Haut zu spüren, war ein Schock.

Trotzdem biss ich mit aller Kraft in die Hand, die mir den Mund zuhielt. Ich schmeckte sein Blut und spürte, wie sein an mich gepresster Körper zurückzuckte. Doch er ließ mich nicht los. Rasend vor Zorn stieß er mich gegen das Bett und drückte mir den Griff seines Messers an die Kehle, bis ich keine Luft mehr bekam. Es war so weit, er würde mich umbringen, mich aufschlitzen und verbluten lassen, hier, in Djems Gemächern. Wenn Juan von wo auch immer zurückkehrte, würde er mich in einer Blutlache vorfinden.

»Zwing mich nicht, es zu tun«, zischte Giovanni. »Zwing mich nicht, dieses hübsche verlogene Borgia-Gesicht zu zerstören. Ich werde dich wie ein Mastkalb zerlegen.«

Er verstärkte den Druck auf meine Kehle. Das Blut hämmerte in meinen Schläfen, meine Lunge kreischte nach Luft, das Gemach und alles, was meine Welt ausmachte, verdunkelte sich immer mehr, bis es in einer schrecklichen Finsternis versank, in der ich nichts sah, nichts hörte oder spürte als sein zur Fratze verzerrtes Gesicht und seine andere Hand, die an mir zerrte und riss und meine Röcke hochschob.

»Beine auseinander, mach schon! Ich weiß, dass du das kannst. Du hast es ja oft genug getan – für deinen Bruder Cesare, deinen Vater und weiß Gott wen noch alles. *Los, mach!*«

Würgend rang ich nach Luft, sog verzweifelt den Atem durch die Nase ein, während seine Finger sich wie Splitter in mich hineinbohrten.

»Staubtrocken«, knurrte er. Jäh packte er mich am Mieder, schleuderte mich herum und warf mich aufs Bett. Meine Kehle fühlte sich zerquetscht an; ich wusste: wenn ich schrie, würde dabei allenfalls ein Wimmern herauskommen. Aber ergeben wollte ich mich ihm nicht. Keinesfalls würde ich einfach daliegen und mir Gewalt antun lassen. Aufs Geratewohl trat ich zu – und spürte, dass meine Ferse gegen etwas prallte. Sein Aufstöhnen bestätigte es mir: Ich hatte ihn im Unterleib getroffen. Wie gern hätte ich jetzt etwas Spitzes, Scharfes in der Hand gehabt. Mich packte eine unbändige Lust, wieder und wieder zuzustechen, bis er blutend zu meinen Füßen lag.

»*Si cagna!*« Er schlug mir mit seiner Faust gegen die Schläfe. Meine Ohren dröhnten wie von tausend zerbrochenen Zimbeln. Und dann drückte er mich am Nacken nach unten, bis ich keine Luft mehr bekam, und schlug mit der anderen wahllos auf mich ein. Ich spürte seine Erregung, seine Freude über den Schmerz, den er mir zufügte. Und ich wehrte mich noch vehementer, denn ich wusste, was mir bevorstand, wozu er sich anschickte.

»Du Idiot! Was soll das?«

Plötzlich herrschte Stille. Halb erstickt lag ich hilflos auf dem Bett, das Gesicht im Kissen, ohne mich rühren zu können. Dann endlich wich der Druck von mir. Mit einem Ruck drehte ich den Kopf zur Seite und sog die Luft in einem tiefen Atemzug ein. Langsam näherten sich uns Schritte.

Juan. Gerade noch rechtzeitig war er zurückgekommen. Er war hier, und Giovanni war verloren.

Irgendeinen Laut musste ich von mir gegeben haben; ein verzweifeltes Flehen, denn Giovanni verpasste mir erneut einen Hieb. Ich kämpfte noch darum, bei Bewusstsein zu bleiben und nicht in den schwarzen Strudel zu stürzen, der sich in meinem Kopf ausbreitete, als Juan mit schleppender Stimme sagte: »Willst du es tatsächlich auf diese Weise tun? Jeder wird sofort bemerken, dass sie es nicht wollte. Sie wird so zerschlagen aussehen, dass man sie für eine Schlampe nach einer Rauferei im Bordell halten wird!«

»Ich kann nicht«, jammerte Giovanni. »Sieh nur! Meine Manneskraft hat mich verlassen. Sie … sie hat etwas mit mir gemacht. Das ist eine *strega*. Eine Hexe. Sie hat mich verflucht! Sie stiehlt mir meine Kraft!«

Juan stieß ein höhnisches Lachen aus. »Kein Wunder, dass sie dich verflucht hat. Ist das alles, was du vorzuweisen hast? Dieses schlaffe Würmchen? Himmel, du bist ja nicht einmal auf halbem Weg. *Ich* könnte dein Ding hochbekommen. Weißt du noch, wie du mich darum angefleht hast?«

Giovanni stolperte mit einem weinerlichen Blöken zurück, während Juan knurrte: »Lass mich dir zeigen, wie man das macht. Drück sie nach unten.«

Panik wallte in mir auf. Juan sollte mich doch retten,

er sollte Giovanni zusammenschlagen und zum nächsten Wachposten zerren, damit er eingekerkert und draußen auf der *piazza* wie der gewöhnliche Halunke, der er war, erdrosselt wurde. Ich begann, mich zu winden, mich mit Zähnen und Klauen zu wehren – vergeblich. Giovanni packte mich mit eiserner Faust und unterband jeden weiteren Versuch.

»Lass sie uns umdrehen«, schlug er schadenfroh vor. Mit einer kalten, grausamen Stimme erwiderte Juan: »Nein, ich will ihr Gesicht nicht sehen. Ich nehme sie von hinten.«

Als ich meinen Bruder hinter mich treten hörte und er im nächsten Moment meine Schenkel mit den Knien auseinanderstemmte, stieß ich einen Schrei aus, von dem ich nicht geglaubt hätte, dass er über menschliche Lippen, geschweige denn über meine eigenen dringen konnte.

Dann beugte sich Juan über mich und flüsterte: »Das ist für meinen Djem. Für all das, was Cesare ihm angetan hat.« Ich begriff die schreckliche Wahrheit. Irgendwie hatte er herausgefunden, dass Cesare seinen geliebten Gefährten umgebracht hatte. Djem war für ihn mehr gewesen als ein Leibwächter, mehr als irgendein exotisches Schoßhündchen, das er an die Leine genommen hatte – sie waren ein Liebespaar gewesen. Djem hatte in jener Nacht, als ich ihm über den Weg gelaufen war und er mir die Wahrheit über Juan, Giovanni und Giulia gezeigt hatte, nicht vor der Tür gewartet, nein, der Türke war dort gewesen, weil er sich an ihrem Treiben beteiligen wollte.

Meine Seele floh aus meinem Körper, als Juan begann, in mich hineinzustoßen. Ich empfand nichts. Ich wurde zu einer Schale, einem hohlen Stück Fleisch, während er sich an mir verging und Giovanni vor Entzücken heulte.

Nach einer schieren Ewigkeit spürte ich, wie Juan erschauerte und sich in mich ergoss.

Ein sengender Schmerz schoss mir durch den ganzen Körper, als er sich mit einem Ruck von mir löste. Ich war wieder in meinem geschändeten Leib und hörte mich flüstern: »Nein, lieber Gott, bitte nicht …«

»Lass mich!«, forderte Giovanni. »Jetzt kann ich. Siehst du? Ich werde es ihr zeigen …«

»Nein.« Juans Hände glitten über meine Kleider, ordneten sie, strichen sie glatt. So sanft, als wäre ich ein Kind, das soeben hingefallen war und sich wehgetan hatte.

»Aber du hast gesagt … Was wird jetzt aus mir?«, schrie Giovanni. »Ich werde zum Gespött der Leute. In ganz Italien werden sie meinen Namen in den Dreck ziehen! Sobald sie aus Ostia zurückkommen, werden dein Vater und Cesare bei der Kurie den Antrag auf Annullierung unserer Ehe einreichen. Sie wird mich beschuldigen, unsere Verbindung nicht vollzogen zu haben. Sie hat es mir selbst gesagt!«

»Und das ist die reine Wahrheit.« Juan hob mich hoch, als wäre ich eine Feder, und stellte mich behutsam auf die Füße. Während meine Robe zu Boden glitt, geriet ich ins Schwanken. Immer schneller wirbelte das Gemach um mich herum. Juan musste mich halten. Ich hatte das Gefühl, am Rande eines Abgrunds zu stehen.

»Aber du hast mir versprochen, mir zu helfen. Du hast gesagt, dass …« Giovanni verstummte. Er musste etwas in Juans Gesicht gesehen haben, das mir verborgen blieb, denn mein Haar war völlig zerzaust, ein Vorhang, durch den ich nur Fragmente wahrnahm: die flackernde Flamme im Kerzenständer, einen von Schuhabsätzen platt getretenen Umhang auf dem Boden, die Sichelmonde auf dem Kissen in der Ecke.

»Du hörst mir jetzt zu.« Juans flacher Ton erinnerte mich an meinen Vater. »Du wirst uns noch heute Abend verlassen. Du wirst nach Pesaro zurückkehren und dich in deinem ärmlichen Palazzo verbergen, der nach Fisch und Armut stinkt. Du wirst dich verkriechen und inbrünstig beten, dass sie tut, was ich ihr sage, und nicht versucht, Rache zu üben, ob mit Hilfe Cesares, meines Vaters oder irgendeines Schurken, den sie dingen kann. Bete dafür, dass sie dich nur des Nichtvollzugs eurer Ehe beschuldigt und du mit dem Makel der Ehrlosigkeit auf deinem Namen davonkommst, statt eine Borgia-Klinge in die Eingeweide gerammt zu bekommen. Und nun verschwinde! Geh mir aus den Augen, bevor ich dich eigenhändig umbringe, du erbärmlicher Sforza-Wicht!«

Ich hörte Giovanni mit einem Aufschluchzen zur Tür stürzen, das Schloss aufsperren und hinaustaumeln.

»Kannst du gehen?«, fragte mich Juan, sobald wir allein waren. Als ich nicht antwortete, brummte er. »Komm, wir wollen es versuchen.« Er ließ meine Arme los und legte mir eine Hand an die Taille. Meine Knie knickten ein. Die nackte Panik ergriff mich, und mir wurde erneut schwarz vor Augen. Doch irgendwie kam mir die Dunkelheit vor wie eine Zuflucht. Juans Griff wurde fester. Mit letzter Kraft stemmte ich mich noch einmal hoch und schaffte es, aufgerichtet zu bleiben.

»Halte jetzt still und lass mich sehen.« Juan stellte sich vor mich und schob zunächst meine Haare zur Seite, die mir die Sicht raubten. »O nein! Dieser Idiot hat dir die Lippe aufgeschlagen!« Seine Fingerspitze berührte mich an der wunden Stelle. »Spürst du das?«

Jeder Teil meiner selbst, jeder Muskel und jede Sehne zogen sich zusammen. Ich wollte herumwirbeln und fliehen, in den Korridoren so laut kreischen, wie ich konnte, alle in ihren Betten, an den Spieltischen oder bei ihren betrunkenen Schäferstündchen aufschrecken. Die Wächter und Höflinge, die Kardinäle und mein Vater höchstselbst sollten aus ihren Türen stürzen und entdecken, dass Juan Borgia, Herzog von Gandia und Liebling von Papst Alexander VI., seiner eigenen Schwester Gewalt angetan hatte.

Stattdessen jedoch ergriff ein tierhafter Trieb von mir Besitz, der mächtiger war als der kopflose Drang wegzulaufen. Und der brachte mich dazu, meine Schreie zurückzudrängen und stillzuhalten, solange Juan meine Lippe untersuchte.

»Wenn du das nicht spürst«, stellte Juan fest, »sieht es schlimmer aus, als es ist. Trotzdem sollten wir die Wunde versorgen. Warte hier.« Er entfernte sich ein paar Schritte, blickte dann über die Schulter. »Warte«, wiederholte er in einem Ton, als gäbe er einem ungeduldigen Hund oder Pferd einen Befehl. Als er sich vergewissert hatte, dass ich mich nicht von der Stelle rührte, verschwand er im Vorraum.

Meine Augen wanderten zu der anderen Tür, wo Giovanni den Schlüssel hatte stecken lassen. Schon sah ich mich hinüberlaufen, um sie weit aufzureißen, und hörte meine Hilfeschreie durch die Stille des Vatikans gellen. Papa und Cesare waren noch nicht nach Ostia aufgebrochen und würden mich hören. Noch hatte ich Zeit zu …

Juan kehrte mit einer Schüssel und einem Tuch zurück. »Setz dich«, befahl er, und ich hockte mich auf die Bettkante. Ein brennender Schmerz zwischen den Schenkeln durchzuckte mich. Vor mir auf dem Boden kniend, tauchte Juan das Tuch in die Schüssel und tupfte mir die Lippe ab. Als er die Prozedur wiederholte, wirbelten rote Schlieren durch das Wasser.

»Du musst dich jetzt genau an das halten, was ich dir sage«, befahl Juan und säuberte erneut meine Mundwinkel. Er sah mir in die Augen, und ich richtete die meinen starr auf ihn. Er grinste. »O ja, ich weiß, du möchtest nichts lieber tun, als zu Papa zu rennen. Ich weiß, du willst, dass Giovanni und ich diese Sache heute mit dem Leben bezahlen. Das kann ich verstehen. Niemand weiß besser als ich, wie sehr wir nach Rache dürsten, wenn uns das, was uns lieb und wert ist, genommen wird.« Seine Hand, die mir das Gesicht abwischte, zitterte. »Aber du wirst so lange niemandem etwas verraten, bis wir Gewissheit haben. Gleichgültig, was passiert, du wirst schweigen. Hast du verstanden?«

Er fixierte mich derart eindringlich, dass mir übel wurde. Ich schluckte. Als ich endlich Worte fand, brachte ich nicht mehr als ein kaum vernehmbares, heiseres Flüstern zustande. »Warum?«

Er blickte mich mit schiefgelegtem Kopf an. Diese Geste erschreckte mich. Sie erinnerte mich auf unheimliche Weise an unseren Vater. Ich fand es schrecklich zu sehen, wie ähnlich er Papa geworden war – und verachtete ihn dafür umso mehr. Er hatte kein Recht, in welcher Hinsicht auch immer, so auszusehen wie der Mann, der uns das Leben geschenkt hatte und der ihn Glied für Glied zerreißen lassen würde, wenn herauskam, was er heute Abend getan hatte.

»Warum?« Juans Lachen zog seine Wunde in die Breite. »Weil du vielleicht ein Kind empfangen hast.« Er schaute nicht weg, als ich die Augen vor Entsetzen aufriss. »Das kann passieren. Bei meiner Frau war es jedenfalls so. Meine Saat ist mächtig. Mit einem einzigen Stoß habe ich ihr einen Knaben geschenkt. Sollte es auch bei dir so sein, wirst du erklären müssen, wer der Vater ist. Du wirst sagen müssen, dass Sforza doch noch getan hat, was Papa und Cesare mit aller Macht in Abrede stellen wollen. Damit wird sich alles ändern – jedenfalls für dich. Ich dagegen habe einen legitimen Sohn in Spanien und wer weiß wie viele Bastarde von wer weiß wie vielen Huren. Ich brauche keine mehr. Aber sollte heraus-

kommen, dass du ein Kind in dir trägst, wird das alle Pläne zerstören, die sie für dich geschmiedet haben.«

Seine Stimme drang wie aus weiter Ferne zu mir, zwischen uns ein dumpfes Tosen. »Pläne?«

»Natürlich. Eine neue Hochzeit. Oder dachtest du, sie würden dich von Giovanni befreien und dich dann in Ruhe lassen? Dafür bist du zu wertvoll. Du bist ihre neue Allianz. Und damit sie dich benutzen können, musst du eine Jungfrau bleiben – die unbefleckte Lucrezia steht wieder einmal zum Verkauf. Wer am meisten bietet, bekommt sie.« Seine bittere Heiterkeit verebbte. »Aber wenn du nicht tust, was ich dir sage, wenn du mir irgendwie in die Quere kommst, werden sie die Geschichte von *mir* hören. Nur werden sie dann hören, wie du dich mir genähert und gefragt hast, ob du zu mir in meine Gemächer kommen und die Muster sehen kannst. Und wie du, ohne dass ich dich zu irgendetwas aufgefordert hätte, mich mit den Händen berührt hast. Ich bin auch nur ein Mann, schwach im Fleisch, durch den Krieg und die Wunde wirr im Kopf, schrecklich einsam und weit entfernt von meiner Gemahlin und jedem Trost, den sie mir zu spenden vermag. Und du warst ja so reizend, so süß und botest mir Labsal in deinen Armen an. Du schworst mir hoch und heilig, dass das keine Sünde sei, nicht zwischen uns. *Mea culpa*.«

Seine Worte trafen mich tief im Herzen. Mir war, als hätte er mir erneut Gewalt angetan. »Wem, meinst du, werden sie glauben?«, fuhr er fort. »Seiner Hoheit, dem Herzog von Gandia und *Gonfaloniere*, ernannt von Seiner Heiligkeit höchstpersönlich, damit er seine Armee führt? Oder der eigensinnigen Tochter, deren Gemahl weggelaufen ist und deren Reinheit sie unbedingt erhalten müssen?« Er lachte leise. »Oder vielleicht hat das gar nichts zu besagen. Es ist und bleibt Inzest. Wen kümmert es da schon, wer die Schuld trägt? Sie werden dich für den Rest deiner Tage in ein Kloster sperren. Aber ich werde, wenn der Skandal verblasst ist und ich meine obligatorische Buße geleistet habe, immer noch Papas Lieblingssohn sein.«

Auf einmal hatte ich den Geschmack von Asche im Mund. Ich sammelte allen Speichel und spuckte ihn ihm ins Gesicht. Er traf ihn mitten auf seiner Wunde und troff die entstellte Wange hinunter.

»Wenn Cesare das erfährt, bringt er dich um«, flüsterte ich.

»Ja, er wird es wohl versuchen – *wenn* er es erfährt.« Juan setzte sich auf die Fersen und tauchte das Tuch in die Schüssel. Jäh verhärtete sich sein Antlitz in einem Maße, dass jede Ähnlichkeit mit Papa verschwand und an der Stelle der unbekümmerten Maske, die er der Welt zeigte, ein ganz anderes Gesicht zum Vorschein kam – dasjenige, von dem ich einmal vor den Toren von Adrianas Palast Blut hatte herabrinnen sehen.

Er packte mich an den Handgelenken. »Ich warne dich, Schwester. Wenn er es erfährt, wirst du die Folgen allein dir selbst zuzuschreiben haben. Ich habe keine Hemmungen, Cesare zu töten. Diesmal werde ich keine Gnade kennen, nur Härte! So wie Cesare, als er auf Djem losging und nicht im Traum daran dachte, ihn zu schonen, oder als er sich in unserer Kindheit hinter meinem Rücken über mich lustig machte.«

Obwohl ich wusste, dass ich mich damit in Lebensgefahr begab, obwohl mein ganzer Körper nach ihm stank und seine Saat in mir gor, lächelte ich. »Du hast das hier getan, um Cesare zu treffen?«, fragte ich und spürte, wie sich tief in mir etwas Kaltes bildete, etwas wie ein Schwert. »Ist das deine Rache an ihm?«

»Passend, nicht wahr? Cesare hält sich für so schlau. Redet Papa ein, ich sei ein Narr, ein nutzloser Verschwender, der nicht einmal diesem Orsini-Schwein seine Burg wegnehmen könne. Er plant, mich meines Rangs und meines Herzogtums zu berauben, mir alles wegzunehmen, was Papa *mir* gegeben hat und er schon immer haben wollte. Nur hat sich das Blatt jetzt gewendet. Ich habe ihm jede Beleidigung vergolten, jede einzelne Gelegenheit, da ich mich wegen seines Geredes so gefühlt habe, als verdiente ich es nicht, mich einen Borgia zu nennen. Jetzt habe ich das eine genommen, das er mehr begehrt als alles andere auf der Welt, aber nie bekommen konnte: dich!«

In diesem Moment konnte ich den abgrundtiefen Hass in ihm fühlen, die unversöhnliche, lebenslange Rivalität. Jäh erinnerte ich mich an einen lange zurückliegenden Abend, als Cesare sich unangekündigt in den Vatikan gestohlen hatte, Juan uns überraschte und einen Kuss von mir verlangte, nur um mich zu demütigen.

Juan zog mich hoch, bis ich vor ihm stand, drehte mir die Arme auf den Rücken und stieß mich vor sich her zur Tür. »Aber nur du und ich werden je von dieser Sache wissen. Wir haben jetzt unser eigenes kleines Geheimnis, Lucrezia. Jeden Tag, wenn dein Bruder dich sieht, wird er dich für unschuldig halten, für wunderbar geliebt und beschützt, und nur wir zwei werden wissen, wie besudelt du in Wahrheit bist.« Er flüsterte an meinem Ohr: »Und denke bloß nicht daran, dich davon zu befreien oder deine Schande deinen Dienerinnen anzuvertrauen. All diese Kräuterhexen mit ihren Tinkturen und Amuletten in den dunklen Seitengassen bringen meistens neben dem Kind auch die Mutter um. Und nach allem, was ich gehört habe, ist das ein grässlicher Tod. Huren sollen Gift erbrochen haben oder an ihrem eigenen Blut erstickt sein, wenn der Haken in ihrem Unterleib stecken blieb.«

Er ließ mich los. »Mach die Tür auf.« Mechanisch drückte ich die Klinke hinunter. Bevor wir uns in Bewegung setzten, zog er aus einem Stoß Kleider, der in Griffweite auf einem Stuhl lag, einen Umhang und legte ihn mir über die Schultern. »Geh los.« Er blieb dicht hinter mir. Durch den Umhang hindurch konnte ich die Spitze seines Dolches im Rücken spüren. Als er mich die Treppe hinunter in die leeren Säle brachte, hallten meine Schritte in bitterem Spott auf meinen Leichtsinn wider. Ich war ihm freiwillig gefolgt. Seit meiner Kindheit wusste ich, was für ein Mensch Juan war, und dennoch hatte ich mich von meinem Mitgefühl leiten lassen, ohne auf die Stimme der Vernunft zu hören. Ich war sehenden Auges in die Falle getappt, die er mir gestellt hatte. Jetzt musste ich mit den Folgen leben.

Denn er hatte recht, sagte ich mir, während ich mich benommen zur Sixtinischen Kapelle führen ließ und weiter zum Geheimgang zu meinem Palast. Letztlich war es gleichgültig, wem sie glaubten.

Was meine Familie betraf, bedeutete die Wahrheit nichts.

23

Ich blieb in meiner Bettkammer und wurde nur von Pantalisea versorgt. Meine anderen Dienerinnen durften nicht in meine Nähe, nicht einmal Murilla. Wiederholt klopfte meine Zwergin schüchtern an die Tür, weil sie sich weigerte, Pantaliseas Erklärung Glauben zu schenken, ich hätte ein Fieber bekommen und wolle niemanden anstecken.

»Aber du bist doch bei ihr!«, drang Murillas Beschwerde durch die Tür bis zu meinem schützenden Bett, wo ich mich trotz der lauen Frühlingsluft in Felle schmiegte; ich fühlte mich, als würde mir nie wieder warm werden. »Warum macht sich Ihre Hoheit nicht auch Sorgen um *dich*, wenn das Fieber so ansteckend ist?«

»Weil ich es schon einmal hatte«, erklärte Pantalisea. »Außerdem: Was geht das dich an? Lass mich jetzt durch. Das Tablett ist schwer.«

»Warum holen wir keinen Arzt? Wenn sie krank ist, muss Torella zu ihr kommen.« Meine Zwergin war hartnäckig und alles andere als dumm. Sie wusste, dass hier mehr vor sich ging, als wir zugeben wollten, und sie war nicht bereit, sich mit billigen Ausreden abspeisen zu lassen.

»Madre di Dio!« Pantalisea stampfte wütend auf. »Soll ich hier den ganzen Tag mit einem Tablett voller schmutzigem Geschirr herumstehen? Mach sofort Platz und lass mich vorbei!«

Ich schlug die schweren Felle zur Seite und schlüpfte aus

dem Bett. Nachdem ich so lange in meinem Kokon gelegen hatte, schien die Luft meine Knöchel mit eisigen Fingern zu umklammern. Ich hörte Murilla nach Luft schnappen, denn obwohl Pantalisea ihr den Weg verstellte, war es ihr gelungen, an meiner Vertrauten vorbei in die Kammer zu spähen. »Ihre Hoheit ist auf den Beinen!« Das Geschirr klirrte auf dem Tablett, als Pantalisea herumfuhr und bei meinem Anblick ebenfalls aufkeuchte. Eine Hand um den Bettpfosten geschlungen, die andere auf den Bauch gepresst, stand ich schwankend da, angestrengt darum bemüht, mich zurechtzufinden.

Mir war klar, dass ich schrecklich aussah, auch wenn ich seit jener Nacht, da ich geschunden, zerschlagen und mit verkrustetem Blut auf den Oberschenkeln in meinen Palazzo zurückgetorkelt war, nicht mehr gewagt hatte, in einen Spiegel zu schauen. Pantalisea hatte kein Wort gesagt, als sie mich auszog, badete, in eine Schlafrobe hüllte und zu Bett brachte, als wüsste sie bereits, dass Fragen zu nichts führten. Vielleicht hatte sie ja erraten, was mir zugestoßen war. Es war eigentlich unmöglich, die Spuren falsch zu deuten. Sie hatte das Blut abgewischt und mir Salben auf die Lippe aufgetragen, die so dick angeschwollen war, dass ich kaum noch meine Schleimsuppe schlürfen konnte. Inzwischen verblassten die Blutergüsse allmählich; aus Lila war ein mattes Gelb geworden; und die Lippe war fast wieder verheilt. Das Stechen und Pochen in meinem Unterleib hatte aufgehört, und mein junger Körper war zwar noch schwach, begann nun aber, gegen den erzwungenen Winterschlaf aufzubegehren.

Trotzdem stellte ich mir vor, die Gewalttat müsse mein Gesicht ebenso deutlich gebrandmarkt haben wie meinen übrigen Körper. Und Pantaliseas Aufschrei – »Oh, Hoheit, es ist zu früh fürs Aufstehen! Ihr dürft Euch nicht überanstrengen!« –, verriet mir alles, was sie mir nicht direkt sagen wollte.

Als sie mich mit besorgter Miene zurück zum Bett führte, während Murilla die Tür vor meinen anderen Dienerinnen zuknallte, um sich dann davor aufzustellen, unternahm ich einen halbherzigen Versuch, Widerstand zu leisten. Pantalisea hätte ihn mühelos brechen können, wenn es ihr ernst gewesen wäre. Doch ihr unglücklicher Gesichtsausdruck genügte schon, dass ich fast in Tränen ausgebrochen wäre.

»Was … was ist heute für ein Tag?«, wisperte ich.

»Der dritte Juni.« Sie zögerte. »Warum fragt Ihr, Hoheit?«

»Wie lange …?«

»Fast zwei Wochen.« Sie senkte die Stimme. »Ihr braucht Euch nicht zu sorgen. Seine Heiligkeit und Eure Brüder sind noch nicht aus Ostia zurück. Es hat eine Verzögerung gegeben. Ich weiß nicht, warum, aber sie haben über Prinzessin Sancia eine Botschaft gesandt.« Ihre Stimme bebte vor Verärgerung. »Diese Frau ist mein Fluch. Jeden Tag schickt sie ihren Pagen und verlangt eine Audienz bei Euch. Bisher habe ich sie mit der Auskunft hinhalten können, dass Ihr Fieber habt und nicht gestört werden dürft. Aber ich weiß nicht, wie lange ich sie noch …«

Ich hob eine Hand. »Ich möchte, dass du noch etwas für mich tust.«

»Was immer Ihr wollt«, antwortete sie prompt, und plötzlich kehrte die Erinnerung an einen Tag zurück, der ein ganzes Leben zurückzuliegen schien. Wir waren damals in einer Sänfte zu Cesares Palast getragen worden, und ich hatte sie wegen Perotto aufgezogen. Am selben Tag hatte ich zusammen mit Cesare durch ein Fenster im oberen Stockwerk zum ersten Mal Giovanni in seinem steifen neuen Samtanzug gesehen.

Er soll mein Gemahl werden. Wer fragt da schon nach Gefühlen?

Der Gedanke daran ließ mich nicht mehr los. Ich unterdrückte ein gequältes Stöhnen. Hätte ich damals geahnt, was ich heute wusste, wäre meine Antwort ganz anders ausgefallen; dennoch wäre mein Leben bis zum heutigen Tag zwar auf einer anderen, aber gewiss nicht weniger anstrengenden Bahn verlaufen als derjenigen, der ich jetzt folgen musste.

»Hoheit?«, fragte Pantalisea nervös. »Was habt Ihr? Bitte sagt mir, was ich für Euch tun kann.«

»Das Kloster von San Sisto«, sagte ich. »Schick der Priorin eine dringende Botschaft. Sag ihr, sie soll mir eine Zelle herrichten. Sag ihr, dass ich hinter ihren Mauern Zuflucht suchen muss. Sofort.«

Ich hatte vergessen, wie still es hier war. Als Kind hatte ich in diesem altehrwürdigen Gemäuer so viele Stunden verbracht, die Tage eingeteilt durch das Läuten der Glocken im romanischen Kirchturm, die die Nonnen zum Gebet riefen, und meine mit Tintenklecksen durchsetzte, stets von den Unterrichtsstunden bestimmte Zeit. Ständig las ich in Büchern, ertrank schier in Wörtern, so vielen Wörtern, dass mir die ganze Welt vorkam wie eine unerforschte Geschichte, die nur darauf wartete, dass ich ihre Seiten umwendete.

San Sisto war ein wohlhabendes Kloster. In den Jahrhunderten seit seiner Gründung hatte das dominikanische Haus von der Großzügigkeit der Päpste profitiert. Innozenz III. hatte die Restauration der Gebäude und eine Serie von Fresken in der Kapelle bezahlt, die das Neue Testament feierten. Die sterblichen Überreste von Sixtus II. waren aus den alten Katakomben hierher überführt worden, damit sie Pilger – und deren Spenden – anlockten. Adelige Witwen, die sich ein friedliches Lebensende wünschten, unverheiratete Töchter, deren Familien sich keine Aussteuer leisten konnten, Unglückliche, die Skandale mit unbehebbaren Schäden ausgelöst hatten – sie alle zahlten jetzt für ihren Frieden hinter diesen mattweißen Ziegelmauern, wo man die Sünde der Eitelkeit mied und seinem ehemaligen Namen zugunsten von Namen wie Annunziata oder Magdalena abschwor. Hier brachten die von niemandem angetasteten Grundsätze des heiligen Dominik Ordnung und Trost in die Unübersichtlichkeit und das Chaos des sterblichen Lebens.

Dennoch war ich mir sicher, dass San Sisto noch nie jemanden wie mich hatte ankommen sehen. Ich hatte mir eine Ankündigung meines Eintreffens verbeten. Daher stand ich nun in einen Umhang gehüllt, einen Mantelsack in der Hand und nur eine Dienerin an meiner Seite, vor dem Tor in der Via Appia. Die Priorin kannte mich von früher. Hier war ich zur Schule gegangen und von ihr beaufsichtigt worden. Sie wusste sich zu gut zu beherrschen, um ihre Bestürzung angesichts meiner Rückkehr nach so vielen Jahren der Abwesenheit zu verraten, doch ihre Haltung ließ erahnen, dass unerwartete Gäste hier sehr selten waren. Andere Klöster mochten für Besucher offen sein, deren verbarrikadierte Fassaden und vergitterte Fenster freilich lediglich Attrappen zur Tarnung verbotener Bordelle in ihrem Inneren waren, die Novizinnen wie Olivenöl feilboten und wo alles Weltliche Vorrang vor Frömmigkeit hatte, vor allem, wenn es Profit einbrachte. Im Kloster San Sisto indes wurde strenge Enthaltsamkeit geübt. Hier durfte kein Hauch von Sittenlosigkeit den heiligen Ruf des Hauses beflecken.

Das war mir bekannt. Mehr noch, ich verließ mich darauf. Kein Mann, nicht einmal mein Vater, konnte mich hier erreichen.

»Ich denke, diese Räume werden genügen«, erklärte die Priorin. Damit führte sie uns in eine spärlich eingerichtete

Kammer mit einem winzigen Schlafbereich. Statt einer Tür gab es lediglich einen Bogengang, an dessen Ende ein Gazevorhang wehte, der dazu gedacht war, jeden Drang nach unerlaubter Vergnügung zu unterbinden.

»Perfekt«, murmelte ich, während Pantalisea erstarrte. »Bitte«, flüsterte ich ihr zu, »überreiche der Ehrwürdigen Mutter Priorin die Geschenke, die wir mitgebracht haben.«

»Oh, das hättest du nicht tun dürfen, mein Kind!«, protestierte die Priorin. Ihr zerfurchtes Gesicht bekam noch tiefere Falten, als Pantalisea die Tasche auf den Tisch stellte und ein Bündel parfümierte Wachskerzen herausnahm. Im letzten Moment, als wir schon im Begriff waren, meinen Palast zu verlassen, war mir Adrianas Mahnung eingefallen, dass ich einen heiligen Ort nie mit leeren Händen besuchen durfte. »Und das Tuch«, sagte ich, ohne auf Pantaliseas grimmige Miene zu achten. Mir war es gleichgültig, ob unsere Umgebung schmucklos und abweisend war, ob ich auf einer Pritsche mit nichts als modrigen Leinen als Decke schlief. Wenn es um die Sicherheit ging, die ich benötigte, um mein Schicksal selbst zu bestimmen, musste der Luxus geopfert werden.

Widerstrebend reichte sie mir das zusammengefaltete blaue Tuch aus venezianischem Samt mit den eingestickten goldenen Granatäpfeln, das mir mein Vater einmal geschenkt hatte.

»Für den Umhang Eurer Mutter Gottes«, sagte ich.

Die Priorin seufzte. »Danke, mein Kind.« Sie machte eine kleine Geste, woraufhin eine Nonne, die draußen im Gang stand, hereinschlüpfte, die Geschenke an sich nahm und genauso lautlos, wie sie erschienen war, wieder verschwand. Die Priorin wandte sich erneut an mich. »Du musst müde sein. Ich lasse dich jetzt ruhen. Aber …« Sie hob die Stimme, bevor Pantalisea sie zur Tür hinausbugsieren konnte. »Wir sollten erst noch ein Gespräch führen – unter vier Augen.«

Ich nickte. Sobald Pantalisea hinausgetrottet war und die Tür hinter sich geschlossen hatte, begann ich ohne Umschweife. »Ich bin nicht gekommen, um Euch das Leben zu erschweren, noch möchte ich Euch zur Last fallen.«

»Und dennoch wirst du beides tun.«

Mir schnürte sich die Kehle zu. »Ja. Ich fürchte, das werde ich wohl.« Meine Körperhaltung verriet, was zu gestehen ich nicht über mich brachte. Ich erkannte es an ihrem Blick, der kurz auf meinem Bauch ruhte und langsam wieder nach oben zu meinem Gesicht wanderte. »Welcher Monat?« Ihre Stimme drückte keinerlei Verurteilung aus. Hätte ich es nicht besser gewusst, hätte ich angenommen, dass sie dieselbe Frage schon zahllose Male gestellt hatte.

»Ich werde vielleicht nicht …« Ich stockte. »Es könnte nicht zu dem kommen, was ich befürchte.«

»Aber du bist trotzdem hier.« Auch wenn die Priorin nicht lächelte, wurde ihre Miene mit einem Mal weicher, wie ich das schon öfter bei Frauen beobachtet hatte, die zwar ein Dasein fern des üblichen Lebens führten, aber nicht ahnungslos waren, was seine Wechselfälle betraf. »Du suchst Zuflucht hinter unseren heiligen Mauern.«

»Ja.« Ich kämpfte gegen den Drang an, mich ihr anzuvertrauen. »Ich brauche Zeit, einen Ort der Ruhe. Bis ich Gewissheit habe.« Noch während ich sprach, wunderte ich mich über meine Bereitschaft zur Täuschung. Auch wenn sich in meinem Körper bisher nichts getan hatte, das meine Vermutung bestätigte oder widerlegte, und obschon ich keine Ahnung davon hatte, wie sich eine Frau in meinem mutmaßlichen Zustand fühlen sollte, wusste ich es: Sie war bereits in mir, und ich nährte sie, die Saat meines Bruders.

Die Priorin schwieg einen Moment. Dann nickte sie und wandte sich zur Tür. Sie hatte schon die Hand auf dem Riegel, als sie sich noch einmal umdrehte. »Du hast uns um Zuflucht gebeten, und wir werden alles in unserer Macht Stehende tun, um dir Schutz zu gewähren. Sollte dich das, was dich hierher gebracht hat, zu dem Wunsch führen, der Welt zu entsagen und den Schleier anzulegen, werden wir dich auch dabei unterstützen, so wie wir jedem Sünder helfen müssen, der Vergebung sucht. Aber wir können uns keiner Gefahr aussetzen. Wir können nicht zulassen, dass diesem Haus und unseren Mitschwestern im Herrn Schaden zugefügt wird, weder deinetwegen noch um eines anderen willen. Und, was noch wichtiger ist als das: Wir müssen die Heiligkeit dieses Ortes schützen.«

»Ich verstehe«, murmelte ich.

»Das will ich hoffen. Denn sollte das, was du befürchtest, tatsächlich eintreten, darfst du diese Zelle nicht verlassen. Es kann nicht hingenommen werden, dass die anderen dich in einem solchen Zustand sehen. Und ist das Kind geboren und du entscheidest dich dazu hierzubleiben, musst du es weggeben. Es kann auf keinen Fall bleiben. Solltest du es vorziehen zu gehen, musst du das möglichst bald tun, und zwar zusammen mit dem Kind. Wir können nicht dulden, dass unsere Ordnung zu lange gestört wird. Es sind Schwestern unter uns, die den Anblick eines Säuglings als allzu grausame Erinnerung an den Verzicht empfinden würden, den zu leisten wir gelobt haben. Jede Verführung muss um der Sicherheit aller willen ferngehalten werden.«

Bevor ich etwas erwidern konnte, ging sie hinaus und überließ es mir, über die Alternativen, die sie mir genannt hatte, nachzudenken. Ich hätte nicht sagen können, welche davon mich mehr erschreckte.

Pantalisea kehrte zu mir zurück. »Bleiben wir?« Ihr Unterton verriet mir, dass sie sich nicht sicher war, ob ich die richtige Entscheidung treffen würde. Ihr war noch nicht so recht klar, aus welchem Grund ich meinen Palast und meine Familie verlassen hatte. Allerdings wusste sie, dass Giovanni nach Pesaro gezogen war und mir unmittelbar vor seinem Aufbruch etwas Schreckliches, Unaussprechliches geschehen sein musste.

»Ja«, sagte ich. »Wir bleiben. Ich bleibe auf jeden Fall. Du kannst gehen, wenn du willst.«

»Gehen? Warum sollte ich Euch verlassen? Ist es Dienerinnen hier verboten, ihren Herrinnen aufzuwarten?«

»Nein, es ist erlaubt, solange man die Regeln einhält. Wir beide müssen uns nach den Vorschriften richten.« Seufzend hakte ich meinen Umhang auf, zog ihn mir von den Schultern und drapierte ihn über der Holzlehne von einem der zwei Stühle im Raum. Mein Blick fiel auf die nicht sehr einladend aussehende geflochtene Sitzfläche. In ein paar Monaten würde ich einen Polstersessel benötigen, wenn man von mir forderte, dass ich meine Tage mit Nähen und Warten verbrachte.

Mit einem energischen Kopfschütteln verscheuchte ich meine trüben Gedanken, denn ich würde noch genügend Zeit zum Grübeln haben, und sagte: »Falls du ebenfalls bleibst, musst du den Grund kennen. Alles andere wäre dir gegenüber ungerecht und abgesehen davon gefährlich. Wenn Cesare und mein Vater erfahren, wo ich bin, werden sie alles andere als erfreut sein. Es wird Fragen geben. Schwierige Fragen. Wenn sie sie mir nicht stellen können, werden sie es bei dir versuchen.«

Sie runzelte die Stirn. »Aber ich dachte, Hoheit wären hier, weil …« Ihre Stimme erstarb, da sie plötzlich etwas ahnte. »Ihr wollt doch nicht etwa vor dem Signore fliehen?«

»Nein.« Ich winkte sie zu mir und ergriff ihre Hände. Mein Leben lang hatte ich keine Schwester gehabt. Noch nie hatte ich eine andere Frau gekannt, zu der ich genügend Vertrauen hatte, um ihr von den Wahrheiten zu erzählen, die ich tief in meinem Herzen bewahrte. Giulia war ein Vorbild gewesen, bevor sie zur Rivalin geworden war; und Sancia war zwar entzückend, aber unsere Freundschaft war noch jung. Wenn wir mehr Zeit miteinander verbracht hätten, dann hätte Sancia mir vielleicht helfen können, diese Prüfung zu überstehen. Dass sie mutig und stark genug war, daran hatte ich keinen Zweifel. Aber diese Angelegenheit würde sie gegen meine Familie aufbringen, und das wollte ich weder ihr noch jemand anderem zumuten. Pantalisea hingegen war seit meinem elften Lebensjahr an meiner Seite. Sie war meine vertrauenswürdigste Dienerin, auf die ich mich stets verlassen konnte. Bei ihr hatte ich immer gewusst, dass sie ein Geheimnis für sich behalten würde, gleichgültig, wie hoch der Preis dafür sein mochte. Zumindest musste ich das in meiner Verzweiflung glauben. Denn *dieses* Geheimnis konnte uns beide das Leben kosten. Ich hatte nicht den geringsten Zweifel daran, dass Juan seine Drohung wahrmachen würde. Nach dem Verbrechen, das er an mir verübt hatte, durfte ich das Ausmaß seiner Niedertracht nie wieder infrage stellen.

Sachte zog ich Pantalisea auf den anderen Stuhl hinunter und erzählte ihr leise und ohne zu weinen alles, was geschehen war. Als ich geendet hatte, war ihr Gesicht leichenblass. »Wie gesagt, du musst nicht bleiben«, schloss ich. »Ich weiß selbst, wie viel ich von dir verlange und wie gefährlich mein Schritt sich für uns beide erweisen kann. Vielleicht bilde ich mir das Kind in meinem Leib nur ein. Aber wenn nicht, wird nichts mehr so sein, wie es war. Du musst dich jetzt entscheiden. Wenn du bleibst, wenn du diese Sache mit mir durchstehst, drohen dir große Gefahren – seitens Juan ganz gewiss, aber vielleicht auch von anderen.«

»Von anderen?«, wiederholte sie.

»Giovanni«, sagte ich. »Er ist auf Juans Befehl hin fortgegangen, aber unsere Ehe ist noch nicht annulliert. Er könnte versuchen zu verhindern, dass die Kurie Papas Antrag annimmt, und behaupten, wir hätten unsere Ehe vollzogen. Er ist ein Feigling und Schurke, und wenn er einen Verdacht hat, dass ich guter Hoffnung bin, wird er versuchen, das Kind für sich zu beanspruchen. Ich muss tun, was in meiner Macht steht, um es zu schützen. Auf keinen Fall darf Giovanni eine Gelegenheit bekommen, es als sein eigenes auszugeben.«

»Aber Ihr redet, als würdet Ihr es ... *wollen*. Es muss doch eine andere Lösung geben. Hier in Rom können wir sicher jemanden auftreiben, der Euch gegen Geld hilft, eine Hebamme, die weiß, wie Ihr es loswerden könnt.«

»Und wie, meinst du, sollen wir diese Hebamme finden, ohne dass Juan davon erfährt oder Gerüchte sich in der ganzen Stadt verbreiten? Ich bin die Tochter Seiner Heiligkeit; ich habe nicht das Geld, um mir ein derart umfassendes Schweigen zu erkaufen. Nein« – ich schüttelte energisch den Kopf und traf in diesem Moment meine Entscheidung –, »weder bin ich bereit, das Kind zu töten, nur um Juan oder mich selbst zu retten, noch werde ich an dieses Tier von Gemahl gefesselt bleiben. Eher sterbe ich!«

Das war das erste Mal in meinem Leben, dass ich mich unumstößlich festgelegt hatte, das erste Mal, dass ich für mich selbst einstand. Nach allem, was ich erlitten hatte, fühlte ich mich, als hätte ich die Haut einer früheren Existenz abgeworfen, um ein neuer Mensch zu werden.

»Ich bin auch eine Borgia«, erklärte ich. »Und es ist an der Zeit, das zu zeigen.«

»Was sollen wir tun?«, flüsterte Pantalisea.

Das Lächeln auf meinen Lippen fühlte sich kalt an. »Was würde ein Mädchen in meinen Umständen tun? Wenn es so weit ist, muss ich mich an meine Mutter wenden.«

Vanozza traf in ihr übliches Schwarz gehüllt ein. Allerdings wirkte sie im Klostergarten, wo wir an einem Tisch, gedeckt mit kandierten Früchten und einer Karaffe leichten Weins, zusammensaßen, vollkommen am richtigen Ort, wenn auch übergroß im Vergleich zu unserer Umgebung mit den zarten Bögen des Kreuzgangs, der den Garten umschloss.

Am Anfang war ich stumm wie ein Fisch. »Ich dachte, du wolltest mich treffen«, begann Vanozza, nur um sich zu unterbrechen und mich prüfend zu mustern. »*Dio mio!* Du erwartest ein Kind!« Wie sie das erkannt hatte, war ihr Geheimnis. Sie hatte schon immer ein untrügliches Auge besessen. Oder vielleicht hatten ihr ihre Karten ein Zeichen gegeben. Auch an ihrem Tarot zweifelte ich nicht mehr. Zu oft schon hatte sie Dinge über mich gewusst, von denen sie keine Ahnung hätte haben dürfen. Und was ihre Kinder betraf, hatte sie ohnehin den siebten Sinn einer Hexe.

Ich griff nach der Karaffe. »Vielleicht, ja.«

»Daran gibt es keine Zweifel!«, blaffte sie. »Es ist so. Das sehe ich dir doch an. War dir schon schlecht?«

»Schlecht?« Ich schenkte mir ein und begann, Erfrischungen auf den Tellern zu verteilen. Darauf bedacht, eine ruhige Stimme und Miene zu wahren, fragte ich: »Wie das?«

»Halte mich bloß nicht zum Narren!« Sie ergriff meine freie Hand. Zwischen uns bebte der Teller, den ich in der anderen hielt. »Musstest du dich schon erbrechen? Frauen fühlen sich oft krank, wenn sie guter Hoffnung sind. Bei mir war das nie so, aber es kommt häufig vor. Die Regel bleibt aus, und ihnen ist übel. Selbst der Geruch oder Geschmack bestimmter Speisen sorgt dafür, dass sie zum Abtritt stürzen. Hast du das auch schon erlebt?«

»Nein.« Ich stellte den Teller ab. »Aber, wie Ihr sagt, *Euch* war nie schlecht. Ich bin Eure Tochter.« Ich sah ihr fest in die Augen. »Wollt Ihr wissen, wie es geschehen ist?«

Ich wusste, dass es gefährlich war, sie so direkt herauszufordern. Die Wochen vor ihrer Ankunft hatte ich damit verbracht, unsere Begegnung bis ins Detail zu planen: Was ich tun würde, was ich sagen würde und – wichtiger noch – was nicht. Jetzt musste ich schlau sein, schlauer als sie. Einfach würde das nicht werden, wie ich nun erkannte, als sie mir gegenübersaß, mit ihrer übernatürlichen Gabe, jede meiner Lügen zu durchschauen.

Mit einem leisen Auflachen steckte sie sich eine kandierte Aprikose in den Mund. »Es wird wohl auf die übliche Weise geschehen sein, denke ich. Was ich wissen will, ist: Warum kommst du hierher, statt bis zu Rodrigos Rückkehr in deinem Palast zu bleiben? Er ist zutiefst bestürzt. Er sagt, dass du ihn mit deinem Eintritt in ein Kloster vor aller Öffentlichkeit brüskiert hast und ganz Rom jetzt mit der Zunge schnalzt. Inzwischen gibt es keinen Vagabunden mehr, der nicht darüber Bescheid weiß, dass dein Gemahl dich ausgerechnet in der heiligen Woche verlassen und dazu gezwungen hat, in deiner Verzweiflung bei den Nonnen Zuflucht zu suchen.« Sie verstummte für einen Moment. »Oder gehört das zu deinem Plan? Deinem Vater keine andere Möglichkeit zu lassen, als die Annullierung weiter zu betreiben, ohne auf die Drohungen zu achten, die die Sforza ausstoßen?«

Sie wartete meine Antwort nicht ab. »Nicht, dass ich dir in dieser Sache die Schuld geben würde. Die liegt einzig und allein bei Giovanni. Wenn eine junge Frau so schrecklich vernachlässigt wird: Wo kann sie noch Hilfe finden, außer in ihrem Glauben?« Sie griff nach dem Kelch, den ich ihr eingeschenkt hatte. »Wenn Rodrigo den Antrag auf Annullierung stellt, kann deine Klausur in diesem Haus, wie vorübergehend sie auch sein mag, seiner Behauptung nur förderlich sein. Und die lautet, dass dein Gemahl nicht dazu fähig war, seine ehelichen Pflichten zu erfüllen.«

Ich schwieg weiterhin, den Blick auf ihren leeren Kelch gerichtet.

»Aber wie dir sicher klar ist«, fuhr sie in tadelndem Ton fort, »lässt sich eine solche Behauptung nicht aufrechterhalten, wenn du gesegneten Leibes bist. Eine Frau im Kindbett kann ihrem Gemahl nun wirklich keine Vernachlässigung vorwerfen. Sobald Rodrigo die Kunde erfährt, muss er den Prozess abbrechen und dich nach Pesaro schicken. Dich zu verstecken, das bringt dir nur einen kurzen Aufschub ein. So mager, wie du bist, wird man es dir zwar erst in drei Monaten ansehen, aber dann werden dir die heiligen Schwestern die Tür weisen.«

»Das glaube ich nicht.« Als ich endlich sprach, achtete ich darauf, dass meine Stimme so glatt blieb, wie es der Fuß des Kelches zwischen meinen Fingern war. »Ich habe mich der Priorin bereits anvertraut, und sie hat eingewilligt, mich bis nach der Geburt bleiben zu lassen.« Ich hob die Stimme. »Und dieses Kind, wenn ich denn tatsächlich eines in mir trage, stammt nicht von meinem Gemahl.«

Meine Offenbarung verschlug ihr den Atem. Schließlich keuchte sie: »*Puttana!* Von wem dann? Welcher erbärmliche Reitknecht oder Page hat dich in sein Bett gelockt?«

Trotz ihrer Beleidigung entdeckte ich in ihrem Tonfall eine verborgene Angst. Allerdings war sie mir willkommen, verriet sie mir doch, dass meine Mutter wie gewünscht den Ernst der Lage erfasst hatte. Ich ging noch einen Schritt weiter. »Von Cesare habe ich es übrigens nicht, wenn es das ist, was Ihr befürchtet.«

Sie fegte den Kelch vom Tisch und erhob sich halb. »Von wem immer der Bastard ist, ich werde ihn an meine Hunde verfüttern!«

Schon hob sie die Hand, doch bevor sie zuschlagen konnte, sagte ich: »Juan.« Sie taumelte zurück und presste ihre Hand auf ihre Brust, als hätte ich ihr einen tödlichen Hieb versetzt.

»Er hat mich in seine Gemächer mitgenommen«, erklärte ich, selbst darüber erstaunt, dass meine Stimme so frei von Gefühlen war, als ginge es gar nicht um mich. »Er hat mich dorthin gebracht, damit Giovanni mich vergewaltigen konnte. So sah es zumindest auf den ersten Blick aus. Aber dann brachte mein Gemahl nichts zustande, und Juan hat es an seiner Stelle getan.« Alle Farbe wich ihr aus dem Gesicht. »Er hat es getan, um sich an Cesare zu rächen, um mich zu demütigen und um dafür zu sogen, dass wir alle die Schande tragen müssen. Wollt Ihr das Kind nun immer noch an Eure Hunde verfüttern – Euer eigenes Enkelkind, ein Borgia, ja, ein doppeltes Borgia?«

Vanozza ließ sich zurück auf ihren Stuhl sinken. Einen kurzen Moment lang tat sie mir fast leid. Noch nie hatte ich sie so erschüttert, so kläglich, so gealtert gesehen. Alle Falten in ihrem Gesicht zeigten sich wie Risse in brüchigem Pergament und beseitigten die letzten Spuren ihrer lange zurückliegenden Jugend.

»Nein«, flüsterte sie, »das kann nicht sein.«

»Wenn Ihr mir nicht glaubt, dann fragt doch Juan. Allerdings solltet Ihr bedenken, dass er mir angedroht hat, sowohl Cesare als auch mich zu töten, wenn ich es wage, etwas zu verraten. Außerdem hat er mir angekündigt, dass Papa mich bis zu meinem Tod in ein Kloster stecken würde, was, wie ich vermute, nicht mit dem vereinbar ist, was er mit mir vorhat, sobald diese Annullierung meiner Ehe bewilligt wird.«

Sie starrte mich an, als könnte sie nicht entscheiden, ob sie kreischend davonrennen oder sich hier und jetzt einen Dolch zwischen die Rippen rammen sollte. »Warum sollte ich auch nur ein Wort davon glauben? Ich weiß wohl, dass Cesare den Plan ausgeheckt hatte, uns Giulia vom Hals zu schaffen. Er selbst hat mir erzählt, wie er dich dafür gewonnen hat, dich an dieser Tat zu beteiligen. Was hindert mich daran zu glauben, dass ihr zwei darauf aus seid, einfach einen Gemahl zu beseitigen, den du verabscheust? Dieses Kind, das du in dir trägst, stammt vielleicht gar nicht von Juan, sondern von irgendeinem Nichtsnutz, den du dir angelacht hast, um Juan ins Verderben zu stürzen und dafür zu sorgen, dass Cesare an seiner Stelle den Ruhm erntet.«

Lächelnd lehnte ich mich in meinem Stuhl zurück, obwohl ich inzwischen gegen die aufkommende Panik ankämpfte. Dieses Scharmützel *musste* ich gewinnen. Doch ich hatte nichts als mein Wort. Außer Pantalisea, die meine Blutergüsse gesehen hatte, gab es keinen Zeugen dafür, dass ich mit Gewalt genommen worden war – und sie konnte zum Schweigen gebracht werden. Vanozza konnte es so hinstellen, dass man mich für verwirrt, wenn nicht sogar verrückt hielt. Sie würde weiß Gott alles tun, um einen ihrer Söhne vor mir zu schützen.

Ich sah ihr fest in die Augen. »Juan konnte mit Papas Gunst nichts anfangen, außer zu beweisen, dass er ihrer nicht wert ist. Cesare hat keine Rache nötig. Das Einzige, was er zu tun braucht, ist, Juan einen Strick zu reichen, damit er sich erhängen kann.«

Vanozza funkelte mich mit ihren Basiliskenaugen an.

»Selbst wenn ich ein Komplott ausgeheckt hätte, wie Ihr sagt – seid Ihr bereit, es darauf ankommen zu lassen? Seid Ihr bereit zu riskieren, dass uns Papas Zorn trifft? Denn genau das wird geschehen, wenn ich ihm die Wahrheit sage.« Meine Hände wanderten zu meinem Bauch, auch wenn ich dort nicht die geringste Schwellung ertasten konnte. Aufkeimende Zweifel ließen mich für einen Augenblick zögern, doch ich schob sie beiseite. »Natürlich könnte ich mich getäuscht haben, und meine Regel kommt einfach nur später. Oder – wenn ich doch recht habe – vielleicht verliere ich das Kind ja noch. Viele Frauen erleiden beim ersten Mal eine Fehlgeburt. Bis dahin bin ich in Rom – so wie Juan. Aber wo immer er sich aufhält, für mich ist das zu nahe.«

»Was willst du von mir?«, zischte Vanozza. »Er ist mein Sohn. Ich werde nicht zulassen, dass er deinetwegen verunglimpft wird.« Ihre Stimme bekam einen hässlichen Ton. »Ich weiß sehr wohl, dass du und Cesare umeinander herumschleicht wie zwei läufige Köter. Du hast offenbar vergessen, dass ich über das Gift, das du in dir trägst, Bescheid weiß. Wenn du aus welchen Gründen auch immer Cesare nicht bekommen konntest, hast du dich womöglich auf Juan gestürzt. Vielleicht hast *du* ihn verführt. Oder du hast dir das am Ende selbst angetan.«

»Wenn es so gewesen wäre«, erwiderte ich kalt, »wärt Ihr weiß Gott die Letzte, der ich mich anvertrauen würde. Nein«, bekräftigte ich, als ihre Schultern sich hoben, als müsste sie den Drang unterdrücken, auf mich loszugehen, »was ich von Euch will, ist ganz einfach: Ihr sollt dafür sorgen, dass Juan Italien verlässt. Sagt Papa, dass er nach Spanien zu seiner Frau und seinem Sohn zurückkehren muss. Dorthin gehört er schließlich auch.«

Sie stieß ein ungläubiges Lachen aus. »Du meinst, *ich* besitze die Macht, den Papst von Rom dazu zu überreden, seinen geliebten Sohn fortzuschicken?«

»Das nicht. Aber Juan hat den Feldzug gegen die Orsini zu einer einzigen Katastrophe geraten lassen. Damit hat er sich unter den Baronen der Romagna Todfeinde geschaffen, die sich seine Übergriffe auf ihre Ländereien nicht so ohne Weiteres gefallen lassen, gleichgültig, welchen Waffenstillstand Papa ihnen anbietet. Juans Leben könnte gefährdet sein. Die Barone haben schon für weniger getötet. Papa wird Eure Sorgen beachten, wenn Ihr sie ihm ernsthaft genug vortragt. Die Alternative ist natürlich die Wahrheit. Aber gleich, welche Strafe ich dann erhalte, sie ist auch ein großer Fleck auf unserem Namen. Der leiblichen Tochter des Papstes wurde von seinem geliebten Sohn Gewalt angetan …« Meine Drohung hing zwischen uns in der Luft. »Ich werde nicht lügen. Ich werde Papa alles sagen. Ich habe nichts zu verlieren, denn ich *habe* schon alles verloren.«

Vanozza knirschte mit den Zähnen. »Ich verstehe«, sagte sie gedehnt. »Du glaubst, du kannst mich erpressen. Da täuschst du dich aber. Rodrigo wird nicht so leicht kapitulieren. Er vergöttert Juan und hat die Absicht, Doña Maria und ihren Sohn nach Rom kommen zu lassen. Das hat er mir selbst gesagt.«

»Pläne können sich ändern«, erwiderte ich.

»Allerdings. Aber nicht deinetwegen. Du überschätzt die Zuneigung deines Vaters. Dies ist nicht das erste Mal, dass eine Tochter gefallen ist oder überwältigt wurde. Es gibt andere Wege, den Sturz in die Schande abzuwenden.«

Ich tat so, als dächte ich darüber nach. »Dann muss ich mich wohl an jemand anderen wenden«, entgegnete ich und sah ungerührt zu, wie sie in einem Wirbel aus schwarzen Röcken hochschoss, um den Tisch herumrannte, mich an den Handgelenken packte und dabei fast umriss, sodass meine Knie gegen die Tischplatte schlugen. Wie aus weiter Ferne hörte ich die Karaffe umkippen. Meine Mutter zischte: »Du wagst es, mir zu drohen? *Das wagst du*? Lass dich warnen. Du wirst verlieren, denn ich gewinne *immer!* Ob Enkel oder nicht, ich werde dir diesen Bastard mit den eigenen Händen aus dem Leib schneiden, wenn du Cesare auch nur ein Wort davon verrätst.«

Ich hätte am liebsten laut gelacht oder ihr meine eigene Wut ins Gesicht gebrüllt. Aber sie hatte meinen Köder geschluckt. Sie glaubte nicht, dass ich die Vergewaltigung durch Juan erfunden hatte oder dass Cesare etwas wusste. Ihre Drohungen konnten ihr Entsetzen nicht länger verdecken. Es strömte ihr aus sämtlichen Poren. Ich hatte alles auf eine Karte gesetzt und diese meisterhaft ausgespielt. Der Schlüssel war Cesare, war es schon immer gewesen. Ebenso wie mir war Vanozza klar: wenn er die Wahrheit erfuhr, war Juans Sicherheit, ja sein Leben, verwirkt. Cesare würde ihm nie vergeben. Er würde mich rächen und Juan die Eingeweide mit bloßen Händen herausreißen.

Ich löste meine Hand aus Vanozzas Umklammerung. »Tut, was ich Euch sage, und Cesare wird es nie erfahren. Das schwöre ich Euch.«

»Und wenn ich mich weigere?« Sie atmete flach. »Was dann?«

»Das müsst Ihr mit Eurem Gewissen abmachen. Ich will nur eines: Juan niemals wiedersehen. Wie Ihr das bewerkstelligt, überlasse ich Euch. Aber wenn es Euch nicht gelingt, werde *ich* die Sache in die Hand nehmen.«

Sie wich einen Schritt zurück, die Hände zu Fäusten geballt. »Selbst wenn ich bereit bin, mit deinem Vater zu sprechen, und er einwilligt, kann ich dir eines garantieren: Die Stunde der Abrechnung wird trotzdem kommen. Juan ist die Zukunft seiner Dynastie, der Ruhm seiner Familie. Rodrigo wird ihn niemals wegen eines Fehlers fallenlassen.«

Wegen eines *Fehlers*. Was für eine hartherzige Erklärung! »Schön und gut, aber was Ruhm betrifft, hat Juan bisher kaum etwas zustande gebracht. Und ich kann mir beim besten Willen nicht vorstellen, dass irgendjemand an Inzest mit der eigenen Schwester etwas Rühmliches finden wird. Wer kann schon sagen, was uns die Zukunft bringt? Aus diesem … *Fehler* könnte ein Sohn hervorgehen. Wenn es so kommt, werde ich ihn abgeben, damit er so erzogen wird, wie Papa es für richtig befindet: Ein neuer Borgia-Prinz zur Verherrlichung unseres Namens – vorausgesetzt, er erfährt nie, wer sein Vater ist.«

Vanozza schnaubte. »Du glaubst, du kannst ein Damoklesschwert über unseren Köpfen aufhängen und uns endlos erpressen? Nun, dann prophezeie ich dir: Du wirst niemals Frieden finden, nicht einmal für einen Augenblick. Aber noch kannst du deinem Schicksal entrinnen. Noch gibt es eine Möglichkeit – wenn du nur das Erforderliche unternimmst.«

»Ihr meint, ich soll das Kind beseitigen und so tun, als wäre nie etwas gewesen? Soll ich auf diese Weise entrinnen?« Ich schüttelte den Kopf. »Niemals! Ich werde das Kainsmal nicht tragen, das allen verrät, dass ich mein eigen Fleisch und Blut ermordet habe.«

»Dann bist du für immer verflucht! Ich habe dich gewarnt. Ich habe dir schon einmal gesagt, dass ihr einander zum …«

»Es reicht!« Der Zorn in meiner Stimme ließ sie verstummen. »Sagt kein Wort mehr. Ich will, dass Juan und Giovanni für immer aus meinem Leben verschwinden. Und wenn ich

auch nie wieder glücklich sein und nie auch nur für einen Moment Frieden finden werde, so werde ich wenigstens ihre Gegenwart nicht mehr ertragen müssen. Was mein Kind betrifft, darf mich niemand zwingen, den Makel einer mörderischen Sünde zu tragen.« Mit erhobener Hand schnitt ich ihr das Wort ab. »Wir haben einander nichts mehr zu sagen. Ich bin jederzeit bereit, Cesare einen Brief zu schreiben. Darum rate ich Euch: Tut das, worum ich Euch bitte.«

Wortlos wirbelte Vanozza herum, schnappte sich ihr Schultertuch und marschierte hinaus. Allmählich verhallten ihre schweren Schritte. Ich blickte auf meine Hände hinab. Sie zitterten. Ohne das Durcheinander auf dem Tisch zu beseitigen, kehrte ich in meine Gemächer zurück, wo Pantalisea, den Kopf über ihre Näharbeit gebeugt, vor dem schmalen Fenster saß. Sie wirkte so heiter, so sehr in ihre Aufgabe vertieft, dass man hätte meinen können, wir lebten noch in Santa Maria in Portico und sie besserte einen meiner Ärmel aus. Ich wollte sie umarmen, denn noch nie hatte ich mich dank ihrer Anwesenheit so sicher gefühlt. Für mich hatte sie bereits gegen die Klosterregeln verstoßen und mir aus meinem Palazzo ein paar Luxusgüter gebracht – gesteppte Kissen für die Stühle und für das schmale Bett, zusätzliche Decken und Baumwolllaken, Teppiche für Tisch und Boden; Armleuchter und Kohlebecken. Als die Priorin das gesehen und sie getadelt hatte, blaffte Pantalisea: »Sie trägt das Enkelkind Seiner Heiligkeit in sich. Anders als Unsere Heilige Jungfrau bin ich nicht der Meinung, dass sie es in einer Krippe gebären muss.«

Die Priorin hatte die Lippen geschürzt, aber nichts mehr gesagt. Jetzt nähte Pantalisea einen neuen Samtbehang für den Bogengang zu meiner Bettkammer. Den alten hatte sie mit der Bemerkung, er sei eine Brutstätte für Läuse, herabgerissen. Freilich hatten wir nun ständig den Gestank nach Lauge in der Nase, weil die Gänge täglich damit geputzt wurden.

»Und?«, fragte sie bei meinem Eintreten. »War der alte Drachen einverstanden?«

»Sie hasst mich mehr denn je. Aber sie wird Papa beschwatzen, Juan zurück nach Spanien zu schicken. Ich habe ihr keine Wahl gelassen. Sie zieht es wohl doch vor, dass Juan das Land verlässt, bevor wir alle an den Pranger gestellt werden.«

Pantalisea schaute mich skeptisch an. »Und wenn sie ihn überreden kann, was wird dann aus der anderen Schande? Eure Ehe ist noch nicht annulliert. Der Prozess wird geführt werden, während Ihr hier seid, höchstwahrscheinlich mit einem Kind im Bauch. Wie wollt Ihr das erklären, wenn Ihr vor der Kurie steht, um Eure Jungfräulichkeit zu beeiden?«

Ich brauste auf. »Woher soll ich das wissen? Ich kann nicht in die Zukunft schauen. Ich habe bestimmt nicht um irgendetwas davon gebeten!« Meine Stimme brach, und eine Tränenflut ergoss sich über meine Wangen, die mich fast ebenso sehr verblüffte wie Pantalisea. Bis dahin hatte ich nicht geweint, nicht eine Träne, auch dann nicht, wenn ich allein war. Es war, als hätte mich die Grausamkeit von Juans Überfall innerlich versteinern lassen und in eine übelriechende Perle verwandelt. Doch als ich selbst hörte, welcher Kummer da aus mir herausbrach, sank ich hemmungslos schluchzend in Pantaliseas Arme.

Ich hatte meine Mutter angelogen. Ich wollte tatsächlich so tun, als wäre das alles nie geschehen. Ich wollte mir weismachen, ich bräuchte mich bloß zu weigern, es zu akzeptieren, dann könnte ich dieses mir selbst auferlegte Exil verlassen und mein Leben von Neuem beginnen.

Stattdessen hallte unentwegt die Stimme meiner Mutter in mir wider: *Ihr werdet einander zum Verhängnis werden.*

Ich hatte gedacht, sie meinte Cesare und mich.

Jetzt befürchtete ich, ihr Fluch würde unsere ganze Familie in den Abgrund stürzen.

24

»Wacht auf! Hoheit, Ihr müsst aufwachen!«

Stöhnend vergrub ich den Kopf im Kissen. Der Besuch meiner Mutter war erst wenige Tage her, und prompt litt ich unter einer Übelkeit, die mich immer wieder zwang, zum Porzellantopf in meinem Gemach zu stürzen und darübergekauert zu würgen, bis ich meinen Mageninhalt erbrach. Danach taumelte ich mit dröhnendem Kopf zum Bett zurück, wo Pantalisea mir kalte Stirnwickel machte und gegen meinen Willen Kamillentee einträufelte.

»Jetzt kann es keinen Zweifel mehr geben«, erklärte sie trocken. »Ihr bekommt ein Kind.«

Diese Bestätigung verwandelte mich in ein Häufchen Elend. Nun, da ich die Gewissheit hatte, dass ich Juans Kind in mir trug, versank ich in Düsternis und Mattigkeit. Unter meiner Bettdecke zusammengerollt, rührte ich mich selbst dann nicht, wenn die Priorin zu mir kam und die Kräuterkundige, Suora Paulina, herbeirief, damit diese mir alle möglichen Heilmittel zubereitete und einige nicht allzu schwere Leibesübungen vorschrieb. Freilich konnte ich die Elixiere kaum im Magen behalten, geschweige denn die Rundgänge im Kloster bewältigen.

»Neun Monate«, stöhnte ich. »Wie soll ich das ertragen?«

»Ihr werdet es ertragen, weil Ihr müsst«, erklärte Pantalisea. »Alles andere wäre undenkbar. Abgesehen davon würden wir es nicht wagen, Euch davon zu befreien, schon gar nicht jetzt, da Ihr Anzeichen der Besserung zeigt. Zudem könnte die Kur für das, was Euch plagt, der Tod sein.«

Im Stillen verwünschte ich sie dafür, dass sie die bittere Wahrheit so unverblümt aussprach. Ich verwünschte sie, meine Mutter und Giovanni. Vor allem aber verfluchte ich Juan. Ich wünschte ihm den Tod, wünschte ihn zur Hölle … bevor mir erneut schlecht wurde und ich mich übergab. Und jetzt, nur wenige Stunden nach dem Abendgebet, als der Schlaf mich endlich übermannt hatte, stand Pantalisea neben mir, rüttelte mich an der Schulter und rief unfassbare Befehle.

»Wenn ich es Euch doch sage: Ihr müsst aufstehen!« Irgendwie durchdrang ihr inständiger Ton mein Elend. »Jemand ist hier. Ihr müsst ihn empfangen!«

Ich öffnete die Augen. Cesare. Er hatte den Gesetzen meines Exils getrotzt und war hergekommen. Mir war es gleichgültig, dass allein schon sein Besuch eine Katastrophe war. Und noch weniger scherte mich das, was drohte, wenn er entdeckte, warum ich hier zwischen heiligen Mauern eingeschlossen war. Das Einzige, was zählte, war, dass er endlich hier war und ich wie sooft in meiner Kindheit Trost bei ihm suchen konnte.

Cesare würde wissen, was zu tun war. Ihm fiel immer etwas ein.

Doch als ich mich aufrichtete und mir den Schlaf aus den Augen blinzelte, sagte Pantalisea: »Es ist Perotto. Erst verweigerte ihm die Priorin den Einlass, aber er hat darauf bestanden und erklärt, dass er wichtige Kunde hat, die Ihr erfahren *müsst*. Schließlich hat sie ihn in den Hof gelassen. Er darf aber nur mit Euch sprechen.«

Perotto war Papas Lieblingsdiener. Ich schlug die Decken zurück und kletterte aus dem Bett. Als meine Füße den kalten Boden berührten, schnappte ich nach Luft. »Schnell«, befahl ich Pantalisea, »bring mir meine Pantoffeln und den Umhang!«

Im Kloster herrschten Dunkelheit und Stille. Begleitet vom Knistern der Fackeln, eilten wir zu dem kleinen, mit Steinplatten gepflasterten Hof zwischen dem Hauptgebäude und dem Tor, wo es neben einem Brunnen auch einen Trog mit Wasser für die Pferde der Lieferanten gab. Dieser Vorplatz ließ einen winzigen Schimmer der Welt draußen durchsickern, die nie bis ins Herz von San Sisto vordrang.

Die Priorin stand wartend neben Suora Leocadia, der Pförtnerin des Klosters. Missbilligend verschränkte die Hüterin des Tores sogleich die Arme vor der Brust, während die Oberin mir vorhielt: »Das ist ein Verstoß gegen sämtliche Regeln. Bei keinem unserer Gäste käme ein Besuch zu einer so späten Stunde infrage, noch dazu von einem Mann.«

»Ja«, sagte ich und hätte die Priorin am liebsten zur Seite gestoßen, »ich verstehe. Ich werde mir anhören, was er zu sagen hat, und ihn dann sofort wegschicken.«

»Das will ich auch hoffen«, sagte Suora Leocadia. »Denn seit der Ankunft Eurer Hoheit herrscht Unruhe unter uns, und jetzt, da diese scheußlichen Gerüchte über …«

»Still, Schwester«, mahnte die Priorin, ohne die Augen von mir abzuwenden. »Er kann auf keinen Fall bleiben. Worum auch immer es sich handeln mag, wir müssen unseren guten Ruf schützen.«

Ich nickte, woraufhin sie Suora Leocadia mit einer Geste bedeutete, ihr ins Kloster zu folgen. Zitternd vor Kälte blieb ich mit Pantalisea und Perotto zurück. Der Diener meines Vaters rührte sich nicht von der Stelle. Auch ich war erstarrt, gelähmt von einer plötzlichen Beklemmung. Unvermittelt sank er in eine tiefe Verbeugung, die einem Kniefall glich, und bat: »Donna Lucrezia, bitte verzeiht mir, aber es ist wahrhaft dringend.«

Ich legte ihm die Hand auf die Schulter, obwohl ich wusste, dass Suora Leocadia unerbittlich meinen Rauswurf fordern würde, wenn ich an diesem heiligen Ort bei dem körperlichen Kontakt mit einem Mann ertappt würde. »Sagt es mir einfach.« Meine Stimme klang so dünn, als würde sie mir gleich den Dienst versagen.

Perotto hob seine sanften braunen Augen. Als ich Tränen darin schimmern sah, schnürte sich mir die Kehle zu. »*Dio mio*, was ist es? Ist etwas mit meinem Vater? Ist ihm etwas zugestoßen?«

»Es geht um den hohen Herrn, den Grafen von Gandia. Er … er ist tot, Hoheit.«

Ich blinzelte verwirrt. »Gandia?« Erst dann traf mich mit der Wucht eines Hammerschlags jäh die Erkenntnis. Hinter mir stieß Pantalisea einen erstickten Schrei aus. Ich warf einen Blick zurück zum Kreuzgang, wo sie wartete. Sie hatte sich die Hand vor den Mund geschlagen, und ihr Gesicht verriet nur zu deutlich, welche Gedanken ihr durch den Kopf jagten. Erst vor Tagen hatte ich Juan verflucht.

Ich wandte mich wieder an Perotto. Tränen rannen ihm über die Wangen. Ich hätte die gleiche Trauer empfinden müssen. Ein Abgrund hätte sich in mir auftun müssen! Juan war schließlich mein Bruder. Wir waren vom gleichen Fleisch und Blut, gleichgültig, welche Grausamkeiten er begangen hatte. Doch ich fühlte nichts. Bis mir mein Vater in den Sinn kam.

»Wo ist Papa?«, fragte ich besorgt. Seine Trauer um Juan würde grenzenlos sein.

»In seinen Gemächern im Vatikan. Das ist der Grund, warum ich gekommen bin.« Perottos Stimme bebte. »Als der

Tod des Herzogs bestätigt wurde, hat sich Seine Heiligkeit in seinen Privaträumen eingesperrt. Er lässt niemanden zu sich, und sein Weinen, Hoheit … es war im ganzen Palast zu hören!«

»Und jetzt?« Mir graute schon vor der Antwort.

»Seit Stunden gibt er keinen Laut mehr von sich. Wir hämmern gegen die Tür, aber er weigert sich aufzumachen. Der Herzog von Gandia liegt derzeit im Kastell aufgebahrt. Morgen soll er in der Kapelle von Santa Maria del Popolo beigesetzt werden, sofern Seine Heiligkeit das gestattet. Die Leiche Eures Bruders wurde aus dem Tiber gezogen, nachdem man ihn eine ganze Nacht lang gesucht hatte. Da er so lange im Wasser trieb, besteht die Sorge, dass man seine Leiche nicht sehr viel länger im Freien lassen kann, und …«

»Bitte, hört auf!« Ich zog mir die Kapuze übers Gesicht. »Ich muss sofort zu Papa.«

Die Leiche Eures Bruders wurde aus dem Tiber gezogen …

Perottos schreckliche Worte wirbelten mir durch den Kopf, als wir durch einen dichten Nebel ritten, der einem gespenstischen Vorhang gleich die Straßen verhüllte und alle Laute erstickte – das Knurren der streunenden Hunde, das Grölen der Zecher, das Jammern der Bettler, das Rascheln in den Abfallhaufen, veranstaltet von ausgehungerten Kindern und Ratten auf der Suche nach Essensresten. Über unseren Köpfen war dumpfes Donnergrollen zu hören. Und als Perotto mit einem leisen Zischen den Dolch aus der Lederscheide zog, fragte ich mich, ob ich nicht doch besser bis zum Morgen im Kloster gewartet hätte. Pantalisea war auf mein Drängen hin zurückgeblieben. Schließlich brauchte ich jemanden, der meine Gemächer für mich besetzt hielt, falls eine der Nonnen in meiner Abwesenheit auf die Idee kam, sie uns wegzunehmen. Zwar hatte die Priorin keinen Einwand erhoben, als ich ihr erklärte, warum ich zu meinem Vater reiten musste, aber ich traute dem Frieden nicht ganz.

Als der Apostolische Palast vor uns aus dem Nebel aufragte – aus irgendeinem Grund musste ich an das Skelett eines in grauer Vorzeit erschlagenen Drachens denken –, stürzte eine Flut von unbeantworteten Fragen über mich herein. Mein Bruder Juan, allseits geschätzt, vom Schicksal begünstigt, Lieblingssohn des Papstes, mit allen Wassern gewaschener Römer – tot im Tiber aufgefunden. Nur wer der Pest oder einem Gewaltverbrechen zum Opfer fiel, wurde dem Tiber übergeben; ausschließlich Tiere, Verbrecher und Arme, die von niemandem Erwünschten oder die vom Pech Verfolgten endeten in seinen schlammigen Tiefen.

Was war Juan zugestoßen?

Fast hätte ich Perotto beim Betreten des Palastes zurückgehalten, um ihn zu fragen, wie Juan gestorben war, doch die Worte blieben mir im Hals stecken. Ich hätte die Wahrheit nicht ertragen; womöglich wäre ich schwach geworden, das nackte Entsetzen und der Schmerz hätten mich überwältigt, und ich hätte diesem treuen Jüngling gebeichtet, was Juan getan hatte, warum ich geflohen war und weshalb ich befürchtete, dass möglicherweise ich seinen Tod verschuldet hatte.

Im Inneren des Vatikans standen die Geistlichen beisammen und sprachen flüsternd miteinander. Das unerwartete Ableben eines Papstsohnes gehörte zu den Ereignissen, bei denen sich selbst die bequemsten unter ihnen berufen fühlten, Seiner Heiligkeit beizustehen. Perotto gelang es, mich geschickt durch den mit Fresken geschmückten Irrgarten aus Fluren zu lotsen und immer wieder Geheimgänge und verborgene Türen zu benutzen, die es mir ermöglichten, den

Mahlstrom aus Spekulationen zu verhindern, den meine Ankunft andernfalls unweigerlich ausgelöst hätte.

Vor den päpstlichen Gemächern standen Wachposten, und vor der Tür zu den Privatgemächern meines Vaters hatte sich eine Gruppe von Kardinälen versammelt, darunter auch der Cousin meines Gemahls, Kardinal Sforza.

Seit der Trennung von Giovanni hatte ich ihn nicht mehr gesehen, auch wenn ich vermutete, dass er Giovanni hinsichtlich unserer Entfremdung weiterhin beriet. Als er sich zu mir umdrehte, verbarg ich meine Beklommenheit, wobei mir auch die Kapuze half, die mein Gesicht verdeckte.

»Maestro Perotto«, tadelte er, »es zeugt von schlechtem Geschmack, in einer solchen Zeit eine Kurtisane zu holen.«

Hinter ihm brummte der wohlbeleibte Kardinal Costa: »Schlechter Geschmack oder nicht, vielleicht ist es gerade das, was ihm der Arzt verschrieben hat. Denn wenn nicht einmal der Geruch einer Frau die Lebensgeister Seiner Heiligkeit wecken kann, könnten wir bald gezwungen sein, ein neues Konklave einzuberufen.«

Die anderen lachten. Und als sich auch über Sforzas Lippen ein Lächeln stahl, hob ich eine Hand und schlug meine Kapuze zurück. Verblüfftes Schweigen breitete sich aus. Ich indes konzentrierte mich allein auf Sforzas Miene, denn ich glaubte, bemerkt zu haben, dass sein Blick kurz auf meinem Bauch verweilte. Zwar war mir noch nichts anzusehen, und meine Robe hatte um die Taille einen weiten Schnitt, sodass sie der neuesten Mode gemäß locker bis zu den Knöcheln fiel – dennoch kam es mir so vor, als ahne er etwas. Natürlich hatte er von meinem Rückzug in das Kloster gehört, und natürlich wusste er, dass Giovanni mich verlassen hatte. Glatt wie immer fragte er: »Das ist aber wirklich eine Überraschung, Donna Lucrezia.«

»Ich würde es eine Tragödie nennen, Eminenz. Mein Bruder, der Herzog von Gandia, wurde tot aufgefunden. Meine Familie und ich sind in Trauer.«

»Selbstverständlich.« Er neigte den Kopf. »Ganz Rom, das kann ich Euch versichern, ist in Trauer.«

Sein Ton legte etwas anderes nahe. Wegen der Trauer hatten er und seine Mitbrüder sich gewiss nicht vor Papas Tür versammelt: Sie hofften vielmehr, dass seine Verzweiflung über den Verlust seines geliebten Sohnes und auserkorenen Erben seines Borgia-Imperiums das Ende aller Ambitionen meines Vaters, wenn nicht gar das Ende seines eigenen Lebens einläuten würde.

Ich wandte mich an Perotto. »Sagt Seiner Heiligkeit, dass ich hier bin.«

Kardinal Sforza verzog das Gesicht. »Ich fürchte, Ihr kommt vergebens. Wir stehen hier schon seit über fünf Stunden, und Seine Heiligkeit verrät nicht die geringste Neigung, sich uns zu zeigen, obwohl ernste Angelegenheiten geregelt werden müssen, darunter auch die Bestattung seines Sohnes.«

»Mich wird er empfangen«, erklärte ich, während Perotto zwischen den mit Hellebarden bewaffneten Wachmännern hindurch zu Papas vergoldeter Tür schritt. Ich hörte ihn scharf anklopfen, dann hob er die Stimme. »Eure Heiligkeit, bitte vergebt mir, aber Ihre Hoheit, Donna Lucrezia, ist hier. Sie bittet um eine Audienz.«

Ich hielt den Atem an. Den Kardinal sah ich nicht an, spürte aber, dass er mich fixierte.

Die Wartezeit kam mir wie eine Ewigkeit vor, und allmählich befürchtete ich das Schlimmste. Vor Sorge konnte ich kaum noch atmen. Mein Vater musste vor Trauer krank geworden sein. Wenn er niemanden zu sich hineinließ, würden wir die Tür aufbrechen müssen, aber dafür war es vielleicht schon zu spät …

Das metallische Knirschen der Riegel auf der anderen Seite ließ die Kardinäle zurückweichen. Sforza machte eine Bewegung, als wolle er mich festhalten. Ich erstarrte und funkelte ihn wütend an. Er sollte es ja nicht wagen, mich mit seinen beringten Spinnenfingern zu berühren.

»Mit Verlaub, Hoheit«, sagte er, »vielleicht sollte ich zuerst eintreten.«

»Wieso?«, erwiderte ich. »Ihr habt Seine Heiligkeit nie geliebt.«

Seine Augen wurden kalt. »Ihr solltet Euch vorsehen«, murmelte er so leise, dass nur ich ihn hören konnte. »Eure Ehe mit meinem Cousin Giovanni ist noch nicht annulliert.«

»In jedem anderen Moment, Eminenz«, konterte ich, »würde ich meinen Vater daran erinnern, wie Ihr Ränke geschmiedet habt, nur um Euren Cousin mit mir zu verheiraten, obwohl Ihr genau wisst, dass er von abartigem Naturell ist.«

Dem Kardinal verschlug es die Sprache. Ich nutzte die Gelegenheit und rauschte an ihm, den Wachmännern und Perotto vorbei in die Kammer meines Vaters.

Dort blieb ich abrupt stehen. Hinter mir hörte ich eilige Schritte und ein empörtes »Wir müssen mit Seiner Heiligkeit spre…!«, das mit einem dumpfen Geräusch abgeschnitten wurde. Die Tür war rasch geschlossen worden, Perotto hatte den Kardinälen den Weg versperrt.

Ich blickte mich in der dämmrigen Kammer um: Fresken im Schatten; unbeweglich von den Deckenbalken herabhängende maurische Lampen; kostbare türkische Teppiche auf den massiven Möbeln aus Walnuss- und Eichenholz; das Bett meines Vaters, in Lila und Weiß gehüllt. Ich näherte mich dem Polstersessel, der mitsamt dem Fußschemel vor dem Kamin stand. Ich trat auf irgendetwas, das auf dem Boden lag, aber ich achtete nicht darauf. In dem tiefen Kamin brannte kein Feuer. Stattdessen stand dort ein Farn in einem Tontopf. Ein einsamer Kandelaber verströmte trübes Licht.

Ich sah mich um. »Papa? Papa, wo seid Ihr?« Meine Stimme verlor sich in den dunklen Nischen.

»Papa, bitte antwortet mir.«

»Ich bin hier.«

Ich wirbelte herum. Er kauerte in einer Lache aus weißen Roben, über ihm das große Fenster mit Blick auf den Petersplatz, die Vorhänge zugezogen, sodass sie eine leere Leinwand bildeten. Wie von selbst bewegte ich mich auf ihn zu, überwältigt von seinem Anblick – er lebte und sprach!

»Komm nicht näher«, sagte er. »Das ertrage ich nicht.«

Ich tat es trotzdem. Daraufhin stöhnte er laut auf, hob die Arme und verdeckte sein Gesicht. »Nein. Geh weg. Lass mich allein, sag ich.«

»Papa, bitte. Ich möchte für Euch da sein.« Ich sank vor ihm nieder, tastete nach seiner Hand.

Ein ersticktes Schluchzen drang aus seiner Kehle. Er entzog mir die Arme zwar nicht, flüsterte aber: »Du hättest nicht kommen dürfen. Sie hätten dich nicht holen dürfen. Hier gibt es nichts für dich. Hier gibt es nur den Tod.«

»Niemand hat mich geholt. Ich bin gekommen, weil ich einfach kommen musste. Papa, bitte schaut mich an.« Ich legte ihm die Hand auf die Schulter, die nur noch aus Haut und Knochen zu bestehen schien. Ich wusste, dass solch ein Verfall in derart kurzer Zeit nicht möglich war – die Tragödie war erst wenige Stunden her, doch mir kam es so vor, als löse er sich vor meinen Augen auf, als zerflössen seine Kraft und seine Unbesiegbarkeit zu meinen Füßen.

Er ließ die Arme sinken. Er war wächsern, bleich, sein Gesicht eingefallen und tränenüberströmt. Die Augen, tief in ihre Höhlen gesunken, waren die eines gehetzten Tieres, hilf- und fassungslos. »Warum?«, wisperte er. »Warum fügt Gott mir jetzt diesen Schlag zu? Warum nimmt er mir meinen Juan? Was hat er denn je im Leben getan, um ein solches Schicksal zu verdienen?«

»Ich weiß es nicht«, flüsterte ich und begriff in diesem entsetzlichen Augenblick, da ich ihn in seiner Verzweiflung sah, dass Vanozza ihm nichts erzählt hatte. Papa hatte keine Ahnung davon, was Juan verbrochen hatte.

»Nein«, sagte er. »*Du* kennst den Grund nicht, aber ich sehr wohl. Gott hat das getan, weil Er mich für meine Vermessenheit bestrafen muss, für meine Eitelkeit und Überheblichkeit, dafür, dass ich geglaubt habe, ich sei ihm gleich. Er muss beweisen, dass ich nichts bin. *Wir* sind nichts. Wir sind Staub unter seinen Fersen. Staub und Knochen. Er kann uns zermalmen und in die Winde werfen, wann immer es Ihm beliebt.«

»Papa, nein! Das dürft Ihr nicht sagen! Gott würde Euch nie strafen. Das war ein Unfall, ein schrecklicher …«

»Nein!« Sein Aufschrei ließ mich zurückprallen. Er stemmte sich hoch. Wie ein Berg aus verschmutztem Elfenbein türmte er sich vor mir auf und schlug sich mit der Faust auf die Brust. »Es ist meine Schuld. Meine! Ich bin dafür verantwortlich, denn ich habe Seine Gebote nicht eingehalten. Ich habe vergessen, dass ich Sein Diener bin. Ein Gefäß, das Ihm gehört und das Er mit Wein oder Blut füllen kann. Ich bin durch Seine Säle geschritten, habe auf Seinem Thron gesessen und Seinen Reichtum missbraucht, um mich vollzustopfen – jawohl, vollzustopfen – wie ein Heide! Und nie habe ich auch nur einen Wimpernschlag lang Demut bewiesen. Nie habe ich Ihm bekundet, dass ich nur dank Seiner Gnade den Anspruch erheben kann, Sein Pontifex zu sein. Jetzt erinnert Er mich daran, dass auch ich Opfer bringen muss, so wie Er sich lange vor meiner Zeit geopfert hat. Ich muss Ihm das geben, was ich am meisten liebe.«

Er sank wieder auf die Knie. Mir stieg der Geruch von verschüttetem Wein in die Nase, als er mich unvermittelt fragte: »Weißt du, wie sie ihn umgebracht haben? Neun Mal haben sie zugestochen. Die Klingen haben Umhang und Wams durchbohrt und sind tief in sein Fleisch eingedrungen. Sie haben auf ihn eingestochen, bis er sich nicht mehr wehren konnte, und dann haben sie ihm die Kehle aufgeschlitzt. Sie haben ihn in den Fluss geschleudert und Steine auf ihn geworfen, um seine Leiche zu versenken. Und sie gaben nicht einmal vor, gewöhnliche Schurken zu sein. Sie haben dreißig Dukaten in seinem Geldbeutel zurückgelassen, dazu seinen Dolch und sein Schwert. Sie haben ihn ermordet, weil ich ihn liebte und weil Gott es wollte.«

»Wer …?« Ich war kaum in der Lage zu sprechen. »Wer war das, Papa?«

Erneut stiegen ihm Tränen in die Augen. »Wer immer sie sind, wo immer sie sich verstecken, ich werde sie finden und zur Strecke bringen. Oh, wie sie zahlen werden – mit zerfetzter und abgezogener Haut, die ich über dem Altar der Basilika aufhängen werde. Gott ist nicht der Einzige, der Vergeltung fordern kann.«

Nur mühsam widerstand ich dem Drang, aufzuspringen und davonzulaufen, zur Tür hinaus, den Korridor hinunter und weiter durch Rom, einfach nur zu laufen und mich kein einziges Mal umzudrehen und erst stehen zu bleiben, wenn ich San Sisto erreichte. Stattdessen überwand ich mich, näherte mich ihm Zoll für Zoll, bis ich ihn umarmen konnte.

Als er meine Arme spürte, wimmerte er, ließ den Kopf an meine Brust sinken und flüsterte: »*Vae illi homini qui cupit.*«

Hüte dich vor einem Mann, der begehrt.

Mir war schleierhaft, was er mir damit zu sagen suchte, und ich hatte keine Zeit mehr, ihn danach zu fragen. Hinter uns flog die Tür auf. Perotto rief verzweifelt: »Hohe Herren Kardinäle, ich bitte Euch! Seine Heiligkeit darf nicht gestört werden ...« Die rätselhafte Worte meines Vaters immer noch in den Ohren, fuhr ich herum und sah die Kardinäle auf uns zumarschieren, Sforza an der Spitze.

»Eure Heiligkeit, wir flehen Euch um Vergebung an.« Kardinal Sforzas Miene drückte Pflichtbewusstsein und Widerstreben aus. »Doch die Situation erlaubt es uns nicht, länger zu zaudern. Die Kunde vom Tod des Herzogs verbreitet sich wie ein Lauffeuer; das Volk wird sich bald auf dem Petersplatz versammeln, um Worte der Bestärkung von Eurer Heiligkeit zu hören. In Zeiten wie diesen ... Leider Gottes gibt es zu viele, die in blinder Zerstörungswut über die Stadt herfallen oder plündernd durch die Straßen ziehen werden, falls sie glauben sollten, Eure Heiligkeit sei vor Trauer handlungsunfähig.«

Ich starrte Sforza an. In diesem Moment war ich von derart abgrundtiefer Abscheu erfüllt, dass ich ihn am liebsten geohrfeigt hätte. Papa spannte sich in meinen Armen an. Dann löste er sich von mir und richtete sich auf. Seine Roben hingen zwar schlaff an ihm herunter, doch seine Stimme war stark.

»Ich werde eine Ansprache verfassen, die vor meinem Volk verlesen werden soll. Mein Sohn ...« Er schluckte. »Der verstorbene Herzog von Gandia wird in einem Trauerzug, begleitet von der Ehrengarde, zu seiner Gruft in der Kirche Santa Maria del Popolo überführt. Dort wird er in einer seinem Rang gebührenden Trauerfeier beigesetzt. Für die gesamte Stadt wird eine dreißigtägige Trauerzeit angeordnet. Gesetzlosigkeit werde ich nicht dulden. Wer es wagt, aus dieser Tragödie seinen Vorteil zu schlagen, wird in den Kerker geworfen.«

»Sehr wohl, Heiligkeit«, sagte Sforza. In den Gesichtern seiner Amtsbrüder hinter ihm zeichnete sich eine Mischung aus Erleichterung und Bestürzung ab, und bei denjenigen, die weniger darin geübt waren, ihre Gefühle zu verbergen, zeigte sich Enttäuschung.

Sie hatten ihr Ziel verfehlt. Papa war nicht gebrochen. Doch in diesem Augenblick begann ich zu verstehen, wie tief sie uns hassten, wie inbrünstig sie den Sturz der Borgia herbeisehnten.

Als sie sich zum Gehen wandten und Perotto nach vorn stürzte, um Papa beizustehen, rief Papa plötzlich mit dröhnender Stimme: »Wo ist Seine Eminenz, der Kardinal von Valencia?«

Kardinal Sforza erstarrte mitten in der Bewegung. »Ich glaube, der Hohe Herr Cesare beaufsichtigt die Aufbahrung seines Bruders. Soll ich nach ihm senden, Heiligkeit?«

Mein Vater bekam den distanzierten, aber nachdenklichen Gesichtsausdruck eines Kirchenoberhaupts, das eigenes Leid zugunsten seiner Pflicht hintanstellen musste. »Ja. Sagt ihm, dass seine Schwester Lucrezia bei mir ist. Er muss sie auf der Stelle in das Kloster San Sisto zurückgeleiten. Das ist mein ausdrücklicher Befehl.«

»Papa, nein!«, begehrte ich auf. »Ich muss hier bei Euch bl…«

»Du gehst zurück.« Er blickte mich nicht an. »Du gehst zurück und bleibst auch dort. Meine Tochter soll in den kommenden Tagen nicht leiden. Dieses Kreuz muss *ich* tragen. Ich allein.«

25

Ganz in Schwarz gekleidet traf Cesare im Vatikan ein. Auf Anhieb bemerkte ich den Schatten, der sich in seine Wangen geätzt hatte und seine Adlernase und den geschwungenen Mund noch mehr betonte. Schweigend folgte er mir zu unseren Pferden und der bewaffneten Eskorte. Eine geraume Weile brachte auch ich kein Wort hervor. Mir war, als hätte Juans grauenhafter Tod uns unserer Fähigkeit beraubt, in der Gegenwart des anderen Trost zu finden.

Während wir die Via Appia entlangritten, verjagte die Morgenröte den Nebel von den Kuppeln und Kirchturmspitzen. Über uns flogen Schwärme von Tauben zu den Piazzas, um dort auf die Händler und Lieferanten mit ihren Karren voller Lebensmittel zu warten. Es war nur ein Tag von vielen. Ein Tag, an dem die Kunde vom Verlust des Papstes den Klatsch auf dem Marktplatz beleben, die Hausfrauen zum Tratschen vor ihre Häuser locken würden, während andere bereits zur Piazza San Marco strömten, um einer Bestätigung der Tragödie und der Zusicherung zu harren, dass Papa trotz seiner unermesslichen Trauer Rom nicht im Chaos versinken lassen würde. Danach konnten die Leute in ihr eigenes Leben zurückkehren, zu ihren eigenen Verlusten und ihrer Mühsal. Juans Name würde zu einem von vielen Symbolen für die sinnlose Gewalt werden, die die Ewige Stadt heimsuchte, zu einem von vielen Einträgen im Verzeichnis der täglichen Todesopfer.

Ja, alle würden das vergessen – außer Papa, dem Juans Tod ins Herz geschnitzt wurde und der so unsäglich darunter litt, als wäre auf ihn selbst neun Mal eingestochen worden.

Unentwegt kreisten meine Gedanken um den Satz, den Papa mir eingeschärft hatte, unmittelbar bevor die Kardinäle hereingeplatzt waren: *Hüte dich vor einem Mann, der begehrt.* Ich hatte das als Warnung aufgefasst, etwas, das mir zu vermitteln ihm ein dringendes Anliegen war. Doch jetzt, da ich zurück zum Kloster ritt und Rom um mich herum allmählich erwachte, kamen mir Zweifel. Vielleicht hatte er nur Worte geflüstert, die an ihn gerichtet waren, eine obskure Botschaft, die ihm zur Warnung dienen sollte. Denn er hatte begehrt: allem voran die Tiara des Papstes und die Macht, die diese mit sich brachte. Um sie zu erlangen, hatte er Komplotte geschmiedet. Glaubte er, sich vor seiner eigenen Gier hüten zu müssen?

»Bist du …?«, begann ich. Cesare blickte mich an – ein Blitz aus seinen grünen Augen. Die Brauen fast unmerklich hochgezogen, wartete er, bis ich Worte fand.

»Juan«, sagte ich stockend. Seinen Namen auszusprechen fühlte sich merkwürdig an – als ginge es um jemanden, den ich kaum gekannt hatte. »Weißt du, was ihm zugestoßen ist?«

»Hat Papa dir das nicht gesagt?« In dem sich ringsherum ausbreitenden goldfarbenen Licht, das einen strahlenden Sommerhimmel versprach, sah ich einen Nerv an seiner Schläfe zucken. Etwas an diesem winzigen Lebenszeichen in seiner ansonsten düsteren Erscheinung ließ mein Herz schneller schlagen. Von einem Moment auf den anderen wurde mir übel, und ich betete zu Gott, dass ich mich nicht würde übergeben müssen, nicht hier, nicht vor ihm.

»Doch, er hat mir ein bisschen erzählt«, erwiderte ich. »Über … die Leiche. Er … hat gesagt, dass das nicht nach einem zufälligen Verbrechen aussah. Aber wie haben sie ihn in ihre Gewalt bekommen? Wieso fand er sein Ende im Wasser?«

Cesare wirkte nachdenklich; obwohl er Trauerkleidung trug, gab seine Miene keine Gefühle preis. Schließlich sagte er: »Juan war mit mir zusammen.«

Ich zuckte zurück und riss in meinem Schock unwillkürlich so fest an den Zügeln, dass meine Stute erbost den Kopf zurückwarf. »Er war gestern Abend mit … dir zusammen?«

Er nickte knapp. »Das ist kein Geheimnis. Wir haben fast den ganzen Tag miteinander verbracht. Zunächst in Papas unmittelbarer Nähe, wie immer, weil … nun, du weißt schon, weil Juan, misstrauisch wie er war, es für nötig befand, Papa wie ein Schatten zu folgen, damit er nichts verpasste, was ich vielleicht sagen würde; und was mich betrifft, weil ich wegen König Ferrantinos Tod nach Neapel zurückkehren muss.« Er bedachte mich mit einem bitteren Lächeln. »Über diese Stadt zu herrschen, das muss wirklich sehr kräftezehrend sein. Wie viele Könige von Neapel haben wir erlebt, seit Papa den Heiligen Stuhl bestiegen hat? Zwei? Drei? Jedenfalls wird Federico von Aragón, der Onkel unseres verstorbenen Ferrantino – wer kann noch all die Neapolitaner auseinanderhalten? –, den Thron erben. Und nun möchte Papa, dass ich bei der Krönung als unser Legat auftrete.«

Ich starrte ihn an, fassungslos vor Entsetzen. Er sprach, als wäre überhaupt nichts geschehen, als wäre unser Bruder nicht erst vor wenigen Stunden niedergemetzelt worden und als stünde nicht Juans Überführung in seine Gruft an. Schon wollte ich ihm das vorhalten, als mir einfiel, was Juan mir gestanden hatte – dass er Cesare ohne Bedenken töten würde.

»Nun gut«, sagte ich, »du warst also den ganzen Tag mit Juan zusammen, und dann …?«

»Wir haben am Abend zusammen gespeist, im Beisein des Kardinals von Monreale. Danach sind Monreale und ich in den Vatikan zurückgekehrt, aber Juan sagte, er hätte noch etwas zu erledigen. Wir vermuteten, er wolle zu einer Kurtisane oder in eine dieser Kaschemmen, in denen er verkehrte. Ich habe ihm eindringlich geraten, angesichts der späten Stunde Sicherheitsvorkehrungen zu treffen. Anscheinend hörte er auch auf mich, denn er nahm sein Schwert und einen Pferdeknecht mit. Sie trafen sich auf der Piazza degli Eberi mit einem maskierten Gefährten, ein Raufbold, den Juan womöglich als Leibwächter gedungen hatte. Er befahl dem Pferdeknecht, auf der Piazza zu warten, und setzte seinen Weg zusammen mit dem Maskierten fort.«

»Piazza degli Eberi? Ist das nicht in der Nähe von Kardinal Sforzas Palast?«

»Richtig.« Obwohl Cesares Ton sanft klang, bekam ich eine Gänsehaut. »Dass es dieser Platz war, wissen wir nur deshalb, weil wir den Knecht dort gefunden haben. Auf ihn ist mehrfach mit einem Messer eingestochen worden, und er war dem Tod nahe. Aus ihm war nichts herauszubringen. Als Papa das erfuhr, ließ er sofort das ganze Viertel durchkämmen. Schließlich führte uns ausgerechnet ein dalmatinischer Bootsmann, der bei der Ponte Ripetta gefischt hatte, zur Leiche. Er gab an, er hätte irgendwann nach Mitternacht zwei Männer zu Fuß kommen sehen. Sie wurden begleitet von einem dritten, der ein weißes Pferd führte. Quer über der Kruppe lag eine in einen Umhang gewickelte Leiche. Die Männer wuchteten den Toten in den Fluss und beschwerten den Umhang noch mit Steinen, damit er versank. Besonders gründlich gingen sie allerdings nicht zu Werke. Unsere Wachmänner haben Juan bei Ebbe, von Seetang umwickelt, ans Ufer gezogen. Ob so oder so, früher oder später wäre er in jedem Fall entdeckt worden, auch wenn der Bootsmann darauf beharrte, er hätte gesehen, wie mindestens hundert Leichen auf die gleiche Weise beseitigt worden seien, und nie hätte jemand nach ihnen gesucht.« Cesare seufzte. »Ich glaube, sie *wollten*, dass wir ihn finden. Offenbar haben sie ihn überfallen, kurz nachdem er die Piazza verlassen hatte. Seine Ermordung muss von langer Hand geplant gewesen sein.«

»Wie kommst du darauf?« Erneut kroch mir ein eisiges Gefühl den Rücken hinunter. *Wer* konnte eine derart abscheuliche Tat eingefädelt haben? Wer würde es wagen, dem Sohn des Papstes von Beginn der Nacht an nachzuschleichen und ihn so bestialisch zu ermorden? Neun Wunden, schoss es mir in den Sinn. Neun … so viele Monate dauerte es auch, bis ein Kind von der Befruchtung bis zur Geburt heranwuchs.

Cesares Antwort riss mich aus meinen Gedanken. »Weil sie gewusst haben müssen, dass Juan dieses Viertel besuchen würde. Sie lauerten ihm auf. Wenn Juan diesen maskierten Mann zu seinem Schutz angeworben hat, hat ihm das nichts genützt. Entweder ist der Kerl während des Überfalls geflohen, oder er gehörte selbst zu den Angreifern.«

»Weiß denn niemand, wer dieser Mann ist?« Eine Erinnerung an einen Besuch bei Cesare durchzuckte mich, als er noch in seinem Palazzo gewohnt hatte. Michelotto hatte eine Maske getragen, als er mich zu ihm brachte. Freilich zogen nachts viele Männer maskiert durch die Straßen von Rom. Die Masken dienten Verbrechern dazu, ihr Gesicht zu verbergen, es mochte aber auch das affektierte Getue junger Männer sein, die ihre empfindlichen Nasen mit parfümierten Masken vor der verpesteten Luft schützten. Das hieß jedoch sicherlich nicht … es war doch völlig unmöglich, dass …

Cesare zuckte mit den Schultern. »Jeder hätte es sein können. In dieser Stadt herrscht kein Mangel an Mietlingen.

Vielleicht war es ein Söldner, der wie so viele andere sein Gewerbe in dunklen Seitengassen ausübt und sich als Leibwächter ausgab, um Juans Vertrauen zu gewinnen. Unser Bruder zählte ja schon immer Schurken zu seinen Freunden und verkehrte mit dem übelsten Abschaum, den Rom zu bieten hat. Ich bezweifle, dass wir den Schuldigen jemals aufspüren werden, wenn er denn noch lebt – und er ist nicht unser einziger Verdächtiger. Die Leiche war noch tropfnass, als schon die ersten Beschuldigungen ausgestoßen wurden. Soviel ich weiß, ist auch der Name deines Gemahls im Kreis der möglichen Übeltäter aufgetaucht.«

Ich gab mir alle Mühe, ihm fest in die Augen zu schauen. Er durfte nicht ahnen, welch dunkler Verdacht in mir keimte. »Giovanni? Wie kann das sein? Er ist weit fort in Pesaro.«

»Wir haben Gegenteiliges gehört. Vor nicht allzu langer Zeit hat uns einer unserer Spitzel gemeldet, dass ein Mann, der Giovannis Beschreibung entsprach, dabei gesehen wurde, wie er in Kardinal Sforzas Palast schlich. Juan könnte auf dem Weg zu ihm gewesen sein. Vielleicht war Giovanni dieser maskierte Unbekannte, auch wenn eine solche List selbst für den beschränkten Verstand deines Gemahls zu durchsichtig erscheint. Aber wie du sagst: Die Piazza grenzt an den Sforza-Palazzo. Falls Giovanni sich in Rom verbarg und unerkannt bleiben wollte, wo anders hätte er sich einquartieren können? Doch jetzt ist er nicht mehr dort. Wir haben alles durchsucht. Er ist über alle Berge und bestimmt schon auf dem Rückweg nach Pesaro.« Cesare starrte mich mit einer Neugier an, die mich verunsicherte. »Du hast ihn nicht mehr gesehen, seit er Rom in der Karwoche verlassen hat, oder? Als wir ihn verhörten, hat Kardinal Sforza auf das Heftigste abgestritten, dass sein Cousin sich seit seiner feigen Flucht auch nur in der Nähe der Heiligen Stadt hat blicken lassen.«

»Nein«, wisperte ich, schluckte und wiederholte mit kräftigerer Stimme: »Nein, ich habe ihn nicht gesehen.«

»Gut. Da haben wir's. Ein von uns bezahlter Spitzel dient wohl kaum als Beweis, und wenn ihm zur Zeit der Tat auch sonst niemand in Rom begegnet ist, dann …«

»So etwas würde er nie tun!«, unterbrach ich ihn, bevor ich mir auf die Zunge beißen konnte. »Giovanni und Juan waren Freunde. Sie mochten einander. Jeder wusste das. Und was hätte er von seiner Ermordung gehabt?«

Cesare stieß ein eisiges Lachen aus. »Richtig, wir beide wissen ja, wie gern die zwei einander hatten. Ich habe an etwas Ähnliches gedacht: Hatte Juan mit deinem Gemahl, seinem Liebhaber, ein Stelldichein vereinbart? Alles ist möglich.« Erneut durchbohrte mich sein befremdlich prüfender Blick. »Das könnte uns vielleicht sogar weiterführen. Wenn du Papa erzählst, was in jener Nacht vor deinen Augen zwischen Juan, Giovanni und Giulia geschah, würde das uns gewiss den langwierigen Antrag auf Annullierung eurer Ehe ersparen. Wir könnten zwei Fliegen mit einer Klappe schlagen. Damit ließe sich beweisen, dass Giovanni nicht nur ein Lustknabe ist, der noch nie eine Frau beglückt hat, sondern auch, dass er Juan aus Eifersucht umgebracht hat. Es ist ja nicht so, dass unser Bruder ein Ausbund an Treue war. Er trieb es mit halb Rom, wenn man den Gerüchten Glauben schenkt.«

Ich prallte entsetzt zurück. »Aber er war es nicht! Giovanni würde so etwas nie … er hatte keinerlei Grund …«

Schnell wie ein Raubtier preschte Cesare auf meine andere Seite, entriss mir die Zügel und drängte unsere Pferde so nahe aneinander, dass sein Oberschenkel den meinen berührte. Hinter uns hörte ich Pferdegeschirr klirren. Unsere Eskorte hielt abrupt an, um den gebührenden Abstand zu wahren.

»Was weißt du schon über Giovannis Motive?«, zischte er. »Warum verteidigst du dieses Ungeziefer immer noch, obwohl du ihn doch loswerden wolltest?«

»Ich verteidige ihn nicht. Ich verteidige niemanden!« Zorn wallte in mir auf. »Und nimm deine Finger weg!«

Er ließ meine Zügel los. Die Ader in seiner Schläfe pochte heftig. Irgendetwas verbarg er vor mir. Das wurde mir in diesem Moment bewusst, und prompt zog sich mein Magen zusammen.

»Giovanni würde das einfach nie wagen«, stöhnte ich, den Geschmack von Gallenflüssigkeit im Mund. »Er will nichts mehr als in unserer Gnade verbleiben. Einem Mord würde er nie zustimmen, nicht, solange er hofft, unsere Ehe retten zu können.«

»Ach?« Cesare musterte mich. Ich wollte mich abwenden, wusste aber, dass er dann bemerken würde, dass auch ich etwas verbarg. »Wenn ich mich richtig erinnere, hat dein Gemahl es nicht nur mit Juan getrieben – oder war es anders herum? –, sondern er hat auch seinem eigenen Sekretär wegen Beihilfe bei deinen Intrigen die Hände abhacken lassen. Und nun, da wir planen, ihm sein Versagen in deinem Bett vorzuwerfen ... Mir scheint, dass einem Mann in seiner Lage alles zuzutrauen ist.«

Nun befielen mich doch Zweifel. Wieder kam mir Giovannis Überfall auf mich in den Sinn und die Art und Weise, wie Juan ihn wegen seiner kläglichen Versuche gedemütigt hatte, ehe er ihn unter wüsten Drohungen hinausjagte. Hatte Giovanni ihm wirklich gehorcht, oder hatte er das nur vorgegeben und sich irgendwo in der Stadt verkrochen? Hatte er auf Rache gesonnen, allein schon aus Furcht, seine Rolle bei meiner Vergewaltigung könnte aufgedeckt werden? Juan hatte bewiesen, dass er sich um niemanden scherte – außer um sich selbst. Überdies war er mit mir der einzige Zeuge. Wenn Giovanni Juan gegen Geld hatte ermorden lassen, stand nur noch sein Wort gegen meines. Er konnte sich auf einfache Art gegen die Behauptung wehren, unsere Ehe sei nicht vollzogen worden. Dazu brauchte er nur eine Untersuchung durch Hebammen zu fordern, und dann würde ganz Italien im Handumdrehen über mich Bescheid wissen …

Jetzt konnte ich den Brechreiz nicht länger unterdrücken. Ich beugte mich zur Seite und würgte, bis mein Magen leer war. Eine Hand um den Sattelknauf geschlungen, die andere auf den Mund gepresst, starrte ich voller Entsetzen zu Cesare hinüber und wappnete mich schon gegen seinen Vorwurf, dass ich ihm etwas derart Wichtiges verschwiegen hatte.

Doch Cesare thronte bewegungslos auf seinem Pferd. Seine gespenstische Ruhe erinnerte mich an jenes Treffen zwischen Papa und ihm, das ich belauscht hatte. Damals war seine Gelassenheit zu einer Waffe geworden, gegen die Papa nichts ausrichten konnte.

»Du hast mich gar nicht gefragt, wo Juan und ich gespeist haben«, hielt er mir schließlich vor und zog aus seiner Wamstasche ein Tuch, das er mir reichte. Während ich es mir auf die Lippen presste und seinen daran haftenden männlichen Geruch einatmete, fuhr er in weichem Ton fort: »Wir waren bei Mama in ihrer Villa auf dem Esquilin.«

Um mich herum geriet die Welt aus den Fugen. »Ihr wart bei Vanozza? Hat sie …?«

Er nahm mir das Seidentuch aus den Händen, faltete es zusammen und tupfte mir damit die Lippen ab. Nelkengeruch stieg mir in die Nase, als er murmelte: »Sie hat nicht ein Wort gesagt. Nein, warte.« Er drückte die Fingerspitzen fester auf meine Lippen und brachte mich so zum Schweigen. »Ich bin noch nicht fertig. Ich wusste, dass sie bei dir war. Ich hatte Michelotto den Auftrag erteilt, San Sisto zu beobachten, und er sah Vanozza herauskommen. Sie wirkte eindeutig verstört. Dann sah er auch deine Pantalisea mit Leinen und Bettdecken herauseilen und verschwinden. Das alles wirkte so, als hättest du dich auf einen längeren Aufenthalt eingestellt. Da war ich nicht auf Mamas Informationen oder ihre Beichte angewiesen, um zu erraten, was im Schwange ist.« Er hielt inne, die Hand um das verschmutzte Taschentuch geklammert.

»Cesare …« Meine Stimme erstarb, als er kopfschüttelnd mit der Zunge schnalzte.

»Nein, nein. Du brauchst dich nicht zu entschuldigen. Ich werde keiner Menschenseele etwas verraten. Aber dir ist doch klar, dass Papa es irgendwann erfahren muss. Wenn das ans Licht kommt, sind all seine Pläne hinfällig. Zumindest kann er dann deine Jungfräulichkeit nicht mehr ins Feld führen. Schlimmstenfalls fordert Giovanni, dass du zu ihm zurückkehrst, und uns bleibt nichts anderes übrig, als uns seinem Willen zu fügen.« Er zögerte einen Moment. »Ist das Kind von ihm?«

Tränen brannten hinter meinen Lidern. »Nein. Juan … er …« Ich brachte die Worte nicht über die Lippen, nicht vor ihm. Doch Cesares Gesicht verfärbte sich, und das verriet mir, dass er verstanden hatte. »Hast du es Mama gesagt?«

Als ich nickte, ließ er entgegen meiner Erwartung keine Reaktion erkennen. Weder tobte er, noch schwor er, Juans Leiche durch die Straßen Roms schleifen zu lassen. Stattdessen befeuchtete er sein Tuch am Rand mit Spucke und wischte mir damit eine Speichelspur von der Wange. »Juan hat sich dir aufgezwungen. War es so?«

Das Misstrauen in seinem Tonfall ließ mich zurückprallen. »Glaubst du etwa, ich lüge?« Er schwieg. Entrüstung wallte in mir auf. Ja, ich war so erbost, dass mich nicht mehr kümmerte, ob die Wachmänner, die uns eskortierten, etwas mitbekamen. »Wie kannst du *das* von mir denken, Cesare? Wie kannst du es wagen, an meinem Wort zu zweifeln?«

Er lehnte sich zurück. Das empörte mich noch mehr. Schon war ich drauf und dran, mein Pferd herumzureißen und allein zum Kloster zurückzugaloppieren, als er schließlich sagte: »Ich habe nie auch nur eine Sekunde lang geglaubt, dass du mich jemals anlügen würdest. Wenn du sagst, dass Juan dir das angetan hat, dann hat er es getan. Ich hatte von Anfang an den Verdacht, dass dir etwas Schreckliches zugestoßen ist. Warum wärst du sonst in ein Kloster geflohen, als wir in Ostia waren?«

»Und du?«, gab ich zurück. »Würdest du mich anlügen? Dich scheint ja nichts von all dem zu überraschen!« Und noch während ich das sagte, kam mir plötzlich ein entsetzlicher Gedanke. »*Dio mio*, hast du es etwa von Juan erfahren? Hat er es dir gesagt? Hat er damit … geprahlt?« Bei der bloßen Vorstellung war mir, als hätte ein Raubtier mein tiefstes Inneres mit den Krallen bloßgelegt. Juan traute ich das ohne Weiteres zu. Ich hatte ihn förmlich vor Augen, wie er in seinem Rausch Cesare vor unserer Mutter provozierte, mit seiner Tapferkeit prahlte und alles unternahm, um einen Streit vom Zaun zu brechen, wie er es auch in der Kindheit so oft getan hatte. Und als schwebte sein Geist neben mir her, hörte ich ihn wieder sagen: *Diesmal werde ich keine Gnade kennen, nur Härte!* … Und: *Ich habe ihm jede Beleidigung vergolten, jedes Mal, da ich mich wegen seines Geredes so gefühlt habe, als verdiente ich es nicht, mich einen Borgia zu nennen.*

Aus Rache konnte Cesare ihn getötet haben.

Er riss mich aus meinen Gedanken, als er plötzlich den Kopf zurückwarf und in sein vertrautes dröhnendes Lachen ausbrach. »Jetzt beleidigst du mich aber! Hätte er sich dieser Tat gerühmt und ich auf Vergeltung für dich gesonnen, glaubst du wirklich, dass ich dann so ein Durcheinander angerichtet hätte?« Seine Finger trommelten auf seinem Schenkel. »Nun? Glaubst du das?« Seine Stimme klang kalt. »Natürlich nicht. Denn du weißt genau, dass ich es nicht gewesen sein kann. Ich hätte niemals Spuren hinterlassen – keinen sterbenden Pferdeknecht, keinen redseligen Bootsmann, keine Leiche im Tiber. Juan wäre verschwunden, was er wahrlich verdient hat – Anonymität und eine leere Gruft, statt Märtyrerbegräbnis und Wehklagen. Für immer verschwunden, als hätte er nie existiert.«

Er wandte sich von mir ab und gab seinem Pferd die Sporen. In der Ferne schimmerte Sonnenlicht über dem San Sisto. Jetzt bot das Kloster nur noch eine Illusion von Zuflucht – die Welt, der zu entkommen ich gesucht hatte, wenn auch nur für kurze Zeit, konnten seine heiligen Mauern nicht mehr von mir fernhalten.

Hüte dich vor einem Mann, der begehrt.

Beim Gedanken an Papas rätselhafte Mahnung rief ich laut: »Cesare!«

Er hielt an und blickte über die Schulter. Seine Augen waren verschleiert. »Ja?«

»Ich … ich bin froh, dass er tot ist.« Während ich das sagte, spürte ich, wie sich in mir alles vor Ekel verkrampfte. »Ich wollte es ja selbst. Ich habe Mama gedroht, die Wahrheit preiszugeben, wenn sie Papa nicht dazu bringt, ihn fortzuschicken. Ich habe Juan verflucht; ich habe seinen Tod herbeigesehnt. Ich weiß, dass es dir immer darum gegangen ist, mich zu beschützen. Sag mir also bitte die Wahrheit. Es wird unser Geheimnis bleiben, unseres allein. Hast du ihn getötet?«

Er warf den Kopf zurück, als hätte ihn meine Frage amüsiert. »Leider nein. Aber hätte ich das gewusst, dann hätte ich es getan, das kannst du mir glauben.«

26

Pressen, Hoheit!«, befahl Pantalisea. »Und jetzt mit aller Kraft!«

Sie beugte sich über mich, während ich rittlings auf dem gepolsterten Geburtshocker kauerte. Mein ganzer Körper schmerzte, vor allem der Unterleib, in dem sich mein Kind bewegte. Wie ein Wachposten hatte sich Suora Leocadia vor der Tür aufgebaut, während Suora Paulina, die Kräuterkundige des Klosters und ungelernte Hebamme, vor meinen Füßen kniete. Flach atmend sog ich die Lunge voll, spannte mich an und presste, bis jeder Muskel aufheulte.

»Ich kann nicht«, keuchte ich. »Bitte hört auf. Lasst mich sterben.«

Ich sprach durch einen schweißgetränkten großen Schleier, der auf Schwester Leocadias Geheiß neben dem Gesicht auch meine Scham bedeckte. Nur sie, die Kräuterkundige und Pantalisea durften der Geburt beiwohnen, die bereits gestern mit einem plötzlichen Schmerz und einer Flut von Wasser gemischt mit Blut eingesetzt hatte. Jetzt, nach einer qualvollen Nacht in diesem stickigen Raum, in der dieses Wesen in mir sich jeder Bemühung, es herauszulocken, widersetzt hatte, kauerte ich auf dem Stuhl in meinem an mir klebenden Hemd, das mich einschnürte, mir die Luft abdrückte, und wollte nur noch eines: heulen wie die irrsinnige Gefangene, zu der ich geworden war.

»Ihr werdet nicht sterben.« Suora Leocadia reckte mir ihr

mit Leberflecken bedecktes Kinn entgegen. »Das verbiete ich. Unsere heilige Mutter verbietet es. Vorher werdet Ihr dieses Kind gebären. Ihr werdet es auf die Welt bringen, und danach werden wir sehen. Der Allmächtige wird uns Seinen Willen schon zu erkennen geben. Jetzt presst!«

Der Schrei, der aus meinem Mund drang, hörte sich an wie das Brüllen eines Tieres im Schlachthaus, das wusste, dass es verdammt war – halb Schluchzen, halb Kreischen, ein Ausdruck nackter Verzweiflung.

»Ich kann nicht!«

Suora Leocadia prallte zurück, und Suora Paulina murmelte: »Ihr dürft Euch dem Schmerz nicht ergeben. Lenkt Eure Gedanken woandershin, und lasst den Körper sein Werk verrichten.«

»Woandershin?« Ich starrte sie skeptisch an, denn noch nie hatte ich mich meinem Körper so ausgeliefert gefühlt. »Was schlagt Ihr denn vor?«

»Irgendetwas«, mischte sich Pantalisea ein. »Nur wehrt Euch nicht.«

Erneut griff Suora Paulina in meinen geschundenen Körper. Ich schloss die Augen und gab mir alle Mühe, mich an einen anderen Ort zu versetzen, der nichts mit dieser stinkenden Kammer zu tun hatte, die ich mittlerweile verabscheute. Und tatsächlich sah ich mich mit einem Mal als Vogel, der sich in die Luft über diesem Kloster schwang, das mein Käfig gewesen war.

Noch immer spürte ich nur Suora Paulinas tastende Finger in meinem Leib. Die Zähne fest aufeinandergebissen, flog ich im Geist immer weiter weg, zurück in die Vergangenheit, und erinnerte mich daran, wie langsam die Zeit in den letzten Monaten verstrichen war, reglementiert vom alltäglichen Rhythmus des Klosterlebens: von der Liturgie, den

Andachten – und von meinem Bauch, dank dem mir meine Kleider nicht mehr passten. Pantalisea hatte eilige Ausflüge unternommen und Stoffe erworben, aus denen sie für mich neue Gewänder schneiderte, die meine Leibesfülle verbargen und meine vergrößerten Brüste betonten. In eine Robe dieser Art schnürte sie mich auch, als die Kurie mich einberief, damit ich mich ihr als *virgo intacta* präsentierte, als Jungfrau, die noch nie von einem Mann befleckt worden war.

Vor den Kardinälen sitzend, die Hände fromm über dem Schoß gefaltet, ließ ich es geschehen, dass die lüsternen Blicke der Würdenträger wie verzaubert auf mir verweilten, auf den cremig weißen Hügeln meiner Brust, und hielt eine Ansprache, deren Aufrichtigkeit selbst mich überraschte. Dank der Briefe, die Pantalisea nach ihren wöchentlichen Treffen mit Perotto regelmäßig ins Kloster geschmuggelt hatte, wusste ich, dass das Annullierungsverfahren zu einem erbitterten Duell ausgeartet war. Giovanni hatte unsere Ehe für »vielfach vollzogen« erklärt und bei seinem Cousin Il Moro in Mailand auf das Übelste über uns gelästert. Der wiederum beeilte sich, diese Beschuldigungen an seinen Vertreter in Rom weiterzuleiten, womit gewährleistet war, dass ganz Italien davon hörte: dass Seine Heiligkeit unaussprechliche Motive für seinen Wunsch hätte, mich von meinem Gemahl zu trennen.

Als ich das erfahren hatte, musste ich an den Tag denken, als Giovanni Cesare und mich eng umschlungen angetroffen hatte. Doch diesem Versuch, unseren Namen in den Schmutz zu ziehen, war nur insofern Erfolg beschieden, als er Papas Zorn weckte.

»Wollen böse Zungen etwa behaupten, ich sei sowohl ihr Vater als auch ihr Liebhaber?«, tobte Papa vor der Kurie. »Von mir aus soll das Ungeziefer dieser Welt, das ebenso lächerlich wie schwachsinnig ist, ruhig die absurdesten Ammenmärchen über die Mächtigen glauben! Über das Gute und Böse in uns kann jedoch nur die höchste Allmacht urteilen.«

Papa ließ die Kardinäle der Kurie erbeben. Da Juans Ermordung weiterhin ungeklärt blieb, verlor er jede Geduld. Wie mir Pantalisea zutrug, die regelmäßig Perotto nach Neuigkeiten ausfragte, drohte Seine Heiligkeit mit Reformen, wenn sich die Untersuchung weiterhin als fruchtlos erwies. Plötzlich weigerte er sich, Anträge zu bewilligen, die auch nur ansatzweise von Korruption zeugten; er verurteilte die allgegenwärtige Bestechung und schaffte die Sitte der Ablassbriefe ab. Und damit nicht genug: Er ging sogar so weit, Sancia und Jofré zusammen mit Cesare nach Neapel zu entsenden, damit sie der Krönung des neuen Königs beiwohnten – um zu beweisen, wie sehr er bereute, beraubte er sich des Trostes, den ihm seine Familie bot. Jeder Kardinal in Rom hatte durch Papas verändertes Verhalten etwas zu verlieren; keiner konnte sich eine Untersuchung seiner Privatangelegenheiten leisten. So stand an dem Tag, da ich in meinen neuen Kleidern vor die Kurie trat und meine Jungfräulichkeit bekundete, das Urteil längst fest.

Berittene Boten galoppierten mit der Nachricht von der offiziellen Auflösung meiner Ehe nach Pesaro und überbrachten zugleich auch Papas Ultimatum: Giovanni durfte meine Mitgift – eine beträchtliche Summe – behalten, allerdings nur unter der Voraussetzung, dass er dem Befund der Zeugungsunfähigkeit zustimmte. Da er sich bereits in Verhandlungen wegen einer neuen Gemahlin befand, die ihm seine früheren Schwiegereltern, die Gonzaga, anboten – offensichtlich hatten sie sich von seiner Schmach nicht abschrecken lassen –, zeigte Givoanni sich nicht abgeneigt.

Zum ersten Mal seit Juans Tod brach ich beim Erhalt dieser Nachricht in lautes Lachen aus, womit ich bei den Schwestern Anstoß erregte, die in meiner Nähe über ein Kräuterbeet gebeugt arbeiteten.

Papa hatte meine schmutzige Vergangenheit weiß gewaschen. Offiziell war ich wieder unbefleckt.

»Es ist fast da! Pressen, Hoheit! Ich kann schon seinen Kopf fühlen!«

Suora Paulinas aufgeregte Anweisungen zerrten mich in meinen Körper zurück. Und während Schreie aus meinem Mund drangen, die im ganzen Kloster widerhallen mussten, spreizten sich meine Beine wie von selbst und entließen das Kind.

Keuchend kauerte ich auf dem Hocker, unfähig, den Kopf zu heben, um mich herum ein Schwirren von beschmutzten Kleidersäumen und das Klappern von Holzpantoffeln, übertönt von Suora Paulinas Anweisungen – sie forderte eine Schere, Hexenhasel und eine Schüssel Wasser. Durch halb geschlossene Lider erspähte ich eine bläuliche Schnur, die etwas an mich fesselte. Dann roch ich Rosenwasser, mit dem man mich besprengte.

»Lebt es?«, fragte Pantalisea ängstlich.

Angespannte Stille breitete sich aus. Dann wurde geflüstert, und ein leichter Schlag ertönte, gefolgt von einem wütenden Aufschrei. Endlich blickte ich auf. Suora Leocadia riss weit die Tür auf und marschierte hinaus. Für einen Moment konnte ich das Plätschern von Regen auf Steinfliesen hören. Die vor mir kniende Suora Paulina hielt mir ein sich windendes, mit weißen Leinen bedecktes Bündel entgegen.

»Ein Junge, Hoheit«, verkündete sie und hielt es mir an den immer noch aufgeblähten Bauch. »Hoheit müssen noch etwas sitzen bleiben«, erklärte sie. »Die Nachgeburt muss noch heraus. Wenn sie im Körper bleibt, werdet Ihr davon krank. Ich bringe Euch eine Robe und ein frisches Hemd.«

»Und einen Lappen«, murmelte Pantalisea, als die Nonne hinausging. »Wenn es um mehr geht, als Kamillentee aufzubrühen oder Honig aus den Waben zu kratzen, haben diese Schwestern weniger Verstand als ein Maultier.«

Ich hätte gern gelacht, doch dafür tat mir alles zu weh. Vorsichtig wickelte ich das Bündel in meinen Händen auf, und ein winziges, runzeliges Gesicht mit Augen wie Schlitzen und einem zahnlosen Mund kam zum Vorschein, aus dem ein weiterer, lauter Schrei drang. Ich schnappte nach Luft. »*Madre di Dio!* Er sieht ja aus wie ein alter Mann!«

»Er sieht aus wie Seine Heiligkeit«, meinte Pantalisea. »Und er klingt auch so.« Sie lächelte mich an. »Wie wollt Ihr ihn nennen? Er wird einen Namen für die Taufe brauchen.«

Plötzlich hatte ich einen dicken Klumpen in der Kehle. »Ich habe mich schon entschieden. Wer immer von Papa ausgewählt wird, wird ihn aufziehen. Bei mir darf er … darf er nicht bleiben. Und er darf auch nie erfahren, dass ich seine Mutter bin.«

»Ihr werdet ihn nie und nimmer weggeben können«, sagte Pantalisea leise. »Ihr ahnt es vielleicht noch nicht, aber ich sehe es in Euren Augen. Er ist ganz Euer Kind.«

Ich wollte den Blick abwenden, doch dann fing der Kleine an zu strampeln, zu schreien und mit den Fäustchen herumzufuchteln. Ohne zu überlegen, schob ich ihn höher, schlug mein Hemd auseinander und entblößte meine Brust. Seine Lippen schlossen sich um die Brustwarze. Schmerz, gepaart mit unbändiger Wonne, strömte durch meinen Körper.

»Seht Ihr?« Pantalisea seufzte. »Ihr könnt nicht widerstehen.«

Meine Arme bildeten wie von selbst eine Wiege, und mein

Herz machte einen kaum wahrnehmbaren Ruck. Etwas, das ich dort noch nie gespürt hatte, erwachte zu zartem Leben.

»Mein Sohn«, wisperte ich, »ich habe einen Sohn …«

Und während ich die Lippen auf den weichen, unförmigen Kopf drückte, wurde ich gewahr, dass ich neben meiner unauslöschbaren Liebe noch etwas anderes empfand: unvorstellbare Angst.

Ein Borgia, und das im doppelten Sinn des Wortes. Welches Schicksal würde meinem Kind beschieden sein?

Fast drei Wochen lang ließen sie mich bei meinem Sohn sein. Drei endlose, gesegnete Wochen, in denen mein Junge mich jeden Morgen beim Aufwachen von seiner zusammengeschusterten Wiege aus anblinzelte, die wir neben meinem Bett aufgestellt hatten. Das durch das vergitterte Fenster hereinsickernde Winterlicht fiel auf seine makellose Haut, seine Hände öffneten und schlossen sich, als versuche er, mir etwas zu zeigen, bis schließlich sein Hunger sich in einem Geschrei äußerte, das in meinen Ohren die reinste Musik war. Ich hob ihn in mein Bett, wo ich Wolldecken und Felle aufeinandergetürmt hatte, und schnürte mein Nachthemd auf, damit er an meiner Brust saugen konnte, was er mit einer Entschlossenheit tat, die keinen Zweifel gestattete: Er war ein echter Borgia.

Ich hatte mich dagegen gewehrt, ihm einen Namen zu geben. Ich hatte gedacht, ich könne ihn nicht lieben. Ja, ich hatte sogar befürchtet, ich würde ihn am Ende hassen. Da er die Frucht einer Schändung war, die mein Vertrauen von Grund auf zerstört hatte, hatte ich mir gesagt, ich würde ihn mit dem größten Vergnügen weggeben, sofern er nicht schon vorher starb wie so viele andere Säuglinge. Während des Wartens auf die Geburt hatte ich mich zahllose Male bei Pantalisea darüber beklagt, was für eine Last das Kind sein würde und wie sehr ich mir wünschte, davon befreit zu sein. Ich wollte in meinen Palazzo zu meinen Seidengewändern und meinem Schmuck zurückkehren. Ich wollte wieder Lucrezia Borgia sein, die Tochter des Papstes.

Doch jetzt lag ich hier, in meinem zerwühlten Bett, das nach dem nicht enden wollenden Regen leicht nach Feuchtigkeit roch, bei mir mein Kind, das sich von meinem Körper ernährte, an mich geschmiegt dalag und sich wärmer anfühlte als jede Decke. Als ich ihm über die feinen Haarbüschel streichelte, die von der Farbe dunklen Kupfers waren, überkam mich ein Gefühl, dass ich mein Leben lang hierbleiben konnte, ja, ich konnte mir gar nicht mehr vorstellen, jemals an einem anderen Ort zu sein als er. Ich plapperte Pantalisea die Ohren voll, wann immer sie von einem Botengang zurückkehrte; erzählte ihr, wie er gegurgelt oder einen Wind hatte fahren lassen (»Das machen alle Säuglinge«, erklärte sie mir.), schwärmte von seinen Augen, die so blau wie die meinen waren (»Das könnte sich ändern.«), und ließ sie wissen, ich hätte das Gefühl, dass er schon versuchte zu sprechen (»In seinem Alter?«). Aber auch sie machte viel Wirbel um ihn, half mir beim Wechseln der Windeln und beim Waschen seiner verschmutzten Wäsche im Trog auf dem Klosterhof draußen, was uns die Priorin trotz Suora Leocadias Einwendungen gestattete. Pantalisea schlief auf einer Strohmatratze auf dem Boden und war beim ersten Wimmern des Jungen stets zur Stelle.

In meiner freudvollen Erschöpfung – Schlaf war ein flüchtiger Balsam, den ich mir gönnen musste, sobald sich eine Gelegenheit bot – vergaß ich ganz die Warnung der Priorin: Die Schreie meines Kindes würden für Unruhe sorgen; seine bloße Gegenwart würde die Bewohnerinnen des San Sisto daran erinnern, dass neues, in der Sünde empfangenes Leben unter ihnen war.

Im Februar wurde ich darauf hingewiesen. Ich saß in Tücher gehüllt im Wandelgang, während mein Sohn nach der Fütterung in meinen Armen schlummerte. Auch ich war am Einnicken, als Schritte mich hochschrecken ließen. Es war die Priorin, ihre Miene unter dem Schleier wirkte sehr ernst. Sie streckte mir ein gefaltetes Pergament entgegen.

»Von Seiner Heiligkeit.«

Ich konnte mich nicht bewegen, da ich ansonsten mein Kind geweckt hätte. Die Oberin erkannte das, beugte sich steif vor und schob das Dokument unter meinen Oberschenkel. »Ich habe ihm meine Antwort bereits gesandt«, sagte sie und wollte sich schon wieder abwenden, als ich leise fragte: »Welche Antwort?«, obwohl ich sie längst kannte und mich davor gefürchtet hatte. Sie konnte nur eines bedeuten: Meine Atempause war zu Ende.

»Er möchte uns besuchen«, erklärte die Priorin. »Er bittet uns, seinem Bedürfnis nach absoluter Verschwiegenheit entgegenzukommen. Ich habe ihm das zugesagt, da wir ihm Gehorsam schulden. Aber sobald er abgereist ist, erwarte ich deine Entscheidung. Wenn du bei uns bleiben möchtest, musst du bereit sein, den Schleier zu tragen und deinen Sohn aufzugeben. Wenn nicht, musst du gehen.« Sie nickte mir zu und lief mit derselben Gleichmut, mit der sie die Botschaft übergeben hatte, wieder den Wandelgang hinunter.

Meinen Sohn fest an mich gedrückt, starrte ich in den öden, winterlichen Garten.

Ich musste ihn beschützen – um jeden Preis.

Ich kleidete mich in dieselbe Robe, die ich vor der Kurie getragen hatte, nur dass sie jetzt lose an mir herunterhing. Um den Hals trug ich keinen Schmuck außer einem goldenen Kruzifix. Im letzten Moment packte ich ein paar Gegenstände ein, die ich für meinen hastigen Auszug aus meinem Palazzo gekauft hatte – ein bescheidenes Perlenarmband, einen mit Rubinen besetzten Kamm und einen Saphiranhänger – und drückte alles Pantalisea in die Hand. »Verpfände das. Finde einen Weg, ihn in einem sicheren Versteck unterzubringen, bis ich ihn zu mir holen kann.«

Sie schüttelte traurig den Kopf. »Wenn wir schon aus Angst vor unserer Entdeckung keinen vorzeitigen Abgang gegen Geld herbeiführen konnten, wie sollen wir dann jetzt das Kind verbergen? Außerdem hat Perotto mich gewarnt, dass Euer Bruder Cesare an jeder Biegung der Straße, die vom Kloster fortführt, Späher postiert hat. Sobald ich mich außerhalb dieser Mauern begebe, weiß er über jeden meiner Schritte Bescheid. Wenn ich mich mit dem Kind davonstehle, wird er es erfahren.«

In hilfloser Wut knetete ich meine Röcke. Ich hatte den Handel geschlossen; Juans Tod hatte ihn besiegelt. Ich musste niemanden mehr fürchten, und Giovanni war nicht mehr mein Gemahl. Warum empfand ich dann ein derart übermächtiges Bedürfnis, meinen Sohn in Sicherheit zu bringen? Papa würde ihm nie etwas zuleide tun, Cesare ebenso wenig, und schon gar nicht meine Mutter. Sie würden ihn lieben, denn er teilte schließlich ihr Blut.

Pantalisea, die meine Verzweiflung spürte, sagte tröstend: »Ihr habt die Ängste einer jungen Mutter. Da ist es zu erwarten, dass Ihr Euch um Euer Kind sorgt. Und nach allem, was geschehen ist, habt Ihr sogar mehr Anlass dazu als die meisten anderen. Aber Seine Heiligkeit wird Euch verstehen.« Sie steckte mir die Haare über dem Nacken auf. »Euer Vater liebt Euch. Sagt ihm, dass Ihr Euer Kind nicht weggeben könnt. Sagt ihm, dass Ihr Euer Herz geprüft habt und jetzt wisst, dass Ihr Euren Sohn selbst großziehen müsst.«

»Ja.« Ich klammerte mich an diesen winzigen Fetzen Hoffnung. »Wir sind seine Familie. Er gehört zu uns.«

Doch als ich wenig später den Speisesaal mit den Buntglasfenstern, die Mariä Verkündigung darstellten und auf den Boden zu meinen Füßen bunte Rauten malten, betrat, war plötzlich alles ganz anders. Beim Anblick Papas, wie er an dem vernarbten Tisch saß, wo die Nonnen üblicherweise ihr Hammelfleisch aßen, musste ich mich regelrecht zu einem Lächeln zwingen. Über einer schwarzen Strumpfhose trug er einen schlichten schwarzen Rock; seine breiten Füße steckten in Reitstiefeln. Im Näherkommen bemerkte ich die schlaff herabhängende Haut unter seinem Kinn, die Falten, die den Mund umrahmten und die Stirn furchten, und die für immer in seine Züge geätzte Trauer. Seine grüblerischen Augen begegneten den meinen, ehe er mich mit einer Geste aufforderte, Platz zu nehmen. Der einzige Hinweis auf päpstlichen Glanz war sein glitzernder Fischerring.

»Ich hielt es für das Beste, dich allein zu treffen«, begann er. »Im Vatikan habe ich nur gesagt, ich würde zum Jagen reiten. Noch mehr Skandale können wir uns nicht leisten, worin du mir sicher zustimmen wirst.«

Sein kühler Ton bestürzte mich. Dann erklärte er auf einmal: »Cesare hat mir alles gesagt. Ich bin sehr enttäuscht, Lucrezia.«

Nicht *»farfallina«*. Nicht »meine geliebte Tochter«.

»Ihr glaubt doch sicher nicht, dass ich schuld bin!«, brauste ich auf.

»Das habe ich nicht gesagt. Ich bin enttäuscht, weil du nicht genügend Vertrauen zu mir hattest, um dich an mich zu wenden.« Als ich nicht darauf antwortete, seufzte er. »Komm zu mir.« Zögernd trat ich einen Schritt näher. Er ergriff meine Hand und umschloss sie mit seinen schwieligen Fingern.

Ich stieß einen Seufzer der Erleichterung aus. Und plötzlich kniete ich vor ihm, den Kopf in seinem Schoß, während er mir die Hände wie segnend auf die Haare legte und flüsterte: »Ich weiß, es ist meine Schuld. Ich hätte es wissen müssen. Du warst so verletzlich, und ich habe dich mit dieser Meute verheiratet. Ich habe dich deinem Schicksal überlassen wie ein mitten unter Wölfen ausgesetztes Reh.«

»Papa …«

»Nein. Denk dir keine Ausreden für mich aus. Ich wollte es einfach nicht sehen. Ich wollte nicht glauben, dass Juan nicht vollkommen ist. Ich habe große Stücke auf ihn gehalten – schon immer. Mir war klar, dass es ihm an den Talenten mangelt, die ihr, du und Cesare, im Überfluss besitzt. Aber das machte ihn für mich nur noch wertvoller. Er … er erinnerte mich an mich selbst, an meine eigenen Mühen in meiner Jugend, als ich darum kämpfte, einen Ort in dieser elenden Welt zu finden, den ich mein Eigen nennen konnte. Doch Juan war nicht wie ich. Er war zu nichts anderem geeignet als für seine Vergnügungen. Trotzdem bekam er von mir alles, was ich ihm geben konnte, denn ich glaubte stets, er würde sich ändern. Und obwohl ich immer wieder von ihm enttäuscht wurde, dachte ich, aus ihm würde eines Tages doch noch der Mann werden, den ich in ihm sah.«

So hatte ich meinen Vater noch nie erlebt. Kein einziges Mal hatte ich innegehalten und darüber nachgedacht, dass die übergroße Liebe, die Papa an Juan verschwendet hatte, von einer verborgenen Hoffnung herrührte, die sein Sohn gar nicht erfüllen konnte. Damit war so vieles erklärt: warum er Juan Cesare gegenüber bevorzugt und auf diese Art unwissentlich die Feindschaft zwischen ihnen geschürt hatte. Cesare war schon immer Papas Stoßdegen gewesen, geschickt und zu allem fähig, wohingegen mein toter Bruder die stumpfe Axt gewesen war, die Papa vergeblich zu schärfen versucht hatte.

Ich streichelte Papa über die Wange. Sie war rau und stoppelig, als hätte sie seit Tagen keine Rasierklinge mehr gesehen. »Papa, das konntest du nicht wissen. Niemand hätte es ahnen können. Ich mache dir keine Vorwürfe. Nicht einmal ihm mache ich mehr Vorwürfe.« Als er ein Schluchzen unterdrückte, richtete ich mich auf und umarmte ihn. »Papa, bitte weine nicht. Ich ertrage es nicht, wenn du weinst.« Ich konnte seine Schulterblätter durch die Wolle seines Umhangs hindurch spüren. Er war bestürzend mager geworden, und alle Befürchtungen, die ich wegen seiner möglichen Absichten gehabt haben mochte, schmolzen dahin. »Jetzt ist es vorbei, Papa. Und mein Kind, Euer Enkel … er ist so schön! Genau wie Ihr.«

»Hoffentlich nicht«, erwiderte er mit einem wehmütigen Schmunzeln. »Denn ich bin nicht schön. Das war ich nie.«

»Für mich seid Ihr es.« Ich löste mich von ihm. »Wollt Ihr ihn sehen?«

Er nickte, doch als ich mich umdrehte, um mein Kind zu holen, hörte ich ihn brummeln: »Bevor du ihn mir zeigst, müssen wir etwas klären.«

Ich verstummte.

»Du hast Vanozza gesagt, dass du den Jungen weggeben willst. Ist das immer noch dein Wunsch?«

Leise sagte ich: »Nein. Ich will ihn bei mir behalten.«

Darauf erwiderte er nichts. Etwas in seinen Augen, eine gewisse Härte, die ich von früher kannte, wenn er mir etwas nicht geben wollte, provozierte mich zu einem Gefühlsausbruch. »Ich bin seine Mutter, Papa! Er gehört zu mir!«

»Allerdings. Ein Kind sollte immer bei seiner Mutter sein. Aber du weißt, dass das in deinem Fall unmöglich ist, oder?«

Mit erhobener Hand schnitt er meinen Protest ab. »*Farfallina*, lass mich ausreden. Ich bin nicht gekommen, um dich zu bestrafen. Ebenso wenig will ich sagen, dass du ihn nie wiedersehen oder kein Teil seines Lebens sein darfst, aber es darf nicht sein, dass die Welt die Wahrheit über ihn erfährt. Das wäre nicht nur für dich verhängnisvoll, sondern auch für ihn.«

»Aber er ist mein Sohn! Er … er ist alles für mich.«

»Und wir beide wissen, wer sein Vater ist.« Er beobachtete mich bei meinem Kampf darum, mich zu beherrschen. »Denk an deine Zukunft«, sagte er. »Du bist noch nicht einmal achtzehn Jahre alt und hast dein Leben noch vor dir. So Gott will, wirst du weitere Kinder bekommen. Willst du wirklich alles opfern und dich für den Rest deiner Tage brandmarken lassen?« Er hielt inne. Danach wurde sein Ton weicher, auch wenn seine Worte mir einer Schlinge gleich die Kehle zuschnürten. »Wir haben deine Ehe annulliert und dich vor der Welt zur Jungfrau erklärt. Willst du jetzt vortreten und erklären, dass wir alle uns getäuscht haben, dass ich, der Stellvertreter Christi auf Erden, gelogen habe? Wir werden das nie überleben. Es wird unser Ruin sein – deiner, meiner, der von Cesare. Und der des Kindes.«

Ich konnte kaum noch atmen. Gleichgültig, was uns drohte, ich konnte mir einfach nicht vorstellen, meinen Sohn wegzugeben. Der Gedanke, dass ich ihn nicht jeden Tag sehen, seine milchige Haut nicht riechen und sein Schreien nicht hören würde, war zu grausam. Ich wollte mein Kind packen, mit ihm aus Rom fliehen und niemals zurückblicken. »Das ist mir gleichgültig. Wenn es sein muss, opfere ich alles. Ich kann von hier weggehen und auf dem Land leben. Nur bitte, Papa, bitte nehmt mir mein Kind nicht weg.« Und mit tränenerstickter Stimme flehte ich: »Das könnte ich nicht ertragen. Er ist alles, was ich habe.«

»Schsch.« Er verschränkte die Finger. Mittlerweile hatte auch er Tränen in den Augen. »Du musst nicht alles opfern, nur die ersten Jahre seines Lebens und die Freiheit, dich seine Mutter zu nennen. Ich bin bereit, einen Pakt mit dir zu schließen – einen, der für dich und für das Kind von Vorteil sein wird, wenn du nur auf mich hörst.«

Ich kämpfte gegen den Drang an, wegzulaufen und mich ins Gewimmel auf den Straßen zu stürzen, wo mich niemand erkennen würde und ich nichts wäre als irgendeine Frau mit einem Kind. Doch noch während ich mir das ausmalte, wurde mir klar, wie naiv das war. Ich hatte nichts. Was ich war, verdankte ich ausschließlich meiner Familie. Wie konnte ich da in einer unbarmherzigen Welt überleben, in die ich noch nie einen Fuß gesetzt hatte, außer beim Aussteigen aus einer gepolsterten Sänfte, umgeben von Leibwächtern? Um in meinen Gefühlen schwelgen zu können, würde ich das Leben meines Kindes aufs Spiel setzen müssen.

»Einen Pakt?«, fragte ich matt.

»Ja.« Die Traurigkeit verschwand aus seinem Gesicht; an ihre Stelle trat die Lebensfreude, die er für mich seit jeher verkörpert hatte. Er war in seinem Element – wie immer, wenn es etwas zu verhandeln gab. Er konnte nun einmal nicht den Politiker in sich verdrängen, selbst wenn Gott ihm das befahl.

»Ich werde mich zu ihm als meinem eigenen Kind bekennen«, sagte er. »Die Frucht eines unglückseligen Fehltritts. Ich werde eine päpstliche Bulle verfassen, in der ich eine namenlose Frau als Mutter anführe, die ihrem Ruf zuliebe unbekannt bleiben muss. Den Jungen werde ich Vanozzas Obhut anvertrauen. Sie soll über seine Erziehung wachen.« Er sah, wie ich eine Grimasse schnitt. »Mir ist bewusst, dass ihr beide zerstritten seid. Aber ich denke, ihr werdet darin einig sein, dass dein Sohn in dem Wissen um das Borgia-Blut in seinen Adern aufwachsen muss. Nur dürfen wir ihn nie bezüglich seiner wahren Herkunft aufklären. Das Kind einer *solchen* Sünde – er würde sein Leben lang unter diesem Makel leiden.«

Jeder Teil meiner selbst begehrte dagegen auf. Meine Mutter sollte mein Kind aufziehen? Und das, nachdem sie nie eine Mutter für mich gewesen war? Mein Sohn sollte nie erfahren, wer ich war? Das konnte ich nicht hinnehmen!

»Du kannst ihn besuchen«, fügte Papa hinzu. »In einem vernünftigen Ausmaß selbstverständlich. Und unter größtmöglicher Diskretion. Er wird dich anbeten – als seine wunderschöne Schwester. Und er wird Brüder haben, zu denen er aufschauen kann – Cesare und Jofré. Sie können ihn lehren, ein Mann zu sein. Ich verspreche dir: Es wird ihm an nichts fehlen.«

»Außer an der Wahrheit«, flüsterte ich.

Er stieß einen schweren Seufzer aus. »Die Wahrheit. Was kann sie denn Gutes bewirken? Wir kennen sie. Genügt das nicht? Die Welt würde nie verstehen. Sie lauert nur darauf, ihn als Waffe gegen uns zu benutzen. Du und dein Sohn würdet als lebender Beweis für das Böse in uns dienen. Ich weiß, was die Wahrheit anrichten kann, glaub mir. Wir behalten sie am besten für uns.«

Ich antwortete nicht sofort, sondern ließ die Stille zwischen uns sich ausdehnen. Er sollte nicht den Eindruck bekommen, ich hätte ohne langes Nachdenken kapituliert. Mir war wohl bewusst, dass diese Entscheidung ihm zum Vorteil gereichen würde und dass mir gar nichts anderes übrig blieb, außer ich wollte mich in einer Schlacht gegen meinen Vater wiederfinden, die ich mit Sicherheit verlieren würde. Zudem wusste ich in meinem Herzen, dass es wirklich die beste Lösung für meinen Sohn war, auch wenn es mir entsetzlich wehtat. Er würde sämtliche Privilegien genießen. Ein Prinz aus unserem Haus – mehr konnte ich ihm gar nicht wünschen! Doch immer noch zögerte ich, nicht bereit, mich geschlagen zu geben; er musste spüren, dass ich nicht mehr das eifrige Mädchen war, das stets darauf brannte, ihm jeden Wunsch zu erfüllen.

Schließlich gab ich meine Zustimmung. »Unter einer Bedingung. Wenn Vanozza ihm in irgendeiner Weise Schaden zufügt, muss er zu mir zurückkehren. Dann wird er bei mir leben, und zum Teufel mit der Wahrheit.«

»Natürlich. Aber sie würde ihm nie etwas antun. Er ist schließlich auch ihr Enkelkind. Für Vanozza bedeutet das alles. *La familia es nuestra sangre*. Die Familie ist unser Blut. Nichts geht darüber.«

Ich verzichtete auf ein bitteres Lächeln. »Dann lasst mich ihn zu ihr bringen.«

Als ich mit meinem Jungen, der nach seinem Schlaf hungrig und quengelig war, zurückkam, richtete sich Papa in ehrfürchtigem Staunen auf. Zunächst wirkte er unsicher, als ich ihm das strampelnde Bündel in die Arme legte, aber dann sah ich, wie seine großen, geäderten Hände das kleine Wesen umfassten, sah die Freude in seinem Gesicht den Schmerz lindern, bis er wieder dem kräftigen Mann glich, dem Tragödien oder eigenes Scheitern nichts hatten anhaben können.

»Was für ein Geschenk«, murmelte er. »Ein Sohn und ein Borgia. Wie wollen wir ihn taufen?«

»Rodrigo«, sagte ich mit einer Selbstverständlichkeit, als wäre die Antwort schon immer in mir gewesen. »Ich möchte ihm Euren Namen geben, Papa.«

Im Frühling kehrte ich in meinen Palazzo zurück.

Nicola und Murilla waren überglücklich, mich wieder willkommen heißen zu dürfen. Alle Möbel in meinen Gemächern waren mit Leinöl poliert worden, und aus jeder Vase und sogar aus dem Kamin quollen mir Blumen entgegen. Selbst mein spröder Arancino begrüßte mich mit einem klagenden *Miau* und strich mir um die Knöchel, bis ich ihn hochhob. Als er schnurrend in meinen Armen lag, blickte ich mich in meinen Räumen um. Die Ordnung überall verblüffte mich. Mir war, als wäre ich nur kurz ins Freie getreten, um Luft zu schnappen. Nichts wies darauf hin, dass ich fast ein ganzes Jahr fort gewesen war, ein Jahr, in dem sich so viel in mir geändert hatte. Wie hätte ich wieder jenes junge Mädchen werden sollen, das verliebt in seinen hohen Stand durch den Palazzo gewirbelt war, ohne etwas von der Grausamkeit zu ahnen, die seiner harrte?

Ich hatte das Gefühl, nicht mehr hierher zu gehören. Und es gab noch mehr Probleme, denen ich mich zu stellen hatte, wie zum Beispiel der bevorstehende Empfang in der Gesellschaft. Wie gut gehütet mein Geheimnis auch sein mochte, es würde unzählige Spekulationen über die Auflösung meiner Ehe geben, und alle Augen Roms würden sich auf mich richten, auf die Tochter, die geflohen war.

Trotz allem war ich erleichtert, die karge Kost des Klosters hinter mir lassen zu können und in Luxus zu schwelgen. Mein erstes Bad empfand ich als wunderbar dekadent. Ich lag stundenlang im heißen Wasser, bis meine Fingerkuppen faltig wurden und Pantalisea mich schalt, weil meine Haut austrocknete. »Was werden die Leute sagen, wenn Ihr daherkommt wie eine Dörrpflaume?«

»Dass ich zumindest sauber bin«, entgegnete ich, begleitet von Nicolas und Muriels Kichern. »Und immer noch eine

Jungfrau, weißt du noch? Jungfern sind bis in alle Ewigkeit rein. Aber vielleicht« – ich beugte mich vertraulich vor – »bist du diejenige, die sich wegen ihres Äußeren Sorgen macht … nach all den heimlichen Treffen mit unserem galanten Perotto, als wir im San Sisto eingemauert waren.«

Nicola brach in Lachen aus. Pantalisea versuchte, eine empörte Miene aufzusetzen, aber die nahm niemand allzu ernst. So presste sie errötend die Lippen zusammen, raffte meine nassen Handtücher an sich und marschierte hinaus.

»Wir haben Euch vermisst, Hoheit«, gestand Murilla.

»Ich euch alle auch.« Ich schlang die Arme um meine winzige Helferin und wirbelte sie durch die Luft, bis sie vor Begeisterung quietschte und meine Dienerinnen davonstürzten, um die Kunde zu verbreiten, dass Donna Lucrezia für eine Frau, die ins Kloster gegangen war, weil ihr zeugungsunfähiger Gemahl sie verlassen hatte, auffallend guter Dinge war.

Das Lachen war heilsam und die Gesellschaft meiner vertrauten Dienerinnen tröstlich, doch sobald ich mich am Abend zurückgezogen hatte, presste ich das Gesicht in meine Kissen, um mein Schluchzen wegen meines kleinen Rodrigo zu ersticken. Sein Verlust war eine Wunde, die einfach nicht heilte.

Vor den Mauern des San Sisto hatte ich ihn in tiefster Nacht meiner Mutter übergeben. Sie nahm ihn in die Arme und wollte sich schon abwenden, als ich sie zurückhielt. »Es kann sein, dass er keine Milch annimmt. Er ist an mich gewöhnt, nicht an eine wildfremde Milchamme, und …«

Sie stieß ein barsches Lachen aus. »Ich habe sechs Kinder auf die Welt gebracht, vier von deinem Vater. Da werde ich inzwischen wohl wissen, wie man einen Säugling versorgt.«

Bevor ich meinen Sohn zurückverlangen konnte, kletterte

sie in ihre Sänfte und verschwand. Tränen der Wut in den Augen, blieb ich zurück.

»Sie ist seine Großmutter. Sie wird mit Habichtsaugen über ihn wachen«, versicherte mir Pantalisea in dieser Nacht ein ums andere Mal. Es war unsere letzte Nacht im Kloster San Sisto, und wir warteten auf die Ankunft unserer Eskorte. Ich wollte Pantalisea gern glauben. Dennoch sandte ich sie in den Wochen nach der Wiederaufnahme meines Lebens in Santa Maria in Portico immer wieder mit einer Flut von fadenscheinigen Ausreden zum Haus meiner Mutter auf dem Esquilin, nur damit sie für mich andere bespitzelte. Schließlich wurde es Vanozza zu bunt. Sie beendete diese Besuche kurzerhand mit der Erklärung: »Sag meiner Tochter, dass sie selbst nachschauen kommen kann, wenn sie schon so besorgt ist. Ansonsten wäre ich sehr dankbar, wenn sie aufhören würde, andere auszusenden, damit sie hier herumschnüffeln. Wie du sehen kannst, gedeiht das Kind und wird dick wie ein Bischof. Sag ihr, dass die eine Zitze schmeckt wie die andere und dass der Kleine sie überhaupt nicht vermisst.«

Pantalisea war verlegen, als sie mir diese Botschaft vortrug, bestätigte mir aber, dass mein Sohn tatsächlich einen gesunden und glücklichen Eindruck erweckte. Die Vorstellung, dass er mich so leicht vergessen konnte, gefiel mir ganz und gar nicht, bot mir aber insofern einen kleinen Trost, als er sich mit den geänderten Umständen zurechtfand. Ich hätte ihn jederzeit besuchen können, zumal ich mich mittlerweile auf Vorwände verstand, doch kaum hatte ich mich dazu durchgerungen, schreckte ich davor zurück. Ich fürchtete, dass mich nichts davon abhalten könnte, ihn zurückzuholen, wenn ich ihn erst einmal in den Armen hielt.

Ich weinte in den Nächten und trug tagsüber ein Lächeln zur Schau, nun, da sich die Nachricht von meiner Rückkehr verbreitete und ich mit Einladungen adeliger Familien überschüttet wurde. Jeden Morgen fand ich beim Aufwachen einen anderen Brief vor. Für mich war das eine verwirrende Entwicklung, deren Sinn mir erst klar wurde, als Sancia mich besuchte.

Sie und Jofré waren kurz zuvor von einem zweimonatigen Aufenthalt in Neapel zurückgekehrt. In grünen Samt gehüllt, der ihre in den Farben des Meeres leuchtenden Augen hervorhob, tänzelte sie in meine Gemächer, ein überschwängliches »*Cara mia!*« trällernd, ehe sie überrascht stehen blieb. »Bist das wirklich du? Ich kann es kaum glauben!«

Ich ging ihr entgegen, um sie zu umarmen. Sie hielt mich auf Armeslänge von sich und musterte mich. In meinem Rücken hörte ich Pantalisea hüsteln, und mir wurde bewusst, wie sehr ich mich verändert hatte. Meine schlanke Mädchengestalt hatte ich abgelegt. Um die Hüften herum war ich rundlicher geworden, meine Brüste waren voller, obwohl ich sie immer noch abband, um das schmerzhafte Austrocknen meiner Milch zu beschleunigen. Sancia, die mich über ein Jahr nicht mehr gesehen hatte, musste ich in der Tat von Grund auf verändert vorkommen.

»Himmel, du bist ja erwachsen geworden!«, rief sie beinahe bestürzt. Ihre Augen verengten sich. »Anscheinend sollte jede Frau sich gelegentlich in ein Kloster zurückziehen, wenn das die Ergebnisse sind.«

Mein Lachen klang zu schrill in meinen Ohren. »Du übertreibst.« Nun begutachtete ich sie meinerseits. »Du bist immer noch genauso schön wie eh und je, wie ich sehe.«

Sie war sofort wieder mit mir vertraut, was die Komplimente natürlich ungemein erleichterten. »Liebe kann so wohltuend sein wie das Kloster – und bereitet so viel mehr Freude.« Sie hakte sich bei mir ein. »Ich will alles darüber erfahren. Ich war außer mir vor Schreck, als ich erfuhr, dass du fortgegangen warst. Und als Juan tot aufgefunden wurde …« Ihr Versuch, eine bestürzte Miene zu machen, scheiterte. »Ich wollte dir schreiben, aber das hat man mir nicht gestattet!« Sie warf einen drohenden Blick auf Pantalisea. »Und als du dieses schreckliche Fieber hattest, war ich jeden Tag hier. Ich nehme an, wenigstens das wurde dir zugetragen?«

»Allerdings. Vielen Dank.« Ich zog sie zur Tür. »Und ich verspreche dir: Ich werde dir alles berichten. Nur muss ich mich vor dem Empfang heute Abend noch ein wenig ausruhen und …«

»Ja, natürlich! Alle werden da sein, um dich willkommen zu heißen.«

Ich runzelte die Stirn. »Alle? Mir wurde gesagt, ich würde mit Papa und ein paar Adeligen speisen.«

»Ein paar Adelige?« Sancia verdrehte die Augen. »Du weißt doch sicher, dass jeder Edelmann, der nicht schon verheiratet ist oder auf dem Sterbebett liegt, um deine Hand angehalten hat.« Ich starrte sie fassungslos an, doch sie war noch lange nicht fertig. »Wie kannst du nicht davon gehört haben? Seit der Stunde, da er die Annullierung verkündet hat, bricht über Seine Heiligkeit eine Lawine von Angeboten herein. Du bist derzeit die begehrteste Braut in ganz Italien. Lass mich sehen …« Sie hob die Hand und zählte die Kandidaten an den mehrfach beringten Fingern ab. »Da ist Antonello Sanseverino, Sohn des Prinzen von Salerno, auch wenn seine Familie während der Invasion auf der Seite der Franzosen stand. Dann Francesco Orsini, Herzog von Gravina, der viel zu alt ist. Oh, und Ottaviano Riaro, Sohn der Gräfin von Forlí, aber der ist noch ein Kind; und Piombino von Appiani – viel zu arm – sowie …«

Angewidert wandte ich mich ab. »Was ist?«, fragte Sancia. »Habe ich etwas Falsches gesagt?«

Ich versuchte zu lächeln. »Ich wusste wirklich nichts davon.«

»So scheint es. Nun, ich dachte … es ist ja auch einerlei, was ich dachte, es war jedenfalls das Falsche …« Sie erstarrte. »Oh, du bist ja kreidebleich! Lucrezia, bist du sicher, dass dir nichts fehlt?«

Ich fühlte mich tatsächlich schwach auf den Beinen und musste mich setzen. Mit einem Kelch verwässerten Weins trat Pantalisea zu mir und funkelte Sancia wütend an. Die ignorierte sie und schwebte zu einem gepolsterten Fußschemel, auf den sie sich niederließ, sich zu meinen Dienerinnen umdrehte und sie mit einer wedelnden Handbewegung zur Tür scheuchte. »Lasst uns allein.«

Unwillig zogen sich meine Damen in den Vorraum zurück – nur Pantalisea nicht, die an meine Seite trat. Sie verärgert anblitzend, sagte Sancia zu mir: »Du musst doch bemerkt haben, was von dir erwartet wird: dass du dir irgendwann einen neuen Gemahl nimmst.«

Ich umklammerte den Kelch. »*Dio mio*. Ich bin doch gerade erst von Giovanni befreit worden – und habe deswegen Monate isoliert im Kloster verbracht. Niemand sollte mich sehen, solange die Annullierung nicht endgültig bewilligt war.« Ich sprach immer hastiger, weil Sancias neugierige Miene mich verwirrte. »Und dann ist auch noch mein Bruder Juan umgebracht worden. Ich habe mich von seinem Tod noch nicht erholt. Da kann ich mir nicht auch noch den Kopf über eine neue Ehe zerbrechen.«

»Allerdings«, sagte Sancia in einem Ton, als hätte meine Litanei keine Bedeutung. »Trotzdem ist Seine Heiligkeit verpflichtet, für dich Überlegungen anzustellen.« Erneut warf sie Pantalisea einen warnenden Blick zu. »Was ich dir jetzt sage, muss unter uns bleiben, aber aus berufenem Munde habe ich erfahren, dass Cesare die Kurie bitten wird, ihn von seinem Gelübde zu entbinden. Seit Juans Tod ist Rom dringend darauf angewiesen, dass ein Heerführer die Territorien des Heiligen Stuhls in der Romagna verteidigt, wo sich die streitsüchtigen Barone weiterhin der päpstlichen Befehlsgewalt widersetzen. Ginge es nach ihnen, hätten wir schon wieder eine französische Invasion, obwohl Charles VII. gerade erst gestorben ist. Er hat zwar keinen direkten Erben, aber es gilt als sicher, dass sein Cousin den Thron als Louis XI. besteigen …«

Auch wenn sie weiterplapperte, nahm ich die Kunde, dass Charles von Frankreich, der uns so viel Leid zugefügt hatte, nicht mehr unter uns weilte, kaum noch wahr. In meinem Kopf war nur noch Platz für eines: Cesare hatte endlich den Ruhm erlangt, nach dem er all die Jahre gestrebt hatte. Nun, da Juan tot war, konnte er sich der verhassten purpurnen Robe entledigen und die Verantwortung für unsere Verteidigung übernehmen, denn nur er war dazu befähigt, den verwaisten Posten des *Gonfaloniere* zu übernehmen.

Sancia riss mich aus meinen Gedanken. »Hörst du mir überhaupt zu?«

»Verzeih mir … wovon hast du gesprochen?«

»Ich habe gerade gesagt, dass König Louis Mailand für sich beansprucht. Außerdem fordert er die Annullierung seiner Ehe, da Charles' Königin, Anne de Bretagne, nun Witwe ist. Louis' eigene Gemahlin, Jeanne, ist nach allem, was man hört, reizlos und fromm. Darüber hinaus ist sie unfruchtbar, sodass sie sich im Grunde nur fürs Kloster eignet.«

Mir drehte sich der Kopf. Auf mich drang ein ganzer Wirbel von Ereignissen ein, die ich kaum aufnehmen, geschweige denn danach beurteilen konnte, inwieweit sie mich betreffen würden. Als ich weiter schwieg, wippte Sancia ungeduldig mit dem Fuß. »Ist dir bewusst, was das bedeutet? Wenn Cesare nicht mehr Kardinal ist, braucht er einen Titel. Aber das Herzogtum Gandia ist für ihn unerreichbar. Es gehört Juans Sohn in Spanien, und seine Witwe verteidigt es mit Zähnen und Klauen. Sie ist sogar so weit gegangen, Cesare zu beschuldigen, er hätte beim Tod deines Bruders die Hand im Spiel gehabt.«

Sie hielt inne und beobachtete meine Reaktion. Mein Mund fühlte sich staubtrocken an. Ich hatte keine Lust, mir noch mehr anzuhören, und obwohl ich sie wirklich gern mochte, wünschte ich mir, sie würde gehen. Ich wollte einfach nicht glauben, dass Papa mich nur deshalb davon abgehalten hatte, meinen Sohn selbst zu erziehen, weil er bereits einen neuen Gemahl für mich ins Auge fasste. Tatsächlich hatten mich meine älteren Brüder beide gewarnt, dass genau das mein Schicksal war.

»Natürlich wird Seine Heiligkeit derart üble Nachrede nicht dulden«, ereiferte sich Sancia, die nicht zu bändigen war, wenn es galt, Klatsch zu verbreiten. »Er hat schon einen Botschafter nach Spanien geschickt und sich aufs Schärfste gegen die Unterstellungen der Witwe verwahrt. Aber das Herzogtum geht trotz allem auf den Sohn über, und niemand kann etwas daran ändern. Dennoch – findest du es nicht auch merkwürdig, dass der Heilige Vater die Einstellung der Untersuchung von Juans Tod befohlen hat? Zwar gelobt er weiter Rache, doch wie kann er die jemals üben, wenn die Mörder unentdeckt bleiben?« Sie seufzte, holte kurz Luft und redete weiter. Eine Antwort hatte sie offenbar nicht erwartet. »Wie auch immer, Cesare wird eine passende Gemahlin brauchen, sobald er von seinem Gelübde entbunden ist. Und wenn dem Gesuch des französischen Königs um Annullierung seiner Ehe Genüge getan wird, steht Louis in unserer Schuld, was Cesares Plänen nur entgegenkommen kann.«

Endlich begriff ich, dass sie mit ihrem Geschwätz auf etwas Bestimmtes hinauswollte. »Er hat … Pläne?« Und noch während ich fragte, schoss mir in den Sinn, dass er die *selbstverständlich* hatte. Wann wäre das nicht so gewesen?

»In der Tat. Er … nun, er hat vor, mich zu heiraten.«

Angespanntes Schweigen trat ein. Bevor ich die richtigen Worte finden konnte, hob Pantalisea angewidert die Hände. »Ich kann mir nicht vorstellen, dass Seine Hoheit so tief sinken würde.«

Sancia wirbelte zu ihr herum. »Wie kannst du es wagen!«

An die Armlehnen meines Sessels geklammert, schickte ich Pantalisea hinaus.

»Du solltest sie aus deinen Diensten entlassen«, zischte Sancia. »Sie ist ein dummes Weib, das sich viel zu viel auf sich einbildet. Wäre sie meine Bedienstete, würde ich sie züchtigen lassen.«

Ich bemühte mich um einen angemessenen Ton, denn Sancia war immer sehr auf die ihrem Rang entsprechende Würde bedacht. »Sie ist meine bewährte Anstandsdame. Aber ich versichere dir, sie wird für den mangelnden Respekt dir gegenüber scharf verwarnt werden.«

Als Sancia immer noch böse dreinblickte, wurde mir – obschon verspätet – eine Veränderung an ihr bewusst, wenn sie auch vielleicht nicht so offenkundig sein mochte wie bei mir: Ich glaubte, in ihrem Verhalten und Denken eine gewisse Verhärtung zu erkennen.

»Wie kann Cesare dich heiraten?«, überlegte ich laut. »Du bist doch schon Jofrés Gemahlin.«

Meine Frage schien ihr einiges Unbehagen zu bereiten. Sie wandte die Augen ab und begann, an der Stickerei auf ihren Röcken zu nesteln. »Jofré ist nicht dazu in der Lage, mir ein Gemahl zu sein. Er ist … zu jung. Cesare liebt mich. Er hat es mir gesagt, als wir in Neapel waren.«

»Wirklich?« Dass er wieder das Bett mit ihr geteilt hatte, wunderte mich nicht, auch wenn mir das so kurz nach Juans Tod verwerflich vorkam. Allerdings war Cesare ja nicht in Trauer. Er hatte noch nie getrauert. Und was Sancias Geständnis betraf, hatte ich plötzlich etwas begriffen. Hierin lag die Veränderung begründet, die ich gespürt hatte: in der Lüge, mit der sie sich selbst überlistete, um ihre Verletzlichkeit zu verbergen. Sancia von Neapel, Sirene des päpstlichen Hofes, war diejenige, die sich verliebt hatte, und zwar so sehr, dass sie ihre Tändelei mit Cesare in eine dauerhafte Bindung umwandeln wollte. Empfand Cesare ebenso? Sosehr ich daran glauben wollte, war ich skeptisch. In seinem ganzen Leben hatte mein Bruder nur zwei Menschen geliebt: Papa und mich. Und ich hatte kein Anzeichen dafür gesehen, dass Sancia für ihn mehr war als nur eine Bettgefährtin, die er schon einmal hatte fallenlassen und die er bei der nächsten Gelegenheit zweifellos wieder opfern würde, wenn es ihm zupasskam. »Gegenüber Cesare könnte Vorsicht durchaus angebracht sein«, sagte ich sanft. »Oft verspricht er Dinge, die er nicht halten kann.«

Sancia straffte trotzig die Schultern. »Dieses Gelöbnis wird er halten. Er hat mir versprochen, Himmel und Hölle in Bewegung zu setzen, damit ich seine Gemahlin werden kann, und Neapel gegen die Franzosen zu verteidigen, auch wenn ich bezweifle, dass irgendetwas davon großer Anstrengung bedarf. Seine Heiligkeit hat jetzt Frankreich an seiner Seite. Was meine Ehe mit Jofré betrifft – deine mit Giovanni konnte er ja im Handumdrehen auflösen lassen, nicht wahr?«

Ich musste den Impuls, laut aufzulachen, unterdrücken. Sie hatte das für *leicht* gehalten? Glaubte sie allen Ernstes, für die Annullierung meiner Ehe wäre nichts als ein Federstrich nötig gewesen? Aber wie hätte sie es auch besser wissen können? Jedem, der sich nicht mit den grausigen Einzelheiten beschmutzt hatte, musste diese Scheidung wie ein Kinderspiel erschienen sein.

»Ganz so einfach, wie du meinst, war es nicht«, erwiderte ich leise. Und als ihre Miene erste Unsicherheit verriet, fügte ich hinzu: »Doch vielleicht wird es ja bei dir weniger Probleme geben.« Ich tätschelte ihr die Hand. »Ich freue mich so sehr für dich. Wirklich! Für dich und für Cesare. Aber jetzt muss ich mich leider entschuldigen. Vor heute Abend brauche ich unbedingt noch etwas Ruhe, wenn ich, wie du sagst, halb Italien bewirten muss. Oder würde dich das sehr stören?«

»Nein, nein. Vor dir liegt eine gewaltige Strapaze. Denk nur an all die Gesandten, die im Namen deiner Verehrer ihr Möglichstes tun werden, um dich zu beeindrucken.« Sie küsste mich auf die Wange, sprang auf und wirbelte zur Tür, wo sie noch einmal stehen blieb. »Ach, fast hätte ich es vergessen. Es gibt noch jemanden, der um deine Hand anhält.«

Ich gab mir alle Mühe, herzlicher zu lächeln. Insgeheim dachte ich freilich: Wie viele denn noch? »Dann freue ich mich auf die Überraschung«, hörte ich mich sagen.

»Die wird ihm bestimmt gelingen.« Sancia grinste und öffnete die Tür. Auf der Schwelle drehte sie sich erneut um. »Ich komme nachher noch einmal zu dir. Wenn das ekelhafte Weib deine bewährte Dienerin ist, wirst du bei der Auswahl der passenden Robe meine Hilfe benötigen. Deine Pantalisea kleidet dich eher wie eine Bäuerin.«

Der *Sala dei Pontifici* war brechend voll. Hinzu kam der Rauch von den zahllosen Kerzenständern und gusseisernen Lüstern. Kurz, die Luft war zum Ersticken. Ich saß am Fuß des Podests auf einem gepolsterten Hocker und beobachtete, wie die Höflinge, Botschafter und Adeligen vor uns auf und ab stolzierten. Papa schlenderte durch den Saal und nippte immer wieder an seinem Wein, während ein Page die Karaffe zum Nachfüllen hinter ihm hertrug. Es beunruhigte mich, ihn so zu sehen. Seit Juans Tod trank er zu viel, vor allem in der Öffentlichkeit. Er hatte doch ansonsten immer Abstinenz geübt. Heute Abend jedoch war er sichtlich angetrunken. Dabei zeigte er sich jovial und winkte den Versammelten zu – ein wohlwollender Bacchus, der allen möglichen Gesandten Grüße zurief und sie mit Gesten zum Fuß des Podests scheuchte, damit sie sich mir vorstellten.

Ich saß steif da und nahm ihre Schmeicheleien mit einem angespannten Lächeln entgegen. Sancia hatte recht gehabt: Ich wurde begafft wie ein mit Preisen überhäuftes Kalb.

»Versuch doch, nicht so niedergeschlagen zu wirken«, murmelte sie. Bekleidet mit ihrer karmesinroten Robe, die ihre Schultern freiließ, hatte sie sich einen Weg an meine Seite gebahnt. »Ich habe dir doch gesagt, dass du dich nicht zu sorgen brauchst. Alle hier stellen sich nur zur Schau. Keiner von diesen Männern ist bedeutend genug, um deine Hand gewinnen zu können.«

Ich wollte ihr gerade antworten, dass ich wirklich keinen Grund für all den Aufwand erkennen konnte, als plötzlich Cesare auftauchte und zielstrebig auf uns zuschritt.

Seit seiner Rückkehr aus Neapel war ich ihm nicht mehr begegnet. Er sah blendend aus. Seine schwarze Strumpfhose und das Wams schmiegten sich an seinen Körper wie eine seidene Haut. Quer über seine Brust war eine silberne Kette mit darin eingebetteten Granatsteinen drapiert. Er musste voller Zuversicht sein, wenn er für einen Anlass wie diesen auf seinen Kardinalsornat verzichtete, denn offiziell hatte er sein Gelübde noch nicht widerrufen. Wie auch immer, zum ersten Mal an diesem Abend war ich aufrichtig entzückt – bis er nahe genug herangekommen war und ich seine Miene bemerkte.

Seine Augen loderten. »Wo ist sie?« Der ihm in kurzem Abstand folgende Michelotto verbeugte sich vor mir. Unerklärlicherweise überlief es mich bei dieser ehrerbietigen Geste eiskalt.

»Hoher Herr, ist das eine Art, Eure Schwester nach so langer Abwesenheit zu begrüßen?«, nörgelte Sancia.

Cesare presste die Zähne zusammen und schielte in Papas Richtung, der in ein Gespräch mit einem der Botschafter vertieft war. »Ich habe keine Zeit für Spielchen. Wo ist sie?«

»Ach, wie ungeduldig.« Sancia wandte sich an mich. »Lucrezia, wohin hat sich deine hochnäsige Dienerin zurückgezogen? In deinem Palazzo ist sie offenbar nicht.«

»Pantalisea?« Ich runzelte verwirrt die Stirn. »Ich habe ihr gesagt, dass sie mir heute nicht mehr aufzuwarten braucht. Sie hatte um die Erlaubnis gebeten, in den Gärten spazieren zu gehen und …«

Abrupt drehte Cesare sich um und drängte sich durch die Menge zurück zum Ausgang. Ich starrte ihm perplex hinterher. Mit einem Mal begann mein Herz zu rasen. Als ich mich von meinem Kissen erhob, um ihm zu folgen, zischte mir Sancia ins Ohr: »Du darfst dich nicht einmischen. Lass deinen Bruder tun, was getan werden muss.«

Papas Lachen drang über den Lärm hinweg zu mir. Seine Heiterkeit hatte etwas Hohles, das mir das Blut in den Adern gefrieren ließ. »Mich einmischen?«, fragte ich ärgerlich. »Wovon sprichst du?«

In diesem Moment winkte Papa mich zu sich. »Lucrezia, komm und begrüße Seine Exzellenz, Signore Capello aus Venedig.« Er deutete auf den eleganten Venezianer, mit dem er schon länger sprach. Dieser verneigte sich.

»Geh hin.« Sancia gab mir einen Schubs. Fast über meinen Rocksaum stolpernd, setzte ich mich in Bewegung. Bei Papa angekommen, widmete ich mich höflich dem Botschafter, obwohl ich kaum etwas von unserer Konversation mitbekam. Nach einer schieren Ewigkeit verbeugte er sich erneut, und Papa führte ihn fort. Irgendwie beschlich mich der Verdacht, dass das Ganze mich nur hatte ablenken sollen. Als ich mich im Saal nach Cesare umblickte, war er jedenfalls spurlos verschwunden.

Ich habe keine Zeit für Spielchen. Wo ist sie?

Angst erfasste mich. Mühsam bahnte ich mir einen Weg zur Tür am anderen Ende das Saals, die zum Garten führte. Lächelnd wehrte ich immer wieder die Anfragen übertrieben vornehm gekleideter Mütter und deren angetrunkener Ehemänner ab und wich den in Gruppen herumstehenden Kardinälen und dreisten Jünglingen aus. Gerade hatte ich die Tür erreicht, als mich jemand am Ärmel zupfte.

Es war Sancia. Sie war völlig außer Atem, weil sie mir eilig gefolgt war. »Ich habe dir doch gesagt, dass du dich nicht einmischen sollst.« Ihre Stimme zitterte. Warum, das war mir nicht klar. Hatte sie befürchtet, mich nicht rechtzeitig zu erreichen?

»Sag mir, was hier gespielt wird. Wieso sucht Cesare meine Bediensteten?«

»Nicht alle«, keuchte sie, und der hastige Blick, den sie dabei in Richtung des Gartens warf, steigerte meine Sorgen noch. Ich hatte das Gefühl, das enge Mieder schnüre mir die Luft ab. »Er sucht nur eine.«

»Ja, meine Pantalisea. Hat das damit zu tun, dass sie dich heute in meinen Gemächern beleidigt hat? Also wirklich, Sancia, das ist doch nichts, weswegen man sich bei Cesare beschweren muss und ihn …«

»Sei nicht albern«, zischte sie. »Es geht um *dich!* Sie müssen dich und deinen Sohn schützen!«

Ich erstarrte. Erneut blickte Sancia sich um, und das hatte nichts Beiläufiges mehr. Ihre Angst vor Lauschern musste wirklich groß sein. »Lucrezia, du kannst dir doch nicht einbilden, mich täuschen zu können. Den ganzen Rest von Rom – vielleicht. Aber mich nie! Dafür kenne ich dich viel zu gut. Aus welch anderem Grund hättest du für genau neun Monate in ein Kloster fliehen sollen? Andererseits kann ich dir zu deiner schauspielerischen Darbietung vor der Kurie nur gratulieren. Aber um deine Pantalisea ist es wirklich schade. Sie muss sehr geschickt mit der Nadel sein, wenn sie deinen Bauch so gut verborgen hat.« Sie hielt inne. »Nur … sie weiß zu viel. Sie war mit dir im Kloster.«

Wieder hörte ich die Stimme meines Vaters: *Ich weiß, was die Wahrheit anrichten kann*. Im nächsten Moment fuhr ich herum, um in den Garten zu stürmen. Doch nach wenigen Schritten packte mich Sancia am Ärmel und hielt mich auf. »Hast du immer noch nicht begriffen, dass alles, was wir tun, seinen Preis hat? Sie planen eine neue Ehe für dich. Niemand darf dein Geheimnis kennen. *Niemand*, verstehst du?«

»Nein«, flüsterte ich. »Sie wird keiner Menschenseele etwas sagen. Eher würde sie sterben, bevor sie mich verriete.« Kaum hatte ich diese Worte ausgesprochen, ergriff mich das nackte Entsetzen. Ich umklammerte Sancias Hände. »Wir müssen das verhindern! Wir dürfen ihn das nicht tun lassen!«

Sie biss sich auf die Lippe. »Es ist schon geschehen. Er ist fest entschlossen …«

Ich stieß Sancia beiseite, raffte meine Röcke und stürzte den Weg hinunter. Bald brannte jeder Atemzug in meiner Lunge. Vor mir stand das von Fackeln erleuchtete Tor zum Garten weit offen. Die Luft war feucht und duftete nach Jasmin. Es war ein herrlicher Abend. In einer so wunderbaren Stimmung konnte doch nichts Schlimmes geschehen, dachte ich benommen. Mir fiel der Abend von Papas Krönungsfeier ein, als ich Cesare hierher gefolgt war und wir unter dem Mond getanzt hatten.

Ein Schrei gellte durch die Luft.

Ich wirbelte in die Richtung herum, aus der das Kreischen gekommen war. Dort stand, umrahmt von den Fragmenten auseinandergebrochener Statuen, eine Gruppe von Weiden. Ich bemerkte eine flüchtige Bewegung. Jeder einzelne Kiesel auf dem Weg stach durch die dünne Sohle meiner Schuhe. Ich konnte allenfalls Schemen erkennen, aber ich spürte, was dort vor sich ging. Verzweifelt beschleunigte ich keuchend meine Schritte. Das Gewicht meiner Robe zog an mir wie ein schwerer Stein, und ich hatte Angst, ich würde stolpern oder gar fallen, noch bevor ich die Bäume erreichte.

Aus dem Schatten tauchte Cesare auf. Gelassen schritt er auf mich zu. Hinter ihm erhob sich Michelotto, der am Boden gekauert haben musste. Zwischen seinen Händen schimmerte etwas, ein gespanntes Stück Draht.

Mit einem Schlag konnte ich die Füße nicht mehr heben.

Cesare, der mich entdeckt hatte, erstarrte ebenfalls, das Gesicht verzerrt vom flackernden Licht der Fackeln. Langsam setzte er sich wieder in Bewegung und kam näher, immer näher. Schließlich fiel das Licht auf die karmesinroten Granatsteine in seiner Halskette.

Er sah genauso aus wie vorhin im Saal. Kein Blut an Händen oder Kleidern, soweit sich das in der Dunkelheit beurteilen ließ. Vor Erleichterung sackte ich in die Knie. Ich wäre zu Boden gestürzt, hätte Cesare nicht einen Satz nach vorn gemacht und mich aufgefangen.

»Du hättest nicht herkommen dürfen«, tadelte er mich. Mir stieg sein strenger Geruch nach Schweiß in die Nase, und gleichzeitig fiel mir auf, dass sein Wams an der Brust eingerissen war, als hätte sich jemand daran festgekrallt. Überdies …

»Nein!« Ich versuchte, mich loszureißen, stemmte die Hände gegen seine Brust. »Ich will das sehen.« Ich hämmerte gegen seine Brust. »Ich will sehen, was du getan hast!« Doch ich brauchte nicht hinzuschauen, denn ich wusste, dass ich zu spät gekommen war. Meine Pantalisea war tot.

»Das musst du nicht«, sagte er fast bedauernd. »Vertrau mir, Lucrezia.«

»Heiliger Gott.« Ich schlug mir die Hände vors Gesicht. Taumelnd wich ich zurück, fort von ihm, fort von seinem schönen Gesicht. »Warum? Warum tust du so etwas?«

»Ich hatte keine Wahl. Hätte ich es nicht getan, hätte Papa jemand anderen damit beauftragt. Bei dieser Methode mussten sie wenigstens nicht leiden. Es geht schnell und fast schmerzlos, wenn man die spanische Schlinge benutzt.«

Wie bei Djem. Er hatte Pantalisea auf die gleiche Weise erdrosselt wie den Türken. Unsägliches, unerträgliches Entsetzen erfasste mich. Dass Cesare von mehreren sprach, fiel mir erst auf, als er hinzufügte: »Deine Zofe und Perotto wussten einfach zu viel.« Ich taumelte zurück, stieß einen erstickten Aufschrei aus. Wieder stürzte er an meine Seite und riss mich am Arm zu sich herum. »Lucrezia, sieh mich an.«

Langsam hob ich die Augen. Er war immer noch mein Bruder, immer noch Cesare, doch in diesem Moment kam er mir vor wie ein Fremder – ein bösartiger Fremder in einem Albtraum ohne erlösendes Erwachen.

»Sie mussten zum Schweigen gebracht werden«, rechtfertigte er sich. »Rom könnte darüber spekulieren, warum du so lange im Kloster warst. Vielleicht glaubt man dir deine Geschichte nicht, du hättest dich nur wegen der Schande zurückgezogen, in die dich die Auflösung deiner Ehe mit Giovanni gestürzt hat. Deine Dienerin war die Einzige, die die ganze Wahrheit kannte. Sie war bei der Geburt dabei. Sie traf Perotto außerhalb des Klosters. Sie könnte ihm sogar von dem Kind erzählt haben – und von seinem Erzeuger! Du hattest doch Vertrauen zu ihr, nicht wahr? Du hast mit ihr über alles gesprochen.«

»Aber Perotto ist Papas Lieblingsdiener! Er hätte nie …«

Cesare schnitt mir das Wort ab. »Wie ich gesagt habe: Papa ließ mir keine Wahl.«

»Keine Wahl?«, kreischte ich. *»Du hast sie ermordet!«*

Er zuckte zusammen. »Das habe ich für dich getan. Hasse mich, wenn du musst. Beleidige mich; gib mir die Schuld, wenn es dir das Gewissen erleichtert, aber es ist nur deinetwegen geschehen. Ab jetzt wird nur noch unsere Familie davon wissen.«

»Sancia gehört nicht zu unserer Familie!« Tränen strömten mir über das Gesicht. »Sie weiß es. Sie hat es mir gesagt. Muss sie jetzt auch sterben? Soll ich sie vielleicht gleich zu dir bringen, damit du sie mit deiner Schlinge zum Schweigen bringen kannst?«

»Sancia gehört sehr wohl zur Familie: Sie ist mit Jofré verheiratet. Außerdem können wir einer neapolitanischen Prinzessin nicht drohen. Sie hat sich bei Papa nach deinem Aufenthalt in San Sisto erkundigt. Da hatte sie den wahren Grund schon erraten. Also hielten wir es für das Beste, sie über das Kind aufzuklären. Andernfalls hätte sie nie aufgehört, Fragen zu stellen oder selbst Antworten zu suchen. Aber das ist auch schon alles, was sie weiß. Wer der Vater war, ahnt sie nicht, und wir raten dir strengstens, es dabei zu belassen.«

»*Wir* raten strengstens?« Ich riss meinen Arm los. »Selbst wenn selbige Prinzessin von Neapel dich bald heiratet?« Und als er mich mit offenem Mund anglotzte, fügte ich hinzu: »Jawohl! Sancia hat mir auch das erzählt. Du hast die Absicht, dich von deinem Eid an die Kirche entbinden zu lassen und sie zur Braut zu nehmen, weil du einen neuen Titel benötigst – und zwar den des Prinzen von Squillace, den unser Bruder führt!«

»Lucia«, sagte er stockend, »du darfst nicht alles glauben, was du hörst …«

Vor Wut kochend, unterbrach ich ihn mit einem höhnischen Lachen. »Sag das den Römern! Sag das all denen, die darüber spekulieren, warum ich so lange im Kloster geblieben bin. Häng doch Warnungen auf den Piazzas auf: Gnade Gott denjenigen, die es wagen, Fragen zu stellen! Cesare Borgia wird jeden zum Schweigen bringen, der ein Wort gegen uns sagt.« Sogar in der Dunkelheit konnte ich erkennen, dass er leichenblass wurde, und das bereitete mir eine diabolische Freude. Ich ließ ihn stehen und entfernte mich. Als er erneut Anstalten machte, mich zurückzuhalten, schrie ich: »Rühr mich nicht an! Ich will dich weder je wiedersehen, noch von dir hören! Das hättest du nicht tun dürfen. Ich werde es dir nie verzeihen.«

Blind wandte ich mich ab und kehrte zum Palast zurück, ohne irgendetwas wahrzunehmen. Wie von dichtem Nebel umhüllt lief ich vorbei an den Höflingen, die aus dem Saal ins Freie strömten, hastete durch den Vatikan und wieder hinaus auf den von Fackeln beleuchteten Petersplatz, eilte weiter zu meinem eigenen Palazzo und lief schließlich die Treppe hinauf zu meinen Gemächern.

Meine anderen Dienerinnen warteten auf mich. »Pantalisea ist noch nicht zurück«, meldete Nicola besorgt. »Sie ist vor Stunden losgegangen, weil sie sich mit Perotto treffen wollte, und müsste längst wieder hier sein.«

Wortlos wankte ich in mein Schlafgemach und verriegelte die Tür. Erst jetzt, da ich endlich allein war, ließ ich meinem Kummer freien Lauf und biss auf die Knöchel meiner Finger, bis ich mein Blut schmeckte.

Das Gesicht in den Händen vergraben, weinte ich, bis meine Tränen versiegten.

27

Die Tage verstrichen. Ich hatte mich in meinem Palazzo von der Welt zurückgezogen, wo Nicola und Murilla um mich herumflatterten und sich damit abmühten, mich mit Obst, rohem Schinken und *manchego* aus Kastilien zu verführen. Allerdings brachte ich keinen Mundvoll hinunter. Dumpf brütend hockte ich in meinen Gemächern, magerte ab und empfand meine frühere Lust darauf, ins Leben zurückzukehren, zunehmend als schreckliche Illusion, als grausame Finte des Schicksals. Wonach ich mich sehnte, das waren die beschaulichen Abläufe des San Sisto, wo klare Verhältnisse herrschten und Pantalisea immer an meiner Seite gewesen war. Wäre es möglich gewesen, wäre ich auf der Stelle ins Kloster zurückgekehrt, um, eingesperrt in seinem Inneren, allen weltlichen Annehmlichkeiten zu entsagen. Doch ich hatte immer noch meinen Sohn, der sich bei meiner Mutter befand. Außerdem kannte die Welt draußen keine Geduld.

Binnen einer Woche kehrte Sancia zu mir zurück, um mir von der Exkommunikation Savonarolas durch meinen Vater zu berichten. Während ich schweigend auf meinem Sessel saß, befahl Sancia meinen Dienerinnen, meine Roben zu lüften und die Edelsteine zu polieren, und schilderte mir genüsslich, wie der Mönch auf der Streckbank auseinandergerissen und auf diese Art gezwungen worden war, seine Häresie zu gestehen, bevor er auf dem Scheiterhaufen festgebunden und bei lebendigem Leib verbrannt wurde. Halb erwartete ich, Pantalisea wütend mit dem Fuß aufstampfen und angewidert etwas über leichtfertige Prinzessinnen ohne Manieren und mit zu viel freier Zeit murmeln zu hören.

Doch Pantalisea war mittlerweile in einem Sack verschnürt aus dem Tiber gezogen worden. Wenige Tage später war auch Perottos verwesende Leiche am Ufer aufgetaucht. Ich bezahlte für beide die Bestattung. Perotto wurde in einem Massengrab verscharrt, wohingegen Pantalisea in einer örtlichen Kirche beigesetzt wurde und ihre Familie von Papa eine Entschädigung für ihren tragischen Verlust erhielt.

Nicola und Murilla waren erschüttert. Sancia hatte ihnen erzählt, meine Zofe und ihr Liebhaber wären in der Stadt von Dieben überfallen worden – eine fadenscheinige Ausrede, denn Pantalisea hätte sich bei Dunkelheit nie nach Rom hineingewagt, noch hätte Perotto, der vertraute Diener meines Vaters, das zugelassen. Gleichwohl schienen meine Damen Sancia zu glauben, denn schon viele Unschuldige waren verbrecherischen Schurken zum Opfer gefallen. Und war nicht auch mein Bruder Juan unter ähnlichen Umständen umgekommen? Wenn die Gewalt den Sohn Seiner Heiligkeit hinwegraffen konnte, warum nicht auch zwei Bedienstete?

Zu guter Letzt gab ich mir auf Sancias Drängen hin einen Ruck. »Komm«, forderte sie mich auf, »du musst dich anziehen und unter die Leute gehen. Ich bringe dich zu Vanozza. Das wird dir guttun.«

Da wurde mir klar, dass ich mich in den letzten Tagen nach all den grauenhaften Erlebnissen zu sehr in meinen Kummer hineingesteigert und dabei gar nicht mehr an mein Kind gedacht hatte. Was mich letztlich veranlasste, auf Sancias Rat zu hören, war die Befürchtung, dass ich in einem dunklen Teil meiner Seele auch meinem Sohn Vorwürfe machen könnte, weil Pantalisea vielleicht noch am Leben wäre, wenn ich mich seiner rechtzeitig entledigt hätte. In einen Umhang gehüllt, ging ich also mit Sancia zu meiner Mutter, wo mein Sohn in Vanozzas vergittertem Innenhof auf einer Decke spielte.

Er war wunderschön, wie er da mit seinen rundlichen Beinchen strampelte und ganz verzaubert an den Schnürbändern meines Ärmels zupfte, bis eines sich löste und er versuchte, es in den Mund zu stecken. Schon wieder stiegen Trauer und Kummer in mir auf, als mir in den Sinn kam, wie liebevoll Pantalisea mit ihm umgegangen war. Als ich mich über ihn beugte, wäre ich wohl tatsächlich in Tränen ausgebrochen, hätte mich nicht Vanozzas Tadel getroffen wie ein Fausthieb.

»Keine Tränen vor dem kleinen Juan. Er soll deine Trauer nicht spüren.«

Ich wirbelte zu ihr herum. »Er heißt Rodrigo.«

Sie zuckte mit den Schultern. »Ich habe den Namen bei der Taufe geändert. Dein Vater hat das Kind als seines ausgegeben, und weil er einen Bastard nie nach sich benennen würde, war das eben unvermeidlich – genauso unvermeidlich wie diese unerfreuliche Sache mit den Bediensteten. Ich versichere dir, dass niemand Freude daran hatte, aber wenn es um den Schutz geliebter Menschen geht, müssen wir bisweilen entgegen unserer eigenen Natur handeln.« Ihr Blick bohrte sich in meine Augen. »Nun ist es geschehen, und wir brauchen nie wieder darüber zu sprechen.« Ohne meine Antwort abzuwarten, wandte sie sich wieder ihren Aufgaben zu und überließ es mir, meinen Sohn zu wiegen, bis er in meinen Armen einschlief.

Nach einer Weile kam Vanozza zurück und nahm ihn mir ab.

Auf dem Rückweg zu meinem Palazzo war Sancia für ihre Verhältnisse ungewöhnlich still. Als ich ihr eine gute Nacht wünschte, sagte sie kleinlaut: »Ich hatte nicht die Absicht, dich zu täuschen, das schwöre ich dir. Ich habe zufällig gehört, wie Cesare mit diesem Diener gesprochen hat, dem mit den eingedrückten Augen, Michelotto. Ich habe versucht, ihn davon abzubringen, aber er hat mir gesagt, dass ich mich nicht in Angelegenheiten einmischen soll, die mich nichts angehen. Dann hat er mir befohlen, dich im Saal abzulenken, während er mit Michelotto losgezogen ist, um die zwei zu finden. Du hättest es nie erfahren sollen. Nach ihrem Plan sollten sie einfach verschwinden. Ihre Leichen sollten später irgendwo anders entdeckt werden, als wäre es ein anonymes Verbrechen gewesen.«

»Aber ich fand es trotzdem heraus!«, fuhr ich sie wütend an. »Wenn du es mir gesagt hättest, als es noch nicht zu spät war, hätte ich es vielleicht noch verhindern können. Stattdessen hast du geschwiegen, und jetzt sind sie tot.«

Sie blickte mich verzweifelt an. Schon bereute ich meine harschen Worte, denn in diesem Moment begriff ich, dass wir nichts mehr hätten tun können, um das Verhängnis zu verhindern. Selbst wenn wir Pantalisea und Perotto aus Rom fortgeschafft hätten, hätte mein Vater sie ausfindig gemacht. Doch das behielt ich für mich. Sie hatte mich verraten – zusammen mit Papa und Cesare. Ich kehrte allein in meinen Palazzo zurück.

Eines Nachmittags – ich marschierte gerade im Innenhof auf und ab – besuchte Cesare mich unangekündigt.

Ich hörte ihn nicht kommen. Gerade war ich noch allein gewesen und hatte abgestorbene Blüten von den eingetopften Bäumen geschüttelt, als er wie aus dem Boden gestampft im Säulengang auftauchte, ein Schatten zwischen den von der Sonne angestrahlten Wandpfeilern. Trotz allem berührte mich sein Anblick im Innersten, obwohl ich mich gleichgültig gab, als er mich ansprach. »Die Leute sagen, du würdest dich weigern, in den Vatikan zu kommen. Papa beklagt sich, dass du das Kloster wohl doch nicht verlassen hast – so sehr scheinst du darauf bedacht, zurückgezogen und eingesperrt wie eine Nonne zu leben.«

»Ist er etwa überrascht? Das sollte er nun wirklich nicht sein – nach allem, was er dir befohlen hat.«

Cesare machte eine abfällige Geste und trat vorsichtig einen Schritt näher. Ich hob abwehrend die Hand. »Wenn das alles ist, was du sagen wolltest, dann hast du das getan und kannst gehen.«

»Lucia«, begann er. Ich erstarrte. »Lucia«, wiederholte er. Dann bewegte er sich so geschmeidig auf mich zu, dass ich nicht reagieren konnte. Ehe ich mich's versah, kniete er vor mir. »Vergib mir. Ich flehe dich an. Ich tue alles, worum du mich bittest, nur verweigere mir nicht deine Liebe. Das ertrage ich nicht.«

Ich versuchte, seinem Flehen, seiner magnetischen Nähe zu widerstehen. Nach jener schrecklichen Nacht, in der er mir seine grausame Seite gezeigt hatte, hatte ich mir geschworen, mich nie wieder von ihm erweichen zu lassen, da nicht einmal mein Herz so groß sein konnte, ihm seine Schandtaten zu vergeben. Er hatte Pantalisea wie eine Beute gejagt und mitten in den Gärten des Vatikans getötet. Sein Henkersknecht hatte ihre Leichen verschnürt und wie Tiere in den Fluss geworfen. Solche Niedertracht konnte ich einfach nicht mit dem Bruder in Einklang bringen, den ich liebte und den ich fast so sehr angebetet hatte wie meinen Vater. Er war zu jemandem geworden, den ich nicht kannte – und den ich auf keinen Fall kennenlernen wollte. Doch als er mit gesenktem Kopf vor mir kniete, sehnte ich mich danach, die Locken in seinem Nacken zu streicheln. Wusste er denn nicht besser als jeder andere auf der Welt, dass ich ihm meine Liebe einfach nicht verweigern konnte, was auch immer er tat?

»Du hättest mich warnen müssen«, flüsterte ich schließlich. »Habe ich nicht wenigstens das verdient?«

»Doch.« Er hob die Augen. »Aber ich dachte, du …« Seine Stimme erstarb. »Ich habe einen Fehler gemacht. Könnte ich etwas daran ändern, würde ich das sofort tun. Ich wünschte, ich hätte nicht zugestimmt, sondern versucht, Papa dazu zu überreden, sich anders zu behelfen. Aber er war wild entschlossen …«

Er sprach, als hätte er eines meiner Spielzeuge zerbrochen und nicht auf grausame Weise zwei Leben zerstört. Ich zwang mich zurückzuweichen. Daraufhin erhob er sich und klopfte sich den Staub von der Strumpfhose ab. Einen Moment lang sah ich wieder den Jungen aus unserer Kindheit, der klug und treu, aber insgeheim auch sehr unsicher war, und der stets darauf brannte, alles zu tun, worum Papa ihn bat, nur um die Liebe zu gewinnen, mit der Juan von Beginn an überhäuft wurde. *Papa* hatte es befohlen. All mein Kummer, all mein Zorn, den ich auf Cesare und Sancia gerichtet hatte, hätte meinem Vater gelten müssen, denn er hatte genau gewusst, was in jener Nacht geschehen würde.

»Wieso bist du hier?«, fragte ich unvermittelt. »Du kannst nicht nur gekommen sein, um meine Vergebung zu erflehen. Papa muss etwas von mir wollen. Was?«

Er seufzte. »Du weißt, dass wir eine Reihe von Anträgen, die dich betreffen, bekommen haben?« Er wartete. Da ich nicht antwortete, fuhr er fort. »Wir glauben, dass es einen gibt, der am besten für dich geeignet wäre.«

»Oh?« Ich spürte, wie ein kurzes Lächeln über meine Lippen flackerte. »Und was, wenn ich nicht mehr heiraten möchte?«

Er runzelte die Stirn. »Dir ist doch sicher bewusst, dass das unmöglich wäre. Wir müssen unsere Pflicht erfüllen – jetzt mehr denn je. Papa hat die Untersuchung von Juans Ermordung gegen meinen Rat abgebrochen. Ich habe ihm erklärt, dass wir die Schuldigen aufspüren müssen, bevor die Spekulationen ins Kraut schießen und unseren Ruf beflecken, aber er sagt, das alles sei zu schmerzhaft für ihn und würde Juan ohnehin nicht mehr zurückbringen, obwohl unsere Feinde sich wegen unseres Verlusts die Hände reiben und ihr Bestes versuchen, um Vorteile daraus zu schlagen. Insbesondere die Romagna ist mit tatkräftiger Unterstützung durch Mailand zu einer Brutstätte für Intrigen geworden. Wir können nicht zulassen, dass unsere Feinde unsere Schwäche bemerken.«

»Ja.« Ich wandte mich ab. »Ich sehe, dass alles beim Alten geblieben ist, und ich will nichts damit zu tun haben.«

Ich hörte ihn näher kommen. Dann fasste er mich an den Schultern. Ich schloss fest die Augen, als hätte ich Schmerzen. »Das ist ja der Grund, warum wir diesen Bewerber ausgewählt haben. Ich glaube, er wird dich glücklich machen.« Ich spürte, dass seine Hände zitterten. »Und ich will, dass du glücklich bist, Lucia. Auch wenn du mir sonst nichts glaubst, *das* musst du mir glauben.«

Plötzlich stieg eine tiefbegrabene Erinnerung in mir auf. Wieder war ich in der Villa Imperiale und spürte seine Hände auf mir, spürte die Kraft seiner Begierde, die so drängend war, spürte sie durch meine eigenen Adern strömen, mit der Macht der verbotenen Frucht.

»Wer?«, flüsterte ich. »Wen hast du mit Papa für mich ausgesucht?«

Nach kurzem Schweigen murmelte er: »Alfonso von Neapel.«

Ich war wie vom Donner gerührt, starrte ihn nur sprachlos an.

»Ich habe gehört, dass du ihn magst«, fuhr er fort. »Sancia hat mir erzählt, ihr hättet einander als angenehm empfunden, als er mit ihr in Rom war. Außerdem seid ihr gleich alt, und sein Onkel Federico hat sich einverstanden erklärt, ihn zum Herzog von Bisceglie zu machen. Damit ist er es wert, dich als seine Braut heimzuführen.« Er wartete meine Reaktion ab. Da ich immer noch schwieg, runzelte er ärgerlich die Stirn. »Würde dir das denn nicht gefallen? Papa sagt, dass er dich nicht zwingen wird, wenn Alfonso doch nicht deinem Geschmack entspricht.«

Ich wusste nicht, was ich darauf antworten, geschweige denn davon halten sollte. Ich hatte schon so lange nicht mehr an Alfonso gedacht, dass er mir fast wie ein Fremder vorkam. Eigentlich hatte ich ihn bereits in die Vergangenheit eingeordnet, ein kurzer, friedvoller Moment aus einer Zeit, als ich noch nicht begriffen hatte, was es bedeutete, eine Borgia zu sein. Nun fiel mir plötzlich wieder ein, wie ich mich gefreut hatte, einen Mann kennenzulernen, der nicht mein Vater oder Bruder war und den ich trotzdem eines Tages vielleicht lieben konnte. Und dann kam mir der Brief in den Sinn, den er mir geschrieben, den ich aber nicht beantwortet hatte. Ihn jetzt zu heiraten, nach allem, was passiert war, erschien mir unvorstellbar. Unmöglich. Ein unerwartetes Geschenk, das ich nicht mehr verdiente.

»Was sagt er selbst dazu?«, fragte ich. »Oder hat es niemand für der Mühe wert befunden, ihn zu fragen?«

Cesare ließ seine Hand sinken. »Er wirkte begeistert, als ich es bei meinem Besuch an Federicos Hof ansprach.«

»Du hast die Sache bereits in Neapel mit ihm erörtert? Als ich noch im San Sisto war und auf die Geburt wartete? Als meine Ehe mit Giovanni noch gar nicht annulliert war?«

»Ja, und? Papa hatte mich angewiesen, es in die Wege zu leiten. Ich habe dir doch gesagt, dass wir gelernt haben, Neapel auf unsere Seite zu bringen. Außerdem ist uns die Annullierung ja gewährt worden. Natürlich habe ich nichts versprochen, wenn es das ist, was dich beunruhigt.«

»Ich verstehe. Und mit Sancia als deiner Braut und Neapel fest an unserer Seite strebst du jetzt eine Doppelhochzeit an?«

Er stieß ein trockenes Lachen aus. Als er bemerkte, dass meine Frage ernst gemeint war, knurrte er: »Ich habe dir schon gesagt, dass du nicht alles glauben darfst, was du hörst. Ich mag die Stute schon geritten haben, habe jedoch kein Interesse, sie in meinen Stall zu stellen. Sancia ist Jofrés Gemahlin, und dabei soll es bleiben.«

Obwohl ich so etwas bereits vermutet hatte, war ich dennoch überrascht. »Weiß sie das? Denn sie glaubt, dass du sie liebst. Sie hat mir gesagt, du hättest ihr versprochen, Himmel und Hölle in Bewegung zu setzen, um sie heiraten zu können.«

»Ach ja? Das hat sie missverstanden. Liebe kann mich nicht weiterbringen. König Federico dagegen sehr wohl – indem er mir seine legitime Tochter, Prinzessin Carlotta, zur Frau gibt. Sie dient gegenwärtig der Witwe des französischen Königs, Anne de Bretagne, als Anstandsdame.«

»Dieselbe Witwe, die König Louis jetzt heiraten will«, ergänzte ich, nachdem mir wieder eingefallen war, was Sancia mir erzählt hatte. »Dafür braucht Louis allerdings eine Annullierung. Und Papa ist der Einzige, der sie ihm gewähren kann.«

»Du hast also die Kunst der Politik nicht vollständig vergessen, wie ich sehe.«

»Auch ich bin ein Kind meines Vaters, und diese Kunst gehört zu den Dingen, die wir nicht so leicht vergessen können«, erwiderte ich kalt, in Gedanken bei der armen Sancia und dem schrecklichen Irrtum, dem sie erlegen war. Cesare hatte sie zum Narren gehalten, und das würde sie sich nicht gefallen lassen. Freilich würde es ihn nicht weiter kümmern, dass er sie sich zur Feindin gemacht hatte.

Ich verfolgte das Thema nicht weiter. »Hat Papa wirklich gesagt, dass er mich nicht zwingen wird?«

»Ja. Er sagt, die Sforza seien ihm eine Lehre gewesen. Er will, dass du glücklich bist, Lucia. Und ich nicht minder, selbst wenn du das vielleicht nicht glaubst.«

Ich ging nicht auf seinen Versuch ein, mich zu beruhigen. Ich war nicht mehr bereit, in jenen Hort der Sicherheit zurückzukehren, wo Cesare mein Beschützer und Vertrauter gewesen war – mein unerschütterlicher Bruder, der nichts Unrechtes tun konnte.

»Dann sag Papa, dass ich im Gebet Gottes Rat suchen werde«, antwortete ich, unfähig, den spöttischen Tonfall zu unterdrücken.

Er hob die Augenbrauen. »Beten willst du?«

»Ja.« Ich hielt seinem Blick stand. »Hast du das etwa verlernt? Du solltest üben. Du hast zu viel zu sühnen.«

Alfonso traf Mitte Juli ein, als der vom Meer heranwehende *ponentino* die drückende Hitze linderte. Diesmal gab es keinen pompösen Empfang, weder eine verschwenderische Eskorte noch Trompeten oder einen Triumphritt in geliehenem Aufputz, der mit einem Salut vor meinem Balkon endete. Mein Bräutigam schlüpfte unangemeldet in die Stadt, nur begleitet von einer kleinen Dienerschar und am Tor begrüßt von Cesare und Jofré, die ihn in den Vatikan führten, wo er in den päpstlichen Gemächern empfangen wurde.

Vielleicht lag es an den Pflanzen, den raffiniert aufgestellten Gelben Hahnenkämmen, die das durch die Fenster hereinsickernde Licht safrangelb färbten. Vielleicht lag es aber auch daran, dass ich mir meiner Erscheinung nur allzu bewusst war – ich trug düsteren schwarzen Samt mit einem juwelenbesetzten Mieder und einen in Perlen gefassten Gürtel, alles Keuschheitssymbole. Mein Haar hatte man mir durch ein filigranes goldenes Netz geflochten; beim Gesicht hatte ich allerdings gegen Sancias Versuche, es anzumalen, heftigen Widerstand geleistet. »Du bist bleich wie eine Kranke!«, hatte sie gerufen. »Kein Wunder – nach so vielen Wochen hinter hohen Mauern!« Aber ich wollte nicht, dass Alfonso mich für leichtfertig hielt, denn ich konnte mir denken, dass er trotz all meiner Bemühungen, Reife und Würde auszustrahlen, selbst in Neapel die Gerüchte über meine gescheiterte Ehe und den Aufenthalt im Kloster gehört haben musste.

Was immer der Grund sein mochte, kaum war Alfonso eingetreten, breitschultrig, den Glanz von Schweiß noch auf der Stirn, die kleine Gestalt wie durch seine Zuversicht vergrößert, sah und fühlte ich nur noch ihn.

Mit einem Mal wollte ich nichts mehr, als seine Frau zu sein.

Er sank auf ein Knie nieder und küsste Papa den Fuß. Obschon wir uns zwei Jahre nicht mehr gesehen hatten, schien er noch derselbe zu sein wie damals, und ich musste mir vorhalten, dass er in der Tat keinen Grund gehabt hatte, sich zu verändern. Er war nach Hause zurückgekehrt, um für Neapel zu kämpfen. Was er nicht erlitten hatte, war das Scheitern einer Ehe, ein gewalttätiger Überfall, ein erzwungenes Asyl und die Geburt eines Kindes, das er vermutlich nie als das seine annehmen würde …

Und dann trat er vor mich. Sein Geruch, diese betörende Mischung aus Samt, Salz und den an seinen Kleidern haftenden Ausdünstungen von Pferden, überwältigte mich. Seine Augen waren dunkler, als ich sie in Erinnerung hatte. Aber sie bannten mich immer noch, sodass ich denn Blick einfach nicht von ihm abwenden konnte, bis mir Sancia ins Ohr zischte: »Die Hand. Du musst ihm die Hand reichen.«

Hastig streckte ich ihm die Hand entgegen, die heute ungeschmückt war. Sanft und warm strichen seine Lippen über meine Haut, ehe er die Augen erneut zu den meinen hob.

»Donna Lucrezia.« Er lächelte.

»Signore Alfonso«, erwiderte ich.

Mein Herz pochte so heftig, dass ich glaubte, er müsse es vernehmen. Der ganze Saal musste dieses verräterische Donnern hören.

»Nun?«, brummte Papa, und erst jetzt bemerkte ich, dass Alfonso und ich einander anstarrten und er immer noch meine Hand hielt.

»Ich glaube, Eure Wahl findet Anklang, Heiligkeit«, sagte Cesare trocken.

Papa strahlte. »Schön. Dann lasst uns zur Zeremonie und zum Festmahl schreiten. Ich sehe keinen Grund, das hinauszuzögern, was der Allmächtige bestimmt hat.«

Um uns herum geriet alles in Bewegung: Die Kardinäle und die übrigen Gäste eilten zum Portal, um sich die besten Plätze in der Kapelle zu sichern. Meine Finger fühlten sich unterdessen an wie mit Alfonsos Hand verschmolzen. Ich musste mich buchstäblich überwinden, um mich nicht daran festzuklammern wie ein Kind, das nach Jahren des Umherirrens in einem Urwald endlich gefunden wurde.

Alfonso konnte mich retten. Einerseits war er Papa für das Privileg, mich heiraten zu dürfen, zu Dank verpflichtet, andererseits war er von königlichem Geblüt und hatte die Macht von Neapel hinter sich. Mit Giovanni, der davon abhängig war, dass ihm seine Verwandten Brosamen zuwarfen, hatte er nichts gemeinsam. Alfonso wurde respektiert und von seiner Familie geliebt. Dieser Mann konnte mich glücklich machen, dachte ich, ihm unentwegt in seine Löwenaugen starrend, in denen ich mich reflektiert fand. Doch selbst die bloße Hoffnung auf Glück erschreckte mich. Er mochte mächtig sein, ein Prinz aufgrund seines Geburtsrechts, aber konnte mich das vor den Anforderungen und der Willkür meiner Familie schützen? Oder würde er sich wie vor ihm Giovanni in einer Falle wiederfinden und vor die Wahl gestellt werden, uns zu gefallen oder uns ein Dorn im Auge zu sein?

Ich schob die Gedanken an meinen ersten Gemahl beiseite, fragte mich aber heimlich, ob Alfonso mir etwas von meiner stürmischen Vergangenheit anmerken würde, die wie ein dunkler Schatten an mir haftete. Er wusste nicht, ja, er durfte nie erfahren, welche Mühen ich auf mich genommen hatte, um zu diesem Moment zu gelangen. Irgendetwas musste er jedoch fühlen, denn seine Hand schloss sich fester um die meine, und ich konnte die stille Bestärkung spüren, die er mir vermittelte.

Er versuchte, mir zu sagen, dass ich nicht mehr allein war.

Aber konnte ich dasselbe tun? Konnte ich ihm meinerseits Sicherheit gewähren?

Dann sagte er mit leiser, aber kräftiger Stimme: »Seid Ihr Euch sicher?«

Er bot mir die Wahl. Wenn ich verneinte, würde er abreisen, und Papa würde es nicht gelingen, ihn zurückzuhalten.

Aber ich war ja nicht gezwungen, ihn aufzugeben. *Er* war bereit, die Verbindung mit mir einzugehen, vorausgesetzt, ich, und zwar ich allein, erlaubte sie. Es ging hier nicht um Familienallianzen oder politischen Nutzen, sondern ausschließlich um uns – um ihn und mich. Und plötzlich durchströmte mich unendliche Erleichterung, weil ich begriff, dass er sich niemals in eine Situation hineinlocken lassen würde, auf die er nicht vorbereitet war.

»Wenn Ihr es seid«, wisperte ich.

Er lächelte. »Seit der Stunde, in der ich Euch zum ersten Mal begegnet bin.«

Die Zeremonie war schlicht. Unter den Blicken von Botticellis melancholischen Engeln hielt Juan de Cervillon, der spanische Hauptmann der päpstlichen Garde, das symbolische Schwert über unsere Köpfe, während wir das Gelübde sprachen, das uns in der Ehe miteinander verband.

Nach der Messe zog die Versammlung im Gänsemarsch zum Bankett in den großen Saal. Die ganze Zeit kam ich mir vor wie in einem schönen Traum, aus dem ich sicher bald erwachen würde. Ein ums andere Mal warf ich einen Blick auf Alfonsos Profil, auf seine kräftige, etwas schiefe Nase und den wie gemeißelten Unterkiefer, auf sein bis zu den Schultern herabwallendes Haar – Schultern, die sein Wams schier sprengten. Mir fiel wieder ein, wie ich darüber sinniert hatte, dass er unbekleidet bestimmt noch besser aussah, und sagte mir, dass ich bald Gelegenheit haben würde, das zu überprüfen. Prompt errötete ich, und offenbar hatte ich seine Hand etwas fester gedrückt, denn er zwinkerte mir verschmitzt zu.

Unsere Gefolge zwängten sich in den Bankettsaal, wo Tische mit Leinen bedeckt und mit zu Kränzen geflochtenen Sonnenblumen geschmückt worden waren. Das Stimmengewirr um mich herum und das Klappern von Absätzen drangen auf mich ein; erst als ich auf dem Podest saß, erreichten mich auch andere Laute, nämlich im Streit erregt erhobene Stimmen.

Erschrocken blickte ich auf. Und jäh verkrampfte sich mein Magen, als ich Sancia erkannte, die sich im Eingangsbereich vor Cesare aufgebaut hatte. »Es reicht!«, knurrte mein Bruder. »Am Hochzeitstag meiner Schwester dulde ich keinen Aufruhr!«

»Und was ist mit *uns*?«, blaffte Sancia so wütend, dass Jofré sich duckte. »Du hast es mir versprochen. Du hast gesagt, wir würden …«

Cesare packte sie am Handgelenk. »Es reicht, habe ich gesagt!« Inzwischen starrten alle Anwesenden sie an. »Das ist weder die Zeit noch der Ort. Wir sprechen später darüber.«

Der neben mir sitzende Alfonso spannte sich an, während Sancia das Kinn vorreckte und noch lauter wurde. »Das glaube ich nicht. Wie ich das sehe, werden wir nie wieder miteinander sprechen.« Damit machte sie auf dem Absatz kehrt und rauschte zu ihrem Tisch. Ihre Dienerinnen trippelten ihr eilig nach. Jofré blickte Cesare unglücklich an, trottete dann aber hinter seiner Gemahlin her.

Mit angewiderter Miene kehrte Cesare zu dem Podest zurück, das er mit Papa teilte.

»Ich frage mich, was den Ärger ausgelöst hat«, bemerkte Alfonso.

Ich bedachte ihn mit einem skeptischen Blick, woraufhin er mich anlächelte. »Was immer es ist, bestimmt ist Sancia schuld. Ich fürchte, meine Schwester war schon immer ein zänkisches Weib. Sie muss den edlen Herrn Cesare bis zur Weißglut gereizt haben, wie sie es bei jedem Mann macht, der nicht ihr Bruder oder ein Heiliger ist.«

»Sie hat in der Tat eine spitze Zunge«, erwiderte ich, »aber ich würde den Fehler nicht nur bei ihr suchen.« Kaum hatte ich das gesagt, bereute ich es. Alfonso wusste vielleicht nicht, dass Sancias und Cesares Verhältnis äußerst verwickelt war.

»Vielleicht.« Mit einer Geste bedeutete Alfonso dem Pagen hinter uns, Wein einzuschenken. »Aber was immer der Anlass war, unser Großvater Ferrante hat sie zu sehr verwöhnt. Er sagte oft, sie müsste nur ein Mal die Peitsche zu spüren bekommen – das würde sie lehren zu akzeptieren, wo ihr Platz im Leben ist. Allerdings kann ich mich nicht erinnern, dass er ihr jemals einen Hieb verpasst hätte.«

»Keine Frau, und mag ihre Zunge noch so spitz sein, sollte jemals ausgepeitscht werden«, entgegnete ich, doch als ich nach meinem Kelch griff, zitterte meine Hand. Einen entsetzlichen Moment lang fühlte ich wieder, wie Giovanni mir ein Messer an die Kehle drückte und mich aufs Bett stieß.

Da spürte ich, wie Alfonso unter dem Tisch mein Bein berührte. »Verzeiht mir«, murmelte er. »Es ist nur so, dass Sancia die Geduld jedes Mannes auf die Probe stellt.«

»Sie ist Eure Schwester. Unabhängig von ihrem Verhalten schuldet Ihr ihr Respekt.«

»Ja.« Er nickte ernst. »Allerdings. Meine Bemerkung war unpassend.« Dann schenkte er mir ein leises Lächeln, und um seine Augen bildeten sich Fältchen. »Gott stehe demjenigen bei, der es je wagt, die Peitsche gegen sie zu erheben.«

»Dafür hat sie meine Bewunderung«, erwiderte ich mit einem unbehaglichen Lachen.

In diesem Moment setzte die Musik ein; sie diente als unaufdringliche Untermalung der an uns vorbeiziehenden Prozession von Dienern, die Tabletts trugen mit gebratenen Fleischspeisen, Geflügel in verschiedenen Soßen und eingelegten Früchten. Mindestens die Hälfte der Kreationen war

dick vergoldet, sodass ich Alfonso in den Arm fallen musste, als er sich eine Portion auf den Teller laden lassen wollte.
»Wieso nicht?«, fragte er überrascht.

»Weil die Färbemittel giftig sind«, klärte ich ihn auf. »Diese Speisen sind nur zum Vorzeigen gedacht. Bei einer Orsini-Hochzeit hat ein Gast einmal von allem gegessen, was ihm vorgeführt wurde, und ist daran qualvoll gestorben. Seine Bediensteten hätten sich im Streit um seine Leiche beinahe gegenseitig umgebracht, weil sein Bauch voller Edelmetalle war.«

Alfonso legte die Stirn in tiefe Falten.

»Werden bei Euch in Neapel keine Speisen zur Anregung des Appetits vorgeführt?«

Er schüttelte verwundert den Kopf und brach plötzlich in dröhnendes Lachen aus, das nicht minder ungestüm war als das von Sancia.

»Was findet Ihr daran so lustig?«, fragte ich, als er sich einigermaßen beruhigt hatte.

»Zierspeisen, die giftig sind!«, prustete er. »Findet Ihr nicht, dass das irgendwie passend ist?«

Ich erstarrte. »Ihr haltet es für passend, dass man daran sterben kann?«

Er beugte sich näher zu mir. »Ihr habt doch sicher gehört, was über die Borgia gemunkelt wird: dass sie ihre Feinde zum Bankett einladen und den Tod in deren Speisen streuen? Jetzt können wir uns davon überzeugen, dass diese Gerüchte nicht zutreffen. Das Gift ist deutlich sichtbar.«

Ich starrte ihn entsetzt an. Daraufhin erstarb sein Lachen.

»Das war doch nur ein Scherz«, rechtfertigte er sich hastig. »Ich würde nie glauben …«

»Das will ich hoffen.« Den Rücken gegen die Stuhllehne gepresst, saß ich stocksteif da und demonstrierte mein

Missvergnügen derart deutlich, dass sogar Papa von seinem Podest aus herübersah. »Ich achte nicht auf Gerüchte, edler Herr«, fügte ich frostig hinzu. »Eine solche Diffamierung meiner Familie werde ich nie dulden.« Auch wenn sie es manchmal verdient, dachte ich.

Er nahm einen Schluck von seinem Wein. »Das war furchtbar gefühllos von mir. Es sieht ganz so aus, als hätte ich mir vorgenommen, den heutigen Tag gründlich zu verderben.«

Sein Unbehagen rührte mich. Von Sancia wusste ich, dass die Neapolitaner in ihrem Gebaren sorgloser waren und nicht so sehr auf Feinheiten achteten wie die Römer. Während ich Alfonso dabei beobachtete, wie er um eine Formulierung rang, die niemanden verletzte, dämmerte mir, dass er zwar an einem hochgefährlichen Hof aufgewachsen war und sicher auch wusste, wozu die Menschen in der Lage waren, dass ihm aber offenbar nie der Mund verboten worden war.

So unglaublich das auch schien, mein neuer Gemahl sagte genau das, was er dachte.

Gleichzeitig wurde mir bewusst, dass ein angenehmer Nachmittag in einer Bibliothek keine Voraussage für ein ganzes Leben sein konnte. Wie schon in Giovannis Fall wusste ich in Wahrheit nicht das Geringste über den Mann, den ich geheiratet hatte.

Kaum hatte ich das erkannt, tat ich mein Bestes, um meine Bestürzung zu verbergen. Zu meiner Erleichterung wurde die Musik jetzt lebhaft. Das Trillern von Pfeifen erklang, die weiß gekleideten Tänzer schritten in den Raum. Sie verbargen das Gesicht jeweils hinter einem Kopfschmuck, der ein mythisches Tier darstellte. Als sie mit ihren Sprüngen im Rhythmus eines *saltorello* begannen, dem bevorzugten Tanz an den spanischen Höfen, entdeckte ich unter ihnen Cesare.

Seine elfenbeinfarbene Satinstrumpfhose betonte seine kräftigen Oberschenkel und die schmale Taille, und sein Hemd flog ihm hoch bis zur Brust, als er Pirouetten drehte und die Beine hob. Er war als Einhorn verkleidet, dessen Horn aus versteiftem Samt von der Stirn nach oben ragte. Hinter den Sehschlitzen in den paillettenbesetzten Klappen glitzerten seine Augen. Die Frau, mit der er tanzte, hatte flammenfarbenes Haar und trug einen mit Diamanten geschmückten Kostümmantel, der an einen Vogel Greif erinnerte. Der tiefe Ausschnitt ihres silbernen Mieders zeigte viel von ihrem Dekolleté. Als sie um Cesare herumwirbelte und ihre Röcke ihre üppigen Oberschenkel freigaben, fasste er sie an der Taille und küsste sie vielsagend auf den Hals, die Augen dabei unablässig auf mich gerichtet.

Ich erstarrte. Schließlich wagte ich einen Blick auf Alfonso. Mit einem nachsichtigen Lächeln hatte er sich auf seinem Stuhl zurückgelehnt und klopfte mit den Fingern den Takt an seinem Kelch mit. Wenn ihm Cesares Gebaren überhaupt auffiel, gab mein Gemahl das nicht zu erkennen. Also ließ ich meinen Blick weiter durch den Saal wandern. Die meisten Gäste waren damit beschäftigt, sich vollzustopfen und am Wein zu berauschen. Dann sah ich Sancia und Jofré an ihrem Tisch vor Papas Podest.

Sie schien sehr wütend zu sein. Jäh schleuderte sie ihr Mundtuch von sich und sprang auf. Unsicher spähte Jofré zu unserem Vater hinüber. Offensichtlich war er sich nicht im Klaren, ob er dem Beispiel seiner Gemahlin folgen sollte. Mit einer kleinen Geste seiner Hand befahl Papa meinem kleinen Bruder, sitzen zu bleiben. Dann wandte er sich demonstrativ ab, als Sancia ihren Umhang an sich raffte und ins Freie stürmte. Niedergeschlagen trotteten ihre Dienerinnen hinterher.

»Sie mag es nicht, wenn man sie zum Narren hält«, bemerkte Alfonso. »Das Einzige an ihr, was noch schlimmer ist als ihr Temperament, ist ihr Stolz.« Seine Hand kroch über die meine, die ich in den Schoß gelegt hatte, und spielte mit meinen Fingern. »Aber mit solchem Theaterdonner brauchen wir uns nicht zu beschäftigen, oder?«

Damit verriet er, dass er über den Grund für den Zank zwischen Sancia und Cesare genau Bescheid wusste. Zugleich gab er mir zu verstehen, dass er und ich – anders als die beiden – Wutausbrüche und Stolz nicht nötig hatten.

Sein Ton wurde ernster. »Euer Vater hat sich ausbedungen, dass wir nach unserer Hochzeit ein volles Jahr in Rom leben. Ich habe natürlich zugestimmt. Aber sobald das Jahr vorüber ist, ziehen wir nach Neapel und richten uns einen eigenen Haushalt ein.« Er streichelte mir über die Wange. »Das heißt, wenn Ihr damit einverstanden seid.«

»Aber ja«, erwiderte ich sofort, obwohl ich nach meinen Erfahrungen in Pesaro gewiss jeden Grund gehabt hätte, ihn darauf hinzuweisen, dass nicht einmal sämtliche Pferde in seinem Reich es vermögen würden, mich dort hinzuschleifen. Aber das tat ich nicht, was auch daran lag, dass er mein Kinn so zärtlich umfasste. Ich wäre ihm in die Neue Welt gefolgt, hätte er mich in diesem Moment darum gebeten, zur Not sogar in einer leckgeschlagenen Galeone.

Danach wechselten wir kaum noch ein Wort, bis er sich schließlich räusperte. »Ich denke, es ist an der Zeit, dass wir uns zurückziehen.« Ich nickte wortlos, als er mich auch schon hochzog. Schlagartig erstarben das Stimmengewirr sowie das Klirren der Kelche, und die durch den Saal wirbelnden Tänzer erstarrten mitten in der Bewegung.

Ich wagte einen Blick auf Cesare. Schweiß war ihm unter der Maske hervor über den Hals geflossen; seine Locken klebten ihm am Hinterkopf. Ich spürte, wie seine Augen uns verfolgten, als wir auf Papa zutraten, um ihm unsere Ehre zu erweisen. Er entließ uns mit einem seligen Lächeln und befahl einer Handvoll Wächtern, uns zu meinem Palazzo zu eskortieren.

»Kommt denn sonst niemand mit?«, fragte ich Alfonso auf dem Weg zum Ausgang.

»Seine Heiligkeit hat Bedingungen gestellt« – er grinste –, »ich aber auch. Was nun kommt, wird keine öffentliche Veranstaltung zum Beweis des Vollzugs unserer Ehe sein. Diese Nacht gehört uns allein.«

Niemand hatte daran gedacht, eine Suite für uns vorzubereiten. Doch Nicola und Murilla – und dafür war ich ihnen sehr dankbar – hatten in meiner Bettkammer parfümierte Fackeln entfacht. Sie warteten vor der Tür, und als wir an ihnen vorbei über die Schwelle schritten, knicksten sie mit einem kaum verhohlenen Kichern. Ich warf ihnen einen tadelnden Blick zu. Nicola nahm ihn mit schalkhaft funkelnden Augen zur Kenntnis, während sich die kleine Murilla in einer Parodie auf Alfonso in die Brust warf und die Augenbrauen in gespielter Strenge hochzog.

Dann fiel die Tür ins Schloss. Alfonso stand hinter mir, und ich spürte seinen harten, flachen Bauch im Rücken. »Endlich!«, raunte er. Gleich darauf berührten seine Lippen meinen Nacken, entwirrten seine Hände mein Haar, lösten meine Bänder, zogen mir das gitterartige Haarnetz ab und warfen es kurzerhand zur Seite, während ich reglos dastand. Auch wenn ich mich bemühte, sie zu unterdrücken, kehrten zu Fragmenten zerbröckelte Bilder von jener Nacht zurück, in der Juan über mich hergefallen war, und lähmten mich. Dies war das erste Mal, dass ein Mann mich wieder berührte, und ich wurde von solcher Panik ergriffen, dass ich kaum noch atmen konnte!

Alfonso zögerte. Und als er sich von mir löste und sogar einen Schritt zurückwich, breitete sich eine entsetzliche Trostlosigkeit in mir aus. Gerade hatte ich noch Angst vor seiner Berührung gehabt, doch nun, da ich sie nicht mehr spürte, graute mir vor ihrem Verlust.

»Ich werde mich Euch nicht aufzwingen«, murmelte Alfonso, »wenn meine Zärtlichkeit Euch nicht gefällt.«

Er musste mir meine Furcht angesehen haben, obwohl ich ihm rasch versicherte: »Eure … Eure Zärtlichkeit gefällt mir sehr.«

»Wirklich? Ich hatte eher das Gefühl, Ihr wärt entsetzt.«

»Das bin ich ganz bestimmt nicht.« Ich legte einen trotzigen Ton in meine Stimme. »Falls Ihr es vergessen haben solltet, Signore, ich war schon einmal verheiratet. Und ich weiß wohl, was von mir erwartet wird.«

Er seufzte. »Und ich weiß wohl, dass Ihr nicht das seid, was über Euch behauptet wird.«

Mir schnürte sich die Kehle zu. »Ich habe Euch schon einmal gesagt, dass ich nichts auf Gerüchte gebe«, entgegnete ich. »Darum weiß ich nicht, wer den Klatsch über mich verbreitet und worin er besteht.« In Wahrheit war es mir sehr wohl bekannt. In der Zeit im Kloster waren das Gesindel und sein böswilliger Tratsch zwar von mir ferngehalten worden, doch ich hatte nur allzu genaue Vorstellungen gehabt: Die Borgia-Tochter, die von ihrem Gemahl sitzengelassen und obendrein als diejenige bezeichnet worden war, an der ihr eigener Vater seine Lust befriedigte, hatte ihn, Giovanni, aus purer Rachsucht gezwungen, seine Zeugungsunfähigkeit einzuräumen. Letztlich war Giovannis Schande geringer als meine, denn er hatte aufs Neue geheiratet und mit der anderen Frau alles Gerede über ihn widerlegt, wohingegen seine Unterstellungen mich bis ans Ende meiner Tage verfolgen würden.

»Nein?« Für einen Moment senkte Alfonso den Blick. Als er die Augen wieder hob, wirkte sein Gesicht düster. »Das solltet Ihr aber. Jeder, insbesondere unseresgleichen, sollte immer wissen, was über ihn geredet wird.«

Mit einem Schlag veränderte sich die Atmosphäre im Gemach. Wie zum Schutz gegen Kälte verschränkte ich die Arme vor der Brust. »Ich … ich will es nicht wissen. Wie könnte mir das auch nützen?«

Ich hörte Papa in meiner Stimme, seine Warnung vor dem Übel, das manche in unserer Familie sahen, und mir graute schon vor dem, was Alfonso vielleicht als Nächstes sagen würde. Die Art und Weise, wie man über mich sprach, die wilden Spekulationen, die schlüpfrigen Andeutungen, die womöglich einen wahren Kern enthielten – all das konnte ich einfach nicht ertragen.

Statt etwas zu erwidern, näherte er sich mir von Neuem. »Ich weiß, dass Ihr Eure erste Ehe nicht wolltet. Auch kann ich mir nicht vorstellen, dass sie für Euch angenehm war. Die Einzelheiten kenne ich nicht, aber ich verspreche Euch bei meinem Leben, dass ich Euch nie ein Leid antun oder Euch je zu irgendetwas zwingen werde. Wenn es Euch lieber ist, heute Nacht allein zu schlafen, ziehe mich gern zurück, ohne dass einer von uns bloßgestellt wird. Ich bin willens, so lange zu warten wie nötig, bis Ihr bereit seid.«

Dankbarkeit linderte meine Angst. Er bedrängte mich nicht, die Wahrheit zu sagen, obwohl er bereits vermuten musste, dass ich nicht mehr das unschuldige Mädchen war, als das mein Vater mich anpries, ja, dass wir gelogen hatten, und womöglich nicht nur bezüglich meiner Jungfräulichkeit.

Er wartete einfach auf eine Reaktion, ohne sie zu fordern. Ich erinnerte mich wieder an den Kuss, den ich ihm in der Bibliothek, einem Impuls folgend, gegeben hatte. Es war wunderschön gewesen, und ich stellte mir vor, wie herrlich es sein würde, ihn ohne jeden Zwang zu lieben, als ich mich sagen hörte: »Ich glaube, ich war von Anfang an für Euch bereit.«

Danach fielen keine Worte mehr. Der Schmerz der Vergangenheit ging über in sich langsam steigernde Verzückung, die mir fast die Besinnung raubte, als er meine Kleider von mir schälte, bis ich nackt und völlig reglos vor ihm stand und nur noch mein Haar mich bis zur Taille bedeckte. Er betrachtete mich mit derselben Verwunderung, die ich schon damals in der Bibliothek bemerkt hatte. Ich machte keine Anstalten, meine Brustwarzen zu bedecken, als sein Blick auf ihnen verweilte. Ebenso wenig streckte ich die Hände aus, um das goldene Dreieck zwischen meinen Schenkeln zu schützen, das bis zu diesem Moment kein Mann zur Gänze gesehen hatte.

»Mein Gott, Ihr seid so schön«, stöhnte er mit belegter Stimme. »Wie das Gemälde von Botticelli, dasjenige mit Venus in der Muschelschale, ganz in Weiß, Rosa und Gold, als wärt Ihr soeben aus dem Meer auferstanden.«

Mein Mund wurde trocken, und das Blut stieg mir heiß ins Gesicht. Er ließ sich vor mir auf die Fersen nieder, umfasste meine Hinterbacken und zog mich näher zu sich heran. Als ich seine Zunge spürte und ihre Berührung wie ein Blitzstrahl durch meinen Körper jagte, konnte ich das Stöhnen, das über meine Lippen drang, nicht zurückhalten.

Ich warf den Kopf in den Nacken. Meine Knie gaben nach. Meine Finger gruben sich in sein Haar, während seine Zunge immer tiefer in mich eindrang und ich mich gleichzeitig keuchen und schreien hörte. Dann explodierten in meinem

Inneren hundert Feuerwerkskörper, und bevor ich wusste, wie mir geschah, zog er mich auf den Teppich hinunter. Seine Finger waren nun überall auf meinem Körper, während seine Kleider sich von selbst aufzulösen schienen. Als er sich über mir aufrichtete, sah ich die Brust eines Herkules, die so anders war als die meines Bruders, breit und muskelbepackt, überwachsen mit dunkelblondem Haar, das sich anfühlte wie grobe Seide. Seine Arme, mit denen er sich links und rechts von mir abstützte, waren wie aus Granit gehauen. An meinen Schenkeln pulsierte sein steifes Glied. Die Augen unbeirrbar auf die seinen gerichtet, umfasste ich es in seiner vollen Länge. Es zuckte in meiner Handfläche.

»Ich kann nicht … warten«, stöhnte er.

Ich hob ihm die Hüften entgegen.

Als er in mich eindrang, sein Mund auf meinem lag und sein Atem mit meinem verschmolz, entdeckte ich, dass ich tatsächlich noch eine Jungfrau gewesen war – in jeder Hinsicht außer einer.

28

Die nächsten Wochen waren einfach himmlisch.

Alfonso lehrte mich alle Lektionen, die er beherrschte, und ich bewies großen Eifer darin, ihm zu zeigen, wie gelehrig ich war. In Anbetracht seiner Laute der Lust und der Menge an Samen, den er vergoss, besaß ich wohl einiges Talent. Er schmeckte so, wie er roch – nach Gischt, und der Geschmack, den er in meinem Mund entdeckte, das sagte er mir, war der von zerstoßenem Anis. Selbst wenn wir uns nach einem gemeinsamen Bad zu unseren Mahlzeiten hinausbegaben (die uns von meinen unablässig kichernden Dienerinnen serviert wurden – offenbar hatten sie sich durchs Schlüsselloch aufs Köstlichste von unseren Spielen unterhalten lassen), schwor Alfonso steif und fest, mein Anisgeruch bliebe an ihm haften wie ein nicht entfernbares Parfum.

Der Sommer 1498 war der glücklichste meines bisherigen Lebens. Mein neuer Gemahl tat viel mehr, als mir die Leidenschaft und Freimütigkeit zu zeigen, die es zwischen Mann und Frau geben konnte. Er ließ mich teilhaben an seiner Liebe zur Natur und zu den Büchern, an seiner Freude an nachmittäglichen Spaziergängen im Garten, nachdem wir den Morgen damit verbracht hatten, in der Bibliothek Bücher zu verschlingen oder zu den mit Pinien bedeckten Hügeln in der Umgebung von Rom hinauszureiten, wo er Falken fliegen ließ oder Wachteln jagte. All das verstärkte in mir die Erkenntnis, dass ich bis dahin nicht geliebt hatte – nicht wahrhaftig – und dass mir zum ersten Mal aus tiefstem Herzen aufrichtige Gefühle entgegengebracht wurden. Ich hatte immer gedacht, meine Familie würde genügen und ich sei untrennbar mit ihr verbunden. Nun belehrte mich Alfonso eines Besseren. Er zertrümmerte diesen Glauben Stück für Stück wie eine brüchige, kleine Schale und förderte eine weiche Perlmuttschicht zutage, die er nach seinem Wunsch formte. Als wir gesättigt in unserem zerwühlten Bett lagen und ich ihm in die Augen sah, erkannte ich mich darin wieder, eine Fleisch gewordene Göttin. Vor Freude und Erleichterung hätte ich weinen können, weil ich endlich den Einen gefunden hatte, zu dem ich gehörte, den Gefährten, nach dem ich mich schon so lange gesehnt hatte, ohne es zu wissen.

»Ich bin dein«, wisperte ich, von seinen Armen umschlungen und den Kopf an seine Schulter geschmiegt. »Für immer dein, bis dass der Tod uns scheidet.«

Er schlief immer schnell ein, einem Kind gleich, das keine Sorgen kannte. »Sprich im Bett nicht über den Tod«, murmelte er träge. »Für uns Neapolitaner bedeutet das Unglück.«

Ich lächelte. Ich konnte es nicht erwarten, Neapel kennenzulernen. Am liebsten hätte ich Rom und meine Vergangenheit sofort hinter mir gelassen, um gemeinsam mit ihm unser neues Leben zu beginnen. Erst als meine Lider schwer wurden und ich, träge nach der Erfüllung unserer Lust und begleitet von seinem leisen Schnarchen, selbst in den Schlaf glitt, kam mir mein Sohn in den Sinn. Was mochte er in diesem Augenblick tun? Schlief er schon, die kleinen Fäustchen vor dem Gesicht geballt? War ihm im Haus meiner Mutter auch warm? Bekam er genug Liebe? Es kam mir wie ein Verbrechen vor, dass ich ohne ihn solches Glück empfinden konnte und es sogar ins Auge fasste, nach Neapel zu ziehen und ihn zurückzulassen! Grauen kroch mir in die Glieder, ein Gespenst, das ich mein ganzes Leben lang nicht hatte vertreiben können. Auf Dauer würde ich mein Geheimnis nicht für mich behalten können, ich würde also um eine Beichte nicht herumkommen. Alfonso musste erfahren, dass ich mehr war als nur seine Frau, nämlich eine Mutter, die ihr Kind aufs Schrecklichste vermisste.

Ja, ich musste es ihm sagen. Nur noch nicht heute.

Im August befahl Papa die Kardinäle von ihren Sommersitzen nach Rom zurück. Gestärkt von der päpstlichen Zustimmung, stellte sich Cesare ihren verärgerten Mienen und bat um die Genehmigung, sich von seinem heiligen Gelübde entbinden zu lassen. In einer symbolischen Geste legte er seinen scharlachroten Pileolus ab, zeigte bei einer tiefen Verbeugung seine Tonsur – alles, um seine Absicht zu bekunden, dem geistlichen Amt zu entsagen und wieder die Freiheit zu genießen, ein weltliches Leben führen und eine Ehe eingehen zu können, wenn dies sein Wunsch war.

»Der spanische Botschafter musste natürlich einen Wirbel veranstalten«, erzählte er mir danach, als wir im Innenhof meines Palazzo speisten. Alfonso war mit seinem Leibwächter, Tomasso Albanese, in der Stadt, womit er mir den Genuss eines längst überfälligen Besuchs meines Bruders ermöglichte. »Er hat Papa dafür getadelt, dass er mir erlaubt hat, die von Christus verliehene Ehre ›so leichtfertig abzustreifen‹. Allerdings« – Cesare verdrehte die Augen – »glaube ich eher, dass Ihre katholischen Majestäten weniger wegen meiner mangelnden Frömmigkeit besorgt sind als wegen der Wahl meiner Braut.«

»Du hast also vor, Prinzessin Carlotta zu heiraten?« Ich knabberte an meinem Räucherschinken. »Papa lässt dich nach Frankreich reisen, damit du um sie werben kannst?«

Cesare nickte, während er seinen Wein im Glas schwenkte. Dann lehnte er sich in seinem Stuhl zurück und streckte die langen Beine aus. Freilich konnte ich Spuren seines chronischen Leidens erkennen: eine offene Wunde am Mundwinkel, Grind an der Kehle und den Wangen. Mir kam es so vor, als wäre sein Fieber mit besorgniserregender Heftigkeit zurückgekehrt, obwohl er es auf meine Frage nach seiner Gesundheit als harmlos im Vergleich zu seinem ersten Anfall abgetan hatte.

»Papa will mich so bald wie möglich entsenden«, erklärte er. »Die Franzosen warten schon auf mich. König Louis hat mir einen Landsitz und den Titel des Herzogs von Valence angeboten; sie nennen mich schon jetzt Il Valentino. Das hat doch einen hübschen Klang, findest du nicht auch?« Er kippte seinen Wein hinunter und griff sofort wieder nach dem Krug. Es war schon sein vierter Becher in weniger als zwei Stunden. Früher hätte er in der gleichen Zeit höchstens einen geleert. »Allerdings gilt es, noch einige Hürden zu überwinden. Insbesondere müssen wir sämtliche Kardinäle dazu bewegen, ihr Siegel auf das Dekret zu Louis' Annullierung der Ehe zu drücken, und dieses Wiesel von Federico dazu bringen, sein Versprechen zu halten und mein Werben um die Hand seiner Tochter zu unterstützen.«

Nun beschlich mich Unruhe. »Aber ich dachte, König Federico hätte deine Hochzeit mit seiner Tochter schon befürwortet?«

Cesares Miene verfinsterte sich. »Das hat er auch. Als ich damals dort war, um ihn zu krönen, hätte er mir alles versprochen. Aber jetzt will er nichts mehr davon wissen. Solange wir die Streitigkeiten in der Romagna nicht schlichten – wozu wir gegenwärtig nicht die geringste Lust haben –, könne er die Vermählung seiner Tochter mit mir nicht mehr befürworten. Diese Neapolitaner sind doch alle gleich. Man kann ihnen einfach nicht über den Weg …«

»Ist das so?«, fragte Alfonso. Ich fuhr herum und sah ihn, noch in seinem Umhang, in der Galerie stehen, seinen Leibwächter dicht hinter sich.

»Mein Gemahl …«, entfuhr es mir. »Wir … wir hatten nicht so bald mit deiner Rückkehr gerechnet …«

»Offensichtlich.« Alfonso nahm seinen Umhang ab, reichte ihn Albanese und schickte diesen fort. Dann zog er sich einen Stuhl heran und lud sich Oliven, Käsescheiben und kaltes Hühnerfleisch auf einen Teller. Er aß mit den Händen und legte einen gesunden Appetit an den Tag. »Wie verhält es sich nun mit Eurem Misstrauen gegenüber meinem Onkel Federico?«, fragte er Cesare, der ihn mit unverhüllter Verachtung musterte. »Vielleicht kann ich behilflich sein.«

»Das bezweifle ich«, knurrte mein Bruder und knallte seinen Kelch auf den Tisch.

Alfonso lachte auf. »Was genau bezweifelt Ihr? Meine besondere Fähigkeit, meinen Onkel zu beeinflussen, oder meine Fähigkeit, die Dinge im Allgemeinen zu beeinflussen?«

»Beides.« Cesare stand abrupt auf. Damit überraschte er mich, denn bisher war er zu Alfonso immer höflich gewesen. Seine veränderte Haltung erinnerte mich an die Art und Weise, wie er Giovanni Sforza behandelt hatte. »Ich glaube, ich bin in die Irre geführt worden, hoher Fürst von Bisceglie, und zwar von besagtem Onkel und von Euch selbst. Hätte ich schon in Neapel gewusst, dass Eure Familie mir so viel Staub ins Gesicht werfen würde, hätte ich mich womöglich nicht so emsig dafür eingesetzt, Euch zu meiner Schwester ins Bett zu bringen.«

Alfonso zuckte mit den Schultern. Ich klammerte mich unwillkürlich an meinen Stuhl, während er bedächtig an seinem Bissen kaute, ehe er erklärte: »Ich habe Euch keineswegs in die Irre geführt, als wir in Neapel miteinander sprachen. Es war mein aufrichtiger Wunsch, Lucrezia zu heiraten, und ich glaube, sie wollte auch mich ehelichen – und so ist es ja auch gekommen. Was nun diese Angelegenheit mit meinem Onkel betrifft: Er hat jedes Recht zu entscheiden, wer am besten geeignet ist, sich mit seiner Tochter zu vermählen. Dem würdet Ihr sicher zustimmen, wenn Ihr Euch nur die Zeit nähmet, seine Ziele zu verstehen, anstatt nur an Euren Stolz zu denken.«

»Und das bedeutet?« Cesares Stimme klang angespannt.

»Das bedeutet, dass Carlotta eine legitime Prinzessin von Neapel ist und …«

»Und ich bin nur der Bastard des Papstes.« Wütend fegte Cesare den Kelch vom Tisch, sodass er auf den Bodenfliesen zerbrach. »Ich bin mit den Finten Neapels wohlvertraut, Signore. Ich reifte zum Mann, als Euer Großvater, dieses Ungeheuer, sich mit Intrigen und Raubzügen den Weg zu seinem Grab bahnte. Und ich weiß, wie verliebt Ihr in Eure Worte seid. Und bevor Ihr es vergesst: Manche würden sagen, dass Ihr ebenso ein Bastard seid wie ich, wenn man bedenkt, dass der Anspruch Frankreichs auf jenen Felsen, den Ihr ein Königreich nennt, als berechtigter gelten könnte als der Eurer Familie, falls Seine Heiligkeit, mein Vater, sich damit befassen sollte.«

Alfonsos Lächeln erreichte seine Augen nicht. »Ich habe nie bestritten, dass mein Vater mich außerehelich gezeugt hat, noch, dass ich keinen berechtigten Anspruch auf den Thron erheben kann.« Er machte eine Kunstpause. »Aber Ihr scheint danach zu streben, eben diesen Thron über die Ehelichung mit Carlotta zu besteigen. Wie könnt Ihr da verkennen, dass ihr Vater, der auch seine eigenen Erben zu schützen hat, eine solche Situation für ärgerlich halten könnte?«

Cesares Miene wurde so eisig, dass ich mich halb von meinem Stuhl erhob, die Hand beschwichtigend ausgestreckt. »Beruhige dich. Ist das wirklich nötig? Alfonso kann doch sicher hilfreich sein, wenn er seinem Onkel schreibt und ihn bittet, sich das alles noch einmal gründlich zu überle…«

»Nein!«, fauchte Cesare. »Das verbiete ich! Wenn Federico es vorzieht, sein Wort zu brechen, dann soll er auch zu spüren bekommen, was ihm das einbringt.« Er blitzte Alfonso an. »Hoher Herr, ich werde für Euren Verzicht auf Einmischung dankbar sein.« Und mit einem knappen Nicken in meine Richtung verließ er uns.

Ich hörte Arancino unter dem Tisch schnurren. »Er … er ist nicht er selbst«, stotterte ich. »Er war krank und trotzdem die ganze Zeit an Papas Seite … Er meint es nicht so, wie er es sagt.«

Alfonso griff mit einer Hand unter den Tisch und begann, meinen Kater zu streicheln. Der hatte bisher jede Berührung durch Männer verschmäht, aber meinem Gemahl konnte er erstaunlicherweise nicht widerstehen. »Ich glaube, Cesare weiß sehr wohl, was er sagt. Er verachtet mich.«

»Wie kommst du darauf?«, rief ich, doch meine zitternde Stimme strafte meine Empörung Lügen. »Hat er etwa nicht unseren Hochzeitsvertrag ausgehandelt?«

»Allerdings, aber jetzt findet er Gründe, das zu bedauern.« Alfonso zupfte ein Stückchen von dem Hühnerfleisch auf seinem Teller und gab es Arancino. »Wenn Cesare Borgia seinen Willen nicht durchsetzen kann, könnte die Allianz, die uns aneinanderbindet, zerfallen.« Nachdenklich fuhr er fort: »Sollte es dazu kommen, wirst du dich entscheiden müssen, auf welcher Seite du stehst.«

»Seite? Aber er ist mein Bruder! Seine Heiligkeit ist mein Vater!«

»Und ich bin dein Gemahl.« Er wischte sich die Hände an meiner Serviette ab. Dann kam er um den Tisch herum und küsste mich auf die Wange. »Wie ich dir in unserer Hochzeitsnacht versprochen habe: Ich würde dich nie zu etwas zwingen. Aber ebenso wenig werde ich still dasitzen und darauf warten, dass sie mir das antun, was sie mit dem Sforza von Pesaro gemacht haben. Wenn nötig, bin ich zum Kampf gegen sie bereit – mit dir oder ohne dich.«

Er wartete meine Antwort nicht ab, sondern drehte sich abrupt um und zog sich in den Flügel zurück, den einst Giovanni bewohnt hatte und der später für Alfonso hergerichtet worden war, auch wenn dieser ihn nie für sich selbst genutzt hatte, außer als Abstellplatz für seinen Besitz und als Nachtlager für seine Diener.

Kaum war Alfonso gegangen, sprang Arancino auf den Tisch und machte sich über das Hühnchen her. Ich ließ ihn gewähren und starrte Alfonso nach, ohne mir darüber im Klaren zu sein, ob das, was ich jetzt empfand, Wut über meinen Gemahl war, weil er es wagte, an mir zu zweifeln, oder eine Vorahnung, dass seine Empörung tatsächlich berechtigt war.

In dieser Nacht schliefen wir zum ersten Mal seit unserer Hochzeit getrennt.

Während Cesares Wimpel mit dem wilden Wappenstier unserer Familie und seiner gezackten Sonne im Herbstwind knatterte, versammelten wir uns vor dem Palast, um uns von meinem Bruder zu verabschieden. Diesmal brach er nach Frankreich auf. Begleitet wurde er von einer Eskorte, die nicht nur zahlenmäßig Juans Begleiterschar bei seinem Zug nach Spanien in den Schatten stellte, sondern in Rom schon für Gesprächsstoff gesorgt hatte. So gingen Gerüchte um, dass sogar dic Hufeisen seiner Pferde aus Silber geschmiedet und die Livreen seiner Pagen mit Borten aus echtem Gold versehen seien.

Das war natürlich frei erfunden. Cesares Pferde und Pagen, so viele es auch waren, trugen die übliche Ausstattung, auch wenn sich von ihrem Herrn gewiss nicht dasselbe sagen ließ. Fest entschlossen, Cesare eine Ankunft in Frankreich zu ermöglichen, wie sie dem Prinzen gebührte, der er werden sollte, hatte Papa die Pfründe aus dessen verwaistem Kardinalat mit einem Gewinn von zweihunderttausend Dukaten verkauft. Das Geld hatte er dann in juwelenbesetzte Schals, Kappen oder Wämser investiert, die nun Cesares Reisetruhen füllten. Mein Bruder selbst trug weißen Damast, übersät mit Perlen, dazu seinen kostbaren Samtumhang, der nach französischer Mode nur eine Schulter bedeckte, und eine gefiederte Kappe, deren reichlich mit Rubinen geschmückte Krempe geradezu in einem eigenen Licht erstrahlte. Sein Gesicht war von einer Halbmaske aus feiner Gaze bedeckt, damit niemand sah, welche Verwüstungen sein Leiden angerichtet hatte. Eigentlich hatte ich ihm von dieser Reise abraten wollen, solange es ihm so schlecht ging, doch da er sich mit Alfonso zerstritten hatte, war es wohl das Beste für alle, die beiden möglichst weit auseinanderzuhalten.

Er ergriff meine Hände und drückte sie fest. »Du musst gut auf dich aufpassen, Lucia. Ich erwarte, von dir nur glückliche Kunde zu erhalten.« Er drängte sich Zoll für Zoll an mich heran. »Ich werde nicht lange fortbleiben. Wenn ich zurückkomme, werde ich alles haben, was wir benötigen, um dafür zu sorgen, dass uns niemand mehr herausfordern kann.«

Damit spielte er auf die Vormachtstellung unserer Familie an, der nun auch mein Gemahl angehörte. Gleichwohl vernahm ich in seiner Stimme einen drohenden Unterton, der mich zurückweichen ließ. Wir standen nur wenige Schritte von Papa entfernt, der von seinem Podest aus die ganze Piazza überblicken konnte. Um uns herum hatte sich der gesamte päpstliche Hof versammelt, während die auf beiden Seiten des abgesperrten Reisewegs versammelten Menschen, die kostenlos mit reichlich aus Fässern fließendem Rotwein verköstigt wurden, schon recht ausgelassen lachten.

»Auch du musst auf dich achten«, ermahnte ich Cesare schließlich und blickte ihm fest in die Augen. Was ich unter der Maske sah, kam mir vor wie verbrannte Smaragde. »Lass dich nicht in die Irre führen, und zeige Mäßigung in allem, allein schon deinem Seelenfrieden und deiner Gesundheit zuliebe.«

Seine Augen verengten sich. Aber dann lächelte er und beugte sich zum Abschiedskuss über mich. Ich unterdrückte einen Aufschrei, als seine Zähne mich in die Lippe zwickten. »Entferne dich nicht zu weit von der Herde«, flüsterte er. »Es fällt mir schwerer, als ich dachte, zu sehen, wie sehr ihr euch liebt.«

Bevor ich etwas erwidern konnte, wandte er sich mit wirbelndem Cape zu Papa um und kniete sich vor ihm nieder, um einen Kuss auf den päpstlichen Schuh zu drücken. Papa schloss ihn in seine Arme. Als Cesare zu seinem wartenden Mantuaross schritt, warf ich Papa einen verstohlenen Blick zu. Über seine Miene huschte ein Ausdruck selbstgefälliger Zufriedenheit. Was für ein Kontrast zu den Sorgentränen, die ihm bei Juans Abreise aus den Augen gestürzt waren!

Mich beschlich das beklemmende Gefühl, dass Papa, statt dem Sohn, von dem er sich gerade höflich verabschiedet hatte, seine Liebe zu zeigen, immer noch um den anderen trauerte, den er verloren hatte.

Die Weihnachtsfeierlichkeiten kamen und gingen unter einem Schleier aus Weihrauch und Messen vorüber. Immer noch den Geschmack der Hostie auf der Zunge, hießen wir das Jahr 1499 willkommen, ebenso den Karneval, die Wochen der Vergnügungen und des Genusses, ehe am Aschermittwoch die Fastenzeit begann. Auf dem Höhepunkt des Karnevals setzten Papa und ich gemeinsam mit Alfonso unsere mit Perlen verzierten Masken auf und bezogen auf dem Balkon des Castel Sant' Angelo Stellung, um die Feiernden zu begrüßen. Aber der Winter hatte uns mit Kälte, beißenden Winden und unaufhörlichem Regen schwer zugesetzt, sodass der Tiber die Stadt mehrmals überschwemmt hatte. Die Folge war, dass jetzt nur wenige den Weg zu uns heraus fanden, wir aber trotzdem stundenlang unter dem tropfenden Baldachin ausharren mussten und uns erst spät, und bis auf die Knochen durchnässt, ins Innere zurückzogen.

»Euer berühmter römischer Karneval lässt viel zu wünschen übrig«, klagte Alfonso schlotternd, als wir uns in unserer Suite entkleideten und in die große, für uns vorbereitete Kupferwanne stiegen. Sofort tauchte er im heißen Rosenwasser unter. Als er wieder hochkam, klebte ihm das Haar wie flüssiges Gold an der Stirn, und Tropfen glitzerten an dem Bart, den er sich neuerdings stehen ließ, wie Tausende winzige Perlen. Er musterte mich mit jenem trägen Blick, den ich inzwischen so gut kannte.

Unseren Streit hatten wir nicht mehr erwähnt. Allerdings war mir weiterhin unbehaglich bei dem Gedanken, dass Alfonso meiner Familie offenbar nicht traute. Freilich erschien es mir jetzt wenig sinnvoll, ihn zu fragen, wie er sich fühlte, da Cesare für mehrere Monate an den französischen Hof gereist war. So war mir ein wenig mulmig zumute, als er einen Finger krümmte und mit heiserer Stimme sagte: »Komm zu mir.«

Schon als ich mich auf ihn zubewegte, erregte mich sein steifes Glied, noch ehe er mich an seine Brust zog. »Mir ist kalt. Du musst mich wärmen.«

»So durchfroren wirkst du gar nicht.« Die Hände flach auf seine Brust gepresst, stieß ich ihn von mir.

»Willst du etwa deinen Gemahl zurückweisen?«, knurrte er.

Ich deutete auf sein Kinn. »Dein Bart kratzt. Er fühlt sich an, als würde mich ein Bär küssen.«

»Was? Dieser hübsche Bart? Hoheit, ich muss Euch kundtun, dass Bärte unter den modebewussten jungen Edelmännern der neueste Brauch sind. Jeder, dem am Kinn Haare wachsen, trägt einen, und wenn er das noch nicht kann, muss er …«

»… sich einen vom Barbier gefertigten ankleben?«, neckte ich ihn.

Zur Antwort riss mich Alfonso an sich. »Küss mich«, forderte er, was ich dann auch tat. Als ich sein pulsierendes Glied an meinem Schenkel spürte, wagte ich schließlich die Frage: »Bist du noch zornig wegen der Dinge, die Cesare damals gesagt hat?«

»Ich bin nie zornig gewesen. Dein Bruder ist ein Borgia mit zu viel Stolz. Er und Sancia hätten ein perfektes Paar abgegeben.« Er gluckste. »Oder einander im Ehebett erschlagen.«

»Und doch sind er und ich vom selben Blut. Da ist es nur logisch, dass du, wenn du ihm nicht traust, auch an mir Zweifel haben musst …«

Er ergriff meine Hand und führte sie unter Wasser an sein steifes Glied. »Fühlt sich das so an, als ob ich Zweifel an dir hätte?« Er hob mich an, sodass ich rittlings auf ihm zu sitzen kam. Als mir ein Stöhnen entwich, drang er in mich ein. »Ich habe keine Zweifel an dir, süße Lucrezia«, raunte er. »Ich will dich, und ich begehre dich – immer.«

Das Wasser geriet in Bewegung und schwappte auf beiden Seiten der Wanne über. Sein Stöhnen wurde so laut, dass ich in Kichern ausbrach und ihm den Mund zuhielt, damit unsere Dienerinnen vor der Tür (die uns wohl immer belauschten) nichts mitbekamen.

Ihm war das gleichgültig, und als unser Liebesspiel heftiger wurde, kümmerte es mich auch nicht mehr. Aber mir war es nicht entgangen, dass er meine Frage nicht vollständig beantwortet hatte.

Die Winde flauten ab. Träge tauchte die Sonne endlich wieder über den dunklen Wolken auf, und wir begaben uns aufs Land, um dort zu jagen und im Domizil eines Kardinals zu speisen. Alfonso sprudelte vor Tatkraft, nachdem er am Vormittag mit dem weißen Falken, den ihm Papa zu Weihnachten geschenkt hatte, ein Paar Wachteln und fünf Kaninchen erbeutet hatte. Dieser Falke war ein Weibchen, das für viel Geld aus den kargen Gefilden im Norden Islands nach Rom gebracht worden war. Alfonso hatte sich auf den ersten Blick in sie verliebt und sie wegen ihres weißen Gefieders Bianca getauft – die Weiße. Sie durfte in einem silbernen Käfig in unseren Gemächern leben, und er ließ sie rohe Fleischstücke aus seiner Hand fressen. Statt der üblichen Fesseln stattete er sie mit goldenen Riemen und einer mit Saphiren besetzten Haube aus, die die azurfarbenen Schatten in ihrem Gefieder betonten.

»So langsam drängt sich mir der Verdacht auf, dass er diesen Vogel mehr liebt als mich«, bemerkte ich eines Tages Sancia gegenüber, als wir durch den Weinberg flanierten, über uns Reben mit den verschrumpelten Trauben des Winters. »Sieh ihn dir nur an! Er kann die Augen nicht von ihr abwenden.«

»Er scheint in der Tat einen Narren an ihr gefressen zu haben.« Sancia lachte. Sie hatte zu ihrer überschwänglichen Art zurückgefunden und war geradezu besessen von Klatsch, Kleidern und dem Drang, jeden Mann zu beeindrucken, den sie kennenlernte, einfach weil sie es vermochte. Bei zahllosen Festen und zeremoniellen Anlässen im Vatikan hatte ich Gelegenheit gehabt, sie zu beobachten. Völlig vergessen schienen auf einmal Cesares Abwesenheit und die Demütigung, dass er sich von ihr ab- und einer anderen neapolitanischen Prinzessin zugewandt hatte, nur weil diese von legitimem Geburtsrecht und insofern höherem Stand war.

»Jofré will auch einen Falken.« Ich musste unwillkürlich lächeln, als ich meinen jüngeren Bruder dabei beobachtete, wie er sich vorsichtig dem stolzen Raubvogel auf Alfonsos Handschuh näherte. »Ich glaube, ich werde Papa bitten, ihm einen zum siebzehnten Geburtstag zu schenken. Wäre dir das genehm?«

Ich ließ meine Andeutung dezent im Raum schweben. Sancia nickte zerstreut. »Was immer du für das Beste hältst.«

Ich seufzte. »Seid ihr immer noch nicht …?«

»Müssen wir das wirklich erörtern?«, fragte sie und stöhnte.

»Nun ja, ihr seid nun schon bald fünf Jahre miteinander verheiratet, und …«

»Niemand weiß besser als ich, wie lange es her ist.« Sancia raffte ihre Röcke und entblößte damit die Holzpantoffeln, die wir beide trugen, um unsere Satinschuhe auf den schlammbedeckten Wegen nicht zu beschmutzen. »Seine Heiligkeit hat schon mit mir darüber gesprochen. Er hat mich getadelt, weil ich ihm keine Enkel gebäre.« Ihre Stimme klang angespannt. »Jofré möchte durchaus, aber ich ertrage es einfach nicht, wie er mich betatscht.«

»Das tut mir leid«, murmelte ich.

»Ach, nicht jede von uns hat so viel Glück wie du mit deinem Gemahl. Aber lass uns meine traurige Lage vergessen. Weißt du schon das Neueste über deinen anderen Bruder?«, fragte sie begierig. »Nein? Oh. Dann musst du öfter aus eurem Ehebett steigen. Ganz Europa spricht darüber! König Louis hat unseren Valentino mit dem gebührenden Prunk empfangen, aber es scheint, dass der französische Hof sich hinter seinem Rücken schieflacht, weil er sich so übertrieben vornehm kleidet.« Sie lächelte mit grausamem Entzücken, was ich ihr freilich nicht verdenken konnte. »Und obwohl der König versprochen hat, Cesares Vermählung mit meiner Cousine Carlotta voranzutreiben, lässt er unseren edlen Herrn weiter zappeln – wobei Carlotta sich offenbar weigert, überhaupt darüber nachzudenken.«

Und während ich mich bei der Vorstellung, wie Cesare vor Wut kochen musste, innerlich wand, fügte Sancia hinzu: »Jetzt hält Louis nach einer anderen Prinzessin für ihn Ausschau, auch wenn mir nicht in den Kopf will, dass Valentino nach all seinen Bemühungen und Ausgaben bereit sein sollte, sich mit einer Braut abspeisen zu lassen, die … Vorsicht!«

Sie griff nach meinem Arm, konnte mich aber nicht mehr auffangen. Ich war mit meinen Holzpantinen über einen Stein gestolpert und fiel zu Boden. Den Sturz selbst spürte ich kaum, da Robe und Umhang ihn abfederten. Gleichwohl wurde mir beim Aufprall alle Luft aus der Lunge gepresst.

Nach Luft schnappend, aber auch belustigt über mein Ungeschick, blieb ich auf dem Bauch liegen. Und schon näherten sich in Windeseile aufgeregte Schritte.

Mit kreidebleichem Gesicht kniete sich Alfonso neben mich. »*Amore*, bist du verletzt?«

Ich schüttelte den Kopf. »Hilf mir auf.« Ich ergriff seine Hand und ließ mich hochziehen. Doch auf einmal verschwamm um mich herum die Welt, und ich hatte Mühe, das Gleichgewicht zu wahren. Alfonsos Männer standen direkt daneben und beobachteten mich besorgt. Ich konnte sehen, wie sich Papa auf der Terrasse von seinem Stuhl erhob und, die Augen mit der Hand abschirmend, zu mir herüberspähte. Neben ihm reckte Jofré den Hals. Er hatte sichtlich Schwierigkeiten, den Falken meines Gemahls auf seinem Arm zu halten. Das Tier flatterte heftig und wollte losfliegen.

»So viel Aufhebens«, wiegelte ich, an Alfonso gewandt, ab. »Ich bin doch bloß gestolpert und …« Ein plötzlicher Krampf ließ mich verstummen. Der Schmerz war entsetzlich. Ich krümmte mich und schnappte verzweifelt nach Luft, als ich ein Wimmern hörte – mein eigenes –, gefolgt von Alfonsos dringlichem Ruf: »Sie ist verletzt!« Dann spürte ich auch schon etwas an meinen Oberschenkeln hinabrinnen, eine warme Flüssigkeit.

»Nein, Liebes. Nicht weinen.« Zärtlich wiegte mich Alfonso in seinen Armen. Wir lagen in der Villa in dem zerknitterten Bett, das der Kardinal in aller Hast für uns hatte herrichten lassen, denn als Alfonso, mich auf den Armen, beim Haus ankam, sickerte mir das Blut bereits in die Satinschuhe. Kaum hatte mich Sancia in dem fremden Gemach zu Bett gebracht und mir das Mieder aufgeschnürt, da ergoss sich aus meinem Inneren ein unförmiger blutiger Klumpen.

»Ich wusste nichts davon«, wisperte ich. »Hätte ich es geahnt, hätte ich bestimmt nicht so viel unternommen. Ich hätte alles getan, um es zu schützen, unser … unser …«

Ich brachte das Wort nicht über die Lippen. Ich konnte einfach nicht glauben, dass ich eine Fehlgeburt erlitten und etwas so Wertvolles verloren hatte, nachdem doch Juans Saat mühelos in mir gediehen war. In meiner Verzweiflung wollte ich Alfonso in diesem Moment alles sagen, nun, da ich spürte, wie seine Brust an der meinen bebte und auch er darum kämpfte, sich von der Trauer nicht überwältigen zu lassen. Ich wollte ihm versichern, dass ich schon einmal ein Kind zur Welt gebracht und die Heiligkeit eines in meinem Leib heranreifenden Lebens verspürt hatte.

Doch obwohl ich meinen ganzen Mut zusammennahm, brachte ich nicht mehr als ein Eingeständnis hervor, von dem ich nicht gewusst hatte, dass ich es ebenfalls in mir trug wie ein unheilbares Geschwür. »Vielleicht bin ich schuld.«

Alfonso umfasste mein Kinn. »Bei allen Heiligen, wie kommst du darauf?«

»Wegen meiner Familie … Gott hat mich verflucht.«

»Deren Sünden sind doch nicht die deinen.« Er zog mich wieder zu sich heran. »Hörst du? Dir ist Unrecht getan worden. Gott muss voller Erbarmen auf dich herabschauen, weil du so viel Schlimmes erlitten hast.«

Hatte er die Wahrheit doch schon erfahren? Einen schrecklichen Augenblick lang dachte ich, Sancia hätte sie ihm aus Rache für Cesares Gemeinheit hinterbracht. Sie musste es vermutet haben, auch wenn sie meinen Sohn seit der Nacht der Morde nie wieder erwähnt und mich auch nie nach dem Vater gefragt hatte. Dann wieder schämte ich mich für meine Zweifel an ihr, aber ich war mir nun einmal nicht sicher. Und als ich versuchte, Alfonsos Blick zu ergründen, bekam ich noch vor etwas anderem Angst, das ich ebenfalls nicht gestehen konnte: nämlich vor der Tatsache, dass ich bei meinem Sohn von Anfang an gewusst hatte, wessen Frucht ich in mir trug, wohingegen ich diesmal nicht das Geringste von dem neuen Leben gespürt hatte. Inmitten des Chaos, als meine Dienerinnen das Blut aufwischten, hatte Sancia mir atemlos versichert, dass ich gar nichts hätte wissen können, weil zu einem so frühen Zeitpunkt einfach noch nichts da war, das man als Kind erkennen konnte. Doch als sie hinauseilte, um den besorgt vor der Tür wartenden Alfonso zu holen, drehte ich den Kopf zur Seite. Ich hörte sie irgendetwas murmeln, ehe sie hereinkamen. Und immer noch fragte ich mich, warum ich so unachtsam gewesen war, dass ich keine Anzeichen bemerkt hatte.

Hatte ich Alfonsos Kind ignoriert, weil ein neues Wesen dasjenige verdrängen würde, das ich verlassen hatte?

Nun, da Alfonso mich liebevoll betrachtete und mir die Tränen mit den Fingerkuppen abtupfte, suchte ich sein Gesicht nach Anzeichen jenes ersten nagenden Zweifels ab, der ihn doch gewiss heimsuchen musste, da ich ihn mit der Geheimhaltung eines in Sünde gezeugten Kindes betrogen hatte. Diesen Gedanken konnte ich nicht ertragen, ebenso wenig wie die unvermeidlichen Fragen, die nur dazu führen würden, dass ich mich noch tiefer in Lügen verstrickte, bis er sich daranmachen würde, die ganze Wahrheit selbst herauszufinden.

Zu meiner Erleichterung entdeckte ich in seiner Miene nichts als Kummer und Sorgen um mich. Und auf einmal erkannte ich den eigentlichen Grund für mein Schweigen: Ich konnte es nicht darauf ankommen lassen, dass sein Versuch, mir zu vergeben, womöglich scheiterte; dann würde er anfangen, mich zu hassen, und mich nie wieder so betrachten wie in diesem Moment. Lieber wollte ich sterben, als den Ausdruck von Abscheu in seinen Augen zu ertragen.

»Wir werden andere zeugen.« Er presste mir die Lippen auf die Stirn. »Wir sind ja noch jung. Du wirst unsere Kinder gebären, das verspreche ich dir. Gewiss, eine erste Fehlgeburt ist schrecklich, aber sie ist nichts Ungewöhnliches, mein holdes Weib. Viele Frauen erleiden das Gleiche und bekommen später trotzdem gesunden Nachwuchs.«

Den Kopf an seine Brust geschmiegt, sog ich seine Worte wie einen Ablass für all meine Sünden in mich auf.

Ich musste ihm glauben. Mir blieb keine Wahl.

Ich musste glauben, dass seine Liebe es vermochte, meine Reinheit wiederherzustellen.

29

Meine Hoffnungen waren nicht vergebens.

Anfang März, weniger als einen Monat nach meiner Fehlgeburt, entdeckte ich zu unserer Freude, dass ich wieder guter Hoffnung war. Diesmal, beschloss ich, würde ich nichts unternehmen, was das Kind gefährden konnte; ich zog mich in meinen Palast zurück, schlug alle Einladungen aus und versuchte, meine Gemächer gegen alle Ränke und Torheiten der Welt abzuschirmen.

Dies erwies sich jedoch als unerwartet schwierig. Fast stündlich trafen Nachrichten von Cesares Misshelligkeiten in Frankreich ein, wo er König Louis' Bemühungen ertrug, ihm eine Ehefrau zuzuführen; einige passende Kandidatinnen hatten, wie zuvor schon Carlotta, abgelehnt, sodass Cesare nun drohte, unverrichteter Dinge abzureisen – was er allerdings nicht ohne Erlaubnis des Königs tun konnte. Schließlich fand Louis doch noch eine willige Braut: Charlotte d'Albert aus Navarra, Herrscherin über jenes kleine Fürstentum am Fuße der Pyrenäen, das zwischen Frankreich und Spanien lag und als Bollwerk gegen deren wechselseitige Kriegsgelüste diente. Spaniens Krone meldete umgehend Protest an, sandte eine Salve von Schimpftiraden nach Rom und drohte, mit Verweis auf Papas Allianz mit ihrem alten Feind, nun ihrerseits Bündnisse mit Mailand, Neapel und Venedig gegen uns zu schmieden – doch alles vergeblich. Noch im Frühjahr heiratete Cesare Charlotte mit großem

Pomp, und die Kunde von seinen Heldentaten beim Vollzug der Ehe wurde mit solcher Dringlichkeit an den Vatikan entsandt, dass der Bote sechs Pferde zuschanden ritt. Als die Nachricht eintraf, stellte der spanische Botschafter meinen Vater vor dem versammelten Hof zur Rede und mahnte ihn, zu Papas Entrüstung, bei den spanischen Majestäten um Versöhnung nachzusuchen, bevor es zu spät sei.

Doch es war die Reaktion meines Gemahls, die mich am meisten überraschte. Er traf eines Morgens im Juli ein, als ich mich in der Galerie ausruhte, die Augenlider halb geschlossen, die Hände auf der Wölbung meines Leibes. Er räusperte sich, und ich zuckte zusammen. »*Amore*, du bist schon von der Jagd zurück?«, fragte ich, meine Freude erlosch jedoch abrupt, als ich die schmale, in Scharlachrot gewandete Gestalt an Alfonsos Seite erkannte.

»Hoheit.« Kardinal Ascanio Sforza neigte das Haupt. Stets trug er seine Heiligkeit wie eine Rüstung und tat so, als sei ihm meine Trennung von Giovanni gleichgültig, obwohl sie seine Familie in schlechtes Licht gerückt hatte.

Mein Gruß war eisig. »Eminenz. Ihr kommt unverhofft.«

»Das nimmt mich nicht wunder«, sagte er, und Alfonso blickte hinüber zu meinen Dienerinnen, die in der Nähe saßen und nähten, während Arancino verspielt mit der Pfote nach den herabhängenden Fäden schlug.

»Lasst uns in den Vorraum gehen«, schlug Alfonso vor. »Wir haben wichtige Neuigkeiten.«

Wir? Seit wann waren er und Kardinal Sforza so vertraut? Ich verkniff mir meine schnippische Bemerkung und bedeutete meinen Dienerinnen, sich nicht von der Stelle zu rühren. »Soll Murilla uns Erfrischungen kredenzen?«, fragte ich Alfonso, und sein Zögern verstärkte noch meine Besorgnis. Schließlich nickte er, und ich gab meine Anweisung, ehe ich ihm in den stickigen Vorraum folgte. Obwohl es noch nicht Mittag war, war die Hitze bereits unerträglich geworden. Wäre ich nicht schon im fünften Monat gewesen, hätte ich darauf gedrungen, in die Hügel von Subiaco aufzubrechen, fort von dem Gestank und den fieberverseuchten Gewässern der Stadt.

Murilla brachte einen Krug mit kühlem Apfelwein; ich schloss die Tür hinter ihr, und als ich mich umdrehte, blickten mich Alfonso und der Kardinal mit so ernsten Mienen an, dass sich mir das Herz zusammenkrampfte.

»Gott sei uns gnädig, was ist denn? Ist jemand gestorben?«

»Wenn es nur so einfach wäre«, seufzte Kardinal Sforza und streckte die Hand aus, um sich einen Kelch einzuschenken.

»Cesare«, sagte Alfonso. »Er kommt zurück.«

Ich blickte ihn verwundert an. »Ist das alles? Das war ja nicht anders zu erwarten. Alle Welt redet seit Wochen nur von ihm, und wozu sollte er jetzt noch in Frankreich ausharren, nun, da er endlich verheiratet ist?«

Der Kardinal nippte an seinem Wein. Dabei fiel mir seine gezierte Art auf, die im Widerspruch zu dem harten Ausdruck seiner Augen stand. »Du verstehst mich nicht«, sagte Alfonso leise. »Nachdem König Louis' Verehelichung mit Anne de Bretagne jetzt ausgehandelt ist, haben er und Cesare sich darauf geeinigt, weitere Truppen nach Italien zu entsenden, diesmal mit Cesare an der Spitze. Sie haben die Absicht, Mailand einzunehmen.«

»Oh.« Ich überwand meinen Abscheu und sah dem Kardinal geradewegs ins Gesicht. »Nun, Ihr könnt nicht von mir erwarten, dass ich Sorge um die Sache der Sforza heuchele.«

Er besaß die Geistesgegenwart, scheinbar gleichmütig den Blick abzuwenden, während Alfonso in erregtem Ton einwarf: »Es ist jedoch nicht nur Mailand, das bedroht ist.

Neapel kann keiner weiteren Invasion standhalten; das wäre unser Untergang. Euer Vater sagt immer, er werde nicht zulassen, dass die Franzosen den Süden ausplündern, dennoch hat er angeordnet, Cesares Rückkehr mit großer Pracht zu feiern. Dem spanischen Gesandten verkündet er, er werde Truhen voller Juwelen als Fundus für Valentinos Vorhaben verwenden. Zudem lässt er durchblicken, dass er weder Eurem Bruder noch Louis im Weg stehen wird. Selbst Sancia hat ihm neulich bittere Vorwürfe gemacht, nachdem Jofré wegen ungebührlichen Benehmens in den Kerker des Vatikans geworfen wurde.«

»Jofré wurde verhaftet?«, fragte ich überrascht. »Wann?«

»Vor ein paar Tagen – aber sorge dich nicht. Er war nur betrunken. Lucrezia, hör zu: Als Sancia Seine Heiligkeit aufforderte, seine Wachen dafür zu bestrafen, dass sie ihren Gatten eingekerkert hatten, der ja auch sein Sohn ist, weißt du, was dein Vater darauf erwidert hat?«

Beklommen schüttelte ich den Kopf.

»Er sagte, Jofré sei vielleicht ihr Gatte, sein Sohn sei er aber ganz sicher nicht; und wenn es ihr nicht gefalle, wie er seine Untergebenen behandelt, könne sie ja nach Neapel zurückkehren. Und er fügte hinzu, Cesare werde bald genug hier sein, um nach dem Rechten zu sehen. Sancia meinte, das habe nach einer Drohung geklungen.«

Das konnte ich mir vorstellen. All dies ließ nichts Gutes erahnen, und ich bereute es, mich freiwillig in meinen Palazzo zurückgezogen zu haben, denn ich wusste, wie leicht ein Zwist in unserer Familie zu einer Gefahr werden konnte. Alle Hoffnungen, die ich gehegt hatte, schienen zu zerrinnen, als ich mich wieder einmal mit der ungeheuerlichen Möglichkeit konfrontiert sah, dass mein Vater und mein Bruder gegen meinen Gatten zu Felde ziehen könnten.

»Sancia ist außer sich«, fuhr Alfonso fort. »Sie besteht darauf, dass wir abreisen, bevor Cesare zurückkehrt und unsere Köpfe einsammelt, um sie König Louis als Kriegsbeute darzubringen. Sie glaubt, er wolle sich an unserem Onkel dafür rächen, dass er ihm nicht erlaubt hat, Carlotta zu heiraten, und werde ganz gewiss in Neapel einfallen, koste es, was es wolle.«

»Und was kann ich da tun?«, fragte ich so ruhig, wie ich es eben vermochte. Ich spürte den kalten Blick des Kardinals auf mir und wusste, dass sie irgendetwas mit mir vorhatten. »Ich kann Cesare nicht aufhalten …«

»Nicht Cesare«, unterbrach mich der Kardinal, als verbessere er ein unbedarftes Kind. »Wir alle sind uns dessen bewusst, dass niemand ihn aufhalten kann, wenn er sich etwas in den Kopf gesetzt hat; aber Seine Heiligkeit ließe sich möglicherweise noch überzeugen. Wenn Ihr bei ihm für unsere Sache eintretet, überlegt er sich seine unkluge Allianz mit Frankreich vielleicht noch einmal.«

»Ihr wollt, dass ich Seiner Heiligkeit einen Ratschlag erteile?« Ich konnte es kaum fassen.

»Wir würden dich nicht bitten, wenn es einen anderen Weg gäbe«, sagte Alfonso, obwohl ich ihm ansah, dass ihm das Ansinnen ebenso wenig behagte wie mir. »Aber wir brauchen jemanden, den er anhören wird. Seine Heiligkeit hat seiner Familie immer mehr vertraut als allen anderen.«

Nicht immer, hätte ich fast gesagt. Mich hörte er nur selten an. Und ich war eine junge Frau, noch keine zwanzig Jahre alt, und überdies erwartete ich ein Kind. Wie konnte ich es mir da herausnehmen, meinen Vater in Dingen von politischer Tragweite zu beraten, zumal es um Cesare ging?

»Du musst es versuchen, Lucrezia«, drängte Alfonso. »Für uns und unser Kind.« Zum ersten Mal hörte ich echte Furcht in seiner Stimme – Furcht, die er wohl schon lange empfunden, aber für sich behalten hatte. Bisher hatte er immer nur Entschlossenheit gezeigt, sich dem Kampf zu stellen, wenn nötig; doch mittlerweile glaubte er offenbar, dass Neapel und seine Landsleute tatsächlich in Gefahr waren. Die Einsicht traf mich ins Mark. Ich hatte meine Familie verteidigt. Ich hatte sein Misstrauen zerstreut, mein Bestes getan, um zu beweisen, dass wir nicht so waren, wie man es uns nachsagte, doch nun widerlegten Papa und Cesare mich durch ihr eigenes Handeln. Sie bewiesen uns, dass alles und jeder zweitrangig waren, wenn es um *ihre* Interessen ging. Das konnte ich nicht zulassen. Ich musste diesem ständigen Streit ein Ende setzen, der nun auch meine Ehe bedrohte.

»Gut«, sagte ich entschlossen, »ich werde mit ihm sprechen.«

Ich musste einige Tage warten, bis Papa seine Angelegenheiten mit der Kurie erledigt hatte und nach mir schickte. Ich suchte ihn zur Mittagszeit auf und fand ihn damit beschäftigt, seinen Lieblingsschinken in Stücke zu reißen und diese auf dicke Scheiben Bauernbrot zu verteilen. Er schien freudig überrascht, mich zu sehen.

»Lange ist es her, seit du dich das letzte Mal dazu herabgelassen hast, deinen alten Papa allein aufzusuchen«, sagte er schmunzelnd. »Du warst gewiss zu beschäftigt mit deinem galanten Gatten, um noch Zeit für jemand anderen zu finden. Er macht dich glücklich, hm? Nun, das freut mich. Meine *farfallina* verdient alles Glück der Welt.«

Ich drehte meinen venezianischen Glaskelch zwischen den Händen, und der verwässerte Wein schwappte wie ein kleines rotes Meer an seinen Rändern hoch. Es ärgerte mich, dass er so tat, als läge ihm an meinem Glück, während er mit

Cesare Aufruhr und Umsturz plante. Doch wie er da in seinen bauschigen Leinengewändern vor mir saß, die schütteren Haarsträhnen wirr über dem kahlen, mit Leberflecken gesprenkelten Schädel, die fleischigen Wangen gerötet vom Wein und der Entspannung nach einem langen Tag, fühlte ich mich wie früher in meiner Kindheit, und es kostete mich meine ganze Willenskraft, um ihm die gute Laune zu verderben.

Aber schon mein Schweigen verriet mich. »Nun, was ist denn?«, fragte er abrupt. »Willst du die ganze Zeit so dasitzen und kein Wort hervorbringen?« Er nahm einen Schluck aus dem Kelch. »Aber«, fuhr er fort, »wenn du auf Geheiß deines Gatten gekommen bist, um über die Allianz mit Frankreich zu sprechen, will ich kein Wort dagegen hören.«

Sein Wohlwollen schien mit einem Mal wie weggeblasen. »Ich will nicht hören, dass man Cesare verunglimpft, nur weil dein Gatte es für angemessen hält, sich in Gesellschaft dieser Viper, Kardinal Sforza, herumzudrücken.«

Meine Finger krallten sich um den Kelch.

»Ich bin wahrhaftig geneigt, den Kardinal in Festungshaft setzen zu lassen, bis er gelernt hat, wo sein Platz ist«, knurrte Papa erbost. »Mag ich auch Versöhnung mit ihm vortäuschen, dann nur deshalb, weil, wie ein Kaiser einst sagte, ›der Vorsichtige, der den Feind auch dort sieht, wo er nicht ist, den Sieg davonträgt‹. Und so sehr es mich schmerzt, dies sagen zu müssen: Dein Gatte ist alles andere als vorsichtig.«

Ich riss die Augen auf, als wäre ich überrascht, während mich unversehens eisiger Zweifel befiel. Hatte Alfonso mir etwa nicht alles gesagt?

Papa beobachtete mich. »Du wirkst erstaunt. Kann es sein, dass dein Gatte Geheimnisse vor dir hat? Meine Informanten sind sich einig, dass dein Gemahl seit Cesares Rückkehr kopflos umherläuft und begierig jedes vergiftete Wort aufsaugt, das der Kardinal ihm einflüstert. Inzwischen sind er und seine Schwester Sancia vermutlich überzeugt davon, dass Cesare nichts anderes vorhat, als Neapel dem Erdboden gleichzumachen.«

»Hat er das denn nicht vor?«, fragte ich.

Schweigen trat ein. Als Papa meinem Blick auswich, fuhr ich zornig auf: »Dann stimmt es also. Ihr wollt Neapel strafen, weil König Federico Cesare seine Tochter verweigert hat.«

»Das habe ich nicht gesagt. Und es ist auch nicht meine Absicht, gleichgültig, was Cesare sich erhoffen mag. Mailand, das ja. Die Sforza müssen bezahlen. Il Moro wird mich mit seinen Intrigen nicht länger als Geisel halten. Und diese blutrünstigen Wölfe der Romagna – die müssen wir zur Strecke bringen, was in den meisten Fällen das Verlies oder den Richtblock bedeutet. Nur Neapel, nein, das nicht. Es zu zerstören wäre zwecklos.«

Ich stellte meinen Kelch zur Seite und legte mir die Hände auf den Bauch. »Schwört es mir, Papa. Beim Leben dieses Kindes, schwört mir, dass Ihr nicht zulassen werdet, dass Alfonso und seinem Kind ein Leid geschehen wird.«

»Soweit mir bekannt ist, war Neapel nie sein Reich«, entgegnete er kalt. »Und ich sitze immer noch auf dem Heiligen Stuhl. Würdest du das Wort deines Kirchenoberhauptes anzweifeln?«

»Ich zweifle nicht an Eurem Wort.« Schnell deutete ich einen Kniefall an. »Aber schwört es mir trotzdem, meinem Gemahl zuliebe, da er …«

Ein Klopfen an der Tür unterbrach mich, unmittelbar gefolgt vom Eintreten eines besorgten Kämmerers. »Heiligkeit, verzeiht, aber Ihre Hoheit, Prinzessin Sancia, besteht darauf, vorgelassen zu werden, und …« Erbleichend wich er zurück, als Papa erzürnt aufstand. Hinter dem Kämmerer kam Sancia hereingerauscht, das schwarze Haar in wilder Auflösung. Ohne mich eines Blickes zu würdigen, rief sie Papa entgegen: »Weiß sie, was Ihr und Cesare sie kosten werdet?«

Benommen rappelte ich mich hoch.

Mein Vater funkelte sie an. »Du hast eine persönliche Unterredung mit meiner Tochter unterbrochen. Hinaus mit dir! Wir sprechen später, zu einer festgelegten Zeit …«

»Später?« Sancias Lachen klang schrill. »Für Lucrezia gibt es kein Später. Er ist auf und davon, wegen Euch und dieses Teufels, den Ihr Euren Sohn nennt.«

»Er ist fort?« Der Raum verschwamm mir vor den Augen. Bebend wandte ich mich zu meinem Vater um. »Das kann nicht sein …«

»Soll das heißen«, knurrte Papa mit verbissener Miene, »dass mein Schwiegersohn, dein Bruder Alfonso, aus meiner Stadt verschwunden ist und meine Tochter, die sein Kind unter dem Herzen trägt, im Stich gelassen hat?«

»Sagt bloß, das habt Ihr nicht gewusst?«, konterte Sancia. »Heilige Mutter Gottes, wie verschlagen Ihr seid! Das ist doch genau das, was Ihr wolltet. Inzwischen weiß ganz Italien, dass Cesare aus Asti einmarschiert, mit vierzigtausend Franzosen und Söldnern, ganz zu schweigen von genügend Kanonen, um die Mauern von Jerusalem zum Einsturz zu bringen. Louis von Frankreich hat verkündet, dass es nicht weiter schwerfallen wird, Il Moros Domäne zu erobern, da weder Rom noch irgendein anderer Stadtstaat Mailand verteidigen will. Und was«, fuhr sie trotzig fort, »hat Cesare sich zum Ziel gesetzt, nachdem er diese leichte Aufgabe erledigt hat? Wo wird er seine Armee als Nächstes hinführen, wenn nicht vor die Tore von Neapel?«

»Du wagst es, in meine heilige Anwesenheit, in meine höchst eigenen Räumlichkeiten einzudringen, um solche Anschuldigungen gegen mich zu erheben?«, donnerte mein Vater. »Geh mir aus den Augen! Hinaus! Eile deinem Bruder nach. Eile nach Neapel, versteck dich mit ihm unter der Treppe, und bete zu Gott, dass euer Onkel Federico sich nicht ebenso überrumpeln lassen wird wie Il Moro.«

»Papa, nein!«, schrie ich, als Sancia zurückwich, doch als ich mich ihr nähern wollte, streckte er den Arm aus und hielt mich zurück. »Geh!«, befahl er ihr. »Nie wieder wirst du in Rom deine Ränke schmieden. Fort mit dir!«

»Ich werde nicht gehen!«, widersprach sie, wenn auch mit bebender Stimme.

»Doch, das wirst du sehr wohl«, fauchte Papa. »Und zwar augenblicklich, denn falls du dich weigerst, werde ich dafür sorgen, dass du im Hemd auf die Piazza geworfen wirst. Und dann kannst du barfuß nach Neapel laufen.«

Nach einem letzten aufsässigen Blick in meine Richtung drehte sie sich zur Tür um, wo der Kämmerer wie versteinert ausharrte. »Sieh zu, dass Ihre Hoheit die angemessene Begleitung erhält!«, rief Papa dem Diener zu. »Und lass Jofré auf keinen Fall mit ihr ziehen. Wenn Neapel seine Verwandtschaft nicht in meiner Obhut lassen will, dann werde ich meine auch nicht dorthin schicken.«

Sancia schaute nicht mehr zurück. Nachdem sie die Tür hinter sich geschlossen hatte, brummelte Papa vor sich hin: »Das habe ich nicht gewusst. Alfonso ist ein Schuft und ein Feigling, wenn er diesen Lügen über uns Glauben schenkt …«

»Nicht über mich«, flüsterte ich. »Lügen über mich hat er keine geglaubt.« Ich drängte mich an ihm vorbei und wankte auf die Tür zu, die mir endlos weit entfernt erschien. Hinter mir hörte ich meinen Vater brüllen: »Das lasse ich nicht zu!

Du wirst ihm nicht folgen! Ich verbiete es! Hörst du? Ich *verbiete* es!«

Doch wie Sancia vor mir, drehte ich mich nicht mehr um.

»Lucrezia, du bist dran. Ziehst du nun oder nicht?«

Widerstrebend wandte ich dem Bogenfenster den Rücken zu und starrte auf das Schachbrett mit den Figuren aus Elfenbein und Edelstein. Jofré lag halb in seinem Sessel und zupfte ungeduldig an der Unterlippe, während er wartete. Meine Hand verharrte über meiner weißen Dame, und als ich sie bewegte, rief er prompt: »Nicht dorthin! Sieh doch, mein Läufer, der schnappt sie gleich, und dann hast du die Partie verloren.« Er zog einen Schmollmund, wie um seinen kärglichen Bart zur Geltung zu bringen, den er sich wohl deshalb stehen ließ, um sein von Unreinheiten bedecktes Kinn zu kaschieren. Obwohl er fast siebzehn Jahre alt war, hatte er noch immer die schlaksige Gestalt eines Halbwüchsigen, ganz anders als Cesare oder Juan in seinem Alter. »Du nimmst es nicht ernst. Du passt nicht auf. Ich dachte, der Ausflug nach Spoleto sollte eine schöne Abwechslung für dich werden, aber stattdessen blickst du nur ständig aus dem Fenster und seufzt.«

»Das ist nicht nett von dir«, erwiderte ich gekränkt. »Papa hat mich hergeschickt, um der Stadt vorzustehen, weil jeden Moment ein Krieg ausbrechen kann. Es ist ein ehrenvoller Posten, und ich erfülle nur meine Pflicht.«

Das war nicht gelogen. Tatsächlich hatte ich mich auf Papas Wunsch hin bereit erklärt, diese umbrische Stadt zu regieren, und verbrachte nun die letzten Sommertage in der eindrucksvollen Festung, die über einem dichten Gewirr aus Häusern und Gassen thronte und über Felder voll verwelkter Mohnblumen und auf Kastanienwälder schaute. Hier übte ich in seinem Namen Macht aus, überbrachte päpstliche Botschaften an die Notabeln der Stadt, schlichtete Zwistigkeiten, nahm Gesuche entgegen und sorgte dafür, dass Spoleto sich für Roms Verteidigung rüstete. In den Arkaden des großen Burghofs hielt ich Audienzen ab und wurde mit Lobpreisungen und Banketten ergötzt; ich vernahm die Ehrerbietung in den Grußworten der Stadträte und erkannte die Ehrfurcht in dem Bemühen ihrer drallen Eheweiber, mir jeden Wunsch von den Augen abzulesen.

Doch während Jofré gelangweilt die Augen verdrehte und meine Königin mit seinem Läufer schlug, war uns beiden gleichermaßen bewusst, dass wir nichts anderes als privilegierte Schachfiguren im Streit zwischen Rom und Neapel waren – ein Streit, der sofort eskaliert war, als Sancia wutschnaubend an König Federicos Hof eintraf.

Zuerst hatte ich nichts von den Erklärungen meines Vaters wissen wollen. Ich hatte mich nach Santa Maria in Portico zurückgezogen, all seine Briefe zerrissen und auch seine Gesandten nicht vorgelassen, die um Versöhnung werben sollten. Ich wusste, dass jeder Ausgang bewacht war, deshalb konnte ich mich nicht einmal davonschleichen, um meinen Sohn im Haus meiner Mutter zu besuchen, obwohl ich mich so sehr danach sehnte, als könnte nur sein Anblick mir in diesem schrecklichen Wirrwarr Trost spenden.

Und während mein Bauch immer dicker wurde, wurde mir auch zunehmend meine verzweifelte Lage klar – was war ich denn anderes als eine verlassene Ehefrau, die in einem goldenen Käfig saß und sogar von ihren Dienerinnen bemitleidet wurde? Als Papa mich dann per Dekret als Regentin von Spoleto einsetzte und mir dadurch den ersehnten Fluchtweg eröffnete, zögerte ich keine Sekunde. Papa schickte mir Jofré zusammen mit einem Gefolge als Begleitung. In eisigem

Schweigen reiste ich ab, darauf bedacht, meine Befürchtung zu verbergen, dass Cesare am Ende doch noch seinen Willen durchsetzen könnte, auch wenn Papa mir das Gegenteil versicherte. Ich war traurig darüber, von Alfonso ohne ein Wort verlassen worden zu sein. Geweint hatte ich in meinen Gemächern, getobt und geflucht, ihn vor seinen Dienern beschuldigt, mich zum Narren gehalten und mich benutzt zu haben, um sich bei meinem Vater einzuschmeicheln. Und doch klammerte ich mich noch an die Hoffnung. Spoleto war einen Zweitagesritt von Rom entfernt, weit genug, um meine Demütigung erträglicher zu machen, aber nicht so weit, dass ich nicht schnell in die Heilige Stadt hätte zurückkehren können, falls die Dinge sich ändern sollten. Ich hatte mit dem Gedanken gespielt, einfach nach Neapel weiterzureiten und von Alfonso eine Erklärung zu verlangen, doch ein solches Vorhaben wäre ebenso töricht wie undurchführbar gewesen. Selbst in Spoleto würde Papa mich bewachen lassen, und sobald ich auch nur einen Schritt aus der Festung heraus machte, wären mir seine Spitzel auf den Fersen.

Mir war, als würde es niemals mehr anders werden, ganz so, wie Jofré behauptete. Jeden Abend nach unserem Nachtmahl – es sei denn, irgendein provinzieller Festakt erforderte unsere Anwesenheit im Burgsaal – zogen wir uns in dieses Gemach im Turm zurück, den höchsten Raum der ganzen Burg, wo ich vor mich hin brüten konnte, während ich vergebens nach einem Boten Ausschau hielt und mein Bruder sich gähnend über die Langeweile beklagte. Im Gegensatz zu mir schien ihm die Abwesenheit seiner Ehegattin nichts auszumachen; er äußerte lediglich Sehnsucht nach seinen Pferden und Jagdhunden, seinem neuen Falken sowie den Zechkumpanen, mit denen er sich in Rom herumtrieb. Sie waren es, die ihm zu seiner kurzen Kerkerhaft verholfen hatten, als sie aus lauter Übermut die Palastwache mit Steinen beworfen hatten.

»Gib es doch zu«, sagte er, ließ sich noch tiefer in den Sessel sinken und legte die Füße samt Stiefeln auf den Tisch. »Dich ödet das Leben hier genauso an wie mich. Warum bitten wir Papa nicht, uns wieder heimzuholen?«

»Das kommt nicht infrage.« Ich trat erneut ans Fenster. »Ich bin als Statthalterin des Papstes hierher geschickt worden und will mir nicht nachsagen lassen, ich wäre meiner Pflicht nicht nachgekommen.«

»Keiner würde dich pflichtvergessen nennen. Deinen Gemahl, ja, aber nicht dich.«

Ich warf ihm über die Schulter einen Blick zu. »Vergisst du deine Gemahlin denn gar nicht?«

Er zuckte mit den Schultern. »Sie vermisst mich ebenso wenig, das kannst du mir glauben.«

Mir schien, als wäre ein Anflug von Schmerz in seiner Miene aufgeflackert, doch ehe ich ihn weiter ausfragen konnte, nahm ich aus den Augenwinkeln eine Bewegung wahr. Schnell wandte ich mich wieder zum Fenster und spähte durch die dicken, die Sicht verzerrenden Scheiben.

Die Straße, die sich zur Burg heraufwand, lag schon in tiefer Dämmerung. Als ich eine Gestalt wahrnahm, die sich dort unten zu Pferd näherte, stieß ich einen Schrei aus, sodass Jofré fast vom Sessel fiel.

»Komm!« Ich packte ihn an der Hand und zerrte ihn die steile Wendeltreppe hinunter, ohne auf seine atemlosen Warnungen zu achten – »Vorsicht! Vorsicht!« –, zog ihn durch den Saal in den Vorhof und weiter zum massiven Haupttor. Kurz darauf erschien der reitende Bote, eine Antwort auf meine Gebete – erschöpft und so schmutzig, dass die Farben unserer Borgia-Livree kaum mehr zu erkennen waren. Er saß ab, sank auf ein Knie und holte ein in Wachstuch gewickeltes Päckchen aus seinem Tornister.

»Eure Hoheit.« Seine Stimme war rau vom Straßenstaub. »Eine Botschaft von Seiner Heiligkeit.«

Jofré murrte. »Du hättest uns soeben fast umgebracht auf dieser Treppe, und wofür – noch mehr Post von Papa.«

Enttäuscht nahm ich das Päckchen entgegen. Ich war froh, dass es auf dem Burghof so dunkel war, als die Diener angelaufen kamen, um die Fackeln für uns zu entzünden. Mir lag nicht daran, den Boten meines Vaters sehen zu lassen, wie niedergeschlagen ich war.

Doch da schob er seine Kapuze zurück, und mit Staunen erkannte ich die markanten Züge, die lange, spitze Nase, die buschigen Brauen über tiefliegenden spanischen Augen – es war Juan de Cervillon, Kommandant der Päpstlichen Wache, den mein Vater so hoch schätzte, dass er ihm die Ehre hatte zuteilwerden lassen, das zeremonielle Schwert bei unserer Trauung über Alfonso und mich zu halten.

»Was für eine Überraschung, Capitano de Cervillon!«, rief ich. »Aus welchem Grund schickt Seine Heiligkeit Euch denn zu so später Stunde aus Rom hierher, wenn doch ein gewöhnlicher Bote genügt hätte?«

»Ich komme nicht aus Rom.« Ein Lächeln strahlte in dem schmutzigen Gesicht auf. »Ich komme den ganzen Weg aus Neapel herauf, Hoheit, wo ich zu Besuch bei meiner Familie war.«

»Neapel?« Ich drückte mir das Päckchen Briefe an die Brust. »Habt … habt Ihr meinen Gemahl getroffen?«

»Ja, das habe ich. Seine Heiligkeit entsandte mich dorthin, um die Bedingungen für die Rückkehr des Herzogs von Bisceglie auszuhandeln. Der Umschlag, den Ihr da in Händen habt, enthält seine Briefe an Euch.«

Ich wartete im Burghof, in mein prächtigstes Gewand gekleidet – smaragdgrün, die Farbe der Beständigkeit –, das Haar mit Edelsteinen bekränzt. Ich hatte beschlossen, es offen zu tragen, obwohl ich vermählt und seit bald sechs Monaten gesegneten Leibes war; schimmernd wie gesponnenes Gold floss es mir bis über die Taille, denn bei meinen Nachmittagsspaziergängen auf den Schanzmauern war es üppig mit Sonnenglanz verwöhnt worden.

Endlich hörte ich das Klappern von Hufen auf der Straße. Ich erhob mich aus dem Sessel unter dem Baldachin und schickte Nicola und ihren Sonnenschirm weg, mit dem sie sich mühte, meine Haut zu schützen. Die Septembersonne brannte unbarmherzig auf mich nieder, als ich vortrat. Langsam löste die sich nähernde Gruppe sich in einzelne Gestalten auf – Reiter mit aufgeschnürten Wämsern und hochgekrempelten Ärmeln, mehr das Geleit irgendwelcher Kaufleute als das eines Fürsten.

Mein Herz schlug schneller.

Am Tor hielten die Männer an. Aus der Gruppe erklangen derbes Gelächter und anzügliches Pfeifen wie zwischen Kumpanen in einer Taverne, dann reichte ein Mann seinen Begleitern die Zügel und eilte mit schnellen Schritten auf mich zu. Und plötzlich stand er vor mir, den kräftigen Geruch ausströmend, den ich so sehr vermisst hatte, und hob meine Hand an seine Lippen.

»Du trägst keinen Bart mehr«, sagte ich. So überglücklich ich war, ihn wiederzusehen, wollte ich es mir dennoch nicht eingestehen.

»Ja, anscheinend mag meine Gemahlin ihn nicht besonders.«

Sein Gesicht war vom Reisen gebräunt, was das Gold in seinen Augen und seiner zerzausten Mähne hervorhob;

gern hätte ich seine Wange berührt, die sich gewiss so glatt anfühlte, wie sie aussah. Stattdessen sagte ich mit einiger Schärfe: »Deine Gemahlin hätte den Bart deiner Abwesenheit vorgezogen.«

Er seufzte. »Was das betrifft …«

Bevor er sich in umständlichen Erklärungen ergehen konnte, winkte ich ab. »Lassen wir das. Ich habe gerade deine Briefe gelesen. Alle.«

»Alle auf einmal?«

»Ja. Anscheinend haben deine früheren Botschaften mich nicht erreicht.« Ich lachte bitter. »Ich hätte es wissen müssen. Aber Capitano de Cervillon überbrachte mir dann zum Glück nicht nur deinen einzigen Brief aus Neapel, sondern legte auch einen Aufenthalt in Rom ein, um sich die anderen aushändigen zu lassen. Meine Murilla hat sie ihm gegeben.«

Er biss die Zähne zusammen. Ohne es aussprechen zu müssen, verstanden wir beide, warum mir seine Briefe vorenthalten worden waren: Mein Vater hatte es angeordnet.

»Ich bin wiedergekommen, weil mir volle Wiedergutmachung zugesichert wurde«, sagte er, »mitsamt der Befehlsgewalt über meinen Haushalt und mein angetrautes Weib, und die Stadt Nepi als Entschädigung, urkundlich auf unser beider Namen übertragen. Seine Heiligkeit hat mir versprochen, dass wir uns niederlassen können, wo immer es uns gefällt, sobald unser Kind auf der Welt ist, und dass Neapel nicht von den Franzosen überrannt werden wird, sondern …« Er trat so dicht an mich heran, dass nur noch ein Luftzug zwischen uns gepasst hätte. »Ich traue ihnen nicht, Lucrezia. Das kann ich einfach nicht mehr. Du musst das begreifen … wenn wir … wenn unsere Ehe noch …« Er stockte. »Ich könnte es nicht ertragen. So wahr mir Gott helfe, ich könnte keine weitere Stunde ohne dich ertragen.«

»Und ich nicht ohne dich«, flüsterte ich. Ich sank in seine Arme und spürte, wie sie sich schützend um mich schlossen. Nichts, schwor ich mir, sollte mich jemals wieder ihrer Obhut entreißen.

Das Ende des Sommers verbrachten wir in Spoleto, bis die Blätter der Eichen sich rötlich färbten und der umbrische Wind auffrischte. Mitte Oktober kehrten wir mit Jofré nach Rom zurück, begrüßt von fröhlicher Musik und den Späßen der Gaukler, die uns am Stadttor empfingen und zu unserem Palast begleiteten. Dort hieß uns Papa höchstpersönlich willkommen, angetan mit seinem weltlichen Habit aus schwarz glänzendem, spanischem Samt, schlanker, als ich ihn Erinnerung hatte, und weniger rot im Gesicht. Als ich eine auffallend hübsche junge Dame in seinem Gefolge erspähte, die ein karmesinrotes Satinkleid und ein glitzerndes Geschmeide trug, verkniff ich mir ein Grinsen. Sie ähnelte Giulia Farnese in ihrer blühenden Jugend; das also war der Grund für das frischere Aussehen meines Vaters.

Wir waren noch keine Woche in Rom zurück, als uns die Nachricht erreichte, dass König Louis die Grenze nach Italien überschritten hatte, um sich Cesare anzuschließen, der einen Sieg über die Lombardei errungen und Mailand erobert hatte. Diese Stadt im Norden, das kostbarste Juwel im Fürstentum der Sforza, hatte den Eindringlingen die Tore geöffnet. Mittellos und von allen Mitstreitern verlassen, war Il Moro mit seinem Bruder, Kardinal Ascanio, über die Grenze nach Tirol geflohen, um sich der zweifelhaften Gnade des Habsburger Kaisers zu unterwerfen.

Mailand befand sich jetzt in der Hand der Franzosen, und mein Bruder ritt neben König Louis durch die jubelnde Menge in Il Moros einstigem Herzogtum.

Alfonso erbleichte, als er die Nachricht der neapolitanischen Spitzel las, Gesandte oder einfache Mietlinge, die dafür entlohnt wurden, dass sie die Stimmung im Lande einschätzten. Repräsentanten der angrenzenden Zwergfürstentümer beeilten sich, Louis, ihrem neuen Lehnsherrn, zu huldigen – »mit einem bedauerlichen Mangel an Würde und Voraussicht«, wie Alfonso bemerkte, während er die Depeschen zusammenknüllte und ins Feuer warf. »Sehen sie denn nicht, was für einen Schaden sie damit anrichten? Was wird Cesare jetzt noch davon abhalten, sich nach dem goldenen Apfel auch gleich den ganzen Baum anzueignen?«

»Papa hat uns versprochen, dass er Neapel nicht anrühren wird«, sagte ich von meinem Lehnstuhl aus, wo ich breitbeinig dasaß und bemüht war, meinen im letzten Monat unförmigen Bauch unterzubringen. Ich fühlte mich schwerfällig und aufgedunsen; außerdem war ich ständig müde und besorgt wegen meiner bevorstehenden Niederkunft. Ich sehnte mich nach Frieden, obwohl zu befürchten stand, dass Cesare sich durch nichts und niemand in seinem maßlosen Vorhaben aufhalten lassen würde.

»Italien darf niemals nur einer Macht ausgeliefert sein«, erklärte Alfonso, wobei ich mich unbehaglich nach unseren Dienern im Hintergrund umsah. »Es ist niederträchtig und außerdem unsinnig, Stadtstaaten wie Turnierpreise zu vergeben. Warum will Seine Heiligkeit das nicht einsehen? Wenn das so weitergeht, lässt er deinen Bruder noch zu einem neuen Kaiser ernennen. Da die Fürsten der Romagna keine Abgaben an den Papst leisteten, hätten die Stadtstaaten Imola, Forlì, Faenza, Urbino, ja sogar das Pesaro deines ehemaligen Gatten ihre Rechte verwirkt, das verkündet er bereits. Und Cesare marschiert dort ein, um den Worten seines Vaters Taten folgen zu lassen.«

»Ja, leider«, murmelte ich, betrübt wegen der neuerlichen Spannungen in unserer Ehe, an denen wieder einmal meine Familie die Schuld trug. »Aber vielleicht wird er nicht allzu viel Erfolg damit haben. Hat nicht Il Moros Nichte Caterina, die Imola und Forlì regiert, verlauten lassen, sie werde sich nicht so ohne Weiteres einem spanischen Bastard geschlagen geben?«

»Nun, wenigstens zeigt sie sich furchtlos.« Mein Gemahl schritt ruhelos im Raum auf und ab. »Die Romagna ist das Tor zum Apennin und zum Hafen von Ravenna. Verfolgt dein Vater etwa den Zweck, aus den Territorien des Heiligen Stuhls ein Königreich für Cesare zu zimmern?«

Jetzt konnte ich mich nicht mehr zurückhalten. »Wenn, wie du sagst, die Romagna Teil der Territorien des Heiligen Stuhls ist, dann unterliegt sie ebenfalls der päpstlichen Befehlsgewalt, selbst wenn die Fürsten dort diese nicht anerkennen wollen. Also beansprucht Cesare doch eigentlich nur, was ohnehin schon uns gehört.«

Kaum ausgesprochen, bereute ich meine Worte bereits. Mein Gemahl blieb abrupt stehen und starrte mich an, als hätte ich einen unflätigen Fluch von mir gegeben. »*Uns?* Die Borgia sind nicht die Erben der päpstlichen Güter. Seine Heiligkeit mag den Apostolischen Stuhl als Stellvertreter Christi auf Erden innehaben, doch wenn ihn eines hoffentlich fernen Tages der Tod ereilt, kann er Gottes irdische Güter nicht an seine Nachkommen vererben.«

Ich ärgerte mich über seinen selbstgerechten Ton, aber natürlich hatte er recht. Der Heilige Stuhl war nicht vererbbar. Andererseits schien Alfonso noch immer versessen darauf, in meiner Familie nichts als Verrat zu wittern, obwohl Papa sich sehr um ihn bemüht hatte. Offenbar blieb mir in dieser Situation nichts anderes übrig, als mich damit abzufinden, dass die Kluft zwischen Alfonso und meiner Familie unüberbrückbar war. Obwohl ihm Nepi als Besitztum überschrieben worden war, ließ Alfonso sich nicht besänftigen, noch hatte er in der Rückkehr seiner Schwester Sancia Trost gefunden; sie residierte nun mit Jofré in dem Palast, der durch Kardinal Sforzas Flucht frei geworden war.

Ich beschloss, mich nicht mehr zu diesem Thema zu äußern. Am ersten November wurden die Sorgen um meine Ehe ohnehin von den Wehen verdrängt, die mich Stunde um Stunde auf dem Geburtshocker ächzen und stöhnen ließen. Mein Haushalt verfiel in Panik, meine Dienerinnen eilten umher, als hätten wir uns nicht monatelang auf diesen Moment vorbereitet – doch ihre Aufregung war völlig überflüssig, denn binnen weniger Stunden wurde ich von einem Sohn entbunden.

Alfonso kam sogleich an meine Seite geeilt, und als er unser lebhaft quäkendes Kind auf den Arm nahm, füllten seine Augen sich mit Tränen. »Er ist wunderschön. Genauso schön wie du.«

Ich seufzte. Auch wenn die Wehen nicht sehr lange gedauert hatten, hatte die Niederkunft mich doch erschöpft, und Erinnerungen an eine andere, weit weniger freudig erwartete Geburt und ein Kind geweckt, dessen Fehlen mir allmählich zur schmerzvollen Gewohnheit geworden war. Fast ein Jahr war vergangen, seit ich meinen ersten Sohn besucht hatte, und als ich Alfonso nun voller Ehrfurcht unser Neugeborenes im Arm halten sah, musste ich mich zusammennehmen, um ihm nicht endlich von meinem ersten Kind zu erzählen.

»Wollen wir ihn Rodrigo nennen, zu Ehren deines Vaters?«, schlug er vor. »Würde dir das gefallen, *Amore*?« In seinem übergroßen Glück war er jetzt sogar bestrebt, mir ein

Friedensangebot zu unterbreiten. Ich nickte gerührt, während ich meine Beichte auf später verschob. Dies war nicht der richtige Moment. Sobald wir die ersten Monate mit unserem Kleinen hinter uns hatten, würde ich ihm alles sagen.

Papa war außer sich vor Freude. Er ließ das nach ihm benannte Kind zu sich in den Vatikan bringen, wo er mit ihm durch die Hallen stolzierte und Gesandte und Bischöfe begrüßte, während der kleine Rodrigo an seiner Schulter seine Mittagsmilch ausspuckte. Die Taufe, die er anberaumte, war ein so überbordender Festakt, dass es schon fast ans Lächerliche grenzte.

Als frischgebackene Mutter musste ich vierzig Tage warten, bevor ich wieder eingesegnet und offiziell vom Makel der Geburt befreit wurde, weshalb ich der Zeremonie in der Sixtina nicht beiwohnen konnte. Alfonso berichtete mir, wie unser kleiner Rodrigo, in Hermelin gehüllt, von Capitano de Cervillon zum silbernen Taufbecken getragen wurde, wo mein Sohn ungewohnt still blieb, bis das Taufwasser auf seine Stirn tröpfelte. Dann begann er aus Leibeskräften zu brüllen, sodass die Feierlichkeit unvermittelt aus dem Ruder lief. Alfonso stürzte auf seinen Sohn zu – doch es war Papa, fast ebenso pompös in Hermelin und weiße Seide gewandet wie unser Kind, der als Erster herbeigeeilt kam, um seinen Enkel wie ein rettender Engel in die Arme zu schließen. Augenblicklich beruhigte sich Rodrigo, als hätte er die Macht des Mannes gespürt, der ihn hielt.

»Er ist schon jetzt mehr ein Borgia als mein Sohn«, versuchte Alfonso tapfer zu scherzen, doch ich hörte ihm an, dass er es insgeheim bereute, unser Kind nach meinem Vater benannt zu haben. Erneut empfand ich das alte Unbehagen. Papas besitzergreifende Fürsorge hätte Alfonso beruhigen sollen; er hatte meinem Vater einen Enkel geschenkt, und einem Borgia bedeutete die Familie alles. Obwohl Alfonso es nicht recht glauben wollte, war ich überzeugt, dass wir uns jetzt in Sicherheit befanden.

Eine Woche später schlich Cesare sich in Rom ein wie ein einsamer Wolf.

Weil ich noch nicht eingesegnet war, war mein Erscheinen bei einem intimen Festmahl mit handverlesenen Gästen in Papas Gemächern rein privater Natur. Wir speisten gebratenen Fasan, karamellisiertes Hühnchen und geräuchertes Wildschwein; beim Dessert überreichten mir die Kardinäle zwei ziselierte Silberschalen, die jeweils zweihundert Dukaten enthielten, jede Münze so delikat eingewickelt, dass sie wie eine Leckerei aussah.

»Die werden wir im Namen unseres Sohnes dem Waisenhaus von San Sisto spenden«, verkündete ich. An meiner Seite erhob Alfonso seinen Kelch. »Ich trinke auf meine Gemahlin!« Andere fühlten sich bemüßigt, es ihm gleichzutun, woraufhin die Kardinäle säuerliche Mienen zogen, als hätten sie mir die großzügige Gabe nicht zugedacht, damit ich sie wohltätigen Werken spendete, sondern mich, wie ich schon erraten hatte, auf Dauer in ihrer Schuld wusste.

Kelche klirrten im Kerzenlicht, als plötzlich mein Bruder im Türrahmen auftauchte – ganz in Schwarz gekleidet, das dunkle, kupfern schimmernde Haar bis auf die Schultern fallend, eine Maske über dem Antlitz, die seine Identität allerdings nicht zu verbergen vermochte. Unruhe ergriff die Gäste. Die Männer erbleichten, die Frauen bekamen Angst, schienen sich aber dennoch zu öffnen wie Blüten unter nächtlicher Sonne.

Papa verhielt sich so, als ob Cesares unerwartetes Erscheinen nichts zu bedeuten hätte; er lehnte mit verschränkten Händen am Büfett und gab vor, meinen Bruder nicht zu sehen. Die Diener räumten nervös die Tische ab, während die Gäste sich eiligst davonmachten wie Rotwild, das das Nahen eines Räubers wittert.

Ich wandte mich Cesare zu, unwillkürlich fasziniert von seiner schlanken Gestalt, seiner unbekümmerten Art, seinem verhaltenen Lächeln, mit dem er die Gäste beim Aufbruch beobachtete. Er ist zufrieden, sagte ich mir. Er hat seine ehrgeizigen Ziele erreicht, hat es vom Kardinal zu Papas persönlichem Berater gebracht, und schließlich noch zum Eroberer von Mailand, und das alles in den zwei Jahren seit Juans Tod. Obwohl er mich am Tisch bemerkt haben musste und sicher auch erfahren hatte, dass ich kürzlich Mutter geworden war, ließ seine Miene keinerlei Regung erkennen.

Alfonso fasste mich bei der Hand, um mich hinauszugeleiten. Während ich Papa auf die Wange küsste, murmelte er mir zu: »Du siehst müde aus, *farfallina*. Morgen werde ich die Vierzig-Tage-Frist aufheben, damit du wieder eingesegnet werden kannst.«

Ich nickte schweigend. Hand in Hand mit meinem Gemahl trat ich über die Schwelle, wo ich dicht neben meinem Bruder stehen blieb. Endlich wandte er sich mir zu und beugte den Kopf zu einer spöttischen Verneigung. Ich wollte ihn schon willkommen heißen, ihm zu seiner Hochzeit und seinem Sieg über Mailand gratulieren und ihm alles Gute für seinen Feldzug in der Romagna wünschen, da umfasste Alfonso meinen Arm und schob mich zur Tür hinaus.

»Kein Wort«, flüsterte er mir ins Ohr. »Du hast ihn nicht gesehen. Nicht heute Abend.«

»Nicht *gesehen*? Aber er stand doch da!«

Die Tür fiel hinter uns zu. Ärgerlich raffte ich meine

Schleppe und schritt Alfonso voran durch den Flur. »Einen kurzen Moment hättest du uns ruhig gewähren können«, sagte ich, als er mich einholte. »Immerhin ist er mein Bruder. Da steht es mir ja wohl zu …«

»Wenn er dich hätte begrüßen wollen«, fiel Alfonso mir ins Wort, »wenn dein Vater dies gewünscht hätte, glaubst du nicht, dass sie uns dann zum Bleiben aufgefordert hätten?«

Der sorgenvolle Blick, den er mir zuwarf, ließ meinen Zorn verfliegen. Er hatte wieder einmal recht; Papa hatte Cesares Erscheinen überhaupt nicht zur Kenntnis genommen.

»Sie haben gewiss eine Menge zu besprechen«, hörte ich mich die beiden unbedacht verteidigen, »nun, da Cesare bald ihren Feldzug in die Romagna anführen wird.«

»Ja.« Alfonso nickte grimmig. »Jetzt können sie die ganze Welt zwischen sich aufteilen.«

30

Es begann mit einem plötzlichen Tod.

Ein treuer Diener wurde nach einem Gastmahl bei Freunden auf dem Heimweg überfallen und mit aufgeschlitzter Kehle im Schmutz der Straßen liegen gelassen, wo er verblutete. Diese grausame Tat erinnerte in ihrer gnadenlosen Zweckmäßigkeit verhängnisvoll an Juans Tod, was wohl auch der Grund dafür war, weshalb Alfonso mir nicht selbst von diesem Zwischenfall berichtete. Durch meine Dienerinnen erfuhr ich es trotzdem. Murilla kredenzte mir die Kunde mit den Feigen und dem Käse zum Frühstück. Während ich mein juwelenbesetztes Messer unter das Wachssiegel eines Briefes schob, beugte sie sich vor und flüsterte mir die Neuigkeit ins Ohr.

»De Cervillon?«, flüsterte ich entsetzt. »Capitano de Cervillon von der Päpstlichen Wache? Bist du sicher?

Murilla nickte, das dunkle, kleine Gesicht voller Kummer. Hinter ihr entdeckte ich Nicola, die aschfahl in der Tür stand, und die anderen Dienerinnen, die eifrig miteinander tuschelten, als hätten sie eben erst von einem saftigen Skandal gehört.

Mir zitterte die Hand. Ich legte das Briefmesser ab, dessen kostbarer Griff matt im wolkenverhangenen Winterlicht schimmerte. »Aber bei Rodrigos Taufe war er doch noch wohlgelitten. Er hat Frau und Kinder …« Mit Schrecken fiel mir ein, dass de Cervillons Familie in Neapel lebte. Er hatte ihr einen Besuch abgestattet, als er auf päpstlicher

Mission zu König Federico geschickt worden war, um ihn zu überreden, sich mit Papa so weit zu einigen, dass Alfonso zu mir zurückkehren konnte.

»*Dio mio*, Gott sei seiner Seele gnädig«, stöhnte ich und bekreuzigte mich. »Er war ein aufrechter Mann. Solch ein schreckliches Schicksal hat er nicht verdient.«

Er wurde hastig beigesetzt, wie ich später erfuhr, in einer Kirche im Borgo, nahe dem Ort, wo er umgebracht worden war. Keinem war es gestattet worden, ihn in ein Leichentuch zu hüllen oder seine Verletzung zu untersuchen, obwohl Zeugen zu berichten wussten, sein maskierter Angreifer habe ihn so schnell überwältigt, dass er gar nicht erst dazu gekommen sei, das Schwert zu ziehen.

»Wie ein Tier haben sie ihn lieber abgeschlachtet, als ihn seinen Lebensabend in Frieden genießen zu lassen«, erklärte Alfonso an jenem Abend, als ich ihm sagte, dass ich davon wusste. »Allerdings wurde er nicht umgebracht, weil sein Daseinszweck sich erfüllt hatte, sondern vielmehr, weil er Geheimnisse kannte, die ihnen hätten schaden können.«

Ich beugte kummervoll den Kopf, löste mein Mieder und schlüpfte zwischen die kalten Laken. Ein Feuer brannte im Kamin. Meine Heizbecken waren voll von wohlig glimmenden, parfümierten Kohlen; importierte flämische Webteppiche bedeckten die Wände; türkische Läufer wärmten die Terracottafliesen, und doch fühlte mein Schlafgemach sich an wie ein Mausoleum, so kalt, dass ich meinen Atem sehen konnte.

Alfonso löschte die Kerzen, und das Zischen ihrer ersterbenden Flammen wich nächtlicher Stille. Gleich darauf glitt er nackt zu mir ins Bett. Entgegen seiner Gewohnheit nahm er mich jedoch nicht in die Arme; stattdessen lag er schweigend da und starrte an den Dachbalken über uns.

»Es war die Tat deines Bruders«, sagte er schließlich. »Cesare hat de Cervillons Tod angeordnet, bevor er in die Romagna aufbrach, weil der Kommandant Seine Heiligkeit gebeten hatte, nach Neapel zurückkehren zu dürfen. Er sagte, er vermisse seine Familie zu sehr, um ihr noch länger fernzubleiben, wolle sie aber auf keinen Fall herkommen lassen. Seine Heiligkeit muss Cesare wohl oder übel davon unterrichtet haben, offenbar aus Furcht davor, was de Cervillon ausplaudern könnte.«

Ich wollte das nicht hören; ich wollte nicht wissen, dass Cesare für einen weiteren gewaltsamen Tod verantwortlich war. Doch de Cervillons Ermordung hatte mich dermaßen aufgewühlt, dass ich mich immer mehr meinen nagenden Ängsten ausgeliefert fühlte, verstört von der Erinnerung, wie sich Cesare mir in den Vatikangärten aufgedrängt hatte, während Michelotto noch über den Leichen von Pantalisea und Perotto stand.

»Weswegen sollten Papa oder Cesare de Cervillon fürchten?«, wagte ich schließlich zu fragen. »Welche Geheimnisse hätte er denn überhaupt verraten können, um ein solches Ende …?« Ich stockte beklommen, als Alfonso sich mir zuwandte. Ein kurzes Aufflackern des niederbrennenden Feuers ließ Schatten über die Wände huschen.

»Weißt du das wirklich nicht?«, fragte er zurück. »De Cervillon war der Vertraute deines Vaters. Er kannte sehr private Belange der Angelegenheiten Seiner Heiligkeit. Ich glaube, er wusste sogar, wer Juan getötet hat. Aber«, fuhr er fort, als ich zusammenschrak, »das ist nicht der Grund, weshalb Cesare ihn ermorden ließ. De Cervillon hatte keine Beweise, sonst hätten sie ihn schon längst aus dem Weg geräumt. Nein, sterben musste er wegen Cesares Plänen. Er wusste, was auf uns zukommen würde, und konnte es nicht ertragen. Wenn er nach Neapel zurückgekehrt wäre, hätte er meinen Onkel gewarnt, der daraufhin die anderen Stadtstaaten alarmiert hätte. Im Augenblick verschanzen sie sich noch ängstlich hinter ihren Stadtmauern, aber mein Onkel hätte sie aus ihrer Erstarrung aufgerüttelt. De Cervillon wusste, dass dein Bruder weit mehr vorhat, als nur die Romagna auszuplündern.«

»Was denn noch …?«, wisperte ich verzagt, obwohl ich es schon wusste. Ich konnte Cesare hören, als läge er zwischen uns, den Mund an meinem Ohr: *Die Zeit ist reif für eine neue Ära – die Ära der Borgia. Und ich werde ihre Geißel sein.*

Ich erschauerte. Alfonso zog mich an sich. Er strahlte Hitze aus. Ich drückte die Wange an seine Brust, die mich wärmte wie ein Ofen. Er selbst schien unempfindlich für die Eiseskälte zu sein, die mir bis in die Seele sickerte.

»Er will einfach alles«, sagte Alfonso, »ganz Italien. Und er wird es auch bekommen, wenn keiner ihm Einhalt gebietet. Seine Heiligkeit kann ihn nicht mehr bändigen. Sein Besuch, als ich dir sagte, er sei gar nicht da gewesen, war ein kalkulierter Auftritt. Er wollte, dass jeder im Raum ihn wahrnimmt. Er blieb nur drei Tage in ständiger Klausur mit eurem Vater, lange genug, um zu erreichen, was er wollte, bevor er zu seinen Truppen zurückkehrte. Jetzt ist sein Widersacher de Cervillon tot, und die Romagna wird seinem Schwert zum Opfer fallen. Dieses Mannweib, Caterina Sforza, wird ihre Territorien verlieren; es ist nur eine Frage der Zeit, bis sie sich ergibt oder in den Trümmern ihrer Festung umkommt. Die anderen – Faenza, Camerino, Urbino und so weiter – werden sich seiner Gnade unterwerfen. So wird er sie alle erobern, indem er ihre Feigheit ausnutzt oder ihr Blut vergießt, falls sie sich ihm entgegenstellen.«

»Und was ist mit ihrer Bestechlichkeit?« Ich erinnerte mich, wie mein Vater stets gegen die Herren der Romagna und ihre mörderischen Hofstaaten gewettert hatte – und wie mein früherer Gatte, Giovanni, im Innenhof von Pesaro gestanden hatte, während zu seinen Füßen die abgeschlagenen Hände seines Sekretärs zuckten. »Was ist mit ihrer Grausamkeit? Haben sie es denn nicht verdient, zur Rechenschaft gezogen zu werden?«

»Cesare wird womöglich für Recht und Ordnung sorgen«, entgegnete Alfonso, »und vielleicht glaubt er sogar selbst daran, aber letztlich geht es ihm doch nur um Macht. Du kennst seinen Wahlspruch? Er sagt schon alles: Cäsar oder nichts. Er gebärdet sich wie ein Kaiser. Und jeder Kaiser braucht ein Reich. Er hat soeben erst begonnen, das seine aufzubauen.«

Von diesem Wahlspruch hatte ich noch nichts gewusst. Erschöpft schloss ich die Augen und versuchte, in der Nähe meines Gemahls Trost zu finden, im starken Schlag seines Herzens an meinem Ohr. »Was sollen wir tun?«, murmelte ich. Seine Arme schlossen sich fester um mich, eine Erinnerung daran, dass ich mich bald würde entscheiden müssen. Meine Familie oder er. So weit war es nunmehr gekommen.

»Wir müssen überleben«, sagte er. »Gleichgültig, um welchen Preis.«

Das Jahr 1500 brach mit schlechten Vorzeichen an. Ein Komet zog seinen Feuerschweif über Umbrien, und eine Statue der Heiligen Jungfrau in Assisi weinte blutige Tränen. Überall suchten Wahrsagerinnen und Propheten im Bodensatz von Wein nach Omen und ängstigten das leichtgläubige Volk, das durch den Fall von Mailand, den Krieg in der Romagna und die Aussicht auf eine Missernte nach sintflutartigen Unwettern ohnehin schon in Unruhe versetzt worden war.

Trotz allem brachte die Jahrhundertwende ein Jubeljahr für das Papsttum: Tausende würden nach Rom kommen, um sich Ablässe zu sichern, der symbolischen Öffnung heiliger Tore in den Basiliken beizuwohnen und den heiligen Reliquien zu huldigen. So wurden die Stimmen der Unglücksboten einerseits durch einstürzendes Mauerwerk gedämpft – Papa hatte eine weitreichende Verschönerung der Stadt angeordnet – und andererseits durch die dicken Mauern der Kerker, in die sie wegen Unruhestiftung geworfen worden waren.

Im Januar erreichte uns die Kunde von Caterina Sforzas Gefangennahme. Man munkelte, sie sei durch die Truppen misshandelt worden, bis Cesare eingegriffen und sie unter seine Fittiche genommen hatte. Als Gefangene wurde die Gräfin unter Bewachung nach Rom geschickt, um im Castel Sant' Angelo festgesetzt zu werden. Vergällt wurde Cesare dieser Sieg allerdings durch Il Moros unerwarteten Marsch auf Mailand, an der Spitze eines Heeres, das er sich von den Habsburgern finanzieren ließ. Die gleichen Bürger, die überglücklich gewesen waren, ihn endlich loszuwerden, strömten ihm nun in Massen zu, um ihm dabei zu helfen, die Franzosen hinauszudrängen. Die Sforza erhoben wieder Anspruch auf ihre Stadt, und Il Moros Aufruf an die benachbarten Stadtstaaten, mit ihm zusammen den Kampf gegen die Tyrannei der Borgia aufzunehmen, brachte Cesares Feldzug zu einem plötzlichen Stillstand. Alfonso kam mit der Nachricht zu mir, als ich gerade in meinem stillen Gemach saß und den kleinen Rodrigo in den Armen wiegte.

»Lucrezia«, sagte er mit ernster Stimme, »wir müssen uns auf das Schlimmste gefasst machen.«

Wir versammelten uns an der Porta del Popolo auf unserer Empore, deren Baldachin den peitschenden Februarregen von uns abhielt, während die Menschen, die mit uns Cesares Rückkehr erleben wollten, von der eisigen Nässe durchweicht wurden.

Spannung lag in der Luft. Seit Tagen hallte der Vatikan von Nachrichten über die Triumphe meines Bruders in der Romagna wider, einige davon waren sicherlich übertrieben, weil er gar nicht so viele Gebiete eingenommen hatte. Andere, pragmatischere Berichte drehten sich um die neuerlich von Mailand angeführte Koalition gegen uns. Vor allem aber herrschte allenthalben große Vorfreude auf das Erscheinen des Helden. Cesare hatte in kürzester Zeit mehr erreicht als Juan vor ihm, und niemand zweifelte mehr daran, dass er sich den begehrten Titel des *Gonfaloniere* verdient hatte.

Alfonso stand stocksteif neben mir. Jeden Tag hatte er dazu genutzt, seinen Leib mit äußerster Disziplin zu ertüchtigen, vormittags mit Bogenschießen und Falknerei, nachmittags mit Schwertkampf. Ich hatte mich schon so an das Klirren der Klingen im Hof unseres Palastes gewöhnt, dass ich mich kaum noch darüber beschwerte, obwohl ich Rodrigo und seine Kinderfrauen in einen Seitenflügel hatte ausquartieren müssen, wo der Waffenlärm nicht mehr so laut war, dass er den Schlaf unseres kleinen Prinzen störte.

Außerdem hatte mein Gemahl sich wieder einen Bart wachsen lassen, voll und üppig wie reifes Getreide. Ich brachte es nicht über mich, ihn darum zu bitten, ihn abzurasieren, obwohl meine Wangen jedes Mal zerkratzt wurden, wenn er mir – was selten genug geschah – beiwohnte. Er wurde dieser Tage sehr in Anspruch genommen, immer im Alarmzustand, und ich wusste, dass er sich mit dem Bart maskierte, um sein Gesicht und seine Gedanken vor neugierigen Blicken zu verbergen.

Ein Raunen ging durch die Menge und lenkte meine

Aufmerksamkeit wieder auf die Szene vor mir. Quastengeschmückte Banner mit unserem Borgia-Stier und einer Sonne mit Stacheln hingen schlaff zu beiden Seiten des Tores herab, und die Straße, die mitten hindurchführte, war mit verwelkten Blüten gesprenkelt. Die Menschen drängten gegen die Absperrseile und die davor postierten Wachmänner, als der Geleitzug plötzlich in Sicht kam. Mit einem Schlag spielten der trostlose Regen und der graue Himmel, das schmierige Straßenpflaster und selbst Alfonsos finstere Miene keine Rolle mehr.

Cesare hatte seit jeher einen Sinn fürs Dramatische besessen, ihn aber nie in dem Maße wie an diesem Tag ausgespielt. Als Vorhut ließ er eine lange Reihe von Maultieren seinen Tross anführen, beladen mit Reichtümern, die er aus den eroberten Festungen der Romagna zusammengetragen hatte; dann kamen in Reih und Glied die Soldaten und die berittenen Knappen in Livreen, die mit dem Wappen des ihm vom französischen König übereigneten Herzogtums Valentinois geschmückt waren. So gelang ihm eine prächtige Darbietung, die das Publikum faszinierte. Das Schweigen der Menge war so vollkommen, dass ich deutlich das Rascheln der Schabracken und das Flattern feuchter Wimpel hören konnte – und sie waren alle schwarz.

Der gesamte Zug war schwarz.

Vom Zaumzeug bis zur Satteldecke, Kappe, Wams und Strumpfhosen, hatte Cesare seine ganze Entourage in die Farbe gekleidet, die er als sein Kennzeichen gewählt hatte – die Farbe der Ewigkeit und der Wandelbarkeit, die sich mit jeder anderen Farbe mischen ließ und am Ende doch immer die Oberhand behielt. Ein nachtschwarzer Strom flutete an uns vorbei, eine einzige fließende Finsternis, hier und da von einem Aufflackern gleißenden Metalls durchsetzt, vom Glitzern vereinzelter Juwelen und vom Glanz des St.-Michael-Ordens, der an einer schweren Goldkette auf Cesares Brust prangte.

Er ritt allein ganz am Ende des Zuges, eine strenge Erscheinung in schwarzem, geschlitztem Samt, der seinen kampfgestählten Leib so eng umschloss, dass er selbst wie ein Schwert wirkte – hochaufgerichtet auf seinem prachtvollen Rappen, atemberaubend und schrecklich in seiner Schönheit. Und als er an der Empore vorbeiparadierte und den Kopf vor unserem Vater neigte, der in Pelze gehüllt auf seinem Thron saß, hob er die Augen, um meinem Blick zu begegnen – nur für einen kurzen Moment, so flüchtig, dass es kaum wahrnehmbar war.

Doch ich sah, was in seinen grünen Augen schwelte – und ich begriff.

Er war zurück. Nichts würde mehr so sein, wie es war.

In den kalten Wintertagen nach seiner Heimkehr suchte Cesare mich nicht auf. Er bekam eine Goldene Rose zu Ehren seiner militärischen Erfolge verliehen, dazu den Titel des Obersten Kommandanten und *Gonfaloniere*, wie angekündigt. Ab diesem Zeitpunkt wich er Papa nicht mehr von der Seite, und sein Diener, Michelotto, hielt sich stets in seiner Nähe. Bei einer der vielen Karnevalsfeiern wurde ihm mein Söhnchen Rodrigo vorgestellt, das zu solchen Gelegenheiten vorgezeigt werden musste, um die Fruchtbarkeit des Borgia-Geschlechts zu bezeugen. Während Cesares Blick auf dem Antlitz meines Kindes ruhte, schien er die blauen Augen und die feinen, bereits ins Blonde spielenden, hellbraunen Haare zweifelnd zu mustern, als wäre Rodrigo von fragwürdiger Herkunft. Er beugte sich vor, um meinen Sohn auf die Wange zu küssen, und murmelte etwas, das ich nicht verstand, ehe er zu mir aufblickte.

»Wir sind stolz auf dich, Lucia«, sagte er, Alfonso geflissentlich übersehend, obwohl der nur ein paar Schritte entfernt neben Sancia stand und mit pfauenblauer Seide herausgeputzt war. Dann drehte er sich auf dem Absatz um und schritt davon, was meine heimlichen Ängste von Neuem anfachte.

Unwillkürlich drückte ich mein Kind an die Brust.

»Er ist eifersüchtig«, flüsterte Sancia. »Er kann es nicht ertragen, dass du meinem Bruder einen Sohn geschenkt hast, einen Erben für das Königtum Neapel, in den Seine Heiligkeit vernarrt ist. Er sieht ihn nur als weiteres Hindernis, als Bedrohung für seine Vorrangstellung. Er wird nicht ruhen, bis …«

»Sancia«, unterbrach Alfonso sie, »bitte schweig. Du machst ihr Angst.«

»Umso besser«, entgegnete Sancia mit unheilvoller Miene. »Sie sollte auch Angst haben wie wir anderen auch, nun, da er wieder da ist. Er wird uns alle noch ins Grab bringen.«

»Nichts dergleichen wird passieren«, sagte Alfonso ruhig. »Ich versichere dir, er kann uns nichts anhaben.«

Seine Gewissheit ließ mein Herz etwas ruhiger schlagen; ich übergab meinen Sohn wieder der Amme, und wir mischten uns unter die Gäste. Ich heuchelte Heiterkeit, lachte scheinbar vergnügt über die Gaukler und anderen Spaßmacher, während ich Cesares Blick unentwegt auf mir spürte.

Bei diesem letzten Fest vor der Fastenzeit suchte ich in der Menschenmenge nach Alfonso, den ich zuletzt in Papas Nähe gesehen hatte, als Cesare sich von hinten an mich heranschlich. Erschrocken wirbelte ich herum, sodass meine juwelenbesetzte Maske verrutschte. Auch er war maskiert. Da er Weiß trug wie so viele andere heute Abend, war er mir in der Menge nicht aufgefallen. Nun, da wir dicht voreinanderstanden, erkannte ich seine Verkleidung sofort. Es war das Einhorn-Kostüm, das er bei meiner Vermählung mit Alfonso getragen hatte.

»Willst du mir denn ewig aus dem Weg gehen?«, fragte er. »Wenn du mich anschaust, erkenne ich große Wachsamkeit in deinen Augen. Findest du mich so verändert, dass du mich nicht mehr lieben kannst?«

Ärgerlich warf ich den Kopf zurück und verkniff mir die Erwiderung, dass er die Schuld bei sich selbst suchen müsse, wenn er bei mir Misstrauen zu entdecken glaube, und sagte: »Was für ein Unsinn! Du hast dich überhaupt nicht verändert. Du magst es vielleicht aufregend finden, im Vatikan herumzuschleichen und die Bischöfe und Kardinäle zu erschrecken, aber mir kannst du nichts vormachen. Bitte, wann willst du dieses alberne Versteckspiel beenden, damit wir erfahren, was du eigentlich im Schilde führst?«

»Ach, Lucia, so viel Geist ist ja fast verschwendet an eine Frau.« Mit einem gönnerhaften Lächeln zupfte er an den kreuzweise geschnürten Bändern seines Wamses. »Ich hätte ihn um ein Haar gehabt, weißt du. Ich stand nur noch wenige Meilen vor seinem armseligen Fischerdorf, das er Stadt nennt, als mich die Kunde erreichte, dass Mailand wieder zurück an die Sforza gefallen war. Wäre die Nachricht ein paar Tage später eingetroffen ...« Er seufzte.

Ich verstand nicht gleich, was er damit meinte. Als es mir schließlich dämmerte, fauchte ich: »Liegt das nicht alles längst hinter uns? Wenn *ich* vergeben und vergessen kann, dann kannst du das wohl auch.«

»Vergeben?« Sein Lächeln war eisig. »Für dich würde ich in seinem Blut baden. Giovanni Sforza aus Pesaro hat sich uns gegenüber schuldig gemacht, und ich werde dafür sorgen, dass er dafür bezahlt.«

»Nicht *uns* gegenüber.« Ich trat noch dichter an ihn heran und konnte beobachten, was für eine Wirkung meine Nähe auf ihn hatte – die leichte Erweiterung seiner Pupillen, die geöffneten Lippen. Es verwunderte mich, dass ich immer noch eine solche Macht über ihn besaß. »*Du* sprichst von Schuld, nicht ich. Ich will nichts mit deiner Rache zu tun haben. Ich will nicht für den Rest meiner Tage jemandem den Tod wünschen, der keine Bedeutung mehr für mich hat.«

Seine Hand schoss so schnell vor, dass er meinen Arm umklammerte, ehe ich auch nur zusammenzucken konnte. »Er hat dich misshandelt!«, stieß er hervor, und es klang wie ein Fluch. »Niemand – *niemand* – misshandelt meine Schwester und kommt ungeschoren davon. Nicht, solange ich am Leben bin.« Sein Griff wurde fester, er tat mir weh. »*Vae illi homini qui cupit*«, flüsterte er.

Hüte dich vor einem Mann, der begehrt.

Seine Worte trafen mich wie Dolchstöße, denn in ihnen steckte die gleiche verschleierte Botschaft, die Papa mir mit auf den Weg gegeben hatte, als ich nach Juans Tod zu ihm gekommen war. Ich musste daran denken, wie Cesare und ich nach San Sisto zurückgeritten waren und ich ihn gefragt hatte, ob er für diesen Mord verantwortlich war. Ich hatte mich von ihm täuschen lassen, mich der Illusion hingegeben, dass er immer noch mein geliebter Bruder war – ungestüm, leidenschaftlich, oft auch skrupellos und unheimlich, aber doch missverstanden in seinem Bemühen, seinen Wert unter Beweis zu stellen. Nun, in diesem herzzerreißenden Moment, als ich durch die Halbmaske sein zweigeteiltes Gesicht erblickte und seine Finger meinen Arm Schlangen gleich einschnürten, erkannte ich endlich die ganze entsetzliche Wahrheit.

Papa hatte versucht, es mir schonend beizubringen. Der

Mann, der begehrte, war Cesare; *er* wollte alles, was Juan besessen hatte. Unser Bruder war tatsächlich durch seine Hand gestorben. Und unser Vater wusste es. Er hatte es von dem Moment an gewusst, als Juans Leiche aus dem Tiber gezogen worden war. Deshalb hatte er die Nachforschungen nach Juans Mörder einstellen lassen, um uns alle gegen einen möglichen Verdacht, der gegen Cesare aufkommen könnte, zu schützen.

Cesare musste mein Entsetzen bemerkt haben. Er ließ mich los, wich ein paar Schritte zurück und setzte unvermittelt die unbekümmerte Miene auf, die er als Fassade zu tragen pflegte. »Da ist sie wieder, diese Wachsamkeit. Offenbar teilen wir beide jetzt nur noch ein einziges Geheimnis, schöne Lucia.«

Es war natürlich Absicht, dass er auf das von mir verborgen gehaltene Kind anspielte, ein Geheimnis, das uns seiner Auffassung nach verband – aber ich war nicht mehr bereit, mich um seine Wunden zu kümmern, seine Verletzungen zu lindern, ihn über das Gefühl, vernachlässigt worden zu sein, hinwegzutrösten. Ich hatte mich von ihm blenden lassen, weil ich selbst es so gewollt hatte. Bereitwillig hatte ich seinen Lügen geglaubt, da die Alternative zu schrecklich war und obwohl ich schon immer den Dämon gespürt hatte, vor dem er mich einst selbst gewarnt hatte.

Der Hass ist mein Dämon. Solange Juan lebt, werde ich niemals frei von ihm sein. Das Schicksal hat mich dazu verdammt, für immer in seinem Schatten zu leben und nie derjenige zu werden, der zu sein ich bestimmt bin.

Er vollführte eine Verneigung, die nicht nur etwas Höfisches hatte, sondern auch seine beängstigende Geschmeidigkeit zur Schau stellte. »Ich wünsche dir eine gute Nacht.«

Ein Wimpernschlag, und er war fort, untergetaucht in

einer Schar plappernder Höflinge, nicht greifbarer als eine weiße Rauchwolke. Ich hörte Alfonso nicht näher kommen, bis seine Hand auf meiner Schulter mich hochschrecken ließ. »Was hat er zu dir gesagt?«, wollte er wissen.

»Nichts«, flüsterte ich. Noch immer blickte ich ihm nach, obwohl ich ihn längst nicht mehr sah, wohl wissend, dass ich ihn verloren und dass die dunkle Gegenwelt ihn verschluckt hatte, ein Ort, den er sich als seine Domäne erkoren hatte, wo nichts mehr heilig war und alles seinen Preis hatte.

Ich wandte mich zu Alfonso um. »Bitte, bring mich nach Hause.«

31

Sommergewitter zuckten über den Himmel, Hagelschauer fegten durch die Straßen, und das gleißende Licht der Blitze erleuchtete meine Gemächer, sodass mein Rodrigo zu weinen begann und ich Anweisung gab, die Fensterläden und Vorhänge zu schließen.

Es war erst früher Nachmittag, aber der Sturm wollte sich nicht legen. Ich hatte mich damit abgefunden, den ganzen Tag am Kohlebecken sitzen zu müssen, und versuchte, mir die Langeweile mit Vergils Sonetten zu vertreiben, wenngleich die verschachtelten Verse mir immer wieder vor den Augen verschwammen. Und weil sich auch noch Kopfschmerzen ankündigten, beschloss ich, mich in mein Schlafgemach zurückzuziehen.

Gerade wollte ich meine Dienerinnen anweisen, mich dorthin zu begleiten, als im Korridor Stimmen laut wurden. Ich erhob mich und bat Murilla, dem Lärm Einhalt zu gebieten, damit Rodrigo nicht geweckt wurde. Sie hatte kaum die Tür erreicht, als diese auch schon aufflog. Alfonso kam hereingestürzt, von oben bis unten staubbedeckt.

Meine Damen schrien auf. Er sah aus wie ein Gespenst aus Dantes Fegefeuer. Mörtel, Sand und Kiesel klebten in seinem zerzausten Haar, seinem Bart, an seinen Wangen und Händen. Wild die Augen rollend, blieb er stehen, die gebleckten Zähne wie Wunden in seinem verkrusteten Gesicht. Zögernd trat ich auf ihn zu, im ersten Schreck überzeugt davon, er müsse verwundet, vielleicht überfallen worden sein. Doch dann stieß er keuchend einige Wortfetzen aus.

»Seine Heiligkeit … das Dach des Audienzsaals … er ist verschüttet …«

Eilig raffte ich meine Röcke und rannte hinaus, gefolgt von Alfonso, der immer wieder meinen Namen rief, während ich die Treppe hinunterjagte und weiter zu dem Durchgang, der zur Sixtinischen Kapelle und in den Vatikan führte.

Höflinge, Kleriker und Bedienstete drängten in panischer Hast zu dem Saal hin, wo Papa Gesandte zu empfangen pflegte. Fast hätte ich selbst der Audienz beigewohnt; ich war ihr nur deshalb ferngeblieben, weil Rodrigo sich so sehr vor Gewittern fürchtete und allein meine Nähe ihn zu beruhigen vermochte. Aber Alfonso war dort gewesen; und als ich die bronzene Flügeltür erreichte, die sperrangelweit offen stand und den Blick auf dichte Wolken des gleichen Staubs freigaben, der meinen Gemahl bedeckte, hörte ich einen gellenden Schrei. Danach erst wurde mir bewusst, dass er von meinen Lippen gekommen war.

Alfonso hielt mich zurück, hinderte mich daran, in das Inferno einzutauchen. Schattenhafte Gestalten bewegten sich dort drinnen wie Phantome. »Nein!«, keuchte er. »Du darfst da nicht hinein! Es ist zu unsicher. Ein Dachbalken ist direkt über seinem Thron herabgestürzt. Alles ist voller Schutt.«

»*Dio mio*, nein!« Ich versuchte, mich aus seinem Griff zu befreien, wollte hineinstürzen und helfen, doch er ließ mich nicht los, zog mich weg von der Tür und drückte mich mit seinem ganzen Gewicht gegen die Mauer, bis ich aufhörte, um mich zu schlagen. »Du kannst nichts für ihn tun, Lucrezia, sie sind ja schon dabei, ihn auszugraben. Du machst alles nur schlimmer, wenn du jetzt hineingehst und auch noch dein Leben aufs Spiel setzt.«

»Ausgraben, sagst du?« Ich starrte ihn verständnislos an, als spräche er eine fremde Sprache. »Lebt er noch?«

Er zog mich an sich. »Das weiß keiner«, flüsterte er. »Gerade noch hatte er lächelnd die Gesandten zu sich herangewinkt, und auf einmal … es muss ein Blitzschlag gewesen sein. Das Dach ist ganz plötzlich eingebrochen. Sie tun alles nur Menschenmögliche, um ihn zu retten.«

Ich zwang mich weiterzuatmen, sog die Luft ein, die nach Gips schmeckte, nach geborstenem Holz, Putz und Farbfragmenten. Die Zeit schien stehenzubleiben und ruckartig ein Stück weiterzuspringen. Ich sah Männer durch die Tür kommen und gehen, allesamt wie paniert von diesem höllischen Splitt, die Stimmen rau und gedämpft im Widerhall herabpolternder Steine.

Schließlich, nach einer schieren Ewigkeit, hörte ich Schreie, das Rollen von Schutt und dann – bleierne Stille. Ich wandte mich in Alfonsos Armen zur Tür, ohne zu bemerken, dass auch ich nun von einem weißen Staubschleier bedeckt war, den ich mir tagelang aus den Poren würde schrubben müssen.

»Hier ist er!«, rief jemand.

Benommen blinzelnd blickte ich zu Alfonso auf. Er näherte sich zögernd der Tür, und ich klammerte mich an seine Hand. Da kamen sie uns schon entgegen, erschöpfte Diener, Kardinäle und Priester in zerrissenen Gewändern, in ihrer Mitte eine durchhängende Trage, die in aller Hast aus dem zerfetzten päpstlichen Baldachin geformt worden war.

»Papa!« Ich stürzte hinzu, voller Angst vor dem, was mich erwarten mochte.

Die Männer traten zur Seite. Ich musste mich zwingen, hinzusehen. Mein Vater lag auf dem Rücken, gespickt mit Scherben und Splittern, eine klaffende Wunde auf der Stirn, weitere Verletzungen auf den lose und, wie es mir schien, leblos über der Brust gefalteten Händen.

»Er ist tot«, flüsterte ich, Tränen in den Augen, und bekreuzigte mich unwillkürlich, als eine raue Stimme in meiner Nähe knurrte: »Er ist nicht tot. Sag das nicht. Sag das niemals!«

Verwirrt sah ich auf. In schwarzem Samt, der jetzt grau vom Staub war, stand mein Bruder da. Er sah aus, als wäre das Dach auch auf ihn niedergegangen.

Die Augen rote Schlitze im staubbedeckten Antlitz, kam er auf mich zugewankt. »Unser Vater ist am Leben und wird leben. Gottes Hand ruht auf ihm. Er wird seinen demütigen Stellvertreter nicht so elendiglich umkommen lassen. Es ist Hochverrat, solche Worte auszusprechen.« Er packte mich an der Schulter und schüttelte mich. »Hochverrat!«

Alfonso trat zwischen uns. »Lasst sie los.« Er sprach mit leiser Stimme, doch die Drohung war unüberhörbar. »Sofort, Signore. Ihr vergesst Euch in Eurem Schmerz.«

Cesares Faust packte mich nur noch fester; um uns herum wich alles zurück, die Angst stand jäh greifbar im Raum. Dann fügte Alfonso in gelassenem Ton hinzu: »Das wollt Ihr doch nicht. Nicht hier. Nicht jetzt. Seine Heiligkeit hat einen schweren Unfall erlitten, und wir müssen uns entsprechend benehmen, auch wenn es uns nicht behagt.«

Ein rauer Laut drang über die Lippen meines Bruders. Teils klang er belustigt, teils höhnisch. Er wirbelte herum und rief seinen Männern Befehle zu. Diese hoben die Bahre, auf der mein Vater lag, an und setzten sich schwankend in Bewegung. Mit einem schwachen Flüstern ließ sich auf einmal Papa vernehmen: »Cesare, *hijo mio*, komm her, mein Sohn …«

Ohne zurückzublicken, stakste Cesare hinter ihnen her.

»Ihr müsst Rom so schnell wie möglich verlassen.« Sancia schlug mit der Faust auf den Tisch.

Zwei Wochen waren seit dem Unfall meines Vaters vergangen – zwei Wochen des unerträglichen Wartens und Bangens, während er, umsorgt von seinen Leibärzten, hinter verschlossenen Türen genas, und jedes meiner Gesuche, ihn sehen zu dürfen, barsch abgewiesen wurde. Endlich hatte uns heute Morgen die frohe Kunde erreicht, dass Papa wieder auf den Beinen war und uns zum Nachtmahl in den Vatikan befahl. Bei aller Überraschung über die Aufforderung freute ich mich schon darauf, ihn zu sehen, und wollte dem Befehl nur zu gern Folge leisten. Bislang hatten Alfonso und ich nur einen Abend mit unserem Sohn verbringen wollen. Aber dann platzte Sancia wie ein Wirbelwind mit ihren Anschuldigungen herein.

»Du bist aufgewühlt, Schwester.« Alfonso saß mit Rodrigo in einem Sessel und blickte hoch. Der Kleine, der recht zufrieden wirkte, zupfte neugierig an den Bändern seines Wamses. Mit einem plötzlichen Anflug von Schuldgefühlen musste ich an meinen anderen Sohn denken, wie er ganz genauso an meinen Ärmelschleifen gezogen hatte, als ich ihn das letzte Mal auf dem Schoß hielt.

Sancias grelle Stimme riss mich aus meinen Gedanken. »Das mag sein, aber du, Bruder, bist ohne Zweifel viel zu gleichmütig. In Rom bist du nicht mehr sicher. Cesare ist mit Frankreich verbündet, aber er hat gesehen, wie zerbrechlich alles ist, wie flüchtig. Wenn es mit Seiner Heiligkeit zu Ende ginge, was würde dann aus ihm werden? Der Bastard eines toten Papstes, der sich ganz Italien zum Feind gemacht hat – er würde nicht lange überleben. Cesare wird sich nicht damit abfinden, dem Schicksal ausgeliefert zu sein. Er wird tun, was er nur kann, um sich selbst zu schützen!«

Alfonso begegnete kurz meinem argwöhnischen Blick, ehe er sich wieder Sancia zuwandte. »Er mag sich schützen wollen, aber das heißt nicht, dass er etwas gegen mich im Schilde führt – jedenfalls nicht mehr als üblich. Cesare hat begriffen, dass er im Falle eines unerwarteten Ablebens Seiner Heiligkeit Gefahr läuft, alles zu verlieren. Er ist sich ebenso wie ich darüber im Klaren, wie wichtig es in unsicheren Zeiten ist, ein Gleichgewicht der rivalisierenden Mächte zu wahren. Nachdem Mailand nun wieder an Il Moro gefallen ist, wird sich der französische König, der ihn so eifrig unterstützt hat, gezwungen sehen, sämtliche Verpflichtungen, die er zuletzt eingegangen war, gründlich zu überdenken. Cesare kann es sich gar nicht leisten, Neapel gegen sich aufzubringen. Folglich hat er auch keinen Grund, mich anzugreifen.«

»Keinen Grund!«, keifte Sancia fassungslos und erschreckte damit Rodrigo, der mit großen Augen zu ihr aufblickte. Sie fuhr zu mir herum. »Lucrezia, du weißt, ich spreche die Wahrheit. Sag ihm, wenn er nicht fortgeht, dann können wir gleich Tür und Tor unseres Palazzo aufreißen und den Wolf hereinbitten.«

Alfonso gluckste lächelnd unserem Sohn zu.

»Vielleicht sollten wir auf sie hören«, wagte ich einzuwerfen.

Nun wurde mein Gemahl doch nachdenklich. »Warum? Hast du etwas von einer Verschwörung gehört?«

Ich zögerte. Seit Monaten lebten wir mit der Bedrohung, die Cesare darstellte. Der Unfall, der Papa beinahe das Leben gekostet hätte, hatte meinen Bruder in seinem Hang zum Aberglauben bestärkt; offenbar umgab er sich nun mit Astrologen und Wahrsagern wie einst schon unsere Mutter und behauptete, es sei ihm geweissagt worden, dass er für ein frühes Grab bestimmt sei. Abgesehen von dieser neuen Leidenschaft für dunkle Kräfte ließ jedoch nichts darauf schließen, dass Sancias hysterische Besorgnis gerechtfertigt war.

»Was Cesare betrifft«, sagte ich, »müssen wir uns hüten, ihn zu unterschätzen.« Ich hob die Stimme, um Sancias empörtes Zischen zu übertönen. »Ich habe keinen Hinweis erhalten, aber das heißt nicht, dass alles so friedlich ist, wie es augenblicklich erscheint. Ich hatte ihn ja auch nicht im Verdacht, dass ...« Ich stockte, bis Alfonso mich scharf ansah und mich förmlich zum Weitersprechen zwang. »Ich hätte ja auch nie gedacht, dass er meine Pantalisea und Papas Kammerdiener Perotto ermorden würde«, murmelte ich.

»Und zwar mit einer Garotte!«, bekräftigte Sancia. »Er hat eine wehrlose Frau im Vatikangarten erdrosselt, während sein Helfer Michelotto, der mit den toten Augen, den Leibdiener des Papstes umbrachte. Gewissensbisse hat er nicht. Morden ist für ihn genauso selbstverständlich wie atmen.«

Alfonso legte die Stirn in steile Falten. Ich grub mir die Fingernägel in die Handfläche. Ich musste ihm unbedingt sagen, was ich noch alles wusste, besonders über Juans Tod. Er musste es erfahren, damit er endlich begriff, wie weit Cesare zu gehen bereit war. Aber die Worte blieben mir im Hals stecken. Anscheinend befürchtete ich, damit jede Hoffnung auf Versöhnung zwischen meinem Gemahl und meiner Familie zu zerstören.

»Warum sollte er deine Kammerfrau und den Leibdiener Seiner Heiligkeit umbringen wollen?«, fragte Alfonso. »Das kommt mir ziemlich übertrieben vor, sogar für seine Verhältnisse. Was stellten sie denn schon für eine Bedrohung dar?«

»Derjenige, der die Bedrohung darstellte, war Perotto«, sagte ich schnell, um weiteren Fragen von Sancias Seite zuvorzukommen, die Alfonso nur in den ganzen Wirrwarr rund um meinen Aufenthalt im San Sisto hineingezogen hätten. »Er muss wohl irgendetwas gewusst haben, wie wir es auch von de Cervillon annehmen, irgendetwas über Papas und Cesares geheime Machenschaften. Perotto bediente Papa in seinen Privatgemächern; bei unseren Gesprächen sah ich ihn oft im Hintergrund stehen.«

Ich versuchte, so ruhig zu sprechen, wie es mir unter den Umständen möglich war. Ich wollte nicht, dass Alfonso etwas von meiner panischen Angst spürte – Angst davor, mich mit Fragen konfrontiert zu sehen, denen ich nicht mehr ausweichen konnte.

Still und mit nachdenklicher Miene saß er da. Schließlich reichte er mir Rodrigo und erhob sich aus seinem Sessel. »Dann ist es wohl an der Zeit, dass ich mit ihm rede.«

Angespanntes Schweigen breitete sich aus, bis es von Sancias entsetztem Flüstern gebrochen wurde. »Bist du wahnsinnig?« Er beachtete sie nicht, sondern griff nach seinem Umhang. »Alfonso, das darfst du nicht tun! Du darfst ihn niemals allein treffen! Das ist genau die Gelegenheit, auf die er wartet – und du gehst ihm auch noch freiwillig ins Netz!«

Alfonso warf sich den Umhang über die Schultern und schnallte sich den breiten Gürtel mit dem Schwert in der Scheide um. »Ich bin bewaffnet, und wo immer ich mich hinbegebe, begleitet mich mein Diener Albanese.« Er schmunzelte. »Außerdem wird Cesare es wohl kaum wagen, sich mitten im Vatikan auf mich zu stürzen, wenn wir heute dort mit Seiner Heiligkeit speisen sollen. Wie würde es denn aussehen, wenn man mich den Gästen als Speise reichte?«

An der Tür versperrte Sancia ihm den Weg. »Das ist kein Scherz. Wenn du unbedingt erfahren willst, was er plant, dann schick Lucrezia zu ihm. Lass sie die Wahrheit herausfinden, falls er überhaupt fähig ist, etwas anderes als Lügen von sich zu geben.«

Alfonso besann sich und sagte dann entschieden. »Ich werde nicht wieder meine Gemahlin vorschicken, um meine Belange zu vertreten. Was immer Il Valentino zu sagen hat, kann er mir ins Gesicht sagen. Aber ich habe vor, zum Umkleiden für heute Abend zurückzukommen. Wenn ich es nicht tue, bin ich tot oder nach Neapel geflohen.«

»Das darfst du nicht!«, schrie Sancia, doch Alfonso winkte sie beiseite. Widerstrebend gab sie den Weg frei. Auf der Schwelle warf er einen Blick zu mir zurück. Ich hatte mich, unseren Sohn auf dem Arm, aus meinem Sessel erhoben. Trotz des Lärms war Rodrigo eingeschlafen. Als ich auf ihn hinabblickte, ließ eine plötzliche Vorahnung mich erschauern, und unversehens wusste ich, dass ich Alfonso noch einmal anflehen musste, uns nicht zu verlassen.

»Ich möchte dich gern allein sprechen«, sagte ich und reichte Rodrigo an Sancia weiter.

Ich hatte mich schon abgewandt und trat auf meinen Gemahl zu, als Alfonso Sancia scharf ansah. »Weck den Kleinen nicht auf mit deinem Geschrei«, warnte er sie.

Dann gingen wir zusammen durch den Vorraum, wo meine Damen saßen, und hinaus in den Korridor. Alfonsos Diener Albanese wartete in der Galerie, die Hand am Schwertknauf. Sein Anblick beruhigte mich; mit so einem Begleiter an seiner Seite war es in der Tat unwahrscheinlich, dass jemand es wagen würde, Alfonso anzugreifen.

»Lass dich von Sancia nicht ängstigen«, sagte er leise. »Sie hatte immer schon eine blühende Fantasie. Sie spinnt sich aus jedem Gerücht gleich ein ganzes Komplott zusammen.«

»Sie sorgt sich nun einmal um deine Sicherheit.« Ich dachte daran, dass mein Bruder keinen Hehl aus seiner Rolle bei Juans Tod gemacht hatte. »Und ich ebenso.«

»Daran zweifle ich nicht. Aber dein Bruder ist kein Narr.

Er kann es sich nicht leisten, mich vor den Kopf zu stoßen, wenn er damit rechnen muss, dass sich alle anderen gegen ihn verbünden. Cesare hat sich in zu kurzer Zeit zu viele Feinde gemacht; seine Eroberungen in der Romagna haben zu viele aufgeschreckt, ebenso wie sein Gebaren seit dem Unfall Seiner Heiligkeit. Cesare bewegt sich auf Messers Schneide. Ich bin nicht in Gefahr, da ihm nichts anderes übrig bleibt, als mich um Neapels Unterstützung zu bitten.«

Ich blickte ihm forschend in die Augen. »Dennoch wäre es mir lieber, wenn du noch warten würdest. Vielleicht sollten wir stattdessen Papa um die Genehmigung bitten, Rom zu verlassen. Die Vertragsbedingungen, die du mit ihm ausgehandelt hast, gestatten uns dieses Privileg.«

»Das würdest du für mich tun? Deine Familie verlassen, deine Heimatstadt?«

»Aber das weißt du doch. Ich würde dir überallhin folgen.« Und das meinte ich auch so. Wenn er abreisen wollte, konnte ich meine Dienerinnen sofort anweisen, mit dem Packen zu beginnen. Hier hielt mich nichts mehr – nichts außer meinem geheimen Sohn, den ich wohl oder übel in Vanozzas Obhut zurücklassen musste, wenn ich Alfonso und Rodrigo schützen wollte. Falls ich es wagen sollte, den kleinen Juan mitzunehmen, würde mein Vater sicher dafür sorgen, dass keiner von uns fortging. Er würde es niemals zulassen, dass sein Enkel, Juans Sohn, in Neapel aufwuchs.

Alfonso berührte meine Lippen mit den seinen. »Ich liebe dich, mein teures Weib. Ich werde ihn nicht allein treffen; du musst dir also keine Sorgen machen. Ich kehre zurück, so bald ich kann, das verspreche ich dir, damit wir zusammen in den Vatikan gehen können. Dann werden wir ja sehen, ob es für uns an der Zeit ist, Rom zu verlassen, nicht wahr?«

Wie immer wurden mir von dem spielerisch liebkosenden

Ton in seiner Stimme die Knie weich. »Vielleicht«, murmelte er, »finden wir vor der Abendgesellschaft sogar noch einen Moment für uns, wenn es dir gelingt, meine Schwester loszuwerden.«

Ich zog neckisch eine Braue hoch. »Wenn Euch der Sinn danach steht, werter Gemahl, dann lasst Euch als Allererstes den Bart beschneiden. Ich möchte nicht gern verschleiert im Vatikan erscheinen müssen ...«

Lachend warf er den Kopf zurück, dann entfernte er sich zusammen mit Albanese.

Ich kehrte in meine Gemächer zurück, und mir war schon viel leichter ums Herz – bis ich in die Schlafkammer trat und Sancia, die Rodrigo eben in seine Wiege gelegt hatte, fauchend zu mir herumfuhr.

»Hast du ihn etwa in die Höhle des Löwen ziehen lassen?« Sie war blass vor Angst.

»Sancia, er hat mir versprochen, sich nicht in Gefahr zu begeben. In wenigen Stunden will er zurück sein und uns zum Nachtmahl bei Papa begleiten.« Ich trat an die Wiege meines Sohnes und zupfte seine Decke zurecht. »Ich glaube nicht, dass Cesare ihm etwas antun wird. Wie Alfonso ganz richtig bemerkt hat, kann er nicht auf Neapels Neutralität verzichten.«

»Wie kannst du nur so etwas sagen?« Ihre Stimme klang tonlos, was mich mehr erschreckte als ihr Zorn zuvor. »Auch ich habe Cesare einst so eingeschätzt; ich glaubte, selbst wenn er andere ins Verderben riss, würde er doch vor seiner eigenen Familie haltmachen.« Ich hörte ihre Röcke rascheln, als sie dicht zu mir trat. »Aber wir sind ihm gleichgültig; er ist nicht wie wir.« Ihre Stimme wurde brüchig. »Als er mir die Ehe versprach, als er mir Liebe vorgaukelte, nur um mich danach wie eine käufliche Dirne von sich zu stoßen, da begriff ich, dass ich ihn niemals kennen würde, weil das keiner vermag. Er ist nicht greifbar; er mag aussehen wie wir, klingen wie wir, aber er kann alles sein, was wir in ihm sehen wollen, weil er kein Herz hat. Seine Macht liegt in seiner Fähigkeit, andere zu täuschen. Sag bloß, du traust ihm noch. Sag bloß, du glaubst, dass er dich nicht auch schon angelogen hat.«

Ihre Worte versetzten mich zurück zu dem Karnevalsfest, als ich Cesare in die Augen geblickt und die Finsternis darin gesehen hatte, diese unersättliche Gier zu herrschen. Er hatte eine bodenlose Leere in sich, die nicht einmal Juans Tod hatte füllen können, aber was konnte er denn noch begehren, was er nicht schon erreicht hatte? Er war Papas engster Vertrauter, wie er es sich schon immer ersehnt hatte; als Eroberer bejubelt, als er die ganze Romagna unter seiner eisernen Faust hatte erzittern lassen. Es schien undenkbar, dass er sich je etwas so Niederträchtiges würde einfallen lassen, wie mich um meinen Gatten und meinen Sohn um seinen Vater zu bringen.

»Ja, er hat mich getäuscht«, sagte ich schließlich. »Aber ich kenne ihn schon mein Leben lang, und ich muss einfach glauben, dass zumindest ich ihm noch etwas bedeute.« Ich beugte mich wieder über meinen Sohn. »Er weiß, wenn er Alfonso etwas antut, wäre es mein Ende«, flüsterte ich. »Und meinen Tod will Cesare ganz gewiss nicht.«

Sancia schwieg, nagte an ihrer Lippe. Ich streckte den Arm aus und drückte ihr die Hand. »Jetzt muss ich mich ein wenig ausruhen, bevor die Abendgesellschaft beginnt. Das solltest du auch tun. Wir sehen uns später im Palast.«

Sie schlug die Augen nieder und murmelte, fast unhörbar: »Bist du dir da so sicher?«

Ich zögerte. In diesem Moment wurde mir bewusst, wie sehr ich mich verändert hatte. Früher hätte ich jederzeit eine

Lanze für Cesare gebrochen, hätte jeden herausgefordert, der es wagte, seine Liebe zu mir infrage zu stellen.

»Sicher bin ich mir nur der Liebe Alfonsos«, gab ich zu. »Aber wenn es sein muss, werde ich mich an Papa wenden. Ich werde ihn bitten, einen Weg zu finden …« Ich unterbrach mich, als ich bemerkte, wie sie die Lippen zusammenpresste.

»Es gibt keinen anderen Weg«, sagte sie. »Wenn Alfonso am Leben bleiben will, muss er Rom verlassen.«

Ich musste handeln. Dringend. Aber noch während ich mit mir um eine Entscheidung rang, kam mir wieder mein anderer Sohn in den Sinn, den ich würde zurücklassen müssen, wenn ich nach Neapel flüchtete. Was würde dann aus ihm werden, diesem unschuldigen Kind, das allein durch seine Geburt ins Räderwerk meiner Familie geraten war?

Ich seufzte. »Nun gut. Wenn es dich beruhigt, werde ich noch heute Abend mit Papa sprechen.«

Sie küsste mich auf die Wange und umfing mein Gesicht mit den Händen. »Es tut mir in der Seele weh, dir so viel Ungemach bereitet zu haben. Du bist nicht wie sie, magst du auch eine Borgia sein; du hast ein gutes Herz. Darum liebt Alfonso dich so sehr. Aber seine Tage hier sind gezählt. Ihr müsst euch aufmachen, bevor es zu spät ist. Versprich mir, dass ihr es tun werdet, gleichgültig, was Alfonso dazu sagt.«

»Ich verspreche es. Und du musst mir versprechen, dich nicht mehr um uns zu grämen.«

»Ich höre erst auf, mich zu grämen, wenn ich euch beide sicher auf dem Weg nach Neapel weiß.« Sie wandte sich zur Tür. »Ruh dich jetzt aus. Ich komme später wieder.«

»Nicht zu früh!«, rief ich ihr nach. Die Tür fiel hinter ihr ins Schloss. Ich sah mich nach Rodrigo um. Er hatte die Augen geschlossen und die Fäuste an die Brust gedrückt, wie ich es auch Alfonso im Schlaf hatte tun sehen.

Mein Entschluss war gefasst. Um Rodrigos willen mussten wir fort. Doch ehe wir abreisten, blieb mir noch etwas zu tun. Ich warf mir meinen Umhang über und rief nach Murilla. Sie sollte mich begleiten.

»Es geht ihm gut, wie du siehst«, sagte Vanozza. Ein kräftiger, gesunder Junge.«

Wir saßen auf ihrer Terrasse unter dem rankenden Jasmin, und ich beobachtete meinen zweijährigen Sohn dabei, wie er auf einer Decke herumkrabbelte und mit dem Ungestüm seines Alters sein Spielzeug herumwarf. Seine robuste Amme saß schweigend auf einem Schemel und ließ ihn nicht aus den Augen. Er selbst nahm mich kaum wahr, ließ meine Küsse nur kurz über sich ergehen, bevor er anfing zu strampeln und von meinem Schoß herabstrebte; seine blaugrünen Augen, die mich so grausam an seinen Vater erinnerten, wandten sich hilfesuchend seiner Amme zu, dann stemmte er sich von mir ab und streckte die Ärmchen nach ihr aus.

Meine Mutter nippte an ihrem Kelch. »Kinder seines Alters machen, was sie wollen. Und wie du siehst, hat er einen starken Willen – er ist eben ein wahrer Borgia.« Ihr Lächeln wurde säuerlich, als sie meinen Blick auffing. »Ich ziehe ihn so auf, dass er in unserer Welt zu überleben lernt.«

Ich biss die Zähne zusammen. Dies war nicht der richtige Moment, ihr zu sagen, dass ich beschlossen hatte, ihn in ihrer Obhut zu lassen, wenn sie mir dafür jede Woche schrieb, um mir von ihm zu berichten. Wenn wir erst in Neapel waren, würde ich es endlich über mich bringen, Alfonso alles zu gestehen. Mit diesem Entschluss fiel eine schwere Last von mir ab, auch wenn ich nicht wusste, wie Alfonso meine Beichte aufnehmen würde. Doch künftig sollte es zwischen meinem Gemahl und mir nur noch Wahrhaftigkeit geben.

Als hätte sie meine Gedanken erraten, fügte meine Mutter hinzu: »Wir sind alle sehr stolz auf unseren kleinen Juan.« Sie hielt inne, wie in Erwartung meiner zornigen Abwehr, doch ich krampfte nur stumm die Hände im Schoß zusammen. »Möchtest du mir vielleicht einmal erklären, warum du hier bist?«, fragte sie schließlich.

»Ich wollte meinen Sohn sehen.« Tief einatmend versuchte ich, meinen schwelenden Zorn zu bändigen. »Reicht das Geld aus, das ich Euch für seinen Unterhalt zukommen lasse?«

»Wir brauchen es nicht. Dein Vater schickt jeden Monat ein Vermögen, und ich besitze selbst genug. Dem Kind fehlt es an nichts.« Sie stellte ihren Becher auf dem Tisch zwischen uns ab. Sie war gealtert; die schräg einfallende Nachmittagssonne betonte die Falten um ihren Mund, die Krähenfüße um die Augen, das Grau im Haar. Sie hatte jegliches Bemühen um Schönheit aufgegeben und sich aller künstlichen Mittel, Jugend vorzutäuschen, entledigt. Sie war zu einer Matrone geworden, der ihr Alter anzusehen war, und zu meiner Überraschung stellte ich fest, dass es ihr tatsächlich nichts mehr ausmachte. Ein ganzes Leben der Verführung und Rivalität hatte sie als Besiegte zurückgelassen. Doch hier, in ihrem Palazzo auf dem Esquilin, unter einem Dach, das sie selbst bezahlt hatte, die Truhen gefüllt mit Münzen, die sie durch ihre eigenen Mühen erworben hatte, war sie zu einer freien Frau geworden und niemandem mehr verpflichtet.

»Mehr als ein Jahr hast du ihn nicht besucht«, hielt sie mir vor. »Und jetzt tauchst du auf einmal ohne Vorwarnung auf. Irgendetwas muss doch geschehen sein, dass du so plötzlich hier erscheinst, und dann auch noch mit dieser Zwergin. Hoffentlich kann sie wenigstens den Mund halten.«

»Murilla ist vertrauenswürdig«, erklärte ich, und meine Mutter hob beschwörend die Hände, wie um mich daran zu erinnern, dass ich das Gleiche einst von Pantalisea gesagt hatte, mit der es ein so tragisches Ende genommen hatte. »Ich bin hier, weil ich in Sorge war. Nach Papas Unfall und alledem wollte ich mich einfach vergewissern, dass es ihm gut geht.«

»Hat dieses ›alledem‹ etwas mit deinem Bruder zu tun?«

»Wie kommt Ihr darauf?« Schlagartig war mein Misstrauen geweckt. Cesare hatte Vanozza immer vertraut, auch wenn er noch so abfällig über sie sprach. Wusste sie etwas von seinen Plänen?

Sie zuckte mit den Schultern. »Aus keinem besonderen Grund. Mir erzählt dieser Tage keiner mehr etwas, schon gar nicht Cesare, aber ich weiß, dass er es in letzter Zeit schwer hatte. Euer Vater wäre beinahe tödlich verunglückt, und dann diese Kapriolen des Schicksals in Mailand – kaum war Il Moro aus der Stadt geflohen, kehrte er mit Hilfe der Habsburger zurück, um die Franzosen hinauszujagen, dann wurde er gefangen genommen, und nun ist Mailand wieder einmal an König Louis gefallen.« Sie verdrehte die Augen. »Wer kann da noch mithalten?«

Mit einem Mal dröhnte es in meinen Ohren. Ich hatte nicht das Gefühl, mich bewegt zu haben, aber plötzlich war ich auf den Beinen, riss meinen Umhang vom Stuhl und rief nach Murilla. Im nächsten Moment spürte ich einen harten Griff am Arm. Meine Mutter hatte mich gepackt. Die Haut ihrer Hand wirkte erstaunlich zart und glatt, ganz anders als ihr Gesicht, in dem sich noch ein kleiner Überrest ihrer Vergangenheit als Kurtisane zeigte.

»Was hast du?«, fragte sie aufgebracht. »Du schaust drein, als wäre dir eben Luzifer persönlich begegnet.«

»Mailand! Ihr sagtet, die Franzosen hätten es gerade zurückerobert …«

Sie runzelte die Stirn. »Nun, Cesare hat es mir im Vertrauen erzählt, obwohl es sich bestimmt schnell herumsprechen wird. Aber dich betrifft es ja wohl kaum. Er hat seine Spitzel an Il Moros Hof; darum erfährt er alles als Erster. Diesmal, sagt er, wird Il Moro den Rest seiner Tage in einem französischen Verlies verbringen, genau das, was jeder Sforza verdient.«

Ich schüttelte ihre Hand ab. »Ich muss fort. Ich … ich habe mich ohnehin schon verspätet.«

Die Sonne sank hinter den Horizont und tauchte die Straßen in ein karmesinrotes Licht, während ich zu meinem Palazzo eilte. Auf dem Petersplatz betteten sich die Pilger unter den Kolonnaden zur Nacht und breiteten unter den strengen Mienen der päpstlichen Wachposten ihre zerschlissenen Decken sogar auf den Stufen des Papstpalastes aus. Für gewöhnlich wäre eine solche Missachtung des Vatikans nicht geduldet worden, allein schon weil ihre Anwesenheit Gesindel und Ungeziefer anzog, aber jetzt hatten wir ein heiliges Jahr, und darum hatte Papa ausdrücklich befohlen, jeden Pilger ohne Nachtquartier dort schlafen zu lassen.

In Santa Maria in Portico angelangt, wies ich die Wachen mit einem raschen Zuruf an, unsere Tore für die Nacht zu verriegeln, und hastete die Treppe zu meinen Gemächern hinauf. Ich hoffte, dass Sancia meine Bitte, nicht zu früh zu kommen, überhört hatte und schon ungeduldig auf mich wartete. Doch als ich in den Vorraum trat, kam Nicola auf mich zugestürzt und flüsterte aufgeregt: »Der Signore ist in Eurem Schlafgemach. Schon mehr als eine Stunde! Er hat mir befohlen, Rodrigo in seine Gemächer zu bringen.«

Alfonso! Ich hatte vergessen, dass er zurückkehren wollte, um sich für die Abendgesellschaft umzukleiden. Ich warf Nicola meinen Umhang zu und eilte in mein Zimmer.

»Ich habe wichtige Neuigkeiten«, sagte ich, noch in der Tür. »Mailand ist gefallen.«

Er stand am Fenster, das auf den Petersplatz hinausging, und hatte einige Wachskerzen im dämmrigen Gemach angezündet, deren warmes Licht mich willkommen hieß. Lange Zeit wandte er sich nicht zu mir um. Ich zögerte, auf einmal unsicher geworden.

»Alfonso? Hast du gehört? Ich komme soeben von meiner Mutter. Sie hat mir berichtet, dass Mailand wieder den Franzosen gehört und König Louis Il Moro gefangen hält. Sancia hat nicht übertrieben. Mein Bruder muss tatsächlich neue Pläne schmieden. Er hat uns die Kunde absichtlich vorenthalten.«

»Ich weiß schon davon.« Seine Stimme klang gedämpft. »Cesare ist nicht der Einzige, der Emissäre aussendet. Natürlich hat er es mir nicht gesagt, aber er hat auch nicht versucht, es geheim zu halten. Jeder Kundschafter in Mailand hat die Nachricht verbreitet.« Als er sich umwandte, gewahrte ich auf seinem Gesicht tiefe Schatten, die seine bärtigen Wangen hohl wirken ließen und den Glanz seiner Augen minderten. Und er hatte sich tatsächlich den Bart getrimmt.

»Aber vorhin hast du gar nichts davon gesagt.« Ich trat zaghaft auf ihn zu. Irgendetwas in seiner Haltung, eine unerklärliche Starre, machte mir Angst. »Sancia meinte, wir könnten in Gefahr sein, und gewiss ist diese jetzt Grund genug …«

»Warum hast du es mir nicht gesagt?«

Ich blieb wie angewurzelt stehen. »Was?«

»Du weißt, was.« Seine Stimme klang hart, bedrängte

mich. »Dieses Kind, das du ausgetragen hast, der Sohn – warum hast du mir nichts davon gesagt?«

Ich öffnete den Mund, aber es kam kein Ton heraus; meine Kehle war wie zugeschnürt, während der Raum zwischen uns sich zu einem Abgrund weitete. »Ist es wahr?«, fragte er schneidend.

Zitternd streckte ich die Hand nach ihm aus. Tränen brannten mir in den Augen. Seine Miene, von tiefem Schmerz gezeichnet, hatte etwas Flehendes, und doch konnte ich ihm nicht sagen, was er zu hören begehrte, bevor er stöhnend das Gesicht in den Händen vergrub.

»Ja, ich habe einen anderen Sohn«, flüsterte ich. »Gott möge mir verzeihen.«

»Gott?« Er hob den Kopf. »Und was ist mit mir? Du hast mich belogen. Du hast mich betrogen!«

Ich taumelte auf ihn zu, über den Rocksaum stolpernd. »Nicht mit Absicht. Ich schämte mich, ich war gedemütigt und verängstigt – ich wusste nicht, wohin ich mich wenden sollte. Sie sagten, ich solle das Kind geheim halten, damit die Verbindung zu Giovanni Sforza annulliert werden könne und …«

»Wohl eher, damit der Ruf deiner Familie gerettet werden kann. Den Borgia geht es immer nur um eines: um sich selbst. Wie sie alle über mich gelacht haben müssen, den neapolitanischen Narren, der ihnen auf den Leim gegangen ist, während du und Cesare einen Bastard aufgezogen habt, der aus eurer widerlichen Liebe entsprungen ist!«

Nacktes Entsetzen ergriff mich. Er hatte Cesare zur Rede gestellt – und mein Bruder hatte ihm eine monströse Lüge aufgetischt. »Das ist nicht wahr«, stammelte ich. »Was immer er dir gesagt hat, es ist nicht wahr!«

»Ach ja?« Er stand nun dicht vor mir, das Gesicht von

tiefen Falten des Grams durchzogen, als sei er binnen Stunden um Jahre gealtert. »Es hört niemals auf, nicht? All die Lügen über Lügen, die Täuschung, der Verrat – ihr Borgia suhlt euch doch darin. Ihr seid all das, was man euch nachsagt – Ungeheuer, die sich nur untereinander lieben können. Ich bin froh, euch endlich loszuwerden. *Dich* loszuwerden!«

Ohne einen weiteren Blick schritt er an mir vorbei und riss die Tür auf.

»Alfonso!«, schrie ich. *»Alfonso, nein!«*

Ich lief ihm nach, doch ehe ich ihn anflehen konnte zu bleiben, sagte er in so hartem Ton, als wäre er zu Stein geworden: »Fass mich nicht an. Komm mir nicht nach. Nie wieder wirst du mich mit deiner Falschheit umgarnen.«

Er hielt nicht inne, noch wandte er sich um, als ich verzweifelt zu Boden sank. Meine Dienerinnen halfen mir auf und geleiteten mich, während ich hemmungslos weinte, zu einem Sessel. Ich ließ mich auf seiner Kante nieder, als wäre er aus Dornen; am liebsten hätte ich mir das Gesicht mit den Fingernägeln blutig gekratzt.

Nach einer schieren Ewigkeit vernahm ich einen fernen Glockenklang, der die Stunde der Complet ankündigte, und erinnerte mich, dass wir zum Nachtmahl bei Papa im Vatikan erwartet wurden. Ich erhob mich und befahl mit brüchiger Stimme. »Mein Geschmeide – bringt es mir!«

Wie erstarrt stand ich da, während man mich in grüne Seide hüllte, die Farbe, in der mein Vater mich am liebsten sah, und mir Ärmel und Gürtel anlegte – alles üppig mit Perlen besetzt. Als Nächstes befestigten meine Zofen mir das Diadem auf dem Scheitel und die Perlengehänge an den Ohrläppchen. Nur als sie mir das Kruzifix vom Hals nehmen und durch ein üppiges Collier ersetzen wollten, wehrte ich ab und wandte mich zum Spiegel.

Das Antlitz, das mir entgegenstarrte, war aschfahl, meine Augen waren gerötet und vom Weinen verquollen. Vom Besuch bei meiner Mutter hingen mir noch ein paar lose Jasminranken im Haar.

»Lasst mich noch ein wenig Puder und Rouge auftragen, Herrin«, wagte Nicola sich vor.

Ich winkte ab. »Sollen sie mich ruhig so sehen, wie ich bin. So sieht sie jetzt aus, ihre geliebte Lucrezia.«

Ich raffte meine Schleppe und hatte gerade die Tür erreicht, als die Schreie einsetzten.

Es war Sancia, die im Hof schrie. Als ich mit hämmerndem Herzen die Treppe hinunterrannte, fand ich sie blutüberströmt vor. Mit einem Aufschrei stürzte ich zu ihr und rief meine Dienerinnen zu Hilfe, doch sie ächzte nur: »Alfonso! Du musst sofort kommen!«

Er sei in Räumlichkeiten in Papas neuem Turm gebracht worden, erklärte Sancia stockend. Er, sein Diener Albanese und ihr Wegbegleiter waren auf dem Petersplatz überfallen worden, von Männern, die sich als Pilger verkleidet hatten. Sie waren in der bereits hereingebrochenen Dunkelheit umzingelt worden. Sie hatten sich verteidigt, aber es waren einfach zu viele Angreifer gewesen. Der Begleiter war getötet worden, Albanese und mein Gemahl waren schwer verwundet. Albanese hatte in einem Haus nahebei Unterschlupf gefunden, und Alfonso hatte sich noch bis zur päpstlichen Residenz geschleppt, die Totschläger dicht auf den Fersen. Sie hätten ihn ohne Zweifel noch auf der Schwelle abgeschlachtet, wären nicht plötzlich, alarmiert vom Waffenklirren, die Wachen aufgetaucht.

»Aber was haben sie um die Zeit dort draußen gemacht?«, wollte ich wissen, während wir durch den Vatikan hasteten.

»Er wollte zu dir. Als er zum Festmahl im großen Saal eintraf, konnte er dich nirgendwo sehen.« Sie begann wieder zu weinen. »Er hat sich dann fürchterlich mit Cesare gestritten. Ich konnte nicht alles hören, aber Alfonso war außer sich vor Zorn. Er hat deinen Bruder bedroht, weil dieser ihn belogen hatte. Dann ist er fort; wahrscheinlich wollte er zurück zum Palazzo.«

Ein Schrei blieb mir in der Kehle stecken. »Und Cesare? Ist er ihm gefolgt?«

»Nein, er ist in den Festsaal zurück.« Sancia stöhnte und wischte sich übers Gesicht. »Seine Heiligkeit war auch dort, zusammen mit einigen Kardinälen. Dann hörten wir auf einmal Kampflärm vor den Fenstern. Seine Heiligkeit hat sofort die Wachen ausgesandt, und die … die …« Sie presste sich die Hand auf den Mund. »Sie haben ihn ins Haus geschleppt. Ach, Lucrezia, er war wie gebadet in Blut. Er kann das nicht überleben.«

»Sag so etwas nicht.« Ich ergriff ihre Hände. »Er ist jung und stark, er wird nicht sterben. Er *darf* nicht sterben!« Wie eine verzweifelte Litanei gingen mir diese Worte unentwegt durch den Kopf, während wir keuchend durch die langen, von Fackeln erhellten Korridore zur Sixtina hetzten und durch die Kapelle weiter in die Saalfluchten des Vatikans. Die Höflinge, die hier tuschelnd in Gruppen beieinanderstanden, nahmen wir kaum wahr.

Ich war völlig außer Atem, als wir endlich den neuen Turm erreichten, den Papa wegen seines Unfalls noch nicht hatte einweihen können. Ungestüm drängte ich mich an den schreckensstarren Gaffern vorbei und machte mich auf das Schlimmste gefasst.

Der ganze Raum war voller Männer, Angehörige von Alfonsos Hofstaat, die erbost mit den Fingern auf ein paar finstere Gesellen rings um Cesare zeigten und immer wieder »*Assassini!*« schrien, »Mörder, Mörder!«, während mein Bruder sie mit einem spöttischen Grinsen musterte. Auf einen Krückstock mit goldenem Knauf gestützt, stand mein Vater zwischen seinen Kardinälen, und seine leidende Miene ließ erkennen, welch eine mühsame Genesung er durchgemacht hatte. Einer der Kardinäle flüsterte ihm etwas zu, woraufhin er sich zu mir umwandte. Plötzlich trat Schweigen ein.

Streifen getrockneten Bluts besudelten den Talar meines Vaters. Angstvoll spähte ich an ihm vorbei zu der Ruhebank, die man aus einem der naheliegenden Säle hereingetragen hatte. »Er ist bewusstlos«, murmelte Papa, »aber unser geschätzter Doktor Torella hat mir versichert, dass er bei entsprechender Pflege und Ruhe genesen wird.«

Seine brüchige Stimme drang kaum noch an mein Ohr, als ich das Krankenlager erreichte. Torella, der sich die Hände an einem fleckigen Tuch abwischte, trat beiseite und gab den Blick frei auf einen leblos hingestreckten Körper. Alfonso wirkte seltsam unecht und glich eher einer Wachspuppe, wie sie das Volk während des Karnevals herumschwenkte, und ganz und gar nicht meinem geliebten Gemahl. Unser Leibarzt hatte versucht, die Blutung zu stillen und ihn zu säubern; sein samtenes Wams lag in einem Haufen am Boden zusammen mit seinen übrigen Kleidungsstücken: der Kappe, dem zerfetzten Handschuh, dem Gürtel mit der leeren Scheide – alles mit diesem furchtbaren Rot befleckt.

Ich hörte nichts, sah nichts außer ihm, als ich auf die Knie fiel und nach seiner schlaffen, eiskalten Hand griff. Ich konnte meine aufwallende Panik kaum beherrschen. Seine Augen waren geschlossen, die Haut war so blass, dass ich die Adern darunter sehen konnte. Die Schwere seiner Verwundung konnte ich nicht ermessen, gezackte Striche, die schon mit

Torellas Kräutersalben bestrichen waren – ein tiefer Schnitt über der Schulter, noch einer quer über dem Kopf, und einer, der aussah, als reiche er bis an den Schenkelknochen; der Verband war bereits wieder mit frischem Blut durchtränkt. Während ich ihn betrachtete, voller Furcht, Sancia hätte am Ende doch recht damit, dass kein Mensch so etwas überleben könne, bemerkte ich das schwache Heben und Senken seiner Brust.

Er lebte.

Ich brach in Tränen aus, drückte die Lippen auf seine Hand. »Ich bin hier, mein Liebster«, flüsterte ich ihm zu. »Ich bin bei dir.« Sancias blutgetränkter Rocksaum schleifte schwer über den Boden, als sie an meine Seite trat. Ich sah auf. Papa und alle anderen im Raum waren verstummt; manche blickten mitleidig zu mir her, andere wandten den Kopf ab. Ich versuchte, unter den Männern Cesare zu entdecken, denn ich wusste, falls er der Schuldige war, würde ich es sofort in seinen Augen lesen.

Als hätte er meine Absicht erkannt, verharrte er reglos, umgeben von seinen Kumpanen. Nur sein Favorit, Michelotto, befand sich nicht unter ihnen. Wieder richtete ich den Blick auf Cesare, und plötzlich war es, als gäbe es im Raum nur noch ihn und mich, gebunden an diese Stunde, die uns von Geburt an schicksalhaft vorherbestimmt war.

Diesmal erwiderte er meinen Blick mit fast undurchdringlicher Miene.

Fast – aber nicht ganz.

»Lasst uns allein«, hörte ich mich sagen, was aufgeregtes Stimmengewirr auslöste. Ich hörte, wie Doktor Torella Papa in dringlichem Ton etwas zuraunte, der sich nun näherte und zu mir vorbeugte. »*Hija*, wir dürfen ihn nicht allein lassen. Er bedarf der Behandlung durch einen erfahrenen Arzt. Es wird zu Wundfieber kommen. Er muss in ein passenderes Gemach verlegt werden, um sich erholen zu können.«

»Lasst uns allein«, wiederholte ich in hartem Ton, ohne den Blick von Cesare abzuwenden, der widerwillig den Mund verzerrte. Mit einer herablassenden Geste drehte er sich um und schritt hinaus. Sein Halunkenpack folgte ihm.

Sancia stand wie zur Salzsäule erstarrt da. »Wir werden uns um ihn kümmern, Sancia und ich«, erklärte ich Papa und wandte mich wieder Alfonso zu, um ihm das blutverklebte Haar aus der Stirn zu streichen. »Nur wir und Doktor Torella dürfen sein Gemach betreten. Und ich will ständig Wachen vor der Tür postiert haben. Veranlasst das.«

Wir gönnten uns keine Ruhe. Wir schliefen nicht und aßen kaum. Ohne die Platten mit Brot, Fleisch und Käse sowie die Krüge mit Wasser, die uns auf Papas Geheiß zweimal täglich gebracht wurden, wären wir zu Wüstenbewohnerinnen geworden, verdorrt und ausgemergelt, die abwechselnd an Alfonsos Lager wachten. Die Welt hörte auf zu existieren, jeder wache Moment galt nur diesem Turmgemach, in das ich ihn hatte umbetten lassen.

Er versank ins Delirium und schlug auf seinem Lager so heftig um sich, dass seine Wundnähte aufplatzten. Wir mussten ihn festhalten, während Torella die Wunden neu vernähte, und gaben ihm Schlafmohn ein, damit wir ihn ohne Gegenwehr auf die Seite drehen konnten, um seine von Blut und Eiter besudelten Leintücher zu wechseln.

Die Fieberanfälle waren fürchterlich. Meist überkamen sie ihn des Nachts, wenn wir gerade erschöpft in unsere Sessel gesunken waren und versuchten, einen Bissen zu essen. Sancia stand mir treu zur Seite und gab sich ganz der Aufgabe hin; doch wenn er zu stöhnen begann und an den Laken zerrte, wenn der Schweiß in Strömen an ihm hinabrann und ihn wie feuchter Nebel umgab, wenn er unverständliche Worte keuchte und sein Körper zugleich glühte und sich in Eis verwandelte, dann zog sie sich zurück und flüsterte Gebete. Ich aber legte mich zu ihm und nahm ihn in die Arme, versuchte, ihn zu wärmen und die Zersetzung des Fleisches – die, wie Torella sagte, sein Verderben sein würde – durch reine Willenskraft aufzuhalten. Wenn ich ihn nicht wärmen konnte, wenn er im Schüttelfrost die Zähne aufeinanderschlug und zu stöhnen begann, herrschte ich Sancia an: »Schnell, hilf mir, wir müssen ihn ausziehen!« Ich streifte ihm das Hemd ab; und ohne darauf zu achten, wie mager und fahl er geworden war, badete ich ihn in warmem, mit Knoblauch und Thymian versetztem Wein, träufelte ihm den Sud aus Weiden- und Birkenblätter zwischen die ausgetrockneten Lippen und flüsterte ihm ins Ohr: »Bleib bei mir, *amore*, verlass mich nicht.«

Als das Fieber irgendwann endlich zurückging, lag er reglos da – wie tot. In meiner Verzweiflung ließ ich den kleinen Rodrigo bringen, der auf meinem Arm gluckste und Bäuerchen machte, ohne sich um seinen sterbenskranken Vater zu scheren. Ich kitzelte ihn am Bauch und an seinen strampelnden Füßchen, bis er laut quietschte, und beobachtete Alfonso nach einem Anzeichen dafür, dass er das Lachen unseres Kindes hörte und es ihn aus der Umklammerung des Todes zu reißen vermochte.

Eines Abends brach ich selbst an seinem Bett zusammen, schluchzte mir die Seele aus dem Leib, gebärdete mich wie ein kleines Kind, das unablässig mit dem Oberkörper vor und zurück schaukelt, flehte ihn an, endlich aufzuwachen. Sancia war gerade hinausgetaumelt, um sich zu erleichtern und unseren fast schon überlaufenden Eimer zu leeren, die besudelten Verbände verbrennen zu lassen und für uns beide frische Kleider zu holen. Nach unserer langen Einkerkerung stank es in dem Raum erbärmlich; drei Wochen waren seit dem Überfall vergangen, und Doktor Torella hatte vorgeschlagen, den Patienten noch einmal zu verlegen, damit das Gemach gründlich durchlüftet und gereinigt werden konnte. Ich sprang ihm förmlich ins Gesicht, schrie, dass eine Verlegung Alfonsos sicheren Tod bedeuten würde, nun, da sein Leben nur mehr an einem seidenen Faden hing. Der Arzt wich müde zurück, und als ich seine resignierte Miene sah, traf mich die Erkenntnis wie ein Schlag: Er hatte die Hoffnung aufgegeben. Er hatte getan, was er konnte, doch Alfonso hatte das Bewusstsein nicht wiedererlangt. Alle glaubten, es sei vorbei.

Da weinte ich allein an seinem Lager, und das Leid, gegen das ich so lange angekämpft hatte, drohte, mich zu überfluten – als ich auf einmal seine Stimme hörte. Erst hielt ich es für Einbildung. Ich verstummte, wagte nicht, mich zu rühren, blinzelte und starrte zweifelnd durch den Tränenschleier auf sein Gesicht.

Eine Falte grub sich über seiner Nasenwurzel ein. Atemlos beugte ich mich vor. »Alfonso?«

Langsam schlug er die Augen auf. Einen langen Moment richtete er sie auf mich, und mit ihrem intensiven Bernsteingelb durchdrangen sie mich bis zum Grund meiner Seele. Dann zuckten seine Finger, er öffnete die Hand, und mit einem erstickten Aufschluchzen ergriff ich sie.

»Ich … ich liebe dich«, hauchte er. »Verlass … mich … nicht.«

»Niemals.« Ich küsste seine Hand. Er seufzte, und die Augen fielen ihm zu. Ich erstarrte. Das musste das Ende sein, dachte ich, das letzte Aufbäumen, bevor …

Da spürte ich, wie seine Hand sich fester um meine schloss.

Seine Augen öffneten sich wieder. Er bewegte die Lippen. Diesmal hatte er nicht mehr die Kraft, seinen Worten Ausdruck zu verleihen, aber ich vernahm sie dennoch, ein Flüstern, schauerlich wie Wolfsgeheul: »Cesare …«

In der folgenden Woche konnte er sich bereits aufsetzen. Bald darauf ging es ihm gut genug, um aufzustehen. Jeden Tag half ich ihm von seiner Lagerstatt auf, damit er ein paar Schritte durch den Raum humpeln konnte. Er war schwach und klagte, sein Bein peinige ihn »wie tausend Teufel«. Ich wusste, dass der Schmerz fast unerträglich sein musste, denn er klammerte sich an mich, grub mir die Finger in den Arm und taumelte wie auf schwankendem Boden. Aber er biss die Zähne zusammen und zwang sich weiterzugehen, bis er die kurze Entfernung zwischen Bett und Fenster bewältigt hatte. Ich wich ihm nicht von der Seite, schlief auf einer Pritsche neben seinem Lager, bis er eines Tages die kurze Strecke bis zum Fenster und zurück zum Bett fast ohne meine Hilfe schaffte, auch wenn ihm der Schweiß auf der Stirn stand. Er lächelte mir ermattet zu, und in diesem Moment kam Sancia mit dem Mittagsmahl herein. Während ich die Bücherstapel ordnete, die er sich aus der Bibliothek hatte bringen lassen, um die Langeweile zu vertreiben, begann sie, mit leiser Stimme auf ihn einzureden. Plötzlich knurrte er: »Was, *das* hat er gesagt?

Ich hielt inne, sah zu ihnen hinüber. Sancia saß, eine Suppenschüssel in den Händen, auf Alfonsos Bettkante. »Was ist denn?«, fragte ich.

»Dein Vater«, antwortete Alfonso. Er lehnte sich in die Kissen zurück, und ich lief zu ihm, als er mit schmerzverzerrter Miene »Verdammtes Bein!« schrie. Blut drang durch den Leinenverband unter seinem Kittel.

»Du mutest dir zu viel zu.« Ich drückte ihn in die Kissen, um den Verband zu überprüfen. »Ich gehe schnell frische Leinenbinden holen …«

Er hielt mich am Handgelenk fest. »Warte, das musst du dir anhören. Sancia, sag es ihr.«

Seine finstere Miene ließ mich stutzen. Bisher hatten er und ich das, was er bei seinem Erwachen offenbart hatte, mit keinem Wort erwähnt, doch es hatte seither immer zwischen uns gestanden, eine bittere Wahrheit, der wir uns würden stellen müssen. Auch über den Grund für unseren Ehestreit am Abend des Überfalls hatten wir Stillschweigen bewahrt, obwohl wir mittlerweile beide wussten, dass Cesare ihn belogen hatte, um einen Keil zwischen uns zu treiben. Ich sagte mir, dass es nichts nützte, die Atmosphäre der Bedrohung, die uns umgab, beim Namen zu nennen; wichtig war zunächst allein Alfonsos Genesung. Doch jetzt, da ich Sancia musterte, stieg die lange unterdrückte Furcht wieder in mir auf.

Sie saß schweigend da und zögerte. »Heraus damit«, drängte Alfonso. »Sie hat ein Recht darauf, es zu erfahren.«

Ich wappnete mich innerlich. Ihr Zaudern konnte nur bedeuten, dass sie etwas Schreckliches gehört hatte. »Unser Gesandter aus Neapel«, begann sie mit tonloser Stimme. »Er sagte mir, er habe Seine Heiligkeit gefragt, ob etwas an dem Gerücht sei, dass Cesare den Überfall befohlen habe. Seine Heiligkeit antwortete, wie auch schon zuvor, dass er deinen Bruder für unschuldig halte, nur diesmal fügte er noch hinzu, falls Cesare verantwortlich sei, dann habe er wohl seine Gründe gehabt.«

Mir blieb die Luft weg. Schließlich hörte ich mich flüstern: »Das muss er missverstanden haben. Papa würde so etwas doch niemals sagen …« Meine Abwehr endete in verwirrtem Schweigen. Ich erinnerte mich, dass Papa Giulia den Auftrag erteilt hatte, Juan und meinen ersten Gatten zu unterhalten, und dass er die Tötung von Pantalisea und Perotto befohlen hatte. Damals hatte ich mir eingeredet, dass Giulia log und dass der Tod jener Diener zu meinem Schutz notwendig gewesen sei, doch nun konnte ich mich der entsetzlichen Wahrheit nicht mehr verschließen, so gern ich es auch getan hätte. Vorbei die Tage, da ich mich in Kindheitserinnerungen flüchten konnte, als Papa der Mittelpunkt meiner Welt gewesen war. Er hatte ungeheuerliche Dinge getan, um seine Macht zu erhalten. Er war über Leichen gegangen, um den Heiligen Stuhl zu erklimmen, und hatte unser Wohlbefinden seinem Ehrgeiz geopfert.

Und jetzt hatte er Cesare einen Freibrief ausgestellt, das Gleiche zu tun.

»Ich werde nicht darauf warten, dass sie ein weiteres Mal zuschlagen«, grollte Alfonso. »Ich habe viel über jenen Abend nachgedacht, aber ich bin mir noch immer nicht sicher, wer die Schuldigen waren. Es war dunkel, und sie sind unter Mänteln hervorgesprungen, unter denen sie sich schlafend gestellt hatten. Sie hatten wie die Bettler auf den Stufen gelegen. Ihre Gesichter waren hinter Masken verborgen. Offenbar hatten sie Pferde in der Nähe abgestellt und einen Fluchtweg geplant, denn sobald die Wachen kamen, waren sie verschwunden. Sie hatten mir persönlich aufgelauert; sie kannten meine Route in den Papstpalast! Glücklicherweise konnte ich sie verwirren, weil ich die Abkürzung durch die Sixtina genommen habe, ansonsten hätte ich weder den Saal erreicht noch diesen Streit mit Cesare gehabt.« Er seufzte tief. »Seine Heiligkeit wird nichts zu meiner Rettung unternehmen. Das bedeutet, mein Leben ist noch immer in Gefahr.«

»Dann müssen wir unseren Feinden zuvorkommen.« Sancia wandte sich mir zu. »Für alles, was er getan hat und tun wird, hat Cesare den Tod verdient.«

Hüte dich vor einem Mann, der begehrt.

Als hätte er aus meinem angstvollen Herzklopfen heraus Gestalt angenommen, hörte ich seine Worte – nein, seine *Warnung* – und begriff. Das, was Cesare in dieser Welt am meisten begehrt hatte, mehr noch als Macht und Respekt, mehr sogar als Papas Anerkennung, war ich. Er trachtete Alfonso aus dem gleichen Grund nach dem Leben, aus dem er auch Juan ermordet hatte: weil er es nicht ertragen konnte, dass ein anderer mich besaß.

Die Kehle war mir wie zugeschnürt, doch ich zwang mich zu sprechen. »Du und Sancia, ihr müsst hierbleiben. Ihr dürft euch auf keinen Fall hinauswagen. Lasst mich mit Papa sprechen. Lasst mich ihm die Zusicherung abringen, dass er uns freies Geleit gewährt. Ich bin seine Tochter. Das wird er mir nicht abschlagen können.«

Alfonso schüttelte den Kopf. »Das wird sie nur warnen. Sie werden die Wachen vor unserer Tür verdoppeln, und wir sitzen hier in der Falle.« Er versuchte aufzustehen. »Ich muss selbst bei Seiner Heiligkeit vorsprechen. Wenn ich ihm versichere, dass ich nicht beabsichtige, in Rom zu bleiben oder Cesare herauszufordern, überlegt er es sich bestimmt noch einmal anders.«

Ich setzte dazu an, Alfonso zu erklären, dass dies keinen Zweck hätte, da ich es war, um die Cesare kämpfte, die er nicht verlieren wollte. Ich war die Einzige, die er je geliebt hatte, und darum konnte nur ich diesem Wahnsinn ein Ende setzen. Doch mein Protest wurde durch Stimmen vor der Tür unterbrochen.

Die Suppenschüssel entglitt Sancias Händen und fiel klirrend zu Boden. Ich hörte Rufe, laute Befehle. Noch ehe ich den Raum durchqueren konnte, drückte Sancia mir etwas in die Hand. Ich hatte keine Zeit, es anzuschauen, doch als meine Finger sich um einen juwelenbesetzten Griff schlossen, wusste ich, dass es ihr Stilett war, das sie gegen Giovanni Sforza geschwungen hatte. Allerdings fühlte es sich wie ein Kinderspielzeug an.

Die Tür flog auf, und die gefürchtete Gestalt erschien auf der Schwelle.

Er neigte den Kopf. »Hoheit.« Sein Mund mit der hässlichen Narbe auf der Oberlippe verzerrte sich zu einer Grimasse. »Ich hoffe, Ihr befindet Euch wohl.«

»Was w-wollt *Ihr* denn hier?« Ich wich zur Bettstatt zurück, wo mein Gemahl immer noch Anstalten machte, sich zu erheben, und Sancia ihn anflehte: »Bitte nicht, Alfonso, bitte bleib hinter mir!«

»Seine Heiligkeit wünscht Euch zu sprechen.« Michelottos fahle Augen flackerten. »Er fragt, wie lange Ihr noch vorhabt, in dieser Abgeschiedenheit zu verweilen, da Ihr doch Pflichten und einen Sohn zu versorgen habt.«

»Mein Sohn ist gut aufgehoben«, erwiderte ich, »ganz im Gegensatz zu meinem Gemahl, wie Seine Heiligkeit sehr wohl weiß.«

»Nichtsdestotrotz bin ich befugt, Euch zu Seiner Heiligkeit zu führen und diesen Raum durchsuchen zu lassen. Wir haben Grund zu der Annahme, dass eine Rebellion gegen meinen Gebieter im Gange ist.«

Hinter mir rief Alfonso: »Es ist eine Verschwörung gegen mich, nicht gegen ihn!«

Ich richtete mich hoheitsvoll auf. »Warum wurde ich nicht vorher davon unterrichtet? Ihr werdet auf der Stelle gehen, bis ich mich vergewissert habe, dass …«

»Ich fürchte, Ihr seid diejenige, die gehen muss, Signora«, unterbrach er mich. Als er vortrat, wurde eine Gruppe von Männern hinter ihm sichtbar. Es waren Cesares Kumpane, die gleichen, die ich nach dem Überfall gesehen hatte. »Wir werden die Sache hier in die Hand nehmen«, erklärte Michelotto.

»Nein!« Der Dolch in meiner Hand fühlte sich kalt an. Ich sah mich um. Alfonso hatte sich von seinem Lager aufgerafft und klammerte sich an den Bettpfosten, während Sancia ihn noch immer abschirmte. »Wir bleiben hier«, erklärte ich entschieden, an den Schergen meines Bruders gewandt. »Durchsucht von mir aus das Gemach. Wir haben nichts zu verbergen.«

Michelotto trat einen Schritt vor – nur einen, aber da stand mir wieder vor Augen, wie er zu mir nach Pesaro gekommen war, damit ich Giovanni nachspionieren konnte – was mit der Hinrichtung des Sekretärs geendet hatte. Wut flammte in mir auf, ich stürzte mich auf ihn und stach ihm mit der blanken Klinge ins Gesicht. »Hinaus, oder ich bringe dich um!«

Blut spritzte; er taumelte zurück. Prompt drangen nun seine Kumpane vor. Ich schrie, so laut ich konnte, als drei von ihnen auf mich losgingen, bis einer von ihnen mir die Hand, die den Dolch umklammerte, zur Seite schlug. Der Schmerz zuckte wie flüssiges Feuer meinen Arm hinauf bis zum Hals.

»Nein!«, kreischte ich. »Nein!« Sie packten mich und zerrten mich zur Tür, sosehr ich mich auch aufbäumte und nach ihnen trat. Die Gesichter wollte ich ihnen mit den Fingernägeln zerkratzen, kam aber gegen den eisernen Griff, mit dem sie meine Hände festhielten, nicht an. Sie schleiften mich in den Flur, wo vier andere, die dort warteten, mich packten. Drinnen hörte ich Sancia so laut kreischen, dass sie das

Gepolter der umstürzenden Möbel übertönte. Und immer wieder drangen Alfonsos zornige Rufe an mein Ohr. Zwei Männer schleppten die tobende Sancia hinaus und stießen sie mir vor die Füße, dann schlugen sie die Tür zu. Alfonso hörte nicht auf zu rufen: »Ich will Seine Heiligkeit sprechen! *Ich fordere Gerechtigkeit!*«

In diesem Moment lockerten die Männer, die mich umklammerten, ihren Griff. Augenblicklich riss ich mich los, warf mich gegen die Tür, rüttelte am Riegel, trommelte mit den Fäusten auf das Holz ein und schrie seinen Namen. Sancia fiel mit einem herzzerreißenden Heulen auf die Knie.

Zu meinem Entsetzen verstummte Alfonso abrupt.

»Nein«, flüsterte ich. »Lieber Herr Jesus, nein …«

Die Tür ging auf. Michelotto kam heraus. Er hatte Blut im Gesicht, das ihm in den Kragen lief. Ich hatte ihm einen Stich über seiner alten Narbe versetzt; er würde nun mein Brandmal tragen, und es würde tiefer sein als das erste. Er wischte sich mit dem Ärmel über die Wunde, als ich mich taumelnd vor Verzweiflung an ihm vorbei in unser Gemach drängte, wo zersplittertes Holz und die Lederrücken auf dem Boden liegender Bücher die Dielen bedeckten.

Ich schaute zu den Bettvorhängen, die, von ihren Kordeln gelöst, das Kopfteil des Lagers verdeckten. Ineinander verknäuelt hingen Leintücher und Decken über die Bettkante, als hätte Alfonso sich in seinen letzten Augenblicken noch daran festgekrallt und in seiner Verzweiflung versucht wegzukriechen.

Einer seiner Arme hing schlaff herab, übersät mit Blutergüssen. Er lag auf dem Bauch, Schultern und Kopf unter dem Kissen, das noch den Abdruck von Michelottos Mörderhand trug.

Mein Gemahl war tot.

Ich ging allein den Korridor hinunter und überließ es Sancia, sich der Leiche anzunehmen. Ohne ein Wort verschwand ich, während sie benommen und verwirrt inmitten der Verwüstung stand. Höflinge, Sekretäre und andere Bedienstete blieben stehen und gafften, bevor sie mir hastig auswichen, allesamt Angehörige einer Welt, die ich nicht mehr wiedererkannte.

Keiner versuchte, mich aufzuhalten; keiner sprach mich an, als ich die Treppe zu den Gemächern meines Vaters erklomm und durch seine Tür trat. Erst als sein Leibdiener sich von der Anrichte, an der er beschäftigt war, zu mir umwandte, sah ich in seiner Miene gespiegelt, was für einen Anblick ich bieten musste: Das Gewand an der Schulter zerrissen, wo die Mörderknechte mich gepackt hatten, meine Hand von dem nutzlosen Gefuchtel mit Sancias Dolch blutverschmiert.

Flankiert von zwei Sekretären, saß Papa auf dem gepolsterten Stuhl an seinem Pult, über amtliche Schriftstücke gebeugt. Zu seiner Rechten befanden sich das päpstliche Siegel auf dem Löschblatt, seine gespitzten Schreibfedern sowie Tinte in dem Behälter aus Bergkristall, der die Form eine Galeone hatte.

Vor dem Pult blieb ich stehen. Im Gegenlicht der Sonnenstrahlen, die hinter ihm durch die hohen, auf die Vatikanischen Gärten blickenden Fenster schienen, wirkte er seltsam gesichtslos.

»Warum?«, flüsterte ich.

Fassungslos starrte er mich an, meine zerrissene, blutbefleckte Robe, mein wirr ins Gesicht hängendes Haar. Dann scheuchte er die Sekretäre mit einer fast unmerklichen Geste aus dem Raum.

Er machte Anstalten, sich zu erheben. »Mein Kind, vor einer Stunde habe ich dich rufen lassen und hätte erwartet …«

Ich trat auf ihn zu. »Warum?« Die Wut ließ meine Stimme beben. »Warum habt Ihr zugelassen, dass Cesare mir das antut?«

Seine Schultern zitterten ganz leicht; es wirkte wie ein gerade noch unterdrücktes Achselzucken. Ich konnte nicht glauben, was ich da sah – und traute meinen Ohren nicht, als er einen bedauernden Ton anschlug, als stünde er vor der Kurie und hielte eine Totenrede. »Es ließ sich nicht verhindern. Rom kann eine gesetzlose Stadt sein! Unser geliebter Schwiegersohn, von Räubern überfallen und verwundet, fast schon jenseits aller Hoffnung auf Genesung. Wir taten alles, was Wir konnten, aber er ignorierte den Rat des Arztes. Seine Wunden brachen wieder auf; Wundbrand trat ein.« Er seufzte. »Ein Unfall, eine Tragödie: *Das* werden Wir dazu sagen.«

Einer Lanze gleich durchbohrte mich eine schier unermessliche Seelenqual. Bilder und Erinnerungen schossen mir durch den Kopf: wie sehr ich Papa geliebt hatte, wie sehr ich mich als Kind auf seine Besuche gefreut hatte, wenn er mich auf den Schoß nahm und mir von Spanien erzählte, von Kreuzrittern und Palästen mit Mauerwerk wie aus geklöppelten Spitzen. Ich sah ihn triumphierend am Fenster der Sixtina stehen, als er zum Papst gekürt wurde; sein leutseliges Lachen; seine grenzenlose Begeisterung, seine unbändige Lebenslust. Ich versuchte, mich an seine väterliche Liebe zu erinnern und sie in mir zu versiegeln, um etwas zu haben, an dem ich mich festhalten konnte, nun, da ich verlassen auf diesem aufgewühlten, finsteren Meer trieb.

Seine Heiligkeit wird nichts zu meiner Rettung tun.

Es war, als ob man versuchte, den Nebel einzufangen; er zerrann einem zwischen den Fingern, und was zurückblieb, war nichts als Leere. Das vertrauensselige Kind, das ich einst gewesen war, die ergebene Tochter und anbetungsvolle Schwester, die ihre Familie gegen jede Vernunft in Schutz genommen hatte – die hatten sie zusammen mit Alfonso umgebracht.

Lachen klang vom Garten herauf. Eine der Fensterscheiben stand einen Spaltbreit offen, um frische Luft hereinzulassen. An der reglosen Gestalt meines Vaters vorbei trat ich ans Fenster, stützte die blutige Hand auf den Sims und blickte hinaus. Drunten, zwischen den Rosenbeeten, lustwandelte ein Paar – er schmal und streng in schwarzem Damast, sie mit tiefem Ausschnitt, tändelnd, die Röcke schwenkend. Sie war es, die lachte – ein melodisches, perlendes Gelächter, das sie als Kurtisane auswies, die geschult war, glaubwürdige Begeisterung für jeden noch so faden Scherz des Freiers vorzutäuschen. Während sie unter dem Fenster die Hüften wiegte, hob sie die geschminkten Augen. Sie war schön, mit olivfarbenem Teint und roten Lippen, das Haar eine dunkle wogende Masse, die in der Sonne schimmerte. Ein Anflug von Verwunderung zauberte ihr Falten auf die Stirn; ich sah, wie sie sich umdrehte und Cesare auf mich hinwies.

Er blickte hoch. Sein ungerührter Blick begegnete dem meinen und hielt ihm einen langen Moment stand. Dann ging er durch mich hindurch, als ob ich ein Geist wäre. Ich wandte mich vom Fenster ab und sagte: »Sobald er beigesetzt ist, will ich fort. Ich werde meinen Sohn mitnehmen und mich nach Nepi zurückziehen – falls meine Burg noch mir gehört.«

»Aber natürlich gehört Nepi dir«, entgegnete Papa gekränkt. »Ich habe es dir doch geschenkt. Du kannst dich dorthin begeben, wann immer es dir genehm ist.«

»Also habe ich die Erlaubnis Eurer Heiligkeit?«

Er knurrte etwas Unverständliches und senkte den Kopf,

was ich als Zustimmung wertete. Ich wandte mich zum Gehen.

»*Farfallina*«, sagte er sanft, und ich zuckte zusammen. »Versteh doch. Er war in eine Verschwörung gegen uns verstrickt; er hätte das Gleiche getan, wenn er eine Gelegenheit dazu gehabt hätte. Er war ein Verräter, deiner unwürdig.«

Ich musterte ihn ungläubig, erschüttert von solch unglaublichem Selbstbetrug. Dann spürte ich ein Lächeln auf den Lippen – bitter wie der Bodensatz meiner Liebe zu ihm. »Er war mein Ein und Alles. Ich werde niemals aufhören, um ihn zu trauern, noch je vergessen, was Ihr getan habt.«

Auf dem Weg zur Tür traf seine Erwiderung mich hinterrücks wie ein Giftpfeil.

»Du hast mir Juan genommen.«

Ich erstarrte. Dann musste ich mich förmlich dazu zwingen, mich zu ihm umzudrehen. Seine schwarzen Augen waren stumpf und kalt wie die einer Schlange, nachdem sie ihr Gift ausgespien hat.

»Du hast ihn getötet. Deinetwegen hat Juan sterben müssen; für dich hat Cesare ihn ermordet. Ich wusste es von dem Moment an, da ich von deinem Bastard erfuhr, obwohl ich es nicht glauben wollte. Ich versuchte, es zu leugnen, sagte mir, es könne einfach nicht sein. Und dennoch war es so – das Blut meines Sohnes, für dich vergossen. Auge um Auge, weißt du noch? Wir alle müssen Opfer zum Wohle der Familie bringen. Betrachte dieses Opfer als das deine.«

Mich schauderte. Wortlos wandte ich mich von ihm ab.

»Du wirst keinen Skandal anzetteln!«, rief er mir nach. Ich hörte ihn mit der Faust auf das Pult schlagen. »Untersteh dich! Du wirst Trauer tragen, wie es einem Eheweib gebührt. Du wirst deine Ehrerbietung zeigen; du wirst dich in Klausur begeben, um zu trauern. Aber danach wirst du zurückkehren, zu Uns, wo du hingehörst. Wir werden nicht dulden, dass man munkelt, du würdest dich Uns widersetzen. Du hast schon genug Unheil angerichtet.«

Obgleich von meinem Stolz kaum noch ein Funke übrig war, würdigte ich meinen Vater keiner Antwort.

Denn dieser Stolz war alles, was mir noch geblieben war.

32

In der Kapelle Santa Maria della Febbri nahe der Basilika wurde Alfonso unter einer Steinplatte zur letzten Ruhe gebettet, wobei gerade die Totenmesse und die Kerzenpracht jenen Glauben verhöhnten, den zu verherrlichen sie vorgaben.

Ein paar Tage später kam Sancia, um sich von mir zu verabschieden, und fand mich in meinen Gemächern, wo meine Besitztümer für meine Reise zusammengepackt wurden. Meine Damen zogen sich zurück und ließen uns allein.

»Was hast du jetzt vor?«, fragte ich. Ich hatte vor einer Truhe gekauert und erhob mich nun, strich mir das feuchte Haar aus der Stirn. Bündelweise hatte ich Kleidungsstücke in die Truhe gestopft, ohne zu überlegen, was ich einpackte; in Nepi würde ich mich dann vielleicht mit einem Übermaß an Pelzen und gänzlich ohne Untergewänder wiederfinden, doch das kümmerte mich nicht. Der Palazzo kam mir jetzt schon vor wie eine Gruft.

»Ich ziehe nach Neapel.« Trauer hatte ihr Gesicht gezeichnet, die schönen Augen umschattet und die Wangen hohl werden lassen. »Hier braucht mich niemand, und ich will auch nicht bleiben. Jofré wird mich begleiten – das behaupten sie jedenfalls. Wir werden ja sehen, ob es stimmt, wenn es so weit ist.«

»Er liebt dich«, sagte ich. »Er ist nicht wie … sie.«

Sie schüttelte den Kopf. »Um dich mache ich mir weit

mehr Sorgen. Dich werden sie nie aus ihren Klauen lassen, magst du auch noch so weit weglaufen. Es geht jetzt schon die Rede um eine neue Heir…«

Ich hob die Hand. »Das ist unwichtig. Komm.« Ich breitete die Arme aus, und als wir uns umarmten, flüsterte ich: »Ich liebe dich wie eine Schwester. Zweifle nie daran. Du bist ebenso ein Teil von seinem Sohn wie von ihm. Solltest du mich je brauchen, dann lass es mich wissen.«

Sie drückte mich fest an sich, bevor sie sich von mir löste und sich die Tränen aus den Augen wischte. Im Hinausgehen wandte sie sich noch einmal um und zog das Stilett aus dem Umhang, das mir im Kampf um Alfonso aus der Hand gefallen war.

»Das gehört dir.« Sie legte es auf einen Tisch in ihrer Nähe. »Nutze es, um seinen Tod zu rächen.«

Ohne ein weiteres Wort ging sie hinaus.

Von meinen Dienerinnen und Waffenknechten begleitet, mein Sohn, in seidiges Vlies gewickelt und in einen Korb gebettet, den seine Amme trug, verließ ich Santa Maria unter einem Himmel von so strahlendem Blau wie der Mantel der Heiligen Jungfrau.

Ohne einen letzten Blick zurück auf meinen Palazzo, ritt ich am Papstbalkon mit seiner scharlachroten Verkleidung vorbei, auf dem mein Vater sich mit seinen Kardinälen eingefunden hatte, um mich zu verabschieden. Ich ritt mit straffen Schultern und hocherhobenem Haupt, als zöge ich im Triumph aus der Stadt, als wäre ich immer noch die geliebte Gemahlin, die wusste, wo ihr Platz war.

Aus der am Straßenrand versammelten Menge ertönte kein einziger Zuruf. Die wankelmütige Volksseele, ebenso geneigt, ihrer Verachtung mit derben Flüchen Ausdruck zu verleihen wie ihrer Feierlaune mit Blumen und Gesang, maß mich mit mitleidigen Blicken. Die Männer zogen die Kappen, die Frauen hoben ihre um ihre faltigen Hände geflochtenen Rosenkränze, als sie meiner schwarzen Witwentracht ansichtig wurden, an der kein einziges Schmuckstück funkelte. Unter dem Reithandschuh trug ich nur meinen Ehering; ich spürte den Druck des engen Goldreifs am Finger.

Ich wollte gern glauben, dass ich nichts zurückließ und dass Rom mit seinen tödlichen Verstrickungen keine Macht mehr über mich hatte.

Aber das wäre Selbsttäuschung gewesen, und ich hatte gelernt, mich nie mehr zu belügen.

Die Trauer ist selbstsüchtig. Sie umfängt uns, presst uns an ihre ausgetrocknete Brust wie eine ängstliche Mutter. Sie will uns nicht loslassen, obwohl wir wissen, dass wir uns ihr entreißen müssen, wenn wir überleben wollen. Nur der Wahnsinn erwartet diejenigen, die ihr nicht entkommen können, denn wer nichts anderes hat, wofür es sich zu leben lohnt, wird von der Trauer verschlungen.

Ich hatte mein Kind. In der Abgeschiedenheit von Nepi ging ich ganz in dem Zusammensein mit ihm auf. Jeden Tag hielt ich Rodrigo in den Armen, sang ihm Kinderlieder vor, kitzelte ihm die Füßchen und erfreute mich an seinem Jauchzen. Alles an ihm erinnerte mich an seinen Vater.

»Du wirst ihn kennenlernen«, versprach ich dem Kleinen und drückte die Lippen auf seine weiche Wange. »Und du wirst stolz auf ihn sein, denn ich werde dir erzählen, was für ein Mann er war – der tapferste, der edelste, den ich je gekannt habe, und er liebte dich von ganzem Herzen.«

Mein Kummer kehrte jeden Abend bei Einbruch der Dunkelheit zurück, nachdem der Tisch abgeräumt und im Kamin neues Holz gegen die Kälte der Nacht aufgeschichtet worden war; dann ließen meine Dienerinnen mich allein zurück, die Hunde zu meinen Füßen. Ich tauchte ab in die Vergangenheit, zwang mich zu genauester Erinnerung, auch wenn es noch so wehtat. Jeden Moment wollte ich noch einmal auskosten, vom ersten Tag an, da ich ihn in Begleitung seiner Schwester gesehen hatte, auf seinem Gesicht dieses strahlende Lächeln, das alle bezauberte. Ich schloss die Augen und spürte unseren ersten zaghaften Kuss in der Bibliothek, die Art, wie er sich zurückhielt, als wäre ich ein kostbares Geschenk, das nicht verschwendet werden durfte. Ich freute mich noch einmal über unsere Vermählung, lachte in unserem Schlafgemach, als er mich vorsichtig aus meinen Gewändern schälte und ich bei seiner Berührung vor Glück dahinschmolz. Sie schienen endlos anzudauern, jene glücklichen Zeiten unserer Liebe, doch als ich sie nun noch einmal durchlebte, wurde mir bewusst, dass es nur zwei Jahre gewesen waren.

Ja, ich litt! Gott allein wusste, wie sehr!

Und doch wartete ich auch, stets auf den Mann gefasst, der sich bald einfinden musste.

Er kam mit den Herbststürmen, fegte in wütendem Kriegsgrollen über die Ebenen hinweg und brachte den Donner seiner zehntausend Soldaten, der sämtliche Bauern auf seinem Weg niedermähen würde. Seines Sieges sicherer denn je kehrte er in die Romagna zurück, ausgerüstet mit dem päpstlichen Titel des *Gonfaloniere* und Verteidigers des Glaubens und mit Kanonen zuhauf, die jeglichen Rest von Gegenwehr zuschanden schießen würden.

Ein Bote kündigte ihn mir an. In der Dämmerung ritt er mit seinen Getreuen durch das geöffnete Burgtor in den Hof ein.

Angetan mit meiner Witwentracht, stand ich in der Vorhalle. Leise wie auf Katzenpfoten schritt er in seinen Stiefeln über die Pflastersteine. Er betrat die Halle allein; ich wusste nicht, ob er die Unverschämtheit so weit getrieben hatte, Michelotto mitzubringen; wenn ja, wagte der Scherge es zumindest nicht, sich zu zeigen, sondern blieb im Quartier, wo auch der Rest der Männer untergebracht war.

»Meine hochwohlgeborene Schwester.« Cesare verneigte sich, die schlanke Gestalt klar konturiert vor dem Schein des Kaminfeuers. Wie ich trug er Schwarz, nur war seine Kleidung von elegantester Machart, die gekreuzten Schnürbänder seiner Ärmel mit Silbersternen abgesetzt, die strammen Waden von handschuhweichem Leder umschmeichelt. Er machte nicht den Versuch, mich zu umarmen, und ich gab ihm keine Gelegenheit dazu, sondern streckte nur die Hand aus, als wäre er ein ungebetener Gast.

»Du wirst hungrig sein. Soll ich einen Imbiss auftragen lassen?«

Sein Lächeln fiel knapp aus, ließ kaum die Zähne sehen. »Später. Jetzt erst einmal nur Wein, wenn du die Güte hättest.«

Ich wandte mich zu dem Krug auf der Anrichte und schenkte ihm einen Kelch ein. Während er ihn mir aus der Hand nahm, weiteten seine Augen sich kaum merklich wie damals in der Villa bei Pesaro. Unausgesprochenes Misstrauen vibrierte zwischen uns. Dann hob er den Kelch an seine Lippen. Fast hätte ich laut gelacht. Hielt er mich für so tölpelhaft, dass ich Gift verwendete?«

Ich sah ihm dabei zu, wie er seinen Umhang abnahm und über einem Sessel am Kamin ausbreitete. Er trat ans Fenster und blickte einen Moment sinnend in die Flammen. »Ich bin gekommen, weil ich nicht will, dass du mich hasst«, sagte er schließlich. »Auch wenn das vielleicht eine vergebliche Hoffnung ist.«

Ich antwortete nicht. Dazu sah ich auch keinen Grund. Er hatte mir ja keine Frage gestellt.

Er seufzte. »Papa macht sich Sorgen. Er hat dir mehrfach geschrieben, seit du fort bist, und du hast nie von dir hören lassen. Hasst du ihn ebenfalls?«

»Macht das noch einen Unterschied?« Ich nahm all meine Kraft zusammen, um mich gegen ihn zu wappnen. Trotz seiner Beteuerungen wusste ich sehr wohl, was er eigentlich hier wollte, doch die Wut, auf die ich mich gefasst gemacht hatte, überkam mich nicht. Selbst die Überreste meines Zorns, meiner Schuld und Scham, dass ich alles so hatte geschehen lassen, wie er es geplant hatte – weil ich die Bedrohung, die er darstellte, nicht rechtzeitig erkannt hatte –, all der Aufruhr meiner Seele war zu Asche verglüht.

Er nickte, als hätte er nichts anderes erwartet. »Ich bringe dir noch mehr Briefe von ihm«, sagte er und deutete auf seinen abgelegten Umhang. »Wir haben einige Bewerber.«

»Ach ja? Und deshalb hat er sich bemüßigt gefühlt, dich herzuschicken? Um mich gewogen zu stimmen?« Ich winkte ab. »Du kannst uns die Unannehmlichkeiten ersparen und Seiner Heiligkeit bestellen, dass ich nicht vorhabe, eine neue Ehe einzugehen. Falls es ihm noch nicht aufgefallen ist, meine Ehegatten neigen dazu, ein böses Ende zu nehmen.«

»In der Tat.« Sein blechernes Kichern ließ mich schaudern. »Aber du wirst trotzdem feststellen, dass ungeachtet dessen noch viele gewillt sind, das Risiko einzugehen, darunter auch einer, den du von früher her kennst.«

Ich starrte ihn nur stumm an.

»Alfonso d'Este, Herzog von Ferrara«, sagte er. »Du entsinnst dich seiner?«

»Einen Herzog von Ferrara habe ich noch nie …« Ich verstummte, als eine Erinnerung auftauchte: ein Abend in meinem neuen Palazzo und ein verdrießlich dreinblickender Adelsspross, der mir einen Falken mit verhülltem Kopf als Geschenk überreichte, woraufhin Giulia sich dazu angestachelt gefühlt hatte, ihr Haar vor ihm zu öffnen wie eine Nymphe.

Es kann keinen Mond geben ohne Sonne.

»Ich sehe, du erinnerst dich«, stellte Cesare fest. »Er ist Witwer, seit seine Gemahlin im Kindbett verstorben ist. Seine Familie ist eine der einflussreichsten von ganz Italien, seine Schwester Isabella ist die hochgeschätzte Markgräfin von Mantua. Eine Ehe mit ihm wird viele Vorteile mit sich bringen.«

»Für wen? Für mich oder unsere Familie? Oder ist das für dich immer noch ein und dasselbe?«

Er spähte wieder ins Feuer. »Bis vor Kurzem war es so. Jetzt nicht mehr.« Ich hatte genug gehört und schickte mich an zu gehen, als er hinzufügte: »Keiner will dich zu etwas zwingen. Wir bitten dich nur, es dir zu überlegen. Du bist erst zwanzig, also noch nicht so alt, dass diese Tragödie nicht mit der Zeit verblassen könnte. Und selbst wenn nicht, musst du schließlich an deine Söhne denken.«

Langsam drehte ich mich wieder zu ihm um. »Willst du jetzt auch noch meine Kinder gegen mich ausspielen?«

»Das habe ich nicht gesagt. Sie sind von unserem Blut – oder zumindest eines davon. Das andere« – er schnitt eine Grimasse – »geht mich nichts an. Aber sie brauchen ein normales Leben, um sie davor zu bewahren, dass unser …«

Weiter kam er nicht. Meine Hand schoss vor und schlug ihm heftig ins Gesicht. »Du Ungeheuer!«, fauchte ich. In meiner Rocktasche spürte ich Sancias Stilett. »Wenn du ihnen auch nur ein Haar krümmst, dann bringe ich dich mit meinen eigenen Händen um, das schwöre ich dir.«

Er hob die Hand nicht zur Wange. »Mama hatte uns gewarnt, dass wir einander zum Verhängnis werden würden. Ich versuche, dir dieses Schicksal zu ersparen, nachdem ich dich leider vor sonst nichts habe bewahren können.«

»Du! Wage es nicht!«, zischte ich. »*Du* hast uns doch das alles angetan! Du und niemand sonst!«

Er neigte in spöttischer Ritterlichkeit den Kopf. »Das bestreite ich auch gar nicht. Ich weiß, dass ich allein es war, der uns so weit gebracht hat. Ich habe uns zu denen gemacht, die wir sind.« Sein Mund verzog sich zu einem harten Lächeln. »Aber du musst mir zugestehen, dass ich auch einmal unschuldig war. Nur hat Papa dafür gesorgt, dass mir die Unschuld gründlich ausgetrieben wurde. Er tat, was Väter nun einmal tun, und strebte die Unsterblichkeit durch seine Sprösslinge an. Er nahm es auf sich, uns nach seinen Vorstellungen zu formen, bevor wir dessen gewahr werden konnten. Er pflanzte uns seine Illusionen ein, seine Schwächen und Laster, ohne zu bemerken, dass er nur ein Zerrbild seiner selbst erschuf. Aber deine Söhne können frei von diesem unserem Makel sein.«

»*Deinem* Makel, nicht meinem.« Erneut wandte ich mich von ihm ab, doch nun hielt er mich fest. Ich roch seinen ranzigen Atem, blickte in seine blutunterlaufenen Augen, fühlte unter der Tarnung aus Samt und Leder die Qual des unerbittlichen Übels, das ihn zerfraß.

»Ich weiß, dass ich sterbe«, sagte er leise, wie immer mühelos meine Gedanken erratend. »Ich habe all die Vorhersagen gehört, dass ich nicht lange auf Erden weilen werde. Doch bis ich gehe, muss ich mir nehmen, was ich kann. Ob durch das Schwert oder durch Verträge, durch Schafott oder Ketten, beugen müssen sich mir alle. Zittern sollen sie vor dem Namen Cesare Borgia, dem verstoßenen Sohn, dem niemand zugetraut hat, etwas anderes zu werden als der Schatten seines Vaters. Jetzt kann mich keiner mehr aufhalten; keine Macht kommt der meines Schwertes gleich. Ich werde jeden Widerstand brechen. Ich werde ganz Italien neu erschaffen. Das wird mein Vermächtnis sein.«

Er beugte sich plötzlich über mich, wie um mich zu küssen. Dann zögerte er und gluckste belustigt wie ein schnurrender Kater. »Ist das Sancias Nadel, die du mir da an den Bauch hältst?«

Ich drückte sie ihm etwas fester in sein Fleisch. »Du sagst, nichts kommt deinem Schwert gleich. Und was ist mit mir?«

Er begegnete meinem Blick. Die Überheblichkeit war aus seiner Miene gewichen. Einen lähmenden Moment lang sah ich wieder in das Gesicht des geliebten Bruders, den ich angebetet hatte, dessen Leben so untrennbar mit dem meinen verstrickt war, dass ich mich ohne ihn nicht vollständig fühlte.

»Du kannst ihn nicht zurückbringen«, murmelte er. »Nichts, was du tust, kann ihn je zurückbringen.« Er hob das Kinn, um mir seine bloße Kehle darzubieten. »Aber ich überantworte mich dir zur Sühne, mein Blut für das seine. Ich habe dir einmal geschrieben, dass ich bereit wäre, tausend Tode zu sterben, um dich zu schützen. Um ihn zu rächen, brauchst du nur einen Tod. Du hast dir das Recht dazu verdient. Es ist das, was wir tun müssen, um unsere Stärke zu zeigen. Also tu es. Zeig der Welt, dass du eine wahre Borgia bist.«

Verlangen überkam mich – wild und machtvoll, rasend wie ein Stier, der die spitzen Hörner senkt und angreift. Ich gierte danach, ihm die Klinge in den Leib zu stoßen, das warme Blut über meine Finger sprudeln zu fühlen. Ich wollte die Überraschung in seiner Miene erkennen, den Schock seine Augen verdunkeln und dann brechen sehen, für immer schließen.

»Tu es, Lucrezia«, flüsterte er. Und dann hörte ich das, wonach ich mich gesehnt hatte, ohne es zu wissen: sein verzweifeltes Flehen, vor dem gerettet zu werden, was er geworden war. Nur durch mich konnte er jemals Erlösung erlangen. Durch die Ermordung des Gemahls, den ich geliebt hatte, hatte er sich an mich gekettet, bis ich ihn befreite.

Im nächsten Moment schleuderte ich das Stilett zu Boden. »Ich bin keine von euch. Nie, nie wieder werde ich das sein.«

In diesem Augenblick schien sein Körper in sich zusammenzusinken. Reglos stand er da, während ich vor ihm zurückwich. Tränen verschleierten seinen Blick, und die Kluft zwischen uns vergrößerte sich, bis sie unüberbrückbar wurde. Ich ließ ihn allein, eine Geißel der Menschheit, die wohl alles um sich herum verwüsten, meinem Herzen aber nichts mehr anhaben konnte.

Als ich am nächsten Morgen erwachte, war mein Bruder verschwunden.

Ich weiß nicht, was die Zukunft für mich bereithält. Während ich den Brief versiegle, um ihn Seiner Heiligkeit in Rom zukommen zu lassen, befällt mich eine eigenartige Unsicherheit. Was soll nun aus mir werden, die ich aus meiner Heimatstadt geflüchtet bin, unterwegs in eine neue Zeit, in der die Sünden der Vergangenheit zwar verborgen, aber niemals vergessen werden können?

Ich blicke aus dem Fenster in die Ferne, mein Sohn klappert hinter mir mit seinen Spielsachen, und ich denke an das

Reich, in dem ich in meine neue Inkarnation als Herzogin von Ferrara schlüpfen werde, die zweite Frau eines Fremden, der mir einst einen Raubvogel schenkte und an dessen Züge ich mich kaum erinnere. Das ist meine Wahl, wenn man es denn so nennen will. Besser, ich treffe sie aus freiem Willen, als meinen Vater für mich entscheiden zu lassen. Ferrara liegt viele Meilen entfernt von Rom, obwohl keine Entfernung groß genug sein kann. Doch wenigstens werde ich dort etwas Neues beginnen können und als edle Gemahlin geschätzt sein, auch wenn ich meinen Erinnerungen nie entkommen kann.

Werde ich Liebe oder Verzweiflung erfahren? Wird mein neuer Gatte mir einen sicheren Hafen bieten oder ein weiteres Fegefeuer, das ich erdulden muss? Werde ich Erlösung erlangen?

Die Antworten kenne ich nicht. Nur indem ich mich dem Unbekannten stelle, kann ich hoffen, Frieden zu finden und mir selbst zu vergeben. Mein Vater hat mir einst gesagt, Schande sei nichts als ein Versehen des Schicksals – aber ich weiß es besser. Ich weiß nun, dass die Schande ein Gift ist, das unser Blut durchsetzt.

Doch jedes Gift hat ein Gegengift.

Und ich bin keine Borgia mehr.

Nachwort

1502, zwei Jahre nach der Ermordung ihres zweiten Mannes, heiratete Lucrezia Alfonso d'Este, den Herzog von Ferrara. Statt seine Braut persönlich aus Rom abzuholen, entsandte dieser seine Brüder, damit sie Lucrezia in ihr neues Zuhause eskortierten. Papst Alexander VI. bot ihr allen Prunk, der ihm in dieser Zeit möglich war, da Cesare immer noch alles daransetzte, die Romagna zu unterwerfen, und das Land mit Angst und Schrecken überzog.

Durch die Verheiratung Alfonsos mit Lucrezia sicherte der stolze d'Este-Clan sich eine Allianz mit den Borgia, die ihn davor bewahrte, von Cesare heimgesucht zu werden. Nur Isabella d'Este, die achtundzwanzigjährige Markgräfin von Mantua und Lucrezias neue Schwägerin, der ein untrüglicher Geschmack in allem, was in ihrer Zeit als modisch galt, nachgesagt wurde, zeigte sich empört darüber, dass jemand von Lucrezias Ruf und niederer Abstammung nun zu ihrer Familie gehörte. So wurden diese zwei Frauen zwangsläufig Rivalinnen, da Lucrezia in ihren turbulenten letzten Lebensabschnitt eintrat. Als Herzogin von Ferrara erwarb sie sich Respekt und gewann den nötigen Abstand zu den Machenschaften ihrer Familie. Das erlaubte es ihr, ihre eigenen Fähigkeiten zu entfalten, sich als kenntnisreiche Kunstmäzenin zu beweisen und den Untergang der Borgia unbeschadet zu überleben. Doch so fruchtbar Lucrezias Verbindung mit Alfonso d'Este auch war, mehr als eine Zweckehe wurde nie daraus. Weder sie noch ihr Mann blieben einander treu. Von Lucrezia ist bekannt, dass sie mindestens drei außereheliche Beziehungen hatte, darunter eine langjährige Verbindung mit Isabella d'Estes Gatten, Francesco von Mantua. Zu den Zeugnissen ihrer leidenschaftlichen Liebe zählen erhalten gebliebene Briefe. Ihr Verhältnis endete, als Francesco sich mit Syphilis ansteckte, die sich damals rasend schnell in Europa ausbreitete und an der auch Cesare Borgia erkrankt war.

Im Alter von neununddreißig Jahren starb Lucrezia am 24. Juni 1519 in Ferrara an den Folgen der Geburt einer Tochter, die ihr kurz danach in den Tod folgte. Sie wurde im Kloster Corpus Domini begraben und hinterließ fünf legitime Kinder, von denen vier von Alfonso d'Este stammten und drei davon sie überlebten: Ippolito II., Erzbischof und später Kardinal von Mailand (1509-1572), Leonora (1515-1575), die Nonne wurde, und Francesco, Marquis von Massalombarda (1516-1578).

Cesare führte einen dramatischen Feldzug um die Macht und wurde zu einem der am meisten gefürchteten, aber auch brillantesten Strategen seiner Zeit. Die Art und Weise, wie er sich Gebiete des permanent aufsässigen Kirchenstaates einverleibte, brachte ihm die Bewunderung Machiavellis ein, dessen berühmte Abhandlung über die Staatskunst, *Der Fürst*, angeblich auf Cesares Erfolgen beruht. In Cesares Diensten stand von 1502 bis 1503 unter anderem Leonardo da Vinci als Architekt und Ingenieur, der die Verstärkung der Befestigungsanlagen und die Errichtung neuer Bauwerke in Cesares Territorien beaufsichtigte. Unter der Schirmherrschaft der Borgia erbaute da Vinci den Kanal zwischen dem Hafen Porto Cesenatico und der Stadt Cesena, was den Transport von Waren und Waffen beträchtlich erleichterte.

Rodrigo Borgia, auch als Papst Alexander VI. bekannt,

starb 1503 völlig überraschend durch Gift. Um Haaresbreite entrann Cesare diesem Schicksal, der mit seinem Vater am selben Fest teilgenommen und offenbar das Gleiche gegessen hatte. Er lag wochenlang krank im Bett, erholte sich aber wieder. Als er zu Kräften gekommen war, bestätigte ihn Rodrigos Nachfolger, Papst Pius III., in seinem Amt als *Gonfaloniere*. Doch nach nur achtundzwanzig Tagen auf dem Papstthron verstarb Pius, und der Erzfeind der Borgia, Giuliano della Rovere, sicherte sich die Mehrheit im Konklave. Della Rovere gelang es, Cesare zu täuschen, indem er ihm seine Unterstützung bei dessen militärischen Projekten in der Romagna zusagte – nur um seine Versprechungen gleich nach seiner Wahl zum Papst Julius II. zu brechen. Plötzlich sah sich Cesare sowohl der Feindseligkeit des neuen Papstes als auch der offenen Feindschaft König Fernandos von Spanien ausgesetzt, der ihm seine Allianz mit Frankreich nie verziehen hatte. Bei einem Feldzug gegen Neapel wurde Cesare von Fernandos oberstem General verraten und gefangen genommen. Seine Ländereien in der Romagna wurden daraufhin vom Vatikan beschlagnahmt. 1504 wurde Cesare nach Spanien verbannt, zunächst in die Burg Chinchilla de Montearagòn und dann, nach einem gescheiterten Fluchtversuch, in die berüchtigte Festung La Mota in Medina del Campo, die den Lesern meines ersten Romans, *The Last Queen (Die Tränen der Königin)*, vielleicht noch bekannt ist. Nach seinem aufsehenerregenden Ausbruch aus La Mota entkam Cesare nach Pamplona, das zum Gebiet von Navarra gehörte, wo kein anderer als sein Schwiegervater, König Juan II., herrschte. Dieser gewährte ihm natürlich Zuflucht. Und zufällig suchte der König gerade dringend einen fähigen Kommandanten, der den ständigen Angriffen kastilischer Truppen Einhalt gebot. So wurde Cesare zum obersten Feldherrn der navarrischen Armee ernannt und eroberte prompt mehrere von Fernando besetzte Städte zurück.

Am 11. März 1507 verfolgte Cesare, ohnehin schon erzürnt über den Widerstand der von ihm belagerten Festung Viana, eine Handvoll geflohener Ritter und geriet unversehens in einen Hinterhalt. Von seinen eigenen Männern im Stich gelassen, wurde er mit einem Speerstoß getötet. Von seiner Leiche wurde alles heruntergerissen, auch die Ledermaske, mit der er den Teil eines Gesichts verdeckt hatte, der durch syphilitische Hautgeschwüre entstellt war. Danach ließ man ihn noch stundenlang nackt liegen, damit jeder ihn nach Belieben treten und bespucken konnte.

Auf König Fernandos Geheiß wurde Cesare in einem Mausoleum in der Kirche Santa Maria in Viana bestattet und erhielt die Inschrift: »Hier ruht in weniger Erde einer, der von allen gefürchtet wurde, der Krieg und Frieden in seinen Händen hielt.« Noch Jahrhunderte danach sollte der Streit darüber toben, ob dieser Nachfahre der Borgia, der so großes Leid verursacht und so großen Hass auf sich gezogen hatte, es wirklich verdiente, in gesegneter Erde zu ruhen.

Was Lucrezias mit Alfonso von Neapel gezeugten Sohn Rodrigo betraf, musste sie ihn auf Alfonso d'Estes Verlangen weggeben. Zunächst von seiner Verwandtschaft mütterlicherseits aufgezogen, erbte Rodrigo die Titel seines verstorbenen Vaters, wurde jedoch nach Papst Alexanders Tod wie ein Gefangener behandelt. Dank des leidenschaftlichen Eingreifens seiner Mutter wurde Rodrigo nach Neapel geschickt, wo er bei seiner Tante Sancia lebte, bis diese 1506 im Alter von achtundzwanzig Jahren starb. Rodrigo selbst wurde in seinem zwölften Lebensjahr von einem Fieber dahingerafft. Sieben Jahre später sollte ihm Lucrezia in den Tod folgen.

Nach Sancias Tod heiratete Jofré Borgia ein zweites Mal. Bis zu seinem Ableben im Jahre 1514 zeugte er vier Kinder. Seine Nachfahren herrschten bis 1735 über die Stadt Squillace.

Juan Borgia, bekannt als der *Infans Romanus*, Kind Roms – ein versteckter Hinweis auf seine ungeklärte Abstammung –, wuchs unter der Fürsorge verschiedener Verwandter auf, darunter auch Cesare. Vor allem aber wurde er von Vanozza dei Cattanei erzogen, bis 1519 der Tod sie ereilte. Bezüglich seiner Geburt hatte Alexander VI. zwei verschiedene Bullen herausgegeben. In einer bezeichnete er ihn als sein eigenes Kind, das er mit einer unverheirateten Frau gezeugt hatte, in der anderen als Cesares Sohn von derselben Person. Zufälligerweise gelangte die erste Bulle in der Zeit von Lucrezias dritter Ehe an die Öffentlichkeit, womit in der Frage der Herkunft dieses ohnehin schon rätselhaften Kindes noch mehr Verwirrung gestiftet wurde. Juan kam später als Mitglied von Lucrezias Gefolge nach Ferrara, wo er als ihr Halbbruder ausgegeben wurde. Nach Jahren des Dienstes in Frankreich nahm er eine Stellung bei der Kurie in Rom an, wo er 1548 verstarb. Sein Tod schlug kaum noch Wellen, denn die Borgia waren mittlerweile nur noch in grausigen Sagen lebendig, ansonsten aber in völliger Bedeutungslosigkeit versunken.

Der Mythos zog schon früh mein Interesse an dieser spanischen Familie auf sich, deren kometenhafter Aufstieg und Fall im Vatikan so viele Spekulationen ausgelöst haben. Und auch heute, Jahrhunderte danach, sind wir immer noch fasziniert von dem Wirrwarr um die Borgia, ihren übergroßen Leidenschaften und Schandtaten.

Insbesondere Lucrezia ist zum Inbegriff des Bösen geworden, obwohl sie eigentlich gar keine Schuld trifft. Völlig zu Unrecht ist ihr immer die Rolle der heimtückischen Verführerin zugewiesen worden, die die Männer mit ihrer Schönheit und ihrem Arsenal an Giften ins Verhängnis gelockt haben soll. Inzwischen haben jedoch umfangreiche Forschungen ergeben, dass sie in keinem Punkt ihrer Legende entsprach. Wie die meisten Frauen ihres Standes war Lucrezia eine Schachfigur in den ehrgeizigen Plänen ihrer Familie, die dazu benutzt wurde, Allianzen zu sichern, und keine Möglichkeit hatte, selbst über ihr Schicksal zu bestimmen. Gleichwohl erwies sie sich als Überlebenskünstlerin, die hartnäckig ihren eigenen Weg durch das Chaos in ihrem Leben ging, das ihr oft genug herzzerreißendes Leid bescherte. Unter ihren Geschwistern war sie die Einzige, die tiefe Gefühle entwickelte, die nicht mit irgendwelchen Interessen verbunden waren. Belege dafür, dass sie irgendjemanden vergiftete, habe ich nirgends finden können.

Der Verlust Alfonsos von Neapel war ein verheerender Schlag für sie. Während der Verhandlungen zur Anbahnung ihrer dritten Ehe offenbarte sie dem Botschafter von Ferrara, dass Rom für sie »zu einer Hölle geworden« war. Obwohl sie ihren Vater und Cesare liebte, hatte sie zu guter Letzt deren wahre Natur erkannt. Ihr einziges Verbrechen, wenn man es denn als solches bezeichnen kann, bestand darin, dass sie ihnen so lange vertraut hatte. Aber das können wir ihr wohl kaum übel nehmen, wenn wir uns vor Augen halten, dass sie bei ihrer ersten Hochzeit noch nicht einmal dreizehn Jahre alt war, und gerade erst zwanzig geworden war, als Alfonso ermordet wurde. In ihrer Jugend erlitt sie mehr Tragödien als viele Menschen in ihrem ganzen Leben. Für sie war das Glück in der Tat flüchtig.

Über die Frage, ob Lucrezia Inzest beging, wird heute nicht minder erbittert debattiert als zu ihren Lebzeiten. Wie in diesem Roman dargestellt, tauchten die ersten Gerüchte während des Verfahrens zur Annullierung ihrer Ehe mit Giovanni Sforza auf, der sie in einem Brief an Il Moro genau dieses Verbrechens bezichtigt hatte. Darin schrieb er, dass sie ihm weggenommen werde, weil Alexander sie »für sich selbst haben will«. So wurde eine Lawine von Andeutungen losgetreten, die Lucrezia bis zum heutigen Tag verfolgten.

Mein Roman präsentiert eine mögliche Theorie, aber ich muss betonen, dass sie fiktiver Natur ist – wie auch meine Annahme zu Juan Borgias Ermordung. Die traurige Wahrheit ist nun einmal, dass uns keine zuverlässige Dokumentation dessen vorliegt, was sich bei den Borgias hinter verschlossenen Türen abspielte. Obwohl die Familie in dramatischen Darstellungen buchstäblich aus jedem Blickwinkel durchleuchtet worden ist, können wir die strittigsten Fragen beim besten Willen nicht beantworten. Nun, vielleicht liegt es gerade an dieser Rätselhaftigkeit, dass unsere Faszination nicht nachlässt.

Auch wenn so viele Fragen offen bleiben müssen, habe ich mich darum bemüht, mich so wahrhaftig wie möglich an die verbürgten Fakten zu halten. Das kann allerdings bisweilen eine heikle Aufgabe sein, wenn man sich durch verschiedene Quellen mit widersprüchlichen Ergebnissen arbeitet. In einigen Fällen habe ich die Zeit dem Erzählfluss zuliebe komprimiert, da die italienische Renaissance mit ihren vielen überraschenden Volten sehr unüberschaubar sein kann. Überdies habe ich nebensächliche Handlungsstränge vermieden, die für Lucrezia nicht von unmittelbarer Relevanz sind. Dazu gehören die ungeklärten Morde an verschiedenen Verwandten und mutmaßlichen Widersachern, die allesamt den Borgias zugeschrieben werden.

Beim Verfassen dieses Romans haben mich viele Wissensquellen begleitet. Die nun folgende Auflistung erhebt zwar nicht den Anspruch auf Vollständigkeit, aber sie enthält diejenigen Werke, die ich für die Darstellung von Lucrezias Jahren im Vatikan als besonders wertvoll empfand.

Bellonci, Maria, *Lucrezia Borgia*, New York, 1953

Bradford, Sarah, *Lucrezia Borgia*, New York, 2004

Bradford, Sarah, *Cesare Borgia. Ein Leben in der Renaissance*, Hamburg, 1985

Burchard, Johann, *At the Court of the Borgia*, New York, 1963 [Anm. des Übersetzers: *Der Zeremonienmeister am Hof Papst Alexanders wird auf Deutsch wahlweise Johannes Burckard, Burckart, Burckhardt, Burkard, Burkart geschrieben – mit Geduld lassen sich antiquarische Bücher finden. »Burchard« ist eine amerikanisierte Version des Namens.*]

Chamberlain, E. R., *The Fall of the House of Borgia*, New York, 1974

Fusero, Clemente, *The Borgias*, New York, 1972

Hibbert, Christopher, *The Borgias and Their Enemies*, New York, 2008

Hollingsworth, Mary, *The Borgia Chronicles*, New York, 2011

Partner, Peter, *Renaissance Rome*, Berkely, 1976

Danksagung

Als ich mitten in der Arbeit an diesem Buch steckte, erkrankte meine geliebte Paris, die ich als sechs Wochen alten Corgi-Welpen adoptiert hatte, völlig überraschend an der Speiseröhre und starb. Zu diesem Zeitpunkt war der Roman ungefähr halb fertig. Bis dahin hatte sie mir, zu meinen Füßen liegend, beim Schreiben Gesellschaft geleistet. Im Geiste blieb sie auch in der zweiten Hälfte des Romans bei mir. Bis heute bin ich ihr für ihre fröhliche Gegenwart in meinem Leben unendlich dankbar. Sie war meine Hündin für die Seele, eine prächtige und mutige Gefährtin, die mir sehr fehlt.

Ich stehe bei einer ganzen Reihe von Leuten in tiefer Dankesschuld, die in der Zeit der Trauer für mich da waren und mir halfen, sowohl den Trost als auch die Zeit zu finden, die nötig waren, um dieses Werk abzuschließen.

Zuallererst muss ich meinem Mann danken, denn er hört nie auf, an mich zu glauben, und ermutigt mich unermüdlich, am Ball zu bleiben, wenn ich verzage. Er sorgt dafür, dass ich in meinem Dasein, das mir viele Stunden allein am Computer abverlangt, nicht in irgendwelche Sphären abhebe. Außerdem habe ich das große Glück, meine liebenden Rettungskatzen Boy und Mommy bei mir zu haben, die mich beide mit etwas sehr Seltenem beschenken: ihrer bedingungslosen Liebe. Ich kann mich glücklich schätzen, in Jennifer Weltz eine so wunderbare Agentin und Freundin zu haben, die sich sowohl hier, in Amerika, als auch im Ausland mit nie versiegendem Engagement für meine Werke einsetzt. Sie ist immer für mich da und steht mir mit Rat und Tat zur Seite, wenn ich am Durchdrehen bin. Jedes einzelne Mitglied ihrer Truppe in der Jean V. Naggar Agency, Inc. (ein besonders lautes Bravo für Laura Biagi und Tara Hart) stellt sicher, dass mein Geschäft als Schriftsteller so reibungslos wie nur möglich läuft.

Dies ist mein vierter Roman, der von meiner Lektorin Susanna Porter begleitet wurde. Ihre präzise Art und ihre treffenden Bemerkungen dazu, wie sich eine Figur oder ein Handlungsstrang genauer gestalten lassen, bereichern mein Werk auf unerwartete Weise. Auch meine zweite Lektorin, Priyanka Krishnan, hat mit ihren Anregungen wertvolle Beiträge geleistet, die mir geholfen haben, meinen Stil beträchtlich zu verfeinern. Dankbar bin ich auch dem Verlagsteam von Ballantine, Random House, das mit enormem Einsatz daran arbeitet, dass Bücher auf diesem so überaus schwierigen Markt mit Erfolg bestehen.

Last, aber bestimmt nicht least, muss ich Ihnen, meinen Lesern, danken. Ich schätze Ihre Botschaften in den sozialen Medien, E-Mails und Briefen überaus. Wir Schriftsteller kämpfen in der Einsamkeit darum, unsere Geschichten zum Leben zu erwecken. Aber ohne Sie ist ein Buch nichts als eine Folge von Wörtern auf Seiten oder Textstellen auf einem Bildschirm. Es ist Ihre Fantasie, die unseren Geschichten Leben einhaucht – und dafür stehe ich immer in Ihrer Schuld.

Hoffentlich kann ich noch viele Jahre lang als einer von Ihren Geschichtenerzählern weiterarbeiten.

Tierschutz ist und bleibt ein wichtiger Teil meines Lebens. Jedes Jahr werden im ganzen Land Tausende von gesunden, adoptierfähigen Hunden und Katzen in überfüllten Gehegen getötet. Wenn Sie selbst nicht in der Lage sind, ein Tier zu adoptieren, dann unterstützen Sie doch bitte örtliche Tierheime mit einer Spende. Die kann aus Geld bestehen, Sie können aber auch Zeit schenken oder Gegenstände abgeben, die für die Pflege so vieler heimatloser Tiere benötigt werden. Danke!

Christopher W. Gortner

Christopher W. Gortner hat die ersten sechs Jahre seines Lebens in Südspanien verbracht und wurde von seiner spanischen Mutter und seinem amerikanischen Vater zweisprachig erzogen. Bevor er selbst zum Schreiben kam, arbeitete er als Redakteur für Geschichtsfachzeitschriften und unterrichtete an der Universität. Mit seinen historischen Romanen feiert Gortner international große Erfolge. Heute lebt er in San Francisco, Kalifornien.

GOLDMANN
Lesen erleben